제인 에어

샤일럿 브론테

일신서적출판사

1

그날은 산책 같은 것은 할 수 있을 것 같지도 않았다. 하긴 우리는 아침에 한 시간 동안 잎이 다 떨어진 관목 숲 속을 돌아다녔으나 점심 뒤엔(리드 부인은 손님이 없을 땐 일찍 식사를 한다) 차가운 겨울 바람이 먹구름을 몰고 와 골수에 스며드는 듯한 비가 쏟아져, 더 이상 밖에서의 운동은 엄두도 못 내게 되었다.

니는 그래서 기뻤다. 기나긴 산책, 더구나 날씨가 찬 오후의 산책은 좋아하지 않았다. 더더구나 질색인 것은, 꽁꽁 손발이 얼어 가시고 추운 황혼 속을 유모 베시의 잔소리에 울적한 기분으로 리드 씨네 일라이자, 존, 조지아나보다 내가 몸이 약하다는 열등감을 느끼며 풀이 꺾이어 집으로 돌아올 때였다.

저 일라이자, 존, 그리고 조지아나는 지금 응접실에서 그들의 엄마 둘레에 모여앉아 있었다. 부인은 난롯가의 소파에 몸을 푹 묻고 애들을 (지금은 싸우지도 울지도 않았다) 자기 곁에 앉혀 놓고 더할 나위 없이 행복해 보였다. 부인은 나를 이 그룹에 어울리어 놀지 못하게 떼어놓았다. 그 구실로는 「널 따로 떼놔야 하는 건 유감이야. 하지만 네가 좀더 사교적이고 어린애다운 성품이 되고 좀더 애교 있고 명랑한 태도를 갖도록——이를테면 여태보다는 쾌활하고 솔직하고 좀더 자연스러워지려고 진심으로 애쓰고 있다는 걸 베시한테서 듣거나, 또 나 자신이 보고 인정할 때까지는 만족하고 행복한 어린애들에게만 주어진 혜택에서 실제로 너를 따돌리지 않을 수 없다.」는 것이었다.

「제 행동에 대해서 베시가 뭐라고 했어요?」나는 물었다.

「제인, 난, 함부로 캐묻고 따지는 애는 싫어. 게다가 어린애가 웃사람에게 그런 태도로 대드는 것도 안 될 말이야. 정말 어디 딴 곳에 앉아 있거라. 즐거운 마음에서 말이 나올 때까지 잠자코 있어.」

좁다란 조반 식당은 응접실에 딸려 있었다. 나는 살그머니 그 안으로 들어갔다. 방안에는 책장이 하나 있었다. 나는 보아 두었던, 그림이 많이 든 책 한 권을 곧 빼들었다. 창문 밑 걸상에 올라가 발을 끌어올려 터키 사람들처럼 책상다리를 하고 앉았다. 그리고 붉은 모린 커튼을 거의 빈틈없이 쳐 버려 나는 이중으로 된 은신처에 들어앉게 되었다.

오른쪽에는 몇 겹으로 된 주홍빛 장막이 내 눈앞을 가리고 있고 왼쪽에는 맑은 유리창이 나를 보호하고는 있으나 음산한 십일월의 날씨로부터 나를 격리시킬 수는 없었다. 나는 책장을 넘기며 가끔 겨울날 오후의 광경을 살피었다. 저 멀리에는 파르스름하고 뽀얀 안개와 구름이 끼어 있고 가까이에는 축축한 잔디와 폭풍에 얻어맞은 관목이 있었다. 이와 더불어 줄곧 내리는 비는 길고 구슬픈 질풍을 만나 마구 사방으로 휘날리고 있었다.

나는 나의 책——비위크의 영국 조류사(鳥類史)——으로 되돌아왔다. 본문에는 대체로 관심이 가지 않았지만 나 같은 어린애라도 그냥 백지로 넘겨 버릴 수 없는 해설이 적힌 페이지도 더러 있었다. 그런 해설에는 해조(海鳥)가 흔히 오는 장소나 해조만 사는 〈외로운 바위와 곶[岬]〉과 노르웨이의 최남단인 린드네스, 일명 네이즈 곶에서 노드 케이프에 이르는 섬들이 있는 노르웨이 해안의 이야기가 적혀 있었다.

> 그곳 북녘 바다는 크나큰 소용돌이를 치며
> 아득한 북녘 끝 벌거숭이 어두운 섬들을 돌아
> 사납게 거품을 일으켰고, 그리고 대서양의 파도는
> 폭풍우 쏟아지는 헤브리디즈의 섬들 사이로 뛰어든다.

또 나는 랍란드, 시베리아, 스피쯔베르겐, 노바 젬블라, 아이슬란드, 그린란드 등의 삭막한 해안에 관한 얘기를 그냥 지나쳐 버릴 수는 없었다. 「북극의 광대한 지역, 버림받은 황량한 공간 지대——서리와 눈의 저장고, 거기엔 여러 세기의 겨울이 쌓고 쌓은 견고한 얼음의 벌판이 알프스산을 몇 개나 겹친 것보다도 더 높이 얼어붙어 북극을 둘러싸고 혹한의 몇 배나 되는 혹독한 강추위가 응결해 있다.」 나는 죽음의 흰 나라에 관해서 나대로의 생각을 지니고 있다. 그것이 어린애들의 머릿 속에 어렴풋이 떠오르는 무엇인가 걷잡을 수 없는 생각처럼 아련한 것이지만 이상하게도 인상적이었다. 해설문의 귀절들과 거기에 계속되는 삽화가 하나로 연결되어 소용돌이치는 파도와 하얀 물보라 속에 솟아 있는 바위와, 적막한 해안에 밀려나온 버려진 쪽배, 침몰해 가는 난파선을 구름 사이에서 차갑게 바라보고 있는 차갑고 창백한 달이 무슨 깊은 뜻이 있는 걸로 내 마음에 새겨졌다.

비명을 새긴 비석이 있는 고요하고 적적한 교회의 묘지와 교회의 문, 두 그루의 나무, 부서진 벽으로 둘러싸인 낮은 평지, 그리고 저녁때를 말해 주는 갓솟은 초승달 같은 것에 어떤 감상이 들곤 했는지 나는 표현할 수가 없다.

잠자는 바다에 조용히 떠 있는 두 척의 배를 나는 바다의 유령이라고 믿었다.

악귀가 도둑놈의 보따리를 그의 잔등에 못질하는 그림을 나는 얼른 넘겨 버렸다. 그것은 무서운 것이었다.

바위 위에 검은 뿔이 난 동물이 우뚝 앉아서 교수대를 둘러싼 저만큼 멀리의 군중을 바라다보는 그림도 있었다.

그림마다 하나의 이야깃거리를 갖고 있다. 나의 미숙한 이해력과 불완전한 감수성으로는 수수께끼 같은 알 수 없는 데가 많기는 했지만 그런 대로 퍽 재미가 있었다. 베시가 기분이 좋을 때면 겨울 밤에 가끔 들려 주던 옛날 얘기처럼 재미있었다. 베시는 그럴 때 어린이방 난롯가에 다림질판을 갖다놓고 우리를 그 주위에 앉히고는 자기는 리드 부인의 레이스 언저리 장식을 마무르거나 부인의 나이트 캡 가상사리에 주름을 집으면서 옛날 동화나 그보다 더 오랜 민요에서 따온 사랑의 이야기나 모험담이나 혹은 (나중에 가서야 나는 알았지만) 패밀라와 모어랜드의 헨리 백작의 얘기를 해주어 우리들의 열렬한 호기심을 채워 주었다. 비위크의 책을 무릎에 놓으면 나는 행복했다. 적어도 내 나름의 행복이었다. 다만 두려워한 것은 방해가 있을까 하는 것뿐이었다. 그런데 그것은 너무도 빨리 왔다. 조반 식당의 문이 열린 것이다.

「왁! 요 새침떼기야!」하고 존 리드는 소리를 치고는 가만히 있었다. 방안에는 분명히 아무도 없다는 걸 알았던 것이다.

「요게 어디 있을까?」그는 말을 이었다. 「리지! 조지!(누이동생들을 부르며) 제인이 없어. 비가 오는데 밖에 나갔다고 엄마에게 일러――짐승 같은 년!」

(커튼을 쳐두길 잘했어.) 나는 생각했다. 그리고 제발 존이 내가 숨은 곳을 찾아내지 못했으면 하는 마음이 간절했다. 존 리드 혼자선 찾아내지 못했을 거다. 그애는 눈초리나 생각이 재빠르지 못했다. 그러나 일라이자가 바로 방안에 머리를 디밀자마자 말했다.

「틀림없이 들창 안에 있을 거야, 재크(재크는 존의 애칭).」

그래서 지금 말한 재크에게 끌려나올 생각을 하니 떨려와서 나는 얼른 밖으로 나왔다.

「뭘 그러니?」나는 주춤거리며 물었다.

「〈리드 도련님, 뭘 그러세요.〉 이렇게 말해 봐.」하는 것이 그의 대답이었다. 「이리 와.」하고 그는 팔걸이 의자에 앉으며 나더러 가까이 와 자기 앞에 서라는 몸짓을 했다.

존 리드는 열 네 살 먹은 학생으로 겨우 열 살잡이인 나보다 네 살 위였다. 그는 나이에 비해 키가 크고 뚱뚱했다. 건강치 못한 가무잡잡한 살갗에다 넙적한 얼굴은 부석부석한 듯하였으며 육중한 사지에 커다란 손발이 달려 있었다. 식사를 하게 되면 마구 먹어 대서 다혈질이 되어 눈은 침침하고 두 볼이 축 늘어지게 된 것도 그 때문이었다. 지금 그는 의당 학교에 가 있어야만 할 때이지만 그의 엄마가 말하는, 〈그애의 연약한 건강 때문에〉 한두 달 동안 집에 데려다 둔 것이다. 학교 선생 마일즈 씨는 집에서 리드에게 보내 주는 케잌이나 사탕의 양을 조금씩 줄이는 것이 건강에 훨씬 좋을 것이라고 했다. 그러나 어머니의 마음은 그런 가혹한 의견에는 등을 돌리고 존의 혈색이 나쁜 것은 공부를 지나치게 하고 집을 그리워하는 데 기인하리라는, 좀더 남이 듣기 좋은 의견을 갖고 있었다.

존은 어머니나 여동생에게는 별로 애정이 없었고 내게는 반감을 갖고 있었다. 한 주일에 두세 번도 아니고 하루에 한두 번도 아니고 줄곧 나를 괴롭히고 못 살게 굴었다. 나의 온 신경은 그를 두려워하고 그가 내 곁에 오면 내 뼈에 붙은 살점이 오므라들었다. 그가 자아내는 공포로 나는 당황하는 순간이 종종 있었다. 그의 위협이나 처벌에 관해서 나는 도무지 호소할 길이 없었기 때문이다. 하인들은 내 편을 들어 가면서까지 젊은 주인의 비위를 거스르려고는 하지 않았다. 그리고 리드 부인은 이 문제에 대해서 눈을 가리고 귀를 막았다. 때로는 존이 바로 그네의 면전에서 나를 때리거나 욕을 했지만 본 체도 들은 체도 하지 않았다. 그러나 그네가 없는 데에서는 그런 일이 더 잦았다.

습관적으로 그에게 복종하게 된 나는 그의 의자 앞으로 갔다. 그는 나를 향해 한 삼 분 동안 혓바닥이 상하지 않을 만큼 되도록 길게 혀를 내밀었다. 나는 그가 곧 나를 때리리란 걸 알았다. 그리고 날아올 주먹을 두려워하면서도 금새 달려들 그의 지긋지긋하고 추한 얼굴을 물끄러미 바라보았다. 내 얼굴에서 그는 이런 나의 기분을 읽었는지도 모른다. 왜냐하면 별안간 그가 한 마디 말도 없이 힘껏 나를 때렸기 때문이다. 비틀거렸으나 몸의 균형을 잡으려고 그의 의자에서 두어걸음 물러섰다.

「이건 아까 엄마한테 뻔뻔스레 말대답한 값이야.」했다. 「그리고 커튼 뒤에 살짝 숨는다든가 조금 전에 그따위 눈초리를 한 벌이야, 요 쥐새끼 같은 년!」

존의 욕지거리에 익숙해 있는 나는 말대꾸할 생각 같은 것은 도시 없었다. 내 근심은 욕지거리 다음에 틀림없이 따라오는 매질을 어떻게 견디어 배기느냐 하는 것이었다.

「커튼 뒤에서 뭘 하고 있었어?」그는 물었다.

「책 읽고 있었어.」

「그 책 이리 보여.」

나는 창가로 가 책을 가지고 왔다.

「넌 우리 집 책을 꺼낼 권리가 없어. 엄마가 넌 더부살이라고 하던데. 넌 돈이 없어. 네 아버지는 한푼도 네게 남겨 주지 않았어. 넌 빌어먹어야 해. 우리 같은 양가집 애들과 함께 살고 우리와 똑같은 음식을 먹고 우리 엄마의 돈으로 옷을 사 입고 하는 건 안 돼. 또 내 책장을 뒤적거리른 용서하지 않을 테야. 모두 내 책이니까. 이 집 안에 있는 건 모두 내것이야. 이삼 년만 있으면 내것이 된단 말이지. 저리 가. 거울과 유리창에서 비켜나서 문에 가 서란 말야.」

처음엔 무슨 말인지 몰라 나는 시키는 대로 따랐지만 그가 책을 쳐들고 나를 향해 던지려고 서 있는 걸 본 순간 나는 놀라 고함을 지르며 반사적으로 비켰다. 그러나 때는 늦었다. 책이 날아와 나를 때렸다. 나는 문에 머리를 부딪치고 넘어져 머리를 깼다. 상처에서는 피가 나고 쑤시듯 아팠다. 두려움이 그 고비를 넘기자 다른 감정이 뒤따랐다.

「고약한 심술장이!」나는 말했다. 「살인자 같애 —— 노예를 지키는 사람 같애 —— 로마의 폭군 황제 같애!」

나는 골드 스미스의 〈로마 역사〉를 읽은 적이 있었다. 그래서 네로와 캘리굴라 등에 대해서 내 나름의 생각을 갖고 있었다. 그리고 나는 속으로 폭군들과 존을 비교는 해보았지만 이렇게 큰소리로 공포할 생각은 조금도 없었던 것이다.

「뭣이! 뭣이 어쩌구!」그는 소리쳤다. 「너 그거 나한테 한 수작이냐? 일라이자, 조지아나, 너희들도 들었지? 엄마한테 일러바치지 않을 줄 아니? 그렇지만 우선.」

그는 내게 마구 달려들었다. 머리채와 어깨를 그러잡는 걸 느꼈다. 필사적으로 육박해 왔다. 나는 그가 폭군, 살인자라는 걸 똑똑히 보았다. 피가 머리에서 한두 방울 목덜미로 흘러내리는 걸 느꼈고 쑤시는 듯한 아픔이 왔다. 아픔은 잠시동안 공포심마저 눌러 버렸다. 나는 미친 듯이 그에게 대들었다. 내 손으로 어떻게 했는지 잘 모르겠으나 존이「쥐 같은 년! 쥐 같은 년!」하고 고래고래 소리를 쳤다. 구원의 손은 가까이에 있었다. 일라이자와 조지아나는 이층에 있는 리드 부인을 향해 달려갔다. 리드 부인은 베시와 하녀 애보트를 거느리고 그 자리에 나타났다. 존과 나는 떼놓아졌다. 이런 말이 내 귀에 들려 왔다.

「어머나! 어머나! 존 도련님에게 덤벼들다니, 미쳤나 봐!」

「이런 난장판이 어디 있담!」

그러자 리드 부인은 덩달아 말했다.

「붉은 방에 끌고 가서 가두어 버려라.」 곧 네 개의 손이 나를 눌러 나는 이층으로 끌려갔다.

2

나는 끌려가는 동안 쭉 반항했다. 이것은 나로서는 새로운 사건이었고 베시와 애보트에게 나쁜 인상을 더하게 한 사태가 내게 내려진 것이다. 사실 나는 다소 정신이 돌았던 것이다. 아니 그보다도 프랑스 사람들의 말마따나 내 정신을 잃고 있었다. 순간적인 반항이 이런 이상한 징벌을 받게끔 돼버렸다는 걸 나는 깨달았다. 그래서 어느 반항하는 노예처럼 자포 자기가 되어 무슨 짓이든 해보려고 마음먹게 되었다.

「애보트, 애 두 팔을 잡아요. 미친 고양이 같다.」

「저런 변이 있나!」하녀는 외쳤다. 「이게 무슨 짓이야. 에어 아가씨, 도련님을 때리다니, 은인의 아드님인데! 아가씨의 젊은 주인이에요.」

「주인이라고! 어떡해서 내 주인이란 거야? 내가 하인이란 거냐?」

「아니 넌 하인보다도 못해. 자기 치레를 못하니까 말야. 거기 앉아서 자기 잘못이나 생각해 봐요.」

이제 그들은 리드 부인이 지시한 방에 나를 데려다 걸상 위에 내동댕이쳤다. 나는 충동적으로 용수철처럼 자리에서 일어서려 했으나 네 개의 손이 곧 나를 붙잡았다.

「가만히 앉아 있잖으면 묶어 버릴 테야.」 베시가 말했다. 「애보트, 당신 양말 대님 좀 빌려 줘. 내것은 이애가 금방 끊어버릴 테니.」

애보트는 당장 필요한 끈을 마련하려고 굵은 다리에서 양말 대님을 풀려 했다. 묶을 준비와 그것이 뜻하는 또 하나의 굴욕이 내 흥분을 다소 가라앉혔다.

「그것 풀지 말아요. 법석 떨지 않을 테니.」 나는 소리쳤다.

그것을 보증하느라고 나는 앉은 자리를 두손으로 꽉 붙들었다.

「정말 발악해선 안 돼.」베시가 말했다. 그리고 내가 정말 얌전해진 걸 확인하자 그네는 나를 붙잡고 있던 손을 늦추었다. 그리고 배시와 애보트는 팔짱을 끼고 내 정신이 온전한지 어쩐지 내 얼굴을 은근히 그리고 의심쩍게 바라보며 서 있었다.

「전엔 이애가 이런 일이 없었는데.」이윽고 베시가 하녀를 돌아보며 말했다.

「하지만 그런 소질이 있었어요.」하는 하녀의 대답이었다. 「가끔 마님께 이애에 대해서 내 의견을 말씀 드렸어요. 마님께서도 나와 마찬가지 생각이시든데요. 앙칼진 애예요. 그 나이에 그렇게 겉 다르고 속 다른 애는 난 처음 봤어요.」

베시는 대꾸하지 않았으나 얼마 있다가 내게 말했다.

「아가씨는 리드 부인의 신세를 지고 있는 걸 알아야 해요. 부인이 아가씨를 길러 주는 거야. 만일 마님께서 아가씨를 쫓아 내면 양육원으로 가는 수밖에 없을 거야.」

나는 이 말에 대꾸할 아무런 건더기가 없었다. 처음 듣는 밀이 아니었다. 비로 내가 철이 들어서의 첫기억은 모두 이런 말과 같은 것뿐이었다. 내가 더부살이라는 비난은 내 귀에 희미한 노랫 소리처럼 들렸다. 몹시 괴롭고 가슴아픈 말이긴 했지만 그 뜻은 이해가 잘 가지 않았다. 애보트가 말 참견을 했다. ——

「그리고 마님이 친절하셔서서 자신의 애들과 함께 아가씨를 길러 주신다고 해서 아가씨가 이 댁 아가씨들이나 리드 도련님과 동등하다고 생각해선 안 돼요. 머지않아 이 댁 자제분들은 부자가 되지만 아가씨는 무일푼이야. 고분고분 이 집 자제분들의 말을 잘 듣도록 하는 것이 아가씨 처지예요.」

「우리가 말하는 건 아가씨를 위해서지.」베시는 사납지 않은 음성으로 덧붙였다. 「좀 쓸모 있고 쾌활한 사람이 되도록 명심해야지. 그러면 이 댁에서 살게 되지만 심술을 마구 부리고 난동을 피우면 마님께서 쫓아낼 거야.」

「그뿐인가요.」하고 애보트는 말했다. 「하느님께선 그런 아이를 벌하셔요. 한참 심술을 내고 있을 때 갑자기 저애의 목숨을 앗아가실 거예요. 그럼 저앤 어디로 갈지 알아요? 자아 베시, 내버려두고 가요. 난 도무지 저런 마음보는 싫단 말이야. 에어 아가씨, 혼자서 남아 있을 때 회개하지 않으면 저 굴뚝에서 무슨 악귀가 내려와 잡아갈지도 몰라요.」

둘이는 문을 닫고 자물쇠를 잠그고 가버렸다.

이 〈붉은 방〉은 여분으로 비워 둔 방으로 사람이 자는 일은 좀처럼 없었다. 이 게이츠헤드 저택에 손님이 들이닥쳐 이 집 전체가 숙박에 사용될 필요를 느낄 때를 제외하고는 없다고 해도 정말 과언이 아니다. 그러나 이 〈붉은 방〉은 이 저택에서 제일 넓고 제일 웅장한 침실의 하나였다. 마호가니의 육중한 기둥으로 받쳐진 침대엔 진홍색의 비단 장막이 드리워져 방 한가운데 신전(神殿)처럼 놓여 있었다. 언제나 덧문이 닫혀져 있는 두 개의 큰 창문에는 같은 진홍색의 꽃무늬를 놓은 장막이 드리워져 창문을 반쯤 덮고 있었다. 융단은 붉은 빛깔이었다. 침대 발치에 놓인 테이블도 진홍색 천으로 덮여 있고 벽은 얼핏 보아 분홍색을 띤 듯한 연한 황갈색이었다. 옷장, 화장대, 의자들은 검게 윤이 나는 오랜 마호가니로 돼 있었다. 이런 짙은 사면의 색깔 속에서 침대에 쌓여진 침대요와 베개와 눈처럼 흰 마르세이유산(產)의 침대보가 아주 희게 빛나고 있었다. 침대 머리맡 가까이 놓인 큼직한 쿠션이 깔린, 앞에 발판이 달린 안락의자도 역시 침대에 못지않게 희었다. 보아하니 푸르스름한 옥좌(玉座)처럼 여겨졌다.

좀체로 불을 지피지 않아 방안은 냉랭하고, 어린이 방과 부엌에서 멀리 떨어져 있어 조용했다. 또 별로 사람들이 드나들지 않았기 때문에 장엄한 기운조차 감돌았다. 식모만 토요일마다 들어와 일 주일 동안 소리 없이 쌓인 먼지를 거울과 가구에서 닦아낼 뿐이었다. 그리고 어쩌다가 리드 부인이 옷장의 어느 비밀 서랍에 든 물건을 조사하러 오곤 했다. 그 속에는 양피지에 적힌 여러 가지 서류며 보석함이며 죽은 남편의 초상화 등이 간직돼 있었다. 그리고 죽은 남편이라는 이 말에는 이 방의 비밀――이 방이 호화로우면서도 쓸쓸함을 지니고 있는 마력(魔力)――이 들어 있는 것이다. 리드 씨가 세상을 떠난 지도 구 년이 된다. 그가 임종을 한 것도 시체가 정식으로 안치된 것도 이 방에서였다. 여기에서 장의사 인부들이 운구(運柩)를 했다. 그리고 그날부터 슬픈 이별의 느낌 때문에 사람들은 이 방에 자주 들어오지 않게 되었던 것이다.

베시와 매서운 애보트가 나를 못박아 버린 자리는 대리석 벽난로 가까이에 있는 나지막한 터키식의 기다란 오토먼 의자였다. 침대는 내 앞에 서 있고 오른쪽에는 높고 검은 옷장이 있었다. 옷장은 그 나무판의 광택을 여러 가지로 변화시키는 희미하고 쇠잔한 광선을 받고 있었다. 왼편에는 몽땅 가리워진 창문들이 있었고 창문과 창문 사이에 놓여진 커다란 경대는 침대와 방의 장엄함을 비추고 있었다. 나는 그들이 문을 잠그고 갔는지 어떤지를 잘 몰랐다. 그래서 몸을 움직여 볼 용기가 나자 일어나 가보았다. 아아! 역시, 교도소보다도 엄중하게 잠겨져 있었다. 돌아올 땐 경대 앞을 지나쳐야만 했다. 그것에 이끌린 내 시선은 저도 모르게 거기 비친 경대 속을 살피었다. 실감이 나지 않는 환상적인 공허가 그 속에서 점점 차가와져 가고 점점 어두워져 가는 것만 같았다. 그리고 거기에 어둠을 점찍는 창백한 얼굴과 팔을 가진, 그리고 모든 것이 고요한 가운데 공포의 빛나는 눈을 하고 나를 응시하는 이상한 아이의 모습이 진짜 유령처럼 보였다. 베시가 저녁이면 들려 주던 얘기에 자주 나오는, 적막하고 고사리 우거진 황무지의 골짜기를 걸어가는, 길 저문 나그네의 눈앞에 나타난 반은 요정이고 반은 악마이기도 한 조그만 유령의 하나로 생각되었다. 나는 내 의자로 돌아왔다.

그 순간 나는 미신에 사로잡혔다. 그러나 아직 완전히 홀리지는 않았다. 나의 피는 따뜻했고 반항적인 노예의 기분은 그냥 벅찬 힘으로 나를 감싸고 있었다. 나는 이 외로운 광경에 기가 꺾이기에 앞서 지난 일에 대한 회상이 갑자기 밀려오는 걸 막아야 했다.

존 리드의 갖은 횡포와 그의 여동생들의 거만한 냉대, 그의 어머니의 내게 대한 증오, 하인들의 편애, 이 모든 것이 마치 혼탁한 우물 속의 더러운 찌꺼기처럼 나의 어수선한 마음속에 떠올랐다. 왜 나는 언제나 고통을 받고 위협을 받아야 하나? 죄를 뒤집어쓰고 영원히 비난을 받아야 하나? 왜 나는 남을 기쁘게 해줄 수 없을까? 나는 모든 사람들의 마음을 사려고 노력하는데 왜 그 보람이 없을까? 고집이 세고 이기심이 강한 일라이자는 사람들에게 돋보였다. 사나운 성질에 몹시 잔학하고 몰아 대기 잘하는 심술궂은 행동의 조지아나는 어디서나 응석을 부렸다. 그네의 아름다운 불그스레한 볼, 물결치는 금발머리가 그네를 보는 사람으로 하여금 호감을 갖게 하고 잘못을 저질러도 눈감아 주게 하는 성싶었다. 존으로 말하면 비둘기의 목을 비틀거나 새끼 공작을 죽이거나 개를 양에게 내놓아 물리게 한다든가 온실의 포도를 따거나 제일 소중히 여기는 화초의 순을 분질러 버려도 누구 하나 벌을 주기는커녕 말리는 사람도 없었다. 그는 또 자기 어머니를 〈할멈〉이라고 불렀다. 때로는 자기 자신과 같은 어머니의 거무스레한 살갗을 저주하고 어머니의 말 같은 건 아예 들으려고도 하지 않았다. 어머니의 명주옷을 찢어 망쳐 놓는 일도 한두 번이 아니었다. 그래도 그는 여전히 〈그네의 귀염동이〉였다. 나는 잘못을 저지르지 않으려고 애썼다. 그날그날의 의무를 다하려고 힘을 다했다. 그런데 나는 밤낮 장난꾸러기며 귀찮고 샐쭉하기 잘하고 엉큼한 애라고 불리워졌다.

아까 존한테 얻어맞고 넘어져 다친 머리는 아직 쑤시고 피가 흘렀다. 무턱대고 존이 나를 패도 누구 하나 꾸짖는 사람은 없었다. 그리고 더한층 이유 없는 폭행을 피하려고 그에게 대항했다고 해서 나는 모두의 비난을 받게 되었다.

「억울해! 억울해!」하고 내 이성(理性)은 일시적이나마 고통의 흥분으로 어른다운 힘을 얻어 외쳤다. 이성에 못지않게 자극된 결단력도 견딜 수 없는 압박에서 모면하려는 묘한 수단——마치 도망치는 것과 같은——을 가르쳐 주거나 아니면 그것이 효과가 없을 경우엔 단식으로써 죽음을 취하라고 선동했다. 그 음산하던 날 오후 내 영혼은 얼마나 놀랐던가! 머리는 얼마나 혼란하고 마음은 얼마나 반항심에 차 있었던가! 또 암흑과 무지막지 속에서 얼마나 마음의 투쟁이 벌어졌던가! 그칠 줄 모르는 정신적 의문——왜 나는 이다지도 고통을 겪어야 하나! 나는 이 의문에 대답할 수 없었다. 몇 년이라고 말할 수는 없으나 오랜 시일이 지난 지금에야 나는 분명히 그 이유를 알았다.

나는 게이츠헤드 저택에는 어울리지 않는 존재였다. 나와 어울리는 사람은 하나도 없었다. 리드 부인이나 그 집 아이들이나 그의 심복 하인들과 나는 조금도 어울리지 않았다. 그들이 나를 사랑하지 않는 것과 마찬가지로 나도 사실 그들을 사랑하지 않았다. 그들에겐 자기들 중의 누구와도 마음이 통하지 않는 자를 다정하게 대해 주어야 할 의무는 없었다. 이질 분자는 기질이나 재능이나 취미에 있어서 그들과 맞지 않는 것이고 또 그들에게 아무런 이득도 줄 수 없고 기쁨을 줄 수 없는 무용지물인 것이다. 그들의 대우에 격분과 그들의 의견에 멸시의 씨앗을 키우고 있는 백해 무익한 존재인 것이다. 만일 내가 쾌활하고 명랑한 데다가 무관심하고 방정하며 예쁘게 생긴 말괄량이라면——비록 더부살이에 의지할 데 없다 할지라도 리드 부인은 내가 있는 것을 다소 만족스레 여겼을 것이고 아이들은 좀더 우정 있는 친절로써 나를 대해 주었을 것이다. 하인들도 나를 아이들 방에 가두고 억울한 누명을 씌우려 들지는 않았을 것이다.

햇빛은 〈붉은 방〉을 떠나기 시작했다. 그 후 네 시가 지났고 구름이 뒤덮인 오후가 스산한 황혼으로 기울어 가고 있었다. 비가 층층다리의 창문을 줄곧 두드리는 걸 나는 들었다. 그리고 집 뒤 숲에선 바람 소리가 들려 왔다. 몸은 점점 돌처럼 식어 가고 용기도 차차 줄어들었다. 버릇처럼 된 굴욕감과 자기 의혹과 절망이 사라져 가는 노여움의 잿불 위에 흥건히 내려앉았다. 모두 나를 우악스럽다고 한다. 그럴지도 모른다. 나는 굶어죽는다는 것밖에 무엇을 생각하겠는가? 그것은 확실히 죄악이다. 그리고 나는 죽을 채비가 돼 있는가? 그렇지 않으면 게이츠헤드 교회의 성단(聖壇) 밑에 있는 지하실 납골당(納骨堂)이 적당한 목적지일까? 들리는 말엔 그 납골당에 리드 씨가 매장되었단다. 생각이 여기까지 미치자 나는 리드 씨를 회상하고 두려움에 싸인 채 생각에 잠겼다. 리드 씨에 대한 기억은 없었으나 그 분은 내 외삼촌——내 어머니의 오빠——이라는 것과 내가 아직 어린 고아였을 때 그 분이 나를 자기 집으로 데려왔다는 것과 임종 때 리드 부인에게 나를 그네의 자녀의 한 사람으로 양육하도록 다짐받은 일을 나는 알고 있었다. 리드 부인은 아마 그 약속을 지켰다고 생각할지 모른다. 그네의 성격으로서는 가능한 한 약속을 지켰다고 할 수도 있을 것이다. 그러나 남편이 죽은 뒤로 그네와는 인연이 끊어지고 혈통이 다른 훼방꾼을 어찌 진심으로 좋아할 수 있겠는가? 자신이 사랑할 수 없는, 알지도 못하는 어린이의 양친이 되어 주겠다는 내키지 않는 맹세에 얽매여 있는 자기를 발견하고, 더구나 마음에 들지도 않는 딴 남이 자기 가족 속에 오래도록 침투해 있는 꼴을 보아야 한다는 것은 무척 골치 아픈 일임에 틀림없었으리라.

나는 이상한 생각이 들었다. 만약 리드 아저씨가 살아 계셨더라면 나를 귀여워해 주었으리라는 걸 의심하지 않았다──조금도 의심이 가지 않았다. 그런데 지금 내가 흰 침대와 어스름에 잠긴 벽을 바라보며──또 가끔 은은히 빛나는 거울에 시선을 주며 앉아 있을 때 죽은 사람들에 관해서 들은 얘기가 생각나기 시작했다. 즉 그들은 임종하는 마당에서 유언한 일이 이루어지지 않아 무덤 속에서도 안정할 수 없어 위선자를 벌하고 학대받는 사람들을 위해 복수를 해주려고 다시 이 세상에 나타난다는 것을. 그래서 리드 아저씨의 혼이 자기 누이동생의 아이가 학대를 받는 것이 괴로운 나머지 교회의 납골당이나 아니면 죽은 사람들이 있는 미지의 세계를 빠져 나와 이 방의 내 눈앞에 나타날지도 모른다는 생각이 들었다. 나는 눈물을 씻고 울음을 참았다. 내가 마구 울어 대면 나를 위로하기 위해 초자연적인 목소리가 들려 오지 않을까, 혹은 어둠 속에서 후광을 띤 얼굴이 튀어나와 이상한 동정심으로 나를 덮치지나 않을까 두려웠기 때문이다. 이것은 이론적으로는 위안이 되는 것이나 실제로 이런 일이 일어나면 무서울 거라고 생각했다. 나는 힘을 다해 이런 생각을 지워 버리려 애썼다──굳세지려고 애썼다. 눈 위의 머리카락을 떨치고 고개를 들어 대담하게 어두운 방 안을 둘러보려 했다. 그 순간 벽에 한 가닥의 빛이 빛났다. 덧문 틈새로 스며드는 달빛이 아닌가고 나는 자문했다. 아니다, 달빛이면 머물러 있을 텐데 그건 움직였다. 바라보고 있는 동안 그 빛은 천장으로 옮겨갔다가 내 머리 위에서 흔들거렸다. 지금 같으면 그 빛이 아마 잔디밭을 걸어오는 어느 누구의 손에 들린 등불빛이었으려니 할 수도 있지만 그때의 내 마음은 두려움에 떨고 신경이 불안에 휩쓸려 있었기 때문에 휙 지나간 빛은 저승에서 오는 망령의 사자라고 생각했다. 가슴이 마구 두근대며 머리가 점점 화끈거렸다. 어떤 소리가 귀에 가득찼다. 내 귀에는 퍼덕이는 날개 소리같이 들렸다. 무엇인가 내 가까이 있는 것 같았다. 나는 몸이 죄어들고 숨이 막혔다. 참을 수가 없었다. 문으로 달려가 필사적으로 자물쇠를 흔들어 댔다. 바깥 복도를 달리는 발소리가 다가오고 쇠가 열리며 베시와 애보트가 들어왔다.

「데어 아가씨, 어디 아파요?」베시가 말했다.

「무척 소란도 피우네! 아이 지겨워!」애보트가 소리쳤다.

「내놔 줘요! 제발 어린이 방으로 가게 해줘!」나는 외쳤다.

「왜 그래! 어디 다쳤니? 뭘 봤니?」다시 베시가 물었다.

「그래! 불빛을 봤어. 유령이 오는 줄 알았어.」나는 이때 베시의 손을 꽉 붙들었으나 베시는 내 손을 뿌리치지 않았다.

「일부러 악을 쓴 거야.」밉살스럽다는 듯이 애보트는 내뱉었다. 「무슨 소릴 그렇게 질러요! 아파서 그런다면 용서 할 수도 있지만 우리를 불러들이려고 그랬지 뭐야. 그 잔꾀가 뻔해.」

「왜들 야단이냐?」근엄한 다른 소리가 들렸다. 리드 부인이 모자끈을 펄펄 날리고 요란스레 옷자락 스치는 소리를 내며 복도를 걸어왔다.

「애보트, 베시, 내가 제인 에어를 직접 만나볼 때까지 이애를 〈붉은 방〉에 그냥 놔두어야 한다고 일렀을 거야.」

「마님, 제인 아가씨가 고래고래 소리를 지르는 통에.」베시가 변명을 했다.

「그냥 내버려 둬.」대답은 이뿐이었다. 「자아, 베시의 손을 놔라. 그런 방법으로 풀려나올 순 없어, 알겠지. 난 잔꾀를, 특히 어린애의 잔꾀를 싫어해. 나는 잔꾀는 별 소용이 없다는 걸 보여 줄 의무가 있어. 한 시간만 더 여기 있거라. 정말 순종하고 조용히 있으면 내보내 줄 테야.」

「아이고, 아주머니, 살려 줘요! 용서해 주세요! 못 견디겠어요——무슨 딴 방법으로 벌을 주세요! 만일……전 죽을 거예요.」

「조용히 해! 이렇게도 야단을 떨다니 불쾌하기 짝이 없다.」물론 그렇게 느꼈을 것이다. 그네의 눈에는 내가 조숙한 연극장이로 보였던 것이다. 그네는 진정으로 나를 독살스러운 신경질과 비굴한 마음과 위험 천만한 이중 성격의 혼합물로 보았던 것이다.

베시와 애보트가 가버린 뒤 나의 미친 듯한 몸부림과 야단 법석한 울부짖음에 당황한 리드 부인은 별안간 나를 밀어넣고 아무 말도 없이 자물쇠를 잠가 버렸다. 나는 부인이 옷자락을 끌며 사라져가는 발소리를 들었다. 그리고 그네가 가버린 뒤 나는 곧 정신을 잃은 모양이었다. 모든 것이 무의식속에 잠겨 버렸다.

3

다음으로 내가 기억하는 것은 무서운 몽마(夢魔)에 시달리고 난 듯한 기분으로 깨어나 눈앞에 무섭게 빨간 빛이 굵고 검은 막대기와 교차돼 있는 걸 본 것이다. 또 무엇인가 허공에 뜬 목소리로 지껄이는 음성도 들렸는데 이것은 마치 바람이나 거센 물살에 먹히운 것 같았다. 흥분과 불안, 그리고 심한 공포심이 내 신체의 기능을 혼란시키고 말았다. 곧 나는 누가 나를 어루만지고 있음을 깨달았다. 앉은 자세로 나를 일으켜 내 몸을 받쳐 주는 등 여태 경험한 것보다는 훨씬 부드러운 것이었다. 베개인지 팔인지에 나는 머리를 고이고 있어 편안했다.

오 분이 좀 지나 혼란의 구름은 걷히었다. 나는 내 침대에 누워 있다는 것과 그 빨간 빛은 어린이 방의 난롯불이었다는 걸 알았다. 밤이었다. 책상 위에는 촛불 하나가 타고 있었다. 베시는 대야를 들고 침대 다리 가에 서 있었고 신사 한 분이 내 베개 곁 의자에 앉아 내세로 몸을 기울이고 있었다.

나는, 게이츠헤드 저택의 식구도 아니고 리드 부인과도 관계가 없는 전혀 낯선 신사가 방에 있는 걸 알았을 때 말할 수 없는 안도감, 말하자면 보호와 안전 속에 있다는 아늑한 믿음을 느꼈다. 나는 베시에게서 눈을 돌려(베시가 눈앞에 있다는 것은 애보트가 곁에 있는 것보다는 훨씬 덜 불쾌했지만) 그 신사의 얼굴을 살피었다. 아는 사람이었다. 하인들이 앓으면 리드 부인이 가끔 불러들이는 약제사 로이드 씨였다. 리드 부인은 자기나 자기 아이들을 위해선 의사를 불렀다.

「자아 내가 누구지?」그는 물었다.

나는 그의 이름을 대는 것과 함께 손을 내밀었다. 그는 내 손을 잡고 미소를 지으며 이렇게 말했다.「곧 좋아지겠지.」그러자 나를 눕히고 밤새 푹 자도록 잘 간호해 주어야 한다고 베시에게 일렀다. 몇 마디 더 지시를 하고 다음날 다시 오겠노라 하고는 떠나 버렸다. 나는 슬펐다. 그가 내 베갯머리의 의자에 앉아 있는 동안은 나는 아늑했고 내 편이 있는 느낌이었다. 그리고 그가 나가 버리자 방 안이 온통 캄캄해지고 마음은 다시 침울해졌다. 헤아릴 수 없는 슬픔에 억눌리었다.

「아가씨, 잠들 수 있겠니?」꽤 부드럽게 베시가 물었다.

겨우 대답이 나왔다. 그네의 다음 말이 거칠어질까 두려웠기 때문이다.「자 볼께요.」

20

「뭘 좀 마시거나 먹고 싶은 거 없니?」

「아니 아무것도 싫어, 베시.」

「그럼 난 가 자겠다. 벌써 열 두 시가 지났으니까. 밤에 볼일이 있으면 불러요.」

이 얼마나 놀랍도록 상냥한 말씨이며 태도이냐! 이것이 내게 어떤 질문을 할 수 있는 용기를 주었다.

「베시, 나 어떻게 된 거야? 병들었어?」

「아가씨는 〈붉은 방〉에서 울다가 병이 난 것 같애, 이내 날 거야, 틀림없이.」

베시는 곁에 달린 식모 방으로 가버렸다. 그네의 음성이 들려 왔다.

「사라, 어린이 방에 와서 나하고 같이 자요. 난 세상 없어도 오늘 밤 저애와 단 둘이선 지낼 수 없어. 저애는 죽을지도 몰라. 기절을 하다니, 참 이상한 일이야. 아마 뭘 본 건지 몰라. 마님이 좀 너무했어.」

사라가 베시와 같이 들어왔다. 둘이 다 자리에 누웠다. 잠들기 전에 한 반 시간 둘이는 소곤댔다. 나는 대화의 토막토막을 들었다. 이 토막 말에서 나는 애기의 중요한 줄거리를 똑똑히 알 수 있었다.

「온통 흰 옷을 입은 게 그애 앞을 스치고 사라졌다는 거야.」——「그 뒤엔 큰 검정개가 한 마리 따른다는 거야.」——「저 침실 방문을 세 번 쾅쾅 두들겼다지.」——「교회 묘지에 있는 돌아가신 주인 무덤 바로 위에 한 줄기 빛이.」——등등.

드디어 둘이는 잠이 들었다. 난로의 불과 촛불이 꺼져 버렸다. 기나긴 한밤을 뜬눈으로 무시무시하게 새웠다. 귀와 눈과 마음은 공포로 긴장되었다. 그것은 어린이들만이 느낄 수 있는 그런 공포였다.

이 〈붉은 방〉 사건은 육체적으로 심하거나 오래 끄는 병으로 이끌지는 않았다. 그것은 여태까지도 여파를 남기고 있는 충격을 내 신경에 갖다 주었을 뿐이었다. 그래요, 리드 부인, 나는 당신 덕분에 무서운 정신적 고통을 겪었어요. 그러나 나는 당신을 용서하겠어요. 당신은 자기가 무슨 일을 저질렀는지 모르고 있으니까. 나의 어린 마음의 정서를 갈가리 찢어 내면서도 나의 나쁜 버릇을 뿌리 뽑는다고만 생각했어요.

다음날 낮에 일어나 옷을 입고 숄을 걸친 나는 어린이 방 난롯가에 앉아 있었다. 나는 몸이 허약해지고 망쳐진 걸 깨달았다. 그러나 그보다 더 심한 괴로움은 형언할 수 없는 정신적 슬픔이었다. 이 슬픔은 줄곧 내게 소리 없는 눈물을 흘리게 했다. 뺨에서 짭짤한 눈물 방울을 닦아내기가 바쁘게 또 다른 방울이 뒤

따랐다. 그래도 나는 행복할 수밖에 없다고 생각했다. 그건 리드네 식구가 한 사람도 여기에 없기 때문이다. 모두 엄마와 함께 마차를 타고 외출했고 애보트도 다른 방에서 바느질을 하고 있었다. 베시만이 방안을 여기저기 돌아가면서 장난감을 치우고 서랍을 챙기기도 하며 때때로 내게 전에 없이 다정스레 말을 걸어왔다. 지금의 이 상태는 끊임없는 꾸지람과 감사를 받지 못하는 고역의 생활에 익숙한 내게는 평화의 낙원으로 여겨질 수밖에 없었다. 그러나 사실 이때 타격받은 내 신경은 어떤 평화도 위안이 될 수 없고 또 어떤 즐거움도 이를 즐겁게 흥분시킬 수 없는 상태에 있었다.

　베시는 부엌으로 가 꽤 예쁘게 채색한 사기 접시에 파이 한 개를 담아 가지고 왔다. 그 접시에 그려 놓은 메꽃과 장미 봉오리의 화환 속에 깃든 극락조(極樂鳥)는 늘 나를 무척 열광적으로 감탄시켜 왔던 것이었다. 그리고 그 접시를 손에 들고 좀더 자세히 살펴볼 수 있게 해달라고 애원해 봤지만 이때까지 나는 그런 특전을 받을 자격이 없다고 언제나 거절당해 왔던 것이다. 이 귀중한 접시가 지금 내 무릎에 놓여 있다. 그리고 그 접시에 담긴 맛있는 동그란 파이를 먹으라고 정중하게 권하기까지 했다. 쓸데없는 호의! 자주 바랐지만 오래 끌어온 대개의 호의처럼 이것이 찾아온 것은 이미 늦은 것이다. 나는 파이를 먹을 수 없었다. 그리고 새의 날개와 꽃 빛깔은 이상하게 퇴색한 것처럼 여겨졌다. 나는 접시와 파이를 모두 내려놓았다. 베시는 책을 보겠느냐고 물었다. 〈책〉이라는 말이 부질없는 자극을 주어 나는 서재에서 〈걸리버 여행기〉를 갖다 달라고 했다. 이 책은 내가 몇 번이고 재미있게 캐 읽은 일이 있다. 나는 이 책을 실제의 이야기로 알고 동화보다 더 깊은 흥미를 느꼈다. 왜냐하면 난장이 요정(妖精)들이 디기탈리스 잎과 화관(花冠) 속, 버섯 밑이나 오랜 벽 구석을 뻗어 올라간 적설초(積雪草) 아래를 찾아 보았으나 소용없었으므로 결국 요정은 영국을 떠나 아주 원시적인 무성한 숲이 있고 사람이 드문 미개한 나라로 가버렸다는 슬픈 사실을 믿게 되었기 때문이었다. 난장이 나라도 키다리 나라도 내가 믿는 바로는 지구 표면에 견고한 지역을 차지하고 있어 장차 내가 긴 항해를 하게 되면 난장이 나라에서는 그 조그만 밭과 집, 나무, 난장이들, 조그만 암소, 양, 새들을, 또 한편 키다리 나라에서는 숲처럼 높은 보리밭, 거대한 맹견(猛犬), 괴물 같은 고양이, 탑처럼 키 큰 남녀를 볼 수 있으리라는 걸 의심하지 않았다. 그러나 지금 그 소중한 책이 내 손에 놓여 있지만——책장을 들치면서 이때까지 꼭 느꼈던 매력을 이 신기한 그림 속에서 찾아 보았으나——모두가 무시무시하고, 침울하게 보였다. 거인들은 말라 빠진 괴물 같았고, 소인들은 심술궂고 무시무시한 귀신들로 보였다. 걸리버는 가장 무섭고 위험한 고장을 무척 쓸쓸히 방황하는 사람이었다. 나는 책을 덮었다. 더 이상 읽을 용기가 나지 않아, 테이블 위 아직 손도 대지 않은 파이 옆에 놓았다.

베시는 지금 방소제와 정돈을 끝마쳤다. 그리고 손을 씻고 멋진 명주와 비단 조각이 가득한 조그만 서랍 하나를 열고 조지아나의 인형의 새 모자를 만들기 시작했다. 그러면서 그네는 노래를 불렀다. 이런 노래였다.

〈옛날 옛적에 방랑의 길을 떠났을 때〉

이 노래는 이전에도 가끔 들었었다. 언제나 발랄한 기쁨으로써 들었다. 베시는 음성이 아름다왔기 때문이었다.

—— 적어도 나는 그렇게 생각했다. 그러나 지금 그 목소리는 여전히 아름다왔지만 나는 그 가락 속에서 헤아릴 수 없는 슬픔을 찾아냈다. 일에 정신이 팔려 베시는 때로는 그 노래의 후렴을 아주 낮고 느리게 불렀다. 〈옛날 옛적에〉라는 귀절은 마치 장송곡의 슬픈 가락처럼 들렸다. 그네는 다른 가요를 부르기 시작했다. 이번의 것은 실로 애절한 노래였다.

내 발은 쑤시고 사지는 지쳤네,
길은 멀고 산은 험난하고
불쌍한 고아가 가는 길 위에
머지않아 황혼은 달 없이 쓸쓸히 다가오리.

왜 나를 멀고 멀리 쓸쓸히 보냈을까,
황무지는 펼쳐지고 회색 바위 쌓인 곳에,
인심은 무정한데 인자한 천사만이
가엾은 고아의 발걸음을 돌봐 주네.

그러나 멀리서 가만히 밤바람 불고
구름 한 점 없고 맑은 별은 부드럽게 빛나네.
자비로운 하느님은 가엾은 고아에게
보호와 위안과 희망을 보여 주시네.

끊어진 다리를 건너다 떨어져도
도깨비불에 홀려 늪 속을 헤매도

하느님은 약속과 축복으로
불쌍한 고아를 품에 안겨 주시리.

의지할 곳과 친지를 모두 빼앗겼으나
나를 도울 수 있는 힘을 생각하네,
하늘은 나의 집, 안식은 날 안 버리리.
하느님은 가엾은 고아의 벗이라네.

「이봐, 제인 아가씨, 울지 말아요.」노래를 끝마치자 베시는 말했다. 하지만 난롯불을 향해「타지 말아요!」하는 격이지. 그러나 나를 사로잡고 있는 병적 고통을 베시인들 어찌 알아낼 수 있을까? 오전 중에 로이드 씨가 다시 찾아왔다.

「아니 벌써 일어났어!」어린이 방에 들어서며 그는 말했다.「그런데 보모 아주머니, 아가씬 좀 어때요?」

내가 많이 나아졌다고 베시는 대답했다.

「그럼 좀더 명랑해 보여야 할 텐데. 제인 아가씨, 이리 와요. 이름이 제인이라지?」

「네, 제인 에어예요.」

「그런데 울고 있군 그래, 제인 에어 아가씨. 왜 울었는지 내게 말할 수 있어요? 어디 아파?」

「아뇨.」

「아아 참! 마님과 같이 마차를 타고 나가지 못해 운 거예요.」베시가 참견을 했다.

「천만에요! 아니 그런 심술을 부릴 나이는 지났어요.」

나도 그렇게 생각했다. 그리고 베시의 당치 않은 말로 해서 내 자존심이 상해 버려 재빨리 대꾸를 했다.「전 여태까지 그런 일로 울어 본 적은 없어요. 마차를 타고 외출하는 건 싫어해요. 저 자신이 서러워서 우는 거예요.」

「나 참, 아가씨도!」베시가 말했다.

그 사람 좋은 약제사는 약간 당황한 기색이었다. 나는 약제사 앞에 서 있었다. 그는 나를 차분히 들여다보았다. 그의 눈은 조그맣고, 회색빛이고 그리 맑지 않았다. 그러나 지금 생각해 보니 빈틈없는 눈이라고 감히 말할 수 있는 눈이었다. 딱딱하지만 착한 성품이 내다보이는 얼굴이었다. 그는 유유히 나를 살피고 나서 입을 열었다.

「어제는 왜 앓게 됐나?」

「넘어졌어요!」베시가 또 참견을 했다.

「넘어졌다고요! 거참, 아직 어린애 같군 그래! 그 나이에 아직 잘 걷지도 못해요? 여덟 살이나 아홉 살은 됐을 텐데.」

「전 얻어맞고 넘어졌어요.」라는 말이 모욕을 당한 자존심의 또 하나의 상처에서 튀어나온 노골적인 설명이었다.「하지만 그것 때문에 병난 건 아니예요.」하고 덧붙였다. 이때 로이드 씨는 담배를 한 모금 빨았다. 로이드 씨가 담뱃갑을 조끼 주머니에 도로 넣으려고 했을 때 하인들의 식사를 알리는 벨이 요란스레 울렸다. 로이드 씨는 이 벨의 뜻을 알고 있었다.「보모 아주머니, 저건 아주머니를 부르는 소리예요.」하고 그는 말했다.「아주머니는 나가도 좋아요. 돌아올 때까지 제인 아가씨에게 잘 타이를 테니까.」

베시는 그대로 있고 싶었겠지만 게이츠헤드 저택에서는 식사 시간을 정확히 엄수해야 하기 때문에 할수없이 가야 했다.

「그래 넘어져서 병난 게 아니라면 뭣 때문이지?」로이드 씨는 배시가 가버리자 따지고 나왔다.

「전 유령이 나타나는 방안에 갇혀 있었어요, 밤이 된 후까지요.」

나는 로이드 씨가 미소와 더불어 눈살을 찌푸리는 걸 보았다.「유령이라고! 역시 어린애군 그래. 유령이 무서워?」

「리드 아저씨 유령은 무서워요. 리드 아저씨는 그 방에서 돌아가시고 또 시체도 거기 모셨었어요. 되도록이면 베시나 다른 사람들도 밤엔 그 방에 안 들어가려고 해요. 촛불 하나 없이 나 혼자 그곳에 가둔다는 건 잔인해요——너무 잔인해서 저는 일생 못 잊겠어요.」

「괜한 소리! 그래서 그렇게 서럽단 말이냐? 지금처럼 대낮에도 무서우냐?」

「아뇨, 하지만 머잖아 밤이 또 올 걸요. 그리고 또 저는 불행해요——아주 불행해요, 다른 일로도.」

「다른 일이라니? 그걸 좀 얘기해 주겠니?」

이 물음에 나는 얼마나 실컷 대답하고 싶었던가! 대답을 생각해내는 데 얼마나 힘이 들었던가! 어린애들이란 느낄 수는 있어도 그 느낌을 분석할 수는 없다. 설혹 그 분석이 부분적으로 머리에 떠올랐다 치더라도 그 과정의 결과를 말로 표현할 방법을 모르고 있다. 그러나 나는 내 슬픔을 알림으로써 그 짐을 덜게 하는 처음이자 유일한 기회를 놓칠까 두려워하며 잠시 망설인 다음 빈약한 짜임새이지만 되도록 진실한 대답을 하려고 애썼다.

「첫째로 저는 아버지와 어머니가 안 계시고 남동생이나 여동생도 없어요.」

「친절한 아주머니와 사촌들이 계시지 않나.」

다시 나는 말을 멈추었다. 이어서 나는 서투른 말솜씨로 나왔다.

「하지만 존 리드는 저를 때려눕혔어요. 그리고 아주머닌 저를 〈붉은 방〉에 가 뒀어요.」

로이드 씨는 두 번째 담뱃갑을 꺼냈다.

「게이츠헤드 저택은 참 훌륭한 집이라고 생각하잖니?」 그는 물었다. 「이처럼 훌륭한 곳에서 사는 걸 아주 고맙게 여기지 않아?」

「이건 제 집이 아네요. 그리고 전 하인보다도 이 집에 살 권리가 없다고 애보트가 말했어요.」

「바보 같은 소리! 설마 이런 훌륭한 집을 떠나고 싶다는 그런 어리석은 생각은 아니셨시?」

「제게 갈 곳이라도 있음 달게 가겠어요. 하지만 어른이 될 때까진 게이츠헤드를 떠날 수 없어요.」

「그럴지도 모르지——그야 알 수 있나? 리드 부인 외에 딴 친척은 없니?」

「없는가 봐요.」

「아버지 편으론 없나?」

「몰라요. 언젠가 리드 아주머니께 여쭤 봤더니 어쩌면 에어라는 이름을 가진 못사는 너절한 친척이 있는 것도 같지만 그들에 대해선 아무것도 모르신대요.」

「혹시 그런 분들이 계시다면 그리 가고 싶니?」

나는 곰곰이 생각했다. 가난이란 어른에게도 무섭게 보이는 것이다. 하물며 아이들에게는 말할 것도 없다. 아이들은, 부지런히 일해서 존경을 받을 만한 가난도 있다는 걸 잘 모른다. 가난이란 말은 누더기옷에 하잘것없는 음식에다 불기 없는 난로, 거칠은 행동, 저속한 악덕과 관련돼 있는 것으로만 생각한다. 가난이란 내게 있어선 타락과 똑같은 말이었다.

「아니예요. 전 가난한 사람이 되고 싶진 않아요.」 내 대답이었다.

「가령 네게 친절한 사람들이라도 싫으니?」

나는 머리를 저었다. 가난뱅이들이 어떻게 친절히 해줄 도리가 있는지 알 수 없었다. 그래서 그들처럼 말하는 걸 배운다든가 그들의 태도를 본뜨고 교육도 못 받고 내가 어쩌다 목격한 게이츠헤드 마을의 오막살이 문 앞에서 애들을 재우거나 빨래를 하는 가난뱅이 여자처럼 자라기는 싫었다. 아니, 나는 신분을 희생시켜서까지 자유를 사들일 만한 용감성은 없었다.

「하지만 너의 친척들은 그렇게두 가난하니? 노동자들이야?」

「모르겠어요. 리드 아주머니 말씀이 만약 제게 친척이 있다면 거지떼들일 거라고 했어요. 거지 노릇 하긴 싫어요.」

「너 학교에 가고 싶으냐.」

나는 또 생각에 잠겼다. 학교가 어떤 것인지 거의 몰랐다. 베시가 때때로 해주는 말로는 학교란 젊은 아가씨들이 발에 쇠고랑을 차고 앉아서 자세를 바르게 하기 위해 등에 널빤지를 대고 있는 데고 아주 얌전하고 규칙적이 돼야 하는 곳이라고 했다. 존 리드는 학교를 싫어하고 자기 선생님을 나무랐지만 존 리드의 취미가 내 표준은 될 수 없었다. 그리고 학교의 규율에 관한 베시의 얘기(게이츠헤드에 오기 전에 있던 집의 아가씨들로부터 들어 모은 것이다)는 무시무시한 것이었지만 이 아가씨들이 터득한 교양에 관한 상세한 얘기는 또한 내 마음을 끌었던 것 같았다. 아가씨들이 그린 아름다운 풍경화나 꽃, 그네들이 부르는 노래, 연주하는 곡목, 뜨개질한 지갑, 번역된 프랑스 책에 대해서 베시는 자랑스레 떠들어 놓아서 듣고 있는 동안 나는 감동하여 그렇게 해보고 싶은 마음이 들었다. 게다가 또 학교는 완전한 변화를 가져올 것만 같았다. 그것은 기나긴 여행과 게이츠헤드를 아주 떠나 새 생활로 들어가는 걸 의미했다.

「정말 학교에 다니고 싶어요.」이것은 깊이 생각하고 들려 주는 나의 결론이었다.

「글쎄 어떻게 되는지 두고 봐야지 않겠나?」로이드 씨는 일어서며 말했다. 「이애는 전지요양을 시켜야겠는 걸.」하고 혼잣소리를 덧붙였다. 「신경이 온전한 상태가 아냐.」

이때 베시가 돌아왔다. 이와 동시에 마차가 자갈길을 굴러 오는 소리가 들렸다.

「마님이 오시지요. 보모 아주머니?」하고 로이드 씨가 물었다. 「떠나기 전에 마님께 말씀 좀 드리고 싶군.」

베시는 로이드 씨에게 조반 식당으로 오라고 부르고는 안내를 했다. 로이드 씨와 리드 부인과의 대담은 나중에 일어난 일로 미루어보아, 약제사가 용기를 내어 나를 학교에 보내도록 권한 것으로 보였다. 그리고 이 권고는 곧 받아들여졌음이 분명했다. 왜냐하면 어느날 밤 내가 잠자리에 들어가고 나자 애보트와 베시가 어린이 방에서 바느질을 하면서 내가 잠이 든 줄 알고 이 문제를 두고 말하는 가운데서, 애보트가「마님 말씀이 저런 귀찮고 성가신 애를 쫓아내게 돼서 다행이라고 하셨어. 늘 남의 눈치만 살피고 앙큼스레 나쁜 짓만 꾸미는 것 같은 애라고 말이에요.」하고 말했다. 애보트는 나를 어린애이긴 하지만 저 역사상 유명한 음모가인 가이 폭스 같다고 생각한 것 같았다.

그날 밤 나는 애보트가 베시에게 하는 말을 듣고, 우리 아버지는 가난한 목사였다는 것과, 우리 어머니는 짝이 어울리지 않는다는 친구들의 의견을 물리치고 아버지와 결혼했다는 것과, 우리 외할아버지인 리드가 어머니의 거역에 분통이 터져 한푼도 주지 않고 어머니를 내쫓았다는 것을, 또 우리 부모님이 결혼한 지 일 년이 지나 아버지가 목사직을 맡고 있던 어느 큰 공업 도시의 빈민들을 심방하시다가 그때 유행하던 티푸스에 걸려 어머니도 아버지에게서 전염되어 두 분 다 한 달 안에 연달아 돌아가셨다는 걸 처음 알게 되었다.

이 얘기를 들었을 때 베시는 한숨을 짓고 말을 이었다.「제인 아가씨도 가엾지 뭐유, 애보트.」

「그래요.」애보트가 대꾸했다.「저애가 착하고 거여운 애라면 누구나 그 외로운 신세에 동정할지 몰라요. 하지만 저런 밉살스런 애에겐 동정이 갈 리 없지.」

「조금도 동정이 안 가, 정말.」베시가 맞장구를 쳤다.「하여튼 조지아나 아가씨처럼 귀여우면 같은 경우라도 동정을 살거야.」

「그렇고말고. 조지아나는 참 귀여워 죽겠어!」신이 나서 애보트가 외쳤다.

「귀염둥이 아가씨! ── 기다란 고수머리에 파란 눈, 그 아름다운 얼굴빛은 마치 그린 것 같아요! 베시, 난 저녁에 치즈와 맥주를 섞어 만든 빵을 먹었음 좋겠어.」

「참 나도 ── 구운 양파하고. 자 내려가 봅시다.」그들은 가버렸다.

4

로이드 씨와의 대화와 앞서 말한 베시와 애보트의 얘기로 해서 나는 병을 고쳐야겠다고 생각하는 동기로서 충분한 희망력을 북돋울 수가 있었다. 변화는 그리 멀지 않을 것만 같았다. ── 나는 그것을 조용히 기대하고 있었다. 그러나 시일이 좀 걸렸다. 날이 가고 주일이 바뀌었다. 정상적인 건강 상태로 회복되었으나 내가 골똘히 생각해 오던 문제에 대해선 아무런 새로운 암시도 없었다. 리드 부인은 가끔 매서운 눈초리로 나를 살피곤 했으나 말을 걸어오는 일이 없다시피했다. 내 병이 생긴 뒤로 부인은 자기 애들과 나 사이에 전보다 좀더 선명한 간격의 선을 그어 놓았다. 나는 혼자 자도록 조그만 골방이 지정되었고 식사도 혼자서 하라는 선언과 또 사촌 애들은 줄곧 응접실에 있었지만 나는 〈어린이 방〉에서 종일을 보내야 했다. 그러나 나를 학교에 보내는 일에 관해선 아무런 기색도 내비치지 않았다. 하지만 나는 부인이 한지붕 밑에서 나를 오래 두고는 견디지 못하리란 걸 본능적으로 확신했다. 그것은 요즘 나를 대하는 그네의 눈 초리가 전에 없이 참을 수 없는 뿌리 깊은 증오심을 나타냈기 때문이었다.

일라이자와 조지아나는 분명히 명령에 따라 행동하고 있는 듯 되도록 내게는 말을 걸어오지 않았다. 존은 나를 볼 때마다 혀로 볼을 불룩히 내밀어 보였다. 한 번은 나를 골리려 들었다. 그러나 언젠가 나의 모진 성미를 부채질했을 때와 같은 심한 분노와 필사적인 반항의 감정이 치솟아 곧 그에게 달려들자 그는 그만두는 것이 상책이라고 생각했던지 내가 자기 코에 상처를 냈다고 야단을 치고 욕설을 퍼부으며 달아났다. 기실 나는 내 주먹이 때릴 수 있는 힘을 다해서 우뚝 솟은 그애 코를 갈겼던 것이다. 이 광경과 내 표정이 그애를 겁먹게 한 걸 보자 나는 내킨 김에 그 녀석을 좀더 골탕먹이고 싶은 생각이 간절했으나 존은 이미 그의 엄마 곁에 있었다. 나는 그가 훌쩍이며 〈저 고약한 제인 애어가〉 미친 고양 이처럼 덤벼들었다는 사설을 펴기 시작한 걸 들었다. 그러나 그는 도리어 거칠 게 저지당하고 말았다.

「그 계집애 얘기는 하지도 말어, 존. 내 뭐랬어. 그 년 가까이 가지 말라고 했 지. 그 년은 상대도 안 돼, 너도 그렇고 누나들도 그 년과 어울려선 안돼.」그러 자 나는 난간 기둥에 기대어 앞뒤를 생각지 않고 갑자기 소리쳤다.

「저것들은 나와 어울릴 자격이 없어.」

리드 부인은 꽤 뚱뚱한 편이었으나 나의 기괴하고도 대담한 이 선언을 듣자 재빠르게 층층다리를 뛰어올라와 회오리 바람처럼 나를 어린이 방으로 몰고 가 내 침대 언저리에 처박아 놓았다. 그리고는 종일 여기서 움직이거나 떠들거나 했다가는 가만두지 않을 거라고 가시돋힌 소리로 나를 윽박질렀다.

「리드 아저씨가 살아 계신다면 아주머니에게 뭐라고 말씀하실까요?」하는 것이 자발적이 아닌 내 질문이었다. 내가 말하는 자발적이 아니라는 것은, 내 혀가 내 마음의 동의 없이 지껄인 듯했기 때문이다. 내가 억제할 수 없었던 말이 입에서 튀어나왔던 것이다.

「뭐라고?」리드 부인은 조그만 소리로 말했다. 늘 차갑게 가라앉은 그네의 눈은 두려움 같은 빛으로 흐려졌다.

잡았던 내 팔을 놓아 주며 어린애인지 악마인지 도시 알 수 없다는 듯이 나를 뚫어지게 들여다보았다. 이왕에 이렇게 된 바에는 다 말해야겠다.

「리드 아저씬 하늘 나라에서 아주머니가 하시는 일이나 생각하시는 걸 모두 알고 계셔요. 그리고 우리 아빠와 엄마도 그래요. 저를 종일토록 가둬 놓은 것도 아시고요, 내가 죽어 버렸으면 하고 있는 것도 알고 계셔요.」

리드 부인은 곧 기운을 되찾았다. 나를 마구 뒤흔들어 대고 뺨을 후려갈기더니 말없이 나가 버렸다. 베시가 한 시간 동안이나 걸려 설교를 해주었다. 그 설교에서 베시는 내가 이 세상 지붕 밑에서 자란 어린이들 중에서 제일 고약하고 몹쓸 애라는 것이었다. 나는 그네의 말을 반쯤은 믿었다. 사실 내 마음속엔 나쁜 감정만이 물결치고 있다고 느껴졌기 때문이다.

십일월과 십이월, 그리고 일월도 절반이 지나갔다. 크리스마스와 신년 축하연이 예년과 같이 게이츠헤드에서도 성대하고 즐겁게 거행되었다. 선물들이 오가고 만찬회며 저녁 파티도 열렸다. 이 모든 환락에서 물론 나는 제외되었다. 내게 주어진 슬거움이란 매일처럼 일라이사와 조지아나가 옷차림을 하는 기니 지켜보는 일이고 또 그들이 모슬린 옷에다 빨간 허리띠를 두르고 머리를 예쁘게 지지고 응접실로 내려가는 걸 바라보는 것이었다. 그리고 나중에는 아래층에서 치는 피아노와 하프의 가락이나 하인 우두머리와 하인이 왔다갔다하는 발소리, 음식물이 나올 때 유리컵과 사기 그릇이 맞부딪쳐 쨍그렁거리는 소리, 응접실 문을 여닫을 때 간간이 들리는 말소리에 귀를 기울이는 것이었다. 이것이 싫증이 나면 나는 층층다리 꼭대기에서 떠나 쓸쓸하고 조용한 어린이 방으로 물러가곤 했다. 거기는 무엇인지 슬프기는 했지만 처절한 마음은 들지 않았다. 사실 나는 손님들 틈에 끼이고 싶은 마음은 없었다. 내가 손님들 틈에 끼인다 해도 나는 조금도 눈에 띄지 않았으니까. 그래서 만일 베시가 친절하고 동무가 돼 준다면 나는 신사 숙녀들이 가득 찬 방에서 리드 부인의 무서운 눈총을 받지 않고 베시와 함께 저녁마다 조용히 지내는 걸 즐거움으로 여길 수밖에 없었을 것이다. 하지만 베시는 아가씨들에게 옷을 입히고 나면 곧 촛불을 들고 대개는 법석대는 부엌이나 가정부 방으로 가버리곤 했다. 이런 때 나는 무릎에 인형을 얹고 어스름한 어린이 방에 나보다도 하잘것없는 아이가 나타나지나 않을까 하고 가끔 사방을 두리번거리며 난롯불이 가물가물 스러질 때까지 앉아 있었다. 그리고 난롯불의 여린 불이 희미한 붉음으로 가라앉으면 옷매듭과 끈을 되도록 잘 풀어당겨 재빨리 옷을 벗고 추위와 어둠에서 피난처를 찾아 침대로 들어가곤 했다. 이 침대 속에 나는 언제나 인형을 데리고 잤다. 인간이란 무엇이든 사랑해야 한다.

이보다 더 값어치가 있는 애정의 대상이 없는 나는 조그만 허수아비처럼 초라하고 퇴색한 조각 인형을 사랑하고 아끼는 데서 즐거움을 찾으려고 애썼다. 이 조그만 인형은 살아 있고 감각이 있는 것이라고 막연히 생각할 만큼 어리석게도 진지하게 이 장난감을 사랑했다는 걸 지금 회상하고는 나는 당황한다. 인형에 잠옷을 입히지 않으면 나는 잠을 이룰 수 없었다. 인형이 편안하고 따뜻이 누워 있을 때에야 인형도 기뻐하리라고 믿으며 나는 얼마간 행복했다.

손님들이 돌아가는 걸 기다리고 베시가 층층다리를 올라오는 발자국 소리에 귀를 주고 있노라니 오랜 시간이 흐른 것 같았다. 어쩌다 베시는 골무나 가위를 가지러 간간이 층층다리를 올라오기도 했고, 혹은 저녁 식사 대용——건빵이나 치즈 과자——으로 무엇을 갖다주었다. 그런 때 베시는 내가 그걸 먹고 있는 동안 침대에 앉아 있다가 다 먹고 나면 이불을 덮어 주고 두 번 키스해 주며「잘 자요, 제인 아가씨.」했다. 이렇게 상냥스러울 때면 베시는 내게 세상에서 제일 좋고 제일 예쁘고 친절해 보였다. 그래서 나는 베시가 언제나 이처럼 즐겁게 해 주고 인자하고 또 그네가 툭하면 그랬던 것처럼 나를 떠밀어 대거나 야단치거나 무리한 일을 시키지 않아 주기를 간절히 바랐다. 베시 리는 선천적으로 재주를 타고난 여자인가 보다. 무슨 일이든 잘해 넘기고 옛날 얘기에도 유달리 능숙하니까 말이다. 더도 말고 그네의 동화에서 내가 받은 인상으로 미루어보아도 그렇다. 그네의 얼굴과 인품에 대한 내 기억이 올바르다면 그네는 예쁘기도 했다. 검은 머리와 까만 눈, 멋진 용모에다가 선량하고 맑은 맵시의 호리호리한 젊은 여자였다고 기억된다. 그러나 변덕스럽고 조급한 성미에다 절조나 정의감에 대해 무관심했다. 비록 그런 여자이긴 하지만 나는 게이츠헤드 저택에선 누구보다도 그네를 좋아했다.

정월 보름날 오전 열 시쯤이었다. 베시는 조반을 먹으러 내려갔고, 사촌들은 아직 자기들 엄마한테 불려가지 않고 있었다. 일라이자는 닭모이를 주러 모자와 따스한 산책용 코트를 걸치고 있는 참이었다. 이건 그네가 제일 좋아하는 일이고, 찬모에게 계란을 팔아 얻은 돈을 저축하는 것도 좋아했다. 일라이자는 장사에 소질이 있는 데다가 유별나게 저축하는 버릇이 있었다. 계란과 병아리를 파는 것으로 알 수 있을 뿐더러 꽃뿌리나 씨앗이나 접목들을 정원사에게 비싸게 넘기는 것으로도 알 수 있었다. 정원사는 일라이자가 팔고 싶어 하는 꽃밭의 소산은 모두사 주라는 리드 부인의 명령을 받고 있었다. 일라이자는 큰 수입이 된다면 자기 머리털이라도 팔아 버릴 정도였다. 그네의 돈에 대해 말한다면 그네는 우선 돈을 누더기나 낡은 머리칼말이 종이에다 싸서 이 구석 저 구석에 숨겨 두는 것이지만 언젠가 이 저장물의 일부가 하녀들에게 발각된 뒤로는 이 귀중한 보물을 잃어버릴까 두려워해서 엄청난 이자——오할 내지 육할——를 붙여 자기 어머니에게 맡기기로 했다. 조그만 공책에다 꼬박꼬박 그 액수를 적어두었다가 일 년에 네 차례에 걸쳐 이자를 청구했다.

조지아나는 높은 걸상에 앉아 거울을 보며 머리를 빗고 있었다. 다락방 서랍에 두었던 조화(造花)와 퇴색한 깃털을 찾아내어 고수머리에 꽂아 땋고 있었다. 나는 베시로부터 자기가 돌아올 때까지 침대를 정돈해 놓으라는 명령을 받고 있는 터라 내 침대를 매만지고 있었다(그 무렵 베시는 나를 어린이 방의 보모 조수처럼 방의 청소와 의자나 그 밖의 물건의 먼지를 털게 하며 자꾸 부려먹었었다). 이불을 펴고 잠옷을 개킨 다음 나는 흩어져 있는 그림책들과 인형의 집을 정돈하기 위해 창가의 의자로 갔다. 그러자 갑자기 조지아나가 자기 장난감은 그대로 두라는(조그만 걸상과 거울, 그리고 예쁜 접시와 컵들은 모두 그네의 물건이었으므로) 명령을 내려 나는 하던 일을 멈추었다. 이젠 할 일도 없고 해서 유리창에 얼어붙은 성에 꽃무늬에 입심을 불어 마당을 내다볼 수 있을 만큼 닦아내기 시작했다. 마당은 온통 고요하고 심한 서리로 생기를 잃었다.

이 창으로 문지기네 집과 마찻길이 보였다. 유리창을 덮은 은빛처럼 흰 성에를, 방에서 밖이 내다보일 만큼 녹였을 바로 그때 정문이 열리며 마차 한 대가 굴러들어오는 것이 보였다. 나는 마차가 차도를 올라오는 걸 무심히 바라보았다. 가끔 마차가 게이츠헤드에 오긴 했으나 내 흥미를 끈 방문객을 실어온 적은 없었다. 마차가 집 앞에 서고 종소리가 요란스레 울렸다. 처음 보는 방문객은 안으로 들어왔다. 이 모든 것이 내게는 전혀 상관 없는 일이어서 허전한 마음은 오히려 굶주린 조그만 지빠귀새의 모습에 더 많이 흥미를 느꼈다. 이 새는 창가 벽 앞에 서 있는, 잎이 다 떨어진 벗나무 가지에 앉아 울어 대고 있었다. 식탁에는 내가 아침을 먹다 남은 빵부스러기와 우유가 있었다. 나는 빵조각을 부스러뜨려 창턱에 뿌려 주려고 막 창틀을 잡아당기는데 베시가 이층에 있는 어린이 방으로 뛰어오고 있었다.

「제인 아가씨, 앞치마를 벗어. 거기서 뭘 하고 있어? 아침에 세수했니?」 대답은 않고 또 한번 창틀을 잡아당겼다. 그 새에게 빵을 먹도록 해주고 싶어서였다. 창이 열렸다. 나는 빵부스러기를 뿌렸다. 어떤 것은 창턱 위에 어떤 것은 벗나무 가지에 떨어졌다. 나는 그제야 창문을 닫고 대답했다.

「아니, 베시, 이제 겨우 소제를 끝마쳤는 걸 뭐.」

「성가시고 조심성 없는 애 봐라! 그런데 지금 뭘 하구 있었지? 무슨 나쁜 짓이라도 한 것처럼 얼굴이 아주 빨개 가지고. 그래 창문은 뭣하러 열었어?」

대답할 번거로움은 겪지 않아도 좋았다. 베시는 내 설명을 듣기에는 너무 다급해져 있는 성싶었기 때문이다. 그네는 나를 세면대로 끌고 가 비누와 물과 터슬터슬한 수건으로 얼굴과 손을 사정 없이 그러나 다행히도 대강대강 문질러 댔다. 뻣뻣한 솔로 머리 빗질을 해주고 나서 앞치마를 벗기었다. 그리고는 층층다리 꼭대기로 몰고 가 조반 식당에서 누가 부르고 있으니 곧장 내려가라고 했다.

부르는 사람이 누군지 묻고 싶었다. 리드 부인이 거기에 있는지 알고팠다. 그러나 베시는 이미 나가고 나를 남긴 채 어린이 방문은 닫혀 있었다. 나는 천천히 내려갔다. 근 석 달 동안 나는 리드 부인 앞에 불리워 가본 적이 없었다. 너무 오래 어린이 방에 갇혀 있어서 조반 식당과 응접실이 내게는 무서운 장소로 돼버렸다. 그래서 거기에 들어간다는 것이 두려웠다.

나는 이제 텅 빈 홀에 서 있었다. 눈앞엔 식당문이 있었다. 나는 무서워 덜덜 떨며 서 있었다. 그 당시 내게 가해진 부당한 벌이 가져온 공포로 해서 얼마나 가련한 겁장이가 되었던가! 어린이 방으로 돌아가는 것도 두려웠다. 마음의 동요 속에서 나는 십 분 동안 망설이고 있었다. 조반 식당의 요란한 벨소리에 나는 결심을 했다. 나는 들어가야만 한다.

(누가 날 부를까?) 하고 일이 초 동안, 힘에 겨운 딱딱한 손잡이를 두손으로 비틀며 속으로 물어 봤다. (이 방안에 리드 아주머니 말고 또 누가 있을까? ── 남자일까? 여자일까?) 손잡이가 돌아가며 문이 열렸다. 방안에 들어서서 공손히 인사를 하고 고개를 들었다 ── 시꺼먼 기둥이 있었다! 하여튼 내겐 첫눈에 그렇게 보였다. 곧추 뻗고 호리호리한 검은 옷의 모습이 융단 위에 우뚝 솟아 있었다. 그 꼭대기에 달린 차디찬 얼굴은 마치 기둥머리(Capital)식으로 기둥 위에 자리잡은 조각한 가면과도 같았다.

리드 부인은 난롯가의 늘 앉는 의자에 앉아 있었다. 내게 가까이 오라는 시늉을 했다. 나는 그리 다가갔다. 그러자 부인은 그 무표정한 낯선 사람에게 「부탁드린 애는 바로 이애입니다.」 이렇게 나를 소개했다.

〈그〉 ── 남자니까 ── 는 내가 서 있는 데로 천천히 고개를 돌려, 짙은 눈썹 밑에서 번쩍이는 정탐하는 듯한 회색빛 눈으로 살펴보고는 굵직한 목소리로 엄숙히 말했다. ──「키가 작군요. 몇 살입니까?」

「열 살입니다.」

「그렇게 돼요?」 의심쩍어하는 대답이었다. 그리고 그는 몇 분 동안 나를 하나하나 뜯어보는 데 골몰했다. 곧 내게 말을 건넸다.
「애, 네 이름은?」
「제인 에어입니다, 선생님.」
이렇게 말하고서 나는 쳐다보았다. 그는 키가 큰 신사로 보였다——한데 그 무렵의 나는 아주 몸이 작았던 것이다. 그의 뼈대와 얼굴 생김새는 큼직했으며 거칠고 딱딱했다.
「그럼, 제인 에어, 너 착한 애겠지?」
여기에 대해서 긍정적인 대답은 할 수 없었다. 내 주위의 사람들은 반대되는 의견을 갖고 있었다. 나는 잠자코 있었다. 리드 부인이 나를 대신해서, 뜻있는 듯이 머리를 흔들어 대답하며 곧 이렇게 덧붙였다. 「아마 그 얘기는 말씀드리지 않는 것이 좋을 것 같습니다. 브로클허스트 선생님.」
「그렇다면 참 유감입니다! 이애와 얘기를 좀 해봐야겠읍니다.」 이렇게 말하고 그는 차렷 자세의 몸을 굽히며 리드 부인의 맞은편 팔걸이 의자에 앉았다. 「이리 온.」 하고 그는 말했다.
나는 융단 위를 걸어갔다. 그는 나를 자기 앞에 똑바로 세워 놓았다. 그의 얼굴과 거의 같은 높이에 놓이게 된 그때, 그의 얼굴은 어떤 것이었던가! 얼마나 큰 코인가! 얼마나 큰 입인가! 그리고 툭 튀어나온 이빨이 얼마나 컸던가?
「심술장이 아이를 보면 참 마음 아프다.」 그는 시작했다. 「특히 심술궂은 소녀를 보면 말이야. 나쁜 어린이가 죽으면 어디로 가는지 너 알고나 있니?」
「지옥으로 가요!」 이것은 내 대답이자 정설(正說)이었다.
「그럼 지옥이란 뭐지? 설명해 줄 수 있니?」
「온통 불구덩이지요.」
「그럼 넌 그 불구덩이에 빠져 영원히 불에 타고 싶니?」
「아닙니다, 선생님.」
「그걸 피하려면 어떻게 해야지?」
나는 잠시 생각했다. 대답을 하고 보니 마음에 들지 않았다. 「몸을 튼튼히 해서 죽지 않아야 해요.」
「어떻게 몸을 튼튼히 할 수 있니? 너보다도 더 어린 애들이 매일처럼 죽는데. 나는 바로 한 이틀 전에 다섯 살짜리 어린애를 묻었지——착한 애였어. 그 애의 영혼은 지금 천당에 가 있어. 혹시 네가 이 세상에서 저 세상으로 불리워 간다고 해도 너를 좋은 애라고 할 사람은 없을 거야.」
그의 의심을 풀어야 할 입장도 아니고 해서 나는 다만 융단 위에 쿡 박은 그의 커다란 발에 시선을 떨어뜨리고 이 자리를 떠나기만 바라면서 한숨을 쉬었다.

「그 한숨이 네 진심에서 나오는 것이고 또 고마운 네 은인을 괴롭혔던 일들을 뉘우치는 한숨이길 바란다.」

(은인이라! 은인이라!) 속으로 나는 뇌까렸다. (모두들 리드 부인을 은인이라고 한다——그렇다면 은인이란 불쾌한 존재야.)

「아침 저녁 기도를 올리나?」 나의 심문자는 계속했다.

「네.」

「성경을 읽나?」

「가끔 읽습니다.」

「즐거운 마음으로? 좋아하나 말이야?」

「묵시록, 다니엘, 창세기, 사무엘을 좋아합니다. 그리고 출애굽기의 일부, 열왕기(列王記)와 역대(歷代)의 일부, 욥, 요나도 좋아합니다.」

「그러면 시편은? 시편은 좋아하겠지?」

「아닙니다.」

「아니라! 참 이상하군! 내겐 너보다도 어린 사내애가 있지만 시편을 여섯 편이나 외운단 말야. 생강과자 한 개를 먹을 테냐 시편 하나를 외울 테냐고 물어 보면 『아이, 시편을 외우겠어요! 천사들도 시편을 노래해요.』하고 말하지 않겠니. 『나도 세상의 천사가 되고 싶어요.』하지. 그래 그 어린애의 신앙심이 기특해서 생강과자를 두 개 주었지.」

「시편은 재미가 없어요.」 나는 말했다.

「그것이 네가 나쁜 마음을 가지고 있다는 증거야. 그런 마음을 고쳐 달라고 하느님께 기도를 드려야 하지. 새롭고 깨끗한 마음을 주시도록, 무정한 마음을 없애고 인정 있는 마음을 주시옵소서 하고.」

어떻게 하면 내 마음을 고칠 수 있는지 그 방법에 대해 물어 보려는 참에 리드 부인이 끼어들어 날더러 앉으라며 혼자 얘기를 펴기 시작했다.

「브로클허스트 선생님, 삼 주일 전에 드린 제 편지에서도 이애는 제가 원하는 성격이나 기질을 전혀 갖고 있지 않다고 말씀드렸어요. 로드 학교에 입학시켜 원장 선생님과 여러 선생님들이 엄격히 감독해 주시고 특히 이애의 제일 나쁜 결점인 거짓말하는 버릇을 고쳐 주신다면 감사하겠읍니다. 제인, 네가 듣는 데서 말해 두는 거다. 브로클허스트 선생님을 속이지 못하도록 말야.」

내가 리드 부인을 두려워하고 싫어하는 것도 그럴 만한 일이었다. 가혹하게 나를 해치는 것이 그네의 본성이니까. 나는 그네를 대하면 조금도 즐겁지 않

았다. 아무리 깍듯이 순종하고 그네를 즐겁게 해주려고 무척 애써도 내 노력은
아까 그네가 말한 것처럼 그런 선언에 의해서 거절당하고 보답을 받았다. 이제
낯선 사람 앞에서 말한 그 비난은 내 가슴을 도려냈다. 리드 부인이 나를 집어넣
으려는 새 생활에서도 이미 희망은 말살되고 있다는 걸 희미하게나마 깨달을 수
있었다. 그 감정을 표현할 수는 없었으나 부인은 내 장래의 길에 혐오와 불친절
의 씨를 뿌리고 있다는 걸 느꼈다. 나는 브로클허스트 씨의 눈에 교활하고 밉살
스러운 아이로 돼버린 자신을 알았다. 어떻게 이 누명을 씻을 수 있겠는가!
　(정말 어쩔 도리가 없다!) 나는 생각하고 울음을 참느라고 애썼다. 그리고
나의 무력한 고민의 노출인 눈물을 급히 닦아 버렸다.
　「속임수는 어린이로선 슬픈 결점입니다.」하고 브로클허스트 씨는 말했다.
「그건 거짓말을 하는 것과 같습니다. 그리고 거짓말장이들은 모두 불과 유황이
타고 있는 구덩이에서 살게 되는 겁니다. 그렇지만 저애를 잘 감독은 하겠읍
니다. 리드 부인, 템플 선생과 다른 선생들에게도 잘 말해 두겠어요.」
　「이애의 장래에 알맞는 방법으로 교육시켜 수셨으면 합니다.」내 은인은 말을
이었다. 「쓸모 있고 겸손할 줄 알도록 말입니다. 그리고 되도록 방학때에도 언
제나 로드에서 지내게 해주세요.」
　「지당하신 생각입니다, 부인.」브로클허스트 씨가 대꾸했다. 「겸손은 기독교
인의 미덕이고 특히 로드에 있는 학생들의 특징입니다. 그래서 저는 학생들에게
그 미덕을 배양하도록 각별한 관심을 돌리라고 지시를 내렸지요. 저는 학생의
세속적인 허영심을 어떻게 하면 잘 억제할 수 있는지 연구해 왔읍니다. 그런데
바로 며칠 전에 나는 이것이 성공했다는 기쁜 증거를 발견했읍니다. 제 둘째 딸
어거스타가 제 어머니와 함께 학교를 방문한 일이 있었지요. 그런데 집에 돌아
오자『아이 참 아빠, 로드의 학생들은 어쩌면 그렇게도 얌전하고 소박해 보여
요. 머리는 귀 뒤로 빗어넘기고 긴 앞치마에다 옷에는 조그만 베주머니를 달았
어요——마치 가난뱅이집 애들 같아요! 그리고』하고 말하더군요. 『모두 비
단옷을 처음 구경한 것처럼 내 옷과 엄마 옷을 들여다봤어요.」하고 말했읍
니다.」
　「그것이 바로 제가 원하는 점이에요.」리드 부인은 대꾸했다. 「영국 땅을 온
통 뒤져 봐도 그 이상 제인 에어 같은 애에게 그렇게도 꼭 알맞는 교풍을 찾아볼
수 없을 거예요. 브로클허스트 선생님, 정말 저는 모든 일에 있어 언행 일치를
무엇보다도 존중합니다.」
　「부인, 언행 일치는 기독교인의 첫째 가는 의무지요. 그리고 로드 학교에 관

련되는 모든 제도 가운데서 지켜지고 있읍니다. 말하자면 검소한 음식, 간단한 옷차림, 소박한 설비, 용감하고 적극적인 습관, 이런 것들이 우리 학교와 학생들의 일과랍니다.」

「훌륭합니다, 선생님. 그럼 이애가 로드의 학생이 되면 이애의 처지나 장래에 알맞는 교육을 받게 되리라고 믿어도 좋겠지요?」

「좋고말고요, 부인. 이애는 골라 모은 식물만 있는 식물원에 들어가는 것이라고 믿으세요——또 이애 자신도 선택된 더할 나위 없이 귀한 특권에 감사하리라고 저는 봅니다.」

「그럼 선생님, 되도록 빨리 보내겠어요. 너무 귀찮은 책임에서 벗어나고 싶으니까요.」

「아무렴요, 그렇고말고요. 그럼 안녕히 계십시오. 전 한두 주일 안에 브로클허스트관(館)으로 돌아갈 겁니다. 제 친구인 부감독(副監督)이 좀더 빨리는 떠나지 못하게 할 테니까요. 이애를 수속하는 데 지장이 없도록 템플 선생에게 신입생이 간다는 걸 알려 두겠읍니다. 안녕히 계십시오.」

「안녕히 가십시오, 브로클허스트 선생님. 부인과 따님께 안부 전해 주세요. 그리고 어거스타, 시어도어, 그리고 브로튼 브로클허스트 도련님에게도 안부 전하더라구——」

「네 부인, 그러겠읍니다. 애, 여기 〈어린이 길잡이〉라는 책이 있으니 기도를 올리고 읽어 봐라. 특히 거짓말과 속임수 잘 쓰는 마사 G——가 무시무시하게 갑자기 죽는 일에 관한 얘기를 말야.」

이렇게 말하고 나서 브로클허스트 씨는 겉장을 꿰맨 얇은 책 한 권을 내 손에 쥐어 주고는 종을 울려 마차를 불러서 떠나 버렸다.

리드 부인과 나만이 남게 되었다. 고요 속에 몇 분이 흘렀다. 리드 부인은 바느질을 하고 나는 그네를 바라보고 있었다. 당시 리드 부인은 아마 서른 여섯이나 일곱 살쯤 되었으리라. 건장한 뼈대에 떡 벌어진 어깨와 억센 손발이었다. 키는 크지 않고 다부졌으나 뚱뚱하지는 않았다. 다소 큰 얼굴에 아래턱 뼈는 꽤 너부죽하고 퍽 탄탄했다. 이마는 좁고 불쑥 나왔다. 입과 코는 제법 균형이 잡혔다. 성긴 눈썹 밑에는 인정머리 없는 눈이 반짝이었다. 살갗은 윤이 없고 머리는 황갈색에 가까왔다. 체질은 아주 튼튼했다——질병이 달려들 엄도 못 냈다. 빈틈없고 깜찍한 살림꾼인 그네는 온 가족과 소작인들을 고스란히 손아귀에 넣고 있었다. 다만 어린애들이 가끔 어머니의 권위에 도전하고 비웃어 대기도 했다. 그네는 멋진 옷차림과 태도의 소유자였다. 태도는 성장한 옷차림에 어울리었다.

나는 그네의 팔걸이 의자에서 두서너 야드 떨어진 낮은 걸상에 앉아 그네의 몸매를 살피기도 하고 용모를 뜯어보기도 했다. 손에는 〈거짓말장이〉의 갑작스런 죽음이 쓰여진 작은 책을 들고 있었다. 그 얘기에 그럴 듯한 훈계가 들어 있는 성 싶어 내 관심은 그리로 쏠렸다. 금방 있었던 일, 리드 부인이 내게 관해 브로클허스트 씨에게 고해 바친 일, 그들이 지껄여 대던 말귀가 그대로 생생하게 내 가슴을 다시 찔렀다. 아까 그 말을 처음 들었을 때처럼 한 마디 한 마디가 뼈에 사무쳤고 분노의 격정이 속에서 치밀어 왔다.

리드 부인은 일감에서 눈을 들었다. 시선이 내게 와 멎었다. 그 찰나 손가락은 민첩한 동작을 멈췄다.

「여길 나가, 어린이 방으로 가.」그네의 명령이었다. 내 시선이 아니면 그 밖의 무엇이 그네를 잡치게 한 것이리라. 화를 억누르기는 했으나 극단적인 말투로 나오는 걸 보면 말이다. 나는 일어나 문께로 갔다가 되돌아왔다. 방을 질러 창가로 가 그네에게 다가섰다.

꼭 〈말〉해야 한다. 너무 호되게 억눌려 살아 왔으니 이젠 〈맞서야〉 한다. 그러나 어떻게 감히 상대방에게 맞설 힘이 있는가? 나는 힘을 타해 퉁명스레 이렇게 쏘아 붙였다.

「전 거짓말장이가 아네요. 그렇다면 아주머니를 좋아한다고 했겠지만 난 좋아하지 않는다고 똑똑히 말해요. 존 리드를 빼놓고 세상에서 아주머니를 누구보다도 제일 싫어해요. 거짓말장이에 관한 이따위 책은 아주머니의 딸 조지아나에게나 주어요. 거짓말하는 건 조지아나지 저는 아니니까요.」

리드 부인의 손은 여전히 일감 위에 놓여 움직이지 않았다. 얼음장 같은 시선은 줄곧 내 눈을 싸늘하게 덮치고 있었다.

「더 할 말은 없니?」하고 그네가 묻는 어조는 어린 아이가 아니라 어른을 상대로하고 있는 것 같았다.

그 눈, 그 목소리는 내 반감을 송두리째 일으키게 했다. 감당할 수 없는 흥분으로 해서 온몸을 떨며 나는 말을 이었다.

「아주머니가 나와 한핏줄이 아닌 게 다행이에요. 이젠 아주머니를 아주머니라고 부르지 않겠어요. 내가 어른이 돼도 절대로 만나러 오지 않겠어요. 그리고 누가 저더러 아주머니를 얼마큼 좋아했느냐고 물으면, 생각만 해도 진저리가 친다고 할 테야요. 그리고 나를 못살게 들볶았다고요.」

「제인, 네가 감히 그렇게 떠들어 댈 수 있니?」

「어떻게 감히 그러느냐고요, 리드 부인? 어떻게 감히? 〈사실〉이 그러니까요. 내겐 감정이란 없는 줄 아시는군요. 내겐 사랑이나 친절이 하나 없어도 살아 갈 수 있다고 아시나 봐. 하지만 나는 그렇겐 살 수 없어요. 아주머니에겐 동정심이라곤 없어요. 아주머니가 나를 〈붉은 방〉에 가둔 것은 생전 못 잊을 거예요——난폭하게 마구 처넣는 바람에 서러워서 숨이 막혀 와 〈아주머니, 살려 줘요! 살려 줘요!〉하고 울부짖고 괴로와해도 자물쇠를 채워 버리던 일, 그리고 저를 병들게 한 그 처벌도 당신 아들이 나를 때린 때문이에요——아무 이유도 없이 때렸어요. 때렸고말고요. 누가 내게 물으면 이 사실을 이야기할 테여요. 또 사람들은 모두 당신을 착한 여자라고 생각하지만 실은 악질이고 매정스러운 사람이에요. 〈당신〉이야말로 속임수의 명수예요!」

이 대답을 채 마치기도 전에 나는 일찌기 느껴 보지 못한 자유와 승리감에 가슴이 부풀어오르는 환희를 느꼈다. 눈에 보이지 않는 속박이 풀리고 상상도 못했던 자유의 세계로 풀려난 것 같았다. 아무 이유도 없이 이런 감정에 사로잡힌 건 아니었다. 리드 부인은 깜짝 놀란 성싶었다.

일감이 무릎에서 흘러떨어져 있었다. 두손을 펴고 몸을 좌우로 흔들며 울 것처럼 얼굴을 찌푸리기까지 했다.

「제인, 넌 오해를 하고 있어. 도대체 어찌 된 일이야? 왜 그렇게 벌벌 떨고 있어? 물 좀 마시고 싶어?」

「싫어요.」

「그럼 뭐 원하는 건 없니 제인? 난 정말 너와 의좋게 지내고 싶은데.」

「당신은 싫어요, 당신은 브로클허스트 씨에게 제가 성질이 고약하고 남을 속이는 버릇이 있다고 말했지요. 그러니까 전 로드에 있는 모든 사람들에게 당신이 어떤 사람이고 어떤 짓을 했다는 것까지 알리고 말 테예요.」

「제인, 넌 아직 몰라서 그래. 어린애들의 결점은 고쳐 줘야 하는 거야.」

「제 결점은 속이는 버릇이 아니예요!」나는 버르장머리없이 큰소리를 쳤다.

「그렇지만 제인, 넌 화를 잘 낸다는 걸 알아야 해. 자아 어린이 방으로 가거라. 착하지——그리고 좀 쉬어라.」

「전 당신의 착한 애는 아니예요, 누워 있을 수도 없고요. 어서 학교에나 보내 주세요, 전 이 집에서 살고 싶잖으니까.」

「정말 빨리 학교에 보내 버려야겠어.」나지막한 목소리로 중얼거린 리드 부인은 일감을 챙겨들고 급히 방을 나가 버렸다.

나는 혼자 남게 되었다——싸움의 승리자였다. 여태껏 싸워 온 중에서 가장

치열한 싸움이었다. 더구나 처음으로 거둔 승리였다. 잠시 동안 나는 브로클허스트가 서 있던 융단 위에 버티고 서서 승리자의 고독을 즐겼다. 우선 혼자 웃어 보며 의기 양양했다. 그러나 그 강렬한 기쁨은 가슴의 빠른 고동과 함께 쉽사리 가라앉고 말았다. 어린 아이란 이제 내가 한 것처럼 웃사람에게 대들거나 분노에 찬 감정을 누르지 못하고 풀어헤치고 나면 후에 가선 반드시 후회의 고통과 반사적으로 오는 파흥을 맛보게 된다. 모든 것을 집어삼킬 듯 이글이글 불타는 히드(heath)의 산이, 내가 리드 부인을 비난하고 위협했을 순간의 내 마음을 적절하게 나타내는 것이었으리라. 그 불길이 꺼진 다음 꺼멓게 된 산의 모습이야말로, 삼십 분간의 침묵과 반성이 내 행동의 광기와 또 내가 몹시 싫어하는 외로운 입장을 보여 주었을 때, 내 마음의 상태를 잘 대변해 주는 것이었다.

　나는 복수의 심정을 비로소 맛보았다. 그건 마시면 다사롭고 향긋한 술과도 같았다. 그러나 뒷맛은 쇠붙이나 부패물 같은 독물을 마신 기분이었다. 나는 기꺼이 부인의 용서를 빌러 가고 싶었다. 그러나 그렇게 하면 되로 주고 말로 받는 식으로 그네의 노여운 공박을 받아 내가 타고난 능통적인 성품이 또다시 흥분될 뿐이라는 걸 과거의 경험이나 직감에 비추어 알고 있었다.

　되도록이면 혹독한 말보다는 좋은 솜씨를 보이고 싶었다. 침울한 분노보다는 좀 잔인하지 않은 감정의 부드러움을 갖고 싶었다. 나는 책――아라비아의 이야기――을 들고 앉아서 읽으려 버티어 보았다. 내용이 머리에 들어오지 않았다. 생각은 언제나 읽으면 황홀했던 페이지와 나 사이를 오락가락하기만 했다.

　나는 조반 식당의 유리문을 열었다. 관목 숲은 꽤 조용했다. 된서리는 태양이나 바람에도 녹지 않고 땅을 덮고 있었다. 나는 치맛자락으로 머리와 팔을 싸고는 아주 한적한 들 한쪽으로 산보하러 나갔다. 그러나 조용한 나무들과 단단하게 뭉친 가을의 유물인 떨어져 가는 전나무 열매들과 그리고 불어 대는 바람을 맞아 꽁꽁 언 가랑잎들도 내게 즐거움을 주지 못했다. 나는 문에 기대어 지금은 풀 뜯는 양 한 마리 없는 텅 빈 들판을 바라보았다. 들판의 짧은 풀은 마르고 하얗게 돼 있었다. 아주 흐린 날씨였다. 몹시 찌푸린 하늘은 〈결국엔 눈을 뿌리게 되어〉 만물을 뒤덮었다. 이따금 눈송이가 떨어져 딱딱한 길과 희끄무레한 풀밭 위에 녹지도 않고 쌓였다. (어쩌면 좋을까? ――어쩌면 좋을까?) 하고 정말 가련한 나는 몇 번이고 혼자 중얼대며 서 있었다.

　이때 별안간 「제인 아가씨! 어디 있어? 와서 점심 먹어요!」 하는 또렷한 소리가 들렸다.

베시라는 걸 잘 알고 있었지만 나는 꼼짝 않고 있었다. 그네의 가벼운 걸음이 좁은 길을 따라 재게 다가왔다.

「짓궂은 애 같으니!」그네는 말했다. 「왜 안 오지?」

곰곰이 혼자 생각에 잠겨 있던 때에 비하면 베시가 나타나 준 것은 다행한 일이었으나 그네는 보통때 흔히 그렇듯이 다소 무뚝뚝해져 있었다. 사실 리드 부인과 다투어 이긴 후여서인지 보모의 일시적 노여움쯤은 대수롭지 않게 여겨졌다. 나는 그네의 젊음에 넘친 명랑한 기분에 빠지고 싶었다. 나는 두 팔로 그네를 안고, 「이봐 베시! 야단치지 말아 줘.」했다.

이 행동은 여느 때보다도 솔직하게 대담한 것이어서 다소 그네를 기쁘게 해주었다.

「제인 아가씨는 참 이상해!」하고 나를 내려다보며 그네는 말했다. 「쏘다니기만 하고 외로와만 하는 꼬마 씨, 그런데 학교에 가게 된다지?」

나는 고개를 끄덕였다.

「그럼 불쌍한 베시와 헤어지는 게 섭섭하지 않니?」

「베시가 언젠 날 생각한다고, 늘 야단만 치고서.」

「아가씬 이상하게 겁을 잘 내고 수줍은 애니까 그러는 거야. 좀더 대담해져야 해요.」

「뭐라고! 더 많이 얻어맞기 위해서요?」

「실없는 소리! 하기는 좀 천대를 받고 있는 건 사실이야. 우리 어머니가 지난 주일 나를 만나러 오셨을 때 말씀하셨지만, 자기 자식이라면 너 같은 처지에 그냥 두진 않겠다는 거야——자, 집에 들어가. 너한테 좋은 소식이 있어.」

「그런 거 없을 거야, 베시.」

「아니! 그게 무슨 소리야? 왜 그렇게 슬픈 눈으로 노려 봐! 자, 하여튼 마님과 아가씨들과 존 도련님은 오후 다과회에 초대를 받아 나가시니까 나와 함께 차를 마셔요. 요리사에게 일러서 아가씨에게 케잌을 좀 구워 주라고 할께. 그 다음엔 아가씨 서랍을 챙길 테니 도와 줘요, 빨리 아가씨 트렁크를 꾸릴 수 있게. 마님께선 이삼 일 후엔 아가씨를 게이츠헤드에서 떠나게 하실 작정이야. 가지고 싶은 장난감을 골라 봐요.」

「베시, 내가 떠날 때까지는 더 야단치지 않겠다고 약속해 줘요.」

「그래, 약속할께. 그렇지만 착한 애가 되도록 해. 그럼 날 두려워할 건 없어. 어쩌다가 잔소리를 퍼부어도 놀라선 안 돼요. 그럴 땐 막 화가 나거든.」

「앞으론 두려워하지 않을 테야, 베시. 이젠 베시와는 통하게 됐으니까. 하지만 곧 많은 다른 사람들을 두려워하게 될 거야.」

「남을 두려워하면 미움받지.」

「베시 아줌마가 미워하는 것처럼?」

「난 아가씨를 미워하진 않아. 누구보다도 아가씨를 좋아하는데.」

「그걸 나타내지도 않으면서.」

「참 똑똑도 해라! 말투가 아주 달라졌어. 어떻게 그리 대담하고 자신 만만해졌을까?」

「응. 머잖아 아줌마와 헤어질 거고 또 게다가——」 하고 나는 부인과의 사이에 있었던 일을 좀 말하려고 했으나 다시 생각하니 그 문제는 잠자코 있는 편이 좋을 성싶었다.

「그래 나와 헤어지는 게 그렇게도 좋단 말이야?」

「그렇지 않아, 베시. 참말이지 지금은 어쩐지 섭섭해.」

「지금은 어쩐지 섭섭하다고? 이 아가씨 어쩌면 그렇게 쌀쌀맞게 굴까? 지금 아가씨에게 키스를 해달라고 해도 안 해 줄 테지. 안 하는 게 좋을 거라고 말하겠지.」

「키스할 테야, 자 고개를 이리 숙여 줘.」 베시는 허리를 굽혔다. 우린 서로 껴안았다. 그리고 나는 참으로 위안을 얻은 기분으로 베시를 따라 집으로 들어갔다. 그날 오후는 아늑하고 평온하게 지나갔다. 그날 밤 베시는 그네가 제일 신나하는 얘기를 해주었고 제일 좋아하는 노래도 들려 주었다. 나와 같은 사람에게도 햇볕을 보는 날이 있었던 것이다.

5

1월 19일 아침, 다섯 시가 울리자 베시가 내 방으로 촛불을 들고 왔을 때 나는 벌써 일어나서 옷을 거의 다 입고 있었다. 베시가 오기 삼십 분 전에 일어나 침대가의 좁은 창문으로 들이비치는 막 떨어져 반달빛을 의지하여 세수를 하고 옷을 입었던 것이다. 나는 이날 아침 여섯 시에 이곳 역마 정류소를 지나는 역마차를 타고 이 집을 떠나기로 돼 있었다. 일어난 사람은 베시뿐이었다. 그네는 벌써 어린이 방에 불을 피우고 내 조반을 준비하기 시작했다. 여행에 관한 여러 가지 생각으로 흥분해 있을 땐 어린애란 밥을 먹을 수 없다. 나도 그랬다. 베시는 내게 주려고 준비한 끓인 우유와 빵을 들라고 자꾸 권하다가 비스켓을 몇 조각

종이에 싸서 가방 속에 넣어 주었다. 그러고 나서 내게 외투를 입히고 모자를 씌워 주고는 자기도 숄을 두르고 함께 어린이 방을 나왔다. 리드 부인의 침실 앞을 지날 때 베시가「마님한테 들러 작별 인사를 하지 않겠니?」했다.

「싫어, 베시. 어젯밤 아줌마가 저녁 먹으러 아래층에 갔을 때 리드 부인이 내 침대로 왔었지. 내일 아침엔 자기와 사촌들이 자고 있는 것을 깨울 필요는 없다고 했어. 그리고 또 리드 부인은 언제나 자기의 좋은 벗이었다는 걸 잘 기억해 두었다가 남에게도 그렇게 말하고 또 나 자신도 고맙게 여기라던데.」

「아가씬 뭐라고 대답했지?」

「아무 소리도 안 했어. 이불로 얼굴을 덮어 버리고 벽 쪽으로 돌아누워 버렸어.」

「그러면 못 써, 제인 아가씨.」

「당연한 일이야, 베시. 아줌마의 마님은 내 편이 아니라 내 적이었는걸.」

「어머나, 제인 아가씨! 그런 말 하는 게 아냐!」

「게이츠헤드야 안녕!」큰방을 지나 출입문께로 나왔을 때 나는 이렇게 소리쳤다.

달이 지고 몹시 컴컴했다. 베시가 등불을 들고 왔다. 그 불빛이 젖은 층층다리와 눈이 잘 녹아 질퍽한 자갈길을 비추었다. 겨울 아침은 쌀쌀하고 매웠다. 찻길로 서둘러 갈 때 이빨이 덜덜 떨렸다. 정류소지기 집엔 불이 켜 있었다. 거기에 도착한 우리는 정류소지기의 부인이 막 불을 켜고 있는 걸 보았다. 문간에는 전날 밤에 갖다 놓은 내 트렁크가 묶인 채 놓여 있었다. 여섯 시 이삼 분 전이었다. 여섯 시를 치자 이윽고 멀리서 차바퀴 구르는 소리가, 마차가 온다는 걸 알려 주었다. 나는 문간으로 가 마차의 남폿불이 어둠을 뚫고 재빨리 다가오는 걸 보았다.

「아가씨 혼자 가나요?」정류소지기의 마누라가 물었다.

「그렇습니다.」

「얼마나 먼데요?」

「오십 마일이지요.」

「아유 멀기도 해라! 리드 마님은 그렇게 먼 델 아가씨 혼자 보내면서 걱정도 안 되시나 보다.」

마차가 멎었다. 말 네 필이 끄는 마차는 손님을 가득 태우고 있었다. 차장과 마부가 큰소리로 재촉을 했다. 내 트렁크는 끌어올려졌고 키스를 하느라고 베시의 목덜미에 매달렸던 나는 베시에게서 떨어졌다.

「이애를 잘 보살펴 주세요.」차장이 나를 안아 마차에 태울 때 베시가 외쳤다. 「네 네!」차장의 대답이었다. 문이 닫히며「오라잇!」소리가 터져나오고 마차는 달렸다.

이처럼 나는 베시와 게이츠헤드를 작별했다. 이처럼 미지의 세계로 실려 갔다. 그때엔 멀고도 신비로운 고장으로 여겨졌던 것이다.

이 여행에 관해서는 별로 기억이 나지 않는다. 다만 그날 이상하게도 지루하게 생각되었다는 것과 수백 마일의 길을 여행하는 듯했던 것만 기억에 남아 있을 뿐이다. 우리는 여러 소도시를 지나 꽤 큰 도시에 멎었다. 말들은 풀리어나고 손님들은 식사를 하러 내렸다. 나는 어떤 여인숙으로 옮겨져 갔다. 차장이 내게 무얼 좀 먹도록 권했지만 내가 식욕이 없어하자 그는 커다란 방에다 나를 남겨 두고 가버렸다. 방 양쪽에는 벽난로가 있고 천장엔 샹들리에가 드리워져 있었다. 그리고 벽 높이 달려 있는 조그만 붉은 발코니는 악기들로 가득차 있었다. 나는 무척 야릇한 기분에 잠겨 누가 들어와 나를 잡아가지나 않을까 하는 얼토당토 않은 근심에 사로잡혀 한참 동안 서성거렸다. 왜냐하면 나는 유괴자가 있다는 걸 믿었고 베시가 난롯가에서 말해 준 얘기에는 유괴자의 모험담이 자주 나오곤 했으므로. 이윽고 차장이 돌아왔다. 나는 다시 마차에 실렸다. 내 보호자는 자기 자리로 올라가 쇠뿔 나팔을 불었다. 우리는 L이라는 〈돌투성이 거리〉를 덜거덕거리며 지나갔다.

오후에는 비가 오고 다소 안개가 끼었다. 저녁이 이슥해지자 게이츠헤드에서 무척 멀리 와 있다는 느낌이 들기 시작했다. 이제 우리들은 도회지들을 다 지나 버리고 커다란 희끄무레한 산들이 수평선 위에 솟아 있는 고장으로 바뀌어들었다. 놀이 짙어 갈 무렵에 마차는 수목이 울창한 골짜기를 내려갔다. 밤이 시야를 가리운 지 한참 후에 나는 나무들을 뒤흔드는 사나운 바람 소리를 들었다. 바람 소리의 재촉으로 마침내 나는 잠이 들었다. 갑자기 마차가 멎는 바람에 얼마 자지도 못하고 나는 잠이 깼다. 마차문이 열려지고 하녀 같은 여인이 거기 서 있었다. 마차의 등불빛으로 나는 그네의 얼굴과 옷을 보았다.

「여기 제인 에어라는 소녀가 타고 있읍니까?」그네는 물었다. 「네」하는 대답과 함께 나는 마차에서 안겨 내려졌다. 트렁크가 건네지고 마차는 곧 떠나 버렸다.

오랫 동안 앉아 온 탓으로 몸이 뻐근했다. 그리고 마차의 소음과 진동으로 해서 정신이 얼떨떨해져 있었다. 나는 기운을 가다듬어서 주위를 돌아보았다. 비와 바람과 어둠이 대기에 꽉 차 있는데도 내 눈앞에 있는 담과 그 담에 달린 문

하나가 열려져 있는 걸 희미하게나마 알아볼 수 있었다. 낯선 안내자와 함께 나는 그 문으로 들어갔다. 그네는 문을 닫고 잠가 버렸다. 그러자 창문이 많고 그 중 몇 개엔 불이 켜 있는 한 채인지 혹은 여러 채인지——그 건물이 길게 늘어서 있기 때문에——집이 눈에 보였다. 우리는 물을 차면서 넓은 자갈길을 걸어가 어느 문 안에 들어섰다. 이어서 하녀는 나를 끌고 복도를 지나 불이 피워진 방으로 안내했다. 그네는 여기에 나를 혼자 남기고 나가 버렸다.

나는 서서 곱은 손가락을 불에 녹인 다음 주위를 둘러보았다. 촛불은 켜 있지 않았으나 벽난로의 희미한 불빛은 도배한 벽과 융단, 커튼, 윤이 흐르는 마호가니 가구들을 간간이 보여 주었다.. 이 방은 객실이었다. 게이츠헤드 저택의 응접실처럼 웅장하고 화려하지는 못했으나 꽤 아늑했다. 벽에 걸려 있는 그림의 내용을 생각하고 있는데 문이 열리며 등불을 든 사람이 들어왔다. 바로 그 뒤에 또 한 사람이 따라 들어왔다.

앞선 사람은 검은 머리와 검은 눈에다 키가 큰 여자로 이마가 창백하고 넓었다. 어깨를 숄로 감싸고 엄숙한 표정으로 몸을 곧추세우고 있었다.

「이렇게 어린 것을 혼자 보내다니.」그네는 테이블에 촛불을 놓으며 말했다. 잠시 나를 유심히 보더니 덧붙였다.

「곧 재워야겠어, 피곤해 보이군. 고단하지?」내 어깨에 손을 얹으며 말했다.

「네, 좀.」

「그리고 물론 배도 고프겠지. 미스 밀라, 재우기 전에 저녁을 좀 먹여요. 애, 학교에 들어오기 위해 부모님과 헤어진 건 이번이 처음이냐?」

나는 부모가 안 계시다고 했다. 그네는 부모가 돌아가신 지 얼마나 되느냐고 물었다. 이어 나이가 몇 살이며 이름이나 글을 쓸 줄 아느냐, 또 바느질은 좀 할 줄 아느냐고 물었다. 그러더니 그네는 둘째 손가락으로 내 뺨을 살며시 만지며 「착한 애가 되길 바란다.」하며 미스 밀라와 같이 나를 방에서 내보냈다.

나와 헤어진 그 부인은 스물 아홉쯤 되었으리라. 나와 같이 나온 여자는 좀 젊어 보였다. 아까의 부인의 음성과 태도에서 나는 깊은 인상을 받았다. 미스 밀라는 퍽 평범하고 고생한 얼굴이었으나 혈색이 좋았다. 늘 일에 얽매인 사람처럼 걸음걸이와 동작이 빨랐다. 나중에야 그네의 직책을 알았지만 과연 조교사다운 데가 있었다. 나는 그네의 안내로 넓고 불규칙한 건물의 수많은 간막이 방과 복도를 지나갔다. 이윽고 지금까지 지나온 말할 수 없이 음산하고 적막이 흐르는 곳에서 빠져나와 웅성대는 소리가 들리는 곳으로 왔다. 곧 넓고 기다란 방으로 들어갔다. 이 방에는 굉장히 큰 테이블들이 있었는데 테이블 양쪽 귀마다 촛대가 한 쌍씩 켜져 있었다. 그리고 여러 벤치에 아홉 살이나 열 살에서 스무 살쯤 되는 여자애들이 쭉 둘러앉아 있었다. 실제로는 그 수효가 팔십 명을 넘지 못했으나 희미한 촛불로 보니 헤아릴 수 없이 많아 보였다. 애들은 모두 같은, 묘한 모양의 갈색 천으로 된 프록을 입고 네덜란드식 에이프런을 걸치고 있었다. 바로 학습 시간이어서 아이들은 내일 배울 과목을 외우고 있었다. 아까 내가 들은 웅성대던 소리는 아이들이 가만히 글을 외우는 소리의 합창이었다.

밀라 선생은 나를 문 가까이 있는 의자에 앉으라고 손짓하고는 기다란 방 위쪽으로 가더니 외쳤다.

「반장들, 교과서를 모아서 치워요!」

키 큰 소녀 네 명이 각 테이블에서 일어나 돌아다니며 책을 거두어 갔다. 밀라 선생이 다시 명령을 내렸다.

「반장들, 저녁 밥을 날라와요!」

키 큰 소녀들이 나갔다가 곧 쟁반들을 들고 돌아왔다. 알 수 없는 무엇이 몫몫이 접시에 놓여 있었고 쟁반 한가운데는 각각 물주전자와 찻잔이 있었다. 컵시가 돌려졌다. 물을 마시고 싶은 사람은 한 모금씩 마셨다. 찻잔은 공동으로 쓰게 돼 있었다. 차례가 왔을 때 나는 목이 말라 물을 마시긴 했으나 음식에는 손을 대지 않았다. 흥분과 피로로 해서 아무것도 먹을 수 없었다. 나중에 알고 보니 그것은 몇 조각으로 얇게 썬 귀리로 만든 케익이었다.

식사가 끝나고 밀라 선생이 올리는 기도가 있었다. 그런 후 반으로 나뉘어져 두 사람씩 줄지어 이층으로 올라갔다. 그때까지 피로에 짓눌렸던 나는 침실이 어떻게 생겼는지 주의해 볼 겨를이 없었다. 다만 교실과 같이 꽤 기다란 방이었다는 것밖에. 그날 밤 나는 밀라 선생과 한침대에서 자게 되었다. 선생은 옷을 벗는 걸 거들어 주었다. 나는 침대에 드러누워 기다랗게 줄지어 있는 침대들을 보았다. 각 침대는 금새 두 사람씩으로 메워져 갔다. 십 분쯤 뒤에 단 하나의 촛불마저 꺼지자 침묵과 아주 캄캄한 속에서 나는 잠에 빠지고 말았다.

밤은 빨리 지나갔다. 너무 피곤해서 꿈도 꾸지 않았다. 미친 듯이 불어 대는 모진 바람과 억수처럼 퍼붓는 비 때문에 단 한번 눈이 떠져 밀라 선생이 내 곁에 자리잡고 있는 걸 알 수 있었다. 다시 눈을 떴을 땐 요란한 종소리가 울리고 있었다. 소녀들은 일어나 옷을 입고 있었다. 아직 동트기 전이었고 방안에는 희미한 촛불이 한두 개 켜져 있었다. 나는 마지못해 일어났다. 맵게 추운 날씨였다. 덜덜 떨면서 옷을 입고 대야가 비길 기다려 세수를 했다. 방 한가운데 있는 세면대에는 대야가 여섯 명에 한 개 꼴이어서 좀처럼 비지가 않았다. 다시 종이 울렸다. 소녀들은 두 사람씩 줄을 지어 층층다리를 내려가 차갑고 희미한 불이 켜진 교실로 들어갔다. 여기서 밀라 선생이 기도를 올렸다. 기도를 끝내고 선생은 외쳤다.

「각 반마다 나란히!」

몇 분 동안 야단 법석을 하자 밀라 선생은 「조용히!」「규율을 지켜!」하고 연거푸 소리를 쳤다. 소란이 가라앉았을 때 네 개의 테이블에 놓여 있는 네 개의 의자 앞에서 네 개의 반원형이 되어 줄을 지은 것이 보였다. 모두 손에는 책을 들고 있었고 빈 좌석 앞에 있는 각 테이블 위에는 성경책같이 커다란 책이 한 권씩 놓여 있었다. 여러 학생들의 웅성대는 낮고 희미한 소리로 가득 찬 몇 분간의 휴식이 계속되었다. 선생은 그치지 않는 소리를 가라앉히면서 이 반 저 반 돌아다녔다.

멀리서 종이 울렸다. 곧 세 부인이 방으로 들어왔다. 각기 테이블로 가 자리에 앉았다. 밀라 선생은 문에서 제일 가까운 네 번째 빈자리를 잡았다. 그리고 그 둘레에는 제일 어린 학생들이 모여 있었다. 나는 이 하급반으로 불리워 가 맨 끝자리에 앉았다.

수업이 시작됐다. 그날의 짧은 기도문 암송, 성경 강독에 이어 몇 장이나 되는 성경 귀절이 장황하게 낭독되었다. 한 시간쯤 걸렸다. 학과가 끝났을 땐 날이 환히 밝았다. 길게 종소리가 네 번째 울렸다. 각 반 학생들은 정렬하여 다른 방으로 조반을 먹으러 갔다. 나는 인제 무얼 좀 먹게 되리라는 생각으로 얼마나 기뻤던지! 그 전날 아무것도 먹지 않았기 때문에 잔뜩 허기져서 병자처럼 되어 가고 있었던 것이다.

식당은 크고 천장이 낮은 음침한 방이었다. 기다란 두 개의 식탁 위에는 무엇인가 쟁반에서 더운 김이 나고 있었다. 그러나 유감스럽게도 그것은 식욕을 돋구기는커녕 냄새가 고약했다. 냄새가 그걸 먹을 학생들의 코를 찌르자 나는 학생들이 모두 불만의 빛을 나타내는 걸 보았다. 상급반의 키 큰 학생들이 낮은 소리로 속삭였다.

「메스꺼워라! 또 죽을 태웠어!」

갑자기 「조용히 해요!」하는 소리가 터져나왔다. 밀라 선생이 아니라 고참 선생 중의 한 사람의 목소리였다. 체격이 작고 머리털이 까맣고 멋진 옷차림이었으나 다소 무뚝뚝한 표정으로 식탁 상좌에 앉아 있었다. 한편 또 다른 식탁 상좌에는 좀더 뚱뚱한 부인이 앉아 있었다. 나는 전날 밤 처음 만났던 선생님을 얼핏 찾아 보았다. 눈에 띄지 않았다. 밀라 선생은 내가 앉은 식탁 끝자리에, 그리고 다른 식탁 끝자리에는 나중에 안 일이지만 낯선 외국인으로 보이는 나이 지긋한 프랑스 선생이 앉아 있었다. 기다란 식사 전 기도를 올리고 찬송가가 끝난 다음 하인이 선생들에게 차를 날라오고 식사가 시작되었다.

허기져서 막 기절할 듯한 나는 음식맛도 아랑곳없이 내 몫을 한두 술 떠먹었으나 시장기가 한 고비를 지나자 구역질나는 음식을 먹고 있다는 걸 알았다. 탄 죽은 썩은 감자나 다름없는 음식이었다. 굶어죽어 가는 사람이라도 곧 구역질을 할 그런 것이었다. 숟갈들은 느릿느릿 움직여졌다. 소녀들은 저마다 음식을 맛보고는 삼키려고 애썼다. 그러나 대부분 그 노력은 곧 포기되었다. 조반은 끝났다. 아무도 식사를 하는 사람은 없었다. 우리는 먹지도 않고 감사 기도를 올린 다음 찬송가를 불렀다. 그리고 식당을 물러나와 교실로 갔다. 나는 거의 마지막으로 나왔다. 식탁들을 지나오면서 나는 한 선생이 죽그릇을 들고 맛보고 있는 걸 보았다. 그 선생은 다른 선생들을 바라보았다. 선생들은 다 같이 불쾌한 빛이었다. 그중에 뚱뚱한 선생이 속삭이었다.

「너무해요! 얼마나 창피한 일이야!」

십 오 분이 지나서 수업이 시작되었다. 그 동안 교실은 야단 법석이었다. 이 동안만은 큰소리로 자유롭게 떠들어도 괜찮은 모양으로 모두들 이 특권을 이용했다. 화제는 조반 이야기로 일관했고 모두 노골적으로 비난했다. 불쌍한 애들! 그것이 그들의 유일한 위안이었다. 지금 교실에는 선생이라곤 밀라 선생만이 있었다. 그네를 둘러싸고 있는 키 큰 학생들은 저마다 못마땅한 듯 심각하고 침울한 얼굴로 지껄여 댔다. 나는 누군가의 입에서 나오는 브로클허스트 씨의 이름을 들었다. 이 말에 밀라 선생은 탓하는 듯이 머리를 저었다. 그러나 그네는 모두의 분노를 그다지 막으려고 하지 않았다. 틀림없이 그네도 공감하고 있었다.

교실에 걸린 시계가 아홉 시를 쳤다. 밀라 선생은 학생들 틈을 벗어나와 교실 한가운데 서서 소리쳤다.

「조용히! 제자리에 앉아요!」

규율의 힘은 효과를 거두었다. 오 분이 지나 혼잡은 질서로 들어갔다. 〈바벨〉의 아비 규환과 같던 소란은 비교적 조용해졌다. 이제 고참 선생들은 지체 없이 각자의 임무를 시작했다. 그러나 아직 모두가 무엇을 기다리고 있는 듯했다. 교실 양쪽에 있는 걸상에 줄지어 팔십 명의 학생이 부동의 자세로 앉았다. 그들은 이상한 집합체로 보였다. 모두가 얼굴 뒤로 빗질해 붙인 자연스런 단발머리고 지진 것은 하나도 볼 수 없었다. 갈색의 제복은 딱딱한 깃으로 목을 꽉 조였고 덧옷 앞자락에 작은 베헝겊 주머니(스코틀란드 사람의 돈주머니처럼 생긴)를 달고 있었다. 다 같이 털양말을 신고 놋쇠로 된 죔쇠가 달린 촌스러운 구두를 신고 있었다. 이런 옷차림을 한 학생들 가운데 거의 이십 명은 성숙한 소녀, 즉 젊은 여자들이었다. 이런 옷은 그들에겐 어울리지 않았고 아주 예쁜 학생까지도 이상 야릇한 모습으로 보였다.

나는 여전히 그들을 바라보고 있었다. 그리고 간간이 선생들을 살펴보고 있었다. ——마음에 꼭 드는 선생은 하나도 없었다. 그 뚱뚱한 선생은 좀 야비해 보였고 살갗이 검은 선생은 적지 않게 사나와 보였다. 외국인 선생은 무정하고 괴짜로 보였다. 밀라 선생은 가엾게도! 고생에 시달린 검붉은 얼굴이 과로로 기진 맥진해 있었다——내 눈이 이 얼굴 저 얼굴을 더듬어가고 있을 때 교실의 전원이 같은 용수철에 퉁겨난 것처럼 한꺼번에 일어섰다.

웬일일까? 나는 아무런 호령도 못 들었다. 나는 당황했다. 내가 미처 정신을 가다듬기도 전에 학생들은 다시 자리에 앉았다. 그러나 이때 학생들의 눈이 모두 한 점을 향해 있었기 때문에 내 눈도 같은 방향을 따랐다. 내 눈은 전날 밤 나를 맞아 준 분에게 부딪쳤다. 그네는 긴 교실 끝자리에 있는 난로 곁에 서 있었다. 양쪽 끝에 난로가 있었으므로. 그네는 두 줄로 서 있는 소녀들을 잠자코 엄숙히 돌아보았다. 밀라 선생은 물어 볼 일이 있는지 그네에게 다가가 회답을 받아 가지고는 자기 자리로 돌아와 큰소리로 말했다.

「제1반 반장, 지구의(地球儀)를 가져와요!」

이 지시가 실행에 옮겨지는 동안 상담 역을 한 그 부인은 천천히 교실의 상좌로 걸어갔다. 나는 선천적으로 꽤 존경심을 타고났나 보다. 내 눈이 그네의 걸음을 쫓던 당시의 감탄과 존경심을 나는 여태까지 간직하고 있기 때문이다. 한낮에 보니 그네는 키가 크고 아름답고 몸매가 좋았다. 갈색 눈은 진주빛처럼 자비롭게 빛나고 붓으로 그린 듯한 기다란 속눈썹은 널따란 이마의 흰빛을 돋보이게 하고 있었다. 양쪽 관자놀이 위에는 당시 유행이던 짙은 갈색 머리털이 둥글게 지진 머리를 하고 있었다. 머리를 매끈하게 말아 올린다든가 길게 지진 머리는 유행이 아니었다. 옷도 유행을 따른 보랏빛 천에다 일종의 스페인식 검은 빌로도 장식을 달아 한결 돋보이었다. 허리띠에는 금시계가 빛나고 있었다. (그때만 해도 회중 시계는 지금처럼 흔하지 않았다) 독자들에게 그네의 인상을 잘 알도록 하기 위해 좀더 모습을 자세히 그린다면 안색은 창백하면서도 맑은 맵시고 당당한 풍채와 태도였다. 그러면 적어도 독자는 언어(言語)가 표현할 수 있는 한, 분명히 템플 선생——즉 마리아 템플, 이 이름은 얼마 후 내가 그네한테서 교회에 갖고 가라고 부탁받은 기도서에 적혀 있었다 ── 의 외관을 정확하게 알게 될 것이다.

이 로드 학교의 원장 선생(이 부인이 원장 선생이었다)은 테이블 하나에 놓인 한 쌍의 지구의 앞에 앉은 후 상급반 학생들을 주위에 불러 놓고 지리 수업을 시작했다. 하급반 학생들은 다른 선생들에게 불리워 가 한 시간 동안 역사와 문법 등을 암송했다. 뒤이어 글쓰기와 산수 공부를 했다. 몇 명의 큰 학생들은 템플 선생으로부터 음악 수업을 받았다. 각 수업 시간은 시계에 의해서 정해져 있었다. 드디어 시계는 열 두시를 쳤다. 원장 선생이 일어나

「학생들에게 할 애기가 있읍니다.」하고 말했다.

수업이 끝나 이미 소란해졌지만 그네의 목소리로 소란은 가라앉았다. 그네는 말을 이었다.

「여러분은 오늘 아침 조반을 먹을 수 없었읍니다. 시장들 하겠어요. ── 나는 여러분에게 치즈를 바른 빵을 점심에 주도록 말해 놓았읍니다.」

다른 선생들은 놀라 그네를 쳐다보았다.

「이것은 내가 책임지고 하는 것입니다.」하고 그네는 선생들에게 설명하는 어조로 덧붙이고는 곧 교실을 떠났다.

금새 치즈 바른 빵이 날라져 와 분배되어 전학생들의 기쁨이 고조되고 생기가 돌았다. 이때「운동장으로!」하는 명령이 내렸다. 학생들은 각기 물들인 옥양목 끈이 달린, 너절한 밀짚 모자를 쓰고 거칠은 회색천 외투를 입었다. 나도 그들과 같은 차림을 하고 행렬을 따라 밖으로 나갔다.

넓게 자리잡은 교정은 밖을 내다볼 수 없을 만큼 높은 담으로 둘려 있었다. 한 쪽에는 지붕이 달린 베란다가 있고, 몇 개의 작은 화단으로 나뉘어진 중간에는 넓은 길이 나 있었다. 이 화단은 학생들이 가꾸도록 되어 있어서 각 화단마다 임자가 정해져 있었다. 꽃이 한창일 때는 꽤 아름다왔을 테지만 일월 하순인 지금은 모두가 말라서 누르퉁퉁하게 시들어 있었다. 나는 주위를 돌아보며 서 있노라니 몸이 떨려 왔다. 실외 훈련을 하기엔 험악한 날씨였다. 정작 비가 오는 것도 아니고 솔솔 내리는 을씨년스러운 안개비로 해서 어둠침침했다. 어제 내린 큰비로 발 밑은 아직 흠뻑 젖어 있었다. 학생들 중에서 튼튼한 애는 뛰어다니며 발랄한 경기를 하고 있었으나 안색이 나쁘고 여윈 학생들은 베란다에 안식처를 찾아 몰려들어 몸을 녹이고 있었다. 짙은 안개가 추위에 떨고 있는 소녀들의 몸에 스며들어 그들 중에서 나오는 힘없는 기침 소리가 가끔 들려 왔다.

나는 아직 누구에게도 말을 건네지 않았고 또 아무도 나를 아는 체하려고도

않는 것 같았다. 나는 무척 외로이 서 있었으나 이런 고독감에는 익숙해져서 그다지 울적하지는 않았다. 나는 베란다 기둥에 기대어 회색 외투를 여미고 에이는 듯한 추위와 체내에서 나를 괴롭히는 불만스런 시장기를 잊어버리려고 밖을 내다보기도 하고 생각에 잠기기도 했다. 생각은 너무나도 걷잡을 수 없고 단편적이어서 여기 기록할 만한 것도 없다. 나는 내가 어디 있는지도 알 수 없었다. 게이츠헤드와 나의 과거의 생활은 헤아릴 수 없이 멀리 흘러간 듯싶었다. 현재는 막연하고 미지수였다. 장래에 대해선 아무런 추측도 할 수 없었다. 나는 수녀원 같은 교정과 교사를 둘러보았다. 큰 건물인 교사는 절반은 낡고 오랜 것이었지만 나머지 반은 아주 새것 같았다. 교실과 기숙사가 있는 새 건물은 격자 창으로 채광이 되어 마치 교회 같은 인상을 주었다. 출입문 위에 있는 돌로 된 현판에는 다음과 같이 새겨져 있었다──

〈로드 학원. ──이 건물은 서기 ××××년 본 주(州)의 브로클허스트 가문의 네이오미 브로클허스트가 재건하다.〉

〈이같이 너희 빛을 사람 앞에 비추게 하여 저희로 너희 착한 행실을 보고 하늘에 계신 너희 아버지께 영광을 돌리게 하라.〉── 마태복음 5장 16절.

나는 몇 번이고 이 말을 되읽었다. 이 말에는 설명이 따라야 한다고 생각했다. 나는 이 말의 뜻을 전혀 이해할 수 없었다. 나는 〈학원〉이란 뜻을 생각하며 첫 대목과 성경의 귀절과의 관계를 이해하려고 애쓰고 있다가 내 바로 등 뒤에서 나는 기침 소리에 고개를 돌렸다. 가까운 돌 벤치에 한 소녀가 앉아 있는 것이 보였다. 그네는 몸을 구부리고 열심히 책을 읽고 있는 것 같았다.

내가 서 있는 곳에서 그 책의 제목──〈라셀라스〉를 알아볼 수 있었다. 이상하게 감동을 주는 제목이어서 마침내 마음이 쏠렸다. 이 학생은 책장을 넘기면서 무심코 고개를 쳐들었다. 곧 나는 말을 걸었다.

「그 책 재미나니?」언젠가는 그 책을 빌려 달라고 부탁할 생각을 이미 하고 있었다.

「응, 재미나.」그애는 잠시 쉬고 대답했다. 그러면서 나를 살펴었다.

「그거 무슨 얘기니?」나는 다시 물었다. 모르는 아이와 이렇게 말을 나눌 수 있는 뻔뻔스러움을 어디서 배웠는지 나도 모르겠다. 이런 식은 내 성미나 습성과는 어울리지 않았지만 그네가 책을 읽는다는 것이 나를 어딘가 공감으로 이끌게 한 것 같다. 대수롭잖은 유치한 책이긴 하지만 나도 독서를 좋아했으니까. 나는 심각하고 내용이 충실한 책은 소화시킬 수도 이해할 수도 없었다.

「봐도 괜찮아.」그 소녀는 책을 내게 건네주며 대답했다.

나는 책을 들척거려 보았다. 잠깐 살펴보고도 그 내용이 제목보다는 재미없는 것이라는 걸 알았다. 〈라셀라스〉는 나의 변변치 않은 취미에는 지루해 보였다. 선녀의 얘기는 하나도 없고 귀신에 관한 얘기도 없었다. 촘촘히 인쇄된 책장에는 눈부신 변화란 하나도 전개되지 않는 것 같았다. 나는 그네에게 책을 돌려 주었다. 그애는 조용히 책을 받아들고 아무 말 없이 아까처럼 독서 분위기에 잠기려고 했다. 다시 한번 나는 용기를 내어 그애를 방해하려 들었다.

「정문 위 돌에 적혀 있는 게 무슨 말인지 좀 가르쳐 줄래? 로드 학원이란 무슨 뜻이니?」

「그건 네가 살러 온 이 집이야.」

「그럼 왜 학원이라고 하니? 그건 딴 학교와 어디가 다르지?」

「반은 자선 학교야. 너나 나나 딴 애들은 모두 자선 학교 학생이야. 넌 아마 고아지. 어머니나 아버지가 돌아가셨지?」

「내가 철들기 전에 두 분 다 돌아가셨어.」

「그리고, 여기 아이들은 모두 아버지나 어머니를 여의거나 그렇지 않으면 양친을 다 잃어버린 아이들이야. 그래서 이 학교는 고아를 교육하는 자선 학교라고 부르지.」

「우린 돈을 안 내니? 무료로 우릴 길러 주는 거야?」

「우리가 내거나 아니면 우리를 도와 주는 사람들이 일 년에 일인당 십 오 파운드를 내는 거야.」

「그럼 왜 우리들을 자선 학교 학생이라고 부를까?」

「그건 기숙비와 수업료가 십 오 파운드로는 모자라므로 부족한 금액을 기부금으로 충당하기 때문이지.」

「누가 기부를 하니?」

「이 근처와 런던에 사는 여러 자선심 많은 숙녀와 신사들이야.」

「네이오미 브로클허스트란 누구야?」

「저 현판에 적혀 있는 것처럼 이 학교 새 교사를 세운 부인이야. 그분 아드님이 학교 일은 무엇이든지 감독하고 지휘하셔.」

「왜?」

「그 분이 이 학교의 경리를 맡아 보고 관리하는 사람이니까 그렇지 뭐.」

「그럼 이 학교는 시계를 차고, 치즈를 넣은 빵을 먹으라고 말씀하신 키 큰 부인의 것이 아니구나.」

「템플 선생 말이지? 웬걸 아냐! 그랬으면 오죽 좋겠어. 템플 선생은 자기가 하시는 일에 대해서는 무엇이든지 브로클허스트 씨에게 보고를 해야 해. 브로클허스트 씨가 우리들의 양식과 옷을 모두 사들이는 거야.」
「브로클허스트 씨는 여기서 사시니?」
「아니——이 마일 떨어진 큰 저택에서.」
「좋은 분이야?」
「목사님이셔. 그래 좋은 일을 많이 한다고들 해.」
「키 큰 부인은 템플 선생이라고 했지?」
「그래.」
「그럼 다른 선생님들의 이름은?」
「뺨이 빨간 분이 스미드 선생님이고, 재봉을 가르치셔. 그리고 마름질두 하시지——우리는 우리 손으로 옷——외투와 겉옷과 그밖에 모든 걸 만드니까. 검은 머리에 키가 작은 분은 스캐쳐드 선생이고, 역사와 문법을 가르치시는데 이학년 암송을 담당하고 계셔. 그리고 숄을 걸치고 노란 리본으로 손수건을 차고 있는 분이 마담 삐에로, 프랑스 리일에서 왔어. 프랑스어를 가르치셔.」
「넌 선생님을 좋아하니?」
「그럼 좋아하고말고.」
「키가 작고 머리가 까만 선생님 좋아해? 그리고 마담……? 너처럼 그이 이름을 발음하지 못하겠다.」
「응, 스캐쳐드 선생님 말이지. 성미가 급해——너 그 선생님을 성내게 하지 않도록 조심해라——마담 삐에로는 나쁜 분은 아냐.」
「그럼 템플 선생님이 제일 좋은 분이지?」
「그 분은 아주 좋은 분이야. 그리고 퍽 총명하셔. 그 선생님은 누구보다 뛰어났어. 다른 선생님보다 훨씬 아는 것이 많으시니까.」
「넌 여기 오래 살았니?」
「이 년.」
「너 고아냐?」
「어머니가 안 계셔.」
「넌 여기가 좋으니?」
「꽤 묻는 것도 많네. 그만하면 우선은 다 대답했잖니? 이젠 책 읽고 싶어.」
그러나 그 순간 점심 때를 알리는 종소리가 울려와 모두 교사로 돌아갔다. 식당에 가득한 냄새는 조반때 우리들 코를 찌른 그 냄새보다 식욕을 돋구어 주는 것도 못되었다. 점심은 두 개의 커다란 양은 그릇에 담겨져 있었고 거기서 썩은 비계를 연상케 하는 김이 무럭무럭 오르고 있었다. 이 식사는 좋잖은 감자와 좀처럼 보기 힘든 상한 고기 조각들을 함께 섞어서 만든 거라는 걸 나는 알았다. 이 요리는 꽤 수북히 각자의 접시에 배당되었다. 나는 먹을 만큼 먹고 나서 매일 이런 것을 먹게 되는 것일까 하고 속으로 생각했다.

점심 식사가 끝나고 우리는 곧 교실로 갔다. 수업이 다시 시작되어 다섯 시까지 계속되었다. 그날 오후 단 하나 특기할 만한 사건은 나와 베란다에서 얘기한 소녀가 역사 시간에 스캐쳐드 선생에게 창피하게 쫓겨나 큰 교실 한복판에서 벌을 서게 된 일이었다. 이 벌이 나에겐 제일 불명예스러운 것으로 여겨졌다. 특히 그렇게 큰 여자애에게는——그애는 열 세 살이 아니면 좀더 들어 보였다. 나는 그애가 몹시 괴로와하고 부끄러움을 타리라 생각했는데, 뜻밖에도 울지도 않고 낯도 붉히지 않았다. 모든 사람의 주목의 대상이 된 그애는 엄숙하고 침착하게 서 있었다. (어쩌면 저애는 벌을 저처럼 태연하게 또 꿋꿋이 참아낼 수 있을까?) 하고 나 자신에게 물어 보았다. (만일 내가 그애의 입장에 있다면 쥐구멍에라도 들어가고 싶었을 거야. 그앤 마치 벌을 조월한——그네의 입징을 초월한 무엇인가를, 즉 주위나 눈앞의 일을 초월한 무엇인가를 생각하고 있는 성싶었다. 나는 백일몽에 대한 얘기를 들은 일이 있다——지금 그애는 백일몽을 꾸고 있을까? 눈은 마루를 지켜보고 있지만 그런 것이 아니란 걸 나는 잘 안다——그애의 눈은 안으로 향해져 있고 그애의 마음속으로 들어가 버린 거다. 지금 그애는 과거를 회상하고 있는 거야. 실제로 존재하는 걸 보는 게 아냐. 저애는 어떤 소녀일까——좋은 앨까 혹은 나쁜 앨까.)

오후 다섯 시가 지나자 곧 우리는 조그만 잔으로 커피 한 잔과 검은 빵 반 조각으로 식사를 했다. 나는 정신없이 빵을 먹고 커피를 맛있게 마셨다. 좀더 먹었으면 좋겠다고 생각했다——나는 그래도 아직 허기져 있었다. 식사에 뒤이어 반 시간 동안 휴식이 있었고, 그 다음엔 공부 시간이었다. 그리고는 물 한 잔과 귀리 과자 한 조각, 기도, 그리고 취침, 이런 것이 로드에서 보낸 나의 첫날이었다.

6

다음날도 전날과 다름없이 시작되었다. 일어나서 희미한 불빛을 의지삼아 옷을 입었다. 그러나 오늘 아침은 우리들은 격식대로 세수를 하지 않아도 좋았다. 물주전자의 물이 얼어 있었다. 전날 밤 날씨가 바뀌어 살을 에이는 듯한 북동풍이 밤새도록 침실 창틈으로 쌩쌩 불어들어 자리 속에서도 우리를 벌벌 떨게 하고 그릇에 든 물을 얼리고 말았다.

지루한 한 시간 반의 기도와 성경 낭독이 끝나기 전인데도 나는 얼어죽을 것 같았다. 드디어 아침 식사 시간이 왔다. 오늘 아침은 죽이 타지 않아 먹을 만하긴 했으나 양이 적었다. 얼마나 내 몫이 적어 보였는지 모른다! 갑절쯤 됐으면 했다.

이날로서 나는 제4반 학생으로 편입되어 정식 학과 수업을 받았다. 여태껏 로드 학원의 여러 가지 진행 과정을 단지 방관자로 보아 왔던 나는 이제부터는 행동자로 된 것이다. 처음에는 암송하는 데 서툴러서 수업 시간이 길고 힘들게 느껴졌다. 한 학과에서 다음 학과로 자꾸 바뀌는 데도 나는 당황했다. 오후 세 시경, 스미드 선생이 두 마쯤 되는 모슬린 장식천을 바늘, 골무 등속과 함께 내게 주고 그 천을 감치라고 하시며 나를 교실의 조용한 한 구석으로 데려가 앉혔을 때는 기뻤다. 그 시간에는 대부분 다른 학생들도 재봉을 하고 있었으나, 아직 스캐쳐드 선생 의자에 둘러서서 책을 읽고 있는 학생도 있었다. 모두가 조용해서 학생들이 취한 태도나 스캐쳐드 선생이 학업에 관해서 꾸짖기도 하고 칭찬하기도 하는 것과 아울러 학과 내용을 들을 수 있었다. 영국 역사 시간이 되었다. 나는 베란다에서 사귄 친구를 책을 읽고 있는 학생들 중에서 보았다. 그애의 자리는 수업이 시작할 즈음에 학급의 맨 윗자리에 있었으나 발음을 좀 잘못했는지 끊을 데를 잘못 읽은 탓인지 갑자기 맨 아랫자리로 내려갔다. 이렇게 눈에 띄지 않는 자리에 있었지만 그래도 스캐쳐드 선생은 줄곧 그애를 주목의 대상으로 삼았다. 선생은 계속해서 그애를 향해 이런 말을 했다.

「번즈」(그애 성인 듯하다. 이 학교의 학생은 다른 남학교에서 그렇듯이 성으로 불리웠다)「번즈, 넌 한쪽 발을 구부리고 서 있지. 빨리 똑바로 펴!」「번즈, 턱을 아주 흉하게 내밀고 있다, 당기지 못해!」「번즈, 머리를 쳐들어. 내 앞에선 그런 태도를 취할 수 없어.」등등.

한 장(章)을 두 번 읽고 난 학생들은 책을 덮고 시험을 치렀다. 학과목은 찰스 1세 통치 시대의 부분으로 톤세(稅)와 파운드세(稅)와 조선세(造船稅)에 대한 복잡한 문제들이고 그 대부분은 대답할 수 없는 것으로 보였다. 그러나 어떤 세밀한 난문제라도 번즈에게 닥치면 즉석에서 해치웠다. 그애의 기억력은 이 과목의 내용을 전부 외우고 있는 듯했다. 그래서 무엇이고 대답할 준비를 갖추고 있었다. 나는 스캐쳐드 선생이 그애의 성심 성의를 칭찬하리라고 생각했는데 반대로 선생은 별안간 소리를 질렀다.

「더럽고 비위 거슬리는 계집애 같으니！ 오늘 아침은 손톱도 닦지 않았군！」
번즈는 대답이 없었다. 나는 그네의 침묵을 이상히 여겼다.

(오늘 아침은 물이 얼어서 손톱과 얼굴을 씻을 수 없었다고 왜 말하지 않을까？) 하고 나는 생각했다.

이때 스미드 선생이 나더러 실타래를 잡아 달라고 해서 내 관심은 딴 곳으로 쏠렸다. 선생은 실을 감으면서 전에 학교에 다녀 본 일이 있느냐, 이름표를 꿰매달거나 바느질이나 뜨개질 같은 걸 할 줄 아느냐는 등 가끔 내게 말을 건넸다. 선생이 나를 놓아 줄 때까지는 나는 스캐쳐드 선생의 동작을 계속해서 관찰할 수가 없었다. 내가 자리에 돌아오자 선생은 무엇인가 명령을 내리고 있었다. 나는 그 말뜻을 알아듣지 못했지만 번즈는 곧 교실을 떠나 책을 넣어둔 작은 골방으로 가더니 한쪽 끝을 묶은 나뭇가지 묶음을 한 손에 들고 금방 돌아왔다. 그애는 이 불길한 도구를 아주 공손히 스캐쳐드 선생에게 바친 다음 한 마디도 않고 조용히 앞치마를 풀었다. 선생은 그 회초리로 당장에 호되게 번즈의 목덜미를 열 두 번 내리쳤다. 번즈의 눈에선 눈물 한 방울 나오지 않았나. 이 팡경에 나는 부질없는 노여움으로 흥분해서 손이 떨려 바느질을 멈추었다. 그러나 그애의 생각에 잠긴 얼굴 모습은 평상시와 다름이 없었다.

「고집장이 계집애！」스캐쳐드 선생은 고함쳤다.

「네 방정맞은 버릇은 아무리 해도 못 고치겠다. 그 회초리 갖다 둬！」

번즈는 그대로 따랐다. 그애가 책 두는 방에서 나왔을 때 나는 곰곰이 그애의 얼굴을 봤다. 바로 손수건을 주머니에 넣고 있는 참이었다. 여윈 그네의 뺨에서는 눈물 줄기가 빛났다.

저녁에 노는 시간이 로드의 하루 중에서 제일 즐거웠다고 본다. 다섯 시에 먹는 빵조각과 커피 한 잔은 허기를 막아 주진 못했으나 원기는 회복시켜 주었다. 긴 하루의 긴장이 풀리고 교실은 오전보다는 따뜻하게 느껴졌다——난롯불이, 아직 켜지지 않은 촛불을 대신해서 다소나마 환히 한동안 피도록 버려둬 있었다. 붉은 빛을 띤 어둠, 묵인된 소동, 왁자지껄한 말소리들은 즐거운 해방감을 안겨 주었다.

스캐쳐드 선생이 자기 학생 번즈를 때리는 걸 본 날 저녁 나는 동무도 없이, 하지만 외로운 생각은 없이 걸상과 테이블, 그리고 깔깔대는 학생들 사이를 언제나처럼 거닐었다. 나는 창가를 지날 때면 가끔 커튼을 올리고 밖을 내다보았다. 눈이 펑펑 쏟아지고 있었다. 들이친 눈은 벌써 아래 유리창 절반까지 쌓이고 나는 귀를 창문에 바싹 대고 좋아라 날뛰는 소동 속에서도 울부짖는 바람

소리를 가려낼 수 있었다.

가령 따뜻한 가정과 살뜰한 부모를 갓떠나온 나였더라면 이 시각에야말로 이별을 뼈저리게 뉘우쳤을 것이다. 그리고 바람은 내 가슴을 슬프게 하고 이 어둠의 혼란은 나의 평화를 뒤흔들어 놓았을 것이다. 그러나 집도 부모도 없었던 나는 이상한 흥분과 자포자기한 열광적인 기분에 싸인 채 바람아 더욱 힘차게 불어라, 어둠아 더욱 짙어져라, 혼란아 더욱 발칵 뒤집혀라고 바랐던 것이다.

나는 걸상들 위로 뛰어넘고 테이블 밑을 기어나가 난롯가에 이르렀다. 나는 난로의 높은 철망 가에 무릎을 꿇고 있는 번즈를 보았다. 그네는 책을 벗삼아 주위의 소란에도 아랑곳없이 묵묵히 타다 남은 희미한 불빛을 의지로 독서에 정신을 팔고 있었다.

「아직 〈라셀라스〉를 읽고 있니?」그네의 뒤로 가며 나는 물었다.

「응.」그애는 말했다. 「지금 막 끝낸 참이야.」

오 분 가량 더 있다가 그네는 책을 덮었다. 나는 그래서 기뻤다.

(이젠) 하고 나는 생각했다. (이애와 얘기를 할 수 있겠지.)

나는 그애 곁으로 가 마루에 앉았다.

「번즈 말고 널 또 뭐라고 부르니?」

「헬린.」

「먼 데서 왔니?」

「먼 북쪽에서 왔어. 바루 스코틀란드 국경에서.」

「다시 돌아갈 거니?」

「그러려고 하지만 누가 앞날의 일을 장담할 수 있니.」

「넌 로드를 떠나고 싶지!」

「아니야, 뭣 땜에? 난 교육을 받으러 여기 온 거야. 그 목적을 이루기 전엔 집에 돌아가야 소용 없어.」

「그렇지만 그 스캐쳐드 선생님은 네게 너무 사나우시지 않니?」

「사나우시다고? 천만의 말씀야! 엄격은 하지. 내 결점을 싫어하시거든.」

「내가 네 입장이라면 그 선생을 싫어할 거야. 난 맞설 거야. 회초리로 날 때리면 선생 손에서 회초리를 뺏아 눈앞에서 꺾어 버릴 테야.」

「설마 그런 짓은 안 하겠지만, 만약 그런다면 브로클허스트 씨가 너를 학교에서 내쫓을 거야. 그러면 너의 친척에게 큰 불행을 줄 거고. 성급한 행동을 해서 너와 관계되는 여러 사람에게 폐를 끼치는 것보다는 너만이 지닌 고통을 꾹 참고 이겨나가는 편이 훨씬 좋은 거야. 성경에도 악을 선으로 갚으라고 했지 않니.」

「하지만 매를 맞는다는 건 부끄러운 일이야. 더구나 사람이 가득한 교실 한복판에 세운다는 건 말이야. 게다가 넌 이처럼 다 큰 처년데. 난 너보다 훨씬 어리지만 그건 못 참아.」

「그렇지만 그걸 피할 길이 없을 땐 참는 게 의무란다. 자기 운명이 참아내도록 마련된 걸 참지 못한다는 건 의지가 약하고 어리석은 거야.」

나는 그네의 말이 의심쩍었다. 인내에 대한 이 설교가 납득이 안 갔다. 더구나 자기를 응징하는 사람에 대해서 그네가 말하는 인내란 이해도 공명도 할 수 없었다. 그러나 나는 헬린 번즈가 내 눈에는 보이지 않는 빛으로써 사물을 고찰하는 것이라고 느꼈다. 그애가 옳고 내가 틀린지도 모른다. 그러나 이 문제를 더 깊이 생각하고 싶진 않았다. 나는 〈필럭스〉처럼 적당한 시기가 올 때까지 이 문제를 연기하기로 했다.

「넌 자신에게 결점이 있다고 했지, 헬린, 그게 무슨 결점이야? 난 네가 참 좋은 애로 보여.」

「그럼 겉으로 짐작하지 말고 잘 알아 둬. 난, 스캐쳐드 선생 말대로 야무지지 못해. 그리고 물건을 가지런히 놓아 두는 일도 별로 없고 제대로 간직하는 일은 전연 없어. 난 조심성이 없어. 교칙을 잊어버려. 학교 공부를 해야 할 때 다른 책을 읽지. 난 규율이 없거든. 조직적으로 정리하는 일에 복종하는 것은 견딜 수 없다고 가끔 나는 너처럼 말하지. 이것이 스캐쳐드 선생님의 비위를 거스르는 거야. 그 선생님은 선천적으로 깔끔하고 규칙적이고 꼼꼼해.」

「그리고 또 무뚝뚝하고 사납지.」하고 나는 덧붙였으나 헬린 번즈는 내가 덧붙인 말에는 맞장구를 치지 않았다. 그애는 잠자코 있었다.

「템플 선생님도 스캐쳐드 선생님처럼 네게 엄하시니?」

템플 선생의 이름이 나오자 그네의 침울한 얼굴에 부드러운 미소가 스쳤다.

「템플 선생님은 아주 좋으신 분이야. 누구에게나 엄하게 대하는 걸 괴로와하셔. 학교에서 제일 나쁜 아이에게까지도. 선생님은 내 잘못을 보시면 부드럽게 타일러 주시지. 그리고 어쩌다 내가 칭찬받을 만한 일을 하면, 대뜸 칭찬해 주시구. 내가 타고난 고약한 결점 중에서 가장 뚜렷한 증거는 그처럼 부드럽고, 그처럼 도리에 맞게 타이르는 그 선생님의 말씀으로도 내 결점을 못 고쳤다는 거야. 선생님의 칭찬도 아주 소중히 여기긴 하지만 끊임없는 조심과 신중을 지니도록 나를 일깨워 주지는 못해.」

「그건 이상하네.」 나는 말했다. 「조심한다는 건 쉬운 일이야.」

「너 같으면 물론 그럴지도 몰라. 오늘 아침 네가 공부하는 걸 유심히 봤어. 넌 아주 열심이던데. 밀라 선생님이 학과를 설명하고 질문하시는 동안 넌 조금도 한눈을 팔지 않더라. 그런데 내 정신은 자꾸 방황하는 거야. 스캐쳐드 선생님에게 귀를 기울이고 열심히 온 정신을 팔아야 할 때에도 선생님의 말소리조차 놓쳐 버리는 일이 가끔 있어. 난 꿈 같은 것에 빠지곤 해. 때때로 노덤벌란드에 있다는 생각이 들어. 교실의 소음이 우리 집 근처에 있는 디프튼을 흘러내리는 조그만 시냇물 소리로 들려. 이때 내가 대답할 차례가 닥치면 깨나야 돼. 환상의 시냇물 소리에 귀를 기울이고 있었으므로 뭘 읽고 있었는지 듣지 않아서 대답할 수가 없을 수 밖에.」

「하지만 오늘 오후엔 참 대답도 잘하더라, 애.」

「그건 그저 우연일 뿐이야. 오늘 배운 그 과목은 전에 내가 흥미를 가졌던 거야. 오늘 오후는 시냇물에 대한 꿈을 꾸지 않고 찰스 1세가 가끔 그랬던 것처럼, 정당한 일을 하려고 원했던 인간이 어쩌면 그렇게도 부정하고 현명치 못한 행동을 할 수 있을까 하고 이상하게 생각했어. 찰스 1세는 정직과 양식을 가지고도 왕이라는 특권 이외에 아무것도 볼 수 없었다는 것은 가엾은 일이었다고 생각해. 앞을 내다볼 수 있었고 또 시대 정신이라고 하는 것이 어떤 경향인지를 알고 있었다면 좋았을 거야! 그래도 난 찰스 1세가 좋아 —— 난 그이를 존경해 —— 그이를 가엾게 여겨. 불쌍하게도 살해당한 임금님! 그래, 그의 적이 더 나빴어. 그들은 흘려서는 안 될 피를 흘리게 했어. 어쩌면 감히 임금님을 죽이다니!」

헬린은 지금 혼잣말을 지껄이고 있었다. 내가 자기를 충분히 이해하지 못한다는 걸 잊어버리고 있었다. —— 그애가 토론한 문제에 대해서 내가 무지하거나 또 거기에 가깝다는 걸 잊어버리고 있었다. 나는 그애를 내 수준으로 끌어내렸다.

「그럼 넌 템플 선생님이 가르치실 때도 한눈을 파니?」

「아니야, 좀처럼 안 그래. 템플 선생님은 대체로 무엇인가 내 생각보다는 새로운 걸 말씀해 주시니까. 그 선생님의 말씀은 이상하게두 내게 척척 들어맞아. 게다가 그 선생님이 가르쳐 주시는 지식은 바로 내가 알고 싶어하던 것들이 종종 있어.」

「저 그럼 템플 선생과는 마음이 맞는다는 거지?」

「그래 소극적으로. 난 노력은 안 해. 때때로 마음내키는 대로 따를 뿐이야. 이런 투로 착한 건 아무 값어치가 없어.」

「없다니, 많지. 네게 후한 분에겐 너도 후하게 대하더라. 그건 내가 전부터 부러워하고 있는 거야. 만일 우리들이 잔인하고 옳지 못한 사람들을 친절한 순종으로 대해 주면 나쁜 사람들은 무엇이나 자기네 마음대로 해치울 거야. 그들은 두려움도 타지 않을 거고, 따라서 마음을 고치려 들지 않아서 점점 더 나빠질 거야. 우리가 이유 없이 얻어맞으면 힘껏 시원히 매로 갚음을 해줘야 해. 그래야 한다구 믿어——우리를 때린 사람에게 다시는 그런 짓을 못하게 힘껏 매로 가르쳐 줘야 해.」

「나이가 들면 너도 생각이 달라질 거라고 봐. 넌 아직 철부지 어린 아이에 지나지 않아.」

「하지만 난 이렇게 생각해, 헬린. 내가 상대방을 기쁘게 해주려고 아무리 애를 써도 나를 싫다고 하는 사람은 나도 싫어해야 한다고. 부당하게 나를 벌하는 사람에겐 맞서야 해. 그건 내게 사랑을 보여 준 사람을 나도 사랑해야 하고 또 내가 마땅히 벌을 받아야 한다고 생각되면 어떤 처벌도 달게 받아야 한다는 것처럼 당연한 일이야.」

「이교도나 야만족은 그런 교훈을 갖고 있지만 기독교인이나 문명국 사람들은 그걸 부인하지.」

「왜 그럴까? 난 모르겠어.」

「증오를 이겨내는 제일 좋은 길은 폭력이 아니야——또 모욕을 이겨내는 가장 확고한 길은 복수가 아니란 거야.」

「그럼 뭐야?」

「신약 성경을 읽어 봐. 그리고 예수께서 말씀하신 것, 행하신 걸 잘 지켜 봐요. 예수님의 말씀을 네 거울로 알고 또 그 분이 행하심을 네 본보기로 삼아 봐.」

「예수님이 뭐라고 말씀하셨니?」

「너의 원수를 사랑하라, 너희들은 저주하는 자를 위해서 기도를 올리라, 너희들을 미워하고 박해하는 자에게 선을 행하라고 말씀하셨어.」

「그럼 난 리드 부인을 사랑해야겠네. 난 그건 못하겠어. 그 사람 아들 존을 위해 기도를 올려야 하겠지만 그건 못해.」

이번에는 헬린 번즈가 내 설명을 구할 차례였다. 나는 곧 내 수난과 원한의 얘기를 내 나름대로 쏟아 놓기 시작했다. 나는 흥분하면 인정 사정 없이 내가 느낀 대로 독살맞고 가혹하게 떠벌렸다.

헬린은 내 말을 끝까지 참을성 있게 들어 주었다. 한마디쯤 하리라고 생각했지만 그네는 아무 말도 하지 않았다.

「그렇다면」하고 나는 참다못해 물었다. 「리드 부인은 몰인정한 나쁜 여자가 아니란 말이지?」

「분명히 그 분은 네게 불친절했지. 스캐쳐드 선생이 나를 싫어하는 것처럼 그 분은 네 독특한 성격이 싫으니까 그런 거지 뭐냐. 넌 리드 부인이 네게 한 일이나 말한 걸 어쩌면 그렇게도 죄다 세밀히 기억하니! 그 분의 부당한 처사가 네 마음속에 아주 깊이 사무친 모양이야! 어떤 학대라도 네 그것처럼 내 마음에는 못박혀 있지 않아. 리드 부인의 가혹한 처사와 너의 분통을 터뜨린 걸 한꺼번에 잊어버리려고 마음만 먹으면 너는 행복해지지 않을까? 내겐 인생이란 남을 자꾸 원망하거나 남의 허물을 새겨 두는 것으로 세월을 보내기에는 너무나 짧은 것같이 생각돼. 우리들은 너나할것없이 이 세상에선 과오란 짐을 지고 있고 또 짊어져야 해. 그러나 이제 이 썩어 버릴 인간의 허울을 벗어 버리게 되고 또 타락과 죄악이 이 사악한 육체와 함께 우리에게서 씻어지고 영혼의 불꽃만이 남을 때가 곧 오리라고 나는 믿어——영혼의 불꽃이 인간에게 영감을 넣어 주기 위해 조물주를 떠났을 때처럼 순수하게 인생의 미묘한 요소만이 남게 될 거야. 그래서 성령은 왔다가 다시 돌아가게 될 거고, 인간보다 높은 어떤 존재와 다시 통하게 되지——희미한 영혼에서 제일 높은 천사로 승화하기 위해 영광의 층층대를 지나갈 거야! 반대로 인간에서 악마로 떨어지는 불행 같은 건 절대로 없을 것 아냐? 아니, 난 그런 걸 믿을 수 없어. 난 또 다른 신념을 하나 갖고 있어. 이건 누구한테 배운 것도 아니고 좀체로 발표한 일도 없지만 난 그 신념을 품고 있는 게 기쁘고 또 거기에 의지하고 있어. 왜냐하면 그 신념은 모든 사람에게 희망을 넓혀 주기 때문이야. 그건 영원을 안식처로 만들어 주는 거야——공포도 지옥도 없는 훌륭한 집을. 그뿐 아니라 나는 이 신념을 가지고 범죄자와 인간의 범죄를 분명히 가려낼 수 있어. 난 한편으로 범죄를 미워하면서도 그 범죄자를 진정으로 용서할 수 있어. 이 신념을 갖고 있으면 복수심은 내 마음을 침범하지 못하고 타락이 나를 조금도 상심시키지 못하고 부정이 도저히 나를 깔아 뭉개지도 못해. 언제까지나 바라보면서 고요히 살고 있는 거야.」

늘 수그러져 있는 헬린의 머리는 이 말을 마치자 더 수그러졌다. 나는 그애의 표정으로 보아 이젠 나와의 이야기를 그만두고 사색에 잠기고 싶어하는 걸 알았다. 그네는 명상에 잠길 여유가 많지 않았다. 이윽고 몸집이 크고 거칠게 생긴 반장 애가 와서 억센 캄바랜드 사투리로 이렇게 소리쳤다.

「헬린 번즈야, 너 당장 일어나서 서랍을 정리하고 일감을 치워 놓지 않으면 스캐쳐드 선생님께 일러서 와 보시게 할테야.」

　헬린은 명상이 사라지자 한숨을 쉬었다. 그리고는 일어나 아무 대답도 않고 지체 없이 반장의 명령을 따랐다.

7

　로드에 와서 첫 학기는 꽤 길게 느껴졌다. 그리고 즐거운 시기도 아니었다. 새로운 교칙과 낯선 학과에 익숙해지기 위해 곤란과 지긋지긋한 싸움을 하는 시기였다. 교칙과 학과에서 실수를 저지르지 않을까 하는 근심이 내가 짊어진 육체적 고통보다도 나를 더 괴롭혔다. 육체적 고통도 사소한 일은 아니었지만.

　일월, 이월, 그리고 삼월로 접어들면서도 눈은 두껍게 쌓여 있었고 그것이 녹으면 거의 지나다닐 수 없는 길이 되어 우리들은 교회에 가는 길 이외에는 교정의 담 밖을 얼씬도 못했다. 그러나 이 한정된 영역 안에서 우리는 바람을 쐬며 날마다 한 시간씩을 보내야 했다. 강추위를 막기엔 우리들의 옷은 너무나 허술한 것이었고 장화가 아니라서 단화 속에 눈이 넘어들어와 녹아 버렸다. 장갑이 없는 손은 얼어 발과 마찬가지로 온통 동상을 입었다. 매일 밤 발이 통증을 일으켜 그 근지럽고 아픈 것을 참으려면 미칠 듯이 쑤셔 오고 그리고 아침이면 부풀어올라 껍질이 벗겨져 뻣뻣해진 발가락을 신발 속에 밀어넣을 때의 고통을 나는 지금도 잘 기억하고 있다.

　그리고 급식의 양은 처참할 만큼 적었다. 한창 발육기에 있는 우리들에게 급식량은 허약한 환자나 간신히 연명할 정도밖에 되지 않았다. 이 영양 부족으로 해서 나이 어린 학생들을 괴롭히는 악습이 생겨났다. 굶주린 상급생들은 기회만 있으면 하급생들에게서 감언이나 위협으로 그들의 몫을 빼앗아 가곤 했다. 나는 차 마시는 시간에 분배받은 귀중한 검은 빵 한 조각을 두 요구자에게 나누어 주고, 세 번째 학생에게 내 커피의 반을 주고 나서 절정에 달한 허기에 못 이겨 남몰래 눈물지으며 나머지 반잔을 마신 적이 한두 번이 아니었다.

　이런 추운 계절에는, 일요일이란 울적한 날이었다. 우리는 우리의 보호자가 맡아보고 있는 브로클부리지 교회까지 이 마일 길을 걸어 가야 했다. 언 몸으로 출발해서 더 꽁꽁 얼어가지고 교회에 이르렀다. 아침 예배를 보는 동안 우리는 추위로 거의 마비돼 버렸다. 점심을 먹으러 돌아오기엔 너무 먼 거리였다. 그래서 예배와 예배 사이에 우리들의 일상 식사와 맞먹는 인색한 분량의 식은 고기와 빵이 분배되었다.

오후 예배가 끝나면 우리는 바람만이 언덕을 돌아왔다. 이 길은 살을 에이는 겨울 바람이 눈에 덮인 북쪽 산등성이에서 휘몰아쳐 얼굴에서 껍질을 벗겨가는 것 같았다.

템플 선생이 맥빠진 우리들의 행렬을 따라 호된 찬바람에 펄럭이는 바둑 무늬의 외투를 꼭 여미고 우리에게 용기를 북돋아 주시려고 격언과 실례를 들어가며 입버릇처럼 〈굳센 병사들처럼〉 진군하라고 격려하시며 사뿐사뿐 재게 걸으시던 일을 나는 기억할 수 있다. 다른 선생들은 가엾게도 모두 기진맥진해서 남을 격려해 줄 엄두도 못 냈다.

학교에 돌아오면 활활 타오르는 불을 쬐기를 우리들은 얼마나 그리워했던가! 그러나 이런 소원은 적어도 하급생들에겐 허용되지 않았다. 교실의 난로는 모조리 상급생들에게 재빨리 이중으로 둘러싸여 꼬마들은 그들 등뒤에서 언 팔을 앞치마로 감싸고 한데 뭉쳐 웅크리고 있었다.

다소나마의 위로는 빵이 보통때의 두 배로 나오는—— 반 조각이 아니라 옹근 한 개—— 차 마시는 시간에야 찾아왔다. 이 빵에는 먹음직한 버터까지 발라져 있었다. 이것은 모두가 늘 안식일을 고대하던 이레 만의 잔치였다. 대개 나는 이 흐뭇한 음식의 절반은 간직해 두려고 했으나 그 남긴 음식은 으례 남에게 나누어 주지 않을 수 없었다.

그 일요일 저녁은 교리 문답과 마태복음 5장, 6장, 7장을 거듭 외우고 피로한지 하품을 참지 못하는 밀라 선생의 기나긴 설교를 들으며 보냈다. 이렇게 진행되는 사이사이에 가끔 어린 학생 오륙 명이 사도행전에 나오는 〈유테코〉의 장면을 연출했다. 그애들은 잠에 취해서 유테코처럼 삼층에서는 아니지만 네 번째 줄 걸상에서 떨어져 죽은 사람처럼 끌어올려지곤 했다. 그 요법(療法)이란 그 학생들을 교실 한복판에 끌어내다 설교가 끝날 때까지 세워 놓는 일이었다. 때로는 그애들의 발이 말을 안 들어 한꺼번에 쓰러져 버리는 수도 있었다. 이런 땐 반장이 높은 걸상으로 이들을 버티어 놓았다.

나는 브로클허스트 씨의 학교 방문에 대해서는 아직 이야기하지 않았다. 사실 그 분은 내가 로드로 온 후 첫달 동안은 대부분 학교에 있지 않았다. 아마 친구인 부감독 댁에서 지체된 듯했다. 그가 없는 것이 내게는 구원과도 같았다. 그 분의 귀가를 두려워할 만한 나 자신의 이유가 있는 것은 말할 나위도 없다. 그러나 결국 그는 오고야 말았다.

어느날 오후(내가 로드에서 삼 주일을 보냈을 때) 내가 석판(石板)을 들고 앉아서 긴 나눗셈을 풀어내느라고 애쓰다가 하염없이 창문께로 눈을 돌린 순간, 바로 그 앞을 지나가는 사람이 눈에 띄었다. 그 말라빠진 모습을 나는 거의 직감적으로 알아볼 수 있었다. 그리고 이 분 후 선생을 위시한 학생들이 일제히 일어섰을 때는 그들이 누구의 등장을 환영하는지 나는 쳐다볼 필요도 없었다. 황새 걸음으로 교실을 가로질러 가서 기립해 있는 템플 선생 곁에 선 사람은 언젠가 게이츠헤드의 난롯가 융단 위에 서서 꽤 험상궂게도 나를 향해 이맛살을 찌푸리던 바로 그 검은 기둥이었다. 이제 나는 건물의 일부분과도 같은 이 사람을 곁눈질로 훔쳐 보았다. 그렇지, 내가 맞혔어. 외투 단추를 채우고 전보다 더 키가 크고 마르고 좀더 엄격해 보이는 브로클허스트 씨였다.

나는 그의 출현에 당황해질 이유가 있었다. 리드 부인이 내 태도를 좋지 않다고 그에게 말한 것이라든가 또 브로클허스트 씨가 나의 나쁜 성품을 템플 선생이나 다른 선생들에게 알리겠노라고 언약한 것 등등을 나는 너무나도 잘 기억하고 있었다. 그 동안 내내 나는 이 언약이 이루어질 걸 두려워하고 있었던 것이다――나는 〈돌아올 사람〉을 매일처럼 경계하고 있었다. 내 과거 생활에 대한 그의 통고와 이야기는 나를 영원히 나쁜 아이로 낙인을 찍어 버리게 될 것이다. 지금 그 사람이 여기 와 있다. 그는 템플 선생 곁에 서서 그네의 귀에 속삭이고 있었다. 내 죄악상을 폭로하는 것이 틀림없었다. 그리고 나는 템플 선생의 검은 눈동자가 혐오와 멸시의 눈길로 언뜻 내게 던져질 순간이 이젠가 저젠가고 마음을 죄며 바라보고 있었다. 귀를 기울이기도 했다. 우연히 나는 교실 맨 앞에 앉아 있어서 브로클허스트 씨의 애기를 대부분 들을 수 있었다. 그 이야기의 요지는 나를 눈앞의 불안에서는 벗어나게 했다.

「내가 로톤에서 사들인 실은 쓸 만하겠죠, 템플 선생. 저건 옥양목 슈미즈를 만드는 데는 꼭 맞는다고 봤지요. 또 거기 알맞는 바늘도 골라 사왔소. 스미드 선생더러 뜨개 바늘을 메모해서 갖고 가는 걸 빠뜨렸다고 전해 주시오. 하지만 서류는 내주에 보내겠다고요. 그리고 어떤 일이 있더라도 한 학생에게 한 개 이상을 주어서는 안 된다고 하세요. 그 이상 갖고 있으면 허술히 해서 잃어버리기가 쉬우니까요. 아아 참, 선생! 털양말은 좀더 손질을 잘 해야겠어요!――지난번 왔을 때에 뒤꼍에 나가 줄에 널린 빨래를 살펴보았더니 상당한 수의 검은 양말이 잘 손질이 안 된 채로 있었소. 뚫어진 구멍의 크기로 미루어보아 분명히 학생들은 자주 손질을 안 하는 겁니다.」

그는 말을 멈추었다.

「선생님 말씀대로 하겠읍니다.」 템플 선생은 말했다.

「그런데 선생.」그는 말을 이었다.「세탁하는 여자의 말이 어떤 학생들은 일주일에 두 개씩이나 깨끗한 깃을 사용한다던데요. 그건 지나칩니다. 교칙에는 한 개로 정해져 있어요.」

「사정을 말씀드리겠읍니다. 애그니스와 캐더린 존스튼이 지난 목요일, 로튼에서 친구 몇몇과 함께 차를 마시자고 초대를 받았읍니다. 제가 그때 그 학생들에게 새 깃을 달도록 내줬던 겁니다.」

브로클허스트 씨는 고개를 끄덕였다.

「글쎄, 한 번쯤이라면 모르지만 그런 경우가 너무 잦아지지 않도록 해주시오. 그런데 또 나를 깜짝 놀라게 한 다른 일이 하나 있읍니다. 관리부와 결산하다가 보니 치즈를 넣은 빵이 지난 두 주일 동안에 두 번 점심으로 학생들에게 지급된 걸 발견했어요. 이건 어떻게 된 거요? 아무리 규칙을 살펴보았지만 이제 말한 점심으로서는 그런 식사는 적혀 있지 않았소. 누가 그걸 고치기로 한 거요? 또 무슨 권리가 있어서?」

「그 일에 대해선 제게 책임이 있읍니다, 선생님!」템플 선생은 대답했다. 「그날 조반은 너무 잘못되어서 학생들이 먹을 수가 없었읍니다. 그래서 점심 때까지 학생들을 그대로 굶겨 둘 수가 없었읍니다.」

「선생, 잠깐만——내가 이 학생들을 교육하는 방침은 사치와 방종에 물들게 하려는 게 아니라 건전함과 인내심과 자제심을 길러 주자는 데 있다는 걸 잘 알 거요. 설혹 음식이 잘못되거나 요리의 양념이 부족하다 많다 하는 식욕에 관한 사소한 일이 일어났다고 해도 낭비해 버린 음식을 좀더 맛있는 걸로 바꾸어 준다든지, 육신이 하자는 대로 해주어서 본학원의 교육 목적을 달성시킬 그 좋은 기회를 무효로 해서는 안 되는 거요. 일시적인 곤란 밑에서 강기(剛氣) 있는 정신을 나타내도록 학생들을 격려해서 그들의 정신 함양을 증명받아야 합니다. 그런 때의 간결한 훈시야말로 시기에 적중한 겁니다. 그래서 현명한 교사는 이 기회를 노려 옛날 기독교인들의 고난이라든가 순교자들의 고통에 대해서나 또 제자들에게 십자가를 짊어지고 자기를 따르라고 말씀하신 예수님의 훈계, 〈즉 사람은 빵으로만 살 것이 아니요, 하느님의 모든 말씀으로 살 것이라〉, 또 〈만일 너희 중에 나를 위하여 굶주리고 목마른 자는 복이 있나니〉 같은 것을 말하는 거랍니다. 아아 선생, 탄 죽 대신에 치즈 바른 빵을 애들의 입에 넣어 줬을 때 선생은 애들의 사악한 육신을 살찌게 만들었을 거요. 그렇지만 애들의 불멸의 영혼을 굶주리게 하고 있다는 걸 선생은 왜 생각지 못했을까!」

브로클허스트 씨는 다시 말을 멈추었다——자신의 감정에 격해져서이리라.

템플 선생은, 브로클허스트 씨가 처음 말을 시작했을 때는 눈을 깔고 있었지만 이제는 곧바로 앞을 내다보고 있었다. 선천적으로 대리석처럼 창백한 그네의 얼굴은 마치 대리석의 차가움과 확고한 맛을 지니고 있는 듯했다. 특히 그네의 입은, 마치 그걸 열려면 조각가의 끌이 필요할 만큼 다물어져 있고 이마는 점차로 화석처럼 굳어져 갔다.

그동안 브로클허스트 씨는 뒷짐을 지고 난로 앞에 서서 기세 당당하게 모든 학생들을 둘러보았다. 별안간 그의 눈이 깜빡거렸다. 마치 눈이 무엇인가에 부딪쳐 눈동자를 부시게 했든가 아니면 놀라게 한 것과도 같았다. 고개를 돌린 그는 지금까지 말하던 것보다 더 빠른 억양으로 말했다――

「템플 선생, 템플 선생, 저 머리를 지진 애는 누구――누군가요? 빨간 머리의 머리털을 지진――머리를 온통 지진?」 그리고는 단장을 내밀어 아니꼬운 대상을 가리켰다. 가리키는 그의 손은 부들부들 떨렸다.

「줄리아 세번입니다.」 템플 선생은 아주 침착하게 대답했다.

「줄리아 세번이라고요! 그런데 어째서 저애와 또 몇몇 애늘은 머리를 지졌소? 왜 본교의 교훈과 교칙을 무시해 가며 저렇게 공공연하게 세상 흉내를 내느냐 말요――이 복음주의의 자선 학교에서――머리를 온통 지지느냐 말이오?」

「줄리아의 머리는 자연적인 고수머리랍니다.」 템플 선생은 더 침착하게 대꾸했다.

「자연적으로! 그래, 하지만 우리는 자연에 복종해야 한다는건 아니오. 나는 이 학생들이 하느님의 은총을 받는 어린이들이 되기를 바랍니다. 그런데 왜 저렇게 됐읍니까? 나는 머리를 단정하고 점잖고 생긴 대로 빗기를 바란다고 누누이 말해 왔소. 템플 선생, 저 아이의 머리를 몽땅 깎아 버려야겠읍니다. 내일 이발사를 보내지요. 또 그 밖에도 필요 이상으로 머리가 긴 학생들이 보이오――저 키 큰 애, 돌아서라고 하시오. 상급 학생 전부를 기립시켜 얼굴을 벽쪽으로 돌리라고 하시오.」

템플 선생은 저절로 나오는 비웃음을 지워버리려는 듯이 손수건으로 입술을 문질렀다. 하지만 템플 선생은 호령을 내렸다. 그러자 상급생들은 자기들에게 내려진 호령의 뜻을 알아차리고 이에 순종했다. 나는 약간 뒤로 걸상에 기대앉으며 이 처사에 대한 상급생들의 비판하는 눈초리와 찌푸린 얼굴들을 볼 수 있었다. 브로클허스트 씨가 이걸 못 본 건 유감스러웠다. 컵이나 접시의 거죽이라면 얼마든지 그의 마음대로 만질 수 있을지 몰라도 사람의 내부 세계는 그가 생각했던 것보다는 간섭이 훨씬 어렵다는 걸 깨달았을 것이다.

그는 오 분쯤 이 문제의 또 다른 한 면을 곰곰이 생각해 보고 나서 선고를 내렸다. 이 선고의 한 마디 한 마디는 마치 죽음을 알리는 종소리와도 같았다.

「땋아 내린 머릿단은 모두 잘라 버려야 한다.」

템플 선생은 항의하려는 듯싶었다.

「선생,」하고 그는 이었다. 「나는 이 속세가 아닌 다른 왕국에 임하시는 주님을 섬기고 있읍니다. 내 사명은 이 학생들에게 육체적 욕망을 억제시키는 데 있읍니다. 땋아 내린 머리나 사치스러운 옷으로 단장하는 것] 아니라, 검소한 마음과 성심으로써 자신들을 단장하는 걸 가르쳐 주는 데 있소. 그런데 우리들 눈앞에 있는 젊은이들은 저마다 세 가닥으로 머리를 땋아 내리고 있소. 이건 허영심이 깃들었다는 증거요. 다시 말하지만 그건 잘라 버려야 하오. ──그것으로 시간이 낭비되는 걸 생각해 봐요.」

브로클허스트 씨의 말은 여기서 중단되었다. 방문객인 세 귀부인이 이때 교실로 들어왔던 것이다. 이 귀부인들은 좀더 빨리 와서 브로클허스트 씨의 옷에 관한 강의를 들었어야 했을 거다. 빌로도, 비단, 모피로 굉장한 성장을 하고 있었으니까. 세 사람 중에서 젊은 두 사람은(열 여섯과 열 일곱 살짜리 아름다운 소녀) 타조(駝鳥)의 깃털로 장식한 당시 유행이던 회색 수달피 모자를 쓰고, 그 아담한 모자 차양 밑에는 정성껏 지진 탐스러운 연한 머리채가 늘어져 있었다. 중년 부인은 흰 담비의 가죽으로 테를 두른 값진 빌로도 숄을 두르고 프랑스식으로 지진 머리털 가발을 이마에 달고 있었다.

이 귀부인들은 브로클허스트 씨의 부인과 따님들로서 템플 선생의 따뜻한 영접을 받아 교실의 상좌인 명예석에 안내되었다. 그네들은 성직에 있는 그들의 가장과 함께 마차로 와, 이층 방을 샅샅이 살펴본 것 같았다. 그 동안 브로클허스트 씨는 가정부와 사무 처리를 하고 세탁부에게 물어 보기도 하고 원장 선생에게 설교를 하고 있었던 거다. 이제 부인들은 린네르로 만든 홑천 옷가지, 그리고 기숙사 감독에 대한 책임을 맡고 있는 스미드 선생에게 약간의 주의와 힐책을 하려던 참이었으나, 나는 그들의 말을 들을 시간이 없었다. 나는 다른 일에 관심이 끌려 거기에 사로잡히고 말았다.

여태까지 나는 브로클허스트 씨와 템플 선생의 대화에 정신을 팔고 있는 한편, 나 일신상의 안전을 위해서도 경계를 게을리하지 않았다. 눈에 띄지 않으면 무사하리라고 생각했다. 이렇게 하기 위해서 나는 걸상 깊숙이 앉아 산수 계산에 바쁜 체하면서 석판이 얼굴을 가리우도록 들고 있었다. 만일 그 괘씸한 석판이 내 손에서 떨어지지만 않았던들, 그리고 사정 없이 소리를 내며 마루 위에 떨어져 일시에 모든 사람의 시선을 한몸에 집중시키지만 않았던들 나는 들키지 않았을 것이다. 이젠 만사가 끝장이 났다는 걸 나는 알았다. 그러나 두 동강이가 난 석판을 주우려 구부리며 최악의 경우에 대비해서 기운을 냈다. 때는 오고야 말았다.

「조심성 없는 아이로군!」브로클허스트 씨는 이렇게 말하고 나서 곧「새로 들어온 학생 같은데.」하고 덧붙였다. 그리고 내가 미처 숨도 돌리기 전에「나는 저 학생에게 한마디 주의를 시켜야겠어.」그러더니 커다란 소리로, 참 얼마나 큰 소리였는지 모르겠다!

「석판을 깨뜨린 학생을 이리 나오게 하시오!」

나는 자발적으로는 걸어나갈 수가 없었다. 몸이 마비되어 있었다. 그러나 내 양쪽에 앉아 있던 큰 학생 둘이 나를 일으켜세워 무서운 재판관 앞으로 떠밀어 냈다. 그러자 템플 선생이 부드럽게 나를 그의 발 밑까지 인도해 주었다. 나는 그네의 가만한 위로의 속삭임을 들었다.「제인, 두려워할 것 없어. 그건 우연한 실수란 걸 나도 알아. 벌은 받지 않을 거야.」

그 친절한 속삭임은 비수처럼 내 가슴에 파고 들었다.

「곧 저 선생도 나를 위선자라고 업신여길 거야.」하고 나는 생각했다. 그러자 리드, 브로클허스트, 그 일파들에 대한 분노의 충격으로 내 가슴의 맥박은 세차게 뛰었다. 나는 헬린 번즈가 아니었다.

「그 걸상을 가져와.」브로클허스트 씨는 방금 반장이 일어선, 그 높은 걸상을 가리키며 말했다. 걸상이 날라져 왔다.

「저애를 그 위에 올려놔요.」

그래서 나는 그 위에 놓여졌다. 누가 올려놨는지 모르겠다. 그런 사소한 일에 신경을 쓸 겨를이 없었다. 단지 그들이 나를 브로클허스트 씨의 코높이까지 끌어올렸다는 것과 그가 내게서 일 야드 이내에 있다는 것과 내 발 밑에는 아른거리는 오렌지빛과 보랏빛 명주 외투와 그리고 은빛 새털의 숄이 쭉 펴져 물결치는 것을 알았을 뿐이다.

브로클허스트 씨는 헛기침을 했다.

「여러분,」하고 그는 자기 가족을 향해 말했다.「템플 선생과 여러 선생들, 그리고 학생들, 여러분은 모두 이 소녀를 보고 있지요?」

물론 보고 있었다. 그들의 눈이 내 살을 태우려는 화경처럼 겨누어지고 있는 걸 나는 느끼고 있었다.

「보시는 바와 같이 이애는 아직 어립니다. 보통 어린이의 모습을 하고 있는 것도 보시겠지요. 하느님께선 우리 모든 사람에게 주신 것과 같은 모습을 은혜롭게도 이애에게 주셨읍니다. 요주의(要注意) 인물로서 눈에 띌 만한 결점이 이애에겐 없읍니다. 악마가 이애를 벌써 자기 종과 앞잡이로 만들었다는 걸 누가 생각인들 하겠소? 그러나 슬프게도 이것은 사실입니다.」

잠시 말이 끊어졌다——이때 나는 마비된 신경을 바로잡기 시작했다. 그리고 만사는 이미 결정되었다, 이젠 뒷걸음질치기엔 늦었고 단호하게 이 시련에 부딪쳐야 한다는 생각이 들었다.

「여러분,」검은 대리석 같은 목사는 애절하게 말을 이었다. 「대단히 슬프고 섭섭한 일입니다. 왜냐하면 하느님의 양들 중의 하나였을지 모르는 이애는 하느님의 참된 양떼의 일원이 아니라 버림을 받았고, 분명히 방해자와 이방인이라는 걸 여러분에게 경고할 의무를 나는 느끼게 되었소. 여러분은 이 아이를 경계해야 하고 이애한테서 물들지 않도록 해야 합니다. 필요에 따라서는 이애의 동무가 되지 말고 함께 어울리지 말아야 하오. 그리고 말도 나누지 않도록 해요. 선생님들은 이애를 잘 감독해야 합니다. 이애의 거동을 잘 살피십시오. 이애의 말을 잘 판단하고 이애의 행동을 주시해서 이애의 영혼을 구하기 위해선 육체적 처벌을 주십시오. 이렇게 해서라도 진정으로 구원이 되었으면 합니다. 왜냐하면 (이 말을 하는 내 혀가 떨립니다) 이 소녀, 이 기독교 국가의 태생인 어린애는 범천교왕(梵天敎王)에게 기도를 올리고 인도의 저거노트 우상 앞에 무릎을 꿇는 이교도의 아이보다도 나쁜……이 소녀는……거짓말장이니까요.」

이때 십 분간 휴식이 있었다. 그 동안에 바짝 정신을 가다듬은 나는 브로클허스트 씨의 여자들이 모두 손수건을 꺼내어 눈으로 가져가는 걸 보았다. 나이 든 부인은 몸을 이리저리 흔들었고 젊은 두 여자는「참 기가 막혀!」하고 속삭였다.

브로클허스트 씨는 다시 시작했다.

「이것은 그애의 은인, 즉 고아 신세가 된 이애를 맡아서 자신의 딸자식처럼 돌봐준, 경건하고 자비심이 많은 부인한테서 들은 거라오. 그 분의 친절과 자비심을, 이 불행한 소녀는 그처럼 못되고 무시무시한 배은 망덕으로 보답했기 때문에 그 훌륭한 은인은 이애의 못된 행동이 다른 아이들의 순진성을 더럽히지나 않을까 해서 부득이 이애를 자기 자식들한테서 떼놓게 된 거요. 옛날 유태인이 그들의 환자를 베데스다의 혼란의 연못으로 보낸 것처럼 이애를 고쳐 주려고 여기에 보낸 겁니다. 그럼 여러 선생들과 원장 선생, 제발 이 학생 주위의 물결이 흐려지지 않도록 해주시기 바랍니다.」

　이 의기 양양한 결론과 더불어 브로클허스트 씨는 외투의 윗단추를 채우고 일어나서, 템플 선생에게 인사하는 가족에게 무어라고 말했다. 그리고 이 위대한 사람들은 당당히 교실을 떠났다. 내 재판관은 문간에서 돌아서며 이렇게 말했다.

　「저애를 걸상 위에 반 시간 더 세워 두시오. 그리고 오늘은 종일 저애에게 아무도 얘기를 걸지 못하게 하시오.」

　그래서 나는 높이 올라가 있었다. 교실 한가운데 그냥 서 있는 것조차 부끄러워 견딜 수 없을 거라고 했던 나는 불명예스러운 걸상 위에서 뭇시선 속에 노출되었다. 이때의 내 심정은 말로는 형언할 수 없는 것이었다. 여러 가지 감정이 북받쳐와 숨이 막히고 목을 졸랐을 때 한 학생이 다가와 내 옆을 지나갔다. 그애는 지나치면서 눈을 들었다. 얼마나 신비스러운 빛이 두 눈에 서리어 있었던가! 그 눈빛은 얼마나 야릇한 감정을 내게 안겨 주었던가! 그 새로운 감정이 얼마나 내게 용기를 주었던가! 그것은 마치 순교자나 영웅이 노예나 희생자의 곁을 지나다가 그들에게 힘을 준 것과 같은 것이었다. 나는 점점 북받쳐오르는 히스테리를 억누르고 머리를 들고 걸상 위에 꿋꿋이 섰다. 스미드 선생에게 학과에 대해 경솔한 질문을 했던 헬린 번즈는 하찮은 질문을 한다고 꾸중을 듣고 자기 자리로 돌아갔다. 그러나 그애는 내 옆을 지나가며 내게 미소를 던졌다. 아아 그 미소! 나는 지금도 기억하고 있다. 그것은 훌륭한 지혜와 참된 용기에서 나오 것이었다. 그 미소는 마치 천사의 모습에서 나오는 별처럼 그네의 특징 있는 용모나 여윈 얼굴, 움푹 패인 회색 눈을 빛나게 하고 있었다. 그런데 이때 헬린 번즈의 팔에는 〈게으름뱅이의 표지〉가 붙어 있었다. 한 시간 쯤 전에 헬린이 연습 문제를 베끼다가 잉크로 더럽혔다는 이유로 스캐쳐드 선생한테서 내일은 빵과 물만으로 점심을 먹으라는 벌을 받은 걸 알고 있었다. 그처럼 사람이란 불완전한 거지! 맑게 비치는 달의 표면에도 티는 있는 거야. 스캐쳐드 선생과 같은 눈에는 사소한 결점만이 띄고 천체의 환한 밝은 빛은 보이지 않는 거겠지.

　　8

　삼십 분도 못 가서 다섯 시를 쳤다. 수업이 끝나고 모두 차를 마시러 식당으로 가버렸다. 나는 이때 대담하게 걸상에서 내려왔다. 캄캄했다. 나는 한구석으로

가 마루에 주저앉았다. 여태껏 내 마음을 받쳐주던 이상한 힘이 사라져 버리고 반사적으로 엄습하는 심한 슬픔에 눌려 마룻 바닥에 쓰러졌다. 그리고 소리를 내서 울었다. 헬린 번즈는 옆에 없었다. 나를 받쳐주는 것은 없었다. 혼자된 나는 자포 자기가 되었다. 눈물이 마룻 바닥에 흘렀다. 나는 로드에서 착한 애가 되고 또 좋은 일을 많이 하고 친구를 많이 사귀어 존경을 받고 사랑을 받도록 하자고 생각해 왔다. 그리고 이미 나는 눈에 띄게 좋아졌었다. 바로 내가 우리 반의 수석이 되던 그날 아침 밀라 선생은 진심으로 칭찬해 주셨고 템플 선생은 좋아서 미소를 지으셨다. 템플 선생은 그림 그리는 것도 가르쳐 주시겠다고 하시고 또 앞으로 두 달만 더 이렇게 발전한다면 프랑스어 공부도 시켜주시겠노라고 약속하셨다. 나는 학생들 사이에서도 인기를 얻었다. 나와 같은 또래 학생들한테서도 동등한 취급을 받았고 누구한테서도 놀림을 당하지 않았다. 그런데 이제 다시 나는 무너지고 짓밟혔다. 나는 또 일어날 수 있을까?

〈틀렸다.〉고 생각하니 나는 자꾸 죽고 싶었다. 이런 소리를 띄엄띄엄 넋두리하고 있으려니까 누군가가 다가왔다. 나는 벌떡 일어났다──다시 헬린 번즈가 곁에 와 있었다. 스러져가는 난롯불이 텅 빈 기다란 교실을 걸어오는 그네를 잠깐 비치었다. 헬린은 내 커피와 빵을 가지고 왔다.

「애, 좀 먹어.」헬린은 말했다. 그러나 지금 상태로는 물 한 모금이나 빵 부스러기라도 목이 메일 듯해서 먹을 수가 없었다. 헬린은 놀랐는지 나를 물끄러미 보고 있었다. 나는 무척 애썼으나 흥분을 달랠 수가 없었다. 줄곧 엉엉 울어댔다. 헬린은 내 가까이 마루에 앉아 두 팔로 무릎을 안고 거기에 얼굴을 얹고 인도 사람처럼 그냥 가만히 있었다. 먼저 말을 꺼낸 건 나였다.

「헬린, 넌 왜 모두가 거짓말장이라고 생각하는 아이와 같이 있니?」

「모두라고, 제인? 어머나, 네가 그렇다고 얘기하는 걸 들은 사람은 불과 팔십 명뿐이야. 이 세상에는 수억의 사람이 있어.」

「하지만 내가 수억의 사람들과 무슨 관계가 있니? 내가 알고 있는 팔십 명이 나를 멸시하고 있어.」

「제인, 그건 네 잘못된 생각이야. 이 학교에선 아마 한 사람도 너를 멸시하거나 미워할 사람은 없을 거야. 많은 사람이 정말 널 퍽 가엾게 여기고 있어.」

「브로클허스트 씨가 말을 퍼뜨렸는데도 나를 가엾게 여길라고?」

「브로클허스트 씨는 하느님이 아냐. 위대하고 존경할 분도 아니고. 여기선 그를 좋아하는 사람은 없어. 남에게 호감을 살 만한 일은 해본 일이 없으니까. 가령 그 분이 너를 유달리 귀여워했다면 넌 네 주위의 모두를 공공연하거나 암암리의 적으로 만들었을 거야. 사실 그렇지 않으니까 많은 사람들이 되도록 네게 동정을 하려는 거야. 하루 이틀 동안은 선생님들이나 학생들이 차갑게 대할는지도 모르지만 각자의 친절어린 생각은 마음속에 감추어져 있는 거야. 그리고 네가 참고 착한 일을 해나가면 모두의 동정은 일시적으로 억제돼 있을 뿐이고 머지않아 더 명확하게 나타날 거야. 그리고 제인——」 그애는 말을 끊었다.

「뭐, 헬린?」 내 손을 그네의 손에 얹으면서 말했다. 헬린은 내 손가락을 녹여 주려 가볍게 문지르며 말을 이었다.

「설혹 이 세상 사람들이 널 미워하고 나쁜 아이라고 믿어도 네 자신의 양심이 너를 정당하다고 인정하고 죄에서 풀려난다면 너는 친구가 없을 리가 없어.」

「아니야, 나는 나 자신에 대해서 잘 생각해야 한다는 걸 알고 있어. 하지만 그것으로 충분하진 못해. 남이 나를 사랑해 주지 않는다면 난 살기보다는 차라리 죽는 편이 나—— 난 외롭고 미움받는 건 참을 수 없어, 헬린. 이봐, 난 너나 템플 선생님이나 그 밖에 내가 진심으로 사랑하는 사람한테서 진정한 사랑을 얻기 위해서라면 기꺼이 내 팔의 뼈를 부러뜨려도 좋고 황소에게 떠받혀도 좋고 길차는 말 뒤에 세워져 말굽에 가슴을 채여도 좋아.」

「조용히 해, 제인! 넌 인간의 사랑에 대해서 지나치게 생각해. 너무 충동적이고 너무 격렬해. 네 몸뚱이를 창조하시고 거기에 생명을 넣으신 하느님의 손은 너의 약한 육체와도 다르고 또 너처럼 약한 인간과도 다른 바탕을 가지고 너를 만들어 주셨어. 이 지구 이외에도 인류 외에도 눈에 보이지 않는 세계는 우리들의 주위에 있는 거야. 왜냐하면 그건 어디나 있기 때문이야. 그리고 이 영혼들이 우리를 지켜 주는 거야. 영혼은 우리를 보호하는 사명을 띠고 있으니까. 그리고 만일 우리들이 고통과 치욕 속에 죽거나 사방에서 우리를 못살게 멸시하거나 증오가 우리들을 짓밟아 버려도 영혼들은 우리의 고통을 보고 있다가 우리들의 결백을 알아 주신단 말야. 우리들이 결백하면 말이지. 마치 브로클허스트 씨가 리드 부인한테서 얻어들은 걸 근거 없이 과장해서 옮겨 놓은 이 혐의에 대해서 내가 잘 알고 있듯이 나는 네 빛나는 눈이나 밝은 얼굴을 보면 네가 성실한 아이란 걸 알 수 있으니까. 그래서 하느님은 담뿍 상을 주시려고 육체에서 영혼이 분리되는 것만을 기다리고 계셔. 그런데 왜 넌 슬픔에 잠겨 있니. 생명이란 덧없이 끝나는 거고 죽음은 행복의—— 영광의 문이라는 게 이처럼 확실하잖아?」

나는 잠자코 있었다. 헬린이 나를 안심시킨 거다. 그러나 헬린이 가져다 준 안정 속에는 이루 헤아릴 수 없는 슬픔이 섞여 있었다. 그애가 말했을 때 나는 슬픈 마음이 들었으나 왜 그런지를 나는 말로서는 나타낼 수가 없었다. 그리고 얘기가 끝났을 때 그애가 다소 가쁜 숨을 쉬고 잔기침을 했으므로 나는 그애에게 막연한 불안을 느껴 나 자신의 슬픔은 잠시 잊어 버렸다. 나는 머리를 헬린의 어깨에 얹고 그애의 허리에 내 두 팔을 감았다. 헬린은 나를 끌어당겼다. 우리는 아무 말도 않고 있었다. 이때 누가 들어와 더 오래는 있을 수 없었다. 침침한 구름장들은 불어 대는 바람에 하늘에서 걷히고 달이 알몸으로 있었다. 그 달빛이 창문으로 흘러들어와 우리들과 다가오는 사람의 모습을 환히 비추었다. 곧 우리는 템플 선생이라는 걸 알았다.

「널 찾으러 왔다, 제인 에어.」선생은 말했다.「내 방으로 가자. 그리고 헬린 번즈, 너도 같이 와요.」

우리들은 걸었다. 원장 선생님을 따라 그네 방으로 가려면 꼬불꼬불한 몇몇 복도를 지나 층층다리를 올라가야 했다. 방에는 훈훈하게 불이 지펴 있었고 아늑한 기분이었다. 템플 선생은 헬린 번즈에게 난로 한옆에 놓인 낮은 팔걸이 의자에 앉으라고 하시고, 자신은 다른 의자에 앉으시며 나를 자기 곁으로 불렀다.

「이젠 다 울었니?」선생은 내 얼굴을 내려다 보며 말했다.「울고 나니 설움은 가셨지?」

「도무지 그럴 것 같지 않아요.」

「왜?」

「억울하게 꾸지람을 들었으니까요. 선생님이나 모두가 이젠 저를 나쁜 아이라고 생각하실 거예요.」

「그건 너 자신이 증명해 줄 문제라고 봐요. 계속해서 착한 아이가 되도록 행동해요. 그러면 모두의 마음을 기쁘게 할 수 있을 거야.」

「제가 그럴 수 있을까요, 템플 선생님?」

「있고말고.」선생은 한 팔로 나를 껴안으며 말했다.「그리고 브로클허스트 씨가 말씀하신 네 은인이라는 부인은 누구냐?」

「리드 부인입니다. 제 외숙모예요. 외삼촌은 돌아가셨어요. 외삼촌이 저를 리드 부인에게 맡기신 거예요.」

「그럼 그 부인이 너를 자청해서 맡은 게 아니냐?」

「아니예요. 리드 부인은 저를 맡게 된 걸 못마땅히 여겼어요. 그러나 저는 하인들이 하는 말을 가끔 들어서 외삼촌은 돌아가시기 전에 리드 부인한테서 언제까지든 저를 키우도록 약속을 받았대요.」

「그런데 제인, 너 알고 있겠지만 혹시 모른다면 내가 알려 줄께. 범죄자도 기소되면 자신을 변호할 수 있도록 허용되는 법이야. 넌 거짓말쟁이라는 혐의를 받고 있어. 하지만 네 힘껏 내게 변명을 해봐요. 네 기억이 사실이라고 생각하는 건 뭐든 좋으니까 말해 봐요. 그렇지, 조금도 숨기지 말고 과장도 해선 안 돼.」

나는 가장 온당하고——가장 올바르려 마음 깊이 다짐했다. 그리고 꼭 해야 할 말을 조리 있게 하기 위해 몇 분 동안 생각한 뒤, 나의 어린 시절 슬픈 이야기를 죄다 털어놓았다. 슬픔으로 기진했기 때문에 나의 이야기는 슬픈 곳으로 접어들어감에 따라 보통 때보다도 침착하게 나왔다. 그리고 마구 남을 원망하지 말라는 헬린의 경고를 마음에 새기고 있어 나는 여느 때보다는 원한과 악의를 이 얘기 속에 훨씬 적게 넣었다. 그래서 자제되고 요약된 이 이야기는 한층 믿음직하게 들렸다. 나는 얘기를 계속하고 있는 동안 템플 선생이 내 말을 곧이듣고 계시다는 걸 느꼈다.

이야기 도중에서, 지난날 졸도했을 때 로이드 씨가 나를 치료해 주러 왔던 대목이 나왔다. 그 끔찍한 붉은 방의 얘기를 나는 영 잊어버릴 수가 없었기 때문이었다. 자세히 이야기해 나가는 동안 내 흥분이 어느 정도 지나친 건 확실했다. 리드 부인이 용서를 해달라고 미친 듯이 울부짖는 나의 광기어린 애원을 냅다 차 버리고 귀신이 나오는 캄캄한 방 속에 두 번째 나를 처넣었을 때 내 가슴에 사무친 그 고통의 발작을 풀어 줄 수 있는 것이란 내 기억엔 아무것도 없었기 때문이다.

나는 이야기를 다 끝마쳤다. 템플 선생도 잠시 동안 말없이 나를 보다 이윽고 말했다.

「로이드 선생은 나도 좀 안다. 그 분에게 편지를 내지. 만일 그 분의 회답이 네 말과 같다면 모든 누명을 깨끗이 벗게 되는 거야. 제인, 넌 이제 내겐 결백해.」

템플 선생은 내게 키스했다. 그리고 나를 자기 곁에 세워 둔 채(나는 곁에 만족스레 서 있었다. 선생님의 얼굴이며 옷이며 한두 가지 장식물이며 그네의 흰 이마며 뭉실뭉실한 윤기 있는 지진 머리며 빛나는 검은 눈이며를 응시하고 있으면 어린애다운 즐거움이 솟아났다) 선생은 헬린 번즈에게 말을 걸었다.

「오늘 밤은 좀 어떠냐, 헬린? 낮에 기침 많이 나왔니?」

「그리 심하진 않았어요, 선생님.」

「그럼 가슴 아픈 건?」

「좀 나았어요.」

템플 선생은 자리에서 일어나 헬린의 손목을 잡아 맥을 짚어 보았다. 그리고 선생은 자기 자리로 되돌아갔다. 그네가 다시 말을 꺼냈을 때 나지막한 한숨 소리가 들려 나왔다. 잠시 생각에 잠기는 듯하다가 몸을 일으키며 쾌활하게 말을 꺼냈다.

「그런데 너희 둘은 오늘 밤 내 손님이야. 그러니 나는 너희를 대접해야지.」선생님은 벨을 울렸다.

「바바라,」하고 그네는 부름에 응해 온 하녀에게 말했다.「난 아직 차를 안 마셨어. 쟁반을 가져오고, 이 두 아가씨들에게 찻잔을 차려다 줘요.」

곧 쟁반이 날라져 왔다. 내 눈에 난롯가의 조그만 둥근 테이블에 놓인 사기 그릇과 반짝거리는 찻주전자가 얼마나 아름답게 보였던가! 찻잔에서 떠오르는 김과 토스트의 냄새는 얼마나 향기로왔던가! 하지만 그 토스트가 정말 조금밖에 안 된다는 걸 알고 실망했다(나는 시장기가 돌기 시작했기 때문에). 템플 선생도 그걸 알아차렸다.

「바바라,」하고 선생은 말했다.「빵과 버터를 좀더 갖다 줄 수 없나? 세 사람 몫으로 모자라요.」

바바라는 나갔다가 곧 돌아왔다.

「선생님, 하든 부인 말씀이 여느 때와 같은 분량을 드렸다고 하던데요.」

하든 부인, 그네에게로 시선을 돌리기로 하자. 그네는 가정부로, 어쩌면 브로클허스트 씨의 마음씨를 닮았다. 고래뼈와 같이 무미 건조하고 쇠처럼 굳은 것으로 빚어져 있다.

「그럼, 좋아요!」템플 선생은 대꾸했다. 그리고 하녀가 나가자 선생은 웃으시며 덧붙였다.

「이걸로 때워야 겠구나.」

선생은 헬린과 나를 테이블에 가까이 오라고 부르고는 맛있어 보이기는 하지만 얇은 토스트 한 조각과 홍차 한 잔을 각각 우리 앞에 놓았다. 그네는 의자에서 일어나 서랍을 열고 그 속에서 종이에 싼 꾸러미를 꺼내더니 곧 우리 눈앞에 꽤 큼직한 씨드 케잌(Seed cake)을 끌러 놓았다.

「조금씩 들려 보내려고 했는데,」하고 그네는 말했다.「토스트가 너무 적으니 지금 먹어라.」하시며 선생은 너그러운 솜씨로 조각을 내기 시작했다.

우리는 그날 저녁 신의 잔치상을 받은 듯이 잘 먹었다. 그리고 대접을 받은 중에서도 가장 흐뭇했던 것은 그네가 아낌없이 준 맛있는 음식으로 허기진 배를 채우고 있는 우리를 바라보고 있던 방 주인의 만족스러운 미소였다. 차가 끝나고 쟁반을 물리자 선생은 다시 우리를 난롯가로 불렀다. 우리는 각기 선생의 양쪽에 앉았다. 뒤이어 헬린과 선생 사이엔 대화가 시작되었다. 나에게 둘이의 대화를 들을 수 있는 특전이 내려진 것이다.

템플 선생은 언제나 그 태도에 어딘가 침착성이 있었고 모습엔 위엄이 있었다. 그 말씨는 세련된 예절이 있어서 파고들거나 흥분하거나 열을 띠거나 하는 탈선이 없었다. 그네를 바라보며 그네에게 귀를 기울이고 있는 사람들의 즐거움은 억제된 공경하는 마음으로 해서 어딘가 순화된다. 이제 내 마음이 그런 것이다. 그리고 헬린 번즈에 관해서는 나는 놀라움과 더불어 감격했다.

마음 흐뭇한 음식, 눈부신 난롯불, 사모하는 선생의 인품과 친절, 그리고 또 무엇보다도 헬린 자신의 특유한 마음속에 깃든 무엇이 그네의 내부에 힘을 준 것인지도 모른다. 그 힘은 깨어나 불을 켠 것이다. 우선 그 힘은 이 시각까지 창백하고 내 눈에 냉랭하게만 보이던 그네의 볼의 밝은 빛 속에서 빛나다가 다음엔 눈의 물기어린 광택 속에서 빛났다. 그 눈은 갑자기 템플 선생의 눈보다 더 희귀한 아름다움을 띠었다   또렷한 눈빛, 기다란 속눈썹, 그린듯한 눈썹의 아름다움이 아닌, 의미와 움직임과 빛의 아름다움이었다. 그리고 그네의 영혼은 입술 위에 도사리고 앉아 어느 근원에서 나오는지 헤아릴 수 없는 말이 흘러나왔다. 열 네 살짜리 소녀가 맑고 풍만하고 열렬한 웅변의 부푼 샘을 간직하리만큼 크고 발랄한 마음을 갖고 있을까? 이런 것이 내겐 기념할 만한 그날 밤의 헬린의 대화의 특징이었다. 그네의 정신은 마치 보통 사람들이 일생을 두고 살아갈 정도의 기간을 극히 짧은 시간에 살아 버리려고 서두르고 있는 듯했다.

두 사람은 일찌기 내가 들어 보지 못한 일들을 얘기하고 있었다. 고대 민족들과 그 시대에 관해서, 머나먼 나라들에 관해서, 이미 발견됐거나 아직 추측 중에 있는 자연의 비밀, 그리고 여러 가지 책에 관해서 이야기했다. 얼마나 책들을 많이 읽었을까? 지니고 있는 지식의 저장량은 얼마나 되는가! 그들은 프랑스의 유명한 사람들이나 작가들을 꽤 잘 알고 있는 듯싶었다. 그러나 템플 선생이 헬린에게 헬린이 자기 아버지한테서 배운 라틴어를 때때로 복습하는 일이 있느냐고 묻고는 책장에서 한 권을 꺼내 로마의 시인 〈버질〉의 한 페이지를 읽고 해석해 보라고 했을 때 내 경탄은 절정에 이르렀다. 헬린은 따라 했다. 내 존경심은 그네가 한 줄 한 줄 읽어 나감에 따라 더 커져 갔다. 그네가 다 읽기 전에 취침 종이 울렸다. 지각은 허용되지 않았다. 템플 선생은 우리들을 품에 껴안고 말했다.

「주여, 내 어린 것들에게 축복을 주시옵소서!」

템플 선생은 헬린을 나보다 좀더 오래 껴안고 있었다. 선생은 헬린을 보내는 걸 더 아쉬워 했다. 선생의 눈은 문께까지 헬린을 좇았다. 그네가 헬린을 위해서 큰 한숨을 쉰 것은 이번이 두 번째였다. 헬린을 위해서 선생은 뺨의 눈물을 닦았다.

침실에 이르렀을 때 우리는 스캐쳐드 선생의 목소리를 들었다. 선생은 서랍들을 검사하고 있었다. 바로 헬린 번즈의 서랍을 열던 참이었다. 들어서자마자 헬린은 호된 꾸지람을 맞이했다. 그리고 선생은, 마구 틀어박아 두었던 물건들 여섯 가지를 내일 헬린의 어깨에 꿰매달아야겠다고 야단을 쳤다.

「내 물건은 정말 창피할 정도로 흩어져 있었어.」하고 헬린은 낮은 목소리로 내게 속삭였다.「저것들을 챙겨 둘 생각이었지만 잊어버렸지, 뭐.」

다음날 아침 스캐쳐드 선생은 마분지 조각에 큼직한 글자로 〈게으름뱅이〉라고 써서 헬린의 널따랗고 부드럽고 지혜롭고도 자비롭게 보이는 이마 둘레에 부적처럼 매달아 놓았다. 헬린은 이걸 당연한 벌로 여기면서 참을성 있게 원망도 없이 저녁 때까지 달고 있었다. 오후 수업이 끝나고 스캐쳐드 선생이 나가는 순간 나는 헬린에게로 달려가 부적을 찢어서 불 속에 처넣었다. 헬린 자신은 느끼지 않는 노여움이 종일토록 내 마음을 태웠다. 뜨겁고 굵은 눈물이 내 뺨을 씻었다. 헬린의 슬픈 체념의 모습이 내 가슴 속에 참을 수 없는 고통을 주었기 때문이었다.

지금 말한 사건이 있은 지 한 주일쯤 지나서였다. 로이드 씨에게 편지를 띄웠던 템플 선생은 답장을 받았다. 그 분의 답장은 내 말을 뒷받침해 준 성싶었다. 전교생을 모아 놓은 자리에서 템플 선생은 제인 에어에 대해 증거가 확실하다던 죄과를 조회해 봤다는 것과 제인이 모든 누명을 깨끗이 벗게 된 걸 알릴 수 있게 되어 참으로 기쁘다고 밝혔다. 그러자 다른 선생들은 내게 악수와 키스를 해주었다. 기쁨의 속삭임은 학생들의 대열 속에 퍼졌다.

이처럼 나는 무거운 짐을 풀게 되었다. 그 순간부터 새로운 마음으로 공부를 시작한 나는 어떤 난관이라도 극복해서 내 갈 길을 헤쳐 나가리라 결심했다. 나는 열심히 공부했다. 나의 성공은 노력과 정비례했다. 선천적으로 끈기가 없는 내 기억력은 연마함에 따라 나아졌고 정신 활동은 예지를 닦아 주었다. 몇 주일이 지나자 상급반으로 진급했고, 두 달이 못 가서 프랑스어와 그림을 시작하라는 허락이 내렸다. 나는 동사 Etre의 첫 두 가지 시제(時制)를 배웠다. 그리고 같은 날 나는 처음으로 오막살이 집을 그렸다(말이 났으니 말이지 이 오두막의 벽은 피사의 사탑(斜塔)보다 더 기울어져 있었다). 이날 밤 잠자리에 들어간 나는 따끈하게 볶은 감자나 흰 빵에다 새 우유가 나오는 〈아라비안 나이트〉의 바미사이드의 만찬을 상상 속에 그려 보는 걸 잊어버렸다. 이런 공상으로써 나는 마음의 욕구를 채워 주고 있었던 것이다. 그대신 나는 어둠 속에서 본 웅장한 이상적 그림들을 즐겼다. 이 그림들은 모두 내 손으로 그린 것이다. 자유 자재로 붓을 놀린 집과 나무들, 아름다운 바위들과 폐허, 네덜란드의 화가 카이프가 즐겨 그리던 가축의 무리, 채 피지 않은 장미꽃 위를 나비가 날아다니는 아름다운 그림, 무르익은 버찌를 쪼아 대는 새의 그림, 파란 담쟁이덩굴에 틀어 놓은 진주 같은 알을 담은 굴뚝새 둥지의 그림. 또 나는 그날 삐에로 부인이 내게 보여 준 프랑스의 조그만 소설책을 줄줄 번역할 수 있는지 그 가능성을 혼자 속으로 따져 보았다. 이 물음에 만족할 만한 해답을 얻지 못한 채 곤히 잠들어 버렸다.

솔로몬은 그럴 듯한 말을 했다——〈사랑이 있는 곳에서 풀잎을 먹고 사는 것은, 살찐 소를 먹고 미워하는 곳에서 사느니보다 낫다.〉

나는 불편하기 짝이 없는 로드의 생활을 게이츠헤드의 사치스러운 생활과 이젠 바꾸고 싶지 않았다.

9

그러나 로드의 〈부자유〉라기보다는 오히려 갖가지의 고난은 점점 적어졌다. 봄은 다가오고 있었다. 기실 봄은 이미 와 있었다. 한풀 꺾인 서리는 끝장이 나고 눈은 녹았다. 살을 에이던 바람은 누그러졌다. 정월달 강추위로 해서 껍질이 벗겨지고 절름발이가 될 만큼 부었던 내 발은 사월의 한층 부드러운 입김에 차츰 가라앉아 갔다. 이미 아침 저녁으로 우리들 혈관 속의 피까지 얼구던 캐나다 기후는 가시고 이젠 교정에서 유희 시간을 견디어낼 수 있었다. 가다가 화창한 날씨에는 즐겁고 흐뭇한 기분까지 느끼게 되었다. 그리고 누렇던 화단에 녹색이 자랐다. 날마다 희망의 여신이 밤에 그곳을 돌아다니며 생기의 발자취를 남겨 매일 아침 아름다와져 가는 것이라는 느낌을 품게 했다. 아네모네, 크로커스, 붉은 앵초, 그리고 노란 팬지꽃들이 잎 사이사이로 엿보였다. 우리는 목요일 오후(반공일)에는 산책을 하였고 길가의 울타리 밑에 피어 있는 더 예쁜 꽃이 눈에 띄었다.

나는 또 크나큰 즐거움과 기쁨을 찾아냈다. 그것은 높은 철책으로 둘러싸인 교정의 담벽 밖에 있는 유일한 경계인 지평선이었다. 이 기쁨이란 신록과 그늘이 가득 찬 커다란 산골짜기로 둘러싸인 웅장한 산봉우리들과, 검은 바위와 번쩍이는 소용돌이로 가득 찬 맑은 개울의 전망이었다. 겨울의 쇳빛 하늘 밑에 서리로 얼어붙고 눈에 덮였을 때와 지금의 이 광경은 얼마나 달라 보이는 것일까! ——죽음처럼 차가운 안개가 저 보랏빛 산꼭대기를 달리는 동풍의 약동을 향해 방황했고 〈목장〉과 강변의 낮은 곳으로 굴러내려와 시냇가에 얼어붙은 안개와 뒤섞였을 때에는 또 얼마나 다른 풍경이었던가! 그때의 시내는 탁하고 자유 분방한 격류였다. 그것은 숲을 갈기갈기 찢어 놓았고 가끔 마구 퍼붓는 비와 휘몰아치는 진눈깨비로 물이 불어 공중에 요란한 소리를 띄워 보냈다. 그리고 시냇가의 양쪽 기슭에 서 있는 저 숲은 해골의 대열로밖에 보이지 않았다.

사월에서 오월로 접어들었다. 해맑고 화창한 오월이었다. 푸른 하늘, 고요한 햇빛, 부드러운 서풍과 남풍이 오월 중 계속되었다. 이제 신록은 힘차게 무르익어 갔다. 로드도 그 옷을 갈아입었다. 온통 초록빛과 꽃으로 변했다. 느릅나무, 물푸레나무, 참나무의 해골은 장엄한 활력을 되찾았다. 삼림 지대의 식물들은 그 휴식에서 재빨리 일어났다. 가지각색의 숱한 이끼들이 골짜기를 뒤덮고 야생 앵초가 담뿍 들어앉은 사이에서 이상한 흙빛깔을 내고 있다. 아주 예쁜 광택의 점철과 같은 그 연한 금빛을 나는 본 적이 있었다. 이런 모든 것을 가끔 나는 담뿍 마음껏 즐겼다. 누구의 감시도 없이 거의 혼자 즐겼다. 이 흔하지 않은 자유와 즐거움에는 하나의 이유가 있었다. 나는 지금 그것을 이야기할 계제가 되었다.

이 고장이 산과 숲으로 둘러싸인 시냇가에 자리잡았다고 한다면 나는 아주 살기 좋은 고장으로서 표현하지 않았을까? 분명히 쾌적한 곳이긴 하다. 그러나 건강에 좋은지 여부는 문제다.

로드가 있는 숲의 골짜기는 안개와 그 안개에서 발생하는 전염병의 발상지였다. 그것이 소생하는 봄과 더불어 소생하여 이 고아원에 기어들어 붐비는 교실과 기숙사에 티푸스를 발생시켜 오월도 오기 전에 학교를 병원으로 만들었다.

반아사(半餓死)와 수수 방관의 감기는 학생들 대부분에게 감염되기 쉽도록 방치돼 있었다. 팔십 명 중에서 사십 오 명이 한꺼번에 병석에 누웠다. 건강을 지탱하고 있는 소수의 학생들은 거의 무제한한 자유가 허용되었다. 의료원이 학생들의 건강을 유지하는 데는 줄기찬 운동이 필요하다고 주장했기 때문이고 그렇게 하지 않는다 해도 어느 누구도 학생을 감시하거나 규제할 겨를이 없었기 때문이기도 했다. 템플 선생은 온 정신을 환자들에게 빼앗기고 말았다. 템플 선생은 교실에서 살며 밤에 두서너 시간 눈을 붙이는 외에는 쉬는 법이 없었다. 다른 선생들은 이 전염병 소굴에서 다행히도 맡아 줄 친구나 친척이 있는 학생들의 출발을 위해 짐꾸리기와 그 밖에 필요한 준비를 하느라고 손발이 꽉 묶여 있었다. 이미 전염된 많은 학생들은 다만 죽기 위해 고향으로 돌아갔다. 더러는 학교에서 죽고 조용히 재빠르게 매장되었다. 병의 성질로 보아 지체할 수 없었다.

이처럼 질병은 로드의 한식구로 돼 있어, 죽음은 잦은 방문객이 되었다. 이 학교의 울안에는 침울과 공포가 서리는가 하면 교실과 복도는 병원 냄새가 무럭무럭 나고 약과 향불이 죽음의 악취를 없애려고 헛되이 야단을 떨고 있는 동안에도 찬란한 오월은 바깥의 웅대한 산들과 아름다운 산림 지대를 환히 밝히었다. 접시꽃은 나무만큼 높이 자라고 백합이 피었다. 튜립과 장미꽃도 피어 있었다. 작은 화단 주위에는 분홍빛 아르메리아와 진홍색 겹실국화가 아담하게 피어 있었다. 들장미는 아침 저녁으로 향료나 사과 같은 냄새를 실어왔다. 그러나 가끔 관 속에 한줌의 풀과 꽃을 대주는 일 이외에는 이 향기로운 보물은 로드의 내부분의 사림들에게는 아무 소용이 없었디.

그러나 나와 건강을 지탱해 온 나머지 학생들은 경치와 계절의 아름다움을 마음껏 즐겼다. 아침부터 저녁까지 집시처럼 숲 속을 헤매도 좋았다. 우리들은 하고 싶은 대로 하고 가고 싶은 대로 갔다. 또 전보다 나은 생활을 했다. 브로클허스트 씨와 그의 가족은 이젠 로드에 근접하지 않았다. 학교 경리 문제도 깐깐히 따지고 들지 않았고 고약한 가정부는 전염될까 두려워 달아나 버렸다. 로튼 진료원의 간호부장이었던 후임자는 새로운 살림살이에 익숙치 못해 비교적 너그러운 살림을 폈다. 게다가 환자들은 거의 먹을 수가 없어 식사를 하는 사람이 줄어들었다. 우리들의 조반상은 분량이 많아졌다. 정식으로 점심을 차릴 시간이 없어 가끔 있는 일이지만 그네는 식은 파이의 큼직한 덩어리와 치즈를 바른 두꺼운 빵을 우리에게 주곤 했다. 그러면 이것을 우리들은 숲속으로 가지고 가 제일 마음에 드는 장소를 골라 호화롭게 먹어댔다.

내가 가장 좋아하는 자리는 시냇물 한가운데 물기 없이 하얗게 솟아나온 매끄럽고 널찍한 바위였다. 거기에 가려면 물속을 걸어가는 길밖에 없어 나는 맨발로 건너는 재간을 피웠다. 그 바위는 다른 한 소녀와 내가 편안히 앉기에 알맞은 넓이였다. 그 소녀는 메어리 앤 윌슨이었다——당시 내가 골라낸 친구였다. 총명하고 눈치빠른 소녀로 나는 그애와 즐겁게 놀았다. 한편 약빠르고 독창성이 있고, 또 한편 그애의 거동이 내 비위에 맞았기 때문에. 나보다도 몇 살 위인 그애는 세상 물정을 잘 알고 있었고 내가 알고 싶은 많은 일들을 들려 주었다. 그애와 가까이 있으면 내 호기심은 만족했다. 내 결점에 대해서도 퍽 부드러웠고 내가 어떤 말을 해도 가로막거나 억누르는 법이 없었다. 그애는 말을 하는 편이고 나는 그걸 따지는 편이었다. 그네는 말을 들려 주기를 좋아했으나 나는 묻기를 좋아했다. 이래서 우리의 사귐은 큰 향상은 없었을는지 몰라도 크나큰 즐거움을 느끼며 둘이는 한결같이 사이좋게 지냈다.

그런데 이 동안 헬린 번즈는 어디 있었던가? 이 자유스러운 행복의 나날을 왜 나는 그네와 같이 보내지 않았을까? 난 그네를 잊어버렸던가? 아니면 그네의 순진한 사귐성에 싫증이 날 만큼 보잘것없는 나였던가? 앞서 말한 메어리 앤 윌슨은 분명히 나의 첫번 친구보다는 못했다. 메어리는 그저 재미있는 얘기를 해준다든지 내가 하고 싶어하는 진기롭고 아슬아슬한 잡담을 서로 나누는 데 지나지 않았다. 그런데 헬린은 내가 그네에 대해서 곧이곧대로 말한다면 그네와 이야기할 특권을 누렸던 사람들에게 훨씬 고상한 취미를 줄 수 있는 재질을 지니고 있었던 것이다.

독자여, 사실 그렇다. 그리고 나는 그걸 깨달았고 또 느꼈다. 나는 결점이 많고 좋은 점이라곤 없는 부족한 존재이지만 헬린 번즈가 싫증날 리는 없었다. 또 일찌기 내 마음에 용기를 주었던 어느 것 못지않게 굳세고도 부드럽고 존경스러운 애정의 감정이 그네를 향해 쉬지 않고 자라나기까지 했다. 헬린은 언제 어떤 경우에 있어서도 불쾌한 얼굴을 하거나 불안을 내보이거나 하는 일이 없이 내게 조용하고 믿음직한 우정을 나타냈는데 어떻게 내가 딴 말을 할 수 있단 말인가? 그러나 헬린은 지금 앓고 있다. 몇 주일 동안 내 시야에서 그애는 나 모르는 이층방으로 옮겨져 가 있다. 헬린이 교내에 있는 열병실에는 있지 않다는 말을 나는 들었다. 그네의 병이 티푸스가 아닌 폐병이기 때문이었다. 그런데 시일과 간호로 틀림없이 고칠 수 있는 가벼운 병인 줄만 나는 무심히 생각하고 있었다.

헬린이 아주 따뜻하고 개인 날 오후 한두 번 아래층으로 내려와 템플 선생의 인도로 교정으로 나간 적이 있는 걸로 보아 나는 그런 생각을 믿고 있었다. 그러나 이때 나는 그네에게로 가 이야기하게 허락돼 있지 않았다. 나는 다만 교실 창문에서 그네를 바라볼 뿐, 똑똑히 보지는 못하였다. 그애는 모포를 푹 뒤집어쓰고 저만큼 베란다 밑에 앉아 있었기 때문이었다.

유월 초순 어느날 저녁, 나는 메어리 앤과 퍽 늦게까지 숲 속에 있었다. 우리는 여느 때와 마찬가지로 다른 애들과 떨어져 멀리까지 거닐었다. 너무 멀리 갔다가 그만 길을 잃고 외떨어진 오두막에서 길을 물어야 했다. 그 오두막에는 숲 속에서 도토리를 먹고 자라는 반야생 돼지를 치는 부부가 살고 있었다. 우리가 학교로 돌아왔을 때는 달이 떠오른 뒤였다. 망아지 한 마리가 교정에 서 있었다. 그것은 의사 선생의 것이라고 우리는 알고 있었다. 메어리 앤은, 이 밤중에 베이츠 선생을 모셔온 걸 보니 필시 누가 몹시 위독한 게 틀림없다고 했다. 메어리는 집안으로 들어갔다. 나는 숲 속에서 캐온 한 움큼의 나무 뿌리를 아침까지 내버려두면 시들어 버릴까 봐 내 화단에 심느라고 잠시 머물러 있었다. 다 심고나서도 나는 좀더 꾸물대고 있었다. 꽃은 이슬이 내리자 한층 향기로왔다. 참으로 고요하고 따뜻한 즐거운 밤이었다. 조용히 빛나고 있는 서쪽 하늘은 또 내일도 맑은 날씨라는 걸 분명히 약속해 주었다. 달은 어둑어둑한 동쪽 하늘에 장엄하게 떴다. 나는 어린애처럼 그런 것들을 눈여겨보며 즐기고 있었다. 이때였다. 여태까지는 없었던 것이 내 마음속에 떠올랐다.

「지금 병석에 누워 위독하다는 건 얼마나 슬픈 일일까! 이 세상은 즐거운 곳――이 세상에서 불리어 알지 못하는 곳으로 가야 한다는 건 얼마나 쓸쓸한 일일까?」

그래서 내 마음은 지금까지 천국과 지옥에 관해서 받아들인 것을 이해하려고 난생 처음으로 무진 애를 썼다. 그런데 처음에는 뒷걸음을 쳤다가 대항을 하고 우선 뒤를 돌아보았다. 그리고 좌우와 앞을 보았다. 사방에는 깊이를 알 수 없는 바다였다. 다만 그것이 서 있는 한 점(點)을 알았다――현재가 그것이었다. 나머지는 모두 형체가 없는 구름과 텅 빈 심연이었다. 그리고 이 혼돈의 한복판으로 비틀비틀 빠져들어갈 생각을 하니 몸이 떨려 왔다. 이 새로운 생각에 잠겨 있을 때 나는 현관문이 열리는 소리를 들었다. 베이츠 선생이 나타나고 그와 함께 간호원이 나왔다. 간호원은 의사가 말에 올라타고 떠나는 걸 보고 나서 문을 닫으려는 참이었으나 나는 그네에게로 달려갔다.

「헬린 번즈는 어때요?」

「몹시 위독해.」이것이 대답이었다.

「베이츠 선생은 헬린을 진찰하러 왔던 거예요?」

「그래.」

「그럼 헬린이 어떻다고 하셔요?」

「여기 오래 있지 못할 거라고 하셨어.」

이 말을 어제쯤 들었더라면 헬린이 자기 고향인 노덤벌란드로 옮겨가게 되리라는 뜻으로만 여겨졌을 것이다. 헬린의 죽음이 가까와졌다는 걸 의미하리라고는 생각조차 못했을 것이다. 그러나 나는 이제 곧 알아차렸다. 간호원이 한 말은 헬린 번즈가 이 세상에서 마지막 날을 세고 있다는 것과 그네는 영혼의 나라로, 만일 그런 나라가 있다면 갈 준비를 하고 있다는 깨달음이 환히 내 앞에 열렸다. 나는 두려움의 충격을 받고 다음엔 슬픔의 강한 전율을 느끼고 그 다음엔 하나의 소원——헬린을 만날 필요성을 느꼈다. 그래서 나는 헬린이 누워 있는 방을 물어 봤다.

「그앤 템플 선생님 방에 있어.」 간호원이 대답했다.

「헬린과 얘기하러 가도 좋아요?」

「아니 안 돼, 애야! 그건 안 되고, 이젠 방에 들어갈 시간이야. 이슬이 내릴 때 밖에 있음 열병에 걸리지.」

간호원은 현관문을 닫았다. 나는 교실로 통하는 옆문으로 들어갔다. 바로 시간 맞춰 들어갔다. 아홉 시였다. 밀라 선생이 학생들에게 취침을 알리고 있었다.

두 시간쯤 지났으리라. 열 한 시가 가까왔을 거다. 그때 나는——잠을 이루지 못하고, 기숙사가 죽은 듯이 고요하고 동무들은 모두 깊이 잠들어 버린 거라고 생각하면서——사뿐히 일어나 잠옷 위에다 겉옷을 걸치고 맨발로 침실을 기어나와 템플 선생의 방을 찾아나섰다. 선생님 방은 교사의 저쪽 맨 끝에 있었다. 하지만 나는 길을 잘 알고 있는데다 환한 여름 달빛이 여기저기 복도의 창문들로 스며들어 거침없이 찾아낼 수 있었다. 열병 환자의 병실 가까이 오자 캄포르와 태운 초산 냄새가 내게 경계를 하라고 일러 주었다. 나는 밤샘을 하는 간호원에게 들키지 않도록 병실 문 앞을 재빨리 지나갔다. 나는 들켜서 도로 쫓겨가게 될까 걱정스러웠다. 나는 어떻게 해서든지 꼭 헬린을 만나야 했으니까——죽기 전에 그애를 껴안아야 하니까——그네에게 마지막 키스를 해야 하고 마지막 말을 나누어야 하니까.

층계를 내려가 아래층 교사의 일부를 지나고 두 개나 되는 문을 소리 안 나게 여닫는 데 성공한 나는 또 다른 층층다리의 디딤대까지 왔다. 이 층층대를 올라가자 내가 서 있는 바로 맞은편이 템플 선생의 방이었다. 열쇠 구멍과 문 밑에서 불빛이 비치었다. 깊은 적막이 사방에 깔려 있었다. 가까이 다가선 나는 방문이 약간 열려져 있는 것을 알았다. 공기가 탁한 병실에 새 공기를 갈아넣기 위해서이리라. 주저하고 있을 수는 없었다. 어쩔 수 없는 충동으로 가득 차 있었다. 마음과 신경이 심한 아픔으로 떨고 있었다——나는 문을 밀고 들여다보았다. 내 눈은 헬린을 찾았다. 그러면서 주검이 눈에 띌까 두려워졌다.

템플 선생의 침대 바로 옆에 흰 커튼으로 반쯤 가려진 조그만 침대 하나가 놓여 있었다. 이불 밑에 누워 있는 몸의 윤곽이 보이긴 하나 얼굴은 휘장으로 가리워져 있었다. 교정에서 내가 말을 건넸던 간호원은 팔걸이 의자에서 자고 있었다. 탄 심지를 쟈르지 않은 촛불이 테이블 위에서 희미하게 타고 있었다. 템플 선생은 보이지 않았다. 나중에 안 일이지만 선생은 티푸스 병실의 헛소리하는 환자에게 불리어갔다. 나는 들어갔다. 그리고 조그만 침대가에 섰다. 내 손은 휘장에 가 있었다. 그러나 그걸 끌어당기기 전에 말을 건네고 싶었다. 나는 아직도 주검을 볼까 두려워 주춤하고 있었다.

「헬린!」나는 가만히 불러 보았다.

「너 깨 있니?」

헬린은 몸을 움직여 휘장을 밀어젖혔다. 나는 그네의 창백하고 여위었으나 아주 침착한 얼굴을 보았다. 조금도 달라진 데가 없어 내 두려움은 금새 사라져 버렸다.

「어머나, 넌 제인 아냐?」헬린은 그네의 독특한 부드러운 음성으로 물었다.

(아아!) 나는 생각했다. (헬린은 죽지 않을 거야. 사람들이 잘못 생각했어. 만일 그렇다면 이렇게 침착하게 말하거나 바라볼 수는 없을 거야.)

나는 그네의 침대가로 가 키스를 해주었다. 그네의 이마는 싸늘했다. 뺨도 차고 여위고 손과 손목도 싸늘했다. 그러나 헬린은 언제나처럼 웃음을 지었다.

「제인, 너 여기 왜 왔니? 열 한 시가 지났는데. 좀 전에 시계 치는 소릴 들었어.」

「나, 널 보러 왔어. 헬린. 네가 몹시 아프다는 말을 듣고는 너와 말을 나누기 전엔 잠을 이룰 수가 없을 것 같았어.」

「너 어디로 가는 거니, 헬린? 집으로 가는 거니?」

「그래, 나의 머나먼 집으로——나의 마지막 집으로.」

「안 돼, 안 돼, 헬린!」나는 말이 막히고 가슴이 아파왔다. 내가 눈물을 삼키느라고 애쓰고 있는 동안 기침의 발작이 헬린을 사로잡았다. 하지만 기침은 간호원을 깨우진 않았다. 기침이 가라앉자 헬린은 잠시 지쳐 있다가 이윽고 이렇게 속삭였다.

「제인, 너 맨발이구나. 자아, 여기 누워서 내 이불을 덮어라.」

나는 그렇게 했다. 헬린이 한 팔을 내 몸에 올려놓자 나는 그네에게 바싹 달라붙었다. 오랜 침묵이 지나고 나서 헬린은 역시 속삭이는 소리로 말을 시작했다.

「난 정말 행복해, 제인. 그런데 넌 내가 죽었다는 소릴 들어도 정신을 가다듬고 슬퍼해선 안 돼. 슬퍼할 건 하나도 없어. 누구나 다 한 번은 죽어야 하니까.

나를 데려가는 이 병은 괴롭지 않아. 온화하고 조용히 진전되어가는 거야. 그래서 내 마음은 편안해. 내가 죽어도 나를 몹시 서러워해 줄 사람은 없어. 내겐 아버지 한 분이 계실 뿐인데 그 아버지도 요새 재혼하셨어. 그래 내가 없어도 적적하시진 않을 거야. 난 어려서 죽기 때문에 고생을 모르고 가는 셈이야. 난 이 세상에서 성공할 수 있는 소질이나 재간이 없었어. 살아 있어도 늘 실수만 할 거야.」

「그렇지만 너 어디로 가는 거니, 헬린? 너 보이니? 너 알고 있니?」

「난 믿어. 난 신앙을 갖고 있어. 난 하느님께로 가는 거야.」

「하느님은 어디 계시니? 하느님이란 어떤 분이야?」

「나를 창조하시고 또 너를 창조하신 분이야. 하느님께선 당신이 만드신 것은 결코 멸망시키지는 않으셔. 난 오직 하느님의 힘에 의지하고 만사를 하느님의 인자하심에 맡기고 있어. 난 나를 하느님께로 돌려보내고 하느님을 내게 보여주시는 그 뜻깊은 시기가 올 때까지 시간을 세고 있는 거야.」

「그럼, 헬린, 천당이란 곳이 있어서 우리가 죽으면 그 혼이 거기 간다는 건 정말이야?」

「미래의 나라가 있다는 건 틀림없어. 난 하느님은 선하시다는 걸 믿어. 난 아무 불안도 없이 내 불멸의 부분을 하느님께 맡길 수 있단다. 하느님은 나의 아버지이시고 친구이시지. 난 하느님을 사랑하고 하느님께서도 날 사랑하신다고 믿어.」

「그럼 헬린, 내가 죽으면 널 다시 만날 수 있니?」

「너도 나와 같은 행복의 나라로 오게 될 거야. 나의 전능하신 분과 똑같은 위대한 우주의 아버지의 영접을 받게 될 거야. 틀림없이, 제인.」

나는 또 물었다. 그러나 이번에는 속으로 물었을 뿐이었다. (그 나라는 어디 있을까? 정말 있을까?) 그리고 나는 헬린을 바싹 껴안았다. 내게는 헬린이 언제보다도 한층 소중히 여겨졌다. 나는 마치 그네를 놓아 줄 수 없는 것 같은 생각이 들어 그네의 목께에 내 얼굴을 묻고 누워 있었다. 이어 헬린은 무척 다정한 어조로 말했다.

「어쩌면 이렇게도 기분이 좋을까? 아까 그 기침의 마지막 발작에 좀 지치기는 했지만. 잠 속에 잠길 수 있을 것만 같아. 하지만 날 두고 가지 마, 제인. 내 곁에 있어 줘.」

「응, 네 곁에 있을게, 내가 좋아하는 헬린. 아무도 날 데려가진 못할 거야.」

「따스하니, 제인?」

「응」
「잘 자, 제인.」
「잘 자, 헬린.」
헬린은 나를, 또 나는 헬린을 키스했다. 그리고 우리는 곧 잠들어 버렸다.

눈을 떴을 때는 날이 밝아 있었다. 심상치 않은 동요에 잠이 깼다. 눈을 들어 보니 나는 어떤 사람의 팔에 안겨 있었다. 그 간호원이 나를 안고 복도를 지나 기숙사로 데려다 주는 참이었다. 나는 내 침대를 비웠다고 해서 야단을 맞지 않았다. 모두들 무슨 딴 생각에 잠겨 있는 듯했다. 그때 나는 숱한 물음을 해봤지만 아무런 설명도 해주지 않았다. 그러나 하루 이틀 지나서야 템플 선생이 새벽녘에 자기 방으로 돌아왔을 때 내가 조그만 침대에서 헬린의 어깨에 얼굴을 기대고 두 팔을 그네의 목에 두르고 누워 있었다는 걸 알게 되었다. 나는 자고 있었다. 그리고 헬린은——죽어 있었다.

헬린의 무덤은 브로클브리지 교회 묘지에 있다. 그네가 죽고 나서 십 오 년 동안 주검은 풀이 무성한 흙무덤에 덮여 있을 뿐이었으나, 지금은 내리식 비석이 그네의 이름과 〈나는 부활하리라〉 하는 문자를 새겨 그네가 묻혀 있는 장소를 표시하고 있다.

10

지금까지 나의 하잘것없는 생활의 여러 가지 일들을 자세히 기록했다. 이것은 내 생애의 첫 십 년간과 거의 맞먹는 분량의 장(章)들을 할애했다. 그러나 이 책은 정식적인 자서전이 될 수는 없다. 다만 어느 정도 흥미있다고 보여지는 데를 기억에서 더듬어내려 할 뿐이다. 그래서 나는 지금 그 후 팔 년 동안이란 세월을 거의 묵살해 버리려고 한다. 다만 전후 관계를 잇는 데 필요한 몇 줄만은 적기로 한다.

티푸스는 로드 괴멸(壞滅)의 사명을 마치자 차차 수그러졌다. 그러나 그 병독의 피해와 많은 희생자 수는 학교에 대한 사회의 이목을 끌게 되었다. 발병의 원인을 조사한 결과 세상을 극도로 흥분시킨 여러 가지 사실이 드러났다. 학교 위치가 건강에 해로운 지대이고 어린이들이 먹는 음식의 분량과 질, 요리하는 데 사용되는 물에 염분이 있고 냄새가 나고, 학생들의 허술한 옷과 설비가 불건강하다는 것이 발견되었다. 이 발견은 브로클허스트 씨에게는 모욕적인 결과를 낳았지만 학교에는 유리하게 되었다.

그 지방의 부유하고 인자한, 자선심이 많은 몇몇 개인들이 좀더 좋은 위치에 좀더 편리한 교사를 세우기 위해 거액의 돈을 기부했다. 새 교칙이 제정되고 식사와 옷의 개선이 첫선을 보였다. 학교의 기금은 관리 위원에게 위탁되었다. 재산과 가문 관계로 무시될 수 없는 브로클허스트 씨는 여전히 회계 감독의 자리를 유지하고 있었지만 그는 훨씬 관대하고 동정심 많은 사람들의 손에 의해서 실무를 빼앗겼다. 감독이라고 하는 그의 역할도 이성(理性)과 엄격성을, 절약과 위안을, 또 동정과 정직을 어떻게 조화시키는가를 잘 알고 있는 사람들에 의해서 분담되었다. 이처럼 개선된 학교는 마침내 참으로 유익하고 정당한 학원으로 되었다. 이렇게 개선 된 후 팔 년 동안 나는 이 학교의 한식구로서 남아 있었다. 학생으로서 이 년, 교사로서 이 년을 보냈다. 그리고 나는 이 두 가지 자격을 가지고 이 학교의 가치와 의의에 대해서 증언을 하겠다.

팔 년 동안의 내 생활은 단조롭기는 했지만 불행하지는 않았다. 허송 세월을 한 것이 아니기 때문이다. 내 힘이 자라는 대로 훌륭한 교육을 받을 길을 마련했다. 어떤 학과에 대한 애착심, 모든 학과에 뛰어나려는 욕망, 더구나 내가 좋아하는 선생님들을 기쁘게 해드리겠다는 크나큰 즐거움이 합쳐 가지고 나를 더욱 채찍질했다. 나는 내게 주어진 이점(利點)을 충분히 이용했다. 드디어 상급반의 수석이 되고 다음엔 교사의 직책을 잡게 되어 이 년 동안 열심히 일했다. 그러나 이 년으로 접어든 마지막 무렵에 내게는 변화가 일어났다.

템플 선생은 온갖 변동 속에서도 한결같이 학교의 원장 선생직을 계속해 왔다. 내가 습득한 공부의 대부분은 그 선생의 지도의 덕분이었다. 그네의 우정과 그네와의 교제는 나의 끊임없는 위안이었다. 그 분은 내 어머니를 대신해 주셨고 가정 교사를 대신해 주셨고 나중에는 친구도 돼주셨다. 이 무렵에 선생님은 결혼해서 남편과(목사로서 그 아내에 그 남편다운 훌륭한 사람이었다) 함께 머나먼 곳으로 이사를 가서 나는 결국 선생을 잃고 말았다.

선생이 떠나 버린 그날부터 이미 나는 지난날의 내가 아니었다. 로드를 어느 정도 내 가정으로 만들어 주었던 모든 안정감과 결합은 선생님과 더불어 죄다 사라지고 말았다. 나는 다소나마 선생님의 성품에 동화하고 선생님의 습관을 많이 배웠다. 잘 조화된 사상과 잘 조절된 감정과 같은 것이 내 마음의 반려자로 되었다. 나는 의무와 명령에 충실하기로 마음먹었다. 나는 얌전했다. 만족한 나라고 믿었다. 나는 다른 사람의 눈에, 아니 늘 나 자신의 눈에까지도 수양을 쌓은 온화한 사람으로 보였다.

그러나 운명은 스미드 목사의 출현으로 나와 템플 선생을 갈라 놓았다. 결혼식이 끝나자 곧 여행 차림을 하고 역마차를 타는 템플 선생을 나는 보았다. 마차가 산을 타고 언덕길 저쪽으로 사라질 때까지 나는 지켜보았다. 그러고 나서 내 방으로 돌아와 오늘의 결혼식을 경축하기 위해 허락된 반공일의 태반을 고독 속에서 보냈다.

나는 대부분의 시간을 방안에서 서성댔다. 나는 다만 나의 손실을 섭섭히 여기고 어떻게 하면 그걸 메울 수 있을까 하고 혼자 궁리했다. 그러나 명상을 그치고 살펴보니 오후가 지나서 밤이 이슥해진 걸 알았다. 이때 또 하나 새로운 것이 내 맘에 떠올랐다. 말하자면 나는 이때 변화하는 과정에 있었다. 내 마음은 선생으로부터 빌렸던 것을 버리고 말았다——아니 선생의 곁에서 내가 호흡하고 있던 그 고요한 분위기와 더불어 선생은 사라져 버렸다——그리고 이제 나는 나의 본성으로 돌아가 옛날의 불안한 마음을 느끼기 시작했다. 말하자면 기둥이 없어져 버렸다기보다는 원동력이 사라진 것과도 같았다. 그 원동력은 내가 못 지닌 침착성의 힘이란 것이 아니라 침착해야 할 이유가 이제는 필요 없이긴 것이다.

내 세계는 로드에서 지낸 몇 년간이었다. 경험이라곤 학교 교칙과 제도에 관한 것이었다. 나는 현실의 세계란 넓고 거기에는 희망과 공포, 갈등과 흥분 등 가지각색의 분야가 있고 그 위험 속에서 인생의 참된 지식을 얻고자 매진하는 용기 있는 사람들을 위해 마련된 것이라고 지금 회상된다.

나는 창가로 가 문을 열었다. 양쪽으로 두 건물이 서 있고 교정이 있었다. 여기는 로드 숲의 한 끝이고 산악으로 지평선을 이루었다. 내 시선은 뭇 사물들을 슬쩍 지나 제일 멀리 있는 푸른 산봉우리들에 가 머물렀다. 정복하고 싶었던 산들이다. 바위와 〈히드〉 관목으로 된 경계선 이쪽은 감옥의 뜰이나 귀양지와도 같았다. 하얀 오솔길이 산기슭을 굽이 굽이 돌아 골짜기 사이로 사라지는 걸 눈으로 좇았다. 얼마나 그 길을 따라 멀리 가보고 싶었던가 ! 나는 마차로 바로 저 길을 달리던 당시를 회상했다. 황혼이 질 무렵 저 산을 내려오던 일을 기억하고 있다. 내가 처음으로 로드에 온 그날에서 오랜 세월이 흘러간 듯했다. 그리고 그 후 나는 로드를 떠나 본 적이 없었다. 방학은 모두 학교에서 보냈다. 리드 부인은 한 번도 나를 게이츠헤드로 부른 일이 없었고 그네와 그네의 가족 중 어느 누구도 나를 찾아온 적이 없었다. 나는 편지와 전갈로 바깥 세계와 연락할 길이 없었다. 교칙, 공부, 학교의 습관과 사고방식, 그리고 사람들의 음성과 얼굴, 말, 옷, 기호, 혐오, 이러한 것들이 내가 알고 있는 생활이었다. 그리고 지금 나는 이것으로 충분하지 못하다는 걸 깨달았다. 나는 팔 년 동안의 판에 박힌 생활이 하루 저녁에 싫증이 났다. 나는 자유를 바랐다. 자유에 목말랐고 자유를 위해 기도를 올렸다. 기도 소리는 바람에 흩어졌다가 이윽고 아스라이 사라지는 것 같았다. 나는 기도를 포기하고 겸허한 탄원을 했다. 변화와 자극을 달라고 탄원했다. 그 애원마저 텅 빈 공간 속으로 사라지는 것 같았다.「그럼」하고 나는 거의 필사적으로 외쳤다.「적어도 제게 새로운 봉사를 허락해 주소서!」

이때 저녁 식사를 알리는 종소리가 나를 아래층으로 불러갔다.

나는 중단된 일련의 명상을 취침 시간까지는 다시 계속할 자유가 없었다. 그 시간이 왔을 때 나와 같은 방에 자고 있는 선생이 쓸데없는 장광설을 늘어놓는 바람에 내가 다시 회상하려던 문제에서 나를 떼어놓았다. 그네가 잠들면 조용해질 거라고 얼마나 나는 바랐던가! 내가 아까 창가에 서 있을 때 마지막으로 내 마음에 떠오른 생각을 다시 더듬어낼 수 있다면 나를 구해 줄 어떤 묘한 암시를 얻을 수 있을 것도 같았다.

드디어 그라이스 선생이 코를 골았다. 그 선생은 웨일즈 태생의 비대한 여자였다. 여태까지는 그네의 습관적인 코고는 소리가 귀찮은 것으로만 여겨져 왔으나 오늘 밤 나는 만족한 마음으로 그 굵직한 첫소리를 맞았다. 나는 방해에서 벗어났다. 중단되었던 사색이 곧 되살아왔다.

(새 일자리! 그거 괜찮을 거야.) 하고 혼잣소리를 했다(혼자 속으로 말했다는 것이지 크게 소리를 냈다는 게 아니다). (그렇기는 하지만 기가 막히게 좋다고는 생각되지 않아. 〈자유〉, 〈흥분〉, 〈쾌락〉이니 하는 말과는 같지 않아. 이런 말은 참 즐겁게 들리지. 하지만 내겐 빈소리에 불과해. 그처럼 공허하고 순간적인 것이니까 그런 말에 귀를 기울이는 건 그저 시간 낭비에 지나지 않아. 그러나 봉사! 이것은 실제의 문제일 수밖에. 누구나 봉사는 한다. 나는 여기서 팔 년 동안 봉사해 왔다. 이제 내가 원하는 건 어디든 다른 직장에서 일하는 거다. 이만한 것쯤 내 의사대로 할 수 없을까? 가능해—— 가능하다니까—— 목적은 그리 힘든 건 아냐. 만일 내게 그 목적을 달성하는 방법을 찾아낼 만큼 활동적인 머리만 있다면 말이야.)

이런 머리를 짜내기 위해 나는 침대에 일어나 앉았다. 쌀쌀한 밤이었다. 숄을 어깨에 두르고 나는 열심히 생각하기 시작했다.

(내가 원하는 건 무엇일까? 새 환경 속에서 새 사람들 틈에 끼어 새 집에서 새 직업을 잡는 거다. 더 좋은 어떤 걸 바랄 필요는 없으니 이것이면 나는 족하다. 딴 사람들은 새 직장을 어떻게 구하는 걸까? 모두들 친구들한테 부탁하

는 것 같지만 내겐 친구가 없어. 친구들이 없는 사람이 이 세상엔 많아. 이런 사람들은 혼자서 찾아내야 하고 또 자신이 자신을 도와 줘야 한다. 그런데 그 방법은 무엇일까?)

난 그걸 알 수 없고 내게 그 해답을 알려 주는 사람도 없다. 그래서 나는 해답을 재빨리 찾아내라고 머리에 명령했다. 머리는 점점 빠르게 움직였다. 머릿속과 양쪽 관자놀이에서 맥박이 뛰는 걸 느꼈다. 머리는 거의 한 시간 가까이 혼란 속에서 움직였으나 그 결과는 아무런 효력도 거두지 못했다. 헛된 노력에 화가 치민 나는 일어나 방안을 한 바퀴 돌고 커튼을 열어젖혔다. 별이 한두 개 보였다. 추위에 떨려 자리 속으로 다시 기어들었다.

내가 자리를 비운 사이에 천사가 확실히 내가 구하고 있던 암시를 내 베개에 놓고 간 것이리라. 침대에 드러누워 있노라니 그것이 조용히 저절로 내 마음에 떠올랐다. ──(일자리를 구하는 사람은 광고를 낸다. 너는 ×××주신문(州新聞)에 광고를 내야 한다.)

(어떤 방법으로? 광고에 대해선 아무짓도 모르는데.)

이번에는 대답이 곧 술술 떠올랐다.

(너는 ×××주신문사 주필 앞으로 보내는 봉투 속에 광고문과 광고료를 넣어야 한다. 그걸 넌 첫번 기회가 오는 대로 로튼의 우체통 속에 넣어야 한다. 답장은 로튼 우체국 전교, J·E·에게로 보내도록 해야 한다. 편지를 낸 다음 일 주일쯤 있다가 답장이 왔는지 가서 알아 본다. 거기에 따라 행동하라.)

나는 이 계획을 두 번 세 번 되풀이해 봤다. 그 다음 나는 그것을 머릿속에 소화시켰다. 그제야 흡족하여 잠들어 버렸다.

날이 새자 곧 일어나 광고문을 써서 학교 전원에게 알리는 기상종이 울리기 전에 봉투에 넣었다. 광고문은 다음과 같다.

〈교원 경력이 있는 젊은 여자로 (나는 이 년간이나 교사로 있지 않았던가) 십사 세 미만의 아동이 있는 여염집에 일자리를 구함(나는 이제 겨우 십 팔 세이니까 내 나이 또래 학생의 지도를 맡을 순 없다고 생각한 것이다). 정식 영국 교육의 정상 학과와 또 프랑스어, 미술, 음악을 가르칠 자격이 있음(독자여, 지금 생각해 보면 빈약하기 짝이 없는 이 학과목은 그 당시엔 상당히 광범한 것으로 돼 있었다). 주소는 ×××주 로튼 우체국 J·E·〉

이 편지는 하루 종일 내 서랍 속에 갇히어 있었다. 차 마시는 시간이 지나 새 원장 선생님에게 나 자신의 소소한 일 몇 가지와 동료 선생들의 한두 가지 일을 보기 위해 로튼에 다녀오겠노라고 외출 허가를 청했다. 곧 허가가 내려 출발했다. 이 마일의 거리였다. 비오는 저녁이긴 했지만 해는 아직 많이 남아 있었다. 한두 가게에 들렀다가 우체국에 편지를 넣고 퍼붓는 비를 맞아 옷은 흠뻑 젖었지만 그래도 가벼운 마음으로 학교에 돌아왔다.

다음 주일은 길게 느껴졌다. 그러나 세상 만물에 모두 종말이 있듯이 마침내 주말이 찾아왔다. 그래서 상쾌한 어느 가을 날 저녁 무렵에 나는 또다시 로튼을 향해 길을 가고 있었다. 그 길은 그림처럼 아름다왔다. 그 길은 시냇물을 옆에 끼고 골짜기의 제일 경치 좋은 커브를 따라 뻐쳐 있었다. 그러나 이날은 잔디밭이나 시냇물의 아름다움보다도 지금 내가 향해 가고 있는 조그만 도시에서 기다리고 있을지도 모를, 어쩌면 기다리고 있지 않을는지도 모를 편지에 더 생각이 가고 있었다.

이번 내 표면상의 용무는 구두를 마춘다는 것이다. 그래서 나는 우선 이 일을 보기로 하고 그것이 다 끝나자 구둣방에서 우체국을 향해 정결하고 조용한 거리를 지나갔다. 우체국에는 콧등에다 뿔테 안경을 걸치고 벙어리 장갑을 낀 노파가 사무를 보고 있었다.

「J. E. 앞으로 편지가 와 있읍니까?」

그 노파는 안경 너머로 나를 뚫어지게 바라보았다. 그리고는 서랍을 열고 그 속에 든 것을 오랫 동안 뒤적거렸는데 그것이 너무 오래 걸렸기 때문에 내 희망은 무너지기 시작했다. 드디어 한 통의 편지를 거의 오 분 동안이나 안경 앞에 붙들고 있다가 다시 한번 캐물어 보고 의심쩍어하는 눈초리를 하며 창구 밖으로 내밀었다——J. E. 앞으로 온 것이었다.

「한 통뿐인가요?」 나는 물었다.

「그것뿐이오.」 노파는 대답했다. 편지를 뜯어볼 수는 없었다. 학교 규칙으로는 여덟 시까지 돌아오게 돼 있었는데 벌써 일곱 시 반이었다.

여러 가지 일들이 나의 귀교를 기다리고 있었다. 학생들이 공부하는 동안은 그네들과 같이 앉아 있어야 했다. 다음은 또 기도문을 낭독하고 학생들의 취침을 감독하는 당번이었다. 그것이 끝나고 여러 선생들과 같이 식사를 했다. 겨우 우리들이 잠자리로 돌아온 후에도 저 불가피한 운명 같은 그라이스 선생이 또 내 짝이었다. 촛대에는 아직 초가 조금 남아 있어서 그 초가 다 타버릴 때까지 지껄여 대지나 않을까 걱정이었다. 그러나 다행히도 그네가 저녁밥을 많이 먹은 것이 졸음을 재촉하는 효과를 냈다. 내가 옷을 채 벗기도 전에 벌써 그네는 코를 골고 있었다. 아직 초는 한 치 가량 남아 있었다. 나는 편지를 꺼냈다. 봉함에는 F라는 머리글자가 적혀 있었다. 뜯어 보니 내용은 간단했다.

〈지난 주 목요일 ×××주신문 지상에 광고를 내신 J. E. 가 기대한 바와 같은, 학문이 있는 분으로 신원이나 학력에 대해 충분한 보증서를 제시하신다면 십 세 미만의 학생 한 명뿐인 일자리를 제공하겠읍니다. 보수는 일 년에 삼십 파운드입니다. 증명, 성명, 주소 등 상세한 것을 알려주시기 바랍니다.

×××주 밀코트 부근 쏜필드, 페어팩스 부인.〉

나는 이 편지를 오래 살펴보았다. 필체는 나이 많은 부인의 그것처럼 구식이고 다소 애매한 데가 있었다. 이 조건은 만족스러웠다. 한 가지 은근한 불안은 내 멋대로 혼자 날뛰다가 혹시 어떤 난경에 봉착하지나 않을까 하는 것이다. 그리고 무엇보다도 내 노력의 결과가 존경받을 만하고 정정 당당한 것이 되기를 바랐다. 이제 내가 착수하려는 일에 나이 많은 부인이 개입한다는 건 나쁜 요소가 아니라고 느껴졌다. 페어팩스 부인! 검은 부인복에다 과부의 모자를 쓴 여자일 것 같다. 아마 차가운 사람일는지 모르지만 무례한 사람은 아닐 거야. 존경할 만한 영국의 전형적인 노부인이리라. 쏜필드! 이것은 그네의 집 이름에 틀림없다. 아무리 애를 써도 ×××주 밀코브시에 있는 그 저택이 정확한 구조는 그려볼 수 없지만 아담하고 정돈된 집임이 확실해. 나는 영국 지도에 대한 기억을 다시 더듬어 보았다. 그래, 알았다, 주(州)도 시(市)도. ×××주는 지금 내가 살고 있는 이 동떨어진 주보다 칠십 마일이나 더 런던에 가까이 있다. 그것이 내 마음에 들었다. 나는 생동하는 그곳으로 가고 싶었다. 밀코트는 A강변에 있는 대공업 도시로 틀림없이 아주 번화한 고장일 거다. 그것이 더욱 좋았다. 적어도 내겐 송두리째 변화를 가져올 거다. 내 공상은 높은 굴뚝들과 자욱한 연기에 마음이 사로잡힌 건 아니었다.

「그렇지만.」하고 나는 뇌까렸다. 「쏜필드는 시내에서 꽤 떨어져 있을지 몰라.」

이때 초의 심지가 빠져나가며 마침내 꺼지고 말았다.

다음날은 새 걸음을 내디뎌야 했다. 내 계획을 이 이상 더 내 가슴 속에 가두어 둘 수는 없었다. 그 계획을 성공으로 이끌기 위해서는 그걸 발표할 수밖에 없다. 낮 휴식 시간에 원장 선생을 찾아 면회를 청해서 그네에게 지금 내가 받고 있는 월급의 두 배(로드에서 나는 연봉 십 오 파운드밖에 못 받으니까)가 되는 취직자리를 구할 수 있는 가망이 있다는 것과, 이것을 나 대신 브로클허스트 씨와 기타 다른 위원들에게 말씀드려 내 보증인으로서 그 분들을 내세워도 괜찮을지 물어 봐 달라고 부탁했다. 원장 선생은 이 문제의 중계자로서 일해 주겠노라고 기꺼이 찬성했다. 다음날 원장 선생은 브로클허스트 씨 앞에 이 문제를 내놓았다. 브로클허스트 씨는 리드 부인이 나의 본시의 보호자이니까 리드 부인에게 편지를 내야 한다고 했다. 그 말에 따라 리드 부인 앞으로 편지를 냈다. 부인의 답장에는 〈너는 네가 하고 싶은 대로 해도 좋다. 나는 네 문제에 일체 간섭을 안 한 지 오래다.〉라고 적혀 있었다. 이 편지가 위원 일동에게 회람되었다 나중에 내 손에 들어오기까지는 꽤 지루한 시간이 걸렸고 내 힘으로 할 수 있다면 더 좋은 지위를 얻도록 하라는 정식 허락이 내려졌다. 그리고 나는 로드 학원에서 교사로서 또 학생으로서 언제나 본분을 지켜 왔기 때문에 인물이나 실력에 대한 증명은 로드 학원의 감독 위원 제씨가 곧 서명해 주겠다는 보증이 첨가돼 있었다.

따라서 나는 그 증명서를 약 한 달 후에 받았다. 나는 그 사본을 페어팩스 부인에게 띄웠다. 자신은 만족하며 자기집에 내가 가정 교사로 일할 날짜는 오늘부터 이 주일 후로 결정했다는 내용의 답장을 부인으로부터 받았다.

이제 나는 준비로 바빠졌다. 이 주일은 감쪽같이 지나갔다. 나는 내 필요에 알맞을 만큼 옷을 갖고 있었지만 그리 많은 것은 아니었다. 마지막 하루는 내 트렁크를 꾸리는 데 충분했다. ── 팔 년 전 게이츠헤드에서 갖고 온 바로 그 트렁크였다.

짐짝은 밧줄로 동여지고 꼬리표를 달았다. 삼십 분 후엔 로튼까지 가는 이 짐을 운반하기 위해 짐꾼을 부르도록 돼 있다. 나도 내일 아침 일찌기 역마차를 타러 로튼으로 가야 했다. 나는 검은 천으로 된 여행용 옷의 먼지를 털고 모자, 장갑, 토시를 준비했다. 또 혹시 서랍 속에 남은 것이 있나 하고 구석구석 뒤져 보고는 이젠 할 일이 없어 앉아서 쉬려고 했다. 하지만 그럴 수가 없었다. 하루 종일 서성거렸으나 조금도 쉴 수가 없었다. 나는 너무 흥분해 있었다. 오늘 밤 내 생활의 한 장면이 막을 내리고 내일 새 장면이 열리려는 그 막간에서 잠을 잘 수 없었다. 이 변화가 이루어지는 동안 나는 열광적으로 지켜보고 있어야 했다.

「선생님」 하고 휴게실에서 만난 하녀가 말했다. 나는 마치 당황한 요정처럼 그 휴게실을 방황하고 있었다. 「아래층에 와 계시는 분이 선생님을 좀 뵙겠다고 해요.」

(보나마나 짐꾼이겠지.) 이렇게 생각한 나는 되묻지 않고 아래층으로 내려갔다. 내가 부엌으로 가려고 응접실 뒷방이자 선생들의 휴게실인 방의 반쯤 열려진 문 앞을 지나치려는데 누가 뛰어나왔다.

「당신이지요, 틀림없이 ! ── 어디서 만나든 알아보고 말고 ! 」 내 걸음을 세우고 내 손을 붙잡은 사람은 이렇게 외쳤다.

나는 보았다. 잘 차려 입은 하녀 같은 여자로 보모 같기도 했으나 아직 젊었다. 검은 머리와 검은 눈에 혈색이 좋고 퍽 예뻤다.

「그런데, 내가 누군지 알아요?」하고 그 여자는 알듯말듯한 음성과 미소로 물었다.「나를 영 잊어버린 건 아니겠지요, 제인 아가씨?」

다음 순간 나는 그네를 부둥켜안고 정신없이 입을 맞췄다.「베시! 베시! 베시!」나는 이 말밖에 나오지 않았다. 베시는 반은 웃고 반은 울었다. 둘이는 응접실로 들어갔다. 난롯가엔 바둑 무늬의 겉옷과 바지를 입은 세 살짜리 꼬마 애가 서 있었다.

「이 꼬마가 내 아들이야.」베시는 얼른 말했다.

「그럼 결혼했구료, 베시?」

「그래요. 벌써 오 년이 돼 가요. 마부인 로버트 리븐과 했어요. 여기 있는 보비 녀석 말고두 딸애가 있어요. 제인이라고 이름지었답니다.」

「그럼 아주머니는 게이츠헤드엔 안 있어요?」

「문지기 집에서 살죠. 문지기 영감은 나가 버리고.」

「그래요? 그럼 모두 어떻게 지내요? 베시, 가족에 대한 얘기를 죄다 해주세요. 아니 우선 앉아요. 그리고 보비, 넌 이리 와서 내 무릎에 앉아라, 응?」그러나 보비는 자기 어머니 곁으로 살금 다가갔다.

「제인 아가씨, 아가씬 별로 키도 안 컸네요. 몸도 안 나고.」리븐 부인은 말을 계속했다.「학교에선 아가씨를 잘 대우해 주지 않았나 봐. 리드 아가씨는 아가씨보다 목이나 어깨 하나는 더 크고 조지아나 아가씨는 아가씨보다 두 배는 더 뚱뚱해요.」

「베시, 조지아나는 예쁘겠지?」

「그럼요. 지난 겨울에 마님과 함께 런던에 갔었는데 모두가 그 아가씨에게 넋을 잃더니만 어떤 젊은 귀족이 조지아나를 사랑하게 됐어요. 하지만 그 분의 친척들이 두 사람의 결혼을 반대했다우. 그래서 어떻게 되었는지 아세요?──그 분과 조지아나 아가씨는 둘이서 도망쳐 버렸지요. 그런데 붙들려서 그만 흐지부지되고 말았어요. 리드 아가씨가 그들을 찾아낸 거예요. 질투를 했나 봐요. 그래 지금 큰 아가씨와 작은 아가씨는 개와 고양이 사이가 되어 늘 싸운답니다.」

「그럼, 존 리드는 어떻게 됐어요?」

「아아, 그 분은 마님께서 바라신 것처럼은 잘 지내지 못하지요. 대학엔 갔으나 낙제했다든가──그렇게들 말하던데요. 그래 삼촌들이 변호사가 되게 법률

공부를 시키려고 했지만 워낙 방탕한 사람이어서 삼촌들도 영 기대를 걸지 않는 것 같아요.」

「어떻게 생겼어요?」

「키가 무척 크지요. 잘 생겼다고 하는 사람도 있지만 입술이 참 두꺼워.」

「그럼 리드 부인은?」

「마님께선 보기에 뚱뚱하고 좋아 보이지만 마음은 아주 편치 않은가 봐요. 존 도련님의 행동이 마음에 안 들거든요——돈을 많이 낭비하니까.」

「부인이 아줌마를 여기 보냈어요, 베시?」

「아니지, 천만에요. 난 오래 전부터 아가씨를 보고 싶었던 거예요. 그러던 참에 아가씨한테서 편지가 왔다는 소식과 아가씨가 다른 고장으로 떠난다는 말을 듣고 영 내 손이 미치지 않는 곳으로 가기 전에 한번 만나봐야겠다고 온 거죠.」

「날 보고 실망했을지 몰라, 베시.」 나는 웃으면서 이렇게 말했다. 베시의 눈초리는 호감에 어려 있기는 했지만 감탄하는 기색은 나타나 있지 않다는 걸 나는 알았다.

「아냐, 제인 아가씨, 그럴 리 없어. 퍽 고상하고 귀부인같이 보여요. 내가 생각했던 거와 꼭 같아요. 아가씬 어릴 때부터 미인은 아니었으니까.」

나는 베시의 솔직한 대답에 미소를 지었다. 베시 말이 옳다고는 생각했으나 솔직이 말하면 나는 그 중요성에 대해 아주 무관심하지는 않았다. 대개 여자들은 열 여덟 살이 되면 남의 마음에 들기를 바라는 것이다. 그래서 자기의 외양이 그런 소원을 이루어 주지 못한다고 자각하면 조금도 기쁘지 않은 것이다.

「하지만 아가씨는 총명하셔.」 베시는 나를 위로할 양으로 말했다. 「아가씬 뭘 할 줄 아세요? 피아노 칠 줄 알아요?」

「조금은.」

그 방에는 피아노가 있었다. 베시는 피아노로 가서 뚜껑을 열고 나더러 앉아서 한 곡 쳐달라고 했다. 내가 왈츠를 한두곡 치자 그네는 감탄했다.

「리드 댁 아가씨들은 이렇게 잘 치지 못해요.」 베시는 몹시 기쁘다는 듯이 말했다. 「아가씬 공부로 그 아가씨들을 이겨낼 거라고 내가 늘 말한 걸요. 그럼 그림도 그릴 수 있어요?」

「저기 벽난로 위에 있는 그림이 내가 그린 거예요.」 그건 그림 물감으로 그린 풍경화였다. 그것은 원장이 날 위해 위원들과 교섭하는 수고를 해 주신 데 대한 감사의 표시로 내가 선사한 것이었다. 그런데 선생은 그것을 액자에 넣어 유리를 끼워 놓았다.

「어머나, 참 예쁘네요. 제인 아가씨 ! 리드 아가씨의 그림 선생이 그린 것 못지않게 훌륭해요. 아가씨들은 이 그림 근처에도 못 따라갈 거예요. 프랑스 말도 배웠어요 ?」

「그래요, 베시. 읽을 수도 말할 수도 있지요.」

「그럼, 모슬린 천이나 캔버스에 수도 놓을 수 있고 ?」

「할 수 있어요.」

「아유, 아가씬 정말 귀부인이 됐구료, 제인 아가씨 ! 내 그럴 줄 알았다니까. 이젠 아가씨 친척이 아가씨를 돌봐 주든 말든 살아 갈 수 있겠네요. 그런데 한 가지 아가씨에게 묻고 싶은 말이 있어. 혹시 아가씨 아버님 친척인 〈에어〉 댁에서 무슨 소식 못 들었어요 ?」

「전연 못 들었어요.」

「그래요, 마님께선 아가씨의 친척이 가난하고 아주 천한 사람들이라고 늘 말씀하셨죠 그 사람들이 가난할지는 몰라도 내 생각엔 리드 가문에 못지않게 점잖은 분들일 거예요. 약 칠 년 전 어느 날인가 에어라고 하는 분이 게이츠헤드로 찾아와서 아가씨를 만나겠다고 했어요. 마님께서 아가씨가 오십 마일 밖에 있는 학교에 가 있다고 하니까 그 분은 퍽 실망하신 얼굴이었어요. 그이는 지체할 수가 없었어요. 그 분은 외국으로 떠나려는 참이고 또 그 배가 하루 이틀 후엔 런던에서 떠나게 돼 있었다니까요. 아주 점잖은 신사 양반이고 아가씨 아버님의 형제되시는 분 같던데.」

「외국 어디로 가신다고 했어요, 베시 ?」

「수천 마일 떨어진 섬인데 포도주를 만드는 곳이라지 —— 하인 우두머리가 내게 일러줬지.」

「마데이라 !」 하고 나는 어림잡아 말했다.

「그래요, 맞았어요 —— 바로 거기예요.」

「그래 가버렸나요 ?」

「네, 오래 계시지 않았어요. 마님이 그 분에게 아주 거만하게 대하셨어요. 나중에 마님은 그분을 천해 빠진 장사꾼이라고 하셨어요. 우리 집 바깥 양반은 그분을 포도주 업자라고 보던데요.」

「그럴 듯해요.」 하고 나는 대꾸했다. 「그렇잖으면 포도업자의 사무원이나 대리상일 거예요.」

베시와 나는 한 시간 이상 옛날 얘기를 나누었다. 이제 베시는 나와 헤어져야 했다. 다음날 아침 로튼에서 역마차를 기다리는 동안 나는 다시 베시와 잠깐 만났다. 드디어 우리는 브로클허스트 암즈 어귀에서 헤어져 제각기 길을 떠났다. 베시는 게이츠헤드로 갈 마차를 기다리러 로드 펠 언덕을 향해 떠났고 나는 새로운 일자리와 새 생활을 위해 미지의 밀코트 근방으로 실어다 줄 마차에 올랐다.

11

소설의 새로운 장은 연극의 새 장면과 어딘가 흡사하다. 그래서 내가 지금 막을 올리면 독자 여러분은 밀코트에 있는 조지 여관의 한 방을 보고 있다고 생각해야 한다. 벽에는 여관답게 무늬가 큰 벽지가 발라졌고, 그럴 듯한 융단, 가구, 벽난로 위에 놓인 그럴 듯한 장식품, 조지 3세와 영국 황태자의 초상화와 울프 장군의 전사 광경을 그린 석판화가 있다. 이 모든 것은 천정에 달려 있는 남폿불과 내가 외투와 모자를 쓴 채로 앉아 있는 옆에서 활기롭게 타는 벽난로 불빛으로 인해서 독자들의 눈에 뛸 것이다. 토시와 우산은 테이블 위에 놓여 있고 나는 열 여섯 시간이나 시월의 냉습한 바람을 쐰 데서 얻은 마비와 오한을 녹이고 있었다. 나는 새벽 세 시에 로튼을 떠났는데 밀코트시의 시계가 지금 막 여덟 시를 치고 있다. 독자여, 내가 편안히 도사리고 있는 것처럼 보일는지 모르지만 마음은 안절부절 못하고 있다. 마차가 여기 멎는 순간 나는 누가 마중을 나와 있으리라고 생각했다. 여관의 하인이 나를 위해 놓아 준 나무 발판을 내려섰을 때 나는 내 이름 부르는 소리가 들릴까 싶어하면서, 또 쏜필드로 나를 실어다 줄 마차 같은 것이 눈에 뛸 성싶어하면서 근심스럽게 사방을 돌아보았다. 그런 것은 하나도 보이지 않았다. 여관 사환에게 제인 에어라는 사람을 찾는 분은 없더냐고 물어 보았으나 없었다는 대답이었다. 그래서 독방에 안내해 달라고 청을 하지 않을 수 없었다. 이리 되어 나는 이 방에서 기다리고 있지만 모두가 의심쩍고 두려움이 내 마음을 괴롭히고 있다. 모든 관계를 끊어 버리고 지향하는 항구에 도달할 수 있는지 그 여부를 모르는 데다가 본시 떠나온 곳으로 되돌아가려도 숱한 장애물이 가로막혀 이 세상에서 오직 자기 혼자만이 있다는 느낌이, 사회 경험 없는 젊은이에게 무척 야릇한 감회를 주었다. 모험의 매력은 이런 심정을 달래 주고 자부심에서 오는 만족감은 그 심정을 녹여 준다. 그러나 다음 순간에 불안의 고동은 그 심정을 막아 버린다. 반 시간이 지나도록 혼자 있노라니 나의 불안은 모든 것을 짓눌러버렸다. 나는 벨을 울려 보자는 생각이 절로 떠올랐다.

「이 근처에 쏜필드라는 고장이 있어요?」하고 벨소리를 듣고 온 사환에게 물었다.

「쏜필드라고요? 모르겠는데요, 아주머니. 술집에 가서 물어 보겠읍니다.」 그는 사라졌다가 곧 돌아왔다.

「댁의 성함이 에어라고 합니까?」

「그래요.」

「여기 누가 기다리고 계십니다.」

나는 벌떡 일어났다. 토시와 우산을 들고 여관 복도를 종종걸음을 쳤다. 열려 있는 문 옆에 한 남자가 서 있었다. 남포불이 켜 있는 거리에는 말 한 필이 매인 마차가 어렴풋이 보였다.

「이게 댁의 짐이군요?」그 남자는 나를 보자 복도에 놓인 내 트렁크를 가리키며 좀 퉁명스레 내뱉었다.

「그렇습니다.」그는 일종의 달구지와 같은 마차에 짐을 올려놓았다. 뒤이어 내가 올라탔다. 그가 나를 가두어 버리기 전에 나는 쏜필드까지 얼마나 머냐고 물었다.

「육 마일쯤 되지요.」

「거기까진 몇 시간이나 걸려요?」

「한 시간 반쯤 되지요.」

그는 마차문을 꼭 닫고 밖에 있는 자기 자리에 올라탔다. 우리는 출발했다. 마차는 천천히 갔다. 그래서 내게는 생각할 시간이 충분했다. 나는 마침내 여행의 종점에 아주 가까와진 걸 기뻐했다. 호화롭지는 않지만 아늑한 마차에 기대어 마음놓고 이것저것 생각에 젖었다.

(아마) 하고 나는 생각했다. (이 하인과 마차가 소박한 것으로 미루어보면 페어팩스 부인은 그리 사치를 좋아하는 사람은 아닌 성싶어. 그것이 차라리 좋아. 난 꼭 한 번 사치스러운 사람들과 살아 본 적이 있다. 그런데 그 사람들과 같이 살 때 나는 비참했어. 페어팩스 부인은 어린 소녀와 단 둘이서 살고 있을지 모른다. 만일 그렇다면, 또 그 부인이 어느 정도 얌전한 사람이라면 틀림없이 난 그 부인과 잘 어울려 살 수 있을 거야. 나는 최선을 다해야지. 최선이 언제나 보답을 받지는 못한다는 것은 유감스러운 일이야. 참으로 로드에선 나는 최선을 다할 결심을 했던 거고 그걸 지켜서 즐겁게 성과를 거두었지만, 리드 부인과의 경우엔 나의 최선은 언제나 웃음거리로 화해 버리던 일을 기억하고 있어. 제발 페어팩스 부인은 제 이의 리드 부인이 안 돼 주기를 하느님께 빌어야지. 하지만

만일에 그 부인이 그렇게 된다면 난 그 부인과 같이 살 수 없어. 최악의 경우가 오려면 와봐. 난 또 광고를 낼 수 있으니까. 그런데 지금 어디쯤 왔을까?)

나는 창문을 열고 밖을 내다보았다. 밀코트는 우리 등 뒤에 있었다. 무수한 등불로 미루어보아 상당히 큰 고장으로 짐작된다. 로튼보다 훨씬 큰 곳이리라. 지금 내 시선이 미치는 한 마차는 너른 공유지(公有地) 같은 곳에 와 있었다. 그러나 이 지역 일대에는 집들이 깔려 있었다. 나는 로드와 다른, 더 번화하긴 하지만 경치는 좀 못하고 더 떠들썩한 낭만성이 덜한 곳에 와 있다고 느꼈다.

길은 험하고 밤안개가 끼었다. 마부는 말이 쭉 걷는 대로 내버려두어 한 시간 반이 두 시간으로 연장된 듯이 내게는 느껴졌다. 마침내 그는 자리에서 고개를 돌리며 말했다. 「이제 쏜필드까진 얼마 안 남았소.」

나는 다시 밖을 내다보았다. 교회 앞을 지나고 있었다. 하늘로 솟은 나지막하고 널따란 탑이 보였다. 종은 십 오 분을 알리고 있었다. 산중턱엔 마을인지 부락인지를 표시하는 가느다란 불빛의 은하가 보였다. 십 분쯤 지나 마부는 마차에서 내려 대문을 열었다. 우리들이 들어가자 등뒤에서 문은 소리를 내며 닫히었다. 마차는 이제 마찻길을 천천히 올라가 커다란 한 건물 정면에 나섰다. 커튼을 친 활처럼 된 창문에선 촛불이 비치고 다른 곳은 모두 캄캄했다. 마차가 현관 앞에서 멎자 어린 하녀가 문을 열었다. 나는 마차에서 내려 안으로 들어갔다.

「이리로 오십시오, 선생님.」하고 그 소녀는 말했다. 나는 사방 높다란 문이 달린 네모진 방을 지나 그애를 따라갔다. 하녀는 나를 어떤 방으로 안내했다. 그 방의 난롯불과 촛불의 이중 불빛은 두 시간 동안 어둠 속에 갇혔던 내 눈을 비치어 처음엔 눈부시게 했다.

그러나 시력을 회복했을 때 내 눈 앞엔 상쾌하고 그럴 듯한 그림이 나타났다.

아늑하고 자그마한 방, 훈훈히 타오르는 난롯가에 둥근 테이블이 하나, 등 뒤가 높은 구식 팔걸이의자가 한 개, 그 의자에는 미망인의 모자를 쓰고 검은 비단 옷에 흰 모슬린 에이프런을 두른 아주 깨끗하고 인상적인, 좀 나이 든 부인이 앉아 있었다. 다만 위엄성이 없고 꽤 부드러워 보이는 것 외에는 내가 상상한 페어팩스 부인 그대로였다. 부인은 뜨개질에 정신이 없었다. 커다란 고양이 한 마리가 그네의 발 밑에 얌전히 앉아 있었다. 한 마디로 말해서 가정의 안락이라는 이상(理想)의 극치였다. 풋나기 가정 교사로서 이상 더 안도감을 주는 영접이란 거의 생각할 수 없는 것이었다. 나를 위압하는 장엄성이나 당황케 하는 위엄성이 없었다. 그리하여 내가 들어가자 노부인은 일어나 나를 맞으러 재빨리 친절하게 앞으로 다가왔다.

「어서 오세요. 오시느라고 마차 속에서 지루하셨겠소. 존은 마차를 꽤 느리게 모니까요. 추우시겠군. 난롯가로 와요.」

「페어팩스 부인이십니까?」 나는 물었다.

「네 그렇습니다. 앉으세요.」

부인은 자기 의자로 나를 안내한 다음 목도리를 벗기고 모자 끈을 끄르기 시작했다. 나는 송구스러워 그러시지 말아달라고 했다.

「아녜요, 송구스러울 것 없어요. 추위로 손이 얼어 있군요. 리아야, 좀 따끈한 니가스 술과 샌드위치 두어 개만 가져오너라. 찬방 열쇠는 여기 있다.」

그러더니 부인은 주부답게 호주머니에서 열쇠꾸러미를 꺼내 하녀에게 건네었다.

「자아, 좀더 불 가까이 와요.」 부인은 말을 이었다. 「짐을 가져왔어요?」

「네, 부인.」

「짐을 당신 방에 들어나놓게 힐께요.」

이렇게 말하고 급히 밖으로 나가 버렸다.

(날 손님처럼 대해 주시는군.) 하고 나는 생각했다. (이런 대우를 받을 줄은 몰랐어. 차갑고 무뚝뚝할 줄만 알았었는데. 이건 내가 알고 있는 가정 교사에 대한 대우와는 달라. 하지만 너무 섣불리 좋아해선 안 돼.)

노부인은 돌아왔다. 그네는 리아가 금방 가져온 쟁반을 놓을 자리를 만들기 위해 뜨개질하던 물건들과 책 한두 권을 테이블에서 손수 치웠다. 그리고는 자기 손으로 음식을 내게 건네주었다. 여태 받아 보지 못한 극진한 대접을 받는 몸이 되었고, 더구나 고용주이고 손윗사람으로부터의 일이라 적이 어리둥절했다. 그러나 부인 자신은 처지에 어울리지 않는 일을 하고 있다고는 생각지 않는 것 같아 나는 그네의 친절을 그대로 받아들이는 것이 좋으리라고 생각했다.

「오늘 저녁 페어팩스 양을 만나볼 수 있읍니까?」 나는 부인이 내놓아 준 걸 먹고 나서 물었다.

「뭐라고 하셨지요? 난 가는 귀를 먹었어요.」 친절한 부인은 내 입 가까이로 귀를 갖다대며 말했다.

나는 물음을 좀더 분명하게 되풀이했다.

「페어팩스 양이라니요? 아아, 바란스 양 말이군요! 바란스는 앞으로 선생의 제자가 될 아이의 이름이에요.」

「그런가요! 그럼 그애는 부인 따님이 아닌가요?」

「그래요──난 가족이 없답니다.」

바란스 양과는 어떤 관계가 있느냐고 거듭 묻고 싶었으나 너무 자꾸 묻는다는 건 예의에 벗어나는 거라고 생각했다. 안 그래도 오래지 않아 알게 될 테니까.

「참 기뻐요.」노부인은 내 맞은편 의자에 앉아 무릎 위에 고양이를 올려놓으며 말을 이었다.

「선생님이 오셔서 난 무척 기뻐요. 이제 동무가 생겼으니 아주 유쾌하게 살 수 있을 거예요. 하긴 언제나 유쾌할 수밖에 없어요. 쏜필드는 좋은 내력을 가진 저택이니까요. 최근 이삼 년 동안은 좀 손질을 못하고 있긴 하지만 아직 훌륭한 곳입니다. 하지만 겨울철엔 이렇게 훌륭한 집에서도 아주 울적하고 고독해요. 혼자서──그야, 리아는 참 착한 아이고 존과 그 마누라도 무척 점잖은 사람들이지만 그래도 그들은 하인에 불과하지요. 그 사람들과 같은 입장에서 말할 순 없읍니다. 위신을 잃을까 싶어 적당한 거리에서 대해야 합니다. 분명히 작년 겨울인(생각나겠지만 무척 춥고 눈이 안 오면 비가 오고 바람이 불었죠) 11월에서 2월까지는 푸줏간 사람과 우체부 외엔 사람이라곤 얼씬 안 했어요. 밤마다 혼자 앉아 있으려면 참 울적했어요. 때로는 리아더러 책을 읽어 달래려고 불러들이기도 했지만 그애는 그런 일은 그닥 좋아하지 않는 눈치고, 갑갑해 하는 모양이었어요. 여름은 훨씬 좋습니다. 햇볕과 긴 해가 큰 도움이 돼요. 그러다가 바로 지난 초가을에야 아델 바란스와 그애의 보모가 왔어요. 어린애란 금새 집 안에 활기를 띠게 하는 거지요. 그런 데다 선생님까지 오셨으니 난 참으로 기뻐요.」

이 말을 듣고 내 마음은 이 훌륭한 부인에게 진심으로 동정이 갔다. 나는 의자를 좀더 그네에게 가까이 갖다댔다. 그리고 그네가 기대하는 바와 같이 내가 그네의 마음에 드는 식구가 되기를 바란다는 충심을 피력했다.

「하지만 오늘 밤은 늦도록 앉아 있게 하진 않겠어요.」하고 부인은 말했다. 「지금 열 두 시를 치고 있군요. 온종일 여행을 했으니 피로하실 거예요. 발을 녹였으면 침실을 가르쳐 드리죠. 내 옆방을 마련해 놓았어요. 작은 방이지만 앞채에 있는 널따란 방보다는 마음에 드시리라고 생각해요. 넓은 방들은 설비가 더 좋지만 너무 음산하고 쓸쓸해서 나는 거기서 자본 적이 없답니다.」

나는 그네의 꼼꼼한 선택에 감사했다. 그리고 사실 나는 긴 여행에 지쳐 있어 잠자리로 물러가겠다는 의사를 밝혔다. 부인은 촛불을 들었다. 나는 부인을 따라 방에서 나왔다. 우선 그네는 현관문이 잠겨졌나 살피러 나갔다. 문의 자물쇠에서 열쇠를 빼가지고 이층으로 길을 안내했다. 충충다리와 난간은 참나무였고 층층대의 창문은 높고 창살이 달려 있었다. 층층대의 창문과 침실로 통하는 긴 복도의 창문들은 모두 열려 있었고 여염집의 것이라기보다는 어쩌면 교회의 그 것들같이 보였다. 몹시 싸늘하고 굴 속과 같은 공기가 텅비고 외로운 음침한 맛을 자아내게 하며 층층다리와 복도를 덮고 있었다. 드디어 내 침실로 안내된 나는 작은 규모이긴 하지만 흔히 보는 현대식 가구로 꾸며져 있는 걸 보고 기뻐했다.

페어팩스 부인이 내게 편히 쉬라는 친절어린 인사를 하고 나가자 나는 문을 잠그고 사방을 천천히 살펴 보았다. 그리고 저 널찍한 방과 캄캄하고 텅빈 층층대와 저 길고 냉랭한 복도의 무시무시한 인상이 이 작은 방의 활기로 해서 어느 정도 가셔졌을 때, 나의 육체적 피곤과 정신적 불안의 하루가 끝나고 그제서야 나는 겨우 안전한 천국에 안기게 되었다. 감사한 마음으로 가슴이 부풀어 나는 침대가에 무릎을 꿇고 마땅히 감사를 돌려야 할 분에게 감사를 올렸다. 일어서기 전에, 나의 앞날의 도움과 그리고 받을 자격도 없는 내게 이처럼 솔직스러운 친절을 받을 만한 힘을 줍시사 하고 애원하는 걸 나는 잊지 않았다. 그날 밤 내 침상에는 아무런 괴로움이 없었고 나 혼자만의 방에는 아무런 불안이 없었다. 피곤도 하고 만족스러운 나는 곧 깊은 잠에 빠져 버렸다. 눈을 떴을 땐 날은 환히 밝아 있었다.

아침 햇살이 하늘빛 사라사 커튼 사이로 스며들어 로드의 더러운 벽이나 민마루 바닥과는 비할 수도 없는, 도배한 벽과 융단을 깐 마루를 비추자 이 침실은 더할 데 없이 아늑한 곳으로 여겨졌다. 그래서 내 마음은 더 바랄 것이 없었다. 젊은 사람에게는 외부적인 모양이 큰 영향을 주는 것이다. 인생의 보다 아름다운 시대가 내게 시작되는 거라고 생각했다. 그것은 꽃과 즐거움이 있는 동시에 괴로움과 고된 일이 있는 것이다. 새로운 분야가 희망을 던져 준 장면의 변화로 말미암아 나의 기능은 눈을 뜨고 일제히 기동한 것 같았다. 무엇을 기대하는지 나는 정확히 가려낼 수는 없지만 무언지 모르게 즐거웠다. 짧은 시일 내에는 몰라도 막연한 장래에는 그것을 가려낼 것이다.

나는 일어나 정성스레 옷을 차려 입었다. 부득이 소박한 차림을 하는 수밖에 없었지만——아주 소박한 옷밖에는 없었기 때문에——나는 아직도 예뻐지려고 갈망하는 성미였다. 내 습성은 외양에 무관심하거나 남에게 주는 인상을 도외시하는 것은 아니었다. 반대로 되도록이면 남에게 잘 보이고 싶었고 비록 부족한 아름다움이나마 될 수 있는 한 남에게 즐거움을 주려고 했다. 때로는 미인이 못된 걸 유감스레 여겼다. 때로는 발그스레한 뺨에다 오똑한 코, 자그마하고 버찌 같은 입을 가졌으면도 했다. 키가 후리후리하고 몸집이 당당하고 멋지게 자랐으면 하기도 했다. 이처럼 키가 작고 이처럼 창백한 얼굴에다 그처럼 균형이 안 잡히고 그처럼 유별난 외양을 하고 있다는 건 불행이라고 느껴졌다. 그러면 왜 나는 이런 열망과 유감을 갖고 있는 것일까? 그것은 말하기 힘든 일이다. 그래서 나는 나 자신에게도 똑똑히 말할 수 없다. 그러나 나는 이유가 있다. 그것도 이치에 맞고 자연스러운 이유인 것이다. 하지만 머리를 곱게 손질하고 검은 옷——마치 퀘이커 교도처럼 멋지게 어울리는 옷——을 입고 깨끗한 흰 깃을 달고 나니 이만하면 페어팩스 부인 앞에 나타나도 퍽 훌륭하게 보일 거고 나의 새 제자가 나를 싫어해서 멀리 하진 않으리라고 생각했다. 침실의 창문을 활짝 열어젖히고 화장대의 물건들이 모두 가지런히 챙겨져 있는 걸 살피고 나서 나는 용기를 내어 방을 나갔다.

깔개가 덮인 긴 복도를 지나 미끄러운 참나무 층층다리를 내려서면 큰방이었다. 나는 잠깐 발을 멈추었다. 벽에 걸려 있는 몇 폭의 그림과(내 기억에 남아 있는 것은 갑옷을 입은 위엄 있는 남자를 그린 것과 머리분가루를 칠하고 진주 목걸이를 한 귀부인을 그린 것이었다) 천정에서 드리워진 청동의 남포등과 큰 시계를 바라보았다. 큰 시계의 겉은 참나무에 기묘한 조각을 했고 세월과 마찰로 닳아 흑단(黑壇)처럼 까맣다. 모두가 장엄해 보이고 강한 인상을 주었다. 그럴 것이 당시만 해도 나는 장엄한 광경에 아주 익숙해 있지 못했으니까. 유리가 반으로 된 큰방 문이 열려 있었다. 나는 출입문을 나섰다. 개인 가을 아침이다. 이른 아침의 태양은 갈색으로 변한 숲과 아직 푸른 들을 고요히 비추었다. 나는 잔디밭으로 가 고개를 들어 저택의 전면을 살펴보았다. 삼층 건물로 지음새는 훌륭했으나 방대하지는 않았다. 귀족의 저택이 아니라 신사의 별장과도 같았다. 지붕을 둘러싼 흉벽(胸壁)은 그림과 같은 인상을 주었다. 이 집의 회색빛 정면은 땅까마귀의 번식처인 숲을 배경으로 잘 부각돼 보였다. 지금 땅까마귀들은 날고 있었다. 그들은 넓은 목장에 내려앉으려고 잔디밭과 땅 위를 날고 있었다. 저택은 목장과는 낮은 울타리로 구분돼 있었고, 거기엔 참나무처럼 단단하고 옹이가 많고 가지가 퍼진 늠름한 늙은 가시나무의 대열이 쏜필드라는 이 저택 명칭의 유래를 말해 주고 있었다. 저 멀리에는 언덕들이 있었다. 로드를 둘러싼 산처럼 높지도 않고 바위투성이도 아닌 데다가 현실의 세계를 갈라 놓는 방벽처럼도 보이지 않았다. 그러나 너무 조용하고 쓸쓸한 산들이고 보니 번잡한 밀코트 지방 가까이에서 맛보리라고는 생각지도 못했던 세상과 동떨어진 감이 쏜필드를 둘러싸고 있는 것 같았다. 나무들로 가리워 지붕만 보이는 조그만 마을들이 언덕배기 중턱에 흩어져 있었다. 이 지역의 교회는 쏜필드 가까이에 있었다. 교회의 낡은 탑은 이 저택과 바깥 대문 사이에 있는 조그만 언덕을 내려다 보고 있었다.

아직 나는 그 고요한 경치와 상쾌하고 신선한 공기를 즐기며 땅까마귀 떼의 까욱 소리를 즐거운 마음으로 귀를 기울이고 있었다. 또 저택의 넓은 회색빛 전면을 둘러보며 페어팩스 부인 같은 자그마한 부인이 외로이 혼자 살기엔 너무나 큰 집이라고 생각하고 있을 때 부인이 현관에 나타났다.

「아유! 벌써 나오셨군?」하고 그네는 말했다.

「일찍 일어나시는 성민가 봐.」내가 그네에게로 다가가자 그네는 다정스런 키스와 악수로 맞아 주었다.

「쏜필드는 마음에 드시오?」하고 물었다. 나는 퍽 마음에 든다고 했다.

「그래요.」노부인은 말했다.「아름다운 고장이지요. 하지만 나는 로체스타 양반이 여기 와서 영원히 사시든지 아니면 자주 오시기라도 해야겠는데 그렇지 못해서 질서가 문란해질 것 같아 끽징이에요. 큰 저택과 좋은 정인에는 주인양반이 계셔야만 해요.」

「로체스타 양반이라니요!」나는 소리를 높였다.「그 분은 누구신가요?」

「쏜필드의 주인양반이지요.」조용히 대답했다.

「선생은 로체스타란 분을 모르셔요?」

물론 나는 몰랐다――여태 들어 본 적이 없었다. 그러나 이 노부인은 그의 존재를 세상이 다 알고 있고 누구나 으레 알고 있어야 할 사실로 생각하는 것 같았다.

「저는,」하고 나는 말을 이었다.「쏜필드가 부인의 소유인 줄만 알고 있었어요.」

「내것이라고요? 맙소사, 얼토당토 않은! 내것이라니요? 난 집지기에 불과해요――관리인 말입니다. 사실은 로체스타 씨의 외가로 먼 친척간이긴 해요. 말하자면 내 영감님이 그렇답니다. 영감님은 목사였어요, 〈헤이〉 마을――저 언덕 너머의 작은 마을이지요――의 목사였어요. 저 바깥 대문 가까이 있는 교회가 그이 것이었어요. 현재 살아 계시는 로체스타 씨의 모친이 페어팩스라는 이름이고 우리 남편의 육촌 동생이 된답니다. 하지만 난 그런 친척 관계를 내세우는 건 절대 아니라오――사실 아무것도 아니니까요. 나는 나 자신을 정말 여느 집지기와 다름없이 생각하고 있어요. 이 집 양반은 언제나 친절하니까 나는 그 이상 바랄 것이 없어요.」

「그럼 그애는——저의 제자는요?」

「그애는 로체스타 씨의 양녀랍니다. 그 분이 나에게 그애의 가정 교사를 구하도록 일임하신 거예요. 주인양반은 그애를 ××주에서 키울 작정인 걸요. 아, 저기 그애가 오는군요. 본느하고 같이——보모를 저애는 그렇게 부른답니다.」

수수께끼는 이렇게 해서 풀렸다. 이 붙임성 있고 친절한 자그마한 미망인은 귀부인이 아니고 나와 같은 더부살이였다. 그렇다고 해서 나는 이 미망인이 싫어진 것은 아니었다. 싫어지긴커녕 아까보다도 기쁜 생각이 들었다. 그네와 나와의 사이가 평등한 건 사실이었다. 단순히 그네의 겸손에서 온 것이 아니었다. 그래서 더욱 좋았다——내 입장은 한층 자유스러웠다.

내가 이 발견에 대해서 깊이 생각하고 있을 때 보모를 데리고 조그만 소녀가 잔디밭을 달려왔다. 나는 나의 제자를 바라보았다. 그네는 처음엔 나를 알아보지 못한 것 같았다. 정말 어린애였다. 칠팔 세쯤 되었으리라. 홀쭉한 몸매에 창백하고 조그맣게 생긴 얼굴에다 숱이 많은 머리가 굽실굽실 허리께까지 드리워 있었다.

「아델, 잘 잤니?」페어팩스 부인이 말했다. 「이리 와서 인사를 드려라. 너를 가르쳐 주시고 너를 알뜰한 사람으로 만들어 주실 분이다.」소녀는 다가왔다.

「이 분이 내 가정 교사야(C'est gouvernante)?」그애는 나를 가리키며 자기 보모에게 말했다. 보모는 「아아 그래요(Mais oui, certainement).」하고 대답했다.

「이 분들은 외국인인가요?」나는 프랑스 말을 듣고 놀라 물었다.

「유모는 외국 사람이에요. 아델은 대륙에서 났어요. 여섯 달 전까지만 해도 그곳을 떠나 본 적이 없었다더군요. 처음 여기 왔을 땐 영어를 못했어요. 이젠 다소 변통이 돼 가는군요. 난 이애의 말은 알아듣지 못해요. 어찌나 프랑스 말과 뒤죽박죽인지. 하지만 선생께선 이애의 말귀를 잘 알아들으실 겁니다.」

다행히도 나는 프랑스 부인한테서 프랑스어를 배웠다는 우월감이 있었다. 그래서 언제나 삐에로 선생과 되도록 회화를 할 기회를 많이 가졌다. 게다가 칠 년 동안 매일처럼 프랑스어를 암송했었으므로——나의 악센트를 열심히 고치고 되도록 선생님의 발음에 근사하도록 모방했다——프랑스어는 어느 정도 자신과 정확성을 갖고 있었다. 그래 아델 양과 대해도 그리 당황할 것 같진 않았다. 그네는 내가 제 가정 교사란 말을 듣자 다가와서 나와 악수를 했다. 나는 아침 식사에 그애를 데리고 가면서 두서너 마디 프랑스 말을 건네었다. 그애는 처음엔 짤막하게 대답했으나, 식탁에 앉자 그 커다란 담갈색의 눈으로 십 분쯤 나를 살펴보다가 갑자기 유창하게 지껄여 대기 시작했다.

「어머나!」하고 그네는 프랑스어로 외쳤다. 「선생님은 우리 나라 말을 로체스타 아저씨만큼 잘하시네요. 전 로체스타 아저씨하고처럼 선생님하고도 얘기할 수 있게 됐어요. 쏘피도요. 쏘피가 기뻐할 거예요. 여기 사람들은 아무도 쏘피의 말을 못 알아듣거든요. 페어팩스 부인은 영어만 해요. 쏘피는 제 보모예요. 저하고 같이 연기를 뿜는——어찌나 연기가 많이 났던지!——굴뚝 달린 커다란 배를 타고 바다를 건너왔어요. 저는 배멀미를 했어요. 쏘피도 그랬고 로체스타 아저씨도 그랬어요. 로체스타 아저씨는 살롱이라는 예쁜 방의 소파에서 주무셨고 쏘피와 저는 딴 방에 있는 조그만 침대에서 잤어요. 하마터면 저는 침대에서 떨어질 뻔했어요. 침대가 선반 같았으니까요. 그런데 선생님——선생님 이름은 뭐라고 하시나요?」

「에어——제인 에어.」

「에이르? 속상해! 발음이 안 되네요. 그런데 우리 배는 아침이 돼서, 아직 날이 채 밝기도 전에 멎었어요. 큰 도시에——아주 세끼만 집들이 있고 온통 연기투성이의 커다란 도회지예요, 우리 나라의 예쁘고 깨끗한 고장과는 딴판이에요. 로체스타 아저씨가 저를 두 팔로 안아서 발판을 건너 땅에 내려놔 줬어요. 쏘피는 뒤에서 따라와 셋이 모두 마차에 올랐어요. 그 마차는 호텔이라고 하는, 이 집보다도 크고 더 훌륭한 예쁜 집으로 데려다 줬어요. 우린 일주일 가까이 거기 머물러 있었어요. 저하고 쏘피는 공원이라고 하는, 나무가 가득한 굉장히 푸른 곳을 매일 산보하곤 했어요. 또 거긴 저 말고도 어린애들이 많았어요. 그리고 예쁜 새들이 있는 연못도 있었어요. 그 새에게 저는 빵 부스러기를 먹였어요.」

「저렇게 빨리 말하는 걸 다 알아들을 수 있겠어요?」페어팩스 부인이 물었다.

나는 삐에로 선생의 유창한 말씨에 익숙해 있었기 때문에 아델의 이야기를 잘 알아들을 수 있었다.

「청이 있는데요,」하고 선량한 부인은 말을 이었다. 「이애의 양친에 관해서 한두 가지만 물어 봐 주세요. 양친을 기억하고 있는지 어떤지요?」

「아델?」하고 나는 물었다. 「아까 얘기한 아름답고 깨끗한 고장에 있을 때 누구하고 같이 살았지?」

「오래오래 전에 엄마하고 같이 살았어요. 하지만 엄마는 성모 마리아님한테 가버리셨어요. 늘 엄마는 저에게 춤과 노래를 가르쳐 주시고 시를 외우게 했어요. 많은 신사와 귀부인들이 엄마를 만나러 오곤 했어요. 그러면 저는 그 사람들 앞에서 춤을 추기도 하고 그 분들 무릎에 앉아서 노래를 부르기도 했어요. 전 그게 좋았어요. 지금 선생님께 노래 불러 드릴까요?」

그네가 조반을 다 끝냈으므로 나는 그의 재주를 발표하도록 허락했다. 의자에서 내려온 그네는 다가와 내 무릎에 몸을 실었다. 그러자 얌전히 조그만 손을 앞에 가지런히 하고 지진 머리를 뒤로 살랑살랑 저으며 눈을 천장으로 가져가더니 어느 오페라의 노래 한 곡을 부르기 시작했다. 그것은 벼림받은 여자의 노래였다. 애인의 배반을 슬퍼한 나머지 자존심의 도움을 빌어 하녀에게 일렀다. 자신의 제일 좋은 보석과 제일 아름다운 옷으로 자신을 치장시키라고. 그날 밤 무도회에서 배신자를 만나 유쾌한 태도를 보여 버림받은 것이 자신에게는 아무렇지도 않다는 걸 증명해 주리라고 결심한다.

이런 내용의 노래가 어린애 가수에게 택해진 건 이상야릇하게 여겨졌다. 그러나 노래를 들려 주는 목적은 애티나는 어린 목소리로 부르는 사랑과 질투의 노래를 듣는 데 있는 거라고 나는 생각한다. 그런 목적은 실로 좋지 못한 취미다. 적어도 나는 그렇게 생각했다.

아델은 이 가곡을 가락을 잘 맞추어 가며 나이에 어울리는 순진성을 가지고 불렀다. 노래를 마친 그네는 내 무릎에서 뛰어내려 이렇게 말했다.

「선생님, 이번엔 시를 읊어 드릴께요.」

포즈를 취한 그네는 라 퐁뗀느의 우화 〈쥐의 동맹〉을 읊기 시작했다. 그리고 구둣점이며 강약이며 음성의 억양이며 적절한 몸짓을 써가며 하나하나 나무랄 데 없이 암송하였다. 그네의 나이론 정말 기특하고 세심한 훈련을 받았다는 증거였다.

「엄마가 그 시를 가르쳐 주셨니?」 나는 물었다.

「네, 그리고 엄마는 늘 이렇게 말씀하셨어요. 『〈그럼 넌 어떻게 하겠니? 말해 봐.〉 하고 쥐 한 마리가 그에게 말했다.』엄마는 내게 손을 쳐들게 했어요──이렇게요──이 물음이 나올 때 억양을 올리는 것을 잊지 않도록 말이에요. 이번엔 춤을 춰볼까요?」

「아니야, 그만하지. 그런데 네 말대로 엄마가 성모님께로 가신 뒤로는 누구와 같이 살았지?」

「프레데릭 부인과 그 분의 남편하고요. 그 부인이 저를 돌봐 주셨지만 그 분은 저와는 친척 관계는 없어요. 그 분은 가난한가 봐요. 엄마처럼 훌륭한 집이 없거든요. 저는 거기 오래 살지 않았어요. 로체스타 아저씨가 영국에 가서 같이 살지 않겠느냐고 하시기에 그러겠다고 했어요. 저는 프레데릭 부인을 알기 전부터 로체스타 아저씨를 알고 있었어요. 로체스타 아저씨는 언제나 친절하셨고 예쁜 옷과 장난감을 사주셨으니까요. 하지만 아시다시피 그 분은 약속을 지키시지 않았어요. 영국으로 저를 데려다 놓고는 아저씨는 다시 혼자서 돌아가 버려서 도무지 만나뵐 수가 없으니까요.」

조반을 마치고 아델과 나는 서재로 물러갔다. 이 방을 공부방으로 쓰도록 로체스타 씨가 지시한 것 같았다. 대부분의 책은 유리문 안에 간직돼 있었으나 문이 열려 있는 책장 하나에는 초보자에게 필요한 제반 서적과 쉬운 문학 서적, 시, 전기, 기행문 몇 권과 이삼 권의 소설 등등이 들어 있었다. 이만하면 가정 교사가 독서에 필요한 것은 다 갖추어진 거라고 로체스타 씨는 생각했으리라. 그리고 사실 이만하면 현재의 나에게는 충분했다. 로드에서 가끔 모아들일 수 있었던 보잘것없는 수집물에 비하면 이 책들은 재미와 지식을 주는 풍부한 수확으로 보였다. 이 방에는 또 아주 신품에다 뛰어나게 소리가 고운 소형의 피아노가 한 대 있었다. 또 회화용 화가(畫架) 한 대와 지구의 한 쌍도 있었다.

내 학생은 공부에 열심하지는 않았지만 퍽 고분고분하다는 걸 나는 알았다. 그애는 무엇이고 규칙적인 일에는 익숙해 있지 못했다. 처음부터 지나치게 구속하는 건 옳지 않다고 생각했다. 그래서 나는 여러 가지 얘기를 들려 주고 몇 가지를 외우게 하고는 점심 때가 가까와지면 보모에게 돌려보냈다. 다음에 나는 식사 시간까지 혼자서 아델의 교재용으로 조그만 사생화 몇 장을 그리기로 작정했다.

종이 끼우개와 연필을 가지러 이층으로 올라가고 있을 때 페어팩스 부인이 나를 불렀다. 「아침 수업이 끝난 것 같군요.」하고 부인이 말했다. 그 부인은 두 짝 문이 열려 있는 방에 있었다. 그네가 말을 건네온 방으로 나는 들어갔다. 넓고 웅장한 방이었다. 붉은 의자와 커튼, 터키 융단, 호도나무의 판벽널을 낀 벽, 아름다운 색유리를 낀 큰 창문이 하나, 고상하게 조각된 높은 천장 등.

페어팩스 부인은 찬장 위에 놓인 아름다운 자니석(紫泥石) 화병의 먼지를 털고 있었다.

「정말 아름다운 방이에요!」나는 여태껏 이 방의 반만큼도 아름다운 방을 본 적이 없었으므로 방안을 둘러보며 소리쳤다.

「그래요, 여기는 식당입니다. 바람과 햇빛을 쐬려고 금방 창문을 열어 놓은 참이었어요. 좀처럼 사람이 살지 않으니까 방안의 물건들이 모두 눅눅해져서요. 저쪽 응접실은 마치 지하실 같아요.」

　부인은 창문만큼 넓은 아치를 가리켰다. 창문에는 진홍빛 커튼이 쳐 있었는데 지금은 걷히어져 있었다. 폭이 넓은 층층대 둘을 올라가 그쪽을 들여다보니 나는 동화에 나오는 곳이 거기 있다고 생각했다. 나의 어린 눈에는 너무 황홀하여 그 광경이 저 세상의 것으로 보였다. 그러나 그것은 대단히 호화로운 응접실에 지나지 않았다. 그 속에는 귀부인실이 있고 두 개의 화려한 화환이 놓여 있는 듯이 보이는 흰 융단이 깔려 있었다. 천장엔 하얀 포도와 잎으로 된 조각이 새겨져 있고 그 밑에는 진홍빛 침대와 긴의자가 멋진 대조를 이루며 빛나고 있었다. 한편 파로스 섬에서 만든, 하얀 벽난로 위에 놓인 장식품들은 진홍색으로 빛나는 보헤미아 유리 제품들이었다. 그리고 창문과 창문 사이의 큰 거울들은 흰빛과 붉은 빛이 뒤섞인 광경을 비추고 있었다.

　「이 방들을 잘 정돈하셨네요, 페어팩스 부인 !」 나는 말했다. 「먼지 하나 없고 덮개도 없고요. 방 공기가 찰 뿐이지 매일 사람이 살고 있는 것같이 생각돼요.」

　「이봐요, 에어 선생, 로체스타 씨가 여기 오시는 일은 참 드물지만 언제나 생각지도 않을 때 별안간 오신답니다. 모든 걸 싸놓아 둔다든가 오시는 참으로 정돈하느라 법석을 떠는 걸 보시면 화를 내시기 때문에 언제나 방을 정돈해 두는 게 상책이라고 생각했어요.」

　「로체스타 씨께선 세밀하고 까다로운 분이신가요 ?」

　「별로 그렇지는 않습니다만 그 분은 신사다운 취미와 습관을 지니고 있으니까 만사를 거기 맞도록 처리하기를 바라는 거예요.」

　「부인은 그 분을 좋아하세요 ? 모두들 그 분을 좋아하나요 ?」

　「아, 그래요. 로체스타 집안은 이곳에서 언제나 존경을 받아 왔어요. 육안으로 볼 수 있는 이 근방 일대는 거의 전부가 옛날부터 로체스타 집안의 소유랍니다.」

　「그래요, 하지만 그 분의 땅은 별문제로 하고 부인께선 그 분을 좋아하세요 ? 그 분 자신을 남들이 좋아하고 있나요 ?」

　「나로선 그 분을 좋아한다고 할 수밖에 별도리가 없어요. 그리고 소작인들도 그 분을 공정하고 관대한 지주로 보고 있어요. 하지만 소작인들과 같이 계셔 본 적은 그리 없어요.」

　「특이한 데가 없으신가요 ? 한 마디로 그 분의 성격은 어떠신가요 ?」

　「아무럼요 ! 성격은 나무랄 데가 없어요, 좀 특이한 편일진 몰라도 여행을 많이 하셨고, 세계를 두루 구경하셨나 봐요. 현명하신 분이라고 할 수 있답니다.

그렇지만 난 그 분과 얘기를 많이는 나누어 보지 못했어요.」

「어떤 면에서 특이하신가요?」

「잘 모르겠어요——쉽게 말이 안 나오는군요——꼬집어 댈 만한 건 없지만 그 분이 말씀하시는 걸 보면 그건 알게 돼요. 그 분이 농담을 하시는지 혹은 기분이 좋으신지 그 반대이신지를 영 알 길이 없단 말이에요. 말하자면 그 분의 마음을 통 이해할 수 없어요——적어도 내겐 그렇게 생각돼요. 하지만 그런 건 대수롭지 않은 거죠. 그 분은 아주 훌륭한 주인이에요.」

이것이 페어팩스 부인의 고용주이자 내 고용주인 그에 관해서 내가 부인한테서 알게 된 내용의 전부였다. 세상엔, 인간이나 사물의 성격을 그려낸다거나 그 특징을 표현하는 데 있어 아무런 의견도 갖지 않은 듯한 사람이 있는 것이다. 이 선량한 부인은 분명히 이 부류에 속했다. 내 질문은 당황케는 했지만 그네의 얘기를 유도하지는 못했다. 그네의 눈으로 보면 로체스타 씨는 언제나 로체스타 씨였다. 신사이고 지주——그뿐이었다. 그네는 그 이상 의심하려고도 알려고도 하지 않았다. 그리고 로체스타 씨의 인품에 관해서 좀더 확실한 의견을 얻으려는 내 소원에 부인은 분명히 의아스러워했다.

우리가 식당을 나왔을 때 그네는 이 집의 나머지 부분을 구경시켜 주겠노라고 했다. 나는 위층 아래층으로 그네를 뒤따라가며 감탄했다. 모두가 잘 정리되고 아름다웠기 때문이다. 정면의 널따란 침실들은 뛰어나게 웅장하다고 생각했다. 삼층에 있는 방 중의 몇몇은 어둡고 천장이 낮았지만 고전적인 운치가 흥미 진진했다. 일찌기 아래층 방방에 장식했던 가구들이 유행이 바뀜에 따라 수시로 이 삼층에 옮겨져 온 것이다. 이 좁은 창으로 스며들어오는 희미한 빛이 백 년이나 된 낡은 침대를 비추고 있었다. 참나무인가 호도나무인가로 된 궤짝은 종려나무 가지와 천사의 머리가 묘하게 조각되어 있어 옛날 유태인이 성경책을 넣어 둔 나무 궤짝처럼 보였다. 등이 높고 좁은 훌륭한 의자들이 줄지어 있었는데 그 중에 더 구식 걸상들이 있어 이것들 방석 거죽에는 이미 관 속의 먼지로 변한지 두 세대나 되는 사람들의 손으로 만들어진 반쯤 지워진 자수들이 아직 표면의 흔적을 남기고 있었다. 이런 유물은 모두 쏜필드 저택의 삼층으로 하여금 하나의 과거의 집합소로 만들었다. 말하자면 추억의 전당이었다. 나는 이 숨은 장소의 고요함과 음침, 기괴함이 낮에는 마음에 들었으나 폭 넓고 육중한 침대에서 하룻밤 쉬고 싶은 생각은 조금도 없었다. 어떤 방은 참나무 문으로 막아 버렸고 또 어떤 방은 이상한 꽃과 좀더 이상한 새와 더욱더 이상한 인간의 형상을 부각시켜 수놓은 낡은 영국식 방장으로 가려져 있었다——이런 것들이 모두 창백한 달빛에 비치게 되면 참으로 이상하게 보이리라.

「하인들은 이 방에서 자나요?」

「아니라오. 뒷채에 있는 조그만 방들에서 자지요. 여기선 아무도 자지 않아요. 쏜필드 저택에서 유령이 나온다면 아마 이 방에서일 거예요.」

「나도 그렇게 생각돼요. 그럼 유령은 없나요?」

「들어 본 적이 없어요.」 페어팩스 부인은 미소를 지으며 대꾸했다.

「무슨 전설도요? 고담이나 유령 이야기도요?」

「없어요. 그런데 로체스타 집안 사람들은 생전엔 얌전한 혈통이라기보다는 좀 사나운 편이었어요. 하지만 지금은 모두 조용히 무덤 속에서 쉬고 계시는 것은 그런 이유에서인지도 몰라요.」

「그래요. ── 〈마음이 가라앉을 사이도 없는 괴로운 이 세상을 뒤에 두고 고이 잠들고 있다.〉」하고 나는 중얼거렸다. 「페어팩스 부인, 이번엔 어디로 가세요?」부인이 걸음을 옮기고 있었기 때문이었다.

「함석 지붕 위로요. 선생도 올라와서 거기서 경치를 구경 않겠어요?」나는 말없이 부인을 따라 다락방으로 가는 아주 좁은 층층다리를 올랐다. 거기서 다시 사다리를 타고 지붕 들창을 지나 지붕 위로 나왔다. 나는 이제 까마귀의 둥우리와 같은 높이에 와 있었고 그 둥지를 들여다볼 수 있었다. 흉벽에 기대어 멀리 내려다보니 마치 지도처럼 저택의 부지가 펼쳐져 있었다. 밝은 빌로도 같은 잔디밭이 이 저택의 희끄무레한 주춧돌을 바싹 감싸고 있었다. 공원마냥 너른 들판은 고목들로 점철돼 있었다. 다갈색의 메마른 숲은 잎이 있는 나무들보다도 이끼로 더푸르게 보이는 길과는 구분돼 있었다. 문 옆의 교회당과 도로, 고요한 언덕들은 모두가 가을날 태양 속에 쉬고 있었다. 지평선은 진주 같은 하얀 빛으로 대리석 무늬를 그린 듯한 푸르고 맑은 하늘과 조화를 이루고 있었다. 이 경치 속에는 특기할 만한 것은 아무것도 없었으나 모든 것이 즐거울 뿐이었다. 거기서 발길을 돌려 다시 들창을 지났을 때 사다리를 내려가는 길을 나는 간신히 헤아릴 수 있었다. 지금까지 바라보던 푸른 창공이나 이 저택을 중심으로 내가 즐거움 속에 살펴보던 숲과 목장과 푸른 언덕의 환한 장면에 비하면 지붕 밑 방은 지하실 무덤처럼 어두워 보였다.

페어팩스 부인은 지붕 들창을 잠그느라고 잠시 뒤에 머물러 있었다. 나는 손더듬을 해서 지붕 아랫방에서 나오는 출입구를 찾아 그 좁은 층층대를 내려오기 시작했다. 여기까지 온 나는 삼층의 앞쪽과 뒤쪽 방들을 갈라 놓은 긴 복도에서 머뭇거렸다. 저쪽 먼 한끝에 조그만 유리창이 하나 있을 뿐, 좁고 낮고 어둠침침했다. 양쪽에 열을 지어 닫혀진 작은 검은 문들은 어쩐지 〈푸른 수염을 가진 사나이의 성(城)〉이란 이야기에 나오는 복도와도 같았다.

조용히 걷고 있노라니 이렇게 너무 조용한 곳에선 들으리라고 상상도 못했던 웃음 소리가 내 귀청을 때렸다. 야릇한 웃음이었다. 또렷하고 꾸민 듯한 무자비한 웃음이었다. 나는 걸음을 멈추었다. 웃음 소리는 한 순간 그쳤을 뿐이었다. 웃음은 다시 아까보다 높아졌다. 처음에는 또렷하면서도 아주 낮았다. 그것은 어느 한 방에서 나는 소리였으나 고요한 방마다에 메아리를 일으키려는 듯이 요란하게 울리며 사라졌다. 그리고 나는 어느 방에서 그 소리가 났는지 알 수가 있었다.

「페어팩스 부인!」하고 나는 그네가 큰 층층다리를 내려오는 소리를 듣고 외쳤다. 「저 큰 웃음 소리 들으셨어요? 저건 누군가요?」

「아마 하인 중의 누구겠죠.」하고 부인은 대답했다. 「그레이스 풀일 거예요.」

「저 소리 들으셨어요?」나는 되물었다.

「네 분명히. 가끔 그런 소릴 늘어요. 서쪽 방에서 바느질을 한답니다. 리아가 때로는 같이 있기도 해요. 둘이는 함께 잘 떠들어 대지요.」

웃음 소리는 나지막하게 되풀이되었다. 또박또박 매듭지어져 이상 야릇한 중얼대는 소리로 끝났다. 「그레이스!」하고 페어팩스 부인은 소리를 질렀다.

나는 그레이스가 대답을 하리란 기대는 전혀 안 했다. 왜냐하면 그 웃음 소리는 내가 여태 들어 보지 못한 슬프고 괴기한 웃음이었으니까. 이것이 대낮이 아니고 저 괴기한 홍소와 더불어 유령이 나타날 만한 분위기였다면, 공포를 일으킬 만한 장소와 계절이었다면, 나는 미신적으로 공포에 사로잡혔을 거다. 그러나 이 사건은 내가 놀라는 데서까지 쾌감을 즐기려는 그런 바보였다는 걸 보여 주었다.

내게서 제일 가까이 있는 문이 열리며 하녀 하나가 나왔다——삼십 세와 사십 세 사이의 나이에 당당하고 어깨가 벌어진 붉은 머리에다 무뚝뚝하고 못 생긴 여자였다. 이만큼 낭만적이 못되고 이만큼 유령답지 않은 그네를 유령이라곤 도시 생각할 수 없었다.

「그레이스, 너무 떠들어.」하고 페어팩스 부인은 말했다. 「일러 준 말에 명심해요!」그레이스는 잠자코 절을 하고 가버렸다.

「저 여자는 바느질과 리아를 거들어 주기도 해요.」하고 부인은 말을 이었다. 「조금도 나무랄 데가 없는 건 아니지만 꽤 일을 잘하지요. 그건 그렇고, 오늘 아침 첫선을 본 선생님의 제자는 어땠어요?」

이렇게 아델에게로 돌아간 화제는 밝고 화창스러운 아래층에 이를 때까지 계속되었다.

아델은 큰방에서 우리를 맞으러 달려오며 외쳤다——「여러분, 식사 준비가 됐어요 (Mesdames, vous êtes sedrvies)！」그리고 또 말을 이었다.「난 배고파 못 견디겠어요(J'ai bien faim, moi)！」

식사 준비가 되어 페어팩스 부인의 방에서 우리를 기다리고 있다는 걸 알았다.

12

처음으로 쏜필드 저택의 주인을 만났을 때 평탄한 장래의 생활을 약속해줄 것 같은 인상을 받았었는데 이 집과 이 집 사람들을 오래 사귀어 감에 따라 그 기대가 어긋나지 않았다. 페어팩스 부인은 외양에 나타나 있는 것처럼 적당한 교육과 남못지 않은 지혜를 지닌 온순한 성품에다 선량한 마음씨의 여자였다. 내 제자는 씩씩한 아이로 응석을 부리고 제멋대로 자라서 때로는 심술궂은 버릇이 있었다.

그러나 그애에 관한 문제는 일체 내 손에 일임되어 그애를 향상시켜 보려는 내 계획을 방해하는 무모한 간섭은 전혀 없었기 때문에 곧 그애는 변덕스러운 고집을 씻어 버리고 상냥한 가르치기 쉬운 애로 되었다. 여느 아이보다 큰 재능이 없고, 성격상 두드러진 특징도 없었다. 조금이라도 보통 아이들 수준보다 우수하게 감정이니 취미가 유달리 발달하지도 않았고 수준 이하의 결점이나 나쁜 버릇도 없었다. 그애는 상당한 진보를 보였고 그리 깊은 것은 아닐지 몰라도 내게 대해 싱싱한 애정을 보여 주었다. 또 그네의 순박성과 유쾌한 지껄임, 그리고 나를 기쁘게 하려는 노력으로써 나의 원기를 돋구어 주면 나는 그 대신 어느 정도 담뿍이 애착을 가지고 피차의 사귐을 만족스레 이끌어 나갔다.

말이 났으니 말이지, 이것은 천사와 같은 어린애의 천성과 그들의 교육에 종사하는 사람들의 의무에 관해서 우선 어린이를 우상처럼 사랑하는 엄숙한 교리를 터득한 분들에게는 냉담한 이야기로 생각될 것이다. 그러나 나는 어버이의 이기주의에 아첨하거나 위선적인 수작을 흉내내거나 협잡꾼을 두둔하려고 글을 쓰고 있는 건 아니다. 나는 다만 사실을 말하고 있을 뿐이다. 나는 양심적으로 아델의 행복과 발전을 위해 마음을 썼고, 어린 아델에게 은근히 정이 들고 있었다. 이것은 마치 내가 페어팩스 부인의 친절에 감사를 하고, 내게 대한 그네의 흐뭇한 호의와 온화로운 마음가짐과 성격에 알맞는 사귐새에 내가 기쁨을 느끼는 것과 마찬가지였다.

이제 더 이런 소리를 늘어놓는다고 해서 나를 꾸짖고 싶은 사람은 꾸짖어도 좋다. 이따금 혼자 정원을 거닐고 대문까지 내려가 거기서 길을 바라볼 때나 또 아델은 보모와 함께 놀고 페어팩스 부인이 찬방에서 젤리를 만드는 동안 나는 삼층의 층층다리를 올라가 지붕 밑 방의 들창문을 열고 함석 지붕으로 나가, 저 만큼 멀리에 있는 들판이니 언덕, 희미한 지평선을 내다보았다——내게 저 지평선 너머를 뚫어볼 수 있는 시력이 있었으면 얼마나 좋을까. 그러면 여태 듣기만 하고 본 일이 없는 생기에 찬 붐비는 세계와 소도시, 지방이 보일는지도 모른다. 그리고 현재 내가 지닌 것보다는 좀더 실제적인 체험을 겪고 싶어졌다. 내 나이 또래와 같이 어울려 현재 내 주위에 있는 사람들보다는 가지각색의 사람들과 사귀고 싶어졌다. 나는 페어팩스 부인의 좋은 점과 아델의 좋은 점을 존중했지만, 이 세상에는 다른 종류의 너 생기에 찬 좋은 짓이 있다고 믿었다. 그리고 내가 이렇게 믿는 것을 내 눈으로 보고 싶었다.

누가 나를 꾸짖을까? 물론 많을 것이다. 그리고 나를 불만에 찬 사람이라고 부르겠지. 나로선 어쩔 도리가 없다. 침착성이 없는 것이 내 천성이다. 때론 그것이 나를 충동질하여 괴롭힌다. 그럴 때 유일한 위안은 삼층의 복도를 이리저리 걸으며 복도의 정적과 고독 속에서 마음놓고 내 앞에 나타나는 찬란한 환상에 마음의 눈을 돌리는 것이다——그러면 숱한 환상들이 뚜렷이 빛나고 있었다. 기쁨으로 해서 내 가슴은 부풀어 올랐다. 또 그것은 괴로움을 주기도 했으나 마음에 생명력을 팽창케 해주기도 했다. 그리고 우선 들어도 들어도 끝없는 이야기에 마음의 귀를 열어 주었다——내 상상력이 창작해낸 얘기이고, 내 실생활에서 바라긴 했지만 얻을 수 없었던 생활과 정열, 감정 등 여러 가지 사건으로 활기를 띤 이야기였다. 인간이란 평온하면 만족해야 한다는 건 맹랑한 소리다. 사람은 활동을 해야 한다. 그것을 찾아낼 수 없으면 그것을 만들어내야 한다. 수백만의 사람들이 나보다는 평온한 생활을 하게끔 운명지어져 있고 자기들 운명에 대해 무언의 반항을 하고 있다. 정치적 반항은 그만두더라도 얼마나 많은 반항이 이 지구에 사는 무수한 사람들 속에서 무르익어 가고 있는지 아무도 모른다. 여자는 일반적으로 아주 얌전해야 한다고 여겨지고 있지만 여자도 남자와 똑같은 감정을 가지고 있고 그네들의 오빠나 남동생이 필요로 하는 만큼 그네들의 능력을 연마하고 노력을 발휘할 장소를 필요로 한다. 너무나 심한 속박이나 너무나 지독한 제자리 걸음은 남자가 고통을 겪는 것과 마찬가지로 여자에게도 고통스러운 거다. 여자는 요리를 만들거나 양말을 짜거나 피아노를 치거나 또 주머니에 수를 놓으며 방안에 틀어박혀 있어야 한다는 건 여자들보다 특권을 지닌 남자들의 마음이 협소한 탓이다. 여자는 여성다와야 한다는 관습을 소중히 하기보다는 일을 구하고 배움을 찾는다고 그네들을 비난하거나 비웃는 건 좋지 못한 일이다.

이처럼 혼자 있노라면 나는 그레이스 풀의 웃음 소리를 자주 들었다. 그 우람차고도 낮고 느린 하! 하! 하는 웃음 소리를 처음 들었을 땐 나는 소름이 끼쳤다. 또 나는 그네의 이상 야릇한 웃음 소리보다도 더 괴상 망척한 중얼대는 소리도 들었다. 아주 조용한 나날도 그네에게 있었지만 그네가 내는 웃음 소리를 헤아릴 수 없는 나날도 있었다. 나는 때때로 그네를 만난다. 대야가 아니면 접시나 쟁반을 손에 들고 자기 방에서 나온 그네는 부엌으로 내려갔다간 곧 돌아오곤 했다. 대개는 (아, 낭만적인 독자여, 평범한 사실을 얘기하는 걸 용서하시라) 검은 맥주병을 들고 있었다. 그네의 외양은 언제나 그네의 괴기한 발성이 안겨 주는 호기심을 감소시키는 역할을 했다. 뚱보 같고 진지한 얼굴의 그네는 흥미를 끌 만한 점은 없었다. 나는 말을 나누려고 해 보았으나 말이 적은 사람인지 이러한 노력을 언제나 외마디 대답으로 간단히 막아 버렸다. 이 집의 다른 사람들, 즉 존과 하녀인 그의 처 리아, 프랑스인인 보모 쏘피는 모두 점잖은 사람들이었으나 그렇다고 해서 돋보일 만한 점이 있는 것은 아니었다. 나는 쏘피와는 늘 프랑스어로 얘기했다. 가끔 나는 그네의 고향에 관해서 물어 보았으나 자세한 설명을 해주거나 아기자기하게 얘기를 펴는 성격이 아니었다. 대개는 내 물음을 계속하게 하는 것보다는 막아 버리려는 심산에서인지 맥빠지고 얼토당토 않은 대답을 하곤 했다.

시월, 십 일월, 십 이월이 지나버렸다. 정월 어느날 오후 페어팩스 부인은 아델이 감기에 걸렸으니 쉬게 해달라는 청을 해왔다. 더구나 아델이 나 자신의 어린 시절에 어쩌다 있는 휴일이 얼마나 소중한 것이었던가를 회상시킬 만큼 열심히 청을 하기에, 이 문제에 대해서는 그렇게 하는 것이 좋으리라고 여겨져 응하기로 했다. 아주 추웠으나 맑게 개인 잔잔한 날씨였다. 나는 기나긴 아침나절을 꼬박 서재에 가만히 앉아 있는 것이 싫증이 나 있었다. 페어팩스 부인은 편지를 써 놓고 부치려는 참이었다. 그래서 나는 모자와 외투를 걸치고 헤이 마을까지 그걸 부치러 가겠노라고 자청했다. 이 마일이 되는 이 길은 겨울날 오후의 산책으로서는 즐거울 성싶었다. 아델이 페어팩스 부인 방 난롯가 조그만 의자에 편안히 앉아 있는 걸 보고 그애가 제일 좋아하는 밀납으로 된 인형을(나는 언제나 은종이에 싸서 서랍 속에 넣어 두곤 했다) 가지고 놀라고 주었다. 그리고 또 기분 전환을 위해서 이야기책도 주고 그애가 「빨리 돌아오세요. 내 사랑하는 친구, 내가 제일 좋아하는 쟈네뜨 선생님 (Revenez bientôt, ma bonne amie, ma chére Mdlle. Jeannette).」 하는 인사에 키스로 대답하고 나는 출발했다.

땅은 굳고 대기는 고요했다. 내가 가는 길은 한적했다. 나는 몸이 달아올 만큼 빠르게 걸었다. 그러고 나자 나는 지금 이 시각과 이 환경 속에서 내게 풍겨져 오는 즐거움을 누리며 그 즐거움이 어떤 종류의 것인지 알아내려고 천천히 걸었다. 세 시였다. 교회당의 종이 내가 종각 밑을 지날 때 울렸다. 이 시각의 매력은 점차 다가오는 어스름과 기울어 가는 희미한 빛을 뿜는 태양에 있다. 나는 쏜필드에서 일 마일 떨어져 있었다. 여름엔 들장미로, 가을엔 호도와 검은 딸기로 유명한 오솔길을 걷고 있었다. 이 계절에도 들장미와 아가위는 산호 같은 열매를 달고 있었다. 그러나 이런 겨울날에 제일가는 즐거움은 그야말로 고독과 잎이 다 떨어진 나무의 적막에 있다. 설혹 바람이 불더라도 이땐 소리가 나지 않는다. 왜냐하면 살랑거리는 물푸레나무와 상록수가 없고, 벌거벗은 산사나무와 개암나무 숲은 마치 길 복판에 깔려 있는 반들반들 닳은 하얀 돌멩이처럼 가만히 있었기 때문이다. 들판만이 좌우로 널려 있을 뿐 지금은 풀 뜯는 가축도 없고 어쩌다 생울타리에서 뛰노는 조그만 밤색 새들이 떨어지다 남은 가랑잎처럼 보였다. 이 오솔길은 헤이 마을까지 쭉 오르막길이었다. 그 중턱에 이른 나는 들로 내려가는 돌층계에 걸터앉았다. 날씨가 매웠지만 나는 외투를 여미고 토시에 두 손을 넣어 추운 줄을 몰랐다. 방죽에 쭉 깔려 있는 얼음을 보아도 추위가 어느 정도인지 가히 알 수 있었다. 며칠 전에 갑자기 얼음이 풀려 넘쳐흐르던 방죽의 조그만 개울이 오늘은 얼어붙어 있었다. 내가 앉아 있는 곳에서 쏜필드가 내려다보였다. 회색 흉벽의 저택이 내 눈 아래 보이는 골짜기에서는 제일 주요한 목표물이었다. 거기의 숲과 검은 땅까마귀 떼가 들끓는 장소가 서쪽 하늘을 배경으로 뚜렷이 보였다. 나는 태양이 나무들 사이로 내려와 진홍색으로 가라앉으며 사라질 때까지 서성대고 있었다. 그러다 나는 동쪽으로 발을 옮겼다. 언덕 위엔 달이 솟아 있었다. 아직 구름처럼 희었으나 시시각각으로 빛을 더해 갔다. 나무들도 반이 가려지고 몇 개의 굴뚝에서 파란 연기를 내뿜는 헤이 마을을 환히 비추었다. 헤이 마을까지는 아직 일 마일이 남아 있었다. 하지만 나는 이 완벽한 고요 속에서 생명의 가느다란 속삭임을 또렷이 들을 수 있었다. 내 귀엔 또 물 흐르는 소리도 들렸다. 어느 골짜기에서인지 산 속에서인지는 알 수 없었다.

그러나 헤이 마을의 저쪽에는 많은 야산이 있고 많은 시내들이 틀림없이 그 사이를 흐르고 있었다. 저녁의 고요는 한껏 멀리서 흐르는 시냇물 소리를 아주 가까이에서 나는 소리처럼 들리게 했다.

이때 거친 소리가 불현듯 멀리서 그리고 또렷이 이 아름다운 물소리와 바람 소리를 깨뜨렸다. 분명히 땅을 차는 말발굽의 금속성이 가만히 물 흐르는 소리를 지워 버렸다. 마치 그림 속 전경(前景)에 검고 진하게 그린 절벽 같은 암석이나 거칠고 큰 참나무 밑줄기가 저 멀리 푸른 언덕과 환한 지평선과 혼합된 구름의 원경(遠景)을 지워 버리는 것과도 같았다.

이 소음은 방죽길에서 났다. 말 한 필이 달려오고 있었다. 꼬불꼬불 굽은 오솔길이 아직 말의 모습을 가리우고 있었으나 가까이 다가오고 있었다. 나는 울타리 층계에서 자리를 뜨려는 참이었으나 길이 좁아 말을 먼저 지나보내려고 그대로 앉아 있었다. 당시만 해도 나는 젊은 시절이라 밝든 어둡든 갖가지 공상이 내 가슴에 깃들어 있었다. 그 중에는 어린 시절에 들은 이야기의 기억도 남아 있었다. 그리고 그 기억들이 되살아났을 때 성숙해 가는 젊음은 그 기억에다 어린 시절에는 생각도 못했던 발랄하고도 생생한 맛을 더해 주었다. 말이 다가옴에 따라 황혼 속에 자취를 나타내기를 기다리고 있을 때, 나는 베시의 어느 이야기에 나오는 영국 북쪽에서 〈가이트래쉬〉라고 부르는 유령이 생각났다. 말이나 노새나 커다란 개의 형태를 가진 그것은 외딴 길목에 자주 나타나고 때로는 지금 저 말이 내게로 달려오고 있듯이 길 저문 나그네 앞에 나타난다고 했다.

말은 아주 가까이 왔으나 아직 보이진 않았다. 달리는 말굽 소리와 함께 생울타리 밑을 돌진해 나가는 소리를 들었을 때 개암나무의 밑둥 바로 아래의 길을 커다란 개가 미끄러지듯이 스쳐갔다. 개의 희고 검은 털빛은 나무를 배경으로 또렷하게 보였다. 이것이야말로 베시가 얘기하던 〈가이트래쉬〉의 모습이었다——긴 털과 커다란 머리를 가진 사자와 같은 동물이었다. 그러나 그것은 내가 예측했던 것처럼 기괴한 초동물적인 눈으로 나를 쳐다보려 서지도 않고 아주 조용히 지나가 버렸다. 곧 뒤이어 말이 따랐다——키가 큰 준마로 등에는 사람이 타고 있었다. 그 사나이, 즉 그 인간은 홀렸던 정신을 대번에 가시게 해주었다. 일찌기 〈가이트래쉬〉를 타본 자는 없는 것이다. 그것은 언제나 혼자 있는 것이다. 그리고 내 생각으로는 도깨비는 말 못하는 짐승의 형태를 빌릴지는 몰라도 보통 보는 인간의 모습을 빌릴 수는 없었다. 이 사람은 가이트래쉬는 아니었다——밀코트로 가는 지름길을 달리는 나그네에 불과했다. 그가 지나쳐가자 나는 걷기 시작했다. 하지만 서너 걸음만에 뒤를 돌아보았다. 미끄러지는 소리와 함께「이크! 이제 다 와서 이게 무슨 노릇이람!」하고 외쳤다. 그리고 뒹구는 소리에 내 정신은 쏠리었다. 사람과 말은 쓰러졌다. 자갈길에 얼어붙은 얼음장 위에 미끄러져 있었다. 개는 날듯이 되돌아와 주인이 곤경에 빠진 걸 보고 그리고 말의 신음을 듣고 그 커다란 몸집에 어울리는 우람찬 소리로 황혼의 언덕이 메아리치도록 짖어댔다. 개는 나자빠진 사람과 말의 주위를 냄새 맡아 보고는 내게로 달려왔다. 이것이 그가 할 수 있는 전부였다——달리 구원을 청할 만한 것은 손 가까이는 없었다. 나는 개의 청을 들어 나그네가 있는 데로 갔다. 이때 나그네는 열심히 말에서 벗어나려고 안간힘을 쓰고 있었다. 그의 노력이 원기로 넘쳐 있었으므로 크게 다친 데는 없는 것 같았다. 그래도 나는 물어 보았다.

「다치셨나요?」

분명치는 않았으나 그는 무엇인가 소리지르고 있는 것으로 보였다. 하여간 무슨 주문(呪文)이라도 외고 있었던 듯 내 물음에 바로 내납하지를 못헀다.

「좀 거들어 드릴까요?」하고 나는 또 물었다.

「한편으로 비켜서시오.」그는 우선 무릎을 세우고 다음엔 발로 디디고 서며 대답했다. 나는 그렇게 했다. 그리고는 개 짖는 소리에 덩달아 말의 울음 소리, 발을 구르는 소리, 부딪치는 소리가 나기 시작하여 나는 넌지시 몇 야드 뒤로 물러섰다. 그러나 이 사태를 규명할 때까지 나는 자리를 떠버리고 싶지는 않았다. 결국 다행한 일이었다. 말은 다시 일어섰고「파일럿, 앉아!」하는 소리와 함께 개는 조용해졌다. 이때 허리를 굽힌 나그네는 발과 다리가 온전한지 살펴보았다. 좀 어딘가 상한 듯이 보였다. 그는 아까 내가 앉아 있었던 울타리 층계로 가 우뚝 멎었다.

나는 도움이 되고 싶은 마음이 들었다. 나로서는 호의를 베풀고 싶은 심정이었다. 그래서 나는 다시 그에게로 가까이 가 있었다.

「다쳐서 손이 필요하시다면 쏜필드 저택에서나 헤이에서 누굴 불러오겠어요.」

「고맙소. 괜찮을 것도 같소. 뼈가 부러진 건 아니니까——좀 삐었을 뿐이라오.」그는 다시 일어나 발을 놀려 보았으나 그 결과 저도 모르게「이크!」소리를 질렀다.

햇살은 아직 아물거리고 있었다. 달은 차차 밝아지고 있었다. 나는 그를 똑똑히 볼 수 있었다. 그는 가죽 깃이 달리고 쇠띠가 달린 승마용 외투의 차림이었다. 소상한 점은 알 수 없었으나 보통 키에다 상당히 가슴이 벌어졌다는 것까지는 대강 짐작할 수 있었다. 엄한 낯빛에 짙은 눈썹을 가진 가무잡잡한 얼굴이었다. 눈과 찌푸린 눈썹은 이때 화가 나고 낙심한 듯이 보였다. 청년기를 지났지만 아직 중년엔 이르지 않았다. 서른 다섯쯤 됐으리라. 나는 그를 두려워하지 않았다. 수줍은 생각도 들지 않았다. 만일 그가 미남이고 호걸다운 청년 신사였다면 나는 감히 그의 의사를 거역하면서까지 바라지도 않는 도움을 주겠노라고 이렇게까지 나설 수는 없을 것이었다.

나는 여태까지 아름다운 청년을 거의 본 일이 없고 생전 말을 건네 본 적도 없었다. 아름다움과 우아, 용맹, 매혹에 대해서 나는 이론적으론 숭상하고 경의를 표하지만 가령 이런 것들이 남성의 형태로 내 앞에 나타난다면 그것은 내가 지니고 있는 어떤 것과도 공감이 가지 않고 또 갈 수도 없다는 걸 나는 본능적으로 알았을 것이다. 그리고 사람들이 불이나 번개나 그 밖의 다른 무엇이 빛나기는 하지만 마음에 들지 않는 걸 피하듯이 나는 그걸 피했을 것이다.

가령 이 낯선 사람이 내가 말을 건넸을 때 내게 미소를 해오고 상냥했더라면, 혹은 내가 제의한 도움을 쾌히 감사하면서 거절했던들 나는 갈 길을 가버렸을 것이고 그에게 거듭 청해 볼 필요를 느끼지 않았을·것이다. 그러나 이 길손의 찌푸린 얼굴과 거친 태도가 내 마음을 놓이게 해주었다. 그가 가라는 손짓을 내게 했을 때 나는 제자리를 뜨지 않고 말을 건넸다.

「이렇게 늦은 시각에, 이런 외딴 길에 선생님을 두고 갈 수는 없어요. 말에 오를 수 있는 걸 볼 때까지는요.」

이렇게 말하자 그는 나를 보았다. 지금까지 그는 내 쪽엔 거의 눈을 주지 않고 있었다.

「당신이야말로 집으로 가야 할 거요.」하고 그는 말했다. 「이 근처가 댁이라면. 어디서 오는 거요?」

「바로 저 밑에서요. 전 달밤엔 늦게 나와 있어도 하나도 무섭지 않아요. 원하신다면 기꺼이 헤이까지 달려갔다 오겠어요. 실은 편지를 부치러 거기까지 가던 길입니다.」

「바로 이 아래 산다구요——그럼 저 흙벽이 있는 저택 말이오?」하고 그는 쏜필드 저택을 가리켰다. 달은 저택에 흰빛을 던져 서쪽 하늘과 대조를 이룬 일련의 그림자처럼 보이는 숲과 저택을 뚜렷이 창백하게 부각시키고 있었다.

「네, 그렇습니다.」

「저건 누구네 집이지요?」

「로체스타 씨네 집입니다.」

「로체스타 씨를 아시는가요?」

「아뇨, 아직 뵙진 못했어요.」

「그럼 그 분은 여기 살지 않소?」

「네」.

「어디 있는지 아시오?」

「모릅니다.」

「물론 당신은 그 댁의 하인은 아니겠죠? 당신은——」 말을 끊고 그의 시선은 내 옷에 머물렀다. 보통 입는 아주 검소한 차림이었다. 검은 메리노 천의 외투에다 검은 모자였다. 이 두 가지는 하녀의 화려한 옷을 반도 못 따르는 것들이었다. 그는 내 신분을 알아맞히기가 어려운 모양이어서 나는 그를 거들어 주었다.

「전 가정 교사예요.」

「아아, 가정 교사!」 하고 그는 되뇌었나. 「아차, 까맣게 잊었었군! 가정 교사!」 그리곤 또 내 옷차림을 살피었다. 이 분쯤 지나서 그는 층층대에서 일어났다. 몸을 움직이려던 그의 얼굴은 괴로운 빛을 내보이었다.

「사람을 불러 달랄 순 없지만 괜찮으시다면 좀 거들어 주시구료.」

「네, 그러지요.」

「지팡이로 쓸 만한 우산이 없어요?」

「없읍니다.」

「말고삐를 잡아서 이리로 끌어다 주시오. 무섭진 않겠죠?」

혼자라면 말을 다칠세라 두려웠겠지만 그런 부탁을 받자 나는 기꺼이 따르기로 했다. 토시를 울타리 층계에 놓고 키 큰 말에게로 갔다. 내가 고삐를 붙잡으려고 애를 썼으나 속이 멀쩡한 이 짐승은 나를 자기 머리 가까이에 오지 못하게 했다. 부질없는 일이지만 자꾸 해보았다. 나는 마구 차대는 말의 앞발이 굉장히 두려워졌다. 나그네는 얼마 동안 기다리며 바라보다가 드디어 웃음을 터뜨렸다.

「알겠소.」 그는 말했다. 「산은 결코 마호멧한테로 가진 않소. 그래 당신이 할 수 있는 일이란 결국 마호멧을 산으로 오게 하는 거요. 미안하지만 이리 와 주셔야겠소.」

나는 다가갔다. 「실례지만」 하고 그는 말을 이었다. 「할 수 없이 당신의 도움을 받아야겠소.」 그는 묵직한 손을 내 어깨에 걸치고 약간 겨웁게 몸을 내게 기대고 말께로 절름거리며 갔다. 말고삐를 잡는 길로 그는 말을 손아귀에 넣었다. 그는 획 안장에 뛰어올랐으나 힘에 겨웠는지 씁쓸히 얼굴을 찌푸렸다. 다리를 뻔 것이 아팠기 때문이리라.

「그럼, 이번엔」하고 그는 굳게 깨물었던 아랫입술을 펴며 말했다.「채찍을 집어 주시오. 저 생울타리 밑에 있으니까.」

나는 그것을 집어 주었다.

「고맙소. 그럼 편지를 갖고 헤이까지 빨리 가시오. 되도록 속히 돌아오시오.」박차의 일격은 그의 말을 처음엔 놀라게 하고 뒤로 뻣뻣이 서게 했다가 달려가게 했다. 개가 그 뒤를 달리었다. 셋은 모두 사라져 버렸다.

> 거친 바람이 휘몰아치는
> 황야의 히드처럼

나는 토시를 집어 들고 걸었다. 내게 뜻하지 않았던 사건이 생겼다가 사라진 것이다. 그것은 어떤 의미에서나 중대치 않은 사건이고 로맨스도 아니고 흥미로운 것도 아니었다. 그러나 단조로운 생활의 한때를 변화로 아로새겨 주었다. 내 도움이 필요하게 되어 요구되었으므 나는 그걸 주었다. 무엇인가를 해주었다는 것이 나는 기뻤다. 그것이 사소하고 일시적인 행위이긴 하지만 피동적인 생활에 진절머리가 난 내게는 그건 하나의 능동적인 것이기도 했다. 게다가 처음 본 그 얼굴은 내 추억의 전시장에 출품된 새 그림과도 같았다. 그리고 그것은 거기에 걸려 있는 다른 그림들을 조금도 닮지 않았다. 첫째로 그것은 남성이고 둘째로는 우울하고 굳세고 근엄했으니까. 나는 헤이 마을로 들어가서 편지를 우체통에 넣었을 때도 그 얼굴이 아직 눈에 선했다. 집으로 돌아오느라고 언덕을 부지런히 내려오는 동안에도 내내 그 얼굴을 보았다. 아까의 울타리 층계에 이르자 나는 잠시 걸음을 멈추고 사방을 살피며 귀를 기울였다. 말발굽 소리가 다시 자갈길 위에 울릴 것만 같았고 외투를 입은 기수(騎手)와 가이트래쉬와 비슷한 뉴펀들랜드 종(種)의 개가 다시 나타날 것만 같은 생각이 들었기 때문이었다. 그러나 내 앞에는 생울타리와 가지를 다듬은 버드나무 한 그루가 달빛을 받으려고 가만히 그리고 곧추서 있을 뿐이었다. 나는 일 마일 떨어진 쏜필드를 둘러싼 나무들 사이를 이따금씩 소리를 내며 지나가는 바람 소리를 들었을 따름이었다. 그 바람이 살랑대는 방향을 내려다보았을 때, 내 시선은 저택의 정면을 스쳐 창가에 반짝이는 등불에 머물렀다. 그걸 본 나는 늦었다는 생각이 들어 걸음을 빨리 했다.

 나는 쏜필드로 다시 들어가고 싶진 않았다. 그 집 문지방을 넘어선다는 것은 침체로 돌아가는 것이다. 저 한적한 큰 방을 지나가는 것은, 또 저 어둠침침한 층층다리를 올라가 나의 쓸쓸한 골방을 찾아낸다는 것은, 그 다음 얌전한 페어팩스 부인을 만나 기나긴 겨울밤을 부인과 함께, 더구나 그 부인과 둘이서 지낸다는 것은, 산책으로 해서 움트게 된 가냘픈 흥분을 깡그리 없애 버리고 마는 것이다. 즉 나의 능력에다가 단조롭고 너무나 조용한 생활이라는, 눈에 보이지 않는 구속을 가하는 것이다. 안일과 안전의 특전마저 나는 점점 고맙게 여길 수 없게 되었다. 그때 나는 불안한 고투의 생활의 폭풍속으로 내던지어져 지금 불평하고 있는 이 안일을 동경하도록 거칠고 괴로운 경험으로써 깨달을 수 있었다면 나로서는 얼마나 좋은 일이었을까 ! 그렇다, 그것은 마치 〈너무 편한 의자〉에 가만히 앉아 있는 데 싫증이 난 사람이 긴 산책을 하는 것만큼이나 좋은 일이 될 것이다. 그리고 그의 경우와 마찬가지로 내 경우도 활동하고 싶은 욕망은 당연한 일이었다.

 나는 대문에서 망설이고 있었다. 잔디밭 위를 서성댔다. 나는 한길을 왔다갔다하고 있었다. 창문의 덧문이 닫혀 있어 집안을 들여다볼 수 없었다. 내 눈과 마음은 이 음침한 이 집으로부터——내겐 햇빛이 들지 않는 여러 골방으로 가득 찬 회색 동굴로부터——내 앞에 펼쳐 있는 하늘, 구름 한 점 없는 푸른 바다로 끌려가는 것만 같았다. 달은 장엄한 걸음으로 떠오르고 있었다. 저 산꼭대기를 떠나 헤아릴 수 없는 깊이와 측량할 수 없이 먼 한밤중의 어두움의 중천으로 자꾸 솟아오르고 있을 때, 달은 위를 쳐다보며 멀어져만 가는 것처럼 보였다. 그리고 바르르 떨고 있는 수많은 별들이 달의 운행을 좇고 있어 마음을 떨리게 하고, 그 별들을 보자 내 혈관은 타올랐다. 사소한 일이 우리를 지상으로 다시 부르고 있다. 큰방에서 시계가 시각을 알렸다. 그것으로 만족했다. 나는 달과 별들에서 눈을 돌리고 샛문을 열고 안으로 들어갔다.

 큰방은 어둡지 않았다. 아직 불은 켜 있지 않았으나, 높이 매달린 청동 남푯불빛만으로도 큰방과 참나무로 된 층층다리 아래쪽은 따뜻한 빛으로 충만해 있었다. 이 불빛은 식당에서 흘러나왔다. 그 두쪽 문이 열려 있었다. 벽난로 아궁이에서는 불이 따뜻하게 타오르고 있었다. 이 불빛은 대리석 난로와 놋쇠로 만든 불집게 반사되고 보랏빛 커튼과 윤이 나는 가구를 비추고 있는 것이 보였다. 불빛은 또 벽난로 가까이 있는 사람들을 비추었다. 간신히 그들을 알아낸 순간, 그리고 그 반기는 음성들이 뒤섞인 가운데에서도 아델의 목소리라고 겨우 분간이 갔다고 생각되는 순간, 문은 닫혀졌다.

나는 페어팩스 부인의 방으로 서둘러 갔다. 거기에도 난롯불은 있었으나 촛불이 없고 또 페어팩스 부인도 없었다. 그 대신 난로 앞 깔개 위에 아주 검고 흰 털이 길게 자란, 저 오솔길에서 만났던 〈가이트래쉬〉를 꼭 닮은 커다란 개가 홀로 의젓하게 앉아 난롯불을 신중히 들여다보고 있었다. 너무나 그 개와 닮았으므로 나는 앞으로 가 이렇게 불렀다.

「파일럿!」하자 개는 일어나 내게로 와 내 냄새를 맡아 보았다. 얼러 주자 개는 큼직한 꼬리를 내저었다. 그러나 그 개가 무시무시한 짐승처럼 여겨졌다. 어디서 온 개인지 나는 알 길이 없었다. 나는 촛불이 필요하고 또 이 방문객에 대한 애기를 듣고 싶어 벨을 울렸다. 리아가 들어왔다.

「이 개는 웬 거지?」

「주인님과 같이 온 거예요.」

「누구와 같이라고?」

「주인님과 같이 —— 로체스타 주인님 —— 방금 오셨어요.」

「그렇군! 그래, 페어팩스 부인은 그 분과 같이 계시냐?」

「네, 아델 아가씨두요. 모두들 식당에 계셔요. 그리고 존은 의사 선생님을 모시러 갔어요. 주인 어른께서 사고가 생겨서요.' 말이 굴러서 발목을 삐셨대요.」

「그 말은 헤이 오솔길에서 구르지 않았다니?」

「네, 언덕을 내려오시다가 얼음판에 미끄러지셨어요.」

「저를 어쩌나? 촛불 좀 갖다줘요, 리아!」

리아가 촛불을 가지고 들어왔다. 페어팩스 부인이 뒤따라 들어왔다. 그네는 자초지종을 되풀이하고 외과 의사 카터씨가 와서 지금 로체스타 주인님과 같이 있다고 덧붙였다. 그러자 그네는 차준비를 시키려고 줄달음쳐 나갔다. 나는 옷을 벗으러 이층으로 갔다.

13

로체스타 씨는 외과 의사의 지시에 따라 그날 밤은 일찍 취침한 것 같았으나 다음 날 아침 일찍 일어나지 않았다. 아래층으로 내려온 것은 사무를 보기 위해서였고 벌써 그의 대리인과 소작인들이 와서 그와의 면담을 기다리고 있었다.

아델과 나는 이제 서재를 비워 줘야 했다. 서재는 방문객을 위해 응접실로 매일 필요하게 되었다. 이층 방 하나에 난롯불이 피워졌다. 나는 책들을 거기에 옮겨다 놓고 앞으로 공부방으로 쓰려고 방을 정리했다. 나는 아침나절에 쏜필드 저택이 일변해진 걸 알아차렸다. 이젠 교회와 같은 정적은 사라지고 한두 시간마다 문을 두드리는 소리와 벨이 울리는 소리가 메아리쳤다. 큰방을 지나가는 발소리가 가끔 들리고 색다른 말투의 낯선 음성들이 아래층에서 중얼중얼 들려왔다. 외부 세계에서 온 시냇물 같은 흐름이 방안을 흐르고 있었다. 이 집은 주인을 갖게 된 거다. 나로선 그것이 훨씬 좋았다.

이날, 아델을 가르치기란 수월하지 않았다. 아델은 고분고분 따라오질 않았다. 자꾸 출입문께로 달려가서는 혹시 로체스타 씨의 모습이 눈에 띨까 싶어 난간 너머로 살피다가는 아래층으로 내려갈 구실을 조작해냈다. 내가 재빠르게 넘겨짚었던 것처럼 그네는 서재로 가기 위해서였지만 그네가 거기에 필요없다는 걸 나는 알고 있었다. 내가 약간 화를 내며 꾹 앉히어 놓자 그네는, 내가 좋아하는 분 에드워드 페어팩스 로체스타 씨라고 그네가 부르는 사람 "ami, Monsieur Edouard Fairfax _de_ Rochester"(주인의 세례명을 나는 한번도 들은 적이 없었다.)에 대한 얘기만을 줄곧 해대며 무슨 선물을 로체스타 씨가 가져오셨을까 알아맞혀 보자고 했다. 전날 밤, 로체스타 씨의 짐이 밀코트에서 왔을 때 거기에서 발견된 물건들 중에 아델이 반할 조그만 상자가 들어 있다고 주인이 알려준 것 같았다.

「그 속엔 나한테 주실 선물이 있다나 봐요.」그네는 말했다.「틀림없이 선생님께도 주실 선물이 있을 거예요. 아저씨가 선생님 말씀도 하셨어요. 선생님 이름이 뭐냐고도 물으시고요. 그리고 선생님은 키가 작고 좀 여윈 편이고 얼굴이 창백한 분이 아니냐고 하셨어요. 그래서 전 그렇다고 했어요. 정말이에요. 그렇죠, 선생님?」

나와 제자는 언제나처럼 페어팩스 부인의 방에서 식사를 했다. 오후는 날씨가 사납고 눈이 내렸다. 우리는 공부방에서 시간을 보냈다. 날이 어두워지자 나는 아델에게 책과 일거리를 걷어치우고 아래층에 가도 좋다고 했다. 아래층이 비교적 조용해지고 현관의 벨소리가 끊긴 것으로 보아 로체스타 씨도 이젠 한가해진 거라고 짐작했기 때문이었다. 혼자 남은 나는 창가로 갔으나 내다보이는 것은 아무것도 없었다. 땅거미와 눈송이가 겹쳐 바깥은 흐려지고 잔디밭의 관목까지 보이지 않았다. 나는 커튼을 내리고 난롯가로 돌아갔다.

깨끗한 재 속에다 언젠가 본 듯한 라인강변, 하이델베르크 성(城)의 그림 같은 경치를 그려 보고 있을 때 페어팩스 부인이 들어왔다. 내가 상상으로 하나하나 맞추어 놓았던 잿빛의 모자이크는 그네가 들어오는 바람에 부서지고 외로움에 잠기기 시작했던 다소 무거운 달갑지 않은 생각도 흩어져 버렸다.

「로체스타 씨는 오늘 저녁 선생님이랑 아델이랑 응접실에서 같이 차를 마셨으면 하십니다.」하고 그네는 말했다. 「하루 종일 너무 분주하셔서 진작 선생님을 만나시지 못한 거라우.」

「몇 시에 차를 드시나요?」나는 물었다.

「아, 여섯 시지요. 시골에 오시면 일찍 주무시고 일찍 일어나시니까요. 지금 옷을 갈아입으시는 게 좋겠어요. 같이 가서 도와드리지요. 촛대는 여기 있어요.」

「옷을 갈아입어야 하나요?」

「네, 그래야죠. 나도 로체스타 씨께서 여기 와 계시는 동안은 저녁엔 언제나 갈아입는답니다.」

구태여 차리는 이런 예의는 좀 어마어마한 감이 들었다. 하여튼 나는 내 방으로 가서 페어팩스 부인의 도움으로 검은 모직옷을 벗고 비단옷으로 갈아입었다. 연회색 옷을 제외하고는 이것이 제일 좋은 유일한 나들이옷이었다. 이 회색 옷은 옷차림에 관한 로우드식 견해에 의하면 최상급의 경우가 아니고는 입기가 좀 아까운 것이었다.

「브로치가 있어야겠네요.」하고 페어팩스 부인은 말했다.

나는 템플 선생이 작별 선물로 주신 조그만 진주 한 알을 박은 브로치를 갖고 있었다. 그걸 달고 우리들은 아래층으로 내려갔다. 나는 낯선 사람을 대하는 데 익숙치 못해서, 이처럼 격식을 차리고 로체스타 씨 앞에 불리워 나가는 건 하나의 시련과도 같았다. 나는 페어팩스 부인을 앞세우고 식당에 들어갔다. 이 방엘 들어가는 데도 그네 뒤에 가리워져 갔다. 그리고 커튼을 친 아치를 지나 저만큼에 있는 아담한 구석진 곳으로 갔다.

테이블 위에 촛불이 두 자루, 벽난로 선반 위에도 두 자루가 켜져 있었다. 파일럿은 그 밝은 빛과 호화로운 난롯불의 열을 받으며 누워 있었다——아델은 그 곁에 꿇어앉아 있었다. 긴의자에 반쯤 몸을 눕힌 로체스타 씨는 한쪽 발을 쿠션에 올려놓고 아델과 개를 바라보고 있었다. 난롯불은 그의 얼굴을 온통 비추고 있었다. 굵고 검은 눈썹, 정방형의 이마가 수평으로 늘어진 검은 머리칼 때문에 한층 더 정방형을 이루고 있는 이 나그네를 나는 알고 있었다. 아름다움보다도 성격을 더 부각시키는, 그 단호한 코가 눈에 들어왔다. 그 벌름한 큰 콧구멍은 성질이 급하다는 걸 나타낸다고 생각되었다. 완강한 입, 턱 끝, 아래턱——그렇다, 이 세 가지는 몹시 완강하다, 그건 틀림이 없다. 지금 외투를 벗어 버린 그의 모습은 그의 네모진 인상과 어울린다는 걸 알았다. 체육적(體育的)인 견지에서 본다면 훌륭한 체격이리라——크지도 늠름하지도 않은 키지만 가슴이 넓고 허리가 가늘었다.

로체스타 씨는 페어팩스 부인과 내가 들어온 걸 알았겠지만 그의 태도는 아는 체할 기분이 나지 않는 듯 우리들이 다가가도 머리를 들지 않았다.

「에어 선생님이 오셨읍니다.」페어팩스 부인은 그 조용조용한 말씨로 말했다. 그는 목례는 했으나 눈은 개와 어린애에게서 떼지 않고 있었다.

「에어 양을 자리에 앉히시오.」그는 말했다. 마지못해 하는 어색한 인사와 성급하고도 형식적인 말투에는 무엇인가 이렇게 좀더 말하고 싶은 데가 있어 보였다. 즉 (에어 양이 거기 있든 없든 내게 무슨 상관이냐 말야? 난 지금 그네에게 말을 건네고 싶지 않아.)

나는 조금도 망설이지 않고 앉았다. 품위를 갖춘 예의 있는 영접은 나를 어리둥절하게 했을지도 모른다. 나로서는 점잖고 우아히게 그것에 답례하고 부답할 수가 없기 때문이다. 그러나 무뚝뚝하고 변덕스런 태도는 내게 아무런 부담을 주지 않았다. 그러기는커녕 변덕스러운 태도에 대한 그쪽의 점잖은 침묵은 나를 유리하게 만들었다. 게다가 그의 괴팍스러운 행동이 재미있었다. 앞으로 그가 어떻게 할지 그걸 지켜보는 데 나는 흥미를 느꼈다.

그는 줄곧 조상(彫像) 같은 자세로 있었다. 즉 말도 않고 움직이지도 않았다. 페어팩스 부인은 어느 누구든 다정스레 나와야겠다고 생각했던지 말문을 열었다. 언제나처럼 친절하게——그리고 언제나처럼 어느 편이냐면 좀 진부하게——로체스타 씨가 하루 종일 일에 시달린 것과 다리를 삐어 고통스러우리라는 데 위로를 하고 나서 그런데도 용건을 처리하는 그 인내심과 투지가 가상스럽다고 했다.

「아주머니, 차 좀 마시고 싶어요.」이것이 부인이 받은 유일한 대답이었다. 그네는 재빨리 벨을 눌렀다. 찻쟁반이 들어오자 부인은 컵과 스푼 등을 정성껏 신속하게 챙겨 놓기 시작했다. 나와 아델은 테이블 곁으로 갔으나 주인은 긴의자를 떠나지 않았다.

「로체스타님의 찻잔을 좀 날라다 주시겠어요?」하고 페어팩스 부인이 내게 말했다. 「아델은 엎지를지도 모르니까요.」

나는 시키는 대로 했다. 주인이 내 손에서 찻잔을 받아들자 아델은 나를 위해 조르기에는 적당한 기회라 생각하여 외쳤다.

「아저씨의 조그만 상자 속에 에어 선생님께 주실 선물이 있지요?」

「누가 선물 얘길 하라는 거야?」그는 거칠게 말이 나왔다.「선생은 선물을 바라고 있었소, 에어 양? 선생은 선물을 좋아하시오?」그러자 그는 음침하고 노기에 찬, 쏘아보는 듯한 눈매로 내 얼굴을 살폈다.

「전 잘 모르겠읍니다. 그런 경험은 별로 없으니까요. 흔히들 기쁜 일로 생각하고 있더군요.」

「흔히 그렇게들 생각한다고? 그렇지만 당신은 어떻게 생각하시오?」

「흡족할 만한 대답을 드리자면 시간이 걸릴 것 같습니다. 선물에도 여러 가지 종류가 있지 않습니까? 그래서 그 근본에 관한 의견을 말씀드리기 전에 그 전체를 생각해야지요.」

「에어 양, 당신은 순진한 아델과는 다르군요. 그애는 나를 보면 선물을 달라고 법석인데 당신은 넌지시 남의 속을 떠보는군요.」

「그건 제가 아델보다도 선물을 받을 자신이 없으니까 그렇죠. 아델은 선생님과는 오랜 사이니까 요구할 수 있고 습관에서도 그럴 권리가 있어요. 늘 아델에게 장난감을 사다 주시곤 하셨다면서요. 하지만 제가 만일 선물을 받는 그런 경우가 된다면 전 놀랄 거예요. 저는 처음 뵙는 사람이고 선물을 받을 만한 일은 하지 못했으니까요.」

「아아, 너무 지나치게 겸손하군요! 난 아델을 시험해 보고 선생이 그애 때문에 무척 애쓴 걸 알았소. 그앤 총명하지도 않고 재주도 없소. 그러나 단시일에 많이 진보했어요.」

「선생님, 이제야말로 제게 선물을 주셨읍니다. 감사합니다. 그것은 선생들이 무엇보다도 바라는 상이랍니다. 자기 학생의 진보를 칭찬해 주시는 건.」

「음, 그래요!」로체스타 씨는 말하고 잠자코 차를 마셨다.

「난롯가로 오구료.」찻쟁반이 나가고 페어팩스 부인이 뜨개질 감을 가지고 방 한구석에 자리를 잡자 주인은 이렇게 말했다. 마침 아델이 내 손을 잡고 예쁜 책과 운각(雲刻) 위의 장식품과 옷장을 내게 구경시키려고 방안을 이리저리 끌고 다닐 때였다. 우리는 주인이 지시한 대로 따랐다. 아델은 내 무릎 위에 앉고 싶어했으나 파일럿과 같이 놀라는 명령을 받았다.

「내 집에 온 지 석 달이 된다지요?」

「네, 그렇습니다.」

「그런데——어디 출신이지요?」

「×××주에 있는 로드 학원 출신입니다.」

「아하 ! 자선 사업체이군. 얼마나 오래 있었소 ? 」

「팔 년입니다. 」

「팔 년이라고 ! 당신은 생활에 끈덕지군요. 그런 고장에선 어떤 체질이라도 반 시간이면 지치리라고 생각했었는데 ! 당신이 딴세상 사람 같은 얼굴을 하고 있는 것도 당연해. 어디서 그런 얼굴을 얻었을까 하고 궁금히 여겼소. 어젯밤 헤이 오솔길에서 내게로 다가왔을 때 나는 터무니없이 동화의 애기가 생각나서 당신이 내 말을 홀리게 하지 않았냐고 물어 볼 참이었소. 아직도 이상한 마음이 들 정도요. 양친은 ? 」

「모두 안 계셔요. 」

「본시부터 안 계셨단 거요 ? 얼굴은 기억해요 ? 」

「아뇨. 」

「그럴 줄 알았소. 그럼 울타리 충계에 앉아 있을 때 친구를 기다리고 있었던 가요 ? 」

「누구를요 ? 」

「옛날 애기에 나오는 초록빛 옷을 입은 요정(妖精)을 말이오. 그날은 놈들이 나타나기에 꼭 알맞는 달밤이었지. 자갈길에 망할·놈의 얼음을 깔아 놓다니, 내 가 자기네들 자리를 차지하기라도 했단 말인가 ? 」

나는 머리를 저었다. 「녹색의 요정들은 백 년 전에 영국을 떠나 버렸답니다. 」 하고 그가 심각하게 말한 것처럼 나도 심각하게 말했다. 「그리고 헤이 마을의 오솔길이나 이 근처의 들판에서도 요정의 흔적은 찾아볼 수 없어요. 여름이나 가을이나 겨울이나, 달은 이제 그들의 잔치를 밝혀 주진 않을 거예요. 」

페어팩스 부인은 뜨개질을 하다 말고 눈썹을 치켜올리고 무슨 애기를 하는가 고 의심쩍어하는 눈치였다.

「그럼,」하고 로체스타 씨는 말을 시작했다. 「양친이 안 계신다면 친척이라도 있겠죠 ? 숙부나 숙모가 ? 」

「없어요. 만나 본 일이 없어요. 」

「그럼 집은 ? 」

「집이 없어요. 」

「남동생 여동생은 어디 살고 있소 ? 」

「전 남동생과 여동생이 없어요. 」

「누가 여기로 오게 추천했소 ? 」

「제가 광고를 냈더니 페어팩스 부인이 답장을 내주셨읍니다. 」

「그렇답니다.」선량한 부인은 이제야 겨우 우리들이 무슨 얘기를 하고 있는지 알아차렸다. 「저는 하느님의 인도로 이 분을 선택하게 된 것을 매일 감사하고 있답니다. 에어 양은 제겐 헤아릴 수 없이 귀한 친구이고 아델에게는 친절하고 자상한 선생님입니다.」

「이 사람의 인품을 소개하느라고 애쓰지 말아요.」로체스타 씨가 대꾸했다. 「칭찬을 늘어놓는다고 해서 내 의견을 휘어잡진 못할 거요. 내 나름의 판단을 할 테니까. 이 여자는 내 말을 거꾸러뜨리는 것부터 시작했지.」

「주인님, 뭐라셨죠?」페어팩스 부인은 물었다.

「난 이 분에게 발을 삐게 한 사례를 해야겠소.」

미망인은 당황한 것 같았다.

「에어 양, 도회지에서 살아 본 적이 있으시오?」

「없읍니다, 선생님.」

「사회적 접촉이 많았겠지요?」

「로드의 학생과 선생들뿐이에요. 그리고는 지금 쏜필드의 식구들입니다.」

「책은 많이 읽었어요?」

「그저 제 손에 들어온 책 정돕니다. 그러니까 많은 수도 아니고 높은 수준도 아닙니다.」

「당신은 수녀의 생활을 해왔군. 틀림없이 당신은 종교적 조직 속에서 단련을 받았어요. ——브로클허스트는 로드를 지배한다고 알고 있는데, 그 사람 목사지요?」

「네, 그렇습니다.」

「그리고 당신과 같은 여자들은, 수녀가 가득 있는 수녀원에서 수녀원장을 떠받드는 것처럼 그자를 떠받들었을 것이오.」

「어머나! 아닙니다.」

「당신은 꽤 냉정하군! 아니라고! 뭐라고! 견습(見習) 수녀가 사제님을 떠받들지 않는다고! 그건 모독적인 소리요.」

「전 브로클허스트 씨를 싫어했어요. 저만 그런 건 아닙니다. 그 분은 가혹한 사람이에요. 걸핏하면 심술을 부리고 참견을 잘해요. 학생들 머리털을 잘라 버리기도 하고 절약한다고 해서 쓰지도 못할 나쁜 바늘과 실을 사다 주곤 했어요.」

「그건 아주 엉터리 절약이었군요.」때때로 우리들의 대화의 갈피를 포착한 페어팩스 부인이 말했다.

「그럼 그것이 그 사람을 화내게 한 원인인가요 ?」로체스타 씨는 물었다.

「위원회가 임명되기 전에는 그 분이 유일한 양식부 감독자여서 우리를 굶겼답니다. 한 주일에 한 번씩 지루한 설교를 해서 우리를 골탕먹이고 밤마다 낭독 때에는 자기가 쓴 책에서 급사(急死)와 심판이란 걸 읽게 해서 우리들 잠자리에 두려움을 주곤 했답니다.」

「로드에 들어갈 때는 몇 살이었소 ?」

「열 살쯤이었어요.」

「그럼 팔 년 거기 있었군. 그런데 지금 열 여덟 살이라지요 ?」

나는 끄덕였다.

「산수란 쓸모가 있소. 그 덕분이 아닌들 당신의 나이를 짐작할 수 없었을 거요.. 당신의 경우와 마찬가지로 얼굴 모습과 인상이 아주 엇갈리는 걸 알아맞히기란 힘든 거요. 그런데 로드에서는 무얼 배웠소 ? 피아노 칠 줄 알아요 ?」

「조금은, 」

「제법이오, 확고한 대답이군. 서재로 가시오——미안하오——내 명령소를 용서해요. 난 언제나 〈이걸 해〉 하는 식으로 말하고 또 이것으로 통해 왔소. 새 사람에게라고 해서 여태 지켜 오던 습관이 얼른 바꿔지지 않는군요——자아, 서재로 가오. 촛불을 들고. 문을 열어 놔둔 채로. 피아노 앞에 앉아 한 곡 쳐보시오.」

나는 방을 나가 시키는 대로 피아노를 쳤다.

「그만 !」하고 그는 이삼 분 후에 소리를 질렀다.

「조금은 치는군요. 마치 영국의 다른 여학생들처럼. 아마 보통 여학생들보다는 나을는지 모르지만 잘 치는 건 아니군요.」

나는 피아노 뚜껑을 닫고 방으로 돌아왔다. 로체스타 씨는 말을 이었다.

「아델이 오늘 아침 당신의 것이라면서 스케치 몇 장을 보여주더군요. 그게 정말 당신의 것인지 어떤지 모르겠소. 아마 어느 대가가 당신 그림에 가필을 해준 거겠죠 ?」

「아뇨, 천만에요 !」불현듯 나는 소리를 질렀다.

「아아 ! 지금 그 말이 자존심을 해쳤군요. 자 그럼 당신의 화판을 가져오시오, 그 그림들이 당신의 창작이라고 우길 수 있다면 말이오. 하지만 그것이 확실해질 때까진 우겨 대도 소용 없소. 나도 남의 그림을 따온 것 정도는 알 수 있으니까요.」

「그럼 전 아무 말씀도 안 드리겠어요. 마음대로 판단하세요.」

나는 서재에서 화판을 가져왔다.

「테이블을 이리로 가까이.」하고 그가 말하기에 나는 그걸 그의 긴의자 쪽으로 밀어 갔다. 아델과 페어팩스 부인은 그림을 보려고 가까이 왔다.

「모여들면 안 돼.」하고 로체스타 씨는 말했다. 「내가 보고 난 다음에 가져가는 건 좋지만 얼굴들을 내 쪽으로 들이밀면 안 돼.」

그는 스케치와 수채화를 한 장 한 장 유심히 오래 살피었다. 석 장은 옆에 놔두고 나머지는 보고 나자 치워 버렸다.

「페어팩스 부인, 이것들을 저쪽 딴 테이블로 가져가시오.」하고 그는 말했다. 「아델과 함께 그 그림을 보시오——당신은 (나를 힐끗 보며) 거기 남아서 내 질문에 대답하시오. 이 그림들이 한 사람의 손으로 그려진 것은 인정하지만, 당신 손으로 그렸단 거요?」

「네.」

「그럼 언제 이런 걸 그릴 틈이 있었소? 이 그림들은 상당한 시간이 걸렸을 거고, 꽤 머리를 썼을 텐데.」

「로우드에서의 마지막 방학을 두 번 지내는 동안 별로 할일이 없을 때 그린 겁니다.」

「원화는 어디서 구했소?」

「제 머릿속에서요.」

「지금 당신 어깨 위에 보이는 그 머리 말이오?」

「네, 그렇습니다.」

「이 밖에도 그 머릿속엔 이런 종류의 자료가 또 있소?」

「있으리라고 봐요. 그러기를 바래요——좀더 나은 것이.」

그는 그림들을 앞에 펴놓고 번갈아 또 바라보았다.

독자여, 그가 이렇게 정신을 팔고 있는 동안 그 그림들이 어떤 것이었는지 설명을 하겠다. 첫째로 그것들은 조금도 훌륭한 것이 못된다는 걸 전제해 두어야겠다. 기실 그 주제들은 내 머릿속에 생생히 떠오른 것들이었다. 내가 그것들을 보았을 때는 감동적인 것이었으나 내 손은 환상을 뒷받침해 주지 못했다. 어느 그림의 경우도 내가 상상으로 본 것이 몽롱한 표현으로 그려졌을 뿐이었다.

이 그림들은 수채화였다. 첫번째 그림은 물결치는 바다 위를 굴러가는 낮은 검푸른 구름을 그린 것이었다. 원경은 전체가 어둡고 전경도 그랬다. 어느 편이냐 하면 육지가 없으므로 화면의 맨 앞은 큰 파도였다. 한 줄기 빛이 반쯤 가라앉은 돛대를 부각시키고 돛대 위에는 검고 커다란 가마우지새가 날개에 물거품을 받으며 주둥이에는 보석을 박은 황금의 팔찌를 물고 앉아 있었다. 이건 내 그림 물감이 허락하는 한, 되도록 찬란한 빛으로 나타내고, 내 붓이 그릴 수 있는 한 환히 빛나게 했다. 새와 돛대 밑으로 가라앉는 익사체가 푸른 바닷물을 통해 엿보였다. 아름다운 한쪽 팔이, 뚜렷이 보이는 유일한 사지(四肢)이고 팔찌는 그 팔에서 파도에 씻기우기도 하고 부서지기도 했다.

두 번째 그림은 전경에 마치 산들바람에 불리우는 듯 나부끼는 풀잎과 나뭇잎이 있는 희미한 언덕 꼭대기만이 있었다. 그 위와 멀리에는 저녁 무렵처럼 검푸른 하늘이 가득히 펼쳐 있고 하늘로 솟아올라가는 한 여인의 상반신의 모습이 그려져 있었다. 나는 되도록 거무스레하고 부드럽게 빛깔을 조화시켜 그린 것이었다. 희미한 이마에는 별 하나로 장식되어 있고 그 밑의 얼굴은 마치 물보라의 장막을 친 듯이 보였다. 눈은 검고 야생적으로 빛났다. 머리는 폭풍우나 번갯불로 갈기갈기 찢긴 검은 광채 없는 구름장처럼 검게 물결쳤다. 목에는 달빛과 같은 은은한 빛이 비치고 그 희미한 빛은 가느다란 구름 줄기를 반사하고 있다. 이 구름 속에서 저녁별 금성의 모습이 솟아올라 고개를 숙여 인사를 하고 있다.

세 번째 그림은 북극의 겨울 하늘을 꿰뚫은 빙산의 뾰족탑을 보여 주고 있다. 북극광의 집합체가 거무스름한 창(槍)을 높이 세운 것처럼 지평선을 따라 밀집되어 줄지어 있었다. 그것들은 멀리까지 뻗쳐 있고 전경에는 머리가——거대한 머리가, 빙산 쪽으로 기울어져 그것을 기대고 있었다. 이마 밑에 합장하고 있는 여윈 두 손은 이마를 받치고 얼굴 아래를 검은 베일로 덮고 있었다. 뼈처럼 희고 핏기 하나 없는 이마와 절망 이외에 아무 의미도 없는, 공허하고 고정된 유리와 같은 한쪽 눈만이 보였다. 관자놀이 위를 감은 검은 천으로 된 두건(頭巾)의 주름 한가운데에는 질(質)과 밀도가 구름처럼 흐린 흰 불꽃의 둥근 테가 더욱 창백한 불꽃을 내며 빛나고 있다. 이 창백한 초승달은 〈왕관의 상징〉이었다. 그것이 이마를 장식하고 있는 것은 〈형태를 갖지 않는 형태〉였다.

「이 그림을 그렸을 때 당신은 행복했소?」 문득 로체스터 씨는 물었다.

「전 정신이 없었어요. 그래요, 행복했어요. 요는 이 그림을 그린다는 것은 제가 생전 처음으로 알게 된 가장 벅찬 기쁨의 하나를 누려 본다는 것이었어요.」

「그것도 지나친 말은 아니겠소. 당신 말대로 하면 당신의 즐거움이란 별로 없었으니까요. 하지만 당신은 이런 기특한 빛깔을 혼합하고 채색을 하는 동안 일종의 예술가의 꿈나라에서 살았다고 하겠지요. 매일 오래도록 그렇게 앉아 있었지요?」

「방학 동안이라 달리 할 일이 없었어요. 아침부터 점심 때까지, 그리고 낮부터 밤까지 그렇게 하고 앉아 있었어요. 한여름의 긴 해는 그림을 그리려는 나의 열성에는 유리했었답니다.」

「그럼 당신은 그 열렬한 노력의 결과에 만족했어요?」

「어림도 없읍니다. 제 머리에 떠올랐던 생각과 실제의 작업과의 차이가 너무 커서 고통을 받았어요. 하나하나의 경우에 있어서 무엇인가 상상했던 것을 정작 표현하려면 아주 무력해지곤 했어요.」

「아주 무력해진 건 아니겠지. 다소나마 당신의 생각이 표현됐겠지요. 아마 그 이상은 안 됐을 거요. 그것을 구체화시킬 화가의 기교와 지식이 당신에게 충분치 못했군. 그러나 이 그림들은 여학생의 솜씨로서는 이채가 있소. 그림 내용에 관해서 말한다면 요정 같은 냄새가 있군 그래. 이 저녁별 금성속의 눈들은 당신이 꿈에서 본 걸 거요. 이렇게도 선명히 보이게 눈들을 그렸지만 왜 조금도 반짝이지 않을까? 그건 위에 있는 달빛이 눈의 광채를 죽이고 있기 때문이오. 그리고 그 눈의 엄숙한 깊이엔 어떤 뜻이 있을까? 누가 바람을 그리는 걸 당신에게 가르쳤소? 저 하늘과 언덕 위에서는 질풍이 몰아치고 있소. 당신은 저 그리스 신화의 라트모스산을 어디서 봤소? 저건 라트모스산이라니까. 자아——그림을 치우시오!」

내가 화판 끈을 겨우 맸을 때 그는 회중 시계를 보고 별안간 소리쳤다.

「아홉 시오. 아델을 이렇게 늦도록 재우지 않는 건 무슨 일이오, 에어 양? 아델을 잠자리로 데리고 가시오.」

아델은 방을 떠나기 전에 그에게 키스를 하러 갔다. 그는 그네의 애무를 받아들였으나 파일럿이 기뻐하는 이상으로도 또 기뻐하는 만큼도 달가와하지 않는 것 같았다.

「그럼, 모두들 안녕.」문을 향해 손짓하며 말했다. 우리들과의 동석이 싫증이 났고 우리를 내보내고 싶다는 손짓이었다. 페어팩스 부인은 뜨개질 감을 말았다. 나는 화판을 집어들었다. 그에게 인사를 건넨 우리는 그 대신 차가운 답례를 받고 물러나왔다.

「페어팩스 부인, 아주머니는 로체스타님을 별로 괴상한 분이 아니라고 하셨죠.」하고 나는 아델을 재운 다음 부인의 방으로 갔을 때 말했다.

「그래, 괴상해 보입니까?」

「네, 아주 변덕스럽고 무뚝뚝한 분이군요.」

「그래요. 처음 대하시는 분에겐 영락없이 그렇게 보이겠죠. 그렇지만 나는 그분의 태도엔 푹 젖어 버려서 조금도 그렇겐 생각지 않아요. 또 설사 그 분 성질이 괴벽스럽다 하더라도 이해해 주셔야죠.」
「왜요?」
「일부는 그 분의 천성이 그러니까요——그리고 누구나 자기의 천성이란 어쩔 수 없는 것이지요. 또 일부는 그분을 괴롭히는 걱정거리가 있어서 정신적 균형을 잃게 한 겁니다.」
「무슨 걱정인데요?」
「첫째로는 가정 불화지요.」
「하지만 그 분에겐 가족이 없는 걸요.」
「현재는 없지만 전엔 있었어요——말하자면 친척되는 분이. 이삼 년 전에 그 분은 형님을 잃어버리셨지요.」
「그 분의 형님을요?」
「그렇답니다. 현재의 로체스타님은 재산을 상속받은 지 그리 오래지 않아요. 불과 구 년쯤밖에.」
「구 년이면 꽤 오랜 세월인데요. 형님이 돌아가신 걸 아직 애통해 할 만큼 로체스타님은 형님을 무척 사랑하셨나요?」
「웬걸요, 아니지요——아닐 거예요. 두 분 사이엔 무슨 오해가 있었던가 봐요. 로랜드 로체스타님이 에드워드님에게 좀 섭섭하게 하신 것 같아요. 부친이 에드워드님을 미워하시도록 하셨나봐요. 노인께선 돈을 소중히 여기시고 가문의 재산을 공동으로 소유하도록 마음을 썼어요. 재산을 분배해서 줄이는 걸 좋아하지 않았어요. 그러나 에드워드님도 가문의 이름을 소중히 지킬 만한 재산은 가져야 한다고 걱정을 했어요. 그런데 에드워드님이 성년이 되자마자 아주 공평하지 못한 어떤 처사가 취해졌던 거예요. 그것이 큰 재앙이 되었답니다. 로체스타 노인장과 로랜드님은 두 분이 결탁해서 에드워드님에게 재산을 만들어 주기 위해 이 분으로서는 고통스러운 입장이라고 생각되는 곳에 밀어넣었던 거예요. 그 괴로운 입장의 진상이 무엇인지 나도 똑똑히는 알 수 없지만 그 분은 진정으로 고통을 겪어야 할 그 입장을 받아들일 수가 없었어요. 에드워드님은 그리 너그러운 마음씨는 아니었어요. 가족과는 인연을 끊으시고 벌써 여러 해 동안 일종의 유랑 생활을 하고 계신답니다. 형님되시는 분이 에드워드님을 이 영지의 주인으로 삼는다는 유언도 없이 별세하신 후로, 두 주일 동안 눌러 이 쏜필드에 머무른 일은 여태까지 없었다고 봐요. 정말 이 오랜 저택을 싫어하시는 것도 이상스러울 건 없어요.」
「왜 이 저택을 싫어하시나요?」

「아마 음침하니까 그러시는지 모르죠.」

이 대답으론 갈피를 잡을 수 없었다——나는 좀더 확실한 걸 알고 싶었다. 그러나 페어팩스 부인은 로체스타 씨의 고통의 원인이나 내력을 분명히 알릴 수가 없는지 아니면 싫은 것인지 그 어느 하나였다. 부인은 이 사건이 자신에게도 하나의 신비로 돼 있다고 하고 자신이 알고 있는 것도 주로 추측에서 얻은 것이라고 못박아 말했다. 부인은 이 화제를 집어치웠으면 하는 눈치가 뚜렷해서 나는 그렇게 하기로 했다.

<h2 style="text-align:center">14</h2>

그 후 며칠 동안 나는 로체스타 씨를 보지 못했다. 오전엔 사무로 몹시 바쁜 듯했다. 그리고 오후에는 밀코트나 인근에서 신사들이 찾아왔다가는 때로는 머물며 그와 식사를 같이 했다. 발 삔 것이 승마를 해도 좋으리만큼 쾌차해지자 곧 잘 말을 타고 나다녔고 대개 밤늦게까지 돌아오지 않는 걸로 보아 아마 신사들의 방문에 답례하기 위한 것인지도 몰랐다.

이러는 동안은 아델조차도 그에게 불리워가는 일이 좀처럼 없었다. 내가 그와 아는 체하는 것은 큰방이나 층층다리나 복도에서 우연히 마주칠 때에만 한했다. 이럴 때 그는 서먹서먹한 고개 인사나 차가운 눈길로 겨우 내 존재를 아는 체하고는 거만하고도 냉정하게 지나쳐 버리는가 하면 때로는 신사다운 친절을 나타내어 인사를 하고 미소를 짓는 일도 있었다. 그의 이런 기분의 변화는 나를 해치지는 않았다. 왜냐하면 나는 그의 여러 갈래의 기분 변화가 나와는 아무 상관이 없다는 걸 느끼고 있었고, 그 썰물과 밀물은 나와는 아무 연관이 없는 원인에 의하는 것이었기 때문이기도 했다.

어떤 날 만찬에 손님들이 와 있었다. 그는 내 화판을 가져오도록 사람을 보내왔다. 물론 그것은 그 속에 든 그림을 손님들에게 보이기 위해서였다. 페어팩스 부인이 내게 알려 준 말로는 신사들은 밀코트에서 모이는 어떤 집회에 참석하느라고 일찍 자리를 떴으나 그날 밤은 비가 오는 험악한 날씨라 로체스타 씨는 신사들과 함께 떠나지 않았다고 했다. 손님들이 다 가버리자 곧 그는 벨을 울렸다. 나와 아델에게 아래층으로 내려오라는 분부가 왔다. 나는 아델의 머리를 빗겨 주어 단정히 해놓았다. 나 자신은 평소의 퀘이커 교도식의 몸차림을 하여 어디 하나 매만질 데가 없는 걸 확인하고는——바싹 틀어 수수하게 따올린 다발머리까지도 흩어지지 않는다는 걸 확인하고서——우리 둘은 충충다리를 내려갔다. 아델은 이제서야 〈작은 상자〉가 도착했을지 모른다고 했다. 어떤 착오로 그 상자의 도착이 여태까지 지체되었던 것이다. 아델은 기뻐했다. 두 사람이 식당에 들어섰을 때 테이블 위에는 작은 상자가 하나 놓여 있었다. 아델은 직감적으로 그것이라는 걸 알아차렸다.

「내 상자야! 내 상자!」하고 거기로 달려가며 소리쳤다.

「그래——마침내 네 상자가 왔다. 자아, 파리의 순 토박이 아가야, 이걸 구석으로 가져가서 끄집어내 가지고 혼자 놀아라.」굵직하고 오히려 빈정대는 듯한 로체스타 씨의 목소리가 난롯가의 커다란 안락의자 깊숙이에서 들려 왔다. 「그리고 알겠니?」하고 말을 이었다. 「해부(解剖)의 순서가 어떻고 내장(內臟)의 상태가 어쩌니 하는 잔소리로 나를 귀찮게 해선 안 돼. 수술은 잠자코 하란 말야. 조용히 하란 말야, 알겠어?」

이런 경고가 아델에겐 필요 없는 것 같았다. 그애는 이미 그네의 보물을 들고 소파에 불러앉아 꼭 묶은 상자의 뚜껑의 끈을 끄르는 데 바빴다. 이 장애물을 치워 버리고 일종의 은종이 포장지를 들치자 그네는 그저 이렇게 외칠 따름이었다.

「어머나! 아이 이뻐라!」그리고는 황홀히 바라만 보는 데 여념이 없었다.

「에어 양 거기 있소?」이때, 주인은 문께를 돌아보려고 몸을 반쯤 일으키며 물었다. 나는 문 가까이 아직 서 있었다.

「아아! 그렇지, 와서 여기 앉으시오.」그는 자기 의자 가까이로 의자 하나를 끌어왔다. 「난 애들이 떠드는 걸 좋아하지 않아.」하고 그는 말을 이었다. 「나 같은 노총각에겐 애들 소리에도 아무런 흥거운 마음이 떠오르지 않으니까 말이오. 어린애와 밤새도록 머리를 맞대고 지낸다는 건 참을 수 없는 일이야. 에어 양, 의자를 멀리 끌어가지 말아요. 내가 놓아 둔 바로 그 자리에 앉아요——제발 그렇게 하란 말이오. 이런 예의는 귀찮아! 난 늘 그걸 잊어먹는단 말이오. 특히 평범한 늙은 여자는 마음에 들지 않아. 그건 그렇고, 이 집 노파를 알아모셔야지. 그 분을 소홀히 해서는 안 될 거요. 그 분은 페어팩스 집안 사람이야. 말하자면 페어팩스 집안에 시집 온 거요. 하긴 피는 물보다 진하다는 말이 있지.」

그는 벨을 울려 페어팩스 부인을 불러오도록 사람을 보냈다. 부인은 뜨개질 바구니를 들고 곧 왔다.

「어서 오시오, 아주머니. 자선 사업 같은 일을 해달라고 오시라고 했어요. 아델에게 선물에 관해서는 일체 내게 말을 해선 안 된다고 일러 두었어요. 저앤 말하고 싶어 야단이오. 아델의 말을 들어 주고 말동무도 되주시오. 그렇게만 하면 더없는 자선 사업이 될 거요.」

기실 아델은 페어팩스 부인을 보기가 무섭게 자기 소파로 불러 재빨리 상자 속의 도자기와 상아, 밀납으로 만든 장난감을 무릎에 잔뜩 늘어놓고는 자기가 습득한 그런 정도의 어설픈 영어로 설명을 하며 의기 양양해 했다.

「그럼, 이걸로 훌륭한 주인 구실을 했군.」로체스타 씨는 말을 이었다.「손님들을 제각기 서로 재미있게 지내도록 해놓았으니 이젠 나도 자유로이 내 재미를 봐야겠군. 에어 양, 좀더 의자를 이쪽으로 끌어와요. 아직 너무 멀어. 이 푹신한 의자에서 내 위치를 바꾸지 않고는 당신의 얼굴을 볼 수 없으니까. 움직일 생각은 조금도 없어.」

좀 구석진 곳에 그대로 있고 싶은 마음은 간절했지만 나는 시키는 대로 따랐다. 로체스타 씨가 너무나 엄격하게 명령조로 말하기 때문에 그 명령에 복종하는 것이 당연한 일로 여겨졌다.

앞에서 말한 바와 같이 우리는 식당에 있었다. 만찬을 위해서 켜놓은 샹들리에는 축제와 같은 휘황한 불빛으로 방안을 채웠고 커다란 난롯불은 활활 피어오로고 있었다. 보랏빛 커튼은 식당의 높다란 창문과 그보다 더 높은 아치에 아늑하게 드리워져 있었다. 아델의 가만한 얘기 소리 외에는(그애는 감히 큰소리를 내지 못했다) 사방은 고요했다. 아델의 말소리가 그칠 때마다 그 공간은 유리창에 부딪치는 겨울 빗방울 소리로 메워졌다.

〈다마스크〉천으로 싼 의자에 앉은 로체스타 씨는 내가 전에 본 인상과는 달랐다. 그다지 근엄하지도 않고——그리 침울해 보이지도 않았다. 입가엔 미소가 떠돌고 눈은 빛나고 있었다. 포도주를 마신 탓인지 아닌지는 확실치 않지만 그럴지도 모른다는 생각이 들었다. 말하자면 저녁 식사 후의 그 기분이었다. 아침 나절의 차갑고 무뚝뚝하던 태도보다는 훨씬 누그러지고 쾌활했다. 그리고 또 더욱더 제멋대로 되어 갔다. 그러나 커다란 머리를 의자의 불룩한 등에 기대고 화강암을 깎아 놓은 듯한 얼굴과 커다란 검은 눈에 난롯불빛을 받고 있는 그는 역시 어딘가 엄해 보였다. 그것은 그가 크고 검은, 퍽 아름다운 눈의 주인공이기 때문이었다——때때로 눈 속 깊이에는 어떤 변화가 있었다. 그 변화는 부드러운 것은 아닐지는 몰라도 다소나마 그런 느낌을 주는 데가 있었다.

그는 이 분쯤 난롯불을 바라보고 있었다. 나는 그 동안 그를 바라보고 있었다. 이때였다. 별안간 고개를 돌린 그는 그의 얼굴에 못박혀 있는 내 시선을 붙잡았다.

「에어 양, 나를 심사하고 있군 그래.」하고 그는 말했다. 「나를 잘 생겼다고 생각하오?」

나는 곰곰이 생각한 후였더라면 이 물음에 대해 흔히들 하듯이 어물어물해서 실례가 되지 않는 대답을 했을 것이다. 그러나 나도 모르는 사이에 대답은 내 입에서 흘러나왔다. ——「안 그래요.」

「아하! 놀라운 일이군! 당신은 어딘가 좀 이상해요.」하고 그는 말했다. 「젊은 수녀 같은 데가 있어. 두 손을 앞에 모으고 앉아서 한결같이 눈을 융단에 떨어뜨리고 있을 땐 말이 났으니 말이지 그 눈이 내 얼굴을 뚫어져라 쏘아볼 때는 다르지만, 예를 들면 바로 지금처럼 말이오. 기묘하고도 조용하고 엄숙하고도 순진하단 거요. 누가 당신에게 어떤 문제를 물어 보거나 혹은 대답해 주지 않을 수 없는 의견 같은 걸 문의해 오면 당신은 얼김에 솔직한 대답을 해버리는 거야. 그것은 되는 대로 뱉는 건 아닐지 몰라도 다소는 퉁명스러운 대답이야. 그긴 왜 그리는 기요?」

「제가 너무 솔직해요. 용서하세요. 용모에 대한 물음에 바로 대답한다는 건 쉬운 일이 아니라고 말씀드렸어야 했어요. 저마다 눈은 다르니까요. 용모의 아름다움이란 중요하지 않다든가 그런 식으로 대답했어야 했는데.」

「그런 식으로 대답해선 안 돼요. 용모의 아름다움이란 중요하지 않다! 그렇지! 그런 말을 가지고 아까의 폭언을 상쇄시키고 나를 어루만지고 진정시키는 체하고는 내 귀 밑에 음흉한 주머니칼을 꽂는군! 자, 말해 봐요. 내 몸에 무슨 결점이 있는지 찾아 봐요. 딴 사람들과 마찬가지로 사지와 용모를 모두 갖추었다고 생각하는데 말이오?」

「로체스타님, 아까 말씀드린 건 취소하겠어요. 그렇게 말씀드리려던 건 아닙니다. 말이 잘못 나갔어요.」

「바로 맞았군. 나도 그렇게 생각해요. 그런데 아까 그 대답엔 책임을 져야 해요. 나를 평해 봐요. 내 이마가 맘에 들지 않소?」

그가 이마 위를 덮고 있는 검은 머리칼을 쓸어올리니 꽤 지능이 우수해 보이는 딱딱한 이마가 보였는데, 부드러운 자비심이 나타나 보여야 할 그곳에 전혀 그런 것이 결여되어 있었다.

「그럼 이봐요, 난 바볼까?」

「얼토당토 않은 말씀이에요. 이번엔 제가 선생님이 박애주의자이신지 어쩐지 여쭈어 본다면 저를 예의 없는 여자라고 생각하시겠지요?」

「한술 더 뜨는군! 내 머리를 쓰다듬어 주는 체하면서 주머니칼로 또 한번 찌르는 거야. 어린애나 할멈과 같이 노는 건 싫다고 했으니까 말이오. 가만히 얘길 해야겠군! 아니야 아가씨, 나는 보통 있는 박애주의자는 아니오. 하지만 양심은 있어.」 이렇게 말한 그는 그 양심의 작용을 나타낸다고 일컫는 튀어나온 이마를 가리켰다. 그것은 다행히도 머리 위편의 꽤 상당한 넓이를 차지하여 선히 눈에 띄었다. 「그뿐 아니라 한때는 일종의 소박한 부드러운 마음씨를 지니고 있었소. 당신만한 나이엔 아주 다정 다감한 청년이었소. 미숙한 사람이나 제대로 양육을 받지 못한 사람이나 불행한 사람들을 특히 사랑했소. 그 후부터 운명은 나를 못 살게 굴었소. 운명은 주먹으로 나를 짓이겨 버렸던 거야. 그래 지금 나는 고무공처럼 단단하고 질기다고 자처하지. 하긴 아직 한두 군데 뚫린 구멍을 통해서 무언가가 스며들어오면 몸뚱이 한복판에 감정에 약한 테가 있긴 하오만, 그때문에 내게 아직 희망이 남아 있는 것일까?」

「무슨 희망을 말입니까?」

「고무공에서 피가 있는 인간으로 되돌아가는 최종적 환원이라면 어떻소?」

(확실히 술을 너무 마신 거야.) 나는 생각했다. 이런 괴상한 물음에 어떻게 대답을 해야 좋을지 나는 몰랐다. 환원될 가능성이 있는지 어떤지 어떻게 내가 가려낼 수 있단 말인가?

「몹시 당황한 것 같군요, 에어 양? 내가 미남이 아닌 것처럼 당신도 미인은 아니지만 그 당황해 하는 모습이 당신다운데요. 더구나 당신의 그 탐색적인 시선이 내 얼굴에서 떠나 융단의 털로 된 꽃무늬에 열심히 눈을 팔고 있으니 편리하단 말이오. 그렇게도 당신은 당황하고 있는 거요. 아가씨, 나는 오늘 밤 사람이 그리워서 마음을 터놓고 얘기할 생각이오.」

이렇게 말한 그는 의자에서 일어나 대리석의 벽난로 위에 한 팔을 기대고 서 있었다. 이런 자세를 한 그의 몸매는 얼굴과 함께 똑똑히 보였다. 유달리 넓은 가슴팍은 사지의 길이와 비례가 거의 맞지 않았다. 대개는 그를 보고 못 생긴 사나이라고 생각했을 거다. 그러나 그의 태도에는 무의식적인 자부심이 잔뜩 들어 있고 그의 동작에는 담담한 데가 있었다. 자신의 외모에는 전혀 무관심한 빛이 보였다. 본시부터 타고난 것인지 혹은 우연히 생긴 것인지는 몰라도 순전한 신체적인 매력의 결함을 보충할 만한 다른 성질의 힘을 믿는 거만성으로 말미암아 그를 바라보고 있는 사람은 어쩔 수 없이 그와 같이 무관심하게 되고 맹목적이고 불완전한 의미에서나마 그에게 신뢰를 갖게 된다.

「나는 오늘 밤 사람이 그리워서 터놓고 얘기해 볼 참이오.」하고 그는 되풀이

했다. 「그래서 당신을 불러온 거요. 난롯불과 샹들리에는 내 상대가 될 수 없고 파일럿도 마찬가지야. 모두 말을 못하니까 말이지. 아델은 나은 편이지만 아직 내 상대가 되기엔 까마득하지. 페어팩스 부인도 마찬가지야. 당신 편에서 좋다면 알맞은 상대가 될 수 있다고 생각했소. 첫날밤 당신을 여기 불렀을 때 당신은 나를 당황케 했소. 그 후 난 당신을 거의 잊고 있었지. 다른 생각이 내 머리에서 당신을 쫓아냈던 거요. 그러나 오늘 밤은 터놓고 대하리라고 마음먹었소. 귀찮은 생각은 쫓아내고 즐거운 생각만 하기로 결심했던 거요. 지금 당신에게 말을 시키는 것이 나로선 즐거운 일이오 —— 당신을 좀더 알게 되니까 —— 그러니 말을 하시오.」

나는 말하는 대신에 미소를 지었다. 그렇다고 해서 만족하거나 추종하는 미소는 아니었다.

「말을 해요.」 그는 재촉했다.

「어떤 말씀을요?」

「무엇이든 하고 싶은 걸. 화제의 선택이니 말하는 방법은 전적으로 당신에게 일임해요.」

그러나 의자에 앉은 나는 아무 말도 안 했다. (이 분이 나에게 단지 말솜씨나 허식을 위한 말을 바라고 있다면 그건 당치도 않은 사람에게 말을 건넸다는 걸 알게 될 거야.) 하고 나는 생각했다.

「당신은 벙어리야, 에어 양.」

나는 벙어리인 채로 있었다. 그는 머리를 내게로 약간 내밀고 성급한 눈길로 내 눈을 파고드는 듯했다.

「고집장이요?」 그는 말했다. 「화가 났군. 아아 그렇군 그래. 내가 좀 무례한 투로 지나친 요구를 했군. 에어 양, 용서하시오. 바른대로 말하면 사실 나는 당신을 아랫사람으로 취급할 생각은 아니오. 즉(그는 자신을 가다듬으며) 나이에 이십 년 차이가 있고 경험으로는 한 세기 앞선 데서 응당 오는 그 우월성을 주장할 뿐이오. 그건 정당한 것이오. 아델 말마따나 〈그렇게 주장한다(et j'y tiens).〉하고 말하려던 참이오. 그래서 내가 어떤 일 —— 녹슨 못처럼 망그러져 가는 —— 을 단념하지 못하고 화만 내고 있는 내 마음을 돌리게 이제 조금이라도 얘기해 줄 수 있는 미덕을 베풀어 달라는 것은 웃사람이라는 것과, 경험을 가졌다는 두 가지 이유에서 말하는 거요.」

그는 마지못해 이렇게 설명했다. 거의 변명에 가까웠다. 나는 그의 겸손에 모르는 체할 수 없는 심정이었다. 또 그렇게 보이고 싶지도 않았다.

「힘 자라는 껏 기꺼이 위로해 드리고 싶습니다. 정말 기꺼이 말이에요. 하지만 화제는 꺼낼 수 없어요. 어떤 얘기가 선생님에게 흥미가 있는지 제가 어떻게 알아요? 질문을 해주세요. 그럼 제가 힘 자라는 껏 대답해 드리겠어요.」

「그럼 우선 하나 물어 보지. 내가 이제 말한 이유, 즉 당신은 한 가정에서 식구들과 같이 조용히 살아 왔지만 나는 당신의 아버지가 될 만한 나이에 여러 나라의 많은 사람들과 어울려 갖가지 경험을 치르며 지구의 절반을 헤매었다는 이유로 때로는 내가 다소 주인 티를 내고 무뚝뚝하거나 가혹하게 굴만한 권리가 있다는 걸 알아 주겠지요?」

「좋으실 대로 하세요.」

「그건 대답이 아니오. 오히려 초조하게 만드는 말이오. 아주 애매한 대답이니까 분명히 대답해요.」

「선생님께서 저보다 나이가 위라서라든가 저보다 세상 구경을 많이 하셨다는 그 이유만으로는 제게 명령하실 권리가 있다고는 생각되지 않아요. 선생님이 저보다 우월하시다는 주장은 선생님이 시간과 경험을 어떻게 유효하게 쓰셨는지 거기에 달려 있어요.」

「으흠! 명확하게 대답하는군. 하지만 당신의 말은 내 경우에는 맞을 리 없다는 점으로 봐서 나는 그 대답을 인정할 수 없어요. 나는 그 두 가지 이점(利點)을 악용했다는 것이 아니라 무관심하게 써먹었으니까 말이오. 그럼 우월의 문제는 제쳐 놓고 당신은 내 명령조에 화를 내거나 기분을 상하지 않고 내 명령을 제때에 받아들이는 데 응해야 하오——어떻소?」

나는 미소를 지었다. 로체스타 씨는 괴짜라고 혼자 생각했다——그의 명령을 받아들이는 대가로 일 년에 삼십 파운드를 내게 지불한다는 걸 잊어버리고 있는 모양이다.

「웃는 건 대단히 좋으나,」그는 살짝 짓는 미소를 곧 포착하고 말했다. 「하지만 말도 해보시지.」

「전 생각에 잠겨 있었어요. 자기 손에서 봉급을 받는 고용인이 자기의 명령에 화를 내거나 상심하지나 않을까 걱정하시는 주인님은 좀처럼 없을 거라고요.」

「봉급을 받는 고용인이라! 뭐, 당신은 내게서 봉급을 받는 고용인이란 말이지? 아, 그렇지, 봉급 생각은 잊어버리고 있었군그래! 좋아, 그럼 그 금전상의 이유로 내가 좀 못 살게 굴어도 좋소?」

「아뇨, 그런 이유 때문이 아니라 선생님께서 봉급 문제를 잊어버리고 계시다는 것과, 고용인이 주인 밑에서 편안히 지내고 있는지 어떤지를 마음써 주시는 그런 것에 대해서라면 진심으로 찬성해요.」

「그럼 숱한 세속적인 형식이나 인사는 생략해도 좋아요? 생략이란 무례에서 나온 것이라고 생각하지 말고요.」

「저는 약식과 무례를 착각할 리는 없읍니다. 오히려 저는 약식을 좋아해요. 무례에는 비록 봉급을 위해서라고 해도 자유스러운 몸으로 태어난 사람이라면 복종하려 하지 않는답니다.」

「흐흥! 자유의 몸으로 태어난 사람들은 대부분 봉급을 위해서라면 어떤 일에도 복종하는 거요. 그러니 혼자만 그렇게 알고 있어요. 당신이 잘 알지 못하는 일반적인 걸 건방지게 아는 체해선 안 되오.. 그러나, 지금 한 말은 들어맞진 않았지만 당신 대답이 마음에 드니까 마음 속으로 악수하죠. 말 내용도 그렇지만 지금 그 말하는 태도가 마음에 든단 말이지. 솔직하고 진지하니까. 그런 태도는 흔히는 볼 수 없거든. 이쪽에서 허심 탄회하게 솔직이 말해두 잘난 체하고 냉대를 받고 이쪽 말의 뜻을 어리석고 야비스레 오해하는 것이 으례 받는 보수니까. 애송이 여학생 출신의 가정 교사가 삼천 명이 있더라두 그 중 단 세 사람도 이제 당신이 한 답변은 못했을 거요. 그렇다고 해서 나는 당신에게 아부하는 건 아니오. 당신이 대다수의 사람들과는 다른 특출한 형태로 태어났다면 그건 당신의 공적은 아니오. 대자연이 그렇게 만들어 준 것이야. 그러니까 결국 결론을 너무 서두른 셈이 되는군요. 왜냐하면 지금까지 내가 알기에는 당신은 다른 사람들보다 잘나지 못했을는지도 모르고 당신의 두서너 가지 장점과 맞먹을 만한 결점을 갖고 있을는지도 모르니까요.」

(그럼 당신도 마찬가지인지 모르죠.) 하고 나는 생각했다. 이런 생각이 내 마음을 지나갈 때 내 눈은 그의 눈과 마주쳤다. 그는 내 시선을 읽은 듯 보였다. 마치 내가 생각한 걸 말로써 그 의미를 나타내듯이 이렇게 그는 대답했다.

「그래. 그래, 당신 생각이 맞았어.」 하고 그는 말했다. 「나는 결점이 많아. 그건 나도 알고 있어. 당신에게 변명하려고는 생각지 않아. 하느님께 맹세하지만 나도 남을 심하게 대하고 싶진 않아. 내게도 과거의 생활이 있지. 내가 진정으로 생각해 봐야 할 일련의 행동과 생활의 자세를 보면 내가 이웃 사람들에게 던지는 조소와 비난을 오히려 내 자신에게 퍼붓는 것이 당연할는지도 몰라. 스물한 살 때 나는 이 세상을 출발했소. 아니 그보다는(그것은 세상의 모든 파산자가 그렇듯이 나도 이런 비난의 절반은 자기의 불운과 역경의 탓으로 돌리고 싶으니까) 잘못된 방향으로 끌려갔다가 그 후 옳은 방향을 찾지 못한 거요. 그러나 당시 나는 아주 다른 사람이었는지도 몰라요. 당신처럼 선량하고 ── 좀더 현명하고——거의 흠없는 사람이었을는지도 모르지. 난 당신의 마음의 평화와 깨끗한 양심이라든가 더럽혀지지 않은 추억이 부럽소. 아가씨, 얼룩이나 티 하나 없는 추억은 굉장한 보물임에 틀림없소——그것은 퍼내도 끝이 없는 청신한 원기를 주는 샘이 아니겠소?」

「선생님의 열 여덟 살 때의 추억은 어떻습니까?」

「그땐 좋았지. 맑고 건전해서 어떤 거센 뗏물도 그것을 시궁창으로 만들지 못했어. 나도 열 여덟 살 땐 당신과 같았소——당신과 꼭 같았소. 대체로 조물주는 나를 옹글고 선량한 사람으로 만드시려고 했지. 퍽 좋은 종류의 인간으로 말요. 에어 양, 그런데 나는 그렇지 않단 말이오. 당신은 나를 그렇겐 보이지 않는다고 하겠지. 적어도 난 당신의 눈에서 그만한 건 눈치챌 수 있다고 자부해요(조심하시오. 말이 났으니 말이지 나는 당신이 눈으로 나타내는 걸 말로 재빨리 해석할 수 있으니까). 그러니 거기에 대한 내 말을 믿어요——나는 악한은 아니오. 그렇게 생각해선 안 되오——그런 누명을 쓰고 싶진 않소. 그러나 나는 굳게 믿지만 선천적인 성벽이라기보다는 오히려 환경 때문에 부자들이나 값어치가 없는 자들처럼 생활을 도락하려다가 하잘것없는 방탕에 지쳐 버린 시시한 죄인이란 말이오. 이런 걸 고백해서 당신은 어리둥절하겠지요. 당신이 앞으로 살아가노라면 당신은 친구의 비밀을 저도 모르게 털어놓게 해버리는 일이 종종 있다는 걸 알아 두시오. 당신이 좋아하는 취미는 자신의 얘기를 하는 것이 아니라 남들이 얘기하는 것을 듣는 취미라는 걸 내가 알아낸 것처럼, 다른 사람들도 직감적으로 알아낼 거요. 또 그 사람들은, 당신이 그들의 무분별에 대해서 악의에 찬 경멸을 가지고 듣는 것이 아니라 일종의 타고난 동정심을 가지고 들어 준다는 것도 알게 될 거요. 그 동정의 표현이 퍽 소극적이라고 해서 위로나 격려가 되지 않을 리는 없소.」

「어떻게 아세요?——어떻게 이 모든 걸 알아맞힐 수 있읍니까?」

「난 다 알고 있지. 그래서 난 내 생각을 일기에 적어 넣듯이 거의 마음대로 말하는 거요. 당신은 내가 주위 환경을 극복해야만 했을 거라고 말하겠지요. 그래야 했을 거야——그래야 했을 건데 그걸 못했어요. 운명이 나를 그르쳤을 땐 냉정해질 수 있는 나는 절망했고 다음엔 타락해버렸소. 그래서 어느 악독한 바보 자식이 되지못한 욕설을 퍼부어 내게 증오심을 안겨 주어도 나는 그 녀석보다 낫다고 자처할 수가 없어. 나는 그 바보 녀석과 동등하다고 마지못해 자백하는 거요. 내가 확고부동했어야 좋았을 거요——내 마음은 하느님이 아실 거요! 에어 양, 못된 길로 꼬임을 받았을 때 후회할 것을 두려워하시오. 후회는 인생의 독소란 말요.」

「속죄하면 구원을 받을 수 있다던데요.」

「그렇다고 구원을 받는 건 아니오. 개심(改心)이 구원이 될지 모르지. 그래 난 개심할 수 있어——나는 아직 그런 힘이 있소——만일——그러나 나처럼 족쇄를 차고 무거운 짐을 지고 저주를 받은 자가 이런 걸 생각해 본들 무슨 소용이 있겠소? 게다가 행복이 되불러들일 수 없게 나를 거절해 버린 이상 나는 인생의 쾌락을 찾을 권리가 있지. 어떤 대가를 치르더라도 난 그걸 얻고야 말 테요.」

「그럼 선생님은 점점 더 타락하실 거예요.」

「그럴지도 모르지. 그러나 혹시 달콤하고 신선한 쾌락을 얻을 수 있다면 구태여 내가 타락할 리 있겠소? 꿀벌이 들판에서 모아들인 야생꿀처럼 달콤하고 신선한 걸 얻게 되는지도 모르지.」

「그건 독할 거예요——쓴 맛이 날 거예요.」

「어떻게 아시오? 당신은 먹어 본 일이 없는데노. 쾌 심각한 얼굴이야——성당히 엄숙한 얼굴이오. 당신은 이 〈캐미오〉의 머리(벽난로 위에서 〈캐미오〉를 집으며)처럼 그 문제에 대해선 아무것도 모르오. 당신은 내게 설교할 자격이 없소. 인생의 관문을 거치지도 않았고 또 그 신비를 조금도 모르는 풋나기요.」

「전 다만 선생님 자신이 하신 말씀을 기억하시라는 것뿐이에요. 선생님께선 과오는 후회를 가져온다고 말씀하셨고 후회는 인생의 독이라고 하셨어요.」

「지금 과오에 관한 애길 누가 하라는 거요? 내 머리에 떠오른 생각이 과오라고는 생각하지 않소. 이건 유혹이라기보다는 영감이었다고 믿소. 그건 무척 다사롭고 무척 마음을 진정시켜요——나는 알고 있소. 자, 그것이 다시 머리에 떠오르는군! 그건 악마는 아니야, 확실히. 그것이 설혹 악마일지라도 빛을 지닌 천사의 옷을 입고 있소. 이처럼 손님이 내 가슴 속에 찾아들려 할 땐 정당히 받아들여야 한다고 봐.」

「그걸 믿지 마세요. 그건 참다운 천사가 아닙니다.」

「다시 말하지만 어떻게 당신이 안다는 거요? 당신은 어떤 직감에 의해서 타락한 천사와 영원한 옥좌에서 파견된 신의 사자와를——인도하는 자와 유혹하는 자를 구별해낼 수 있단 말이오?」

「선생님의 안색으로 판단했어요. 이제 그 암시가 선생님께 다시 돌아왔다고 선생님이 말씀하셨을 때 선생님의 안색은 당황해졌어요. 그런 암시에 귀를 기울이시면 반드시 좀더 비참해질 거라고 봐요.」

「천만에요──그건 세상에서 제일 자비로운 신탁을 전해 주는 거요. 그 밖에 또 말한다면 당신은 내 양심을 지켜 주는 사람이 아니니까 걱정할 것 없소. 자아, 들어오시라, 아름다운 방랑객이여!」하고 그는 다른 사람의 눈에는 보이지 않지만 자기 눈에만 보이는 환상에 말을 건네듯이 말하고 나서 반쯤 벌렸던 두 팔을 가슴 위에 얹으며 그 환상을 껴안으려는 것같이 보였다.

「자아,」하고 그는 다시 내게 말을 건네어 왔다. 「나는 순례자(巡禮者)──틀림없이 변장한 신이라고 생각해요──를 받아들였소. 이 신은 이미 내게 선(善)을 행하였소. 내 가슴은 일종의 납골당(納骨堂)이었던 것이 이제는 신전(神殿) 같아질 거요.」

「노골적으로 말씀드리면 저는 선생님을 전연 이해 못하겠어요. 저는 말씀을 나눌 수 없어요. 그 이유는 제 이해력으론 도저히 미칠 수가 없기 때문이에요. 단 한 가지 제가 알고 있는 것은 선생님께선 당신께서 바라시는 것과 같은 착한 분은 아니고 또 선생님 자신의 불완전성을 유감스레 생각하신다고 말씀하셨죠. 한 가지 이해할 수 있는 것이 있어요. 즉 더럽혀진 추억을 갖고 있다는 건 영원한 해독이라고 말씀하신 그거예요. 만일 선생님께서 무척 노력을 하신다면 머지 않아 당신께서 스스로 만족하실 수 있는 분이 되리라고 생각됩니다. 그리고 오늘부터라도 생각이나 행동을 고치실 결심을 갖고 출발하신다면 이삼년 후면 즐거움으로 회상하실 수 있는 새롭고 깨끗한 추억들을 무더기로 쌓게 될 거예요.」

「바로 그 생각이야. 그 말대로야, 에어 양. 그래서 나는 이순간 지옥으로 가는 길을 열심히 포장하고 있는 거요.

「뭐라고요?」

「착한 생각을 길에 깔고 있는 참이오. 그건 부싯돌처럼 오래 견딜 수 있으리라고 믿소. 물론 이제부터 나의 교제와 오락은 여태껏보다는 다른 것이 될 거요.」

「전보다 좋은 것인가요?」

「전보다 좋은 것이지──순수한 금덩어리가 더러운 쇠부스러기보다 좋듯이 훨씬 좋은 거요. 당신 나를 의심하는 것 같구료. 난 나 자신을 의심하지 않소. 목적이 무엇인지 동기가 무엇인지 나는 잘 알고 있소. 그리고 이 순간에 자신의 목적과 동기가 모두 정당하다는 걸 마치 메디아 사람이나 페르샤 사람의 법령처럼 개정할 수 없는 법령을 제정하겠소.」

「목적과 동기가 그것들을 정당화시키기 위해서 새로운 법령이 요구된다면 그것들은 정당할 리가 없읍니다.」

「에어 양, 그래도 새로운 법령은 절대로 필요해요. 그것들은 정당해. 전대 미문의 사태의 결합은 전대 미문의 법률을 필요로 해.」

「위험 천만한 격언으로 들리는군요. 그건 대번에 남용되기 마련이라는 걸 누구나 알 수 있기 때문예요.」

「격언을 참 잘 아는 현자로군! 그렇군 그래. 그러나 난 우리 집 수호신께 그걸 남용하지 않겠다는 걸 맹세하오.」

「주인님은 인간이고 실수하기 마련입니다.」

「나도 그렇고 당신도 그래——그래 그게 어쨌단 말이오?」

「인간이고 실수하기 마련인 자는, 하느님이나 완전한 자에게만 안심하고 맡길 수 있는 힘을 남용해선 안 됩니다.」

「무슨 힘을?」

「사회에 인정되지 않는 모든 이상한 행동 범위를——〈정당화시키자〉고 하는 힘 말입니다.」

「〈정당화시키자〉——바로 그 말이오. 당신이 말한 그대로야.」

「그럼 정당화 되기를.」 나는 의자에서 일어나며 말했다. 내겐 도무지 알 수 없는 얘기를 계속하는 건 아무 소용이 없는 것 같았다. 그뿐 아니라 나의 말상대의 성격은 내 통찰력으론 이해할 수 없다고 생각되었다. 적어도 지금은 내 통찰력이 미치지 않는 곳에 있었다. 그리고 아무것도 모르겠다는 확고한 신념이 따른 반신 반의와 막연한 불안감이 들었다.

「당신 어디로 가오?」

「아델을 재우러요. 벌써 잘 시간이 지났어요.」

「당신은 내가 스핑크스와 같은 얘기를 하니까 나를 무서워하는군.」

「선생님 말씀은 수수께끼 같아요. 그러나 얼떨떨하기는 해도 조금도 무섭진 않아요.」

「무서워하고 있어——당신의 자애심이 큰 실수를 두려워하는 거요.」

「그 말씀의 뜻은 알 수 있는 것 같아요——전 쓸데없는 얘기는 하고 싶지 않아요.」

「설사 당신이 쓸데없는 얘기를 해도 그 심각하고 침착한 태도로 나오니까 뜻 있는 얘기를 한다고 잘못 알았을 거요. 당신은 웃어 본 일이 없소, 미스 에어? 대답은 안 해도 좋아——당신은 좀처럼 웃지 않으니까. 그러나 당신은 굉장히 명랑하게 웃을 수 있는 사람이야. 내 말을 믿어요. 내가 선천적으로 사악한 것보다는 당신은 선천적으로 엄격한 사람은 아니오. 로드의 구속이 아직까지 당신

몸에 배어 당신의 용모를 지배하고 목소리를 막고 사지를 구속하고 있는 거요. 당신은 어떤 남자나 오빠——혹은 아버지나 주인이나 누구든——남자 앞에서 너무 쾌활하게 웃거나 너무 맘대로 얘기하거나 혹은 너무 재빠르게 거동하는 걸 두려워하고 있소. 그러나 내가 당신에게 이젠 세속적인 태도를 취할 수 없게 됐다는 걸 깨닫게 된 것과 마찬가지로 당신도 언젠가는 내게 자연스러워지리라고 생각해요. 그렇게 되면 당신의 동작은 지금보다는 활발하고 변화를 가지게 될 거요. 가끔 나는, 꼭 닫혀진 새장의 창살 틈으로 엿보고 있는 그 이상한 새의 시선을 보고 있는 거요. 활달하고 과단성 있는 포로가 거기 있소. 자유로이 내놓아 준다면 그건 하늘 높이 솟아올라갈 거요. 그런데 당신은 역시 나갈 작정이오?」

「아홉 시를 쳤어요.」

「걱정하지 말아요——잠깐만. 아델은 아직 잘 채비가 돼 있지 않아. 에어 양, 난로를 등지고 방안을 향한 내 위치는 관찰하기에 유리해요. 당신과 얘기하는 동안 나는 가끔 아델을 살펴보았소. 내가 아델을 흥미 있는 연구 자료로 삼는 데는 나대로의 이유가 있소——언젠가는 그 이유라는 걸 얘기하게 될지도 모르겠소. 아니 꼭 얘기하겠소. 아델이 약 십 분 전에 상자에서 예쁜 분홍색 명주옷을 꺼내어 그걸 폈을 때 황홀한 빛이 그애 얼굴에 떠올랐지. 저애의 피 속엔 교태가 흐르고 머릿속에도 섞여 있고 또 골수에까지 스며 있소. 〈나 지금 곧 입어 봐야지.〉 하고 소리치며 방을 뛰쳐나갔소. 지금 쏘피와 함께 옷을 입어 보고 있는 중이야. 이제 조금만 있으면 다시 들어올 거요. 그애가 무엇을 보여 줄는지 난 알고 있소——셀린느 바렌이 막이 오르면 언제나 무대에 나타내던 그 축소형을 말이오——그렇지만 그건 아무래도 좋아. 하여튼 나의 가장 부드러운 마음은 바야흐로 충격을 받게 될 참이야. 이건 내 예감이고 이 예감이 실현될는지 어떤지는 이제 두고 봐요.」

얼마 안 가서 아델이 큰방을 건너오는 가벼운 걸음 소리가 들려 왔다. 그애 보호자의 예언대로 그애는 딴 사람이 되어 들어왔다. 꽤 짧은 스커트에다가 더할 나위 없을 만큼 잔뜩 주름을 잡은 장미빛 공단 드레스를 지금까지 입고 있던 갈색옷과 바꾸어 입고 있었다. 장미꽃 봉오리 화환을 앞이마에 두르고 발에는 명주 양말에다 예쁜 흰 공단으로 된 신을 신고 있었다.

「이 옷 제게 잘 어울리지요?」하고 그애는 앞으로 깡충깡충 뛰며 외쳤다. 「구두는 어때요? 양말은? 잠깐만 저 춤추겠어요!」

그리고 아델은 옷을 펴보이며 〈샤세〉 스텝으로 방을 건너가 로체스타 씨의 앞으로 가자 발 끝으로 가볍게 휙 한 바퀴 돌고 나서 한쪽 무릎을 그의 발 밑에 꿇고 소리쳤다.

「아저씨, 아저씨 친절에 진심으로 감사합니다.」그리고는 일어나서「엄마는 이렇게 했어요, 아저씨!」하고 외쳤다.

「바로 그대로야!」로체스타 씨는 대꾸했다.「그리고 〈저런 식으로〉 내 영국제 바지 주머니에서 나온 영국 금화에 홀렸던 거야. 에어 양, 나도 그땐 새파랗게 젊었었소——참 세상물정이라곤 통 몰랐소. 그때 나를 싱싱하게 했던 청춘의 빛깔은 지금 당신을 싱싱하게 물들이고 있는 청춘의 빛에 못지 않았소. 하지만 프랑스의 조그마한 꽃 한 송이를 내 손에 남겨 주었을 뿐 내 청춘은 가버리고 말았소. 나는 자칫하면 이 꽃을 없애 버리고 싶은 마음이 들기도 해요. 금가루가 아니면 비료가 되지 않는 어떤 종류라는 걸 알게 된 지금 이것을 꽃피우게 한 그 뿌리를 소중히 여기지도 않고 그 꽃도 나는 좋아하지 않소. 더구나 지금처럼 기교를 부리는 모습은 말이오. 오히려 나는 크고 작은 여러 가지 죄도 한 가지 선행을 함으로써 속죄될 수 있다는 로마 카톨릭의 교리를 따라 저애를 키우고 있소. 이 일은 언젠가는 죄다 말하겠소. 가 주무시오.」

15

로체스타 씨는 후에 와서 그 일을 설명했다.

어느날 오후 우연히 그는 정원에서 나와 아델을 만나게 되었다. 아델이 파일럿과 놀기도 하고 제기를 차고 있는 동안 그는 아델이 보이는 범위 안에서 기다란 너도밤나무 가로수 길을 오르내리면서 걷자고 내게 청해 왔다. 이때 그는 아델을 가리키며 그가 일컫는 〈위대한 연애〉를 했던 프랑스의 오페라 무용가인 셀린느 바렌의 딸이라고 했다. 이 열정의 셀린느는 그보다도 한층 열렬한 사랑으로써 보답하는 것처럼 그에게 보이고 있었다. 못생기긴 했지만 로체스타 씨는 자신을 셀린느의 우상이라고 생각했다. 그의 말을 따르자면 셀린느는 아폴로의 우아한 아름다움보다는 그의 〈늠름한 체격〉을 더 좋아한다고 믿었다.

「에어 양, 그래서 나는 프랑스의 선녀가 영국의 남성 요정(男性妖精)을 선택해 주어서 너무 기쁜 나머지 셀린느를 호텔에 살게 하고 시녀를 딸려 주고, 마차니 캐시미어 옷이니, 보석에다 값진 레이스 등등을 사주어 완전 무결한 살림을 차려 주었지. 말하자면 어느 방탕아처럼 판에 박힌 듯한 자멸의 과정이 시작되었소. 내겐 수치와 파멸로 떨어져 가는 새로운 길을 설계할 독창력이 없는 것 같았소. 그러나 짓밟힌 중심에서 한 치도 벗어나지 않으려고 바보처럼 꼬박꼬박 옛 사람들이 지나간 길을 걸어갔소. 나는 마땅히 받아야 했겠지만——모든 얼뜨기가 걷는 운명을 지니게 되었소. 셀린느와 만날 기약이 없던 어느날 밤 우연히 그 여자를 방문했을 때 여자는 집에 없었소. 그런데 그날 밤은 무더운 데다가 파리의 거리를 쏘다니느라 지쳐 버려 나는 셀린느의 내실에 앉아, 그 여자가 방금 전까지 있었던 탓으로 신성해진 공기를 마시며 기뻐했소. 아니——이건 과장이야. 셀린느 둘레에 사람을 신성하게 하는 그런 좋은 점이 있다고는 생각해 본 적이 없었소. 셀린느가 남겨 놓고 간 건 오히려 일종의 선향(線香) 냄새였지. 신선한 향내라기보다는 사향이나 호박(琥珀) 냄새였어. 나는 이때 온실에서 피는 꽃향기와 뿌려 놓은 향수 냄새로 숨이 막혀와 창문을 열고 발코니에 나가는 편이 좋겠다고 생각했지. 달밤에다 가스등까지 켜 있었고 퍽 고요하고 잔잔한 밤이었소. 발코니엔 의자가 한두 개 있어서 나는 걸터앉아 시가를 꺼냈소——그땐 그렇고, 실례지만 지금 한 대 피우겠소.」

여기서 이야기는 중단되고 시가를 꺼내 불을 붙였다. 그는 담배를 입술에 물자 춤고 일광이 없는 공중으로 하바나 엽초 냄새를 피우며 말을 계속했다——「에어 양, 나도 당시 봉봉 과자를 좋아해서 쩝쩝 씹고 있었소——(야비한 말투를 용서하시오) 초컬릿 봉봉을 씹다가는 시가를 피우기도 하면서 근처의 오페라 극장을 향해 화려한 거리를 달려가는 마차 떼들을 바라보고 있었소. 그러자 예쁜 영국산 말 두 필이 끄는 근사한 유개 마차(有蓋馬車) 한 대가 다가왔소. 찬란한 밤거리에 뚜렷이 보이게 되었을 때 그것은 내가 셀린느에게 준 〈마차〉라는 걸 알았소. 셀린느는 돌아오고 있었소. 물론 내 심장은 기대고 있던 쇠난간에서 조바심스레 두근거리고 있었소. 예기했던 대로 마차는 호텔 어귀에서 멎었소. 내 정부(情婦)는(오페라에 나오는 연인에겐 아주 꼭 들어맞는 어휘지요) 마차를 내렸소. 외투로 싸여 있는데도——말이 났으니 말이지 외투란 후덥지근한 유월 밤엔 입을 필요가 없는 거추장스러운 물건이야——마차의 발판에서 뛰어내렸을 때 스커트의 밑에서 얼핏 보인 조그만 발은 곧 셀린느라는 걸 알았소. 발코니에서 몸을 구부리고 〈나의 천사여〉 하고 중얼거릴 뻔도 했지——물론 애인의 귀에만 들릴 만한 음성으로 말이오——그런데 바로 그때 여자의 뒤를 따라 마차에서 그림자 하나가 뛰어내렸소. 역시 외투를 입었으나 보도 위에 울린 건 박차가 달린 구두의 뒤꿈치였고 아치형 호텔 정문 밑을 지나간 건 모자를 쓴 머리였소.

당신은 질투해 본 적이 없지요, 에어 양? 물론 없겠지. 물어 볼 필요도 없겠지. 당신은 사랑을 해본 일이 없으니까. 사랑과 질투의 맛을 앞으로 치르게 될 거요. 당신의 넋은 잠자고 있소. 그걸 깨워 줄 충격이 아직 닥쳐오지 않았소. 당신은 모든 생활이 당신의 청춘을 여기까지 날라다 준 물결처럼 조용히 지나가는 거라고 생각하겠지. 눈을 감고 귀를 막은 채 떠내려가는 당신은 멀지 않은 곳의 개울 바닥에 잠겨 불쑥 솟은 바위들도 당신에겐 보이지 않을 거고 그 밑에서 용솟음치는 파도 소리도 들리지 않을 거요. 하지만 말하겠소——내 말을 명심하시오——당신은 언젠가는 골짜기의 바위가 많은 물길을 지나가게 될 거요. 거기에서는 인생의 흐름이 온통 소용돌이와 격동, 포효, 소란으로 화해 버릴 거요. 당신이 바위 끝에 부딪쳐 산산 조각으로 흩어지거나 아니면 커다란 파도에 실려 보다 잔잔한 물길로 나서게 되든가 할 거요——마치 지금의 나처럼.

나는 오늘과 같은 날이 좋아요. 저 강철빛 하늘이 좋아. 이 서리에 덮인 준엄하고 고요한 세계가 좋아요. 나는 쏜필드가 좋아. 그 고풍한 맛, 아늑함, 까마귀들이 모이는 낡은 숲과 가시나무들, 이 집의 회색 성년, 쇳빛 하늘을 비추고 있는 검은 창문들의 즐비함이 마음에 들어요. 그러나 얼마나 오랫 동안 나는 이 집에 대해서 생각하는 것조차 꺼려 했을까. 마치 전염병에 둘러싸인 집처럼 꺼린 거야! 아직도 얼마나 싫어하고 있는 나일까——」그는 이를 갈더니 잠잠해졌다. 걸음을 멈추고 단단한 땅에 장화를 쿵 하고 부딪쳤다. 무슨 싫은 생각이 갑자기 그를 세워 한 걸음도 못 나가게 꽉 붙들고 있는 것 같았다.

이렇게 그가 걸음을 세웠을 때는 둘이는 한길을 올라가던 참이었다. 저택은 우리들 앞에 있었다. 저택의 흙벽을 향해 눈을 쳐든 그는 내가 전에도 그 후에도 본 적이 없는 그런 눈부신 빛을 던지고 있었다. 고통, 수치, 분노——초조, 증오, 혐오——이런 것들이 그의 검은 눈썹 밑에 열려진 커다란 눈동자 속에서 한순간 몸부림치며 싸우고 있는 듯했다. 어느 편이 승리를 거물는지 싸움은 치열했으나 또 하나의 다른 감정이 솟아올라 승리를 거두었다. 무엇인가 가혹하고 조소를 띤 듯했다. 외고집스럽고 단호한 데가 있었다. 이것이 그의 격정을 가라앉히고 안색을 화석처럼 굳히었다. 그는 말을 이었다.

「에어 양, 내가 잠잠히 있는 동안 나는 내 운명과 결판을 짓고 있었소. 운명의 신이 저 너도밤나무 그루 옆에 서 있었소——포리스의 광야에서 맥베드한테 나타났던 것과 같은 늙은 마녀가 말이오. 〈당신은 쏜필드를 좋아하나?〉 하고 손가락을 쳐들며 마녀는 묻더군요. 그러더니 마녀는 허공에 경고문 같은 걸 썼소. 그건 저택 정면, 이층과 아래층의 창문이 늘어선 사이에 타는 듯이 붉게 빛나는

150

상형 문자(象形文字)가 되어 지나갔소. 〈할 수만 있다면 좋아해 봐!〉 〈용기가 있으면 좋아해 봐!〉 하고.

〈좋아하고말고.〉 하고 나는 대답했소. 〈좋아할 용기가 있지.〉 그리고(그는 시무룩히 덧붙였다) 나는 내 말을 꼭 지키겠소. 나는 행복을 위해서, 선을 위해서 장애물을 부숴 버릴 작정이야. ——그렇다, 선을 위해서. 나는 여태까지의 나 자신보다는, 또 현재의 자신보다는 훌륭한 인간이 되고 싶다—— 구약 성서 욥기에 나오는 거창한 괴물이 창(槍)과 투창과 갑옷 등을 부숴 버린 것처럼 세상 사람들이 강철이나 놋쇠처럼 생각하는 장애물들을 나는 지푸라기와 썩은 나무로밖에 여기지 않겠소.」

아델은 제기를 갖고 그의 앞으로 달려왔다. 「저리 가!」 거칠게 그는 소리쳤다. 「저만큼 가라니까! 싫거든 쏘피한테나 가거라!」 그리고는 잠자코 줄곧 걷기만 해서 나는 그가 아까 갑자기 말을 딴 데로 돌려 버린 그 화제로 되돌아오게 하려고 나섰다.

「바렌 양이 들어왔을 때,」 나는 물었다. 「선생님은 발코니를 떠나셨읍니까?」

제격에 맞지 않는 이런 물음은 핀잔을 받으리라고 나는 생각했었는데 그와는 반대로 얼굴을 찌푸린 채 멍청하게 있다가 제정신으로 돌아온 그는 내게로 눈을 돌렸다. 그 어둡던 빛은 그의 얼굴에서 가신 성싶었다. 「아아, 셀린느의 얘기를 잊고 있었군! 그렇지, 다시 시작하지. 아까 말대로 내 애인이 어떤 기사와 함께 들어오는 걸 보았을 때 조용하라는 쉿 소리를 들은 것 같았어. 질투의 푸른 뱀이 달빛이 비친 발코니에서 파동치는 도사린 몸뚱이를 세우고 내 조끼 안으로 미끄러져 들어와 이 분 후에는 내 심장의 한복판까지 파먹어 버렸소. 이상한 일이지!」 하며 그는 별안간 다시 화제에서 떠나며 외쳤다. 「이 얘기의 상대자로 당신을 선택하다니 이상한 일이야. 당신 같은 특이하고 세상 일에 어두운 소녀에게 나 같은 사나이가 자신의 애인인 오페라 배우 얘기를 하는 걸, 마치 세상에서 흔히 있는 일처럼 당신이 꼼짝도 않고 듣고 있다는 건 참 이상한 일이야! 그러나 언젠가도 말한 바와 같이 당신이 고분고분 잘 들어 주니까 이쪽에서도 터놓고 얘기할 기분이 나게 된 거요. 당신은 진지하고 사려깊고 조심성이 많아 남의 비밀을 잘 들어 주는 사람이 된 거요. 더구나 나는 내 마음과 서로 통하는 마음이란 어떤 종류의 것인지 알고 있소. 그건 남에게서 잘 감염되지 않는 마음이란 걸 나는 알고 있소. 기특한 마음씨야. 독특한 거야. 다행히 나는 그걸 해칠 생각은 없소. 설사 해치더라도 그건 내게서 해를 받을 리가 없지. 당신과 내가 서로 이야기하면 할수록 좋아. 왜냐하면 내가 당신을 해칠 수 없는 반면에 당신은 내게 새로운 기운을 북돋아 줄 테니까.」이처럼 화제에서 벗어났다가 다시 그는 본론으로 들어갔다.

「나는 발코니에 머물러 있었소. 〈두 사람은 틀림없이 셀린느의 방으로 들어올 거야.〉라고 나는 생각했지. 〈잠복해 있자.〉그래서 열려 있는 창문으로 손을 넣어 안을 들여다볼 수 있을 만큼만 남겨 놓고 커튼을 쳤소. 그러고 나서 창문도 그 애인들의 속삭이는 사랑의 맹세가 흘러나올 정도로만 틈을 남기고는 닫아 버렸소. 그 다음에 살짝 의자로 돌아가 앉았을 때 두 사람은 들어왔소. 내 눈은 재빨리 문틈으로 갔소. 셀린느의 하녀가 들어오더니 남포에 불을 켜서 테이블에 놓고 나가 버렸지. 이렇게 해서 이 한 쌍은 내 앞에 환히 나타났소. 둘이 다 외투를 벗어 버렸소. 바렌은 공단옷과 보석으로 빛나고 있었소——물론 내가 사준 선물이지——그리고 여자의 동반자는 장교의 옷차림을 하고 있었지. 그자는 자작(子爵)으로 젊은 방탕아라는 걸 나는 알았소——어쩌다 사교계에서 만나곤 하던 머리가 둔하고 불량한 청년이야. 나는 덮어놓고 그를 무시하고 있었으니까 녀석을 미워할 계제도 아니었어. 녀석이라는 걸 알게 되자 나의 질투로 이글거리던 뱀의 독아는 금새 꺾이고 말았소. 그 순간 셀린느에 대한 내 사랑의 불꽃도 촛불이 꺼지듯이 사라져 버렸기 때문이오. 그런 사나이 때문에 나를 배반하는 여자라면 싸울 가치가 없는 거요. 다만 경멸할 따름이오. 그러나 나보다는 우수하지. 나는 그 여자한테 속은 사람이니까.

둘이는 얘기를 시작했어. 그 대화는 나를 완전히 가라앉게 했소. 부질없고, 돈을 위한 것이고, 성의가 없는 데다 무의미한 대화였소. 그것은 듣는 사람으로 하여금 화를 내게 하기는커녕 오히려 지루하게 만들었소. 내 명함 한 장이 테이블 위에 놓여 있는 걸 보고 내 이름이 화제에 올랐소. 두 사람은 나를 줄기차게 시비할 기력이나 재치가 없었소. 그들은 시시한 소리로 야비하게 나를 모욕한 거요. 특히 셀린느는 내 용모의 결점에 대해서 좀 멋있게 과장까지 했지. 즉 쭈그렁이라고. 그런데 셀린느는 입버릇처럼 〈남성미〉를 열렬하게 찬양해 오던 터요. 여기에 당신과 엄청나게 틀리는 점이 있소. 두 번째로 당신과 만났을 때 당신은 나를 미남으로 보지는 않는다고 잘라 말했소. 그때 그 대조가 나를 감동시켰지. 그리고,」이때 아델이 또 달려왔다.

「아저씨, 대리인이 와서 아저씰 뵙겠다고 존이 그래요.」

「아아 ! 그렇다면 간단히 말해야겠군. 나는 창문을 열고 그들한테로 걸어갔지. 셀린느를 내 보호에서 해방해 주며 이 호텔을 나가라고 명령했소. 비상용

지갑을 그 여자에게 내주고 아우성도 히스테리도 간청도 항의도 경련도 무시해 버렸소. 그 자작과는 블로뉴 숲에서 만나기로 약속했지. 그 다음날 아침 나는 기껍게 그자와 만났소. 혓병을 앓는 병아리의 날개처럼 가냘픈 그의 허약하고 창백한 팔에 총알을 한 방 먹이고 이걸로 그 일당과는 끝장이 난 것으로 생각했소. 그런데 불행히도 육 개월 전에 〈저 바렌〉은 이 계집애 아델을 내게 넘겨 버렸소. 저애를 내 딸이라고 셀린느는 단정하는 거요. 저애의 얼굴에 이처럼 험상인 내 모습이 담겨 있다는 증거를 나는 찾아낼 수 없지만 그쪽에선 그렇게 생각할지 몰라. 저애보다 파일럿이 좀더 나를 닮았어. 내가 저애 어머니와 관계를 끊은 지 몇 해 후에 그 여자는 딸을 버리고 음악가인지 가수인지와 함께 이탈리아로 달아났소. 나는 내게서 양육을 받아야 한다는 아델 편의 당연한 주장도 인정하지 않았고 또 지금도 인정하지 않고 있소. 나는 그애의 아비가 아니니까. 그러나 저애가 아주 가난에 빠져 있다는 소리를 듣고 저 가엾은 걸 파리의 진창 속에서 건져내다가 여기로 옮겨 심은 거요. 영국의 시골 정원의 순수한 흙 속에서 깨끗이 자라도록. 페어팩스 부인이 저앨 교육시키려고 당신을 찾아냈소. 그런데 지금 저애가 프랑스의 오페라 여자의 사생아라는 걸 알게 된 당신은 당신의 직분과 제자에 대해서 달리 생각하게 될 거요. 언젠가는 당신은 다른 데 일자리를 구했다는——새 가정 교사를 구해 보라고 내게 간청하는 등——통고를 해올거요, 그렇지요?」

「아닙니다. 아델은 자기 어머니나 선생님의 과실에는 책임이 없어요. 전 저애에게 호감을 갖고 있어요. 게다가 지금 저애가 어떤 의미에서 고아라는 걸 알게 되니까——어머니에게선 버림을 받고 선생님에게선 자기 애가 아니라는 부인을 당했으니——지금까지보다도 더욱더 귀여워하게 될 거예요. 가정 교사를 친구처럼 의지하고 있는 외로운 고아보다도 가정 교사를 귀찮은 것으로 싫어하는 부잣집 아이들을 어떻게 좋다고 할 수 있겠어요?」

「어허, 그것이 당신의 견해로군! 그럼 이젠 안으로 들어가야지. 그리고 당신도 말이오. 어두워지는군.」

그러나 나는 아델과 파일럿과 함께 좀더 밖에 머물러 있었다——아델과 달음박질도 하고 제기차기도 했다. 안에 들어와 아델의 모자와 외투를 벗겨 주었을 때 나는 그애를 내 무릎에 앉혀 놓았다. 마음껏 지껄이게도 하고 어느 정도 제멋대로 굴거나 귀찮은 짓을 해도 야단치지 않고 한 시간 동안이나 무릎에 앉혀 두었다. 그애는 조금이라도 응석을 받아 주면 자꾸 제멋대로 굴기가 일쑤였다. 그리고 이것은 대개 어머니에게서 물려받은 천박한 성격에서 오는 것이므로, 영국적인 기질과는 통하지 않는 것이었다. 그러나 그애는 그애대로 좋은 점을 갖고 있었다. 나는 그애의 좋은 점은 최대한으로 정당히 평가해 주기로 했다. 이애의 얼굴빛이나 생김새에서 로체스타 씨와 비슷한 점을 찾아 보았으나 하나도 발견하지 못했다. 표현상의 특징이나 버릇이 닮은 데도 없었다. 그건 슬픈 일이었다. 만일 그애가 로체스타 씨를 닮았다고 증명될 수 있었다면 로체스타 씨는 좀더 이애를 생각해 주었을 거다.

　내가 로체스타 씨가 해준 얘기를 곰곰이 생각해 본 것은 밤이 되어 내 방으로 들어간 후였다. 그가 말한 바와 같이 이야기 그 자체의 내용에는 조금도 놀랄 만한 것이 없을지도 모른다. 프랑스의 오페라 무희에 대한 부유한 영국인의 사랑, 그 신사에 대한 그네의 배신은 틀림없이 사교계에선 다반사와 같은 일이었다. 그러나 로체스타 씨가 그의 현재의 만족한 기분과 옛 집과 그 환경에서 새로이 기쁨을 되찾게 되었다는 걸 실제로 얘기했을 때 갑자기 그를 사로잡은 감정의 발작에는 무엇인가 분명히 심상치 않은 데가 있었다. 나는 이 사건을 이상 야릇하게 생각했다. 그러나 현재로선 그걸 실명힐 수 없다는 걸 알았으므로 점차 그 생각은 그만두기로 한 나는, 이번엔 나를 대하는 주인의 태도에 대해 생각하기로 했다. 그가 나를 믿어도 좋다고 생각한 그 신뢰는 내 판단력에 대한 칭찬으로 여겨졌다. 나는 그걸 그렇게 생각하고 받아들였다. 요 몇 주일 동안 나를 대하는 그의 태도는 처음보다는 덜 변덕스러웠다. 나는 그 분의 방해가 되는 것 같지는 않았다. 때때로 나타나던 그 싸늘하고 거만한 감정의 노출도 나타내지 않았다. 무심중 서로 만나게 되면 그는 이 우연을 반기는 것 같았다. 언제나 말을 건네 오기도 하고 때로는 웃음을 던져 오기도 했다. 그 분 앞에 정식으로 초대를 받아 갔을 때는 친절히 대해 주어 나는 그 분을 기쁘게 해드릴 힘을 실제로 지니고 있다는 느낌이 들었다. 또 이런 저택의 모임은 나를 위한 것인 동시에 그 분 자신의 기쁨을 누리게 한다는 생각도 들었다.

　기실 나는 비교적 말을 하지 않는 편이고 그가 하는 얘기를 재미있게 들었다. 그의 천성은 말을 즐기는 성미였다. 그는 세상 물정을 모르는 사람에게 이 세상의 여러 정경과 생활 모습을 점점이 알려 주길 좋아했다(이 세상의 부패한 장면과 악에 가득 찬 생활 모습을 말하는 것이 아니라 방대한 규모로 행해지고 새롭고 신기한 특징이 있는 데서 흥미를 끄는 그런 것이었다). 그리고 나는 그가 안겨 주는 새로운 개념을 받아들이거나 그가 그려 주는 새로운 광경들을 상상해 보기도 하고 그가 펴보이는 새로운 고장들에 대한 그의 말을 좇아 가며 생각하노라면 벅찬 즐거움은 느꼈지만 해로운 암시를 받아 놀라거나 괴로와한 적은 한

번도 없었다.

　그의 너그러운 태도는 나를 고달픈 구속에서 헤어나게 했다. 예의나 방정한 품행으로 나를 대해 주는 우정어린 솔직성이 나를 그에게로 끌어갔다. 때때로 나는 그가 주인이라기보다는 차라리 친척처럼 느껴졌다. 그러나 역시 그는 때로는 거만했다. 하지만 나는 그런 데에 마음을 쓰지 않았다. 그것이 그의 버릇이란 걸 나는 알고 있었다. 이러한 새로운 흥미거리가 점점 생활에 늘어남에 따라 나는 행복하고 만족해서 친척을 그리워하던 생각도 사라져 버렸다. 초승달처럼 가냘픈 내 운명은 커져 가는 것 같았다. 생활의 공백은 메워지고 신체적 건강은 좋아졌다. 나는 살이 찌고 힘이 세졌다.

　그런데 로체스타 씨는 이제 내 눈에 추하게 띄었을까? 아니, 독자들이여, 감사한 마음과 즐겁고 친절한 많은 사귐은 그의 얼굴을 내가 제일 보고 싶은 대상으로 만들었다. 그가 방에 있을 때면 가장 찬란한 불보다도 나를 기쁘게 해주었다. 하지만 나는 그의 결점을 잊어버린 건 아니었다. 사실 그는 결점을 이따금 내 앞에 나타냈기 때문에 잊어버릴 수가 없었다. 무엇이든 자기보다 뒤떨어진 사람에 대해서는 거만하고 냉소적이고 엄격했다. 내게 대한 크나큰 친절은 다른 여러 사람들에게 대한 부당한 엄격과 상쇄되는 거라고 나는 혼자만이 알고 있었다. 그는 또 침울했다. 까닭 없이 그랬다. 책을 좀 읽어 달라고 불리워 가면 서재에서 팔짱을 낀 팔 위에 머리를 숙이고 혼자 앉아 있는 그를 본 적이 한두 번이 아니었다. 그럴 때 그의 어쩌면 악의를 품은 듯 찡그린 얼굴이 그의 모습을 어둡게 했다. 그러나 그의 침울함과 엄격성, 과거의 도덕적 과오(나는 〈과거의〉라고 말한다. 지금엔 고쳐진 것으로 보이기 때문에)는 그 원인이 어딘가 잔인한 운명의 장난에 있었다고 나는 믿었다. 원래 로체스타 씨는 환경의 작용이나 교육의 가르침이나 운명의 장난으로 이루어진 그보다는, 좀더 착한 성품과 한층 고상한 본질과 보다 더 순수한 취미를 지닌 사람이었다고 나는 믿었다. 현재는 이런 요소들이 다소 악화되고 한데 엉켜 있지만 우수한 자질이 있다고 나는 생각했다. 그의 슬픔이 어떤 것이었든 간에 그것을 내가 가슴아파했다는 건 부인할 수 없다. 그리고 나는 그 슬픔을 가라앉히기 위해 무척 힘쓰고 싶었던 것이다.

　지금 나는 촛불을 끄고 침대에 누웠지만 그가 저 한길에서 걸음을 세우고 운명의 신이 그의 앞에 나타나 쏜필드에서 행복해질 수 있다면 행복해져 보라고 했다는 그 얘기를 내게 했을 때의 그의 얼굴을 생각하며 나는 잠을 이룰 수 없었다.

(왜 행복하지 못할까?) 나는 스스로 물어 봤다. (무엇이 저 분을 이 저택에서 떠나게 하고 있을까? 곧 다시 떠나 버리실까? 페어팩스 부인의 말로는 저 분은 한 번 오시면 두 주일 이상 더 오래 머무르시는 일은 좀처럼 없다고 했지. 그런데 이번엔 여덟 주일이나 계셨어. 만일 저 분이 가신다면 슬픔으로 변해 버릴 거야. 봄, 여름, 가을, 그 분이 안 계시면 햇볕과 개인 날도 얼마나 쓸쓸해 보일까!) 이런 걸 생각하면서 잠을 잤는지 어쨌는지 나는 알 수 없다. 하여튼 유별나고 애잔하게 들려 오는 가느다란 중얼대는 소리에 놀라 잠이 깼다. 그 소리는 마치 내 머리맡에서 나는 것 같았다. 촛불을 켜둔 채로 두었더라면 싶었다. 밤은 무시무시하게 어두워서 내 기분은 우울해졌다. 나는 일어나 침대에 앉아서 귀를 기울였다. 아까의 소리는 잠잠해졌다.

나는 다시 자려고 했다. 그러나 가슴이 불안스레 두근거렸다. 마음의 평화는 깨지고 말았다. 저 멀리 아래층 큰방에서 시계가 두 시를 쳤다. 바로 누가 이때 내 방문을 건드리는 듯 했다. 마치 손가락이 밖의 컴컴한 복도를 따라 길을 더듬으며 방문의 장식 판자를 스쳐가는 듯했다. 「누구세요?」하고 나는 물었다. 대답이 없었다. 무서워서 몸이 오싹했다.

문득 나는 파일럿일는지 모른다는 생각이 떠올랐다. 부엌문이 열려져 있으면 가끔 로체스타 씨의 침실 어귀까지 찾아오는 일이 있었다. 아침이 되어 파일럿이 주인의 침실 앞에 누워 있는 걸 직접 본 일도 있었다. 이 생각이 나를 다소 진정시켰다. 나는 드러누웠다. 정적은 신경 과민을 가라앉게 한다. 그리고 까닭 없는 적막이 지금 다시 온 집안을 지배하게 되자 나는 다시 잠들어 볼 생각을 하기 시작했다. 그러나 나는 이날 밤은 잠잘 운이 아니었다. 겨우 꿈나라로 들어가려 할 때 골수까지 얼게 할 만한 사건에 놀라서 잠은 멀리 달아나고 말았다.

그것은 악마와 같은 웃음 소리였다——나지막하고 짓눌린, 굵직한——웃음 소리가 내 침실의 바로 열쇠 구멍에서 나는 듯 들렸다. 침대 머리맡은 출입문 쪽에 가까왔다. 나는 처음엔 아귀처럼 웃는 사람이 내 침대 곁에 서 있다고——아니 내 베개 옆에 웅크리고 있는 거라고 생각했다. 그러나 일어나서 사방을 둘러보았지만 아무것도 보이지 않았다. 아직 자세히 살피고 있을 그때 심상치 않은 소리가 반복되었다. 그것은 방문의 장식 판자 저편에서 난다는 걸 알았다. 나는 반사적으로 일어나서 방문의 빗장을 잠갔다. 다음엔 또 「누구세요?」하고 소리쳤다.

무엇인가 꾸르륵꾸르륵 하는 소리도 나고 신음하는 소리도 났다. 얼마 안 가서 발소리가 복도를 지나 삼층 층층다리를 향해 갔다. 얼마 전부터 이 층층다리

밖에는 문을 달아 놓았던 거다. 그 문이 열렸다 닫히는 소리가 들리고는 사방은 잠잠해졌다.

(그레이스 풀이었을까? 저 여잔 귀신이 들렸나?) 하고 나는 생각했다. 이젠 이 이상 혼자 있을 순 없다. 페어팩스 부인한테 가야겠다. 허둥지둥 옷과 숄을 걸쳤다. 빗장을 벗기고 떨리는 손으로 문을 열었다. 바로 방문 밖, 복도의 깔개 위에는 촛불이 하나 켜 있었다. 나는 이 광경에 깜짝 놀랐지만, 사방의 공기가 연기로 자욱한 듯이 어둠침침한 걸 보고 더욱 놀랐다. 나는 이 푸른 연기가 어디서 나오는지 알아보려고 좌우를 두리번거리고 있을 때 타는 냄새가 더한층 코를 찔렀다.

무엇인가 삐걱거리는 소리가 났다. 반쯤 열린 문소리였다. 그것은 로체스타 씨의 방문이었다. 그리고 연기는 거기서 구름처럼 뭉게뭉게 피어나오고 있었다. 이젠 페어팩스 부인도 그레이스 풀도 그 웃음 소리도 염두에 없었다. 대뜸 나는 로체스타 씨의 침실로 들어갔다. 불길은 침대 둘레로 번져 가 침대의 커튼이 타고 있었다. 그 불길과 연기로 찬 한가운데서 로체스타 씨는 꼼짝도 않고 잠들어 있었다.

「일어나세요! 일어나세요!」 나는 소리를 질렀다──그를 흔들었으나 그저 중얼대고 돌아누울 뿐이었다. 연기가 그를 실신케 했었다. 불길은 한 순간도 지체할 수 없이 욧잇을 태우고 있었다. 나는 대야와 물통이 있는 곳으로 달려 갔다. 다행히도 대야는 넓적하고 물통은 깊숙했다. 둘 다 물이 가득 담겨 있었다. 나는 그것들을 집어들고 침대와 자고 있는 사람에게 끼얹고 내 침실로 날 듯이 돌아와 내 물주전자를 가져다 또 침대에 물세례를 주었다. 하느님의 도움으로 나는 침대를 삼켜 버리려던 불길을 꺼버리는 데 성공했다.

불이 꺼진 물건들에서 나는 씩씩 하는 소리, 내가 물을 끼얹었을 때 내 손에서 나동그라지며 물주전자가 깨지는 소리, 그리고 무엇보다도 내가 마구 퍼부은 물의 세례가 마침내 로체스타 씨를 깨우게 했다. 아직 날은 캄캄했으나 나는 그가 깨어났다는 걸 알았다. 왜냐하면 그가 자기 몸이 물구덩이에 누워 있는 걸 깨닫고 무엇인가 알 수 없는 욕설을 퍼붓는 걸 나는 들었기 때문이다.

「홍수가 났나?」 그는 소리쳤다.

「아닙니다.」 하고 나는 대답했다. 「불이 났어요. 어서 일어나세요. 흠뻑 젖으셨어요. 촛불을 갖다 드릴께요.」

「도대체 어떻게 된 영문이야, 거 제인 에어야?」 그는 물었다. 「날 어떻게 만든 거야, 이 마녀, 이 마법사. 이 방안에 당신 말고 누가 또 있어? 날 물에 넣어

죽일 작정이었나?」

「촛불을 갖다 드리겠어요. 그리고 제발 일어나 주세요. 누군가 무슨 흉계를 꾸민 거예요. 누가, 또 무엇이 그랬는지 그리 재빨리는 알아낼 수 없어요.」

「자아——지금 일어났소. 그러나 아직 촛불을 가져와선 안 돼. 마른 옷을 좀 입을 때까지 이 분만 기다려 줘요. 마른 옷이 있는지 모르겠다——그렇지 여기 가운이 있군. 그럼 불을 가져와요!」

나는 달리었다. 복도에 아직 남아 있는 촛불을 들고 왔다. 로체스타 씨는 그걸 받아들자 치켜들고 침대를 살피었다. 모두 까맣게 타서 그을려 있었다. 욧잇은 흠뻑 젖었고 마루의 융단은 물 속에 잠겨 있었다.

「어떻게 된 거요? 그리고 누가 한 짓이야?」그는 물었다.

나는 이러이러했다는 얘기를 대충 했다. 복도에서 들려 온 괴기한 웃음 소리와 삼층으로 올라가는 발소리, 그 연기——나를 그의 침실로 불러들인 타는 냄새, 그것을 내가 발견했을 때의 상황, 그리고 내가 손으로 나를 수 있는 물을 모조리 닐라다 그에게 미구 퍼부었던 일들을.

그는 퍽 신중히 들었다. 내가 말을 계속함에 따라 그의 얼굴은 놀라움보다도 근심을 나타냈다. 내가 이야기를 마쳤을 때 그는 당장에는 말을 하지 않았다.

「페어팩스 부인을 모셔올까요?」나는 물었다.

「페어팩스 부인? 안 돼. 도대체 뭣 때문에 부른단 말이오? 그 부인이 뭣을 할 수 있단 말이오? 시끄럽게 하지 말고 자게 내버려두시오.」

「그럼 리아를 불러오겠어요. 그리고 존과 그 부인을 깨우죠.」

「그만둬요. 그냥 가만히 있으시오. 당신은 숄을 걸치고 있죠? 그래도 덥지 않으면 저기 내 외투를 가져다가 입구 내 팔걸이 의자에 앉아요. 이봐——내가 입혀 주지. 그리고 발을 적시지 않도록 걸상에 올려놔요. 난 잠시 당신을 여기 두고 갔다 올 거요. 촛불을 가지고 가야겠소. 내가 돌아올 때까지 지금 있는 자리에 그대로 있어요. 생쥐처럼 조용히 말이오. 삼층에 좀 가봐야겠소, 움직여선 안 돼. 그리고 아무도 부르지 말아요.」

그가 가버렸다. 나는 멀어져 가는 불빛을 지켜보고 있었다. 그가 사뿐사뿐 복도를 지나 되도록 소리 안 나게 층층다리의 문을 열었다가 닫아 버리자 마지막 불빛이 사라져 버렸다. 나는 칠흑 같은 어둠 속에 남아 있었다. 무슨 소리가 들릴까 귀를 기울였지만 아무것도 들리지 않았다. 꽤 오랜 시간이 흘렀다. 나는 점점 피로해 왔다. 외투를 입었는데도 추웠다. 그래서 나는 이 집 사람들을 깨워선 안 된다면 여기 머물러 있을 필요가 없다고 생각했다. 내가 로체스타 씨의 명령을 어기고 그를 불쾌하게 만들려는 참에 촛불이 다시 희미하게 복도의 벽을 비쳤다. 그러자 맨발로 돗자리 위를 걸어오는 소리가 들렸다. (제발 그 분이었으면.) 하고 나는 생각했다. (그리고 무슨 일이 없었으면.)

그는 창백하고 무척 침울해서 돌아왔다. 「다 알아냈어.」 하고 촛불을 세면대에 내려놓으며 그는 말했다. 「내가 생각한 대로야.」

「어떻게요?」

그는 아무 대꾸도 않았으나 그저 마루를 내려다보며 팔짱을 끼고 서 있을 뿐이었다. 이삼 분 후에 그는 묘한 말투로 물었다——「당신이 방문을 열었을 때 뭘 봤다고 했던가 안 했던가 난 잊어버렸소.」

「아무것도요. 마룻바닥에 촛대밖엔.」

「그렇지만 이상한 웃음 소리는 들었다지요? 전에도 그런 웃음 소리나 혹은 그와 비슷한 걸 들었으리라고 보는데?」

「네, 들었어요. 이 집에서 재봉일을 하는 그레이스 풀이라는 여자가——그 사람이 그렇게 웃어요. 이상한 사람이에요.」

「옳지, 그레이스 풀이야——들어맞었어. 그 여잔 당신 말마따나 이상한 여자야——대단히. 그런데 이 문제는 잘 생각해 봐야겠소. 오늘 밤 사건의 진상을 알고 있는 건 나 외엔 당신 하나뿐인 게 다행이오. 당신은 말이 헤프지 않으니까 이번 일에 대해선 아무 말 말아 주시오. 이 사태에 대해서는 (침대를 가리키며) 내가 잘 변명할 테요. 그럼 이젠 당신 방으로 돌아가요. 날이 샐 때까지 나는 서재의 소파에서 푹 쉬겠소. 네 시가 가까와 오는군——두 시간만 있으면 하인들이 일어날 거요.」

「그럼 안녕히 주무세요.」 나는 나가면서 말했다.

그는 놀란 듯했다——놀라다니, 참 모순된 일이다. 금방 나를 돌아가라고 하지 않았던가.

「아니!」 하고 그는 소리쳤다. 「벌써 가는 거요? 그리고 그런 식으로요?」

「가도 좋다고 하셨지 않아요?」

「그러나 작별 인사도 없이 한두 마디 인사치레도 없이 말이요. 말하자면 그렇게도 싱겁고 무미건조한 식으론 안 된단 말이오. 참, 당신은 내 생명을 구해 주었소! 무섭고 괴로운 죽음에서 나를 건져내 주었소——그런데 당신은 마치 서로 모르는 사람들처럼 나를 쓸쓸히 지나쳐 버리다니! 적어도 악수쯤은 해야지.」

그는 손을 내밀었다. 나는 내 손을 내주었다. 처음엔 한 손으로 내 손을 잡았다가 다음엔 두 손으로 잡았다.

「당신은 내 생명을 구해 주었소. 이 막대한 빚을 당신에게 지고 있는 것이 나로선 기쁘오. 이 이상 더 할 말이 없소. 당신 아닌 다른 사람이 이런 은혜를 베풀어 준 채권자로서 나타났다면 나로서는 견딜 수 없는 일이었을 거요. 그러나 당신은 다르지요──제인, 난 당신의 은혜를 무겁게 생각진 않소.」

그는 말을 끊고 나를 응시했다. 말이 나오려고 입술에서 거의 떨고 있었다──그러나 음성은 막히고 말았다.

「그럼 안녕히 주무세요. 이런 경우엔 부채니, 은혜니, 짐이니, 신세니 없어요.」

「나는 알고 있었소.」하고 말을 이었다. 「당신이 언젠가 어떤 방법으로든지 내게 좋은 일을 해주리라는 걸 말이지──처음 당신을 만났을 때 당신의 눈에서 그걸 알았소. 그 눈의 표정과 미소가──(다시 그는 말을 끊었다) 내 깊고 깊은 마음속까지 기쁨을 느끼게 한 것은──(그는 말을 서둘렀다) 아무 뜻이 없는 그런 것이 아니었소. 사람들은 공감에 대해서 흔히들 말하고 있지. 나는 선량한 수호신에 대한 얘기를 들은 일이 있소──가장 원시적인 우화(寓話) 속에도 진실의 낱알들이 들어 있소. 내 생명의 보호자여, 편히 쉬시오!」

그의 음성에는 이상한 힘이 깃들어 있었고 그 얼굴에는 이상한 광채가 서리었다.

「제가 우연히 잠을 깨게 돼서 다행이었어요.」이렇게 말하고 나는 걸음을 옮기려고 했다.

「왜 그래요? 가겠어요?」

「전 추워요.」

「춥다니? 그렇군──물바다 속에 서 있으니까! 그럼 가요, 제인, 가요!」그러나 그는 아직 내 손을 잡고 있었다. 나는 손을 뺄 수 없었다.

나는 핑계를 하나 생각해냈다.

「페어팩스 부인이 일어난 눈치예요.」나는 말했다.

「그럼 가요.」그가 손을 놔주어 나는 나와 버렸다.

나는 다시 잠자리에 들었으나, 잘 생각은 하지 못했다. 동이 틀 때까지 소란한 바다를 둥둥 떠돌아다녔다. 이 바다에는 근심의 물결이 환희의 놀 밑으로 말려들어가고 있었다. 나는 가끔 사나운 바다 저쪽에서 순례자가 천국에 이르기 전에 쉬고 간다는 〈불라〉 언덕처럼 아름다운 해안을 본 듯했다. 그리고 때로는 희망에 눈뜬 상쾌한 질풍이 의기 양양하게 내 넋을 저 해안으로 날라다 주었다.

그러나 나는 공상 속에서도 그 해안엔 가 닿을 수 없었다——육지에서 맞바람이 불어와 자꾸 나를 돌려세우곤 했다. 지각은 정신 착란을 막으려 하고 분별은 정열을 달래곤 했다. 누워 있기에는 너무 흥분한 나는 동이 트자 곧 자리에서 일어났다.

16

이렇게 밤잠을 자지 못한 다음 날, 나는 로체스타 씨를 만나고 싶기도 하고 만남이 두렵기도 했다. 나는 다시 그의 음성이 듣고 싶어졌으나 그 눈과 마주치는 것이 두려웠다. 이른 아침 대부분을 그가 오기를 이제나저제나 기다렸다. 그는 공부하는 방에 자주 들어오는 습관은 아니었지만 가끔 이삼 분간 들르는 일이 있었다. 그래서 나는 이날은 꼭 오리라는 생각을 품고 있었다.

그러나 아침나절은 전과 다름없이 지나갔다. 아델이 공부하는 조용한 시간을 방해할 일은 하나도 일어나지 않았다. 다만 아침 식사가 끝나자마자 로체스타 씨의 침실 가까이에서 무슨 웅성대는 소리가 들려 왔다. 페어팩스 부인의 음성과 리아와 요리인——즉 존의 아내——의 음성과 존의 거칠은 목소리까지 들렸다. 「주인님께서 자리 속에서 타 돌아가시지 않은 게 얼마나 고마운 일일까 ! 」「밤중에 촛불을 켜놓아 둔다는 건 언제나 위험 천만한 일이야 ! 」「물주전자에 생각이 가실 만큼 침착하셨다니 얼마나 하느님의 도우심일까 ! 」

「왜 아무도 깨우지 않으셨을까 ? 」「서재의 소파에서 주무시고 감기에나 안 걸리셨으면 좋겠어 ! 」등등.

이런 시끄러운 잡담에 뒤이어 무엇인가 북북 문지르는 소리와 정돈하는 소리가 들렸다. 그리고 내가 점심을 먹으러 아래층으로 가는 도중 그 방 앞을 지나갈 때 열려 있는 문으로 방안의 모든 것이 이전대로 깨끗이 챙겨져 있는 걸 보았다. 다만 침대의 커튼만이 걷혀져 있을 뿐이었다. 리아는 창문턱에 올라가 연기로 까맣게 그을은 유리를 닦고 있었다. 나는 이 사건에 대해서 어떻게들 얘기를 하고 있는지 알고 싶어 그네에게 말을 건네려고 했다. 그런데 발을 들여놓은 나는 다른 사람이 또 하나 있는 걸 알았다——침대가의 의자에 앉아서 새 커튼에 고리를 달고 있는 여자가 있었다. 이 여자가 바로 그레이스 풀이었다.

밤색 옷에 체크 무늬 앞치마를 두르고 흰 수건에 흰 모자를 쓰고 언제나처럼 침착하고 무뚝뚝한 얼굴로 앉아 있었다. 그네는 자기 일에 골몰해서 온 정신이 거기 쏠려 있는 성싶었다. 그 딱딱한 이마와 평범한 얼굴에는 살인을 꾀한 여자의 얼굴에서 볼 수 있는 창백하거나 필사적인 그런 것은 조금도 없었다. 그네가 노렸던 희생자가 어젯밤 그네의 잠자리까지 뒤따라가서 그네가 범하려던 죄과를 (나는 그렇게 믿었다) 책망하지 않았던가. 나는 놀랐다——당황했다. 아직 내가 그네를 응시하고 있는데 그네는 얼굴을 들었다. 놀란 기색도 없고 발각되었다는 생각에서 붉었다푸르렀다 하는 얼굴빛도 없고 죄과에 대한 자각이나 탐지를 두려워하는 기색도 없었다. 「안녕히 주무셨어요, 선생님.」하고 언제나처럼 차갑고 간결하게 말하고는 다시 다른 고리와 끈을 집어서 바느질을 계속했다.

(저 여잘 좀 시험해 봐야지.) 하고 나는 생각했다. (저렇게 감쪽같이 버틸 수가 있을까.)

「잘 잤어요? 그레이스.」하고 나는 말했다. 「이 방에서 무슨 일이 있었나요? 좀 전에 일손들이 모여 얘기하는 소리가 들리는 것 같든데요.」

「별거 아니고, 주인님께서 어젯밤 자리 속에서 책을 읽으시디기 촛불을 켜놓은 채 잠이 드셨대요. 그래 커튼에 불이 붙었지만 다행히 이불이나 나무 기물에 불이 번지기 전에 잠이 깨셨대요. 주인님께선 물주전자의 물로 겨우 꺼버렸다는 거예요.」

「이상도 해라!」나는 나지막한 소리로 말했다. 그리고는 뚫어지도록 그네를 바라보며——「로체스타 씨는 아무도 안 깨우셨나요? 아무도 그 분이 기동하시는 걸 못 들었나요?」

그네는 다시 나를 향해 눈을 들었다. 그리고 이때엔 그 눈빛에 무엇인가 깨달음이 깃들어 있었다. 그네는 조심스럽게 나를 떠보는 듯했다. 그러자 대답을 했다.

「아시다시피 하인들은 아주 멀리 떨어져서 자고 있었어요. 그러니 그 사람들이 들을 수 있겠어요. 페어팩스 부인 방과 선생님 방이 제일 주인님 방에 가깝지만 페어팩스 부인은 아무 소리도 못 들었답니다. 사람이 나이를 먹으면 잠이 깊기 일쑤예요.」그네는 말을 끊었다가 일부러 태연한 체하면서도 어딘지 도드라지고 의미 있는 어조로 덧붙였다. 「하지만 선생님은 젊으시니 잠귀가 밝을 거예요. 혹시 무슨 소릴 듣지 않으셨나요?」

「들었어요.」하고 나는 유리창을 아직 닦고 있는 리아에게 안 들리도록 음성을 낮추어 가며 말했다. 「그리고 처음엔 파일럿인 줄만 알았어. 그렇지만 파일럿은 웃을 수 없거든요. 그러니까 나는 분명히 웃음 소리를 들었다는 거예요.

괴상한 웃음 소리를.」

그네는 바느질 할 감 분의 실을 새로 끊어서 조심스레 밀초질을 하고 야무진 솜씨로 바늘에 실을 꿰었다. 그리고는 아주 침착하게 말했다.

「그런 위험 속에 있을 때 주인님께서 웃으실 리가 없다고 봐요, 선생님. 꿈을 꾸신 게지요.」

「꿈을 꾼 게 아녜요.」 그네의 뻔뻔스럽고 냉담한 태도가 나를 건드려 나는 약간 흥분된 어조였다. 다시 그네는 나를 쳐다보았다. 그리고 아까와 같은 무엇을 탐지하려는, 그리고 정색을 한 눈초리로 「주인님께 웃음 소리를 들으셨다고 알리셨나요?」 하고 그네는 물었다.

「말씀드릴 기회가 오늘 아침엔 없었어.」

「방문을 열고 복도를 내다보실 생각은 안 하셨어요?」 하고 그네는 한술 더 떴다.

그네는 슬그머니 내게서 정보를 끌어내려는 속셈에서 나를 심문하는 것 같았다. 내가 그네의 죄과를 알고 있거나 의심하고 있다는 걸 그네가 알아차리게 된다면 무슨 나쁜 짓이라도 내게 하지나 않을까 하는 생각이 문득 떠올랐다. 경계하는 것이 현명하다고 나는 생각했다.

「그러기는커녕,」 하고 나는 말했다. 「문에 빗장을 질렀어요.」

「그럼 선생님께선 주무시기 전에 매일 밤 문에 빗장을 지르는 습관이 아니세요?」

(악마 같은 것! 내 습관을 알아 가지고 흉계를 꾸미고 싶은 거겠지!) 분노가 다시 분별력을 누르고 올라왔다. 나는 날카롭게 대답했다. 「여태까지 가끔 나는 빗장을 지르지 않았지. 그럴 필요가 없다고 생각했으니까. 나는 쏜필드 저택에는 아무 두려워할 위험이나 난처한 일이 있으리라고 생각지 않았어요. 그러나 앞으론(하며 나는 이 말에 유난히 힘을 주었다) 잠자리에 들기 전에 무슨 일이 없도록 각별히 조심해야겠어요.」

「그렇게 하시는 게 좋을 거예요.」 그네의 대답이었다. 「이 근처는 제가 알기에는 무척 조용해요. 이댁 찬장 속엔 몇 백 파운드 값어치의 그릇들이 들어 있기는 하지만 이곳이 저택으로 된 후론 도둑이 들었다는 말은 한번도 못 들었어요. 그리고 아시다시피 이렇게 큰집치고는 하인이 아주 적어요. 주인님께선 오래 머물러 계시지도 않고 오신다 하더라도 총각이시니 곁에서 시중을 들 필요가 별로 없으니까요. 그렇지만 난 지나칠 정도로 안전하게 하는 편이 제일이라고 늘 생각해요. 문엔 그때그때에 빗장을 질러 놓아야 하고요. 그리고 또 일어날지 모르는 재앙과 자기 사이에 빗장을 질러 놓아야 해요. 세상 사람들은 만사를 하느님께 맡기고 있지만 하느님이라고 해도 재앙을 막아내는 방법이 필요할 거예요. 우리들이 조심스레 그 방법을 사용하였을 때 하느님은 종종 축복을 내리시긴 하지만.」여기서 그네의 열변은 끝났다. 그네로서는 긴 얘기였고 퀘이커교도와 같은 근직한 태도로 흘러나왔던 것이다.

그네가 기적 같은 침착성과 도저히 이해할 수 없는 위선을 지닌 인간으로 보여 나는 영 어리둥절해져서 우두커니 서 있는데 식모가 들어왔다.

「풀 아줌마,」하고 그네는 그레이스에게 말을 건넸다. 「우리들 식사가 곧 다 될 거예요, 내려오겠어요?」

「아니, 흑맥주 한 병과 푸딩을 좀 쟁반에다 갖다줘요. 그럼 내가 위층으로 갖고 올라갈 테니.」

「고기도 좀 드릴까요?」

「그것도 좀 주고. 그리고 치즈 한 조각이면 그만이야.」

「그리고 디저트의 쎄이고(야자의 알종)는요?」

「지금은 그만둬. 차 마시는 시간 전에 내가 내려가서 직접 만들 테니.」

여기서 식모는 나를 향해 페어팩스 부인이 나를 기다린다고 했다. 그래서 나는 방을 나왔다.

식사하는 동안 페어팩스 부인이 커튼이 불탄 얘기를 하는 걸 거의 나는 듣고 있지 않았다. 그만큼 내 정신은 그레이스 풀이란 수수께끼 같은 인물에 몰두해 있었다. 그리고 쏜필드 저택에서의 그네의 위치 문제를 파고들었다. 왜 그네가 오늘 아침 구속되지 않았는지, 그렇지는 않더라도 적어도 주인한테서 해고쯤은 당해야 하지 않느냐 하는 의문이 더욱 짙어져 갔다. 주인은 그네의 어젯밤 범죄에 대해서 거의 단언을 할 만큼 확신을 갖고 있었다. 무슨 내밀한 이유가 주인으로 하여금 그네를 죄인으로 다루지 못하게 하는 것일까? 왜 주인은 내게까지 비밀을 지키라는 것일까? 이상한 일이다. 대담하고 복수심이 강하고 거만한 신사가 자기 고용인 중에서도 제일 천한 자에게 어딘가 좌우되고 있는 듯했다. 이렇듯 그네의 수중에 놓여 있으므로 자기의 생명을 빼앗으려고 그네가 손을 뻗쳤을 때까지도 감히 여자의 죄를 내놓고 책하기는 고사하고 처벌하려 들지도 못한 것이리라.

만일 그레이스가 젊고 아름다운 여자라면 경계심이나 공포보다는 한층 부드러운 감정이 로체스타 씨를 좌우하여 그네를 두둔하게 했다고 나는 생각할 수도 있었겠지만, 못 생기고 보모 같은 꼴인 그네이고 보면 이런 추측은 허용될 수

없다. (그렇지만,) 하고 나는 생각했다. (옛날엔 그네도 젊었었지. 그네의 청춘
은 로체스타 씨의 젊음과 같은 시대였을 거야. 페어팩스 부인은 그레이스가 여
러 해를 두고 여기서 살아 왔다는 얘기를 한 적이 있어. 그네가 아름다왔으리라
고는 생각되지 않지만 외관상의 결점을 보충할 만한 특출한 성격이나 성격상의
영향력을 갖고 있을는지도 몰라. 로체스타 씨는 과단성이 있고 변덕스런 걸 좋
아해. 그레이스는 아무래도 괴물이야. 옛날의 그의 들뜬 기분이——그와 같이
성급하고 고집이 센 성격에는 흔히 있을 수 있는 변덕이지만——그를 저 여자
의 수중에 떨어지게 했다. 그 자신의 분별 없는 행동의 결과로 지금 그네는 그의
행동에 비밀한 힘을 구사하여 그걸 그가 뿌리칠 수도 없고 감히 무시할 수도 없
게 되었다면 어떨까?) 그러나 여기까지 내 추측이 미쳤을 때 풀 아줌마의 네모
진 펀펀한 몸집과 마구잡이로 돼먹고 무미 건조한 데다가 음탕하기까지 한 얼굴
이 내 머릿속에 선히 떠올라 나는 이렇게 생각하기에 이르렀다. (아니, 있을 수
없는 일이야! 내 추측이 맞을 리 없지. 그렇지만) 하고 마음속에서 비밀한 음
성이 속삭였다. (그렇게 말하는 너 자신도 아름답지는 않아. 그런데도 로체스타
씨는 널 눈에 들어 하는 것 같애. 하여튼 너는 마치 그 분의 눈에 든 것처럼 생각
을 가끔 하지. 그리고 어젯밤——그 분의 말을 생각해 봐! 그 얼굴을 생각해
보고 음성을 생각해 봐!)

　나는 모두 기억한다. 그 순간의 그의 말과 시선과 어조가 생생하게 되살아 오
는 것 같았다. 나는 공부방에 있었다. 아델은 그림을 그리고 있었다. 나는 아델
의 등뒤에 몸을 구부리고 연필 쥐는 법을 가르치고 있었다. 아델은 놀라며 쳐다
보았다.

　「선생님, 웬일이세요?」그네는 말했다. 「선생님의 손가락이 나뭇잎처럼 떨
리고 있어요. 뺨이 빨개요. 행두처럼 빨개요!」

　「더워서 그래, 아델. 허리를 구부리고 있으니까!」그애는 스케치를 계속했
고 나는 생각을 계속했다.

　나는 그레이스 풀에 대해서 생각해 오던 지긋지긋한 추측을 내 머리에서 내쫓
으려고 서둘렀다. 이것은 내 마음을 상하게 했다. 나는 나 자신을 그레이스와
비교해 보고 서로 다른 점을 찾아냈다. 언젠가 베시 리븐이 나를 정말 숙녀답다
고 했지만 베시의 말이 맞았다. 나는 숙녀였다. 그리고 베시가 보았을 당시보다
도 지금 나는 훨씬 아름다와 보였다. 그때보다는 안색이 좋고 살도 찌고 훨씬 기
운이 세지고 쾌활해졌다. 왜냐하면 나는 그때보다는 한층 밝은 희망과 기막힌
기쁨을 지녔으니까.

(저녁이 돼 가는군.) 창을 바라보며 나는 혼자 말했다. (오늘은 종일 이 집에서 로체스타 씨의 음성과 발소리를 못 들었지만 밤이 되기 전에 꼭 뵙게 될 거야. 아침엔 만나는 게 두려웠지. 이젠 만나고 싶어. 기대가 너무 지루하게 어긋나 버리면 초조하게 되니까.)

땅거미가 짙게 깔리고 아델이 어린이 방에서 쏘피와 놀려고 내게서 물러가자 나는 그를 만나고 싶은 마음이 간절해졌다. 아래층에서 벨이 울리지나 않나 귀를 기울였다. 리아가 전언을 갖고 오지나 않을까 귀가 솔깃했다. 어쩌면 로체스타 씨의 걸음 소리가 들리는 듯하여 금새라도 문이 열리며 그 분이 들어올 것만 같아 문께로 고개를 돌리었다. 문은 닫힌 채로였고 어둠만이 창으로 스며들 뿐. 그러나 아직 늦지는 않다. 일곱 시, 여덟 시 경에도 나를 부르러 보낸 일이 종종 있었고 아직 여섯 시밖에 안 되었으니까. 그 분에게 할 얘기가 이처럼 많이 있으니 오늘 밤 아주 실망을 해서는 안 돼! 나는 그레이스 풀에 관한 화제를 다시 그 분에게 꺼내서 그 분한테서 무슨 대답이 나오는지 들어 보고 싶었다. 어젯밤의 그 무시무시한 계교를 꾸민 것이 그 여자라는 걸 진정으로 그 분이 믿고 있다면, 또 그렇다면 왜 그레이스의 앙심을 비밀로 덮어두는지 묻고 싶었다. 내 호기심이 그 분의 부아를 돋굴는지 아닐는지는 문제가 아니다. 그 분을 괴롭히기도 하고 위로를 해주기도 하는 즐거움을 나는 알고 있다. 이것은 나의 제일 가는 즐거움이었다. 그리고 나의 확고한 본능은 언제나 나를 극단으로 나가는 걸 막아 주고 상대방의 울화를 끌어내는 선에서 한 걸음도 나는 넘어서지 않았다. 나는 아슬아슬한 절벽 같은 데서 내 수완을 시험해 보기를 좋아했다. 나 자신의 위치가 지녀야 할 모든 세밀한 예의 범절과 존경을 간직하면서 나는 사양하겠다는 불안한 마음도 없이 논쟁을 할 수 있었다. 그것은 나를 즐겁게 했다.

마침내 층층다리에서 발소리가 났다. 그러나 그건 페어팩스 부인 방에 차 준비가 돼 있다는 알림뿐이었다. 나는 아래층으로 내려간다는 것만으로도 기뻐서 페어팩스 부인 방으로 갔다. 그것이 나를 로체스타 씨의 곁으로 좀더 가까이 가게 해주는 거라고 생각했기 때문이었다.

내가 페어팩스 부인과 자리를 같이 했을 때 선량한 부인은 「차라도 마시고 싶겠구료.」했다. 「저녁 식사를 안 들다시피 했으니까요. 혹시」하고 그네는 말을 이었다. 「오늘은 몸이 불편한 것 같아요. 얼굴이 붉고 열이 있어 보여요.」

「원 별말씀을, 아주 건강해요! 이렇게 좋은 적은 없었어요.」

「그럼 많이 잡수셔서 원기 왕성하다는 증거를 보여 주셔야죠. 이 뜨개질 한 줄을 뜨는 동안 저 찻주전자에 물을 채워주겠어요?」부인은 뜨개질을 다 끝내

자 여태껏 걷어올려 두었던 창문의 차일을 내리려고 일어났다. 벌써 황혼은 온통 재빨리 짙어만 가고 있었지만 되도록 햇빛을 이용해 보기 위해서라고 나는 생각했다.

「오늘 밤은 날씨가 좋군요.」부인은 유리창으로 밖을 내다보고 말했다.「별은 안 보이지만 로체스타님의 여행에는 좋은 날씨 같아요.」

「여행이라고요! ──로체스타님께선 어딜 가셨나요? 전 어디 가셨는지 모르고 있었어요.」

「아이 참, 아침 진지를 드시자마자 떠나신 걸! 리즈로 가셨어요. 밀코트에서 십 마일이나 떨어진 이쉬튼 씨의 저택으로요. 굉장한 파티가 열리는가 봐요. 잉그램 경(卿), 조지 린 경, 덴트 대령과 그 밖에 여러분들이 오신다나요.」

「오늘 밤에 돌아오시리라고 보세요?」

「아니요──내일도 안 오셔요. 일주일이나 그 이상 머무르실 거예요. 그렇게 훌륭한 상류 사회의 여러분들이 한자리에 모이게 되면 으례 우아하고 화려한 기분에 휩싸여 즐겁고 유쾌하게 노실 수 있게 가득 준비돼 있으니까 모두들 헤어지려고 서두르지도 않는답니다. 이런 자리엔 특히 신사 양반들이 필요하니까요. 그리고 로체스타님께선 사교계에서는 아주 재치 있고 명랑한 분이고 해서 모두들 그 분을 좋아하는가 봐요. 선생님 생각으로는 그 분의 외양이 특히 숙녀들의 눈에 들리라고는 보시지 않겠지만 그래도 숙녀들은 그를 무척 좋아한답니다. 그러니까 그 분의 학식과 재능과 또 모르긴 해도 재산과 좋은 혈통이 그의 외양의 조그만 결점을 보충해 줄 거예요.」

「리즈엔 귀부인들이 계시나요?」

「이쉬튼 부인과 따님이 세 분──참 아름다운 아가씨들이 계셔요. 그리고 또 귀족의 따님인 브랑쉬 잉그램 아가씨와 동생인 메리 잉그램 아가씨, 이 두 분은 대단한 미인이에요. 나는 육칠 년 전에 열 여덟 살인 브랑쉬 아가씨를 만나뵈었어요. 로체스타님께서 베푸신 크리스마스 무도회와 파티에 참석하느라 여기 오셨어요. 선생님께서 그날의 식당을 보았더라면 좋았을 걸요──얼마나 풍성하게 장식됐고 얼마나 찬란하게 불이 켜졌던지요! 귀부인들과 신사 양반들이 오십 명은 참석했을 겁니다──모두들 일류 가는 가문에서 온 분들이지요. 그리고 잉그램 아가씨는 그날 밤의 꽃으로 뽑혔답니다.」

「그 분을 보셨다고요, 페어팩스 부인. 어떻게 생긴 분이셔요?」

「네, 봤어요. 식당의 문이 활짝 열려 있었고 크리스마스이니까 하인들이 홀에 모여 아가씨들이 부르는 노래나 연주하는 걸 들어도 좋다는 허락이 있었던 거예요. 로체스타님께서는 저더러 방안으로 들어오라고 하시기에 조용한 한 구석에 앉아서 구경을 했어요. 그렇게 멋진 광경을 여태 본 적이 없었어요. 부인네들은 웅장한 옷차림을 하고 대부분은—— 적어도 젊은 아가씨들은 거의 다—— 아름다왔어요. 하지만 잉그램 아가씨는 확실히 여왕님이었어요.」

「그런데 어떻게 생기셨나요?」

「키가 크고 풍만한 가슴, 조그만 어깨, 길고 우아한 목, 올리브빛의 가무잡잡하면서도 맑은 안색, 고상한 콧날, 눈은 로체스타님의 눈처럼 크고 검고 마치 보석과 같이 빛나고 있었어요. 게다가 아름다운 새까만 머리는 잘 어울리게 손질이 돼 있었어요. 뒷머리는 뭉실뭉실한 화환같이 땋아 올리고, 앞에는 생전 처음 보는, 무척 길고 담뿍 윤이 나는 지진 머리였어요. 눈처럼 흰 옷에다 호박빛의 목도리는 어깨에서 가슴까지 내려오게 해서는 허리 있는 데서 묶여졌다가 긴 술이 달린 끝이 무릎 아래까지 드리워져 있었어요. 머리에는 또 호박빛 꽃을 꽂고 있었고 그것이 새까만 지진 머리 다발과 잘 어울리더군요.」

「물론 그 분은 내난한 찬사를 받았겠시요?」

「아무렴요. 아름다움뿐만 아니라 그 분의 교양 때문에도 그랬어요. 그 분도 노래를 불렀답니다. 어떤 신사 한 분이 피아노 반주까지 하고요. 그 아가씨와 로체스타님께선 이중창을 불렀어요.」

「로체스타님이요? 전 주인님께서 노래를 부르시는 줄은 몰랐어요.」

「웬 걸요! 음성이 훌륭한 베이스에다가 음악에는 대단한 취미를 갖고 계시답니다.」

「그리고 잉그램 양은 어떤 음성이셔요?」

「참 풍부하고 힘찬 성량이에요. 흐뭇하게 노래를 부르던데요. 그 아가씨의 노래를 듣는 건 즐거운 일이었어요—— 나중에 피아노도 치셨어요. 나는 음악을 모르지만 로체스타님께선 잘 아셔요. 주인님께서 아가씨의 연주는 참 훌륭했다고 아가씨에게 말씀하시는 걸 들었어요.」

「그런데 그 예쁘고 재주 있는 아가씨는 아직 미혼인가요?」

「아직 안 하신 것 같아요. 그 분과 동생은 그다지 재산은 없는가 봐요. 노 잉그램 경의 재산은 주로 한정 상속(限定相續)으로 돼 있어서 장남되시는 분이 거의 다 상속했어요.」

「하지만 돈 많은 귀족이나 신사는 그 아가씨를 좋아하지 않을라고요. 가령 로체스타님과 같은 분 말이에요. 로체스타님은 부자이시죠. 그렇지요?」

「아무렴요! 그렇고말고요. 그렇지만 연령의 차이가 상당하답니다. 로체스타님은 사십이 가까왔는데 그 아가씨는 불과 스물 다섯밖엔 안 되거든요.」

「그럼 어때요? 그보다 더 차이가 많은 결혼이 흔히 있는 걸요.」

「사실이에요. 그렇지만 난 로체스타님이 그런 생각을 하시리라곤 생각되지 않아요. 그런데 선생님은 아무것도 안 드셔요? 차를 드신 후론 통 아무것도 안 드셨어요.」

「아뇨. 너무 목이 말라 못 먹겠어요. 차나 한 잔 더 주시겠어요?」

내가 로체스타 씨와 예쁜 잉그램 양과의 결혼의 가능성에 대해서 다시 생각하려던 참에 아델이 들어와 화제는 다른 방향으로 틀어지고 말았다.

다시 혼자가 되자 나는 아까 들은 애기를 되새겨 보기도 하고 내 마음을 살펴보기도 하고 지금의 생각과 감정을 타진했다. 그리고 무한한 상상의 황야를 방황하고 있는 듯한 나 자신을 엄한 손으로 붙들어 안전한 상식의 울타리 속에 되몰아 넣으려고 애썼다.

나 자신 속의 법정에 소환되자 어젯밤부터 내가 품어 왔던 희망, 의욕, 감정에 대해서──그리고 내가 지난 두 주일 가까이 생각에 몰두했던 마음의 전반적 상태에 대해서 〈기억〉은 그 증인이 되어 주었다. 〈이성〉은 앞으로 나가 그 독특한 조용한 태도로 얼마나 내가 현실을 거부하고 미친 듯이 이상을 갈망했던가를 솔직하게 꾸밈새 없이 애기해 주었다──나는 다음과 같은 취지의 판결을 언도했다──

제인 에어보다도 더 어리석은 사람은 여태까지 태어난 적이 없다. 아무리 너보다 환상적 바보라도 감미로운 거짓말을 만끽 과식하고 마치 선약(仙藥)을 들이켜듯 독(毒)을 마신 일도 일찌기 없었다라고.

(너 같은 것이,) 하고 나는 말했다. (로체스타님의 귀염을 받는다고? 네가 그분을 기쁘게 할 힘을 지니고 있다는 거냐? 어떤 의미에서 네가 저 분에게 소중하다는 거냐? 꺼져라! 네 어리석음이 참으로 우습구나. 그리고 너는 저쪽에서 어쩌다 보여 주는 호의의 표시에서 즐거움을 맛본다는 거지──가문이 좋은 신사가, 세상을 아는 사나이가 한낱 고용인에게, 한낱 철부지 같은 너에게 보여 준 애매한 표시를 말이야. 어쩌면 그렇게도 당돌하지? 가련한 바보 같은 얼간이! ──자기 자신의 이익을 위해서라도 좀 현명해질 수 없느냐? 지난 밤에 있었던 그 짧은 광경을 오늘 아침에도 되새겨 보는 거냐? ──얼굴을 가리워, 부끄럽지도 않니! 네 눈에 대해서 뭣인가 칭찬하셨다고? 눈먼 강아지 같은 것아! 너의 퉁퉁 부은 눈까풀을 치켜올리고 네 저주받은 어리석음을 봐라! 여성이 자기 웃사람한테서 아첨을 받는다는 건 좋은 일이 아니야. 그런 사나이는 여

자와 결혼할 의향이 없는 거야. 비밀한 사랑에 마음을 태우는 건 모든 여자에게 흔히 있는 미친 짓이야. 사랑이 보답이나 이해를 받지 못할 경우엔 사랑을 키워 주는 생명을 멸망시키고야 만다. 그리고 만일 상대방에게 알려져 보답을 받으면 꺼버릴 수 없는 진흙 들판으로 너를 끌고 갈 수밖에 없다.

그러니까 제인 에어, 너의 판결을 잘 들어라. 내일 네 앞에 거울을 놓고 너 자신의 얼굴을 분필로 그려 봐라. 결점 하나도 손질하지 말고, 보기 흉한 선을 하나도 빼놓지 말라. 남에게 불쾌한 감을 주는 못 생긴 콧날을 수정하지 말아라. 그리고 그 밑에 〈의지할 곳 없고 가난하고 못 생긴 어느 가정 교사의 초상화〉라고 적어 놓아라.

그 다음엔 매끈한 상아지(象牙紙) 한 장을 꺼내라――너는 그림 상자 속에 상아지 한 장을 갖고 있어. 팔레트를 꺼내들고 제일 선명하고 제일 아름답고 밝은 빛깔을 타라. 네게 있는 제일 좋은 낙타털 붓을 골라내서 네가 상상할 수 있는 한껏 제일 아름다운 얼굴을 정성껏 그려 보라. 브랑쉬 잉그램을 페어팩스 부인이 말한 대로 제일 보드라운 음영(陰影)과 가장 아름다운 색깔의 배합으로서 그려라. 새까만 고수머리와 동양적인 눈을 명심해야지――아이 참! 모델로는 로체스타님의 눈을 생각하고 있군! 정신 차려! 눈물을 흘려선 안 돼!――감정이 노출되선 안 되지!――뉘우쳐선 안 돼! 나는 분별력과 결의만을 지켜 나가련다. 당당하고도 조화를 이룬 얼굴 생김새, 그리스형의 목덜미와 가슴에 명심해라. 둥글고 눈부신 팔과 섬세한 손을 화면에 보이도록. 그리고 다이어몬드 반지나 금팔찌 같은 것도 빼놓아선 안 돼. 엷은 레이스, 번쩍이는 공단옷, 우아한 스카프, 황금빛 장미꽃 등 그녀의 옷차림을 충실하게 그릴 것. 그리고 그걸 〈재색을 겸비한 명문의 숙녀 브랑쉬의 초상화〉라고 부르라.

앞으로, 로체스타 씨가 네게 호의를 갖고 있다는 생각이 들 때마다 이 두 장의 그림을 꺼내서 서로 비교해 보라. 로체스타 씨는 이 고귀한 부인의 사랑을 얻으려고 하기만 하면 아마 얻을 수 있을 거다. 이 가난하고 보잘것없는 일개의 평민에 대해서 그 분은 요긴한 정신적 낭비를 할 수 있겠는가?)

(그렇게 하자.) 하고 나는 결심했다. 이렇게 결심을 굳게 하자 마음은 가라앉으며 나는 잠이 들어 버렸다.

나는 내 결심을 지켰다. 크레용으로 자화상을 그리는 데는 한두 시간이면 충분했다. 그리고 두 주일이 채 되기도 전에 상아지에 내 상상으로 그린 브랑쉬 잉그램의 조그만 초상화가 완성되었다. 그것은 퍽 아름다운 얼굴로 보였다. 그리고 분필로 그린 자화상과 비교해 보니 그 대조는 내 자제심(自制心)이 바랐던 것처럼 무척 컸다. 이 일을 하는 데서 내게는 소득이 있었다. 내 머리와 손의 수고로 마음에서 지워지지 않도록 새겨 두려던 새로운 생각에 힘과 확고성을 주었다.

머지않아 나는 이처럼 자신의 감정을 억지로 극복시킨, 이 건전한 수련의 과정에서 자축할 기회가 생기었다. 여기에 대해 감사한다. 이 수련의 덕택으로 그다음에 일어난 일에는 나는 아주 침착한 마음으로 대처할 수가 있었다. 만일 내게 마음의 준비가 돼 있지 않다는 것이 탄로가 났던들 표면상으로나마 한결같이 지탱해 나가지 못했을 것이다.

17

한 주일이 지났다. 로체스타 씨로부터는 아무런 소식이 없었다. 열흘이 지나도 그는 돌아오지 않았다. 페어팩스 부인은, 그가 리즈에서 런던으로 직행해서 거기서 다시 대륙으로 건너가 앞으로 일 년간 쏜필드에는 얼굴을 나타내지 않는다고 해도 놀라지 않을 거라고 했다. 아주 갑작스럽고 뜻밖의 방법으로 이 저택을 떠난 것은 빈번히 있는 일이었다는 것이다. 이 말을 듣고 나는 마음이 이상하게 싸늘해지고 실망하기 시작했다. 기실 나는 실망으로 해서 병이 날 것 같은 지경에 이르렀다. 그러나 정신을 가다듬고 내가 다짐해 놓은 주장을 되새기면서 나는 나의 정신적 소동에 정숙을 곧 명령했다. 이 일시적인 초조를 나는 극복했고——로체스타 씨의 거동이 무엇인가 내게 치명적인 이해 관계를 지닌 문제라고 생각하게 하는 그런 오해를 잘 처리해 버린 건 참으로 놀랄 만한 일이었다. 그렇다고 비굴한 열등감으로 해서 겸손을 떤 것은 아니었다. 오히려 나는 이렇게 말했다.

(너는 그의 양녀를 가르치는 대가로 그가 지불해 주는 봉급을 받는 것 외에는 쏜필드의 주인과는 아무 관계가 없어. 그리고 네가 네 의무를 다하면 당연히 그에게 바랄 권리가 있는 예의바르고 친절한 대우에 감사하는 것 외에는 아무 관계가 없어. 이것만이 로체스타님이 솔직하게 자인하고 있는 두 사람 사이의 유일한 관계라는 걸 굳게 믿어. 그러니까 로체스타님을 네가 사모하거나 황홀해하거나 괴로움 등등의 대상으로 삼아서는 안 돼. 그 분은 너와 같은 계열의 사람은 아니야. 네 신분을 지키라. 그리고 너의 온 마음과 온 정신과 온 힘을 기울인 애정을 낭비 않도록 자중해라. 그런 선물은 요구되지 않는 곳에서는 멸시를 당

할 거야.)

나는 그날그날의 일과를 침착히 계속했다. 그러나, 쏜필드를 떠나야 한다는 이유에 대해서 막연한 암시가 가끔 떠올라서 저도 모르는 사이에 광고문을 생각하고 새로운 일자리를 요리조리 궁리해 보기도 했다. 나는 이런 사색을 몰아내야 한다고는 생각지 않았다. 경우에 따라서는 이런 생각은 싹이 트고 열매를 맺게 될지도 모르니까.

로체스타 씨가 이 주일 남짓 돌아오지 않고 있을 때 우편 배달부가 페어팩스 부인 앞으로 보내는 편지 한 통을 갖고 왔다.

「주인님한테서 왔어요.」부인이 겉봉의 이름을 보며 말했다.「이제 그 분이 돌아오시는지 아닌지 알게 되겠군요.」

그네가 봉함을 뜯고 내용을 읽고 있는 동안 나는 커피를 줄곧 마시고 있었다(우리들은 아침 식사를 하고 있었다). 커피는 뜨거웠다. 나는 별안간 얼굴에 뜨거운 불길이 활활 달아오르는 걸 커피의 탓으로 돌렸다. 왜 손이 떨리고 저도 모르게 커피의 절반을 접시에 엎질렀는지 생각해 보려 하지도 않았다.

「그래요——우리들은 너무 한가하다고 나는 가끔 생각했어요. 그러나 이번엔 꽤 바빠지겠군요, 당분간만이래도.」안경 앞에다 아직 편지를 펼쳐 놓고 페어팩스 부인은 말했다.

나는 그 설명을 묻기에 앞서 저절로 풀어지려는 아델의 앞치마 끈을 매주고 또 빵 한 개를 그네에게 집어 주었다. 그리고 컵에다 우유를 더 따라 주고는 아무렇지도 않은 듯이 물었다.

「로체스타님께선 곧 돌아오실 것 같잖지요?」

「아니예요, 돌아오세요——사흘 후엔 돌아오신다는데요. 이번 목요일일 거예요. 그리고 혼자가 아니래요. 리즈에 계시는 훌륭한 분들이 몇 분이나 주인님과 같이 오실는지 모르지만 제일 좋은 침실을 전부 준비하고 서재와 응접실을 깨끗이 소제해 놓으라는 분부예요. 밀코트에 있는 조지 여관에서나 또 어디 있을 만한 다른 데서라도 부엌일을 할 사람들을 더 구해야겠어요. 귀부인들은 하녀를, 신사분들은 하인을 데리고 오시겠지요. 그러면 집안은 그들로 가득찰 거예요.」하며 페어팩스 부인은 아침을 얼른 먹어치우고 행동 개시를 위해 총총히 자리를 떴다.

그네가 예언한 바와 같이 사흘 동안은 정말 바빴다. 나는 쏜필드 저택의 방들은 모두 예쁘게 닦여지고 잘 정돈돼 있다고 생각했으나 그것은 내 잘못 같았다. 아낙네들 세 명이 일을 거들어 주도록 채용되어 닦아내기도 하고 손질도 하고

색칠도 했다. 융단을 털기도, 그림을 내렸다가 올려붙이기도 하고 거울과 샹들
리에를 닦기도, 침실의 불을 켜놓기도, 요의 거죽과 새털 침구를 벽난롯불에 쬐
기도 하며 전무후무한 법석이었다. 아델은 이 북새통 속에서 마구 뛰어다녔다.
손님들을 모실 준비와 손님들의 도착을 기다리는 마음이 그네를 황홀경으로 몰
아넣었다. 그애가 언제나 〈의상〉이라고 부르는 프록을 쏘피더러 모두 살펴봐 달
라고 하고 그애가 말하는 〈유행에 뒤떨어진〉 것들은 모두 뜯어 고치게 하고 새
것은 바람에 쐬어서 챙기게 했다. 아델은 앞채의 방방을 쏘다니며 침대를 뛰어
오르내리거나 굴뚝을 향해 요란한 소리를 내며 타고 있는 큰 난로 앞에 놓인 깔
개나 긴 베개에 드러눕는 일밖에 하지 않았다. 그애는 학과 공부에서 놓여났다.
페어팩스 부인은 거들어 달라는 청을 내게 해왔다. 그래서 나는 종일 찬방에서
그네와 식모를 거들어(방해도 하면서) 주기도 했다. 카스타드나 치즈 과자, 프
랑스식 파이를 만드는 법이랑 새의 죽지와 발을 묶어 요리하는 법과 여러 가지
로 모아 놓은 디저트를 만드는 법 등을 배우기도 했다.

　손님들은 목요일 저녁 여섯 시의 만찬에 대어 오도록 되어 있었다. 그 동안 나
는 공상에 잠길 시간은 없었다. 나는 모든 사람들과 마찬가지로 활동적이고 명
랑했다고 믿는다──아델을 제외하고는. 그러나 나는 유쾌한 마음이 꺾이우고
저도 모르게 의심과 불길한 전조와 침울한 억측의 나라로 되돌아가곤 했다. 이
것은 내가 삼층으로 통하는 층층다리의 문(이것은 최근에는 언제나 쇠가 잠기어
져 있었다)이 천천히 열리며 딱딱해 보이는 모자에다 흰 앞치마를 입고 목수건
을 두른 그레이스 풀이 모습을 나타낸 걸 우연히 보았을 때라든지 헝겊 조각으
로 만든 슬리퍼를 신고 조용하게 걸음을 죽여 가며 복도를 미끄러지듯이 걸어가
는 걸 보았을 때라든지 뒤죽박죽이 된 침실들을 들여다보는 그네를 보았을 때
였다──대개 그네는 날품팔이 여자에게 난로 쇠우리를 잘 닦을 수 있는 방법
이나 대리석의 벽난로 장식을 청소하는 법이나 벽지를 바른 벽의 얼룩을 지우는
방법에 대해서 잠깐 주의를 주는 듯하고는 가버리는 것이다. 이처럼 하루에 한
번씩 부엌으로 내려와 끼니를 때우고 난롯불을 쬐며 적당히 담배 한 대를 피우
고는 자기만의 위안물인 흑맥주 잔을 들고 음침한 삼층의 자기 소굴로 돌아가는
것이다. 하루 스물 네 시간 중 단 한 시간만 아래층의 동료 하인들과 함께 지내
고 나머지 시간은 삼층의 천장이 좀 낮은 참나무로 된 방에서 보냈다. 그네는 그
방에서 토굴 속의 죄수처럼 상대도 없이──바느질을 했다──아마도 무시무
시한 웃음을 혼자 웃어 대는지도 몰랐다.

　무엇보다도 제일 이상한 건 그네의 습관에 유의한다거나 그것을 수상하게 여

기는 사람이 나를 빼놓고는 이 집에는 아무도 없다는 것이었다. 이 집에서의 그네의 위치나 맡아 하는 일에 대해서 이러니저러니 하는 사람이 없고 그네의 외로움이나 고립 생활에 동정하는 사람도 없었다. 언젠가 놀랍게도 나는 날품팔이 여자와 리아가 그레이스를 화제의 주인공으로 주고받는 대화의 일부를 엿들었다. 리아가 한 애기는 들리지 않았지만 날품팔이 여자는 이렇게 말했다.
「저 여자는 월급을 꽤 받겠지?」
「그럼.」하고 리아가 말했다. 「나도 그만큼 받았으면 좋겠어요. 내 월급을 불평하는 건 아니야──이 댁은 인색하진 않으니까요. 하지만 내것은 풀 아줌마가 받는 오분의 일도 못돼요. 그리고 그 여자는 저축을 하고 있어요. 월급날만 되면 밀코트의 은행으로 가곤 해요. 여기를 그만두면 혼자 살아갈 만큼 저축해 놓았다고 해도 과언이 아니예요. 하지만 아마 여기가 정이 들었나 봐요. 게다가 아직 사십 전이고 건강해서 무엇이든 할 수 있으니까요. 일에서 손을 떼기엔 너무 일러요.」
「훌륭한 일손이라고 봐요.」품팔이 여자는 밀했다.
「아무렴요! 그이는 자기가 해야 할 일을 잘 알고 있어요──아무도 그이를 못 따라요.」리아는 의미 심장하게 맞장구를 쳤다. 「그리고 어느 누구도 저이 대신은 할 수 없어요──저이가 받는 월급을 다 준대도요.」
「그렇고말고!」이것이 대답이었다. 「내가 이상하다고 생각하는 것은 주인님께서──」
품팔이 여자가 말을 계속하려던 참이었으나 이때 리아가 고개를 돌리고 나를 보자 재빨리 상대방을 팔꿈치로 찔렀다.
「저 분은 몰라요?」하고 품팔이 여자의 속삭임이 내 귀에 들려 왔다.
리아는 머리를 가로 저었다. 물론 대화는 끝났다. 내가 그네들의 대화에서 주위들은 전부는 다음과 같다──즉 쏜필드에는 무슨 비밀이 있다는 것이고 나는 그 비밀에 참례하지 못하게 고의적으로 제외되어 있다는 것이다.
목요일이 되었다. 여러 가지 일은 전날 밤에 말끔히 끝나 있었다. 융단을 깔고 침대 커튼에는 꽃술을 달고 하얗게 빛나는 침대보를 씌우고 여러 개의 화장대도 챙겨 놓았다. 가구는 닦아지고 꽃병에는 꽃이 가득히 꽂혔다. 침실과 객실은 더할 나위 없이 청신하고 밝아 보였다. 홀도 깨끗이 청소되고 조각으로 된 큰 시계는 층층다리와 층계의 난간과 마찬가지로 거울처럼 번들번들 윤이 나게 닦여져 있었다. 식당에는 찬장이 그릇과 함께 찬연히 번쩍이었다. 객실과 부인실에는 외국산 화병이 여기저기 놓여 있었다.

오후가 되었다. 페어팩스 부인은 그네의 제일가는 까만 공단 옷에다 장갑을 끼고 금시계를 찼다. 손님들을 맞아들이고——부인네들을 각기 방으로 안내하는 임무 등등을 맡았기 때문이다. 아델도 옷치장을 하고 싶어했다. 이애는 이날 손님들에게 소개될 기회가 별로 없으리라고 나는 생각했지만, 그러나 그네를 기쁘게 해주려고 나는 쏘피에게 일러 짧고 장식이 많은 모슬린 옷을 입히기로 했다. 나 자신은 옷을 갈아입을 필요는 없었다. 나는 내 성소(聖所)인 공부방에서 불려나올 리가 없으니까. 이제 이 공부방이 내겐 성소로 돼 버렸으니까——「난처할 경우엔 아주 편안한 피난처야.」

삼월 하순이 아니면 사월 초순인 어느 화창한 봄날이었다. 여름의 전령인양 빛이 대지를 유난히 내리쬐고 있었다. 바야흐로 날이 저물어 갈 무렵이었으나 저녁은 훈훈하기까지 해서 나는 공부방에서 창문을 열어 놓은 채 일을 하고 있었다.

「날이 저무는군요.」하고 기운차게 들어서며 페어팩스 부인은 말했다. 「로체스타님께서 분부하신 시간보다 한 시간 늦추어서 만찬을 준비시켜서 다행이에요. 지금 여섯 시가 지났으니까요. 길가를 살피라고 존을 대문까지 내보냈어요. 거기선 밀코트 방면이 멀리까지 보인답니다.」그네는 창가로 갔다. 「존이 오는군요!」부인이 말했다. 「그래 존, (창에서 반신을 내밀며) 무슨 소식이라도 있소?」

「모두 오십니다.」대답했다. 「십 분 후면 도착하실 겁니다.」

아델은 창가로 달려갔다. 나도 따랐다. 커튼에 가려져 눈에 띄지 않고 밖을 내다볼 수 있도록 조심스레 한구석에 섰다.

존이 말한 십 분은 몹시 길어 보였으나 마침내 마차바퀴 소리가 들려 왔다. 말을 탄 사람 넷이 길을 달려왔다. 그 뒤에 두 개의 무개(無蓋) 마차가 따랐다. 펄럭이는 베일과 물결치는 새털이 마차에 가득 찼다. 말을 타고 있는 사람 중의 둘은 젊고 용감해 보이는 신사였다. 세 번째 사람이 메수루어라는 검은 말을 타고 있는 로체스타 씨였다. 파일럿이 그의 앞장을 서서 달리고 있었다. 그의 옆에는 한 부인이 달리고 있었다. 이 두 사람은 일행의 선두에 서 있었다. 그네의 보랏빛 승마복은 거의 땅을 스칠 정도였고 베일은 바람에 길게 나부끼고 있었다. 베일의 투명한 자락들은 서로 엉키고 은은한 빛이 베일을 통해 숱이 많은 검은 머리다발을 비추었다.

「잉그램 아가씨예요.」페어팩스 부인은 이렇게 소리치고는 아래층에서 할 자기 일자리로 급히 내려갔다.

기마의 행렬은 마찻길 구비진 데를 따라오다가 갑자기 저택의 모퉁이로 접어 들며 내 시야에서 사라졌다. 이때 아델은 아래층으로 내려가겠노라고 졸랐으나 나는 그애를 무릎에 앉혀 놓고 특별히 부르기 전에는 지금이나 또 다른 때라도 부인들 앞에 감히 나갈 생각을 해선 안 되고 로체스타 씨께서 무척 화를 내실 거라는 둥 잘 알아듣도록 타일러 주었다. 이 말을 듣자 그애는 〈자연스런 눈물을 스르르 흘린 것〉이었지만 내가 어머어마한 얼굴을 짓기 시작하자 가까스로 눈물을 거두어 버렸다.

홀에서는 즐거운 소동이 들려 왔다. 신사들의 굵직한 음성과 부인들의 은방울 울림 같은 맑은 목소리가 한데 조화를 이루었다. 특히 분간할 수 있는 것은, 높진 않지만 쏜필드 저택의 주인이 이 집의 아름답고 화려한 손님들을 환영하는 낭랑하게 울리는 그 음성이었다. 이윽고 가벼운 걸음이 층층다리를 올라왔다. 그리고 복도를 가볍게 걸어가는가 했더니 부드럽고 명랑한 웃음 소리와 문을 여닫는 소리가 났다. 그리고는 한동안 조용해졌다.

「저 분들 옷을 갈아입으시는 거예요.」 열심히 귀를 기울이던 아델은 이렇게 말하고 일거 일동을 그려 보다가 한숨을 지었다.

「우리 엄마 집에선,」 하고 그네는 말했다. 「손님이 오시면 전 응접실이고 침실이고 어디든 따라다녔어요. 시녀가 부인네들의 머리를 빗겨 드리기도 하고 옷을 입혀 드리는 것도 다 봤어요. 참 재미있었어요. 그렇게 해서 다 배우는 거예요.」

「아델, 너 배고프지 않니 ?」

「네, 고파요, 선생님. 식사한 지도 벌써 다섯 시간인가 여섯 시간이 됐어요.」

「그럼 부인들이 방에 안 계신 동안 내가 아래층에 가서 먹을 걸 좀 가져올께.」

조심조심 피난처를 나온 나는 부엌으로 바로 통하는 뒤쪽 층층다리를 찾아갔다. 부엌에는 불을 피우고 야단 법석이었다. 수프와 생선은 요리상에 내놓을 수 있는 준비가 다 되어 있었다. 식모는 마음과 몸이 다급해져서 불덩어리처럼 달아오른 얼굴로 남비 위에 허리를 구부리고 있었다. 하인들 방에는 마부 두 명과 세 명의 하인이 불을 둘러싸고 서 있기도 앉아 있기도 했다. 하녀들은 각기 여주인들과 함께 이층에 있는 듯했다. 밀코트에서 임시로 데려온 새 일꾼들은 여기저기서 바삐 돌아가고 있었다. 이 혼란 속을 헤쳐나온 나는 겨우 찬방으로 들어가 식힌 닭고기와 빵 한 줄과 과일 파이 접시 한두 개, 나이프, 포크 등을 집어들었다. 이 전리품을 들고 나는 급히 물러나왔다. 이층의 복도로 돌아와 뒷문을 닫고 있는 순간, 높아 가는 떠들썩한 소리가 귀부인들이 각자의 방에서 금방 나서려는 참이라는 걸 내게 알려 주었다. 공부방으로 가려면 귀부인들의 방 앞을 지나야 했고 게다가 음식을 들고 가다가 불시에 마주칠 위험을 무릅쓰지 않고는 갈 수가 없어 나는 복도 한끝에 가만히 서 있었다. 창이 없어서 어두웠다. 해가 넘어가고 어둠이 몰려들어 몹시 캄캄했다.

금새 방방에서는 아름다운 주인공들이 하나씩 나왔다. 모두 어둠 속에서도 번쩍번쩍 빛나는 옷을 입고 쾌활하고도 경쾌하게 나타났다. 잠시 그들은 복도의 반대쪽 끝에 몰려서서 감미롭고 부드러우면서도 쾌활한 말투로 이야기하고 있었다. 그러다가 산에서 피어나는 옅은 안개처럼 소리 없이 층층다리를 내려갔다. 이들의 집단적인 출현은 일찌기 내가 본 적이 없는 고귀한 가정 출신들의 우아한 인상을 내게 안겨 주었다.

아델이 공부방 문을 방긋이 열고 엿보는 걸 나는 보았다. 「참 이쁜 여자분들이야!」 그애는 영어로 소리쳤다. 「아아, 저분들한테 가봤으면 좋겠네요! 앞으로 로체스타 아저씨가 우리들을 부르실 것 같아요? 저녁 식사 후에?」

「아냐, 그럴 리가 없어. 로체스타님께선 다른 일로 마음이 쓰이시니까. 오늘 저녁은 부인들 앞에 나갈 생각은 아예 말아요. 내일이나 뵙게 되겠지. 자아, 저녁이나 먹어요.」

아델은 정말 배가 고팠었는지 닭고기와 파이는 잠시 그애의 정신을 팔게 했다. 내가 이렇게 먹을 것을 빼와서 다행이었다. 그렇지 않았더라면 아델과 나와 쏘피는 전혀 저녁 식사 구경도 못했을 뻔했다. 내가 가져온 두 몫의 식사를 나는 쏘피에게 나누어 주었다. 아래층의 사람들은 너무 일에 몰려 우리를 생각할 겨를이 없었다. 디저트는 아홉 시가 지나도록 나오지 못했다. 열 시가 되어도 아직 하인들은 쟁반과 커피잔을 들고 이리저리 뛰어다니고 있었다. 나는 아델이 여느 때보다도 훨씬 늦게까지 놀도록 해주었다. 아래층의 문이 줄곧 여닫히고 모두들 수선대는 동안은 잠을 이룰 수 없다고 그애가 말했기 때문이었다. 게다가 옷을 갈아입었을 때 로체스타 아저씨한테서 오라는 기별이 올지도 모른다면서 그애는 한술 더 떴다. 「그렇게 되면 얼마나 분한 노릇일까요!」

나는 아델이 듣고 싶어할 때까지 옛날 얘기를 들려 주었다. 그러고 나서 기분전환으로 그네를 복도로 데리고 나왔다. 홀의 등불이 환히 켜져 있어 난간에서 내려다보며 하인들이 여기저기 지나다니는 걸 전망하는 것이 그애에겐 즐거웠다. 밤도 깊었을 때, 객실에서 음악 소리가 들려 왔다. 피아노가 객실에 옮겨져 있었다. 아델과 나는 피아노를 들으러 층층다리의 맨 위 층계에 앉아 있었다. 곧 피아노의 높은 가락과 함께 노랫소리가 들려 왔다. 노래를 부르는 사람은 귀부인이었고, 참으로 아름다운 목청이었다. 독창이 끝나자 이중창이 나왔고, 다음엔 혼성 합창이었다. 웅성대는 즐거운 대화들이 음악이 끝난 휴식 시간을 메꾸었다. 한참 동안 귀를 기울이고 있다가 갑자기 나는 내 귀가 범벅이 된 소리들을 분석해서 음색의 혼란 속에서도 로체스타 씨의 음성을 골라내려고 온 신경을 모으고 있다는 걸 깨달았다. 그리고 나는 당장에 그의 음성을 골라냈지만 멀리 떨어져 있기 때문에 분명치 않은 말소리를 가지고 그 말의 내용까지 알아내려는 것은 한층 힘든 일이었다.

시계가 열 한 시를 쳤다. 나는 아델을 보았다. 내 어깨에 머리를 기대고 있는 그네의 눈이 실눈이 되어 있었으므로 나는 그애를 안아 침대로 데려갔다. 신사 숙녀가 자기 침실을 찾아간 것은 한 시가 가까와서였다.

그 다음날도 전날처럼 개인 날씨였다. 그날은 손님들의 요청대로 이 근방 어떤 곳으로 소풍을 가기로 했다. 몇몇 분은 말을 타고 나머지 사람들은 마차에 올라 아침 일찌기 떠났다. 나는 그들의 출발과 도착을 모두 목격했다. 잉그램 양은 전날과 같이 여자로서는 혼자 말을 타고 있었다. 그리고 전날처럼 로체스타 씨가 그네와 나란히 말을 달리고 있었다. 이 두 사람은 다른 일행과는 다소 떨어져 갔다. 나는 이 광경을 함께 창가에 서 있는 페어팩스 부인에게 손가락질해 보이며 이렇게 말했다.

「부인께선 저분들이 결혼할 생각이 없는 것 같다고 말씀하셨지만,」하고 나는 말을 꺼냈다. 「보시다시피 로체스타님께선 다른 어느 분보다도 저 아가씨를 좋아하시는 게 분명해요.」

「네, 그래요. 그 분을 좋아하시는 건 사실이에요.」

「그리고 그 분은 로체스타님을.」하고 나는 덧붙였다. 「저것좀 보셔요, 마치 비밀 이야기라도 하는 듯이 머리를 로체스타님께 기대고 있잖아요. 얼굴을 좀 봤으면 해요. 아직 본 일이 없으니까요.」

「오늘 저녁엔 보실 거예요.」페어팩스 부인은 대답했다. 「로체스타님께, 아델이 부인 손님들한테 소개해 줬으면 한다고 살짝 말씀드렸더니『아아 그래요, 저녁 식사 후에 객실로 내려보내시오. 에어 양에게 같이 오도록 일러 주시오』하고 말씀하셨답니다.」

「그래요──그건 단지 예의상 말씀하신 거예요. 전 갈 필요가 없어요.」하고 나는 대꾸했다.

「그런데──나도 말씀드렸어요. 선생님은 손님들에게 낯이 설어서 저런 화려한 분들──모두 모르는 분들 앞에 나가시는 걸 좋아하지 않을 거라고 여쭀지요. 그랬더니 그 성급한 어조로 『쓸데없는 소리요! 에어 양이 싫다고 하면 내 특청이라고 해요. 그래도 거역하고 순응치 않을 경우엔 내가 가서 끌어온다고 전하시오』 하고 말씀하셨어요.」

「그런 수고는 그 분께 안 끼치겠어요.」 하고 나는 대답했다. 「가겠어요, 달리 좋은 도리가 없다면요. 그러나 전 싫어요. 부인께서도 거기 계시게 되나요, 페어팩스 부인?」

「아니지요. 전 간청을 했답니다. 주인님께선 제 간청을 들어 주셨어요. 정식으로 입장하는 마당에서 어리둥절해 하는 마음을 면하는 방법을 선생님께 가르쳐 드리지요. 부인네들이 식탁에서 일어나기 전에 객실의 빈틈을 타서 그리로 들어가야 해요. 어디든지 선생님 마음에 드시는 대로 눈에 잘 띄지 않는 조용한 구석 자리를 택하세요. 남자 손님들이 들어오신 다음엔 거북하시면 오래 머물러 있지 않아도 좋아요. 다만 로체스타님께 선생님이 오셨다는 것만 보이시면 살짝 빠져 나오세요——아무도 모를 테니까요.」

「손님들은 오래 머무르시게 될까요?」

「이삼주일은 계시겠지요. 그 이상은 안 계실 거예요. 부활절 휴가가 끝나면 최근 밀우트의 의원으로 선출된 조지 린 경은 런던으로 가서 등원을 하셔야 하니까요. 로체스타님이 동반하실 겁니다. 주인님께서 쏜필드에 이렇게 오래 머무르시는 건 나로선 놀라운 일이에요.」

아델과 함께 객실로 나가야 할 시간이 점점 다가오는 걸 느끼며 좀 마음이 떨려 왔다. 아델은 저녁에 귀부인들 앞에 나가게 되었다는 말을 듣고 종일 기뻐 어쩔 줄을 몰랐고 쏘피가 옷을 입혀 주기 시작할 때까지는 진정하질 못했다. 이윽고 일이 신중히 진행되어 감에 따라 아델은 곧 침착해졌다. 이때까지 지진 머리를 곱게 손질해서 다발을 드리우고 분홍빛 공단옷에다 긴 허리띠, 레이스로 된 긴 장갑을 끼고 마치 재판관처럼 엄숙한 얼굴을 짓고 있었다. 옷을 구기지 말라는 잔소리를 할 필요도 없었다. 옷을 다 입고 나자 그네는 공단 천 스커트에 구김살이 갈세라 미리 조심스레 살짝 치켜올리고 얌전한 얼굴을 하고 자기의 조그만 의자에 앉았다. 그리고 그것은 내 준비가 끝날 때까지는 거기서 꼼짝도 안하겠다는 걸 내게 열심히 말해 주었다. 내 준비는 이렇게 재빨리 진행되었다. 나는 제일 좋은 옷을(은회색의 옷으로 템플 선생의 결혼식을 위해 산 것이었는데 그 후 한번도 입어 본 일이 없었다) 얼른 걸쳤다. 머리를 재빨리 매만지고 유일한 장식물인 진주 브로치를 급히 달았다. 우리는 내려갔다.

다행히도 손님들이 식탁에 앉아 있는 살롱을 지나지 않고도 객실로 들어가는 다른 문이 또 있었다. 객실은 텅 비어 있었다. 대리석 벽난로에서는 불이 소리 없이 활활 타고 있었다. 촛불은 아무렇게나 버려져 있는 테이블에 무척 예쁜 꽃들이 꽂혀 있는 한가운데서 환히 홀로 빛나고 있었다. 진홍빛 장막으로 막아 놓은 옆방 손님들과의 간격은 얼마 되지 않았으나 그들은 아주 낮은 목소리로 얘기하고 있기 때문에 그들의 대화는 은은한 속삭임이라는 것밖에는 알아들을 길이 없었다.

무척 엄숙한 인상을 받은 탓으로 얌전해진 아델은 내가 가리켜 준 걸상에 아무 말도 않고 앉았다. 나는 창가로 물러앉아 손 가까운 테이블에서 책 한 권을 집어 읽으려 했다. 아델은 내 발께에 자기 걸상을 갖다놓고 곧 내 무릎을 쳤다.

「왜 그러지, 아델?」

「저 예쁜 꽃을 하나만 따면 안 되나요, 선생님? 내 옷을 더 예쁘게 하려고요.」

「너는 〈옷〉에 대해서 지나치게 생각하는구나, 아델. 그렇지만 꽃을 하나 따는 건 괜찮아.」 그러면서 나는 꽃병에서 장미 한 송이를 따서 아델의 허리띠에 달아 주었다. 그애는 지금 행복의 술잔이 가득 채워진 것처럼 헤아릴 수 없는 만족의 큰 숨을 내쉬었다. 나는 참을 수 없는 웃음을 숨기려고 고개를 돌렸다. 이 조그만 파리의 아가씨가 옷 문제에 너무 진지하고 선천적인 애착을 지닌 것이 애잔하고도 어딘지 우스꽝스러웠다.

이때 의자에서 일어서는 부드러운 소리가 들려 왔다. 아치에서 장막이 걷히었다. 그러자 기다란 식탁에 가득 놓인 은과 유리로 된 화려한 디저트 식기에 불빛이 휘황찬란히 내리비치고 있는 식당이 나타났다. 거기에는 한떼의 귀부인들이 서 있었다. 그들이 들어서자 장막이 그들 뒤로 내려졌다.

불과 여덟 명뿐이었지만 한데 몰려 있었기 때문에 좀더 많은 인상을 주었던 것이다. 그중 몇 사람은 키가 상당히 크고 대부분은 흰 옷차림에다 모두 폭넓은 치마를 길게 드리우고 있어 마치 안개가 달을 크게 보이게 하듯 했다. 나는 일어나 귀부인들에게 인사를 했다. 한두 사람은 고개를 숙여 답례를 했으나 나머지 사람들은 나를 찬찬히 들여다볼 뿐이었다.

귀부인들은 방안 여기저기에 흩어져 버렸다. 그 동작이 경쾌하고 쾌활해서 흰 털을 가진 새의 무리를 연상시켰다. 어떤 분들은 소파와 긴의자에 몸을 반쯤 눕힌 자세로 있었고 또 더러는 테이블에 머리를 숙이고 꽃과 책을 들여다보고 있었다. 나머지는 난롯불 둘레에 몰려 있었다. 그네들은 습성인 듯한 낮기는 하지만 뚜렷한 음성으로 모두들 얘기를 하고 있었다. 나중에야 나는 그네들의 이름을 알았지만 지금 그걸 말해 두는 것이 좋을 성싶다.

우선 이쉬튼 부인과 그네의 두 따님. 부인은 왕년엔 틀림없이 미인이었고 아직도 그 미모를 간직하고 있었다. 두 딸 중에서 맏딸인 에이미는 몸집이 작은 편에다 순진하고, 얼굴과 태도에는 애티가 있고 몸매는 짜여 있었다. 흰 모슬린 옷과 푸른 허리띠는 그네에게 잘 어울렸다. 동생인 루이자는 키가 언니보다 더 크고 얼굴도 아름다왔다. 프랑스어의 〈minois chiffonné〉(미인으로서 꽉 짜여져 있기보다는 사랑스럽게 보이는 얼굴)형으로 아주 귀여운 얼굴이었다. 두 자매는 모두 백합꽃처럼 아름다왔다.

린 경(卿) 부인은 마흔 살 가량으로 몸집이 크고 비대했다. 갖가지 윤이 나는 긴 공단옷으로 아름답게 단장하고 몸을 뒤로 젖히고 거만하게 보였다. 검은 머리털은 하늘빛 깃털로 된 장식과 보석을 무더기로 박은 머리띠 밑에서 반짝반짝 빛나고 있었다.

덴트 대령 부인은 그다지 화사스럽지는 않았으나 좀더 귀부인답다고 나는 생각했다. 홀쭉한 몸매에다가 파리하고 점잖은 얼굴에 아름다운 머리털을 지니고 있었다. 검은 공단의 드레스에 예쁜 외국제 천으로 된 숄, 진주 장신구는 관록 있는 부인의 무지개 같은 찬란함보다도 나를 더 기쁘게 해주었다.

그러나 제일 눈에 띄는 세 사람은——아마 그중에서 가장 키가 크기 때문이기도 하겠지만——잉그램 남작 미망인과 그의 딸 브랑쉬와 메어리였다.

세 사람이 다 여자로서는 키가 몹시 컸다. 미망인은 마흔 살에서 쉰 살의 중간 같았고 아직 몸매는 훌륭했다. 그네의 머리는(촛불에 보면) 그냥 검고 이도 보기엔 아직 완전했다. 대부분의 사람은 나이에 비해 멋진 여성이라고 할 것이다. 물론 육체적으로 그네를 말하면 그랬다. 그러나 그 태도나 얼굴엔 거의 참을 수 없을 만큼 거만한 표정이 보였다. 매부리코에다가 이중 턱은 마치 목 속에 처박힌 기둥 같았다. 내 눈에는 그 얼굴의 붙임새가 부풀어올라 침울하게 보일 뿐만 아니라, 거만으로 이그러지기까지 했다. 그리고 턱은 마찬가지로 거만 때문에 기묘하달 만큼 곧은 자세를 취하고 있었다. 그네는 또 매섭고 사나운 눈매를 하고 있었다. 그것은 리드 부인의 눈을 연상시켜 주었다. 말투는 뻐기는 식이었고 음성은 굵고 억양은 지나치게 과장적이고 독단적이었다. 한마디로 해서 도저히 참을 수 없는 것이었다. 진홍빛 빌로도 옷에 금실을 짜넣은 인도식의 머릿수건은 정말 위풍 당당한 위엄을 띠게 했다(그렇게 그네는 생각한 것으로 본다).

브랑쉬와 메어리는 비슷한 키였다——미루나무처럼 곧고 홀쩍 컸다. 메어리는 키에 비해 지나치게 호리호리했지만 브랑쉬는 달의 여신 다이아나와 같은 몸매였다. 물론 나는 각별한 관심을 갖고 그네를 살펴보았다. 첫째로 페어팩스 부인의 말과 그네의 용모가 일치되는지 알아보고 싶었다. 둘째로는 내가 상상으로 그린 그네의 초상화와 조금이라도 닮은 점이 있는지 아닌지였다. 그리고 세째로는——말이 나오고야 마는군! ——로체스타 씨의 기호에 맞을 것 같다고 내가 생각할 만한 사람인지 아닌지를 알고 싶었다.

인물에 관한 한, 내 그림과 페어팩스 부인의 말은 정곡을 맞히었다. 품위 있는 앞가슴, 미끈히 처진 어깨, 우아한 목, 검은 눈과 검은 지진 머리는 완전히 일치되었다——그러나, 그네의 얼굴은? 얼굴은 어머니를 닮았다. 젊고 주름이 없을 따름이었다. 똑같은 좁은 이마, 똑같이 큼직큼직한 얼굴 붙임새, 똑같은 거만. 그러나 그것은 그리 무뚝뚝한 거만은 아니었다. 그네는 노상 웃고 있었다. 그 웃음은 비웃는 듯했고 그렇듯 둥글고 거만한 입술에 버릇처럼 나타나 있었다.

천재란 자의식이 강하다고 한다. 나는 잉그램 양이 천재인지 아닌지는 몰라도 그 여자는 자의식을 갖고 있었다——참으로 놀랄 만큼 사신을 일고 있었다. 그네는 얌전한 덴트 부인과 식물학에 관한 얘기를 시작하고 있었다. 덴트 부인은 이 학문을 연구하지 않은 것 같았다. 그러나 그 분은 꽃을 좋아하고 〈특히 야생화〉를 좋아한다고 하자 연구 경험이 있는 잉그램 양은 식물학의 용어를 신이 나서 늘어놓았다. 그네는 덴트 부인을(속된 말로 하면) 〈질질 끌고 다니고 있다〉는 걸 나는 곧 알았다, 말하자면 덴트 부인의 무식을 희롱하고 있다는 것을. 그네가 〈질질 끄는 것〉은 영리할는지는 모르지만 분명히 질이 좋지 못한 처사였다. 그네는 피아노를 쳤다. 연주는 훌륭했다. 그네는 노래를 불렀다. 목소리가 아름다왔다. 그네는 엄마에게만 프랑스 말로 얘기했다. 유창하고 정확한 악센트로 멋지게 말했다.

메어리는 브랑쉬보다는 온순하고 너그러운 낯빛이었다. 얼굴 붙임새도 부드럽고 살갗도 희었다(잉그램 양은 스페인 사람처럼 가무잡잡했다)——그러나 메어리는 생기가 부족했다. 얼굴엔 표정이 없고 눈엔 광채가 없었다. 이야기거리도 없었다. 그리고 일단 자리에 앉으면 벽 선반에 놔둔 조각상처럼 꼼짝 않고 있었다. 두 자매는 모두 티 하나 없는 흰 옷차림을 하고 있었다.

그런데 나는 잉그램 양을 로체스타 씨가 좋아서 선택할 만한 그런 여자라고 생각했을까? 나는 말할 수 없다——나는 여성미에 대한 그의 취미를 몰랐다. 그가 위엄 있는 여성을 좋아한다면 그네야말로 위엄의 전형이었다. 게다가 그네는 재원이고 쾌활했다. 대부분의 신사는 그네를 찬미하리라고 나는 생각했다.

그래서 나는 로체스타 씨가 그네를 찬미했다는 증거를 얻은 걸로 알고 있었다. 의심할 여지를 없애려면 두 사람이 같이 있는 걸 보는 수밖에 없다.

독자여, 여러분은 아델이 내 발치에 있는 걸상에 여태껏 얌전하게 앉아 있었다고는 생각지 않으시겠지요. 그렇습니다. 귀부인들이 들어왔을 때 그애는 일어나 부인들을 만나러 앞으로 나가 정중히 인사를 건네고 이렇게 엄숙히 말했어요.

「여러분, 안녕하세요?」

그러자 잉그램 양은 조롱하는 듯한 태도로 아델을 내려다 보며 소리쳤다. 「어머나, 어쩌면 요런 꼭둑각시야!」

린 경 부인은 알아차렸다. 「이앤 로체스타 씨의 양녀래요. 그 분이 말씀하시는 프랑스 태생의 소녀——」

덴트 부인은 친절히 아델의 손을 잡고 키스해 주었다. 에이미 이쉬튼과 루이자 이쉬튼은 동시에 소리쳤다.

「어쩌면 이렇게도 이쁜 앨까!」

그리고는 그네들은 아델을 소파로 불렀다. 아델은 지금 소파에 아가씨들 틈에 끼어앉아 프랑스어와 서투른 영어를 번갈아가며 지껄여 댔다. 젊은 아가씨들뿐만 아니라 이쉬튼 부인과 린 경 부인의 관심을 잔뜩 집중시키면서 마음껏 어리광을 피우고 있었다.

마침내 커피가 나와 신사들을 모셔들였다. 나는 그늘진 곳에 앉아 있었다——이처럼 밝게 비치는 방에 그늘진 곳이 있다면 그것은 나를 반쯤 가려주는 창문의 커튼이었다. 아치의 커튼이 하품하듯 벌어지며 그들이 들어왔다. 모든 신사들의 모습은 귀부인들의 그것처럼 참으로 당당했다. 그들은 모두 검은 옷차림이고 대부분이 키가 크고 몇몇은 젊은이였다. 헨리 린과 프레데릭 린은 실로 원기 발랄했다. 덴트 대령은 훌륭한 군인다운 분이었다. 이 지방의 치안 판사인 이쉬튼 씨는 신사다왔다. 머리가 온통 희고 눈썹과 수염은 아직 검었다. 그것이 어딘지 〈무대에 나오는 노년의 귀족〉과도 같은 풍채였다. 잉그램 남작은 그의 누이들처럼 키가 굉장히 크고 얼굴도 그네들처럼 미남이었으나 메어리와 마찬가지로 무표정하고 기운이 없어 보였다. 그는 혈기가 왕성하다든가 두뇌가 강인하다기보다는 사지가 더 발달한 사람 같았다.

그런데 로체스타 씨는 어디 계실까?

그는 맨 나중에 들어왔다. 나는 아치를 보고 있지 않았다. 그러나 그가 들어오는 걸 알았다. 나는 뜨개질 바늘과 뜨고 있는 지갑의 코 하나하나에 마음을 집중시키려고 했다──손에 들고 있는 일감만을 생각하고 무릎에 놓인 은구슬과 명주실만을 보려 했다. 그런데 나는 분명히 그의 모습을 보고 말았다. 그리고 마지막 만났던 그 순간의 일을 생각하지 않을 수 없었다. 그가 말하는 절대 필요한 봉사를 내가 그에게 해드린 직후의 일을──그가 내 손을 잡고 내 얼굴을 내려다보며 가슴에 넘치는 정열을 담은 눈으로 뚫어지게 보던 일을. 나도 그때 같은 심정이었다. 그 순간 얼마나 나는 그에게 접근했던가! 그 후 우리들의 상호 관계를 변화시킬 만한 무슨 일이 생겼던가? 그런데 지금 두 사람은 이처럼 거리가 멀어지고 이렇게 사이가 벌어졌는가! 그가 나를 찾아와 말을 건네 주었으면 하는 기대도 못할 만큼 나는 서먹해지다니! 그가 나를 거들떠보지도 않고 객실의 저쪽편에 자리를 잡고 귀부인 몇 명을 상대로 말을 시작한 걸 보고도 나는 별로 놀라지 않았다.

로체스타 씨의 주의가 귀부인들에게 쏠리고 나 자신은 남의 눈에 띄지 않고 그들을 바라볼 수 있다는 걸 깨닫게 되자 내 눈은 저절로 그의 얼굴로 끌려가 있었다. 나는 눈을 깔고만 있을 수 없었다. 눈까풀은 지끔 올라가게 되고 눈동자는 그에게 가 멎었다. 나는 그를 보았다. 그리고 바라보는 데 야릇한 쾌감을 느꼈다──귀중한 것이었으나 애절한 즐거움이었다. 고통이라는 강철의 칼날을 지닌 순금과도 같은 것이었다. 조갈증으로 죽어 가는 사람이 기어서 찾아간 샘물에 독이 들어 있다는 걸 알면서도 몸을 굽혀 그 물을 몇 모금 맛보는 것과 같은 즐거움이었다.

〈아름다움이란 보는 사람의 마음에 달려 있다.〉는 말은 참으로 진리다. 로체스타 씨의 핏기 없고 누르스름한 얼굴, 넓은 이마, 시커멓고 굵은 눈썹, 움푹 들어간 눈, 억센 얼굴의 붙임새, 꼭 다문 무뚝뚝한 입은──모두가 정력과 결단력과 의지 그것이다──원칙적으로 보아선 아름답진 않았으나 내겐 아름다움 이상으로 나를 완전히 지배하는 매력과 힘에 넘쳐 있었다──나의 모든 감정을 내 지배에서 빼앗아다 그의 감정에 묶어서 떼어 버릴 수 없게 만들어 놓았다.

나는 그를 사랑할 생각은 없었다. 오히려 영혼 속에서 찾아낸 사랑의 싹을 뿌리째 뽑아 버리려고 애썼다는 걸 독자들은 아시리라. 그런데 지금 그를 보자마자 그 감정은 순간적으로 싱싱하고도 벅차게 소생해 오지 않는가! 그는 나를 보지 않는데도 내게 사랑을 일으켜 주었다.

나는 그와 손님들을 비교해 보았다. 린 형제의 씩씩한 미와 잉그램 남작의 기운 없는 우아──덴트 대령의 군인다운 당당한 모습까지도 로체스타 씨의 선천적인 정력과 순수한 힘의 외양과 비교해 볼 때 무엇이라고 할까? 나는 그들의 풍채나 그 얼굴 표정에 조금도 공감을 느끼지 못했다. 그러나 보는 사람의 대부분은 그들을 매력 있는, 아름다운, 인상적인 사람들이라고 부를 것이고 한편 로체스타 씨를 추남이고 침울해 보이는 용모의 주인공이라고 말하리란 걸 상상했다. 나는 그들이 미소를 짓고 또 웃어 대는 걸 보았다——아무것도 아니었다. 촛불에도 그 사람들의 미소에 깃들인 것과 같은 영혼은 있을 것이다. 종이 울리는 소리에도 그들의 웃음 소리에 못지않은 의미는 있다. 나는 로체스타 씨의 미소를 보았다——엄한 얼굴은 누그러지고 눈은 빛나며 부드러워졌다. 그 눈빛은 탐색적이면서도 감미로왔다. 이때 그는 루이자 이쉬튼과 에이미 이쉬튼에게 애기를 건네고 있었다. 내게는 투시하는 듯이 보이는 그 시선이 그 여자들에겐 태연히 받아들여지는 걸 나는 이상하게 생각했다. 로체스타 씨의 시선에 그네들은 눈을 떨구고 홍조를 띠게 되리라고 생각했다. 그러나 그네들이 아무런 기색도 않는 것을 보고 나는 기뻤다. (저 아가씨들에게 있어서의 저 분과 내게 있어서의 저 분은 달라)하고 나는 생각했다. (저 분은 저 아가씨들과는 달라. 저 분은 나와 같은 사람이라구 나는 믿어——틀림없이 그이는 그래——난 저분과 상통하는 데가 있다구 봐——나는 저분의 안색이나 일거 일동을 잘 이해하지. 신분과 재산이 우리를 멀리 갈라 놓기는 하지만 내 머리와 마음속에는, 혈관과 신경 속에는, 무엇인가 정신적으로 나를 그에게 동화시키는 것이 있어. 나는 이삼 일 전에, 그 분의 손에서 봉급을 받는 일 이외에는 아무런 관계가 없다고 말하지 않았던가? 고용주로서가 아니고 다른 견지에서 그를 생각해선 안 된다고 자신을 말리지 않았던가? 자연에 대한 모독이야! 내가 지닌 온갖 선량하고 진실하고 발랄한 감정이 충격적으로 그의 주위에 몰려들고 있다. 이런 감상적인 기분을 감추어야 한다는 걸 나는 알고 있다. 나는 희망을 짓눌러야 한다. 그는 내게 별로 관심을 돌릴 수 없다는 걸 잊어서는 안 된다. 내가 그와 상통하는 것이 있다고 한 건 사람을 좌우하는 그의 세력이나 사람을 반하게 하는 그의 마력이 내게도 있다는 말은 아니다. 다만 그와 공통되는 어떤 취미와 감정을 갖고 있다는 데 불과하다. 그렇다면 나는 우리들이 영원히 헤어져 있기 마련이라는 걸 나는 줄곧 되풀이해야만 한다——그러나 역시 나는 살아서 생각하고 있는 동안은 그를 사랑해야 한다.)

커피가 돌려졌다. 귀부인들은 신사들이 들어온 후로 종달새처럼 생기를 띠었다. 대화는 점점 무르익고 홍겨워져 갔다. 덴트 대령과 이쉬튼 씨는 정치를 논하고 있었다. 그들의 부인들은 여기에 귀를 기울이고 있었다. 두 거만한 영부인(令夫人), 린 경 부인과 잉그램 남작 부인은 같이 사이좋게 애기하고 있었다.

조지 경은——그렇군, 이 분을 설명하는 걸 잊어버렸군요——몸집이 굉장히 크고 아주 혈색이 좋은 이 지방의 신사다. 한 손에 커피잔을 들고 그들 소파 앞에 서서 때때로 말참견을 하고 있다. 프레데릭 린 씨는 메어리 잉그램 양 곁에 앉아 화려한 판화 그림책을 그네에게 보여 주고 있다. 그네는 가끔 미소를 지을 뿐 거의 말이 없는 것 같다. 키가 크고 동작이 느린 잉그램 남작은 몸집이 작고 발랄한 에이미 이쉬튼 양의 의자 등에 팔짱을 끼고 기대 있었다. 에이미 양은 잉그램 남작을 쳐다보고 굴뚝새처럼 재잘대고 있었다. 그네는 로체스타 씨보다도 이 잉그램 남작을 더 좋아한다. 헨리 린 씨는 루이자 양의 발치에 있는 오터먼 의자에 앉아 있었다. 아델은 린 씨와 함께 거기 앉아 있다. 그는 아델에게 자꾸만 프랑스어로 말을 건네려고 하는데 루이자 양은 그의 엉터리 프랑스어를 웃고만 있다. 브랑쉬 잉그램 양은 누구와 짝을 지어 있을까? 그네는 테이블 옆에 혼자 서서 무슨 사진첩에 얌전히 몸을 굽히고 있다. 누가 찾아 주었으면 하고 기다리고 있는 성싶었으나 그네는 그리 오래는 기다리지 못하리라. 그네는 자기 편에서 짝을 택하곤 한다.

로체스타 씨는 두 이쉬튼 아가씨를 떠나 잉그램 양이 테이블 곁에 쓸쓸히 서 있듯이 난롯가에 외로이 섰다. 잉그램 양은 벽난로 반대편에 자리를 잡으며 로체스타 씨와 마주 섰다.

「로체스타 씨, 전 당신이 애들을 좋아하시지 않는 줄만 알고 있었는데요?」

「좋아하지 않습니다.」

「그럼 왜 저렇게(아델을 가리키며) 조그만 인형의 치다꺼리를 맡아 보시게 됐나요? 어디서 저걸 주워 오셨어요!」

「주워온 게 아니지요. 내 손에 들어오게 된 애랍니다.」

「학교에 보내 버렸어야 할 거예요.」

「그럴 여유가 없어서요. 학교는 꽤 비용이 들어요.」

「어머나, 저애를 위해 가정 교사까지 두시고서. 방금 저애와 함께 있던 사람을 봤어요——그 사람 가버렸나요? 아니, 그럴 리 없지! 아직 저 커튼 뒤에 있어요. 물론 월급을 주겠지요. 학교에 보내는 것만큼 비용이 들 거라고 생각합니다만——더 들지도 모르지요. 게다가 두 사람 다 밥을 먹여 줘야만 하시니까요.」

나는 걱정이 되었다. ——아니 나는 바랐던 바라고 해야 옳을까? ——나에 대한 말이 나오게 되면 로체스타 씨가 내게로 시선을 퍼뜩 보내게 될 것이라고. 그래서 나는 나도 모르게 몸을 옹크리고 더욱더 커튼 뒤로 숨었으나 그는 눈을 돌리지 않았다.

「그런 문제는 생각해 보지 않았읍니다.」하고 곧바로 앞을 바라보며 무관심하게 말했다.

「그렇겠죠——남자분들은 경제나 상식 같은 건 통 생각지 않으시니까요. 가정 교사에 대한 설교는 어렸을 때 엄마한테서 들어야 했을 거예요. 우리들 때만 하더라도 메어리와 저는 적어도 한 다스는 가정 교사를 두었을 거예요. 그중 반은 싫은 사람이고 나머지는 어리석었어요. 그러니 모두 짐만 돼요——그렇잖아요, 엄마?」

「뭐라고 했니, 내 아가?」

이처럼 남작 미망인의 특별 소유물처럼 간주된 젊은 딸은 어머니의 물음에 한바탕 설명을 붙여서 되풀이했다.

「아가, 가정 교사 얘긴 하지도 마라. 가정 교사란 말만 들어도 신경을 건드린다. 그 사람들의 무능과 변덕에 난 그만 옛날 순교자만큼이나 고통을 겪었단다. 이제 그런 것들과는 완전히 인연을 끊게 된 걸 하느님께 감사해요.」

이렇게 말했을 때 덴트 대령 부인은 이 신념 깊은 부인에게 몸을 구부리고 무엇인가 속삭였다. 그 대답으로 보아 저주받아야 할 종족의 하나가 이 방안에 있다는 걸 알리는 것 같았다.

「더구나 안 돼요!」하고 잉그램 미망인은 말했다. 「그것이 저 여자에게 도움이 되었으면 좋겠는데.」그리고 음성을 낮추었으나 내게 들릴 만큼은 높은 소리로「알고 있었어요. 난 관상도 볼 줄 알지만 저 여자의 관상에는 그들 계급의 결점이 모두 드러나 있어요.」

「그건 어떤 결점들입니까, 부인?」로체스타 씨가 커다란 소리로 물었다.

「비밀히 알려 드리지요.」하고 불길한 걸 의미하는 듯이 터반을 쓴 머리를 세 번 흔들며 대답했다.

「하지만 내 호기심은 식욕보다도 더 강합니다. 지금 듣고 싶소.」

「브랑쉬에게 물어 보세요. 그애가 저보다 더 당신 가까이 있으니까요.」

「어머나, 제게 밀어 버리지 마세요, 어머니! 그런 족속들을 통틀어 한마디로 말씀드리겠어요. 가정 교사란 모두 하찮은 인간들이에요. 제가 그런 것들 때문에 골탕을 먹었다는건 아네요. 오히려 이쪽에서 골탕먹여 주려고 벼르고 있었어요. 디어도어와 나는 윌슨 양, 그레이 부인, 마담 주베르에게 얼마나 장난을 치곤 했는지 몰라요! 메어리는 잠꾸러기여서 언제나 우리들 장난에 한몫 끼지 못했어요. 제일 재미있었던 일은 마담 주베르하고였어요. 윌슨 양은 가엾은 병신이고 울보인 데다가 활기가 없었어요. 말하자면 골탕먹일 만한 가치도 없었답니다. 그리고 그레이 부인은 야비하고 신경이 우둔해서 이쪽에서 제아무리 심한 장난을 쳐도 까딱도 안 했어요. 그런데 마담 주베르는 가엾어라! 저 노발대발했을 때의 얼굴, 전 아직도 기억하고 있어요. 우리들은 그 사람을 이렇게 궁지로 몰아넣었지요―― 우리는 찻잔을 뒤엎어 버리고 버터 빵을 부스러뜨리기도 하고 교과서를 천정에 집어던지기도 했어요. 그리고 자막대기, 책상, 난로 쇠우리, 부젓가락 같은 걸 가지고 야단 법석을 쳤어요. 디어도어, 그 즐거웠던 시절을 기억하고 있지?」

「그야 기억하고도 남지.」잉그램 남작은 느린 말투로 말했다.「그리고 그 가련한 막대기 같은 노파가 악을 쓰며 뭐라고 했나 하면『이 장난꾸러기 애들아!』하고 소리를 지르곤 했지. 그러고 나면 우리들은 그 노파에게 무식장이 꼴에 우리같은 영리한 애들을 가르치다니 어림도 없다고 한바탕 설교를 하곤 했어.」

「그랬어. 그리고 디어도어, 네 가정 교사인 얼굴이 창백한 뵈이닝 씨 말이야―― 우리들이 늘 우울한 목사라고 불렀던 그 사람 말이야―― 네가 일러바치는 걸(아니 골탕먹였다는 편이 좋을 거야) 내가 합세해 주었었지. 그 사람과 윌슨 양은 건방지게도 연애를 해서―― 적어도 저와 디어도어는 그렇게 생각했어요. 우리들은 그 다채롭고 부드러운 눈초리와 한숨을 〈아름다운 사랑〉의 증거로 해석하고 기습을 해서 발각해냈던 거예요. 집안에선 이 발견을 기뻐했어요. 그래서 이 발견을 가지고 그 무거운 짐짝 같은 가정 교사를 집에서 내쫓는 방편으로 삼았어요. 엄마는 이 기미를 알아채시고 가정의 풍기를 문란케 할 우려가 있다고 깨달으시게 됐어요. 그렇지 않아요, 엄마?」

「그렇고말고, 내 눈이 틀림없다니까. 여자 가정 교사와 남자 가정 교사의 관계가 생긴다는 걸 점잖은 가정에선 잠시도 그냥 둘 수 없는 이유가 얼마든지 있답니다. 첫째로――」

「제발 엄마! 낱낱이 들진 마세요! 그뿐 아니고 우리들 모두가 알고 있는 걸요. 친진 난만한 어린애들에게 나쁜 본보기를 보일 위험성이 있어요. 서로 좋아하는 사람끼리는 마음이 허공에 떠서 의무를 게을리하게 마련이지―― 서로가 마음을 합해서 의지하고 그 결과 대담해지고 거기에 따르는 무례―― 윗사람에 대한 반항, 그리고 흔히 보는 충돌이 일어나요. 제 말이 옳겠지요, 잉그램 장원(莊園)의 잉그램 남작 부인?」

「아가, 네 말이 옳다, 한결같이.」

「이 이상 말할 건 없어요. 화제를 바꿔요.」

에이미 이쉬튼은 지금의 이 말이 안 들렸던지 아니면 못들은 체하는 것인지 부드럽고 순진한 어조로 말참견을 했다.「루이자와 나는 우리들 가정 교사를 언제나 놀려 주곤 했어요. 하지만 우리 가정 교사는 무척 좋은 사람이어서 어떤 일이라도 잘 참아 주었어요. 무슨 짓을 해도 화내는 일이 없었어요. 우리들에게 화를 낸 일은 한번도 없었어요. 그랬지, 루이자?」

「그래 한번도 없었어. 우리들 멋대로 놀아도 욕 한번 안 했지——그 분의 책상이나 바느질 그릇을 뒤적거리기도 하고 서랍을 뒤집어엎기도 하고. 아주 좋은 사람이어서 우리들이 하고 싶어하는 건 무엇이든 해주셨지.」

「자아, 그럼.」하고 잉그램 양은 비꼬듯이 입을 비쭉거리며 말했다.「현존하는 전 가정 교사의 회고록 발췌가 되었군요. 그런 조사를 피하기 위해서 새 화제를 시작하자는 걸 저는 다시 동의합니다. 로체스타 씨, 이 동의에 찬동하십니까?」

「모든 일에서와 마찬가지로 이 점에서도 아가씨를 지지합니다.」

「그럼 제게 그걸 제출할 의무가 있군요. 에두아르도(에드워드의 이탈리아 발음) 씨, 오늘 저녁 노래를 불러 주시겠어요?」

「돈나 비앙카(브랑쉬 공주라는 이탈리아어), 분부시라면 기꺼이.」

「그럼 짐의 뜻에 맞도록 그대의 허파와 기타 발성 기관을 닦도록 임금으로서 명령을 내리노라.」

「거룩하신 메어리 여왕님과 같은 분의 리치오가 되지 않으려는 자가 과연 어디 있겠읍니까?」(메어리는 스코틀란드의 여왕이고 리치오는 그네의 총신이자 이탈리아의 음악가)

「리치오라고요, 흥!」그네는 소리치고 지진 머리를 흔들며 피아노 앞으로 갔다.「바이올린장이 리치오란, 틀림없이 얼빠진 사람이라고 나는 생각해요. 나는 차라리 해적인 보스웰이 더 좋아요. 악마적 소질이 조금도 없는 남자란 아무 소용이 없어요. 역사는 보스웰에 대해서 뭐라고 말할지 모르지만 내가 이 손을 선사해도 좋을 만큼 야생적이고 사나운 도둑의 영웅이었다고 봐요.」

「여러분, 들어셨지요! 그럼 여러분 중에서 누가 제일 보스웰을 닮으셨읍니까?」로체스타 씨는 고함을 쳤다.

「그 우선권은 당신에게 있다고 해야겠어요.」덴트 대령이 대꾸했다.

「참으로 감사합니다.」라는 로체스타 씨의 대답이었다.

이때, 여왕처럼 풍성하고 눈처럼 흰 기다란 옷을 펴며 자랑스레 피아노를 향해 앉았던 잉그램 양은 멋진 전주곡을 치면서 한편으론 얘기를 곁들였다. 그네는 오늘 밤 우쭐해지고 신바람이 난 성싶었다. 그 말과 태도는 사람들의 칭찬을 사려고 할 뿐 아니라 모든 사람을 깜짝 놀라게 하려는 듯했다. 정녕 그네는 멋지고 대담한 얘기를 하는 여자라는 인상을 모든 사람에게 주려는 태도였다.

「아참, 요새 청년들을 생각하면 전 아니꼬와요!」그네는 피아노를 두드리며 소리쳤다. 「아버지의 장원(莊園) 대문에서 한 걸음도 내디딜 힘이 없고 엄마의 허락이나 보호 없이는 멀리 출입도 못하는 겁장이! 자기들의 예쁘장한 얼굴이나 흰손, 조그만 발과 같은 것에만 황홀해 있는 작자들! 마치 남자가 아름다움에 대해 무슨 상관이라도 있는 듯이! 마치 귀여운 여자들만의 특권이 아니라는 듯이——여자가 당연히 받아야 할 어버이한테서 물려받은 재산인데도, 뭐! 추하게 생긴 여자는 타고난 아름다운 얼굴에 대한 하나의 오점이라고 저는 보지만 남자의 경우는 다만 힘과 용기가 있으면 되는 거예요. 남자의 좌우명은——사냥, 사격 싸움이지요. 그 밖의 것은 부질없는 거예요. 제가 남자라면 이것을 저의 좌우명으로 하겠어요.」

아무도 참견하는 사람이 없자 잠시 쉬었다가 다시 말을 이었다. 「제가 결혼한다면 제 남편은 저의 경쟁자가 아니고 제 방패가 되게끔 하겠어요. 옥좌(玉座) 곁에 경쟁자가 있어선 곤란해요. 완전한 복종을 요구할 거예요. 남편의 충성이 제게 절반, 거울에 비치는 그쪽에 절반으로 나누어져서는 안 돼요. 로체스타 씨, 노래하세요. 제가 반주하겠어요.」

「기꺼이 복종하겠읍니다.」로체스타 씨는 이렇게 대답했다.

「그럼, 여기 해적의 노래가 있어요. 제가 해적의 노래를 상당히 좋아한다는 걸 잘 기억해 두세요. 그런 의미에서 〈콘스피리토 (활발하게)〉로 부르세요.」

「잉그램 양의 어명이시라면 물탄 우유도 술이 되겠죠.」

「그래 조심하세요. 만일 제 맘에 안 들면 어떻게 해야만 한다는 걸 가르쳐서 망신을 줄 거예요.」

「그래 잘못 부른 상을 주시겠단 말씀이군요. 그럼 잘못 부르도록 기를 써야겠군.」

「조심하세요! 고의로 잘못 부르면 제가 호된 벌을 드릴 테니까요.」

「잉그램 양께선 관대하셔야 합니다. 당신은 우리 인간이 감당할 수 없는 징벌을 내릴 힘을 갖고 있으니까.」

「흥! 어디 설명해 보세요!」하고 아가씨는 명령했다.

「용서하시오. 설명할 필요는 없읍니다. 당신 자신의 예민한 감각은 잘 알고 계실 걸요. 당신의 찌푸린 얼굴만 봐도 충분히 사형감은 된다는 말이오.」

「노래하세요!」하고 잉그램 양은 다시 피아노로 손을 가져가자 의기 양양하게 반주를 시작했다.

「이제야 내가 빠져나갈 때다.」하고 나는 생각했다. 그러나 그때 사방으로 울려 퍼진 노랫소리가 나를 붙잡아 놓았다. 페어팩스 부인은 로체스타 씨가 좋은 목청을 갖고 계시다고 말한 적이 있었다. 과연 그렇다——헤아릴 수 없이 부드럽고 힘찬 저음으로 그는 감정과 힘을 넣어 그것이 듣는 사람의 귀에서 가슴으로 스며들어 이상한 감동을 일으켰다. 나는 맨 나중의 굵고 풍부하게 진동하는 소리가 사라질 때까지 머물러 있었다——잠시 그쳤던 애깃소리가 다시 시작될 때까지 머물러 있었다——그리고는 내가 숨어 있던 구석을 떠나 다행히도 내 앞에 있는 옆문으로 나와 버렸다. 거기에는 홀로 통하는 좁은 복도가 있었다. 홀을 질러가다가 샌들 끈이 풀어진 걸 알고 걸음을 멈추었다. 그걸 매려고 층층다리 밑에 있는 깔개에 무릎을 꿇었다. 식당문이 열리는 소리가 나며 신사 한 분이 나왔다. 급히 일어선 나는 그 사람과 마주서게 되었다. 로체스타 씨였다.

「안녕하시오.」그는 인사를 건네왔다.

「네, 별일 없어요.」

「객실에선 얘기라도 나누러 오지 왜 안 왔소? 나한테 말이오.」나는 이렇게 묻는 그에게 도리어 같은 질문을 하고 싶었으나 그런 무례한 짓은 나로선 할 수 없었다. 나는 대답했다.

「바쁘신 것 같아서 방해가 될까 해서요.」

「내가 없는 동안 뭘 하고 있었소?」

「별로 특별한 건 없었어요. 늘 하는 대로 아델을 가르치고요.」

「그런데 이전보다 안색이 퍽 창백해졌군——처음 당신을 만났을 때처럼. 웬일이오?」

「아무렇지도 않아요.」

「나를 물에 빠뜨려 죽일 뻔했던 그날 밤 감기들린 거 아니오?」

「아녜요, 정말.」

「객실로 돌아가요. 지금 도망가기엔 너무 이르니까.」

「좀 피곤해요.」

그는 잠시 내 얼굴을 바라보고 있었다.

「그런데 좀 우울해 보이는군요.」그는 말을 이었다. 「웬일이오, 말해 봐요.」

「아무렇지도 않아요. 아무것도 아녜요. 전 울적하지 않아요.」

「아니 틀림없어. 몹시 우울해 있는 걸요. 몇 마디만 더 하면 눈물이 쏟아져 나올 만큼──정말이야, 벌써 눈물이 글썽해서 번쩍이는 걸. 눈썹에서 한 방울 미끄러져 마루에 떨어졌네. 내가 틈만 있다면 그리고 또 여기를 서성대는 말 많은 하인들에게 들킬 염려만 없다면 그 이유를 꼭 알고 싶소. 좋아, 오늘 밤만큼은 그대로 용서해 주지만 손님들이 머물러 있는 동안은 매일 밤 당신이 객실에 와 있는 걸로 알고 있을 테니 그리 아시오. 이건 내 소원이오. 귀로 흘려 버려선 안 되오. 자아 가봐요. 그리고 아델을 데려가라고 쏘피를 보내시오. 잘 자요. 내……」하고 말을 끊었다. 그는 입술을 깨물며 휙 떠나 버렸다.

18

쏜필드 저택의 매일은 즐겁고도 분주했다. 처음으로 내가 이댁에서 보낸 저 고요하고도 단조롭고 외로운 석 달 동안에 비하면 얼마나 차이가 있는 깃일끼! 이젠 모든 슬픈 감정은 이 집에서 달아나 버리고 갖은 침울한 연상은 깡그리 잊혀진 것 같았다. 가는 곳마다 생기가 넘쳐흐르고 아침부터 밤까지 종일토록 웅성댔다. 이젠 깔끔한 하녀나 멋장이 몸종과 마주치지 않고선, 그렇게도 조용했던 복도를 지나갈 수 없고 인기척 하나 없던 바깥방에 들어갈 수 없게 되었다.

부엌과 식모의 찬방, 하인들의 대기실, 홀 등 어디 할 것 없이 한결같이 활기를 띠었다. 객실은 화창한 봄날의 창공과 잔잔한 햇볕이 이 방의 주인공들을 정원으로 불러낼 때만 텅비고 조용했다. 날씨가 나빠서 장마가 며칠 계속되었는데도 그들의 향락을 꺾어 버리지는 못했다. 밖에서의 놀이를 할 수 없게 되자 실내의 오락은 더욱 활기를 띠게 되고 여러 가지 변화로 가득 차게 되었다.

여흥을 좀 색다른 것으로 바꾸자고 제안한 첫날밤, 그들이 어떤 걸 하려는지 궁금해졌다. 그들은 〈샤레이드 (Charade)〉 놀이에 대한 얘기를 하고 있었으나 무식한 나로서는 그 말을 알 수가 없었다. 하인들이 방에 불려오고 식당의 테이블이 날라져 왔다. 등불들이 색다르게 배치되고 의자는 아치의 맞은편에 반원형으로 놓여졌다. 로체스타 씨와 다른 신사들이 이 방안의 변조(變造)를 지시하고 있는 동안 귀부인들은 벨을 눌러 시녀를 불러 대며 층층다리를 뛰어 오르내리고 있었다. 페어팩스 부인은 불리워 가 이 집에 있는 목도리와 드레스, 무슨 커튼 따위를 보고했다. 그래서 삼층에 있는 옷장을 샅샅이 뒤져 거기서 나온 금실로 짠 둥근 폭의 스커트와 공단 웃도리, 검은 유행복, 레이스 모자 장식 등을 하녀들이 한아름 안고 내려왔다. 그러자 이것저것 추려낸 것은 객실 안에 있는 부인실로 옮겨졌다.

그 동안 로체스타 씨는 주위에 다시 귀부인들을 데려다 놓고 자기 편에 넣을 사람을 몇 명 골랐다.「잉그램 양은 물론 우리 편이죠.」하고 그는 말하고 나서 두 이쉬튼 아가씨와 덴트 대령 부인을 지명했다. 그는 내 얼굴을 쳐다보았다. 덴트 대령 부인의 팔찌 고리가 풀어져 그걸 매주느라고 나는 우연히 그의 곁에 가 있었던 것이다.

「해보겠소?」그는 물었다. 나는 머리를 저었다. 그는 내게 상요하진 않았다. 나는 그것을 걱정하고 있었지만 아무말 않고 나를 늘 앉아 있는 자리로 돌려보내 주었다.

로체스타 씨와 그의 편 사람들은 장막 뒤로 물러갔다. 덴트 대령을 대표로 내세운 편은 반원형의 의자에 앉았다. 그 신사들 중 한 사람인 이쉬튼 씨가 나를 보자 자기 편에 들어오도록 권유해 보자고 제의한 듯했으나 잉그램 남작 부인이 대뜸 반대했다.

「안 돼요.」그네의 말이 들려 왔다.「저 얼뜨기처럼 보이는 주제에 이런 놀음을 할 수 있을라고.」

곧 종이 울리자 장막이 올라갔다. 아치에는 아까 로체스타 씨가 귀부인들과 함께 그의 편에 넣었던 조지 린 경의 큼직한 몸집이 흰 이불깃에 둘러싸여 있는 것이 보였다. 그의 앞에 있는 테이블에는 커다란 책 한 권이 펼쳐진 채 놓여 있고 그 옆에 에이미 이쉬튼 양이 로체스타 씨의 외투를 입고 한손엔 책을 들고 서 있었다. 누군가가 뒤에서 달랑달랑 재미나게 벨을 울렸다. 그러자 아델은(아까 이애는 자기의 보호자 편이 되고 싶다고 고집을 부렸다) 들고 있던 꽃바구니에서 꽃을 사방에 뿌리면서 사뿐사뿐 걸어나왔다. 그런데 바로 그때 흰 옷에 머리엔 긴 베일을 쓰고 이마에 장미꽃 화환을 두른 장엄한 모습의 잉그램 양이 나타났다. 그네와 나란히 로체스타 씨가 걸어왔다. 그들은 함께 테이블 가까이까지 와서 무릎을 꿇었다. 그러는 동안 역시 흰 옷차림의 덴트 대령 부인과 루이자 이쉬튼이 잉그램 양들의 뒤에 자리잡고 섰다. 말없는 가운데 예식이 시작되었다. 결혼식 무언극이라는 걸 쉽사리 알 수 있었다. 그것이 끝나자 덴트 대령과 그편 사람들은 이 분 동안 소곤소곤 의논을 하더니 덴트 대령은 커다란 목소리로 외쳤다.

「신부(新婦)!」로체스타 씨는 절을 했다. 그리고 막이 내려졌다.

다시 막이 올라가기까지는 한참 걸렸다. 두 번째로 막이 올라갔을 때는 아까보다 좀더 교묘하게 꾸며진 장면이 나타났다. 이미 말한 바와 같이 객실은 식당보다 층계를 두 개나 높였는데 그 방의 안쪽 이 야드 가량 들어가 있는 윗단에는 큰 대리석 물그릇이 놓여 있었다. 이것은 온실의 장식품의 하나라는 걸 나는 알았다——그것은 언제나 온실에 놓여 있고 외국산 화초에 둘러싸여 있는 금붕어가 들어 있었다——그 크기나 무게로 보아 상당히 힘을 들여 여기까지 날라온 것이리라.

이 물그릇 옆, 융단 위에 앉아 있는 것은 몇 개나 되는 숄을 몸에 감고 머리에 터반을 칭칭 감은 로체스타 씨였다. 검은 눈, 가무잡잡한 살결, 회교도 같은 그 용모는 그 옷차림에 꼭 들어맞았다. 이것이야말로 활시위를 잡아당기는 사람이나 활에 맞아 죽은 사람과 같은 동방의 마호멧 후손의 전형으로 보였다. 즉시 잉그램 양이 나타났다. 그네도 역시 동양식 옷차림이었다. 진홍빛 목도리를 허리띠 모양으로 허리에 두르고 수를 놓은 손수건을 관자놀이에 동이고 있었다. 아름답게 생긴 팔을 드러내고 팔 하나는 얌전하게 머리에 인 물동이를 받치고 있는 듯했다. 그 몸매와 용모, 그네의 안색과 전세의 대도는 이스라엘 가장(家長) 정치 당시의 왕녀를 연상시켰다. 그리고 틀림없이 이것이 그네가 연출하려는 배역이었다.

잉그램 양은 우물가로 다가가 허리를 굽히고 물동이에 물을 가득 채우는 듯했고 다시 그것을 들어올려 머리에 이었다. 물가에 있던 남자는 이때 이 여자에게 말을 걸어 무엇인가 청하는 것 같았다——〈그 여자는 급히 물동이를 내려놓고 그에게 물을 마시게 했느니라〉 그러자 남자는 장옷의 품에서 상자를 꺼내어 그걸 열고 으리으리한 팔찌와 귀걸이를 그네에게 보였다. 그네는 놀람과 감탄을 나타냈다. 무릎을 꿇고 남자는 그네의 발 밑에 그 보물을 놓자 여자는 어리둥절한 불신과 기쁨을 얼굴과 몸짓으로 나타냈다. 낯선 사람은 팔찌를 그네의 팔에 채우고 귀걸이를 그네의 귀에 달아 주었다. 그것은 창세기 24장에 나오는 아브라함의 종과 리브가였다.

알아맞혀야 할 편 사람들은 모두들 의논을 했다. 이제 그 장면이 나타낸, 말이나 음절에 대해서 그들은 의견의 일치를 보지 못한 성싶다. 대변자인 덴트 대령은 〈전체의 장면〉을 보여 달라고 요구했다. 이때 막은 다시 내려졌다.

세 번째 막이 올라가자 객실의 일부분밖엔 보이지 않았다. 나머지 부분은 거무스름하고 거친 천을 드리운 병풍으로 가려 있었다. 대리석 물그릇은 치워지고 그 대신 널빤지로 만든 테이블 하나와 부엌용 의자가 하나 놓여 있었다. 이런 물건들은 뿔로 된 등불로 해서 아주 희미한 빛으로 보일 뿐 방안의 촛불은 모두 꺼

194

져 버렸다.

이 따분한 장면 속에서 한 사나이가 부르쥔 두 주먹을 무릎에 얹고 시선을 땅에 떨어뜨리고 앉아 있었다. 때가 앉은 얼굴에 남루한 옷차림(웃도리는 격투라도 해서 등이 찢어진 것처럼 한쪽 팔께가 늘어져 있다)과 자포 자기한 찌푸린 얼굴, 거칠어 뻣뻣한 머리털이 교묘하게 그를 변장시키고 있었지만 나는 로체스타 씨라는 걸 알았다. 그가 몸을 움직이자 쇠고랑이 쩔렁댔다. 손목에는 수갑을 차고 있었다.

「브라이드웰(Bridewell)!」하고 덴트 대령이 소리쳤다. 그래서 이 글자 알아맞히기는 풀리었다. (첫 장면은 신부〈브라이드〉, 둘째 장면은 우물〈웰〉, 세째 장면으로 런던시에 있는 교도소의 이름 〈브라이드웰〉이 된다.)

출연자들은 평복으로 갈아입느라고 한참 시간이 걸려서야 다시 식당으로 돌아왔다. 로체스타 씨는 잉그램 양을 이끌고 들어왔다. 그네는 로체스타 씨의 연기를 극구 찬양하고 있었다. 「아시겠어요?」하고 그네는 말을 이었다. 「그 세 가지 역 중에서 저는 마지막 장면의 당신을 제일 좋아한다는 걸요. 아아, 당신이 몇 년만 더 일찍 저렇게 되셨더라면 얼마나 훌륭한 신사 차림의 노상 강도가 되셨을까!」

「내 얼굴에서 검정이 말끔히 지워졌읍니까?」하고 로체스타 씨가 그네 쪽으로 얼굴을 돌리며 물었다.

「네, 다 지워졌어요. 참 유감스러워라! 악한으로 분장한 것이 당신 얼굴에 더할 나위 없이 참 잘 어울려요.」

「그럼 당신은 노상 강도를 좋아하십니까?」

「영국의 노상 강도를 이탈리아의 산적 다음으로 좋아해요. 이탈리아의 산적보다도 좋은 건 지중해의 해적뿐이에요.」

「그런가요. 내가 어떤 사람이든간에 당신은 내 아내라는 걸 알아 두어야 합니다. 이미 한 시간 전에 우리들은 여기에 계시는 증인들 앞에서 결혼을 했으니까요.」그네는 키득키득 웃으며 얼굴을 붉혔다.

「자아 덴트,」하고 로체스타 씨는 말을 이었다. 「당신들 차례요.」

이리하여 덴트 대령의 편이 물러가자 로체스타 씨와 그의 편 사람들은 빈 자리로 가서 앉았다. 잉그램 양은 그네의 단장 오른편에 앉고 나머지 사람들은 그와 그네의 양쪽 자리에 앉았다. 나는 무대의 출연자들은 보고 있지 않았다. 이미 나는 막이 오르는 걸 흥미 속에 기다리지 않게 되었다. 내 관심은 관객 편에 빼앗기고 말았다. 조금 아까까지도 아치만을 응시하고 있던 내 눈이 반원형의 의자로 쏠리는 걸 걷잡을 수가 없었다. 덴트 대령과 그편 사람들이 어떤 글자 수수께끼를 연출했는지, 또 어떻게 해나갔는지 나는 조금도 기억에 없었다. 각 장면마다 따르게 마련이었던 협의의 장면은 아직 눈에 선하다. 로체스타 씨가 잉그램 양을 돌아보자 잉그램 양은 그를 마주 본다. 그네의 까만 곱슬 머리가 로체스타 씨의 어깨에 닿아 그의 뺨에 스칠 때까지 그네의 머리가 그이 쪽으로 바싹 붙어 있는 것이 보인다. 나는 두 사람의 속삭임을 듣고 있다. 그들이 서로 주고받는 시선을 회상한다. 그리고 그 광경으로 해서 생겼던 어떤 감정까지도 이 순간 내 기억에 되살아오는 것이다.

독자여, 나는 로체스타 씨에 대한 사랑을 깨닫게 되었다는 걸 말한 바 있다. 그가 이젠 나를 보지 않게 되었다고 해서——똑 내가 그이 앞에서 이렇게 몇 시간을 있어도 한 번이나마 나 있는 쪽을 거들떠보려 하지 않는다고 해서——내가 로체스타 씨의 관심은 매사가 한 훌륭한 귀부인에게 독점되어 있는 걸 알았다고 해서 지금 그를 사랑하지 않을 수는 없다. 그 아가씨는 내 옆을 지나다가 자기의 옷자락이 내게 스치는 걸 싫어하고 어쩌나가 그 깊고 기만한 눈이 내 눈과 마주치면 마치 바라볼 값어치도 없는 천한 물건을 대하듯 홱 고개를 돌리는 것이었다. 머지않아 이 아가씨와 그가 결혼하리라는 걸 내가 분명히 느꼈다고 해서——그네에 대한 그의 호감에 대해 그네가 자신 만만하고 자랑스러운 태도를 취한다는 걸 매일처럼 내가 깨달았다고 해서——그가 늘 사랑을 구하는 태도를 나타내는 걸 바로 눈 앞에 보고 있다고 해서——그를 사랑하지 않을 수는 없었다. 그의 사랑을 찾는 태도가 소탈하면서도 사랑을 찾는다기보다는 오히려 구애를 당하는 듯한 방법이라 할지라도, 그 소탈한 것이 도리어 사람을 끌어잡아 당기고 그 거만한 것 자체 속에 도리어 어쩔 수 없는 것이 있었다.

이러한 사태에 있어서는 크게 절망을 자아낼지는 몰라도 사랑을 식혀 버린다거나 잊어버리게 할 수는 없었다. 독자여, 여러분들은 내가 너무나도 질투를 일으킨 것이라고 생각하실는지 모른다. 나와 같은 입장에 처해 있는 여자가 감히 잉그램 양과 같은 고귀한 여자를 질투할 수 있다면 얼마나 좋으랴. 그러나 나는 질투를 하지 않았다. 설사 하더라도 극히 드문 일이었다——내가 겪은 고통의 상태는 그런 말로는 설명을 할 수 없다. 잉그램 양은 질투 이하의 대상이었고 그런 감정을 불러일으키기에는 너무나도 유치했다. 얼핏 듣기엔 모순된 말 같으나 용서하시라. 나는 정색을 하고 말하고 있다. 그네는 겉치레는 퍽 좋으나 순수하지 못하다. 아름다운 용모와 많은 무수한 재능을 갖고 있으나 태어날 때부터 그네의 머리는 비고 마음은 메말라 있었다. 그 터전에서는 저절로 피는 꽃은 하나도 없었다. 신선한 맛으로 사람을 즐겁게 해주는 저절로 열린 자연적인 열매가 없었다. 그네는 선량하지 않았다. 독창성이 없었다. 언제나 책 속에서 뽑아낸 어마어마한 말만 되풀이하는 습성이지만 자기 자신의 의견을 나타내는 적이 없었고 또 지니고 있지 않았다. 입으론 고상한 감정을 갖고 있는 것처럼 얘기하지만 동정심과 연민의 감정을 모르고 있었다. 자애로움과 진실이 그네에겐 없었다. 어린 아델에게 그네가 품고 있는 고의적인 반감을 부당하게도 너무 자주 드러내고야 말았다. 어쩌다 아델이 그네에게 가까이 가면 그네는 아주 오만스럽게 아델을 떠밀어내기가 일쑤였다. 때로는 방을 나가라고 명령하기도 하고, 차갑고 가혹하게 대했다. 나 이외의 다른 사람들도 그네의 이러한 태도를 지켜보고 있었다──세심하고 예민하게 빈틈없이 그것을 지켜보고 있었다. 그렇다, 미래의 신랑인 로체스타 씨는 그의 미래의 아내에게 끊임없이 감시의 눈을 게을리하지 않았다. 그리고 이것은 바로 그의 총명에서 나온 것이다──그것은 조심성이기도 했다──애인의 결점에 대한 완전한 파악이었다──그네에 대한 그의 감정에는 분명히 정열이 결여돼 있다. 이것이 나의 무한한 고통을 일으켜 주었다.

나는 로체스타 씨가 잉그램 양의 신분이나 친척 관계가 그에게 알맞기 때문에 가문의 이유, 혹시는 정략상의 이유로 그네와 결혼하려고 한다는 걸 알았다. 나는 로체스타 씨가 그네에게 사랑을 주지 않았다는 것과 그네로서는 그의 사랑을 획득하기엔 자격이 모자란다는 걸 알았다. 이것이 중요한 점이었다──내 신경이 자극되고 괴롬을 받는 것은 이 점이다──내 정열이 삭지 않고 더 자라는 것은 바로 이 점인 것이다. 그네는 로체스타 씨를 사로잡을 수가 없었다.

만약 잉그램 양이 당장에 승리를 거두고 로체스타 씨가 항복을 하여 그네의 발 밑에 그의 마음을 진정으로 굽힌다면 나는 얼굴을 가리고 벽을 향해 죽어 버릴 수밖에 없다(비유해서 말하자면). 만일 잉그램 양이 나면서부터 정신력과 정열과 부드러운 마음씨를 지니고 도량 있고도 선량한 고상한 여자였더라면 나는 두 마리의 호랑이처럼──질투심과 절망에 찬 호랑이처럼 결사적으로 싸웠을 것이다. 그리고 내 심장은 터지고 뜯어먹혔지만 나는 그네에게 찬사를 보냈을 거다──그네의 탁월성을 깨달았을 것이다. 그리고 나는 여생을 조용히 보냈을 것이다. 그네의 우월성이 절대적일수록 내 찬사는 더욱 더 깊이를 가졌을 것이다──내 마음의 안정은 더욱더 진정으로 안온해졌을 것이다. 그러나 실제로는 그렇지가 않았다. 로체스타 씨를 사로잡으려는 잉그램 양의 노력을 목격했고 실패를 거듭하는 걸 보았다. 그네의 오만과 자기 만족은 그네가 사로잡으려던 걸 점점 멀리 쫓아 버리는 결과를 가져왔다. 그네 자신은 그 실패를 깨닫지 못하고 화살이 가슴에 명중했다고 착각하여 성공을 믿고 자기 도취에 빠져 있는 걸 보았다. 이런 것을 목격하는 것은 나로 하여금 끊임없는 자극과 무자비한 자기 억제를 맛보게 하는 것이다. 왜냐하면 잉그램 양이 실패했을 때, 나로선 어떻게 하면 성공할 수 있는지를 알고 있었기 때문이다. 계속적으로 로체스타 씨의 가슴에서 빗나가 상처를 내지 않고 그의 발 밑에 떨어지는 화살은 좀더 팔 힘이 센 사람이 쏘았더라면 그의 자부심 많은 가슴에 날카롭게 들어맞았을는지도 몰랐다——저 근엄한 눈에 사랑을 불러일으키고 그 냉소적인 얼굴에 부드러움을 일으켜 주었을는지도 모른다. 아니 그보다도 화살 같은 건 사용하지 않고 무언중에 승리를 획득했으리라는 걸 나는 알고 있었기 때문이다.

(그처럼 로체스타 씨와 가까이 있는 특권을 가지고 있으면서도 왜 좀더 그를 움직일 수 없을까?) 하고 나는 자문했다. (정말이지 잉그램 양은 저 분을 진심으로 좋아할 수는 없어. 설사 좋아한다더라도 참된 애정으로 저 분을 좋아할 수는 없는 거야! 저 여자가 좋아한다면 저렇게 부턱대고 미소를 띠거나 서팅새 쉴새없이 눈을 빛내거나 저런 의식적인 태도와 저런 식의 가지가지 애교를 부릴 필요는 없는 거야. 그냥 조용히 그 분 옆에 앉아서 말도 별로 않고 눈도 그다지 두리번거리지 않으면 로체스타 씨의 마음에 접근할 수 있었으리라고 나는 생각해. 잉그램 양이 저렇게 쾌활하게 저 분에게 말을 건네고 있지만 저 분의 얼굴은 지금 굳어져 있어. 그런데 나는 저런 것과는 아주 딴판인 표정을 본 적이 있어. 더구나 그건 자연스레 생긴 것이고 창부적인 기교나 계획적인 조종으로 끌어낸 것과는 다른 것이었지. 그러니까 그런 표정을 그냥 그대로 받아들이기만 하면 되는 거야——그 분의 물음에 대해선 가식 없이 대답하고 꼭 말해야 할 때는 얼굴을 찌푸리지 않고 하면 그 부드러운 표정은 점점 더 부드러워지고 친절해져서 만물을 키워내는 햇살과 같이 마음을 훈훈하게 해주는 거야. 두 분이 결혼하면 잉그램 양은 어떻게 해서 저 분을 기쁘게 해드릴 건지? 내 생각으론 저 여자는 그럴 수 있을 것 같지가 않아. 하면 할 수도 있겠지만 그 분의 아내가 되는 사람은 이 세상에서 제일 행복한 여자라고 나는 충심으로 믿고 있어.)

이해 관계와 연고 관계로 결혼하는 로체스타 씨의 계획에 대해서 나는 아직 한 마디도 비난을 하지 않았다. 나는 그런 것이 그의 결혼 의도였다는 걸 처음으로 알았을 땐 자못 놀랐다. 나는 그가 배필을 고르는 데 그런 평범한 동기에 좌우될 사람은 아니라고 생각했었다. 그러나 당사자들의 지위나 교육 등등을 생각하면 생각할수록 로체스타 씨와 잉그램 양이 분명 어릴 때부터 젖어 있는 관념이나 주의에 따라 행동하는 그것에 대해 내가 그 분들 중 어느 누구를 비판하거나 비난하는 건 정당하지 못하다고 절실히 깨닫게 되었다. 그 분들이 속해 있는 계급은 모두 다음과 같은 원칙에 서 있는 것이다. 즉 내가 헤아릴 수 없는 생각을 갖는 것도 그들간에서는 그럴 만한 이유가 있다고 나는 보았다. 가령 내가 로체스타 씨와 같은 신사라면 나는 자기가 사랑할 수 있는 아내를 얻을 생각이다. 그러나 남편되는 사람을 행복하게 이끌기 위해서는 내가 품고 있는 이 생각이 제공해 주는 이점(利點)이 극히 분명한 것이 사실임에도 불구하고 일반이 이것을 채택하지 않는 것은 내가 전혀 알 수 없는 어떤 상반되는 이유가 있기 때문이라고 여겨졌다. 그렇지 않다면 세상 사람은 모두 내가 행하리라고 바랐던 것과 같이 행했으리라고 나는 믿는다.

그러나 다른 점에 있어서도 이런 것과 마찬가지로 나는 주인에게 대해서 매우 관대해져 가고 있었다. 이전에는 내가 날카롭게만 주시해 왔던 로체스타 씨의 결점들을 나는 모두 잊어버리고 있었다. 전에는 그의 성격을 여러 모로 알려고 애써 보았다. 결점과 장점을 한꺼번에 알아 가지고 둘을 정당하게 달아서 공평한 판단을 내리려고 힘써 왔다. 이제 나는 그의 결점이 보이지 않았다. 그전에 나를 불쾌하게 하던 그 빈정거림도, 나를 놀라게 하던 버릇 없는 행위도 맛있는 요리에 친 산뜻한 양념에 불과했다. 그것이 있으면 얼얼하고 없으면 아주 싱거운 맛이 났으리라. 그리고 그 막연한 무엇에 관해서——그것은 악의가 아니면 슬프고도 음흉한, 그렇잖으면 절망적인 표정이라고 할까?——늘 주의하고 있는 사람에겐 알 수 있는 것이지만 그의 눈에 때때로 나타나고, 반쯤 열려 있는 이상한 깊이를 미처 측량해서 알아내기도 전에 다시 닫혀지고마는 그 표정은, 마치 내가 화산과 같은 산 사이를 헤매고 있을 때, 별안간 대지가 흔들리는 걸 느끼며 땅이 갈라지는 것을 본 것처럼, 언제나 나를 공포에 떨게 하고 위축시켰다. 나는 그 막연한 무엇을 지금도 때때로 보지만 마비된 신경으로써가 아니라 두근거리는 가슴으로써 바라보고 있다. 나는 피하려고는 않고 대담하게——알아내고야 말겠다고——동경할 뿐이다. 나는 잉그램 양은 행복하다고 생각했다. 왜냐하면 그네는 언젠가는 한가로이 그의 마음의 심연을 들여다보고 저 표정의 비밀을 탐지하고 그 정체를 해부할 수가 있다고 생각했기 때문이다.

한편 내가 내 주인과 미래의 신부에 관한 생각에 골몰하고 있는 동안——나는 그들만을 주시하고 두 사람이 주고받는 이야기에만 귀를 기울이고 그들의 거동만이 중요하다고 생각했다——다른 손님들은 각기 자기들 나름의 흥미와 오락에 취해 있었다. 린 경 부인과 잉그램 부인은 심각한 얼굴을 하고 언제까지나 애기를 늘어놓고 있었다. 두 사람은 한 쌍의 커다란 인형처럼 잡담의 화제가 바뀜에 따라 터반을 쓴 머리를 끄덕이기도, 놀라기도, 이상히 여기기도 하면서 끔찍하다는 표정을 지으며 두 손을 번쩍 쳐들기도 했다. 온순한 덴트 대령 부인은 선량한 이쉬튼 부인과 얘기하고 있었다. 이 부인네들은 이따금 내게 정중한 말을 걸어오기도 하고 미소를 짓기도 했다. 조지 린 경과 덴트 대령, 이쉬튼 씨들은 정치와 주(州)에서 생긴 일, 재판에 관한 일 등을 얘기하고 있었다. 잉그램 남작은 에이미 이쉬튼 양과 장난을 치고 있었다. 루이자 양은 피아노를 치며 린 댁의 형제 한 분에게 노래를 들려 주기도 하고 같이 노래를 부르기도 했다. 메어리 잉그램 양은 린 댁의 다른 한 분이 신나게 지껄이고 있는 걸 맥없이 듣고 있었다. 가끔 그들은 모두 마치 약속이나 한 듯이 조역(助役)을 중단하고 주역 쪽을 바라보며 귀를 기울이고 있었다. 결국 로체스타 씨와――그와 밀접한 관계가 있다는 이유에서――잉그램 양이 이 모임의 중심 인물이었다. 로체스타 씨가 한 시간만 이 방에 얼굴을 나타내지 않으면 활기를 띠고 있던 손님들의 마음에 뚜렷한 권태가 스머드는 것처럼 보였다. 그러나가노 그가 사쉬를 나타내면 으례 그들의 화제에 새로운 활력을 주어 활기를 띠게 했다.

로체스타 씨가 여러 사람들에게 활기를 띠게 하던 힘이 없어지면 이상한 분위기가 되었다. 그것은 볼일이 있어 그가 밀코트에 불리워 갔다가 밤 늦게까지도 돌아오지 못하게 될지도 모르는 어느날의 일이었다. 그날 오후는 비가 와서 손님들이 헤이 마을 저편의 공유지에 최근 천막을 쳐놓은 집시의 캠프를 구경하러 가자던 소풍은 그 때문에 연기되었다. 남자들 몇 분은 마구간으로 가고 젊은 사람들은 아가씨들과 당구실에서 당구를 치고 있었다. 잉그램 남작 부인과 린 경 부인은 조용히 카드놀이로 지루한 마음을 달래고 있었다. 브랑쉬 잉그램 양은 덴트 부인과 이쉬튼 부인이 자기들의 이야기에 자꾸 끌어넣으려는 걸 거만스레 대꾸도 않고 우선 피아노 앞에 앉아 무슨 감상적인 곡과 노래를 나지막하게 치고 나자 서재에서 소설 한 권을 들고 와 아무렇게나 거만하게 소파에 몸을 내던지고 로체스타 씨의 부재중 지루한 시간을 소설에 정신을 팔고 있었다. 방안과 온 집안은 조용했고 단지 당구치는 사람들의 즐거운 소리가 이층에서 가끔 들려올 뿐이었다.

어둠이 깔리기 시작했다. 시계는 벌써 만찬을 위해 옷을 갈아입을 시간을 알렸다. 바로 이때 객실의 창턱에 걸터앉아 내 곁에 쭈그리고 있던 아델이 별안간 외쳤다――「로체스타 아저씨가 돌아오셨다!」

나는 돌아다보았다. 잉그램 양은 소파에서 쏜살같이 달려왔다. 다른 사람들도 각기 하고 있던 걸 집어치우고 얼굴을 쳐들었다. 아델이 외친 것과 때를 같이 해서 자갈을 밟는 바퀴 소리와 그걸 걷어차는 말발굽 소리가 비에 젖은 자갈길 에서 들려 왔기 때문이다. 한 대의 역마차가 다가오고 있었다.

「저런 모양으로 돌아오시다니 도대체 어떻게 된 셈일까?」잉그램 양이 말 했다. 「떠나실 땐 메수루어(그 검은 말)를 타시지 않았던가요? 파일럿도 함께 데리고요. 말과 개는 어떻게 하셨을까?」

이렇게 말하며 그네의 키 큰 자태와 늘씬한 의상이 창가로 바싹 다가서는 바 람에, 나는 척추골이 부러질 정도로 몸을 뒤로 젖히지 않을 수 없었다. 그네는 너무 열중해서 처음엔 나를 알아보지 못했으나, 나라는 걸 깨닫게 되자 입을 비 쭉거리고 다른 창가로 옮겨갔다. 역마차는 멎었다. 마부가 현관의 벨을 울렸다. 여행복을 입은 신사 하나가 마차에서 내렸다. 로체스타 씨는 아니었다. 키가 큰 멋진 풍채의 낯선 사람이었다.

「사람들을 약올리는 건가!」잉그램 양은 소리쳤다. 「귀찮은 원숭이 새끼 같 으니!」(아델을 이렇게 넌즈시 불렀다)「거짓말을 알리라고 누가 너를 창턱 위 에 앉힌 거냐?」마치 내가 잘못을 저지르기나 한 듯이 그네는 성난 눈초리를 내 게 던졌다. 홀에서 뭣인가 주고받는 얘기 소리가 들려 오며 곧 새로운 신사가 들 어왔다. 이 신사는 잉그램 남작 부인을 이 자리에 있는 사람들 가운데서 연장자 로 보고 그네에게 인사를 했다.

「기회가 좋잖은 때 온 것 같습니다, 부인.」하고 그는 말했다. 「친구인 로체스 타 군이 부재중인 걸 모르고 저는 긴 여행을 하며 여기 왔읍니다. 로체스타 군과 는 사귀어 온 지가 오래고 친한 사이니 돌아올 때까지 여기서 머무를까 합 니다.」

그의 태도는 공손했다. 그의 말 중에서 악센트가 보통과는 어딘지 다른 데가 있는 걸 나는 깨달았다——정확히 말해서 외국 사투리는 아니지만 토박이 영어 도 아니다. 나이는 로체스타 씨 정도이리라——서른 살에서 마흔 살 사이로 보 였다. 안색이 이상하게도 나빴다. 그렇지만 않으면 훌륭한 풍채였다. 특히 첫눈 에는 그랬다. 자세히 살펴보면 그 얼굴엔 무엇인가 불쾌감을 느끼게 하는, 이를 테면 사람에게 쾌감을 못 주는 그 무엇이 눈에 띄었다. 얼굴의 생김새는 고르지 만 너무 탄력이 없었다. 눈은 크고 잘 생겼으나 그 눈에는 생기가 없는 공허한 생명력이 나타나 있었다——적어도 나는 그렇게 느꼈다.

야회복을 갈아입게 하는 벨의 울림은 한데 모여들었던 사람들을 흩어지게 했다. 내가 다시 그 사람을 본 것은 만찬이 끝난 뒤였다. 그는 그때 마음을 푹 놓은 것 같았다. 그러나 나는 그의 생김새가 아까보다도 더 싫어졌다. 동시에 침착성이 없고 생기가 없는 사람으로 느껴졌다. 눈은 두리번거리고 있었으나 그 두리번대는 데는 아무 의미가 없었다. 이것이 내가 여태까지 본 적이 없는 이상한 인상을 주었다. 잘 생긴 데다가 온후한 얼굴인데도 내게 무척 불쾌감을 주었다. 아주 타원형의 매끈한 살갗을 한 얼굴엔 힘이란 없었다. 매부리코와 버찌처럼 작은 입에는 결단력이 없었다. 좁고 편편한 이마에는 사상이 깃들어 있지 않았다. 갈색의 허전한 눈에는 명령하는 위엄이 없었다.

나는 늘 앉는 구석진 자리에 앉아 그를 환히 비쳐 주는 벽난로 위의 가락촛대의 불빛으로 그를 바라보며――그는 난로 옆에 바짝 끌어다놓은 팔걸이의자에 앉아 추운지 자꾸 몸을 움츠리고 점점 불가로 다가오고 있었기 때문이다――그와 로체스타 씨를 비교해 보았다. 그 대조는(존경심을 지니고 말하는 것이지만) 멋진 수커위와 매서운 독수리와도 같고, 온순한 양과 그걸 지키고 있는 털이 거칠고 날카로운 눈을 지닌 개와 다름없는 것으로 나는 생각한다.

그 신사는 로체스타 씨를 옛 친구라고 생각했다. 그들의 우정은 틀림없이 기묘한 관계이리라. 실로 〈양극단은 일치한다.〉는 옛 격언의 적절한 예다.

두서너 명의 신사가 그와 가까이 앉아 있었다. 그 사람들이 하는 이야기의 토막이 구석진, 나 있는 곳까지 종종 들려 왔다. 처음엔 들려 오는 말이 무슨 뜻인지 알 수 없었다. 점차 내게로 다가앉는 루이자 이쉬튼 양과 메어리 잉그램 양이 하는 애깃소리가 간간이 내 귀에 들려 오는 그 토막 이야기를 헷갈리게 했기 때문이다. 그네들은 이 낯모르는 사람을 평하고 있었다. 둘이는 그 신사를 〈잘 생긴 남자〉라고 불렀다. 루이자는 〈사랑스러운 분〉이라고도, 〈저 분을 찬미한다〉고도 말했다. 메어리는 그네를 매혹하는 이상적인 형으로서 〈예쁜 입과 멋진 코〉를 예로 들었다.

「게다가 저 이마는 얼마나 감미로운 맛을 지니고 있을까 !」하고 루이자 양은 소리쳤다――「참으로 미끈한 이마야――내가 제일 싫어하는 울퉁불퉁한 데는 하나도 없어. 그리고 아주 침착한 눈과 미소 !」

그때 나로선 천만 다행으로 헨리 린 씨가 연기되었던 헤이 마을행 소풍에 관해서 결정지을 일이 있다고 그네들을 방 저쪽으로 불러갔다.

이제야 나는 난롯가에 모여 있는 사람들에게 주의를 모을 수가 있었다. 곧 나는 메이슨이라는 이름의 저 신참자에게 집중됐다. 이어서 나는 그가 방금 영국에 도착했다는 것과 어느 열대 지방에서 왔고 그래서 그리도 그가 혈색이 나쁘다는 것과 난롯가에 저렇게 가까이 앉아 집안에서 외투를 입고 있는 이유를 분명히 알았다. 방금 그가 말한 자마이카니 킹스튼이니 스페인식 도회지 등은 그가 사는 곳인 서인도 제도(西印度諸島)라는 걸 알려 주었다. 그리고 곧 나는 이 신사가 로체스타 씨와 거기서 처음으로 만나 사귀게 되었다는 걸 듣고 적잖게 놀랐다. 그는 친구인 로체스타 씨가 서인도제도의 찌는 듯한 더위와 태풍, 장마철을 싫어한다고 했다. 나는 로체스타 씨가 여행가라는 건 알고 있었다. 페어팩스 부인이 그렇게 말한 적이 있었으니까. 그러나 그의 방랑은 유럽 대륙에만 있는 것으로 생각하고 있었다. 대륙보다 더 먼 섬나라까지 가보았다는 얘기는 여태까지 나는 한 마디도 들어 본 일이 없었다.

이런 것을 내가 골똘히 생각하고 있는데 어떤 사건이, 더구나 거의 생각지도 않던 사건이 내 명상의 실마리를 끊어 버리고 말았다. 누군가가 방문을 열었을 때 덜덜 떨고 있던 메이슨 씨는 난로에 좀더 석탄을 넣어 달라고 했다. 타다 남은 덩어리들은 아직 뜨겁고 빨갛게 피어 있었지만 불길은 사그라져 있었다. 석탄을 날라온 하인이 방을 나가다가 이쉬튼 씨의 의자 옆에 서며 뭣인가 가만한 소리로 그에게 말했다. 나는「노파가」──「아주 성가신」하는 말을 들었을 뿐이었다.

「만일 안 나가면 수갑을 채우겠다고 노파에게 말해 주게.」하고 이쉬튼 씨는 대답했다.

「아니, 잠깐만!」덴트 대령이 간섭을 했다. 「쫓아 버려선 안 돼, 이쉬튼. 써먹을 수 있을는지 모르니까. 부인들에게 의논해 보는 게 좋겠군그래.」그리고 대령은 큰 소리로 말했다. 「여러분! 여러분들은 집시의 캠프를 구경하러 헤이 공유지로 가자고들 하셨지요. 여기 있는 쌤 얘기로는 지금 하인 대기실에 점장이 노파가 하나 와서 여러분의 운수를 점치고 싶으니 〈귀하신 분네들〉 앞으로 안내해 달라고 기를 쓰고 있답니다. 여러분들, 그 노파를 만나 보시렵니까?」

「대령님, 당신은 설마」하고 잉그램 남작 부인은 외쳤다. 「그런 천한 사기꾼을 우리들에게 권하시는 건 아니겠지요? 어떻게든 당장 쫓아보내세요!」

「그렇지만 저로선 쫓아보낼 도리가 없읍니다, 마님.」하고 하인이 말했다. 「다른 하인들도 어쩔 수가 없읍니다. 지금 페어팩스 부인이 그 노파한테 가서 제발 돌아가 주십사 애원하고 계십니다만 부엌방 의자에 앉아서 여기에 불리워 올 때까지 조금도 움직이지 않겠다고 합니다.」

「그럼 어쩌자는 거지?」이쉬튼 부인이 물었다.

「〈여러분들의 점을 쳐드리겠다〉고 합니다. 꼭 점을 치겠다고 합니다.」

「어떻게 생긴 노파인데?」이쉬튼 자매가 한꺼번에 물었다.

「아주 기막히게 못 생긴 노파랍니다, 아가씨. 늙은 말이나 다름없는 새까만 얼굴입니다.」

「아, 그럼, 진짜 마법사이군요!」프레데릭 린이 소리쳤다.「자, 이리로 부릅시다.」

「그렇게 해요.」하고 그의 동생이 맞장구를 쳤다.「이처럼 재미있는 기회를 놓치면 굉장히 후회할 겁니다.」

「애들아, 어떻게 생각하고 하는 말이냐?」린 경 부인은 언성을 높였다.

「그런 모순된 행동은 도대체 찬성할 수 없어요.」잉그램 남작 부인이 맞장구를 쳤다.

「정말이에요, 엄마. 하지만 엄만―― 찬성해 주실 거예요.」브랑쉬 양이 피아노의 걸상을 휙 돌리며 거만한 목소리로 나왔다. 이때까지 그네는 아무 말도 않고 이것저것 여러 가지 악보를 뒤적이고 있었다.「난 내 운명을 점쳐 보고 싶은 호기심이 있어요. 그러니까 쌤, 그 노파를 여기 들어오라고 해요.」

「애 브랑쉬야! 생각해 봐라.」

「네, 알아요――엄마가 말씀하실 만한 건 모두 생각하고 있어요. 그렇지만 난 내 맘대로 해야 해요――빨리, 쌤!」

「네, 그래요. 네, 그래요――네, 그래요!」젊은 패들은 아가씨들이나 청년들 할 것 없이 모두 소리쳤다.「이리 들어오게 해요――멋진 오락이 될 테니!」

하인은 그래도 망설이고 있었다.「아주 험상궂게 생겨서――」했다.

「가라니까!」잉그램 양이 불현듯 소리를 지르자 쌤은 나가 버렸다.

삽시에 흥분은 좌중을 둘러쌌다. 야유와 농담이 한바탕 불꽃을 퉁기고 있는데 쌤이 돌아왔다.

「이젠 안 오겠답니다.」쌤이 말했다.「노파는 속된 무리들(노파의 말이지만) 앞에 나타나는 건 자기의 할 일이 아니라고 합니다. 제가 다른 방에 노파를 혼자 안내해야겠읍니다. 그렇게 해서 점을 쳐보고 싶으신 분은 한 분씩 가시게 해야 겠읍니다.」

「그것 봐라, 여왕 같은 브랑쉬야.」하고 잉그램 부인은 말을 꺼냈다.「그 노파는 치근치근 집안에 기어들려는 거다. 내 말을 들어요, 천사 같은 아가. 그리구――」

「물론 서재로 안내해야지.」〈천사 같은 아가씨〉는 말을 가로챘다.「나도 속인들 앞에서 점을 쳐달라는 건 내 할 짓이 아니에요, 나 혼자 듣고 싶다는 거예요. 서재엔 난로가 있는지?」

「네, 아가씨——하지만 노파는 허풍장이로 보입니다.」

「수다는 그만 떨어, 멍청이 ! 그리고 내가 시키는 대로 해요.」

쌤은 다시 사라졌다. 신비스럽고 활기를 띤 기대가 또다시 한껏 부풀어올랐다.

「저쪽 준비는 다 됐읍니다.」다시 나타난 하인은 말했다. 「어느 분이 맨 먼저 오시려는지 알고 싶답니다.」

「부인네들 중에서 누가 가보시기 전에 내가 그 노파를 한번 보는 게 좋을 것 같군.」 덴트 대령이 말했다.

「쌤, 남자 어른이 가신다고 전해 줘.」

쌤이 나갔다가 다시 돌아왔다. 「노파 말이 남자 어른의 점은 안 치니 구태여 오실 것 없다고 합니다. 또,」하고 그는 킥킥 웃음이 나오는 걸 겨우 참으며 말했다. 「부인네들 중에서도 젊고 독신되시는 분이 아니면 안 된답니다.」

「젠장, 이것저것 가리는군그래 !」하고 헨리 린이 소리쳤다.

잉그램 양은 엄숙히 일어났다. 「내가 먼저 가겠어요.」하고 부하들의 앞장을 서서 성벽의 돌파구를 기어올라가려는 결사대의 대장다운 기세로 말했다.

「오오, 귀여운 딸아 ! 오오, 사랑하는 내 딸아 ! 그만둬요. 다시 생각해 봐라 !」하고 잉그램 남작 부인이 외쳤지만 잉그램 양은 엄숙한 침묵을 지킨 채 휙 어머니 곁을 지나 덴트 대령이 열어 놓은 문으로 나가 버렸다. 모두 그네가 서재로 들어가는 소리를 들었다.

꽤 조용해졌다. 잉그램 부인은 두 손을 쥐어짤 정도로 〈개탄할 만한 사건〉이라고 생각하고 또 손을 쥐어짰다. 메어리 양은 자기로서는 감히 그런 모험을 할 용기가 없다고 말했다. 에이미 양과 루이자 양은 소리를 낮추고 킥킥 웃으며 좀 겁에 질린 얼굴을 했다.

잠시 시간은 꽤 천천히 흘렀다. 서재의 문이 다시 열리기까지는 십 오 분이 걸렸다. 잉그램 양은 아치를 지나 우리들이 있는 데로 돌아왔다.

그네는 웃어 버리는 걸까 ? 그 일을 농담으로 넘겨 버릴까 ? 모두 조급한 호기심에 가득 찬 눈초리로 그네를 맞았다. 그러자 그네는 뾰로통하고 쌀쌀한 눈초리로 여러 사람의 시선을 대했다. 그네는 당황하거나 기뻐하는 기색도 아니었다. 무뚝뚝하게 그네는 자기 자리로 가 아무 말도 않고 앉아 버렸다.

「그래 어때 브랑쉬 ?」잉그램 남작이 물었다.

「뭐라고 해요, 언니 ?」하고 메어리가 물었다.

「어떻게 생각해 ? 어떤 기분이 들어 ? 그이 진짜 점장이야 ?」이쉬튼 자매가 물었다.

「네, 네, 착하신 여러분.」하고 잉그램 양은 대꾸했다. 「저를 구박하지 말아요. 정말 의심도 신뢰도 잘하는 여러분들의 생리는 흥분하기 쉽군요. 여러분들 모두가 이 일을 중대시하는 것 같아요——우리 엄마까지도——이 문제에 관해서 말예요——여러분은 이 집에 악마와 결탁한 진짜 마녀가 와 있다고 생각하시는 것 같아요. 저는 방금 떠돌이 집시를 만나고 온 거예요. 그 뜨내기 할멈은 케케묵은 식으로 손금을 보고 흔히 그런 것들이 지껄여대는 얘기를 하더군요. 내 호기심은 이젠 만족했어요. 그런데 아까 이쉬튼 님이 위협하신 말씀대로 저마귀 같은 노파에게 내일 아침 수갑을 채우는 게 좋겠다고 생각해요.」

잉그램 양은 책을 들고 의자에 몸을 뒤로 기대었다. 그래서 이야기는 이상 더 진행되지 않았다. 나는 반 시간 가까이 잉그램 양을 바라보고 있었지만 그동안 그네는 단 한 페이지도 넘기지 않았다. 그네의 얼굴은 시시 각각으로 어두워지고 더욱더 불만을 나타냈다가 드디어는 쓰디쓴 실망의 빛으로 되었다. 정녕 노파한테서 유리한 말을 듣지 못한 것이나. 그리고 침울과 침묵을 오래 지키는 걸로 보아, 그네는 겉으로는 무관심한 체하지만 속으론 점장이가 한 말을 지나치게 중대시하고 있는 듯이 생각되었다.

한편, 메어리 양과 에이미 양, 루이자 양은 혼자서는 감히 갈 수 없다고 했지만, 기실은 모두 가보고 싶었다. 쌤 전권 대사의 중개로 교섭은 시작되었다.

그리고 쌍방 사이를 오가느라고 쌤의 장딴지가 쑤셨으리라고 생각됐을 때 무척 애를 쓴 결과 마침내 까다로운 점장이 노파로부터 세 사람이 같이 와도 좋다는 허락을 겨우 얻었다. 그네들 셋이 갔을 때는 잉그램 양이 갔을 때처럼 조용하진 않았다. 우리들은 서재에서 나오는 히스테리컬한 웃음 소리며 가느다랗게 외치는 소리를 들었다. 이십 분이나 지나서야 그들은 문을 홱 열고 반쯤 정신이 나가 홀로 달려나왔다.

「분명히 저 점장이는 정상이 아니야!」세 사람은 한꺼번에 소리쳤다. 「그런 얘길 우리들에게 하다니! 우리들에 대해서 다 알고 있어!」그네들은 신사들이 서둘러 갖다놓은 의자에 숨을 할딱이며 제각기 주저앉았다.

좀더 설명을 하라고 다그치자 그네들의 아주 어린 아이 때의 언행까지 알아맞히고 그네들 집안에 있는 부인실의 책과 장식품들과 여러 친척들이 보내 준 기념품들을 마치 보기나 한듯이 노파는 말했다고 했다. 그리고 그 노파는 그네들의 마음속까지 점치고 각자의 귀에다 대고 그네들이 세상에서 제일 좋아하는 사람의 이름을 귓속말로 해주고 제일 원하고 있는 걸 알아맞히기도 했다고 잘라 말했다.

여기서 신사들은 맨 나중에 말한 두 가지 점을 좀더 자세히 알려 줬으면 좋겠다고 성가시게 졸라댔다. 그러나 이 요청에 대해 여자들은 얼굴을 붉히고 고함을 지르고 몸을 떨기도 하며 킥킥 웃어 대기만 할 뿐이었다. 한편 노부인네들은 자기들의 경고를 제때에 받아 주지 않아 그런 일이 생긴 거라고 걱정스레 말했다. 그런데 나이 많은 신사들은 껄껄 웃어댔고 젊은 축들도 초조해 있는 어여쁜 아가씨에게 도와주겠노라고 나섰다.

이 야단 법석 속에서 내 눈과 귀가 내 앞에 벌어지는 광경에 미쳐 있을 때 나는 내 팔꿈치 가까이에서 기침 소리를 들었다. 돌아보니 쌤이었다.

「실례합니다, 선생님. 저 집시가 이 방에 있는 젊은 독신자 한 분이 아직 자기한테 오지 않았다고 합니다. 여자분을 모두 점치기 전에는 돌아가지 않겠노라고 고집합니다. 제 생각 같아서는 틀림없이 선생님 애길 하는 것 같습니다. 그런 뜻에선 다른 분은 안 계시니까요. 노파에게 뭐라고 할까요?」

「그럼 가고말고요.」 나는 대답했다. 몹시 흥분해 있는 내 호기심을 만족시키기 위한, 뜻하지 않았던 이 기회를 나는 기뻐했다. 나는 아무 눈에도 띄지 않게 —— 모두들 방금 돌아온, 벌벌 떨고 있는 세 아가씨들 둘레에 모여 있었다 —— 살짝 방을 빠져나와 가만히 문을 닫았다.

「선생님만 괜찮으시다면」 하고 쌤이 말했다. 「전 홀에서 기다리고 있겠읍니다. 노파가 선생님께 무섭게 굴거든 절 당장에 불러 주십시오. 곧 가겠읍니다.」

「아니, 쌤, 부엌에 가 있어요. 나는 조금도 무섭지 않으니까.」 나는 무섭기는커녕 무척 흥미가 있었고 흥분돼 있었다.

19

내가 발을 들여놓았을 때 서재는 퍽 조용했다. 그리고 점장이는 —— 만일 노파가 진짜 점장인진 몰라도 —— 난롯가의 안락의자에 푹 아늑하게 앉아 있었다. 빨간 외투에 검은 본넷 모자를 쓰고 있었다. 아니, 본넷이라기보다는 턱밑을 줄이 있는 손수건으로 잡아맨 넓은 챙이 둘린 집시 모자였다. 꺼진 촛대 한 자루가 테이블에 놓여 있었다. 노파는 난로에 몸을 구부리고 기도책 같은 조그마한 책을 난롯불빛을 의지로 읽고 있는 성싶었다. 읽으면서 대개의 노파들이 하듯이 중얼대고 있었다. 내가 들어가도 이내 그만두지 않았다. 한 귀절을 마저 읽어 버리자는 속셈인 듯했다. 나는 마루 깔개에 서서 손을 쬐었다. 객실에서 멀리 떨어져 앉아 있었기 때문에 손이 꽤 얼어 있었다. 난생 처음으로 침착해진 나를 느꼈다. 집시의 용모에는 사람의 평온한 마음을 어지럽힐 만한 것은 하나도 없었다. 노파는 책을 덮고 천천히 머리를 들었다. 모자 차양이 얼굴 한쪽을 가리우고 있으나 고개를 들자 이상한 얼굴이란 걸 알 수 있었다. 얼굴은 온통 갈색과 검정빛이었다. 턱 밑을 가린 흰 끈 밑으로 흐트러진 머리카락이 빠져나와 뺨의 절반이라기보다는 턱까지 덮고 있었다. 별안간 그 눈은 대담하고도 쏘아보는 시선으로 내게 부딪쳐 왔다.

「그래, 점을 쳐보고 싶소?」하고 그 눈초리처럼 단호하고 얼굴 모습과도 같이 거친 목소리로 말했다.

「그런 건 전 아무래도 좋아요, 할머니. 좋도록 해주세요. 하지만 나는 믿지 않는다는 걸 말씀드려야겠어요.」

「당신처럼 뻔뻔한 사람이 할 만한 얘기야. 그렇게 나올 줄 알았나니까. 당신이 문턱을 넘어섰을 때 그 발소리로 알았지.」

「그래요? 예민한 귀를 가지셨군요.」

「그렇지, 그리고 재빠른 눈과 민첩한 머리도 가졌지.」

「그런 것이 다 할머니 장사에는 필요해요.」

「그래, 특히 당신 같은 손님을 다룰 땐 말이야. 왜 당신은 떨지 않나?」

「춥지 않은 걸요.」

「왜 얼굴이 창백해지지 않지?」

「몸이 불편하지 않아요.」

「왜 점을 쳐달라고 않는 거야?」

「전 바보가 아녜요.」

쭈그렁이 노파는 모자와 끈 밑에서 웃었다. 그리고 짧고 검은 곰방대를 꺼내 불을 붙이고 빨기 시작했다. 한동안 이 진정제에 빠져 있다가 굽은 몸을 일으켜 담뱃대를 입에서 떼고 난롯불을 물끄러미 지켜보며 아주 진지하게 말했다.

「당신은 추워하는 거야. 몸이 불편해. 그리고 당신은 바보야.」

「그걸 증명해 주세요.」 나는 대꾸했다.

「하지, 몇 마디로. 당신은 추워하는 거야. 당신은 혼자니까. 당신이 간직하고 있는 불을 내보내 주면 그걸 받아들일 상대가 없으니까 말이야. 병들어 있어. 인간에게 주어진 가장 숭고하고 가장 아름답고 가장 즐거운 감정이 언제나 당신한테서 멀리 떨어져 있기 때문이야. 당신은 바보야. 그건 당신이 고통을 겪으면서도 그 감정을 가까이 불러오지 않고 그것이 당신을 기다리고 있는데도 만나러 한 걸음도 내디디지 않으니까 말이야.」

노파는 다시 그 짧고 검은 담뱃대를 입에 가져다가 힘차게 빨기 시작했다.

「할머니는 거의 누구에게나 이렇게 말하겠군요. 널따란 집에서 고용인으로 적적히 사는 사람에게는요.」

「대개의 사람들에게 그렇게 말할 수는 있을지 모르지만 대개의 사람들에게 이 말이 들어맞을까?」

「저와 같은 경우라면 말이에요.」

「그래 바로 그 말대로야, 당신과 같은 경우라면. 하지만 당신과 똑같은 사정에 있는 사람을 하나 찾아 줘요.」

「얼마든지 손쉽게 찾아다 드리지요.」

「좀처럼 한 사람도 못 구할 걸. 만일 자신의 처지를 알고 있었더라면 좋았을 거야. 당신은 특수한 처지에 있는 거야. 행복은 바로 손 가까이 있지. 그래, 손이 닿을 곳에 있다니까. 행복해질 조건은 다 갖추어졌어. 그걸 결합시키는 힘만 부족할 뿐이야. 운명의 신이 조건을 산산이 흐트러 놓았을 따름이지. 한번 그걸 긁어모아 봐. 굉장한 행복이 올 테니까.」

「전 수수께끼 몰라요. 여태껏 수수께끼 풀이를 해본 적이 없는 걸요.」

「좀더 알기 쉽게 듣고 싶거든 손바닥을 이리 내보여.」

「그럼 돈을 드려야겠지요?」

「그렇고 말고.」

나는 집시에게 일 실링을 건네었다. 노파는 그걸 호주머니에서 꺼낸 헌 양말 속에다 넣고 묶어서 도로 호주머니 속에 집어넣고는 나더러 손을 내밀라고 했다. 나는 시키는 대로 했다. 노파는 내 손바닥으로 얼굴을 가져왔다. 그리고 손을 건드리지 않고 들여다보았다.

「너무 좋군.」하고 노파는 말했다. 「난 이런 손금에 점을 칠 수 없어. 거의 손금이 없군. 그뿐 아니라 손바닥에 뭣이 있단 말이야? 운명선이 나타나 있지 않아.」

「할머니 말씀대로예요.」나는 말했다.

「아니,」하고 노파는 말을 이었다. 「운명선이 얼굴에 있어. 이마에, 눈언저리에, 눈 속에, 입가에 가는 선이 있어. 무릎을 꿇고 머리를 쳐들어 봐.」

「아아! 이제야 당신은 현실로 돌아오시는군요.」그네의 명령대로 무릎을 꿇고 나는 말했다. 「곧 할머니의 말씀을 믿게 될 거예요.」

나는 노파에게서 반 야드 떨어져 무릎을 꿇었다. 그네는 난롯불을 뒤적이었다. 그러자 한 줄기 빛이 뒤적인 석탄에서 확 일어났다. 그러나 눈부신 그 빛은 앉은 자세인 노파의 이마를 더욱 그늘지게 했을 뿐 내 얼굴을 환히 비추었다.

「당신은 오늘 밤, 무슨 생각을 갖고 나한테 왔는지 모르겠어.」하고 나서 노파는 한참 동안 내 얼굴을 살피었다. 「환등에 비친 그림처럼 당신 앞에 어른거리는 아름다운 사람들과 함께 저 방에 앉아 있는 동안 쭉 무슨 생각이 당신 가슴 속을 자꾸 오갔는지 모르겠단 말이야. 당신과 저 사람들 사이엔 조금도 마음이 통하지 않는 것처럼, 마차 저 사람들은 살아 있는 인간이 아니라, 단지 사람의 탈을 쓴 그림자에 불과한 것처럼 말이야.」

「자꾸 지루해지고 때로는 졸리기도 했지만 좀처럼 슬퍼질 땐 없어요.」

「그렇다면 미래를 속삭여 주는 사람 때문에 당신의 마음을 북돋아주고 기쁘게 해주는 무슨 비밀한 희망이라도 갖고 있는 거지 ?」

「아네요, 고작 제 희망이란 언젠가는 세 힘으로 조그만 집을 빌어서 학교를 세울 돈을 제 수입에서 저축하는 거예요.」

「영혼이 살아 가기엔 빈약한 자양분이군. 그리고 당신은 저 창문 자리에 앉아 있곤 해——난 당신의 습성을 알고 있어.」

「하인들한테서 들은 거겠죠.」

「아 ! 똑똑한 체하는군, 옳아——들었을는지도 모르지. 사실은 하인 중에 한 사람 아는 이가 있어. 풀 부인 말이오——」

그 이름을 듣자 나는 껑충 뛰어 일어났다.

「당신이——당신이 ?」하고 나는 생각했다. (그럼 결국 이 일에는 앙심먹은 장난이 있어.)

「놀랄 건 없어.」하고 수상쩍은 노파는 말을 이었다. 「풀 부인은 안심할 수 있는 하인이야. 입이 무겁고 침착하지. 누구나 저 여자를 신용할 수 있어. 그런데 지금 말한 바와 같이 저 창문자리에 앉아 있을 땐 당신은 장차 마련할 학교 일 외에는 아무것두 생각지 않았단 말이야 ? 당신 앞에 놓인 소파나 의자에 앉아 있는 저 무리 중에서 누군가에게 현재 당신은 흥미를 느끼는 사람이 없단 말인가 ? 적어도 호기심을 가지고 늘 당신이 그 사람의 일거 일동을 살피고 있는 사람이 한 사람도 없다는 거야 ?」

「저는 모든 사람의 얼굴과 모습을 지켜보길 좋아해요.」

「그렇지만 사람들 가운데서 단 한 사람만을 생각하는 거 아니야 ? ——아니 어쩌면 두 사람일는지도 몰라.」

「자주 그래요. 두 사람의 거동과 모습이 무엇을 얘기해 주는 것 같을 때 말입니다. 전 그 분들을 바라보는 것이 즐거워요.」

「어떤 얘길 제일 듣고 싶지?」

「아이 참, 전 별로 가리지 않아요! 그 분들은 늘 같은 화제——청혼이에요. 그래서 언제나 똑같은 대단원 속에 결론이 내려지게 약속돼 있어요——결혼 말입니다.」

「그러면 그런 단조로운 화제를 좋아하나?」

「그런 건 흥미 없어요. 제겐 아무 소용이 없어요.」

「당신에게 소용이 없다고? 젊고 생기와 건강이 가득하고 지위와 재산을 잔뜩 지닌 아름답고 매력 있는 아가씨가, 그이 눈앞에 나와 미소를 짓고 있어. 당신의——」

「저의?」

「당신이 알고 있는, 그리고 어쩌면 당신이 호감을 갖고 생각하고 있을지도 모르는 사람 말이야.」

「전 여기 오신 분들을 모릅니다. 그 분들 중에서 어느 분과도 한마디 말을 나눠 본 일이 없어요. 호감을 갖고 생각한다지만 저는 어떤 분들은 훌륭하고 당당한 중년 신사라고 보고요, 또 어떤 분들은 젊고 패기가 있는 호남자로 활발한 분들이라고 보고 있어요. 하지만 물론 신사 분들이 모두 좋아하는 이의 미소를 받는 건 자유예요, 그런데 전 뭐 그런 것을 별로 대단한 일이라고 생각하지 않아요.」

「당신은 이 집의 신사 양반들을 모른다고? 저 분들 중의 누구와도 한마디도 나누지 않았다고? 이 집 주인과도 그렇다고 할 셈이야?」

「주인님은 집에 안 계셔요.」

「그럴 듯한 얘기다! 아주 멋진 재담이야! 주인은 오늘 아침 밀코트에 가셨지. 오늘 밤 아니면 내일 돌아오실 거고. 그런 사정이 당신의 방명록(芳名錄)에서 그 분을 빼버릴 수 있다는 말이냐? 이를테면 그 분의 존재를 말살한다는 것이지?」

「아뇨. 하지만 할머니가 말을 꺼낸 문제와 로체스타 씨가 관계가 있는지 전 모르겠어요.」

「난 남자들 앞에서 미소를 짓고 있는 여자들에 대해서 말하고 있는 거야. 요즘 로체스타 씨의 눈에 많은 미소를 던지는 바람에 그 웃음이 두 개의 컵 가득히 넘쳐흐르는 것 같애. 그것이 보이지 않나?」

「로체스타 씨는 손님들과 어울려 즐기실 권리가 있어요.」

「그 분의 권리를 묻고 있는 건 아냐. 이 집에서 결혼 얘기 가운데서도 로체스타 씨가 제일 활기를 띠고 줄기차게 얘기되고 있다는 걸 당신은 조금도 몰랐단 말이야?」

「듣는 사람의 열성이 말하는 사람의 혀를 재촉하는 법이에요.」하고 나는 집시를 향해 말한다기보다는 나 자신에게 말했다. 이때에는 노파의 기괴한 말투와 음성, 태도가 나를 일종의 꿈 속으로 휩싸 버렸다. 뜻하지 않던 말이 연달아 그네의 입에서 쏟아져나와 마침내 나는 신비스러운 거미줄 속에 엉켜들어 이 몇 주일 동안 눈에 보이지 않는 요정이 내 심장 곁에 앉아 그 움직임을 살피고 일일이 그걸 기록해 두지나 않았나 하고 나는 이상히 여겼다.

「듣는 사람의 열성이!」하고 노파는 되풀이했다.「그렇지 로체스타 씨는 몇 시간이고 앉아서 황홀한 얘기에 귀를 기울이는 거야. 이렇게 황홀한 얘기가 서로의 마음을 상통케 하는 거라고 그를 기쁘게 했던 거시. 로체스타 씨는 듣기를 퍽 좋아했고 자기에게 주어진 즐거움에 퍽 감사하는 것 같았어. 그걸 당신은 몰랐나?」

「감사한다고요? 전 그 분의 얼굴에서 감사하는 기색을 찾아낸 기억이 없어요.」

「찾아낸다고! 그럼, 당신은 그 얼굴을 낱낱이 뜯어봤군? 그래 뭘 찾아냈나——감사가 아니라면?」

나는 아무 말도 않았다.

「당신은 사랑을 목격했군. 그렇지 않아? 그리고 당신의 예견은 그 분이 결혼한 걸 보았지. 그리고 신부가 행복한 걸 보았지?」

「흥! 당치도 않은 소리. 당신의 마술도 때로는 틀려요.」

「그럼, 도대체 뭘 봤단 말야?」

「그만두세요, 난 여기 물으러 온 거지 고백하러 온 건 아니니까요. 로체스타 님께서 결혼하신다고요?」

「그럼, 저 아름다운 잉그램 양과.」

「곧 하게 되나요?」

「보아하니 그렇게 귀결짓는 것이 타당할 거요. 그리고 틀림없이 저 두 사람은 다시 없는 행복한 부부가 될 거요(당신은 뻔뻔스럽게도 그걸 의심하고 있지만 그 뻔뻔스러움을 고쳐야 해). 그 분은 저렇게 예쁘고 고상하고 재치 있고 무엇이든 잘하는 아가씨를 사랑할 수밖에 없어. 아마 그 여자도 그 분을 사랑할 거야. 그 분의 풍채를 좋아할지 않을지 모르지만 적어도 그 분의 재산은 말이야. 나는 잉그램 양이 로체스타 집안의 재산을 무엇보다도 탐내고 있다는 걸 알고 있지. 이 점에 관해선 한 시간쯤 전 잉그램 양에게 두서너 마디 말해 줬지만(하느님 용서하소서!), 내 얘기는 잉그램 양의 얼굴을 놀랄 만큼 울적하게 만들었어. 그 여자의 입꼬리가 반 인치나 축 늘어지더라니까. 나는 아가씨의 거무튀튀한 구혼자에게 주의하라고 충고해 줘야겠어. 다른 사람이 두툼한 소작 장부(小作帳簿)를 갖고 나타나면 —— 로체스타 씨는 밀려나는 거야 ——」

「그렇지만 할머니, 전 로체스타님의 점을 치러 온 건 아녜요. 제 운수를 들으러 온 거예요. 제 점괘는 하나도 말씀 않는군요.」

「당신 운수는 아직은 모르겠다. 얼굴을 잘 봤지만 한 가지 특징은 다른 특징과 정반대란 말이야. 운명의 신은 조심스레 그걸 당신을 위해 준비해 놨던 거야. 난 신께서 그렇게 하시는 걸 봤으니까. 당신이 손을 뻗쳐서 그걸 붙들면 되는 거야. 그러니 그걸 당신이 붙들려고 하느냐 않느냐는 걸 내가 점치려는 거야. 한 번 더 깔개에 꿇어앉아요.」

「오래 앉히진 마세요. 불이 저를 지질 거예요.」

나는 꿇어앉았다. 노파는 내 쪽으로 허리를 구부리지는 않고 의자에 기대앉아 나를 응시할 뿐이었다. 그네는 중얼대기 시작했다.

「불꽃이 눈 속에서 깜박이고 눈은 이슬처럼 반짝이고 있군. 눈은 부드럽고 생각에 잠겨 내 횡설 수설에 미소를 짓는군. 그 눈은 다정 다감하고 맑은 눈동자에서는 감동이 감동을 꼬리물고 나온다. 미소가 멎으면 슬픔이 있다. 눈시울엔 자기도 모르는 권태가 깃들어 있고. 그건 고독에서 오는 우울을 말해 주는 거다. 눈은 내게서 돌리고 있군. 자꾸자꾸 캐내는 걸 걱정하는가 봐. 내가 이미 발견해낸 것은 진실인데도 그 눈은 사람을 비웃는 듯이 부인하려 드는군 —— 그 눈은 다정 다감하고 번민한다고 꾸짖는 것도 부인하는군. 그 자존심과 겸양깃든 눈은 내 판단이 옳다는 걸 내게 알려 줄 뿐이야. 그 눈은 복받을 만하다.

입에 관해서 말한다면 그것은 때로는 진심에서 즐거워 웃어. 머릿속에서 생각한 것은 뭣이든 얘기하려 들지만 아마도 마음으로 맛보고 경험한 건 많이 얘기하려고 하잖아. 자유 자재로 움직이는 얇은 입은 고독 속에 영원히 침묵을 지키도록 억눌러 둘 수는 없는 거야. 그건 잘 지껄이고 잘 웃고 말상대자에게 인간다운 애정을 갖고 있는 거야. 입도 운수가 괜찮게 생겼어.

행복의 길로 나가는 데 방해가 되는 건 저 이마뿐이야. 저 이마는 이렇게 말하고 있어──〈만일 자존심과 환경 때문에 혼자 살아 가야 한다면 나는 혼자서 살아 갈 수 있어. 나는 행복을 사기 위해 영혼을 팔 필요는 없는 거야. 나는 선천적으로 지니고 있는 마음의 보물을 간직하고 있어. 설사 외부적인 여러 가지 기쁨이 저지되거나 또 내가 지불할 수 없는 비싼 값으로 제공되었다 하더라도 이 보물만은 끊임없이 나를 살아 나가게 해줄 거야〉하고. 또 이렇게도 잘라 말하고 있어. 〈이성(理性)은 버티고 앉아 고삐를 붙들고 있어. 그래서 감정이 튀어나와 위험 천만한 바위 틈에 몰아넣는 일은 시키지 않을 거야. 정열은 마치 진짜 이교도처럼 마구 야단을 치겠지. 욕망은 갖가지 허황한 꿈을 마음속에 그려볼 거야. 그러나 판단력은 모든 논의에서 최후의 발언권과 모든 결의에서 결재 투표권을 아직 가지고 있어. 폭풍, 지진, 화재는 일어났다가 가라앉아 버리지만 나는 양심의 명령을 전해 주는 저 고요하고 가느다란 목소리를 따를 거야.〉

여부 있겠나, 이마 말이지. 너의 선언은 존중되어야만 한다. 나는 내 계획을 세웠다──그 계획을 세웠을 때 나는 양심의 요구와 이성의 상담에 귀를 기울인 거야. 만일 행복이 담긴 술잔 속에 한 사닥의 수치나 원망의 기미가 조금이라도 있다면 곧 청춘은 사라져 버리고 꽃은 시들어 버린다는 걸 난 알고 있다. 난 희생과 슬픔과 죽음 같은 건 원치 않아──그런 건 내 비위에 안 맞으니까. 난 키우고자 하는 거지 말라 버리게 하려는 건 아니야──나는 감사를 바라는 것이지 피눈물을, 아니 그냥 눈물마저도 짜내려는 건 아니야. 내 수확은 미소와 애무와 사랑 속에 있어야 한다.──그러면 그만이야. 나는 일종의 극단적인 무아의 경지 속에서 자꾸 지껄이고 있다고 생각해. 지금 이 순간을 영원히 연장시키고 싶어할 밖에 없지만 감히 그럴 수는 없어. 나는 여태껏 자기를 철저히 자제해 온 거야. 그러나 그 이상 나를 시험하는 것은 내 힘에 넘치는 일이야. 일어서라, 에어 양. 이 자리를 떠나라. 〈연극은 끝났다.〉」

나는 어디에 와 있었던가? 깨어 있었던가? 잠들어 있었던가? 나는 꿈을 꾸고 있었던가? 아직 꿈을 꾸고 있는지 노파의 음성은 변해 있었다. 그네의 말투, 그 몸짓, 그리고 모두가 거울의 내 얼굴처럼──내 입에서 나오는 말처럼 내게는 낯익은 것들이었다. 나는 일어섰으나 걸음이 나가지 않았다. 나는 눈을 비벼 보았다. 그러나 노파는 모자와 머릿수건을 얼굴에 바싹 끌어당기며 나더러 나가라고 손짓을 다시 했다. 난롯불빛이 노파의 내민 손을 비추었다. 이제 정신을 차린 나는 무엇을 알아내려고 마음을 가다듬고 있었기 때문에 곧 그 손을 알아보았다. 그것은 노인의 말라 빠진 손도 아니었고, 나 자신의 손과 같은 것도 아니었다. 부드러운 손가락이 달린 둥그스름한 매끈한 손이 균형을 이루고 있었다. 새끼손가락에는 굵은 반지가 빛나고 있었다. 나는 몸을 굽혀 자세히 그것을 보았다. 지금까지 수없이 보아 오던 보석이었다. 나는 다시 그 얼굴을 쳐다보았다. 그 얼굴은 내게서 돌려지지 않았다——그러기는커녕 모자를 벗어 버리고 머릿수건을 풀며 머리를 내밀었다.

「자아, 제인, 날 알겠소?」낯익은 목소리가 물었다.

「제발 그 붉은 외투를 벗어 버리세요. 그리고——」

「그런데 끈이 얽아매졌어——좀 풀어 주구료.」

「끊어 버리세요.」

「자아 그럼——〈가거라, 너 빚진 물건이여〉!」그러자 로체스타 씨는 변장을 훨훨 벗어 버렸다.

「어머나 참, 이상 야릇한 취미군요!」

「그런데 멋지게 꾸며냈지? 당신은 그렇게 생각지 않소?」

「아가씨들한텐 멋지게 했을 겁니다.」

「그러나 당신에겐 그렇지 못했단 말이지?」

「선생님이 저한테는 집시의 역을 하신 건 아니예요.」

「그럼, 어떤 역을 했단 말이오? 나 자신의 역을 했단 말이오?」

「아뇨, 좀 설명할 수 없는 거예요. 말하자면 절 꾀어내려고만 하셨어요——아니, 끌어넣으시려고만 하셨어요——제게 쓸데없는 말을 지껄이게 하시려고 쓸데없는 말을 말씀하시고 계셨어요. 그것은 잘하셨다고는 할 수 없어요.」

「용서해 주겠소, 제인?」

「잘 생각해 보기 전엔 말씀드릴 수 없어요. 잘 생각해 봐서 제가 큰 바보짓을 하지 않았다면 용서해 드리기로 해보겠어요. 하지만 그건 정당하지 못한 일이에요.」

「아아! 당신은 정말 옳은 얘기를 했어——참 조심스럽고 민감했지.」

나는 깊이 생각해 보았다. 그리고 내가 겪은 전부에 관해 생각해 보았다. 이것은 유쾌한 일이었다. 그러나 기실 나는 이 회견을 처음부터 거의 경계하는 태세로 나갔었다. 어딘지 모르게 수상한 데가 있다고 의심쩍어했다. 나는 집시나 점장이는 이 그럴 듯한 노파가 지껄인 것처럼 말하진 않는다는 걸 알고 있었다. 더구나 노파의 지어낸 목소리와 그네가 얼굴을 감추려고 애쓰는 걸 알아챘다. 그러나 내 생각은 그레이스 풀에게로 달리고 있었다——그 살아 있는 수수께끼, 불가사의 중에서도 불가사의한 인물이라고 나는 생각했다. 나는 로체스타 씨였으리라곤 전연 생각지 못했다.

「그거,」하고 그는 말했다. 「뭘 생각하고 있는 거요? 그 심오한 미소는 뭘 의미하는 거요?」

「놀람과 자축(自祝)의 미소예요——이젠 나가도 괜찮을까요?」

「아니, 잠깐만. 저기 객실에 있는 사람들은 뭣들 하고 있는지 알려 줘요.」

「아마 집시의 얘기겠죠.」

「좀 앉아요——모두들 내 얘길 뭐라고 했는지 들려 줘요.」

「제가 여기에 오래 있지 않는 게 좋을 것 같아요. 열 한 시가 가까왔을 겁니다. 아니 참! 로체스타님, 오늘 아침 떠나신 뒤에 낯선 사람 한 분이 오신 거 아세요?」

「낯선 사람이라! 모르는데. 도대체 누구야? 내겐 아무도 올 손님이 없소. 그래 그 사람 돌아갔소?」

「아뇨, ㄱ 분은 주인님과는 옛날부터 잘 아시는 사이라고 하시고 돌아오실 때까지 있어도 괜찮다고 하셨어요.」

「그런 소릴 했다! 이름을 알려 줍디까?」

「이름은 메이슨이라고 하셨어요. 서인도제도, 자마이카의 스페니쉬 타운에서 오셨다고 하신 것 같아요.」

로체스타 씨는 내 곁에 서 있었다. 그는 나를 의자로 데리고 가려는 듯이 내 손을 잡았다. 내가 말했을 때 그는 부들부들 떨리는 손으로 내 손목을 잡았다. 입가의 미소가 식어졌다. 어쩌면 경련이 그의 숨을 막아 버린 성싶었다.

「메이슨! 서인도제도!」하고, 말하는 자동 인형이 외마디 말을 하듯이 정신없이 중얼거렸다. 「메이슨! 서인도제도!」하고 되풀이했다. 그리고 이 말을 세 번이나 되풀이 하는 동안에 얼굴은 잿빛보다 더 희어졌다. 그는 자기가 어떤 거동을 하고 있는지 거의 모르고 있는 성싶었다.

「어디 몸이 불편하세요?」하고 나는 물었다.

「제인, 충격이야——충격을 받았어, 제인!」그는 비틀거렸다.

「아! 제게 기대세요!」

「제인, 언젠가도 그 어깨를 빌려 주었지. 또 빌려 주어요.」

「네네, 제 팔도.」

그는 의자에 앉자 나를 옆에 앉혔다. 두손으로 내 손을 잡고 쓰다듬었다. 아울러 무척 고민하는 침통한 얼굴로 나를 응시하고 있었다.

「내 친구여!」하고 그는 말했다. 「당신과 단 둘이서만 조용한 섬에서 살고 있다면 좋겠어. 괴로움도, 위험도, 지긋지긋한 회상도 내게서 다 사라져 버렸으면 좋겠어.」

「제가 도와드릴 수 있을까요? ——선생님을 돕기 위해선 제 생명이라도 바치겠어요.」

「제인, 혹시 도움이 필요하게 되면 당신의 힘을 빌리겠소. 이건 약속하오.」

「고맙습니다. 어떻게 하면 좋을지 말씀해 주세요——부족한 저지만 열심히 해보겠어요.」

「그럼, 포도주를 한 잔 식당에서 갖다주어요. 모두들 밤참을 들고 있을 거요. 그리고 메이슨이 손님들과 같이 있는지, 뭣을 하고 있는지 알려 주시오.」

나는 들어갔다. 로체스타 씨의 말대로 모두 식당에서 밤참을 들고 있었다. 그들은 식탁에서 밤참을 하지 않았다——밤참은 한쪽편 조그만 상에 차려져 있었다. 손님들은 각자가 좋아하는 걸 골라 손에 접시와 유리잔을 든 채 여기저기 떼를 지어 서성대고 있었다. 모두들 신이 나게 웃어 대며 주고받는 말소리가 사방에 가득 차 활기를 띠고 있었다. 메이슨 씨는 덴트 대령 부처와 얘기를 나누며 난롯가에 서 있었고 다른 사람들과 마찬가지로 유쾌해 보였다. 나는 포도주를 유리잔에 부어 가지고(잉그램 양이 얼굴을 찌푸리고 나의 이런 행동을 지켜보고 있었다. 그녀는 내가 주제넘은 짓을 한다고 생각했을 것 같았다.) 서재로 돌아왔다.

로체스타 씨는 극도로 창백했던 얼굴빛이 가시자 다시 딱딱하고 무뚝뚝한 표정으로 돌아갔다. 그는 유리잔을 내 손에서 받아들었다.

「당신의 건강을 위해서 건배! 봉사하는 요정이여!」하고 포도주를 마시고 유리잔을 내게 돌려주었다. 「제인, 모두 뭘하고 있었소?」

「웃기도 하고 얘기도 하며 계셨어요..」

「모두들 심각하거나 이상스러운 눈치는 안 보입디까? 무슨 괴상한 얘기라도 들은 듯이 말이오?」

「아뇨, 전혀 그런 기색은 없어요——모두 농담을 하시고 즐겁게 떠들어대고 계셔요.」

「그럼 메이슨은?」

「그 분도 웃어대고 계셨어요.」

「만일 저 사람들이 떼를 지어 몰려와서 내게 침을 뱉는다면 당신은 어떻게 하겠소, 제인?」

「이 방에서 내쫓아 버리지요, 제가 할 수만 있다면.」

로체스타 씨는 가볍게 미소를 지었다. 「그러나 내가 저 사람들 앞에 얼굴을 나타낸다면 모두들 나를 차갑게 볼 뿐 비웃듯이 자기네들끼리 수군대고 한 사람씩 사라져서 나만 두고 가버리겠지. 그땐 어떻게 하나? 당신은 그 사람들과 같이 가버리겠소?」

「전 안 가겠어요. 주인님과 같이 남아 있는 것이 도리어 즐거울 거예요.」

「나를 위로하기 위해서?」

「그래요, 있는 힘을 다해서 위로해 드리기 위해서요.」

「그럼 당신이 내 곁을 떠나지 않는다고 해서 사람들이 당신을 사회에서 따돌린다면?」

「따돌리는 건 제가 알 바 아닐 거예요. 그리고 설사 그렇다 해도 전 아무렇지도 않아요.」

「그럼, 나 때문에 세상의 비난을 무릅쓰겠단 말이오?」

「저는 제가 꼭 붙어 있어야 할 만한 친구를 위해서라면 비난쯤은 아무렇지도 않아요. 선생님과 같은 분이라면 틀림없이 그럴 수 있어요.」

「그럼 객실로 돌아가요. 메이슨이 있는 데로 살그머니 가서 로체스타 씨가 돌아와 만나고 싶어한다고 귀띔해 줘요. 그 사람을 여기 안내하고 나서 나를 두고 나가요.」

「네.」나는 로체스타 씨가 명령한 대로 했다. 손님들은 내가 주저하는 빛 없이 그들 사이로 들어가는 걸 눈이 휘둥그래서 보았다. 나는 메이슨 씨를 찾아내어 주인의 부탁을 전한 다음 메이슨 씨를 앞장세우고 객실을 나와 서재로 안내했다. 그리고는 나는 이층으로 올라갔다.

밤은 깊었다. 잠자리에 든 지 얼마만에 나는 손님들이 제각기 방으로 물러가는 소리를 들었다. 나는 로체스타 씨의 음성을 분간해내고 「여길세, 메이슨. 여기가 자네 방일세.」하는 말소리를 들었다. 그는 즐겁게 말하고 있었다. 그 즐거운 말투는 나를 안심시켰다. 곧 나는 잠들어 버렸다.

20

나는 늘 하던 침실 커튼을 내리는 걸 잊어버리고 또 창문의 차일을 내리는 것도 잊어버렸던 것이다. 그래서 둥글고 밝은 달이(이날 밤은 개었기 때문에) 내 방의 창문 맞은편 공중에 솟아올라와 가리지 않은 창 너머로 나를 들여다보았을 때 그 눈부신 달빛이 나를 깨워 주었다. 한밤중에 잠이 깨자 나는 둥근 달을 보았다——은빛으로 수정처럼 맑았다. 아름답지만 너무나 장엄한 느낌을 주었다. 나는 몸을 반쯤 일으켜 커튼을 치려고 팔을 폈다.

웬일이야! 무슨 소릴까!

밤——그 침묵——그 정적은 쏜필드 저택의 끝에서 끝까지 울린 무시무시하고 날카로운 째지는 듯한 소리로 해서 두 동강이 나고 말았다.

내 맥박은 멎었다. 심장도 멎었다. 내민 팔이 마비되었다. 부르짖음은 사라졌다. 다시는 들려 오지 않았다. 정녕 어떤 무서운 생물이 그 고함을 질렀을지라도 당장에 그것을 되풀이할 수는 없으리라. 안데스산에 사는 커다란 날개 돋힌 〈콘도르〉란 독수리도 그 둥우리를 감싼 구름 속에서 그런 부르짖음을 연거푸 두 번은 낼 수 없을 것이다. 그런 소리를 내는 생물은 그것을 반복하기 전에 잠시 쉬어야 한다.

그 소리는 삼층에서 들려 왔다. 왜냐하면 내 머리 위를 스쳐갔기 때문이다. 그리고 머리 위에서——그렇다, 내 침실의 천장 바로 윗방에서——이젠 격투하는 소리가 들려 왔다. 그 소동으로 미루어보아 필사적인 싸움 같았다. 그러나 반쯤 숨이 넘어가는 소리가 외쳤다.

「사람 살려! 사람 살려! 사람 살려!」연거푸 세 번 났다.

「아무도 없소?」그 소리는 높았다. 그리고는 마구 비틀거리고 쿵쿵대는 소리가 계속되는 동안 나는 문짝과 벽을 통해 이런 소리를 알아들을 수 있었다.

「로체스타! 로체스타! 제발 부탁이야, 이리 와줘!」

어느 침실의 문이 열렸다. 누가 복도를 달리었다. 아니 질주했다. 또 다른 발소리가 위층 마루를 쿵쿵 밟았다. 그러자 뭣인가가 넘어졌다. 그리고는 조용해졌다.

나는 무서워서 온통 사지가 떨려 왔지만 아무렇게나 옷을 걸치고 내 방에서 나왔다. 잠자던 사람들이 모두 깨어나 있었다. 절규와 겁 집어먹은 중얼대는 소리가 방방에서 일어났다. 문과 문이 연달아 열리었다. 사람들이 꼬리를 물고 나타나 복도는 가득 찼다. 신사들과 귀부인들이 다 침대에서 일어나「아니 웬일이오?」——「누가 다쳤소?」——「무슨 일이 생겼소?」——「촛불을 가져와요!」——「불이 났어요?」——「도둑이 들었어요!」——「어디로 피할까요!」등등의 묻는 소리가 여기저기서 뒤범벅이 되어 들려 왔다. 달빛이 없었더라면 모두들 캄캄 절벽 속에 있었을 것이다. 모두들 이리 뛰고 저리 뛰고 했다. 우는 사람, 넘어지는 사람으로 해서 그 혼란은 쉽사리 가라앉을 것 같지 않왔다.

「도대체 로체스타 씨는 어디 있어?」덴트 대령이 소리쳤다.「침대에도 없던데.」

「여기 있소! 여기!」이에 답하는 고함 소리가 났다.「모두 진정하세요. 이제 갑니다.」

그러자 복도 한 끝에 있는 문이 열리며 로체스타 씨가 촛대를 손에 들고 나왔다. 로체스타 씨는 삼층에서 내려온 참이었다. 귀부인 중에서 한 사람이 곧장 그에게로 달려갔다. 그네는 로체스타 씨의 팔을 붙들었다. 잉그램 양이었다.

「무슨 끔찍한 사건이라도 생겼어요?」하고 그네는 말했다.「말 좀 해요! 빨리 그 불길한 일을 알려 줘요.」

「아니 날 넘어뜨리거나 질식시키진 말아요.」로체스타 씨는 대답했다. 그것은 이쉬튼 자매가 그에게 매달리려는 참이었고 또 헐렁한 흰 잠옷 바람의 두 미망인이 바람을 잔뜩 맞은 돛배처럼 그를 향해 달려오고 있었기 때문이었다.

「다 끝났어요! 다 끝났어요!」로체스타 씨는 큰소리로 말했다.「저건 뭐 〈헛소동〉(셰익스피어의 작품)의 연습에 불과해요. 여러분들, 비키시오. 그렇지 않으면 나는 무서운 일을 저지를지 모릅니다.」

이렇게 말한 그는 무섭게 보였다. 검은 눈은 내쏘듯이 빛나고 있었다. 간신히 자신을 진정시키며 그는 이렇게 덧붙였다.

「하녀 하나가 몹쓸 잠꼬대를 한 겁니다. 그것뿐이오. 흥분하기 쉬운 신경질적인 여자지요. 꿈을 꾸면 정말 유령이나 그런 종류의 것으로 알고 무서워 발작을 일으키는 거요. 그러니까 여러분들이 방으로 돌아가시는 걸 봐야겠소. 집안이 조용해지기 전에는 그 여자는 안정할 수 없으니까 말입니다. 신사 여러분, 부인들에게 모범을 보여 주시오. 잉그램 양, 당신은 이 헛소동에 초연하다는 걸 보여 주리라고 믿습니다. 에이미 양과 루이자 양은 한 쌍의 비둘기처럼 제자리로 돌아가세요. 부인들(미망인들에게), 이 추운 복도에서 더 지체하시면 틀림없이 독감 드십니다.」

이렇게 번갈아 타이르기도 하고 호령하기도 해서 겨우 각자의 침실로 돌려보내게 되었다. 나는 내 방으로 돌아가라는 명령을 기다리지 않고 살며시 돌아왔다. 방을 나올 때처럼 아무도 모르게.

그러나 나는 잠자리에 들어가기는커녕 정성스레 옷을 차려 입기 시작했다. 저 부르짖음 뒤에 들려 온 소동과 터져나온 마디마디의 소리는 나만이 들었을지도 모른다. 왜냐하면 그 소리는 내 방 바로 윗방에서 들려 왔기 때문이었다. 그러나 그 소리가 이 집을 그처럼 무섭게 진동시킨 것은 하녀의 잠꼬대가 아니라는 것, 로체스타 씨가 여러 사람에게 말한 설명은 손님을 진정시키기 위해 꾸며낸 단순한 방편에 지나지 않는다는 걸 내게 확신시켜 주었다. 그래서 나는 일단 유사시에 대치하려 옷을 차려 입었다. 옷을 입고 나자 고요한 저택의 정원과 은빛으로 덮인 들판을 바라보며 알 수 없는 무엇을 기다리는 마음으로 창가에 오랫동안 앉아 있었다. 이상한 부르짖음과 소란, 사람을 부르는 소리가 튀어나올 무슨 사건이 일어날 것만 같았다.

아니었다. 정적은 되돌아왔다. 중얼대던 소리와 인기척은 차차 사라지고 한 시간쯤 뒤에는 쏘온필드 저택은 사막처럼 다시 적막으로 돌아와 있었다. 잠과 밤은 다시 그 왕국을 되찾은 것 같았다. 이동안에 달은 기울어지려는 참이었다. 추위와 어둠 속에 앉아 있고 싶지가 않아 나는 옷을 입은 채 침대에 드러누우리라고 생각했다. 창문께를 떠나 소리를 내지 않고 융단 위를 걸어갔다. 구두를 벗으려고 허리를 굽혔을 때 조심스러운 손길이 나지막하게 문을 두드리었다.

「저를 부르세요?」나는 물었다.

「일어나 있소?」예기했던 그 음성이, 즉 내 주인의 음성이 물었다.

「네.」

「그런데 옷은 입고 있소?」

「네.」

「그럼 나와요, 조용히.」

나는 그대로 했다. 로체스타 씨는 촛불을 들고 복도에 서 있었다.

「부탁이 있소.」하고 그는 말했다.「이리 와요. 서두르지 말고, 소리를 내지 말고.」

내 실내화는 얄팍해서 깔개를 간 마루를 고양이처럼 사뿐사뿐 걸어갈 수 있었다. 그는 복도를 빠져나와 층층다리를 올라가 불길한 삼층의 어둡고 천장이 낮은 복도에서 걸음을 멈췄다. 나는 그를 따라가 그의 곁에 섰다.

「당신 방에 해면 스폰지가 있소?」그는 귓속말로 물었다.

「네.」

「약은——각성제는?」

「있어요.」

「방에 가서 그 두 가지를 가져와요.」

나는 방으로 돌아와 세면대 위의 해면과 서랍 속의 약을 찾아갖고 되돌아갔다. 그는 가만히 기다리고 있었다. 손에 열쇠를 들고 있었다. 조그만 검은 문으로 다가간 그는 열쇠를 자물쇠 구멍에 넣고 쉬었다가 다시 내게 말을 건넸다.

「피를 봐도 기분이 나빠지진 않겠지?」

「안 그럴 것 같아요. 아직 당해 본 일은 없지만요.」

나는 이렇게 대답하는 동안 전율을 느꼈지만 오한이나 아찔한 감은 느끼지 않았다.

「잠깐 손을 이리 줘요.」하고 그는 말했다. 「기절이라도 하면 안 될 테니까.」

나는 손가락을 그의 손에 놓아 주었다. 「따뜻하고 차분하군.」이렇게 말한 그는 열쇠를 돌려 문을 열었다. 나는 본 적이 있다고 생각하고 방안을 보았다. 페어팩스 부인이 이 저택을 안내해 주던 날 이 방은 휘장이 드리워져 있었다. 그러나 그 휘장은 지금 한쪽으로 걷히어져 그때는 보이지 않던 문 하나가 어엿이 있었다. 이 문은 열려 있었고 방안에서 빛이 흘러나왔다. 거기서 마치 개가 싸움을 하고 있듯이 으르렁대며 잡아뜯는 소리가 들려 왔다. 로체스타 씨는 촛불을 놓자「잠깐만 기다려요.」하고 안으로 들어가 버렸다. 드높은 웃음 소리가 그를 맞아 주었다. 처음엔 요란하게, 다음엔 그레이스 풀의 독특한 악마의 같은 웃음 소리인 하! 하! 하는 끝마감 소리가 들렸다. 그렇지, 바로 그 여자가 거기 있었다. 낮은 목소리가 그에게 말을 건네는 걸 나는 들었지만 로체스타 씨는 아무 말도 않고 무엇인가를 치우고 있었다. 그는 나오자 문을 닫아 버렸다.「이리 와 제인!」그는 말했다. 그래서 나는 큰 침대 반대쪽으로 돌아갔다. 침대의 휘장이 드리워져 있어 방의 대부분을 가리우고 있었다.

침대 머리맡 가까이에 안락의자가 하나 있고 남자 하나가 윗저고리도 없이 거기 앉아 있었다. 그 사람은 조용히 머리를 뒤로 기대고 눈을 감고 있었다. 로체스타 씨는 그 사나이 위로 촛불을 가져갔다. 창백하고 보기엔 죽은 듯한 그 얼굴은 낮이 익었다──미지의 사나이 메이슨 씨였다. 샤쓰의 한쪽과 한쪽 팔이 거의 피에 젖어 있는 것도 보았다.

「촛불을 들어요.」로체스타 씨가 말하자 나는 촛불을 받아 들었다. 그는 세면대에서 세면기를 가져왔다. 「이걸 들고 있어요.」했다. 나는 그대로 따랐다. 그는 내 손에서 해면을 받아 가지고 세면기의 물에 적셔 송장 같은 얼굴을 적셨다. 그리고는 각성제의 약병을 달래 가지고 메이슨 씨의 콧구멍에 갖다댔다. 곧 메이슨 씨는 눈을 뜨고 신음했다. 로체스타 씨는 상처를 입은 사람의 샤쓰를 벌렸다. 그의 팔과 어깨에는 붕대가 감겨 있었다. 로체스타 씨는 자꾸 흘러내리는 피를 해면으로 닦아냈다.

「중상이지?」메이슨 씨는 중얼댔다.

「바보같이！ 괜찮아——살짝 긁혔을 뿐이야. 이 사람아, 그렇게 축 늘어지지 말고 기운을 좀 차리게！ 내 이제 외과 의사를 불러올 테니. 아침까지는 자넬 이 집에서 딴 곳으로 옮겨 갈 수 있게 될 거야. 제인」하고 그는 나를 불렀다.

「네.」

「난 당신을 이 사람과 함께 한 시간이나 아니면 두 시간쯤 이 방에 두고 가야 할 것 같소. 내가 한 것처럼 피가 흐르면 해면으로 훔쳐내 주시오. 만일 이 사람이 정신을 잃으면 저 세면대에 있는 물을 마시게 하고 각성제를 코에다 대주시오. 당신은 어떤 일이 있어도 저 남자에게 말을 걸어선 안 되오——그리고——리챠드——만일 자네가 이 여자에게 말을 걸게 되면 자네의 생명은 위험하네. 입을 연다든가——떠들어 댄다든가——그 결과엔 난 책임을 안 질 테니까.」

가엾은 사나이는 다시 신음했다. 움직일 수 없는 듯이 보였다. 죽음의 공포인지 아니면 무슨 다른 공포가 그를 마비시키고 있는 듯했다. 로체스타 씨는 지금 피투성이가 된 해면을 내 손에 쥐어 주었다. 나는 아까 그가 하던 대로 해면을 사용하기 시작했다. 그는 잠시 나를 지켜보다가 「잊지 말아요——아무 말도 해선 안 되오.」하고 방을 나가 버렸다. 열쇠가 자물쇠 구멍에서 소리를 내고 뒤이어 점차로 멀어져 가는 그의 발소리가 사라졌을 때 나는 이상한 감정을 체험했다.

이렇게 해서 나는 삼층에 있는 신비스런 골방에 갇히게 되었다. 밤은 나를 둘러싸고 내 눈과 손 밑에는 창백한 피투성이의 광경이 벌어졌다. 불과 문 하나가 여자 살인자와 나와를 격리시키고 있는 것이다——그렇다, 그것은 소름이 끼치는 일이다——그 밖의 일은 참을 수 있지만 그레이스 풀이 내게 달려들 생각을 하니 몸서리가 쳐졌다.

그러나 나는 내 직책을 다해야 한다. 나는 이 유령 같은 얼굴과——말을 금지당한 파리하고 움직이지 않는 입술——감았는가 하면 금방 뜨고 두리번거리며, 방안을 두루 살피는가 하면 이번엔 나를 유심히 바라보고 줄곧 공포에 떨고 있는 눈을 지켜봐야 한다. 나는 피와 물이 섞인 세면기 속에 몇 번이나 손을 담갔다가 떨어지는 핏덩어리를 닦아내야 했다. 이런 일을 하고 있는 동안 심지를 잘라 주지 않은 촛불이 약해져 그림자가 내 둘레에 있는 수놓은 구식 휘장 위에 어른거리기도 하고 큼직한 구식 침대를 둘러싼 휘장 아랫자락에 검은 그림자를 던지기도 하고 맞은편의 커다란 옷장 위에서 이상하게 떨고 있는 걸 보고 있어야 했다——열두 장의 거울로 나뉘어진 그 옷장의 정면은 열 두 제자의 얼굴이 무서운 모습으로 그려져 있었고 그 거울들은 저마다 하나의 체경으로 틀에 들어 있었다. 열 두 제자의 그림이 있는 옷장 위에는 흑단의 십자가와 고난을 겪고 있는 그리스도가 서 있었다.

차츰 짙어 가는 어둠과 흔들리는 불빛이 한 번 껌뻑 했다가 환해지곤 하는 데 따라 이번엔 이마를 찌푸린 수염난 의사 〈누가〉가 나타났다가, 또 이번엔 긴 머리털이 물결치는 성(聖) 요한이 나타났다. 그러자 갑자기 유다의 악마와 같은 얼굴이 거울에서 솟아나와 점점 살아나 배신자의 두목이 ──사탄 자신이 ──그의 부하의 모습으로 변하여 나타나는 것만 같았다.

이 모든 가운데서 나는 보고 듣고만 있어야 했다. 저쪽 골방에 있는 야수인지 악마인지의 거동에 귀를 기울여야 했다. 그러나 로체스타 씨가 저 방을 다녀온 후로는 그것은 주문(呪文)에 붙들려매인 것처럼 꼼짝 못하는 것 같았다. 밤새 길게 세 번 간격을 두고 세 번 소리가 났을 뿐이었다. 즉 삐걱거리는 발소리와 개가 으르렁내는 소리가 순간적으로 난 것과 사람의 굵직한 신음 소리가 그것이었다.

그러자 나 자신의 생각이 나를 괴롭혔다. 이 동떨어진 저택에서 사람의 탈을 쓰고 살며 이 집의 주인이 내쫓을 수도 제압할 수도 없는 그것은 도대체 무슨 죄악일까? ── 한밤중에 불이 나기도 하고 또 피투성이의 사건이 일어나는 건 도대체 어떤 비밀이 있는 걸까? 도대체 저건 어떤 동물일까? 보통 여자의 얼굴과 모습의 탈을 쓰고 악마의 조소 같은 웃음 소리를 내는가 하면 별안간 썩은 고기를 찾는 사나운 날짐승의 소리를 지르는 저것은 무슨 동물일까?

그리고 내가 몸을 구부리고 지키고 있는 이 사나이 ──평범하고 조용한 미지의 사람──는 어쩌다가 공포의 거미줄에 걸려들게 되었을까? 그리고 왜 저 〈복수의 여신〉은 이 사람에게 달려들었을까? 이 사나이가 침대에서 잠들어 있어야 할 때, 때아닌 이 시각에 왜 이 사람을 이 구석으로 오게 했을까? 나는 로체스타 씨가 그에게 아래층 방을 정해 주는 걸 들었다──그런데 왜 그는 여기와 있을까? 또 왜 이 사람은 자기에게 가해진 폭력인지 배반인지에 그렇게도 온순할까? 로체스타 씨한테서 강요된 침묵에 대해서 왜 그렇게도 순순히 복종하는 것일까? 왜 로체스타 씨는 침묵을 강요했을까? 그의 손님은 폭행을 당하고 이번 사건에 무시무시하게도 자신의 생명을 빼앗길 지경이었다. 그리고 그는 두 음모를 비밀히 무마하고 흘려 버리려고 하지 않았던가! 마지막으로 나는 메이슨 씨가 로체스타 씨에게 순종적이고 로체스타 씨의 맹렬한 의지가 마음 약한 메이슨 씨를 완전히 제압하고 있는 걸 알았다. 두 사람 사이에 오고간 몇 마디 말이 내게 그걸 확신시켰다. 이전의 그들의 교제는 한쪽의 수동적인 입장이 상대방의 능동적인 정력에 습관적으로 좌우돼 왔다는 것이 분명했다. 그렇다면 메이슨 씨가 왔다는 소식을 들었을 때 로체스타 씨의 놀라움은 어디서 오는 것일까? 왜 이 무저항적인 한낱 인간의 이름이——지금의 로체스타 씨의 한 마디가 이 사람을 어린애처럼 다루기에 충분했다——불과 몇 시간 전에는 참나무에 벼락이 떨어지듯 로체스타 씨에게 충격을 주었던 것일까?

아! 나는 로체스타 씨가 〈제인, 충격이야——충격을 받았어, 제인!〉하고 속삭였을 때의 그 표정과 그 창백한 안색을 잊어버릴 수 없었다. 내 어깨를 짚은 그의 떨리는 팔을 나는 잊어버릴 수 없다. 그리고 페어팩스 로체스타 씨의 확고한 정신을 휘어잡고 늠름한 그의 체구를 떨게 한 것은 사소한 문제가 아니었다.

(언제 돌아오실까?)

지루하게도 밤은 새지 않고——피투성이가 된 내 환자는 목을 늘어뜨리고 신음하며 아파하는 가운데 날은 새지 않고 구원도 오지 않으므로 나는 속으로 이렇게 부르짖었다. 핏기가 가신 메이슨 씨의 입술에 나는 자꾸 물을 적셔 주고 정신 차리는 약을 갖다대 주었으나 별로 효험이 없는 듯 육체적 고통인지 정신적 고통인지 혹은 심한 출혈 때문인지 또 이 세 가지가 합친 결과에서인지 그의 체력은 빨리 사그라져 갔다. 그는 자꾸만 신음을 하고 쇠진해지고 정신이 나간 것 같기도 하고 까무러친 듯도 해서 나는 그가 죽는 것이 아닌가고 걱정했다. 그런데도 나는 그에게 얘기조차 할 수 없었다!

촛불은 마침내 다 타버리고 꺼지고 말았다. 촛불이 꺼지자 창문 커튼 가에 몇 줄기 회색빛 광선이 비치는 걸 보았다. 이제 새벽이 찾아오고 있었다. 곧 파일럿이 뒷마당에 저만큼 떨어져 있는 개집에서 나와 저 멀리 밑에서 짖어 대는 소리가 들렸다. 희망은 살아났다. 그것은 터무니없는 것은 아니었다. 오 분쯤 지나 열쇠를 돌리는 소리와 자물쇠가 열리는 소리는 내 감시가 끝났다는 걸 알렸다. 이 감시는 두 시간 이상 계속되지 않았지만 몇 주일 못지않게 길게 느껴졌다.

로체스타 씨가 들어왔다. 그리고 그가 부르러 갔던 외과 의사도 같이 들어왔다.

「그럼, 카터, 민첩하게 해주게.」하고 그는 외과 의에게 말했다. 「상처를 치료하고 붕대를 감고 아래층으로 환자를 운반하는 걸 다 합해서 삼십 분 동안의 여유를 주겠네.」

「그런데 움직여도 괜찮을까요?」

「그건 염려 말게. 건 중요하지 않아. 이 친구는 신경이 약하니까 정신을 차리 게 해줘야 해. 자 시작해 주게.」

　로체스타 씨는 두꺼운 커튼을 걷고 마포로 된 차일을 걷어올리고 되도록 광선 이 많이 들어오게 했다. 그리고 얼마큼 동이 훤히 터서 구름이 동녘 하늘에 몇 줄기 장미빛으로 빛나고 있는 걸 보고 나는 놀라기도 기쁘기도 했다. 그러자 로 체스타 씨는 메이슨 씨에게로 다가갔다. 외과의는 이미 일에 착수하고 있었다.

　「그런데, 자네, 좀 어떤가?」로체스타 씨는 물었다.

　「그 년한테 당하고 말았어.」가느다란 목소리로 대답했다.

　「그럴 리가 있나! ——용기를 내게! 두 주일 후면 조금은 나아질 거야, 좀 출혈을 한 것뿐이네. 카터, 생명엔 아무 위험이 없다고 안심시켜 주게.」

　「저는 양심적으로 그걸 보증합니다.」붕대를 다 감고 난 카터는 말했다.「다 만 제가 좀더 빨리 여기 올 수 있었으면 이처럼 피는 흘리지 않아도 됐을 걸 그랬 읍니다——만 이건 어떻게 된 일입니까? 어깨의 살이 베였을 뿐 아니고 찢기 어 있군요. 이 상처는 칼로 벤 것이 아니고 이빨로 그랬군요?」

　「그 년이 날 물었어.」메이슨 씨는 중얼댔다.「로체스타 군이 그 년한테서 칼 을 빼앗을 때 그 년은 암호랑이처럼 나를 물어뜯고 괴롭혔어.」

　「자네가 양보하지 않았으면 좋았을 거야. 당장에 맞붙었어야 했을 걸 그랬 어.」하고 로체스타 씨는 말했다.

　「그렇지만 그런 판국에 어떻게 한단 말이야!」하고 메이슨 씨는 대꾸했다. 그 는 몸서리치면서 덧붙였다.「그리고 난 이렇게 되리라곤 생각지 않았어. 처음엔 그렇게도 얌전해 보이던 것이.」

　「난 자네한테 경고했지.」하고 그의 친구는 말했다.「나는 말했지——그것 옆 에 갈 땐 조심하라고 그뿐 아니고 내일까지 기다렸다가 나와 함께 갔으면 좋았 을 거야. 오늘 밤, 더구나 혼자서 만나러 간 건 아주 어리석은 노릇이었지.」

　「난 좀 도움이 될 일을 할 수 있다고 생각했어.」

　「생각했다고! 생각했다고! 옳지, 자네 말을 들으니 못 참겠네. 하지만 자네 는 결국 변을 당했네. 내 충고를 안 들어 변을 당한 건 당연하지. 그래서 이 이상 더 말 안하겠네. 카터——빨리! ——빨리! 해가 곧 뜰 거야. 그리고 이 친구를 빨리 떠나보내야 해.」

　「네, 곧 됩니다. 이제 어깨의 붕대는 다 감았읍니다. 팔의 다른 상처를 살펴봐 야겠어요. 여기도 이빨 자국이 있읍니다.

　「그년이 내 피를 빨아먹었지. 내 심장의 피를 말리겠다고 했어!」메이슨 씨는 말했다.

나는 로체스타 씨가 몸서리치는 걸 보았다. 혐오와 공포와 증오를 이상하게 나타낸 그 표정은 그의 용모를 비뚤어지게 했다. 그러나 그는 이렇게 말했을 뿐이었다.

「자——조용히 하게, 리챠드. 그까짓 여자의 헛소리 같은 말엔 개의치 말게. 다신 말도 말게.」

「잊어버릴 수 있다면 좋겠네.」메이슨 씨의 대답이었다.

「이 나라를 떠나면 잊혀지겠지. 스페니쉬 타운으로 돌아가면 그 여자의 일은 사망해서 매장된 거나 다름없이 생각될지 몰라——아니, 오히려 그 여자에 대해선 조금도 생각할 필요가 없어.」

「오늘 밤은 잊어버릴 수가 없네!」

「그렇지도 않아! 어서 기운을 내게. 자넨 두 시간 전엔 자기를 청어처럼 죽은 줄만 알고 있다가 이젠 살아서 말을 하고 있는 거야. 이봐——카터는 자네 치료를 끝냈어. 아니 거의 끝났어. 내가 순식간에 자넬 말쑥하게 꾸며 주지. 제인, (하고 그는 돌아온 후 처음으로 내게 고개를 돌렸다) 이 열쇠를 갖고 아래층 내 침실에 가 곧장 탈의실로 들어가서 옷장의 맨 윗서랍을 열고 깨끗한 샤쓰와 목수건을 꺼내 이리 가져와요. 빨리 해요.」

나는 가서 그가 말한 옷장 속을 뒤져서 이른 대로 물건을 갖고 돌아왔다.

「그런데,」하고 그는 말했다. 「내가 이 사람의 옷을 갈아 입히는 동안 당신은 침대의 저쪽에 가 있어요. 그렇지만 방을 나가선 안돼요. 또 부탁이 있을 테니까.」

명령대로 나는 물러났다.

「아래층에 내려갔을 때 누가 일어나 있진 않았소, 제인?」한참만에 로체스타 씨는 이렇게 물었다.

「아뇨, 사방이 죽은 듯이 고요했어요.」

「감쪽같이 자넬 보내지, 리챠드. 그러는 것이 자넬 위해서나 저기 있는 가련한 인간을 위해서나 좋을 걸세. 나는 오랫 동안 남에게 알리지 않으려고 애써 왔지. 그것이 이제 와서 새삼스레 알려지면 곤란해. 이봐, 카터, 웃저고릴 좀 입혀 주게나. 그 털외투는 어디 두고 왔나? 이렇게 지독하게 추운 날씨엔 그 외투 없이는 한 마일도 여행을 못해. 자네 방에 있나?——제인, 메이슨 씨의 방으로 달려가서——내 옆방이야——거기 있는 외투를 가져와요.」

다시 나는 달리었다. 그리고 안팎과 가장자리에 털가죽을 댄 크고 무거운 외투를 들고 돌아왔다.

「이번엔 다른 심부름이 있지.」하고 지칠 줄 모르는 주인은 말했다. 「다시 내 방에 갔다 와야겠소. 당신이 빌로도 실내화를 신고 있어 천만 다행이야, 제인! 시골뜨기는 이런 비상시엔 하나도 쓸모가 없어. 내 화장대의 가운데 서랍을 열고 거기에서 작은 약병과 작은 유리잔을 가져와요——빨리?」

나는 달려가서 그가 말한 궤짝을 뒤져 부탁받은 물건을 들고 돌아왔다.

「이것으로 됐어! 이봐, 의사 선생. 내 멋대로 해서 안됐지만 내가 책임을 지고 약을 좀 먹이겠소. 나는 이 홍분제를 로마에서 이태리인의 엉터리 의사——카터, 자네 같으면 발길로 차버렸을 그런 녀석한테서 구한 거야. 함부로 사용해선 안 되지만 때로는 효과가 있으니까. 이를테면 지금 같은 경우엔 말이야. 제인, 물을 좀.」

로체스타 씨는 작은 유리잔을 내밀었다. 나는 세면대의 물병에서 유리잔에 반쯤 따랐다.

「됐어——이번엔 약병 마개를 적셔 줘요.」

나는 그렇게 했다. 그는 진홍빛 액체를 열 두 방울쯤 따라 메이슨 씨에게 주었다.

「마시게나, 리챠드. 한 시간쯤은 자네에게 부족한 원기를 줄 테니까.」

「그렇지만 몸에 해롭지 않을까? ——염증을 일으키지는 않을까!」

「마셔! 마셔! 마시라니까!」

메이슨 씨는 마셨다. 저항해 봤자 소용이 없다는 것이 뻔했기 때문이었다. 그는 지금 몸차림이 다 돼 있었다. 얼굴은 아직 창백했으나 이젠 피투성이로 더럽혀져 있지는 않았다. 로체스타 씨는 메이슨 씨가 약을 마신 후 그를 삼 분 동안 앉혀 놓았다가 다시 그의 팔을 잡았다.

「혼자 일어설 수 있을 거야.」그는 말했다. 「어디 일어서봐.」

환자는 일어섰다.

「카터, 저쪽 어깨 밑을 부축하게, 리챠드, 기운을 내야 해. 걸어 보게——옳지 그래!」

「아까보다 기분이 나아졌네.」메이슨 씨는 말했다.

「틀림없다니까. 그럼 이번엔 제인, 우리들보다 먼저 뒤쪽 층층다리로 가서 비상구의 빗장을 열고 뒷마당에 있는 역마차의 마부에게——자갈길 위를 덜거덕거리며 차를 몰아서는 안 된다고 말해 놓았으니까 어쩌면 문 밖에 있을지도 모르지만——준비를 하도록 시키고 모두 나온다고 일러 줘요. 그리고 제인, 혹시 누가 일어난 기척이 나거든 층층대 밑에 와서 기침을 해요.」

이때는 다섯 시 반이었다. 해가 솟아오르려는 참이었으나 부엌은 아직 컴컴하고 조용했다. 비상구는 닫혀 있었다. 나는 되도록 소리가 안 나게 열었다. 마구를 단 말과 역마차가 있었다. 마부는 마차 밖에 달린 마부석에 앉아 있었다. 나는 그의 곁으로 가 지금 신사분들이 나오신다고 했다. 그는 고개를 끄덕였다. 그리고 나는 조심스럽게 사방을 둘러보고 귀를 기울였다. 어디나 이른 아침의 적막 속에 잠들어 있었다. 하인들 방의 커튼은 아직 내려진 채로 있었다. 조그만 새들은 꽃이 하얗게 핀 과수원 나무에서 지저귀고 있었다. 그 나뭇가지들은 뒤뜰의 한쪽을 둘러싸고 있는 담 위에 흰 화환처럼 늘어져 있었다. 마차의 말이 좁은 마구간 속에서 가끔 마루를 발로 구르고 있을 뿐 모두 고요했다.

신사들이 나타났다. 로체스타 씨와 외과 의사의 부축을 받은 메이슨 씨는 별 고통 없이 걸어오는 것 같았다. 두 사람은 메이슨 씨를 도와 마차에 태우고 카터가 뒤따라 탔다.

「잘 돌봐 주게.」 로체스타 씨는 카터에게 말했다. 「아주 쾌차해질 때까지 자네 집에 모시게, 나도 금명간 차도를 알아보러 갈 테야. 리챠드, 어때 기분은?」

「로체스타, 신선한 공기에 살 것 같네.」

「이 사람 곁에 있는 창은 열어 놔두게, 카터. 바람이 없으니까——잘 가게, 메이슨.」

「로체스타——」

「아, 왜 그러나?」

「그녀를 잘 부탁하네. 되도록 부드럽게 대해 주게. 그녀를——」 하고 메이슨 씨는 말을 못 맺고 울음을 터뜨렸다.

「최선을 다하고 있네. 여태까지 그래 왔고 또 앞으로도 그럴 거야.」 하고 대답한 로체스타 씨는 마차의 문을 닫았다. 마차는 떠나 버렸다.

「하여튼 이걸로 끝장이 났으면 정말 좋겠군!」 육중한 대문을 닫고 빗장을 지르면서 로체스타 씨는 덧붙였다. 그리고 나서 그는 과수원을 둘러싸고 있는 담에 달린 문께로 느린 걸음으로 얼빠진 듯이 어정어정 다가갔다.

내가 할 일은 다 끝난 걸로 생각한 나는 집안으로 들어갈 채비를 하고 있었다. 그러나 또 「제인」 하고 그가 부르는 소리가 들려 왔다. 그는 문을 열고 거기에 서서 나를 기다리고 있었다.

「잠시 동안 신선한 공기를 마십시다.」 하고 그는 말했다. 「저 집은 어쩌면 토굴 감방 같군 그래. 당신은 그렇게 생각하지 않소?」

「제겐 굉장한 저택으로 보입니다.」

「무경험이라는 마력이 당신의 눈을 가리고 있는 거요.」하고 그는 대답했다. 「당신은 마력적인 매개물을 통해서 그걸 보는 거요. 도금은 진흙으로 돼 있고 명주 천은 거미줄로 짜 있고 대리석은 가짜 석판이고 윤이 나는 목재는 쓸모 없는 나무 부스러기나 거친 나무 껍질에 불과하다는 걸 당신은 분간할 수 없을 거요. 이봐요, 이야말로(그는 우리가 들어선 나뭇잎이 무성한 울안을 가리켰다) 뭣이든 보는 그대로 진실이고 감미롭고 순수한 것뿐이오.」

한쪽에 회양나무며 사과나무며 배나무며 앵두나무가 즐비해 있고 또 한쪽엔 대왕풀, 아메리카 패랭이꽃, 앵초, 오랑캐꽃 등 가지각색의 고풍이 풍기는 화초가 개사철쭉, 해당화, 그 밖의 향긋한 여러 가지 풀들과 뒤섞여 자라는 꽃밭 사잇길을 로체스타 씨는 거닐었다. 이 초목들은 사월의 소나기와 볕이 줄곧 내리쏟아지는 아름다운 봄날 아침에 목격할 수 있는 그런 신선한 것들이었다. 태양은 방금 구름으로 얼룩진 동쪽 하늘에 떠오르고 있었다. 햇빛은 꽃이 무성하게 피고 이슬에 젖은 과수원 나무를 비추고 숲 속의 한적한 샛길을 비춰 주었다.

「제인, 꽃을 줄까?」

그는 숲 속에서 우선 반쯤 핀 장미꽃 한 송이를 따서 내게 주었다.

「고맙습니다.」

「제인, 이 해돋이를 좋아해요? 저 높고 가벼운 구름이 떠있는 하늘, 날이 더워지면 저 구름은 녹아 버리고 말 거야——이 고요하고 향긋한 분위기를 좋아해요?」

「좋아해요——참 좋아해요.」

「당신은 이상한 하룻밤을 지냈지, 제인?」

「그래요.」

「그래서 어제 밤새 안색이 나빠졌군——당신을 혼자 메이슨에게 맡기고 떠났을 때 무섭지 않았소?」

「저 구석방에서 누가 나오지나 않을까 하고 무서웠어요.」

「그렇지만 문은 잠가 두었었는 걸——열쇠는 내 호주머니 속에 넣어 두었고. 내가 새끼 양을——귀여운 새끼 양을 아무렇게나 늑대의 소굴에서 저렇게 가까운 곳에 남겨 놓고 가버렸다면 조심성 없는 목동였을 거야. 하지만 당신은 무사했어.」

「그레이스 풀은 앞으로도 여기서 살게 되나요?」

「암, 그렇지! 당신은 그 여자 일로 머리를 썩일 필요는 없소——그런 생각은 머리에서 지워 버려야 해요.」

「하지만 저 여자가 여기 있는 동안은 주인님의 생명이 아무래도 안전하지 않을 것같이 생각돼서요.」

「조금도 걱정하지 말아요——내가 어련히 내 몸을 주의할라고.」

「어젯밤 걱정하셨던 위험한 것이란 이젠 다 해결됐나요?」

「거기에 대해선 메이슨이 영국을 떠나지 않는 한, 나로선 단언할 수 없소. 설사 떠나고 난 다음에라도 단언은 못해. 제인, 살아 있다는 것이 내게 있어선 언제 터져서 언제 불을 뿜게 될지도 모르는 분화구의 표면에 서 있는 거와 같소.」

「그렇지만 메이슨 씨는 쉽사리 좌우될 수 있는 분 같아요. 선생님의 힘은 확실히 그 분에게 영향을 주고 있어요. 그 분이 선생님에게 반항하거나 고의로 해를 끼치리라고는 절대로 보이지 않아요.」

「그렇고말고! 메이슨은 내게 반항하거나 반항할 수 없는 걸 알면서까지 해를 끼치지는 않을 거야——그렇지만 그 녀석이 무심히 지껄인 한 마디가 당장에 내 생명은 아니더라도 내 행복을 영원히 빼앗아 갈지도 모르지.」

「메이슨 씨더러 조심하라고 말씀하세요. 그리구 선생님께서 걱정하고 계시는 걸 알려 드리시고 위험을 모면하는 방법을 가르쳐 드리세요.」

로체스타 씨는 빈정대듯이 웃으며 덥석 내 손을 잡았다가 얼른 놓아 주었다.

「내가 그걸 할 수 있다면 위험이 어디 있겠소? 이 바보 아가씨야. 당장 위험은 사라지는 거지. 내가 메이슨을 사귄 후부터 난 그 사람에게『이걸 하게』하면 일은 그대로 이루어졌던 거야. 그러나 이번엔 그자에게 명령할 순 없어.『리챠드, 나를 해치지 않도록 조심하게.』이렇게 말할 수는 없어. 그건 내게 해를 끼칠 수 있다는 걸 저자에게 끝까지 알리지 않는 것이 필요하기 때문이야. 지금 당신은 어리둥절해졌군. 좀더 어리둥절하게 해줘야지. 당신은 내 귀여운 친구지요?」

「전 선생님을 도와드리고 싶어요. 옳은 일이라면 뭣이든 선생님 말씀대로 복종하겠어요.」

「옳은 말이야. 난 그걸 알고 있소. 당신이 나를 도와주고 나를 기쁘게 해줄 때——이를테면 당신이『올바른 일이라면 뭣이든』이라고 멋지게 말한 것처럼 나를 위해서 일하고 나와 함께 일해 줄 때 당신의 걸음걸이, 동작, 눈, 얼굴에서 진정한 만족감을 나는 알아보는 거요. 왜냐하면 만일 당신이 옳지 않게 생각하는 걸 내가 시키면 당신은 가벼운 걸음으로 내닫지도 않고 재치 있는 민첩성이 없고 발랄한 눈초리나 생기띤 얼굴을 하지 않기 때문이오. 내 친구는 그럴 때 침착하고 창백한 얼굴로『안 돼요, 그건 불가능해요. 전 그건 옳지 않기 때문에 할 수 없어요.』하고 말하겠지. 당신은 항성(恒星)처럼 변하지 않을 거요. 그래, 당신은 내게 대해 힘을 갖고 있지, 내게 상처를 줄지도 몰라. 그런데 당신은 성실하고 친절은 하지만 나를 당장에 찔러 버리지 않도록, 어디에 내 약점이 있는지 알릴 수는 없어.」

「선생님이 제게 두려움을 갖고 계시지 않은 것과 마찬가지로 메이슨 씨에게서도 그러시다면 아주 안전하신 거지요.」

「제발 그래 줬으면! 제인, 여기 정자가 있소. 앉아요.」

그 정자는 담 가운데에 놓인 아치로, 담쟁이덩굴이 엉켜올라가고 통나무로 된 벤치가 하나 있었다. 그러나 로체스타 씨는 내가 앉을 자리를 남겨 놓고 거기에 앉았다. 그렇지만 나는 그의 앞에 서 있었다.

「앉아요.」그는 말했다. 「이 벤치는 두 사람은 넉넉히 앉을 수 있어. 내 곁에 앉는 거 꺼리지 않겠지? 이것도 좋지 못한 일인가요, 제인?」

대답하는 대신 나는 그곳에 앉았다. 거절하는 건 영리하지 못한 일이라고 생각했다.

「그런데 내 친구여, 해가 이슬을 마시고 있는 동안——이 고색이 창연한 뜰 안의 꽃들이 모두 눈을 뜨고 기지개를 켜고 새들이 쏜필드에서 애기새의 아침밥을 날라다주는 동안, 그리고 일찍 일어난 꿀벌들이 일에 정신을 파는 동안——나는 당신에게 애기를 하나 해야지. 이 애기는 당신 자신의 일이라고 가정하도록 해야 하오. 그러나 우선 내 얼굴을 봐요. 그리고 당신은 마음이 놓이는지 당신을 붙들어 두고 있는 건 내 잘못이라고 생각하는지 아니면 여기 머물러 있는 당신 자신을 잘못이라고 생각 않는지 말해 봐요.」

「아뇨, 전 만족하고 있어요.」

「그래, 그럼 이제, 당신의 상상력의 도움을 받도록 해요——가령 당신이 이미 명문의 집안에 태어나고 훌륭한 교육을 받은 소녀가 아니라, 어릴 때부터 오늘날까지 제멋대로 자라난 마구잡이 소녀라고 가정해 보란 말이오. 머나먼 외국 땅에 있다고 생각하고 거기서 크나큰 과오를 범했다고 상상해요. 어떤 성질의 것인지 어떤 동기에서인지 그건 아무래도 좋다고 치고 다만 과오의 결과가 한평생 따라다니고 당신의 생활을 모두 더럽힌다고 합시다. 알겠소? 난 어떤 〈범죄〉를 말하는 건 아니오. 범법자에게 법률의 제재를 받게 하는, 유혈이나 그 밖의 다른 범죄 행위를 말하는 건 아니오. 내가 말하는 건 과오란 말이오. 당신이 범한 과오의 결과가 당신에겐 조만간 도저히 견딜 수 없는 것이라서 당신은 구원을 얻으려고 요리조리 방법을 강구하는 거야. 정상적인 방법은 아니지만 법률에 저촉되지도 않고 문책을 받을 만한 것도 아니야. 그러나 당신은 불행하단 말이오. 왜냐하면, 인생의 경계선에서 희망이 당신을 저버렸기 때문이오. 당신의 태양은 일식으로 한낮에 암흑을 이루었고 해가 질 때까지 그 암흑은 사라지지 않으리라고 생각하는 거요. 지긋지긋하고 비열한 연상이 당신의 기억의 유일한 양식이 된 거요. 당신은 정처없이 떠돌아다니는 속에서 안식을 구하고 쾌락 속에 행복을 구하러——그 쾌락이란 지성을 마비시키고 감정을 메마르게 하는 냉혹한 관능적인 걸 말하는 거요——이곳저곳 방랑한단 말이오. 스스로 택한 몇 해인가의 유형살이가 끝나, 말라 버린 마음과 시들어 버린 영혼을 안고 당신은 고향에 돌아오는 거요——당신은 새 친구를 사귀는 거요——방법과 장소는 문제가 아니오. 당신은 이십 년 동안 찾아헤맸으나 일찌기 만나보지 못했던 선량하고 명랑한 성품을 많이 발견하는 거요. 그리고 그건 티 하나 없고 더럽히지 않은 신선하면서도 건실한 것이었소. 이런 친구와의 교제는 마음을 소생시키고 재생시켜서 이제까지보다도 더 좋은 생활——이제까지보다도 더 고상한 희망과 깨끗한 감정에 넘친 시절이 돌아왔다고 느끼는 거요. 당신은 생활을 새로 시작하려고 바라는 거요. 당신의 여생을 불멸의 생활에 알맞는 방법으로 보내려고 바라는 거요. 이 목적을 이룩하기 위해서 당신은 관습이라는 장애를 뛰어넘어도 괜찮을까요. 양심의 시인이나 판단력의 승인도 필요 없는 하찮은 관습적인 장애를 말이오?」

로체스타 씨는 내 대답을 바라고 말을 멈췄다. 뭐라고 대답했으면 좋을까? 오오, 현명하고 만족스런 답을 암시해 줄 착한 요정이 있어 주었으면! 헛된 갈망! 서풍은 내 주위의 담쟁이에게 속삭였지만 말의 중개자로서 호흡을 빌려 주는 착한 요정인 〈에이리엘〉은 없었다. 새들은 나무 꼭대기에서 노래를 하고 있었지만 그 노래는 아름답지도 않고 아무 의미도 없었다.

로체스타 씨는 다시 물음을 던져 왔다.

「저 방랑하던 죄 많은 사람이, 아니 이젠 안식을 구하고 회개하는 사람이 자신의 마음의 평화와 생명의 부활을 얻으려는 데서 이 착하고 우아하고 친절한 새 친구를 영원히 자기에게 밀착시키기 위해 세상의 여론을 무시해도 괜찮을까요?」

나는 대답했다. 「유랑하던 분의 안정이나 죄 많은 사람의 갱생은 결코 인간에 의지해서는 안 돼요. 남자나 여자나 죽게 마련이에요. 철학자들도 지혜가 모자랄 수 있고 기독교 신자들도 착함이 부족할 수 있어요. 만일 선생님께서 아시는 분이 고통을 받거나 죄를 범했다면 회개할 힘과 괴로움을 고칠 위안을 자신과 동등한 사람들보다는 높은 데서 찾도록 해주세요.」

「그렇지만 방법——방법을! 창업(創業)을 행하시는 하느님께서 그 방법을 정하시는 거요. 나 자신은——비유는 빼고 말하지——세속적이고 방탕하고 불안한 사람이었소. 그러나 나는 구원을 얻을 방편을 찾아냈다고 믿소. 제인——」

그는 말을 끊었다. 새들은 줄곧 지저귀고 나뭇잎들을 가볍게 살랑거리고 있었다. 새들이 이 중단된 고백을 들으려고 노래와 속삭임을 그치지 않는 것이 나는 이상히 여겨졌다. 그러나 그들은 한참 동안 기다려야 했다——그만큼 침묵은 오래 끌었다. 마침내 나는 늑장을 부리는 상대방의 얼굴을 쳐다보았다. 그는 나를 골똘히 바라다보고 있었다.

「귀여운 친구.」하고 딴판으로 변한 말투로 그는 말했다——한편 안색도 변하고 부드러움도 엄숙함도 사라지고 쌀쌀한 비웃음으로 변했다——「당신은 내기 잉그램 양에게 호의를 품고 있는 건 알았을 거요. 만일 그 여자와 결혼하면 그 사람이 나를 충분히 재생시켜 주리라고 생각하지 않소?」

그는 벌떡 일어나며 길 저쪽 끝까지 걸어갔다. 그리고 그가 돌아왔을 땐 무슨 가락인가 콧노래를 부르고 있었다.

「제인, 제인,」하고 그는 내 앞에 멎으며 불렀다. 「밤샘을 해서 퍽 창백하구면. 안면을 방해했다고 날 나무라는 거 아뇨?」

「나무라다니요? 아니예요.」

「그게 정말이란 증거로 악수합시다. 손가락이 참 차갑군! 어젯밤 저 이상한 방 어귀에서 이 손을 잡았을 땐 따뜻했어. 제인, 언제 또 당신은 나와 함께 밤샘을 해주겠소?」

「언제라도 제가 도움이 된다면요.」

「예를 들면 내가 결혼하는 전날 밤 같은 때 틀림없이 나는 잠을 이루지 못할 것 같애. 나와 함께 밤을 새우며 동무가 돼주겠다고 약속하겠소? 나는 당신에겐 내 애인의 얘기도 할 수 있지. 당신은 그 사람을 이미 보았고 또 잘 알고 있으니까.」

「약속하겠어요.」

「그 사람은 좀 드문 사람이야. 제인, 그렇지 않소?」

「네, 그래요.」

「여장부야——정말 여장부야, 제인. 몸집이 크고 가무잡잡한 데다가 살이

푸짐하지. 마치 카르타고의 부인들과 같은 바로 그런 머리를 하고. 저것 봐! 텐트와 린이 마구간에 있군. 당신은 저쪽 문으로 해서 숲을 지나 집 안으로 들어가요.」

나는 한쪽 길로, 로체스타 씨는 또 다른 길로 갔을 때 뒤뜰에서 명랑하게 말하는 그의 음성이 들렸다.

「메이슨은 오늘 아침 떠나 버렸는데, 난 네 시에 일어나 그를 전송했지.」

21

예감이란 이상한 것이다! 인연도 마찬가지다. 그리고 전조도 그렇다. 이 세 가지가 결합해서 인간이 일찌기 그 열쇠를 발견하지 못한 신비한 걸 만든다. 나는 여태껏 예감을 비웃어 본 일이 없다. 나 자신 이상스러운 경험을 갖고 있어 나는 인연이라는 존재를 믿고 있다(예를 들면 멀리 떨어져 있어 오래도록 서로 만나보지도 못한 아주 멀어진 친척 사이에서 최근엔 서먹서먹한 관계임에도 불구하고 그 출생을 더듬어 올라가면 그 근원은 하나라는 걸 주장하게 된다). 그리고 이런 일은 사람의 이해력을 좌절시킨다. 그리고 내가 아는 한에 있어서는 전조란 모름지기 자연과 인간과의 감응에 불과한 것인지도 모른다.

내가 겨우 여섯 살의 소녀였을 무렵, 어느날 밤, 베시 리븐이 어린애의 꿈을 꾸었는데 그런 어린애의 꿈을 꾸면 꾼 사람이나 친척 중에 틀림없이 걱정거리가 생기는 징조라고 마타 애보트에게 말하는 것을 들은 일이 있었다. 이 말은 바로 그 다음에 이걸 입증할 만한 사건이 일어나지 않았더라면 내 기억에서 사라져 버렸을 거다. 바로 다음 날 베시는 자기 동생의 임종으로 고향에 불려갔다.

요즘, 나는 베시의 말이나 그 사건을 자주 되새겨 보곤 한다. 그럴 것이 지난 주일에 나는 어린애의 꿈을 꾸지 않은 밤이 거의 없었으니까. 어떤 때엔 어린애를 팔에 안아 보기도 하고 어떤 땐 무릎에 놓고 어르기도 했다. 잔디밭에서 들국화를 만지작거리든가, 때로는 시냇물 속에 두 손을 담그고 물장난 치는 애를 지키기도 했다. 엉엉 울어 대는 어린애의 꿈을 꾸었는가 하면 다음 날 밤은 웃어 대는 어린애가 내게 꽉 안겼다가 내게서 달아나 버리고 만다. 그러나 꿈 속의 어린애가 어떤 얼굴을 하고 있건, 내가 잠들어 버린 순간, 이레 밤이나 계속해서 꼭 꿈에 그애가 나타났다.

나는 이 관념의 반복——이상한 환상이 되풀이해 나타나는 것이 싫어 못 견딜 지경이었다. 나는 취침 시간이 다가와 환상이 나타날 시간이 임박해 오면 짜증이 났다. 그 달밤에 외치는 소리를 듣고 눈을 떴을 때도 이 어린애의 환상과 함께였다. 바로 그 다음 날 오후, 누가 페어팩스 부인의 방에서 나를 만나려고 기다린다는 전갈을 받고 아래층으로 불려갔다. 가보았더니 어떤 하인 같은 몰골의 사나이가 기다리고 있었다. 검은 상복을 입고 손에 들린 모자에는 상장(喪章)을 감고 있었다.

「혹시 잊으셨을까 싶습니다만,」하고 내가 들어가자 그 사람은 의자에서 일어나며 말했다. 「저는 리븐입니다. 팔구 년 전에 아가씨께서 게이츠헤드에 계셨을 때 리드 부인의 마부노릇을 하고 있었읍죠. 하긴 지금도 거기서 살지만.」

「아아, 로버트! 안녕하세요? 그럼 기억하고말고요. 저를 곧잘 조지아나의 밤색 작은 말에 태워다 주시곤 했지요. 그런데 베시는? 베시와 결혼하셨다지요?」

「그렇습니다. 감사합니다. 집사람은 잘 있어요. 두 달 전에 해산을 해서 이젠 셋이 됐어요——애 어미와 애들이 나 튼튼해요.」

「그럼, 로버트, 댁에선 모두 무고하시지요?」

「좋은 소식을 못 가지고 온 게 참 안 됐읍니다. 그 분들은 지금 아주 불행합니다. 뭐라고 말할 수 없이 말입니다.」

「누가 돌아가신 건 아니겠지요.」나는 그의 상복을 보며 말했다. 그도 모자의 상장(喪章)을 힐끔 보고 대꾸했다.

「존 도련님이 런던의 셋집에서 돌아가신 지 어제로 일주일째 되죠.」

「존이?」

「네.」

「그러니 어머니께선 얼마나 마음이 상하셨을까?」

「그런데 그게 말입니다. 흔히 있는 불행이 아닙니다, 에어 양. 존 도련님의 생활이란 참으로 난폭하셔서요. 지난 삼 년 동안 영문 모를 이상한 길에 빠져서 뜻밖의 죽음을 당하셨죠.」

「베시한테서 그 분의 행실이 과히 좋지 않다는 소식은 들었어요.」

「과히 좋지 않다고요! 그 이상 심할 수는 없을 겁니다. 아주 질이 나쁜 남녀 속에 섞여서 건강도 재산도 엉망이 되었죠. 결국엔 빚을 지고 감옥에 들어갔죠. 마님께서 두 번이나 구해 주었지만 석방되기가 무섭게 옛 친구와 그 생활로 되돌아간 걸요. 머리가 온전치 못하신 분! 게다가 둘러싸고 있는 악당들이 존 도련님을 제가 여태껏 들어 보지도 못한 방법으로 바보로 만든 거죠. 삼주일 전에

236

존 도련님께선 게이츠헤드로 오셔 가지고 마님께 있는 재산을 모두 내라고 하셨
읍죠. 마님께선 거절하셨어요. 벌써 오래 전에 존 도련님의 엄청난 낭비로 마님
의 재산은 텅 비다시피 된 걸요. 그래 할 수 없이 존 도련님은 되돌아가셨지만
그 후의 소식은 사망하셨다는 통지였어요. 어떻게 돌아가셨는지 누가 알겠읍니
까 ! 자살이라는 소문도 있고.」
 나는 잠자코 있었다. 무서운 소식이었다. 로버트 리븐은 말을 이었다.
 「마님께선 한동안 건강이 좋지 못하셨읍죠. 몹시 비대해지셨지만 건강하시진
못했나 봅니다. 파산과 가난에서 오는 공포로 아주 낙심하셨나 봅니다. 존 도련
님의 사망과 그 경위에 관한 소식은 너무나 갑작스런 일이어서 마님께선 졸도하
고 마셨답니다. 사흘 동안이나 입을 떼지 않으셨는데 지난 화요일에는 좀 나아
지신 것 같더니 무슨 말씀을 하시고 싶어하는 눈치였어요. 집사람에게 자꾸만
무슨 시늉을 하시고 중얼중얼하고 계셨어요. 그런데 베시가 겨우 어제 아침에야
마님께서 〈제인을 데려와――제인에게 사람을 보내. 난 제인에게 할 말이 있
어.〉 하고 아가씨 이름을 말씀하시고 계시다는 걸 겨우 알아차렸읍죠. 마님께서
제정신이신지 어떻게 하실 셈으로 말씀하시는 건지 베시는 잘 몰라서, 리드 아
가씨와 조지아나 아가씨더러 아가씨를 모셔오시도록 권고했다나요. 처음에 아
가씨들은 보류해 두려 했지만 마님께서 초조해지셔서 자꾸만 〈제인, 제인,〉 하
시니까 하는 수 없이 승낙한 거지요. 전 어제 게이츠헤드를 떠나왔읍죠. 만일
아가씨께서 준비만 되시면 내일 아침 일찍 모시고 돌아갈까 하는데요.」
 「그럼, 준비하죠, 로버트. 가야 될 것 같군요.」
 「저도 그렇게 생각하는데요. 집사람도 아가씨께선 틀림없이 마다고 하시진
않으리라고 했읍죠. 하지만 떠나시기 전에 휴가 승낙을 맡아야 하지 않을까
요?」
 「그래요, 이제 곧 할게요.」 그리고 나는 그를 하인들 방으로 데리고 가 존의
마누라에게 부탁하고 또 존 자신에게도 부탁하고 로체스타 씨를 찾으러 갔다.
 그는 아래층 어느 방에도 있지 않았다. 뒤뜰과 마구간, 울안에도 없었다. 나
는 페어팩스 부인에게 로체스타 씨의 소재를 물었더니 모른다고 했다. 그는 잉
그램 양과 당구를 치고 계실 거라고 했다. 나는 당구장으로 달려갔다. 공이 부
딪치는 소리와 지껄임이 거기서 울려 왔다. 로체스타 씨, 잉그램 양, 이쉬튼 자
매, 그리고 숭배자의 예찬자들은 게임에 열중해 있었다. 이처럼 즐겁게 노는 사
람들을 방해하기가 여간 거북한 게 아니었다. 그러나 내 볼일은 지체할 수 없는
성질의 것이어서 나는 잉그램 양의 곁에 서 있는 로체스타 씨에게로 다가갔다.

내가 곁으로 다가가자 잉그램 양이 내 쪽으로 돌아서며 거만하게 나를 보았다. 그 눈은, 〈이 벌레 같은 것이 무슨 볼일이 있다는 거냐?〉 하고 묻는 것 같았다. 그리고 내가「로체스타님,」하고 나지막한 목소리로 부르자 마치 나보고 썩 물러가라는 듯한 몸짓을 했다. 나는 이때의 그네 모습을 잊지 않고 있다. 그것은 참으로 예쁘고 참으로 사람의 눈을 끄는 것이었다. 하늘빛 크레이프 천의 평상복을 입고 엷은 하늘빛 스카프를 머리에 매고 있었다. 그네는 게임에 열중하고 있었지만 화가 난 자존심은 그네의 거만한 표정을 조금도 누그럽게 하지 못했다.

「저 사람이 당신에게 볼일이 있는가요?」하고 그네는 로체스타 씨에게 물었다. 로체스타 씨는 돌아서서〈저 사람〉을 보았다. 그는 묘하게 얼굴을 찡그리고——그의 이상하고 애매한 표정의 하나이지만——큐를 내던지자, 내 뒤를 따라 방을 나왔다.

「왜 그러지, 제인?」서재의 문에 등을 대고 서서 그는 말했다.

「뇌노톡 한두 주일 휴가를 주셨으면 합니다.」

「뭣 때문에? ——어디로 가는데?」

「제게 사람을 보내온, 앓는 부인을 만나려고요.」

「앓는 부인이라니, 어디 사는데?」

「×××주 게이츠헤드에.」

「×××주? 거긴 백 마일이나 떨어진 곳인데! 그렇게 먼 고장에서 당신을 보겠다고 사람을 보내왔다니 도대체 누구란 말이오?」

「리드라고 하는 분——리드 부인이에요.」

「게이츠헤드의 리드라니! 게이츠헤드에 리드라는 장관이 있었지.」

「그 분의 미망인이에요.」

「그 미망인과 당신은 무슨 관계가 있소? 어떻게 당신은 그 미망인을 아는 거요?」

「리드 씨는 제 외숙부님이자 어머님의 오빠였어요.」

「아, 그랬군! 당신은 오늘까지 한 번도 그런 말을 안 했지. 늘 친척이 없다고 하고서.」

「제겐 친척이랄 만한 분이 있어야죠. 리드 씨는 세상을 떠나셨고 그 분 미망인은 저를 버리셨으니까요.」

「왜?」

「저는 가난하고 귀찮은 존재인 데다가 저를 싫어하셨으니까요.」

「그런데 리드에겐 어린애들이 있겠지? 사촌들이? 어제 조지 린 경이 게이츠헤드의 리드라는 작자의 말을 하고 있었는데, 그 리드는 그 고을에서도 제일 가는 불량배에 속하는 자라던데. 그리고 잉그램 양이 그 게이츠헤드의 조지아나 리드의 얘기를 하고 있었소. 그 여자는 삼 개월인가 육 개월전에 사교계에서 미인이란 평판이 대단했었다고.」

「존 리드도 죽었대요. 자기 자신을 망치고 게다가 집안도 거의 망쳐 버리고 자살했답니다. 그 소식이 그의 어머니에게 큰 충격을 주어, 졸도하셨답니다.」

「그래, 당신이 그의 어머니에게 무슨 필요가 있다는 거요? 부질없는 일이오, 제인! 도착하기 전에 죽어 버릴지도 모를 노파를 보려고 백 마일이나 달려가다니. 더구나 그 사람은 당신을 버렸다면서?」

「네, 그래요. 그렇지만 그건 오래 전 일이에요. 그 분의 환경이 전혀 달랐던 때의 일이에요. 이제 그 분의 소원을 저버리면 제 마음이 편치 않을 것 같애요.」

「얼마나 머무를 작정이오?」

「되도록 짧게요.」

「일주일 동안이라고 약속해요.」

「약속하지 않는 편이 좋을 것 같아요. 약속을 어길지도 모르니까요.」

「어떤 일이 있어도 꼭 돌아와야 해요. 미망인이 무슨 구실로라도 영원히 함께 살자고 해도 그 꾐에 빠지지 않을 수 있겠소?」

「그럼요! 일이 다 끝나면 꼭 돌아오겠어요.」

「그래, 누구와 함께 가는 거요? 백 마일의 길을 혼자는 여행할 수 없을 텐데.」

「네, 아주머니가 마부를 보내왔어요.」

「믿을 수 있는 사람이오?」

「네, 그 집에서 십 년이나 살아 온 사람이에요.」

로체스타 씨는 곰곰이 생각하고 있었다.

「언제 출발하겠소?」

「내일 아침 일찍.」

「그럼 돈이 있어야지. 돈 없인 여행할 수 없으니까. 당신은 별로 돈이 없을 거야. 보수를 준 일이 없으니까. 도대체 얼마나 갖고 있소, 제인?」그는 빙그레 웃으면서 물었다.

나는 지갑을 꺼냈다――빈약한 것이었다.「오 실링이에요.」그는 그 지갑을 손에 들고 내 총재산을 그의 손바닥에 쏟았다. 그 푼돈이 그를 웃긴다는 듯 킬킬

웃었다. 곧 그는 자기의 지갑을 꺼냈다. 「자아.」 하고 지폐 한 장을 내게 내밀었다. 오십 파운드의 지폐였지만 그는 내게 십 오 파운드만 지불해 주면 되는 것이다. 나는 거스름돈이 없다고 했다.

「거스름 돈은 필요 없소. 알고 있으면서. 당신의 봉급으로 받아요.」

나는 응당 받을 내 봉급 이상의 것은 사절했다. 처음엔 그는 얼굴을 찌푸렸으나 무슨 생각이 난 듯 말했다.

「그렇지 그렇지! 지금은 전부 안 주는 게 좋아. 오십 파운드를 갖게 되면 아마 삼 개월은 머물러 있을지도 몰라. 십 파운드짜리가 있군, 이거면 안 모자라겠소?」

「충분해요, 그렇지만 이번엔 선생님이 저한테 오 파운드 빚진 셈이에요.」

「그럼 그걸 받으러 돌아와요. 난 당신의 사십 파운드의 물주가 됐는 걸.」

「로체스타님, 이 기회에 또 한 가지 다른 용건을 말씀드리려고 하는데요.」

「용건이라고? 어서 말해 봐요.」

「주인님이 머지않아 결혼하신다는 걸 제게 알려 주신 거나 다름없지요?」

「그래, 그게 어떻단 말이오?」

「그땐 아델이 학교에 가야 하잖아요. 물론 그 필요를 알고 계시겠죠.」

「그애를 신부(新婦)가 걸어가는 길에서 비켜서게 하기 위해서겠지. 그렇잖으면 저 사람이 너무 혹독하게 저애를 밟아 버릴 테니까. 당신의 제안에도 일리가 있소. 그건 틀림없는 일이오. 당신 말대로 아델은 학교에 가야 해요. 그리고 당신은 물론 될 대로 되라는 듯이 곧장 떠나 버린다는 거요?」

「그렇게 되고 싶진 않아요. 어디 다른 일자리를 구해야겠지요.」

「물론!」 변덕스럽고 익살스러운 묘하게 찌푸린 얼굴로 콧소리를 내며 소리치고 그는 잠시 내 얼굴을 지켜보았다.

「그래, 리드 노부인이나 그 딸들에게 일자리를 구해 달라고 당신은 애걸 복걸하겠다는 거요?」

「아녜요. 전 친척되는 분들에게 그런 걸 부탁할 처지가 못됩니다. 차라리 광고를 내지요.」

「이집트의 피라밋을 걸어올라가는 것 같군!」 하고 그는 소리쳤다. 「광고 따위를 내면 가만 안 둘 테요! 십 파운드가 아니라 일 파운드를 줬어야 했을 걸 그랬어. 그럼 구 파운드를 돌려줘, 제인, 내가 필요해.」

「저도 필요해요.」

하며 나는 지갑과 손을 뒤로 돌렸다. 「세상 없어도 이 돈만은 드릴 수 없어요.」

「깍정이!」하고 그는 말했다. 「돈이 필요하다는 내 간청을 거절하다니! 오 파운드만 줘, 제인.」

「오 실링도 안 돼요. 오 펜스도 안 돼요.」

「잠깐만 돈을 보이기라도 해.」

「안 돼요. 믿을 수가 없어요.」

「제인!」

「네.」

「한 가지만 약속해요.」

「뭣이든 약속하겠어요. 제가 할 수 있는 일이라면.」

「광고를 안 낼 것, 일자리를 구하는 건 내게 맡길 것 말이오. 내가 제때에 구해 주겠소.」

「기꺼이 약속하겠어요. 만일 주인님 편에서도 신부가 이집에 들어오시기 전에, 저나 아델이 모두 마음놓고 이 집을 떠날 수 있도록 약속해 주신다면.」

「그러고말고! 그러고말고! 분명히 약속하지. 그럼 내일 아침 출발하나?」

「네, 일찍.」

「만찬 후에 객실로 오겠소?」

「아뇨, 여행 준비를 해야겠어요.」

「그럼, 당신과 나는 잠시 작별 인사를 나누어야겠군요?」

「그렇겠네요.」

「그래, 세상 사람들은 작별 인사를 어떻게 하는지, 제인? 가르쳐 줘요. 난 통 모르니까.」

「〈안녕〉 아니면, 원하는 식대로 하지요.」

「그럼, 말해 봐요.」

「그럼, 안녕히 로체스타님, 당분간.」

「난 뭐라고 하지?」

「원하신다면, 저와 꼭 같이.」

「안녕, 에어, 당분간. 그것뿐이야?」

「네.」

「내 생각엔 인색하고 또 메마르고 친밀감이 없는 것 같아. 나는 좀 다르게 하고 싶어. 이제 그 인사에 덧붙여서 말이야. 이를테면 악수라든가——그런데——그것도 내겐 불만이야. 당신은 안녕히라고만 하면 그만이오, 제인?」

「그것으로 충분해요. 마음먹고 하는 한마디가 자꾸만 되풀이해 하는 말보다 더 호의를 전하는 걸요.」

「그럴 것 같군. 그러나 이건 허전하고 쌀쌀한 〈안녕〉인데.」

(언제까지 저 문턱에 기대 서 있을 작정일까?) 하고 나는 속으로 생각했다. (짐을 꾸려야겠는데.) 만찬의 벨이 울렸다. 그러자 그는 말 한마디 없이 갑자기 사라졌다. 나는 그날 다신 그의 모습을 보지 못했다. 그리고 나는 다음 날 아침 그가 일어나기 전에 떠나왔다.

5월 1일 오후 다섯 시경, 나는 게이츠헤드 저택의 문지기 집에 이르렀다. 나는 저택으로 들어가기 전에 먼저 여기에 들렀다. 퍽 깨끗하고 아담한 집이었다. 장식 창문에는 조그만 흰 커튼이 드리워져 있고 마루에는 티끌 하나 없었다. 난로와 연장은 번쩍번쩍 윤이 나게 닦여져 있었고 불은 활활 타고 있었다.

난롯가에는 베시가 최근에 난 어린이에게 젖을 물리고 앉아 있었고 맏아들과 그의 누나는 방 한구석에서 얌전하게 놀고 있었다.

「어머나——꼭 오실 줄 알았어요!」 내가 들어서자 리븐 부인은 고함을 쳤다.

「그래, 베시.」 나는 그네에게 키스를 하고 나서 말했다. 「너무 늦지 않았을까 했는데 리드 부인은 좀 어때요?——아직은 괜찮으시겠지.」

「네, 괜찮으셔요. 그리고 의식이 전보다 더 또렷하시고 마음이 가라앉으셨어요. 한두주일 가량은 괜찮으시리라고 의사 선생님이 말씀하셨어요. 그래도 결국은 아주 회복되기는 어렵겠다는군요.」

「요새 내게 대해서 뭐라고 말씀하셨어요?」

「겨우 오늘 아침에야 말씀하셨는데, 아가씨가 오셨으면 하고 말씀하셨어요. 그렇지만 지금은, 아니 십 분 전에 제가 저택으로 가봤을 때는 주무시고 계셨어요. 마님께선 오후는 내내 혼수 상태로 누워 계시지만 여섯 시나 일곱 시쯤에는 눈을 뜨신답니다. 아가씨, 여기서 한 시간쯤 쉬세요. 그리고 나서 저와 함께 가세요.」

로버트가 이때 들어와서 베시는 잠든 어린애를 어린이 침대에 눕히고 그를 맞아들였다. 그러고 나서 베시는 모자를 벗고 차를 마시라고 자꾸 내게 권했다. 창백하고 피로해 보인다고 해서 나는 그네의 친절한 접대를 기꺼이 받아들였다. 어렸을 때 베시에게 옷을 벗기게 했던 때처럼 그네가 하는 대로 여장을 풀게 했다.

베시는 부산하게 그네의 제일 좋은 잔을 찻쟁반 위에 차려 놓기도, 빵을 자르기도, 티 케익을 굽기도 했다. 지난날 나에게 그렇게 했듯이 로버트와 제인을 이따금 가볍게 두드려 주기도 하고 밀어 주기도 하는 걸 바라보고 있으려니 지난날의 일이 한꺼번에 되살아 왔다. 베시의 경쾌한 발걸음과 예쁜 모습과 함께 조급한 성질까지 옛날 그대로였다.

차 준비가 되어 내가 테이블로 가려는데 베시는 옛날의 그 단호한 말투로 거기 잠자코 있으라고 했다. 나는 난롯가에서 대접을 받아야 한다고 했다. 그네가 어린이 의자 위에 몰래 가져온 맛있는 걸 내게 먹이던 때와 흡사하게, 토스토의 접시와 커피잔을 담은 자그마하고 둥근 탁자를 내 앞에 갖다놓았다. 나는 미소를 지으며 지난날과 같이 그네가 하라는 대로 했다.

베시는 내가 쏜필드에서 행복한지, 마님께선 어떤 분이신지 알고 싶어했다. 내가 쏜필드 저택에는 바깥 주인밖에 없다고 하자 주인님은 점잖은 분이냐, 내가 그 분을 좋아하느냐고 물었다. 나는 주인이 어느 편이냐 하면 못 생기긴 했지만 퍽 신사답고 나를 친절히 대해 주어 나는 만족하다고 했다. 그리고는 최근에 그 저택에 머물고 있는 유쾌한 손님들의 얘기도 상세히 말해 주었다. 베시는 이런 이야기를 재미있게 들었다. 이런 종류의 얘기야말로 그네가 진심으로 흥미를 느끼는 것이었다.

이런 얘기를 하는 동안 어느덧 한 시간이 지나가 버렸다. 베시는 내 모자와 그 밖의 물건을 챙겨 주었다. 나는 그네를 따라 리드 저택을 향해 문지기 집을 나섰다. 이제 올라가는 이 길을 거의 구 년 전에 내려왔을 때에도 베시가 길잡이를 해주었었다. 어둡고 안개가 낀, 쌀쌀한 정월 아침에 절망적이고 쓰라린 가슴을 안고 —— 법률의 보호도 못 받고 신에게도 버림받은 사람과 같은 심정으로—— 멀고 먼, 보지도 듣지도 못한 로드의 차디찬 피난처를 찾아 원수의 지붕을 뒤로 했었다. 바로 그 원수의 지붕이 이제 내 눈앞에 다시 솟아올랐다. 내 앞길은 아직 분명치 않았다. 더구나 나는 쓰라린 상처를 안고 있었다. 나는 아직도 이 지구 위의 방황자였다. 그러나 나는 나 자신과 자신의 힘 속에 좀더 굳은 자신을 갖고 있었다. 억압에서 오는 두려움증에서 헤어났다. 내 잘못으로 입었던 아물지 않던 상처도 이젠 다 아물고 원한의 불길도 꺼져 버렸다.

「먼저 조반 식당으로 가세요.」하고 베시가 홀을 지나 나를 인도하면서 말했다. 「아가씨들이 거기 계실 테니까요.」

다음 순간 나는 조반 식당 안에 있었다. 거기엔 여러 가지 가구들이 내가 처음으로 브로클허스트 씨에게 소개되었던 아침에 있었던 때와 똑같이 놓여 있었다. 그가 서 있었던 난로 앞의 깔개는 지금도 마찬가지로 난롯가에 깔려 있었다. 책장을 얼핏 보니 비위크의 〈영국 조류사(鳥類史) 두 권이 전대로 세 번째 선반에,

〈걸리버 여행기〉와 〈아라비안 나이트〉가 바로 그 윗단에 가지런히 놓여 있는 걸 분간할 수 있었다. 생명이 없는 것은 변함이 없었으나 사람들은 무척 변해 있었다.

젊은 귀부인 두 사람이 내 앞에 나타났다. 한 사람은 잉그램 양만큼 키가 크고 몹시 여위었다. 누르끼한 얼굴에 찬 기운이 돌았다. 금욕 생활을 하고 있는 사람 같았다. 검소하기 그지없는 스커트, 검은 모직의 옷, 풀을 먹인 린네르의 것, 관자놀이 위에서 치켜올린 머리, 수녀가 다는 듯한 흑단의 구슬과 십자가가 그런 느낌을 더하게 했다. 나는 이것은 일라이자에 틀림없다고 생각했다. 비록 키는 껑충하고 빛은 잃었을망정.

다른 하나는 분명 조지아나였다. 그러나 호리호리하고 요정 같은 열 한 살의 소녀로서 내가 기억하고 있는 조지아나는 아니었다. 그것은 밀납으로 된 인형처럼 아름답고 활짝 핀, 포동포동한 처녀였다. 예쁘고 쪽 고른 얼굴 생김새에 생기없는 푸른 눈, 노란 고수머리였다. 그네의 옷빛깔도 검었지만 매무새는 언니의 그것과는 딴판이었고 미끈한 것이 그네에게는 더 어울렸나——일라이자의 옷은 청교도의 냄새를 풍겼다.

자매에겐 제각기 어머니의 특징을 닮은 점이 하나씩 있었다. 여위고 창백한 언니는 어머니의 흑수정과 같은 눈을 갖고 있었다. 꽃처럼 풍만하고 사치한 동생은 턱과 턱 끝의 윤곽이 어머니의 것이었다——다소 부드러워진 맛은 있었으나 여전히 그네의 용모에는 딱딱한 데가 있었다. 이것만 아니라면 통통하고 귀여웠을지도 모른다.

내가 들어서자 나를 맞으러 두 사람은 의자에서 일어났다. 그리고 모두 나를 「미스 에어.」하고 이름을 불러 인사했다. 일라이자의 인사는 웃음도 없이 간단하고 무뚝뚝했다. 그리고는 의자에 주저앉아 그네의 눈은 난롯불에 못박히고 내 존재는 잊어버린 듯했다. 조지아나는「오래간만인데?」하고는 여행이니 날씨니 하는 흔한 이야기를 천천히 지껄였다. 그렇게 말하면서도 분주히 곁눈질을 해가며 나를 머리 끝에서 발 끝까지 훑어봤다——주름을 잡은 밤색 메리노직(織) 외투를 가로질러 커티지 모자의 소박한 장식에 시선이 머물렀다. 젊은 여자란 〈별난 사람〉이라고 실제로 말을 안 해도 상대방에게 그걸 알리는 비범한 재주가 있다. 일종의 불손한 눈초리, 쌀쌀한 태도, 차가운 말씨, 이런 것들은 말이나 행동으로 확실히 무례한 태도를 안 보여도, 감정을 요령 있게 충분히 나타내는 것이다.

그러나 은밀한 것이건 공공연한 것이건 그런 비웃음은 일찌기 나를 지배했던 힘을 지니고 있지는 않았다. 나는 사촌들 사이에 앉아서 언니한테서는 아주 무시를 당하고 동생한테서는 반 빈정대는 시선을 받아도 아주 태연 자약하게 있을 수 있는 나 자신에 스스로 놀랐다——일라이자는 분통을 느끼게 하지 않았고 조지아나도 나를 당황하게 하진 않았다. 사실 나는 달리 생각할 대상이 있었다. 지나간 이 몇 달 동안에 내 마음속에는 다른 무엇이 일으킬 수 있는 것보다도 훨씬 강한 감정이 활동하고 있었다——그네들의 힘이 내게 줄 수 있는 것보다도 더 뼈저린 고통과 환희가 나를 사로잡았었다. 그러니까 그네들의 태도가 좋건 궂건 내겐 아랑곳 없었다.

「리드 부인께선 좀 어떠세요?」 나는 곧 조용히 조지아나를 보며 물었다. 나의 당돌한 물음이 생각지 않았던 버릇 없는 것이라도 되는 듯이 그네는 나를 얕잡아보는 것이 좋겠다고 생각했는지 「리드 부인이라고? 아마 엄마 말이겠지. 엄만 아주 허약해지셨어. 오늘 밤 뵙게 되는지 몰라.」

「이층에 올라가서 내가 왔다는 것만 좀 알려 드려도 좋겠는데.」

조지아나는 깜짝 놀라 푸른 눈을 무섭도록 크게 떴다. 「리드 부인이 각별히 나를 만나고 싶어하시는 걸 알기 때문에,」 하고 나는 덧붙였다. 「그래 만나고 싶어하시는 의향을 나는 절대적인 필요 이상으로 지체시키고 싶진 않아요.」

「엄만 저녁땐 귀찮게 구는 걸 싫어하셔.」 하고 일라이자가 대꾸했다. 들어오라는 전갈은 없었지만 나는 곧 일어나서 태연히 모자와 장갑을 벗고 잠깐 베시——아마 부엌에 있으리라고 생각했기 때문에——한테 가서 리드 부인이 오늘 밤 나를 만나실 의향이 계신지 확인해 보도록 할 작정이라고 말했다. 나는 가서 베시를 찾아내 심부름을 부탁하고 앞으로의 일을 진행시켰다. 거만에 대해선 움츠러드는 것이 지금까지의 내 버릇이었다. 이러한 대접을 일 년 전에 받았더라면 나는 도착한 다음 날 아침 당장에 게이츠헤드를 떠날 결심을 했으리라. 그러나 지금은 그게 지극히 어리석은 생각이라는 걸 곧 알게 되었다. 나는 외숙모를 만나기 위해 백 마일의 여행을 한 것이다. 외숙모가 쾌차해지든가——혹은 숨을 거두시든가——그때까지 곁에 있어야 한다. 딸들의 거만과 어리석음은 제쳐놓고 독자적으로 나와야 한다. 그래서 나는 이 집의 가정부에게 방을 하나 정해 줄 것과 아마 한두 주일 동안 이 집의 손님이 될 것이라는 것과 트렁크를 방에 날라 줄 것을 이르고 나도 그 뒤를 따라갔다. 층계참에서 베시와 마주쳤다.

「마님께서 잠이 깨셨어요.」 하고 베시는 말했다. 「아가씨께서 오셨다는 말씀을 드렸어요. 아가씨를 알아보시나 어디 가보십시다.」

지난날 매와 꾸지람을 위해 늘 불리어 가곤 해서 잘 알고 있는 방이어서 안내가 필요 없었다. 나는 베시를 앞질러 가 문을 살그머니 열었다. 날이 저물어 가고 있어 갓을 씌운 등불이 테이블에 놓여 있었다. 옛날과 다름없는 누런빛 장막을 드리운 네 개의 큰 기둥이 달린 침대, 화장대, 안락 의자, 그리고 발판까지 있었다. 이 발판에 저지른 일도 없는 잘못에 대해 용서를 구하려고 수없이 무릎을 꿇도록 명령받았었다. 나는 그 근처의 한구석에 옛날의 그 무시무시한 회초리 같은 가느다란 것이 보이지나 않을까 하고 살펴보았다. 언제나 거기 숨어 있다가 떨고 있는 내 손바닥이나 움츠리고 있는 목덜미에 꼬마 도깨비처럼 튀어나와 내리치곤 했었다. 나는 침대가로 가 커튼을 젖히고 높이 쌓아올린 베개에 허리를 굽혔다.

나는 리드 부인의 얼굴을 너무나 잘 안다. 나는 그 낯익은 이미지를 열심히 찾았다. 시간이 복수의 마음을 가라앉히고 분노와 혐오에 불타는 마음을 진정시킨 것은 다행한 일이다. 나는 격분과 증오 속에서 이 여자와 작별했었다. 이제 나는 이 부인의 중병에 측은한 마음이 들어 모든 상처를 용서하고 잊어버리려는 것이다. 그리고 화해를 하고 다정하게 손을 잡아 보겠다는 간절한 소원을 안고 돌아왔다.

내가 너무도 잘 알고 있는 얼굴이, 전처럼 엄하고 무자비한 얼굴——그 무엇도 녹일 수 없는 특이한 눈과 약간 치켜 올라간 거만하고 위압적인 눈썹이 거기 있었다. 이 눈썹이 위협과 증오를 품고 몇 번이나 나를 훑어내렸던가, 그리고 이제 그 엄한 모습을 더듬었을 때 공포와 슬픔의 어린 시절의 회상이 얼마나 되살아 왔던가? 그러나 나는 허리를 굽히고 그네에게 키스를 했다. 그네는 나를 보았다.

「이게 제인 에어 아니냐?」하고 그네는 말했다.

「네, 리드 아주머니. 좀 어떠세요, 아주머니?」

나는 일찌기 다시는 이분을 아주머니라고 부르지 않으리라고 맹세했었다. 나는 이제 그걸 잊고 지키지 않아도 죄는 안 되리라고 생각했다. 내 손가락은 시트 밖으로 나와 있는 그네의 손을 꽉 잡고 있었다. 그네가 부드럽게 내 손을 잡아 주었더라면 나는 진정으로 기쁨을 맛보았으리라. 그러나 감수성이 없는 인간이 그렇게 쉽사리 부드러워질 리가 없고 본능적인 증오가 그처럼 쉽게 뿌리 뽑혀지는 건 아니다. 리드 부인은 자기 손을 치우며 얼굴을 외면하고 오늘 밤은 따뜻하다고 말했다. 다시금 쌀쌀하게 나를 대했다. 대뜸 나는 알아챘다. 내게 대한 그네의 생각이——나에 대한 감정이 변하지 않았다는 걸, 그리고 변할 수 없다는 것을. 나는 그네의 돌 같은 눈——부드러움에 대해선 둔감하고 눈물을 보아도 마음이 풀리지 않는 눈——을 보고 끝까지 나를 악인으로 생각하고 있다는 걸 알았다. 그것은 나를 선량한 사람으로 믿는다면 그네에게 관용의 즐거움보다는 굴욕만을 줄 테니까.

나는 고통을 느꼈다. 그리곤 분노를 느꼈다. 다음에 나는 이런 것에 져서는 안 되겠다고——그네의 성질이나 의지가 어떻든간에——결심했다. 어렸을 때처럼 내 눈엔 눈물이 솟구쳤다. 그러나 힘껏 참았다. 나는 의자를 하나 베갯머리까지 날라다가 걸터앉아 베개 위로 몸을 굽혔다.

「저를 부르려고 사람을 보내셨지요?」하고 나는 말했다. 「그래서 제가 온 거예요. 아주머니께서 쾌차하실 때까지 여기 머물러 있을 작정이에요.」

「아아, 물론이지! 내 딸들은 만나봤겠지?」

「네」

「그럼, 딸들에게 말이지, 내가 생각하고 있는 걸 말할 수 있을 때까지 집에 있게 해달라고 해요. 오늘 밤은 너무 늦었어——그리고 생각해낼 수가 없어. 그런데 무슨 말을 하려고 했는데, 나 좀 봐——」

불안한 눈초리와 변해진 말투는, 한때 건장했던 그 체질이 얼마나 쇠약해져 있는가를 알려 주었다. 그네는 안절부절 못하고 돌아누워 이불을 잡아당겼다. 이불깃 한모퉁이에 올려놓고 있던 내 팔꿈치가 그걸 누르고 있었다. 그네는 대뜸 화를 냈다.

「일어나!」하고 그네는 말했다. 「이불을 꽉 눌러서 나를 괴롭히지는 말아줘——네가 제인 에어냐?」

「네, 제인 에어예요.」

「난 그애에겐 아무도 믿을 수 없을 만큼 애를 먹었지. 그런 짐이 내게 맡겨지다니——이해조차 할 수 없는 성질에다 매일같이, 시시로 발끈 골을 내고, 게다가 쉴새없이 남의 거동을 부자연스레 살피면서 그렇게도 애를 먹었지! 어떤 땐 미친 듯이 악마처럼 내게 지껄여 댔지——그애처럼 수다스럽고 눈치를 살피는 애는 처음 봤어. 난 그애를 집에서 내쫓은 게 기뻤어. 로드에서는 모두들 그애를 어떻게 했을까? 열병이 유행해서 많은 학생들이 죽었지. 그런데도 그앤 안 죽었어. 그래도 난, 죽었다고 했지——죽었으면 했어!」

「이상한 소원이시군요, 리드 부인. 왜 제인이 그렇게도 미운가요?」

「난 늘 그애의 어머니가 싫었어. 그 여잔 남편의 하나밖에 없는 누이동생인데다 남편이 그 여자를 무척 귀여워해 주었었지. 그 여자가 신분이 낮은 사람과 결혼하자 온 가족이 인연을 끊겠다고 했을 때도 그 분만은 반대하셨지. 누이동생이 죽었다는 소식을 듣고 남편은 바보처럼 흐느껴 울었고, 누이동생의 어린애를 데려오겠다고 마구 우겨 댔지. 내가 그애를 유모에게 주어 양육비를 대는 편이 좋겠다고 몇 번이나 간청을 했는데도. 난 처음 그애를 보는 순간부터 미웠어——골골하고 킹킹대는 앙상하게 마른 것이! 밤새 요람 속에서 울어 댔단 말이야——그것도 다른 애들처럼 시원하게 울어 대는 것이 아니고, 쿨쩍쿨쩍 우는가 하면 킹킹댔단 말야. 그걸 남편은 가엽게 여기어 마치 친자식처럼 돌봐 줬어. 아니 내 친자식이 그 나이쯤일 때 시중을 들어 준 것보다도 더 야단스러웠다니까. 남편은 우리 애들과 그 거지 애를 사이좋게 놀게 하려고 아주 열심이었어. 애들도 거기엔 참을 수가 없었지. 그러자 남편은 그애를 싫어하는 걸 보고 애들에게 야단을 치곤 했어. 그분이 마지막 죽을 병에 걸렸을 때 자기 침대 곁으로 그애를 자꾸 데려오라고 했지. 죽기 불과 한 시간 전에 저걸 키우도록 맹세시켰어. 난 차라리 양육원에서 가난뱅이의 자식을 맡는 편이 나을 뻔했다. 하지만 남편은 마음이 약했어. 천성으로 마음이 약했으니까. 존은 하나도 아버지를 닮지 않았다. 난 그것이 오히려 기뻐. 존은 나를 닮았어. 우리 형제를 닮았어——그앤 정말 깁슨 집안 사람이야. 아아, 돈 달라는 편지로 나를 괴롭히는 건 제발 그만뒀으면 좋겠어! 이젠 그 녀석에게 줄 돈이 없으니까. 우린 점점 가난해져 간다. 난 하인 중에서 절반을 내보내고 집도 절반은 폐쇄하든가 세를 줘야 하겠는데 난 도저히 그렇게 할 수가 없어——그럼 앞으로 어떻게 살아 간담? 수입의 삼분의 이는 저당잡힌 이자를 갚아 나가는 데 들어가고. 존은 마구 도박을 해선 돈을 잃기만 하지——가엾은 애야! 그 녀석은 사기꾼에 넘어가서——점점 몰락해서 타락해 버렸지——그애의 몰골이 무서워——난 그애를 보면 부끄러워져.」

　그네의 흥분은 점점 더해 갔다. 「그만 가보는 게 좋겠어.」하고 나는 베시에게 말했다. 그네는 침대 건너편에 서 있었다.

　「그러는 게 좋겠어요. 하옇든 밤이 되면 대개 이런 말씀을 하시는 걸요——아침녘엔 조용해지신답니다.」

　나는 일어났다. 「기다려!」하고 리드 부인은 소리쳤다. 「또 하고 싶은 얘기가 있어. 존은 나를 위협해——죽는다고, 그렇지 않으면 나를 죽인다구. 나는 저애의 목에 입은 심한 부상이나, 부풀어오른 검은 얼굴로 누워 있는 꿈을 때때로 꾼단 말이다. 나는 이상한 길로 들어섰어. 무거운 걱정거리를 안고 있어. 어쩌면 좋을까? 어떡하면 돈을 구할까?」

　그때 베시는 부인에게 진정제를 마시도록 여러 가지로 타일러서 간신히 성공했다. 이윽고 리드 부인은 조용해지고 꾸벅꾸벅 졸기 시작했다. 나는 방을 나왔다.

내가 다시 그네와 말을 나눈 것은 열흘이 더 지나서였다. 그네는 헛소리가 아니면 혼수 상태를 지속하고 있었다. 의사는 그네를 괴롭게 흥분시키는 건 일절 금하게 했다. 그러는 동안 나는 일라이자와 조지아나와 되도록 잘 어울려 지냈다. 처음엔 이 자매는 참으로 내게 냉담했다. 일라이자는 반나절을 재봉이나 독서나 글을 쓰며 보내고 나나 조지아나에게는 거의 말을 건네지 않았다. 조지아나는 그네의 카나리아 새에게는 한 시간 동안이나 쓸데없는 소리를 지껄여 대면서도 나를 거들떠보지 않았다. 그러나 나는 할 일이 없고 즐길 오락이 없어 난처해 보이고 싶진 않다고 마음먹었다. 그림을 그리는 도구를 챙겨 가지고 갔기 때문에 그것이 내 즐거움과 일거리가 되어 주었다.

나는 언제나 연필 통과 종이 몇 장을 준비해 가지고 그들로부터 떨어져 창가에 놓여 있는 자리에 앉아 상상화를 그리는 데 몰두하고 있었다. 두 개의 바위와 바위 사이로 보이는 바다와 하늘로 솟아오르는 달과 그 둥근 표면을 스쳐가는 한 척의 배, 갈대와 창포의 숲, 연꽃의 관을 쓴 물의 요정의 머리, 꽃이 만발한 가위나무의 화환, 바위종다리 둥지 속에 앉아 있는 꼬마 요정이 그 속에서 솟아오르는 등 상상이라는 가지각색의 만화경에 순간적으로 비치는 것은 뭣이든 그려냈다.

어떤 날 아침, 나는 무심코 하나의 그림을 그렸다. 어떤 얼굴이 될까 하는 것은 심중에도 없고 또 알려고도 하지 않았다. 나는 부드러운 검은 연필을 집어서 그 끝을 굵게 해가지고 그리기 시작했다. 저도 모르는 사이에 도화지에다가 넓고 툭 튀어나온 이마와 모난 윤곽의 얼굴 아랫부분을 그리고 있었다. 그 윤곽은 나를 기쁘게 해주었다. 내 손가락은 거기에 눈, 귀, 코, 입을 그리려고 빨리 돌아갔다. 이 이마 밑에 아주 특징 있는 직선적인 눈썹을 그려야 한다. 그 다음엔 물론 곧바로 콧날이 선 콧구멍이 큰 잘 생긴 코를 그리고 자유 자재로 움직이는 듯한 입은 작아선 안된다. 가운데쯤이 뚜렷하게 푹 들어가 있는 완강한 아래턱, 물론 다소의 검은 구레나룻이 필요하다. 그리고 거무스레한 머리칼은 관자놀이를 덮고 이마 위에 펄럭이도록 그려야 한다. 그럼, 이번엔 눈이다. 나는 눈을 나중으로 미루었다. 왜냐하면 이 눈은 아주 세심한 주의를 기울여야 하니까. 눈은 크고 보기좋게 잘 그렸다. 속눈썹은 길고 거무스름한 빛깔이고 검은 눈이 빛이 나고 컸다.

(됐어, 그런데 진짜 눈과 똑같진 않군.) 하고 그림의 효과를 자세히 살펴보면

서 나는 생각했다. (이 눈은 좀더 힘과 혼이 있어야 하겠다.) 나는 눈빛이 한층 찬란하게 빛나도록 음영(陰影)을 진하게 했다. 멋진 한두 번의 터치는 성공이었다. 야, 내 앞에 친구의 얼굴이 있다. 저 아가씨들이 나를 등지고 있다고 해서 그게 무슨 상관이 있단 말이냐? 나는 지금이라도 말을 건네올 듯한 이 스케치를 보고 미소를 지었다. 나는 거기에 홀리고 만족했다.

「그거 어떤 아는 분의 초상화?」 나도 모르게 다가온 일라이자가 물었다. 나는 다만 공상으로 그린 사람이라고 대꾸하고는 얼른 다른 도화지 밑에 집어넣었다. 물론 이것은 거짓말이고, 실은 로체스타 씨를 아주 충실하게 그린 얼굴이었다. 그러나 그네에게 아니 나 이외의 사람에게 이 그림이 어떻단 말인가? 조지아나도 보려고 다가왔다. 다른 그림들은 퍽 그네의 마음에 들었으나 이 그림을 보곤 「추남이군.」 했다. 그네들은 내 그림 솜씨에 놀란 듯했다. 그네들의 초상화를 그리겠다고 내가 말을 꺼내자 둘이는 교대로 윤곽을 그리도록 앉았다. 그리고는 조지아나는 그네의 앨범을 보여 주었다. 나는 그네에게 수채화를 그려 주기로 약속했다. 이것이 당장에 그네의 환심을 사게 했다. 그네는 정원을 산책하자고 했다. 우리들은 밖에 나가 두 시간도 채 되기 전에 흉금을 터놓고 말을 주고받게 되었다. 그네는 두 계절 전 런던의 사교계에서 화려한 겨울을 지냈던 일을 상세히 이야기해주었다. 거기서 그네가 선풍을 일으켰을 때의 사람들의 찬미, 그네가 받은 주목 등을. 또 그네가 어떤 귀족의 사랑을 차지하게 된 것도 말해 주었다. 오후가 지나 밤이 되자 이런 이야기는 점점 자상하게 확대되어 여러 가지 달콤한 대화의 장면과 감상적인 장면까지 재연되었다. 이를테면 상류 생활을 그린 소설 한 권을 내게 읽히려고 그날 그네가 잔뜩 채비했던 거나 다름없었다. 이 이야기는 매일같이 되풀이되고 매일 같은 화제가 반복되었다——그네 자신의 일, 그네의 사랑, 그네의 슬픔 등. 엄마의 병이나 동생의 죽음이나 가족들의 암담한 현재의 사정에 대해서는 전혀 말이 없는 것은 이상한 일이었다. 그네의 마음은 지난날의 화려한 추억과 앞으로 올 쾌락의 열망으로 가득 차 있었다. 그네는 어머니의 병실에 매일 오 분 이상은 있지 않았다.

일라이자는 여전히 좀처럼 말을 안 했다. 분명히 그네는 말할 틈이 없었다. 나는 그네만큼 설치는 사람을 본 적이 없었다. 그러나 무엇을 했는지 말하기는 어렵다. 더구나 그네의 근면한 결과를 찾아보기는 더 어려웠다. 그네는 아침 일찍 일어나려고 자명(自鳴)시계를 갖고 있었다. 아침 식사 전의 시간은 어떻게 보냈는지 모르지만 식사를 마친 다음엔 그네의 시간을 규칙적으로 나눠 매 시간마다 할당된 일이 있었다. 하루에 세 번 그네는 무슨 조그만 책을 외었다. 보아하니 그것은 영국 국교의 기도서인 듯했다. 한 번은 내가 그 기도서 중에서 무엇이 제일 재미가 있느냐고 물었더니 〈예배 규정〉이라고 그녀는 말했다. 세 시간 동안은 거의 융단만한 크기의 네모진 진홍빛 천의 가장자리를 금실로 꿰매는 데 보냈다. 그걸 무엇에 쓸 거냐고 묻자, 최근 게이츠헤드 근처에 세워진 교회의 성단을 덮는 데 쓸 거라고 했다. 두 시간은 일기를 쓰는 데, 두 시간은 그네 자신이 채마밭에서 일하느라고, 나머지 한 시간은 그네의 장부를 정리하는 데 썼다. 친구도 이야기도 그네에겐 필요 없는 성싶었다. 난 그네는 그네대로 행복하다고 생각했다. 일과가 그네를 충분히 만족시켜 주었으니까. 그리고 이 시계 바늘 같은 규칙을 변경시켜야만 할 어떤 사건이 일어나는 것처럼 그네를 화나게 하는 일은 없었다.

어느날 밤, 그네가 여느 때보다는 터놓고 얘기하고 싶은 마음이 들었을 때 존의 행위와 현재 가족들이 위협을 받고 있는 파산이 그네에게 크나큰 근심의 원인이 되었으나 이젠 그네의 마음은 가라앉고 결심이 섰다고 했다. 그네 자신의 재산은 안전하게 간직해 두었고 엄마가 돌아가시면──엄마가 회복하거나 지금의 상태를 오래 끌리라는 건 있음직하지 않다고 태연히 그네는 말했다──오랫 동안 혼자 계획해 오던 일을 실천에 옮겨 보겠다고 했다. 규칙적 습관이 영원히 방해를 받을 염려가 없는 은신처를 찾아 천박한 이 사회와 그네와의 사이에 안전한 장벽을 마련하겠노라고 했다. 나는 조지아나와 함께 가느냐고 물었다. 물론 아니었다. 조지아나와 그네는 공통된 점이란 하나도 없었다. 그네는 어떤 일이 있어도 조지아나와 함께 있어야 하는 짐을 지고 싶진 않았다. 조지아나는 그네의 길을 가야 하고 그네──일라이자는 그네의 길을 가야 한다는 것이었다.

조지아나는 마음에 걸리는 일을 내게 터놓을 때 외엔 소파에 누워 있었다. 집안이 침울해서 애가 탄다든가 깁슨 숙모가 자기를 런던으로 오도록 초대하는 편지를 보내 주었으면 하고 자꾸만 되풀이하는 일로 시간을 낭비했다.「만사가 끝날 때까지 한두 달 동안만 집에서 빠져나가 있음 얼마나 좋을까.」하고 그네는 말했다. 〈만사가 끝난다〉는 것은 무엇을 뜻하는지 그네에게 물어 보지 않았으나 그것은 예상되는 어머니의 죽음과 장례식 뒤에 따르는 우울한 기분을 말하는 듯했다. 일라이자는 동생의 게으름과 불평을, 마치 빈정빈정 불평만 펴는 사람이 지금 자기 앞에 없는 듯이 대개는 개의하지 않았다. 그러나 어느날, 출납부를 정리하고 자수를 접어넣자 별안간 이렇게 말하며 동생을 골리었다.

「조지아나, 너처럼 쓸모 없고 어리석은 동물은 세상에 또 없어. 넌 세상에 태어날 자격이 없었던 거야. 인생을 유용하게 쓰지 않으니까. 이성(理性)이 있는 인간이라면 응당 자기를 위해 산다든가 자기 내심의 세계에서 자신과 함께 산다든가 하지 않고 너는 자기의 연약성을 그저 남의 힘에만 의존해 살아 나가려고 해. 그따위 힘없고 거만하고 아무 쓸모 없는 인간을 여자건 남자건 기꺼이 맡아줄 사람이 없다고, 냉대를 받았다느니 무시를 당했다느니 불행하다느니 하고 울부짖는단 말이야. 그리고 또 네겐 생존이라는 건 끊임없이 자극과 변화를 가져다주는 화면 같은 것이라야 해. 그렇지 않음 이 세상은 토굴과 같겠지. 넌 남한테 칭찬과 귀여움을 받고 아첨을 받아야 해. 넌 음악과 춤과 사교가 없어선 안돼──그렇잖으면 맥이 빠지고 기가 죽어 버려──너는 남의 노력이나 의사가 아닌 너 자신의 노력과 의사로써 해나갈 방법을 연구할 생각은 없니? 하루를 자기 것이라고 생각하고 그걸 몇 시간으로 쪼개 봐라. 그리고 매 시간마다 일을 할당하는 거야. 십 오 분, 십 분, 사 분이라도 빈들빈들 놀아선 안 돼──모두 일하는 데 써야 해. 하나하나의 일을 순서 있게 꼭 규칙적으로 차근차근 해보라는 거야. 언제 샜느냐 싶게 날이 저물고 하는 식으로, 한가한 시간을 보내는 데도 어느 누구의 신세를 지지 않게 되고 친구나 말할 상대나 동정, 인내를 구할 필요도 없는 거야. 이를테면 독립한 인간이 해야 할 생활을 해나가는 거야. 이 충고를 들어 줘──네게 말하는 처음이자 마지막 충고니까. 그럼 너는 무슨 일이 일어나도 나나 다른 아무도 필요로 하지 않을 거야. 이 충고를 무시하고 여태처럼 남에게만 바라고 우는 소리만 하고 게으르면──제아무리 비참하고 견딜 수 없는 일이 일어나도 너는 너 자신의 어리석음 때문이라는 걸 알고 겪어야 해. 난 분명히 이걸 얘기하는 거다. 들어 봐. 내가 이제 말하는 건 다시 되풀이 안 하겠지만 난 이걸 꼭 꾸준히 실행하고야 말 테야. 어머님이 돌아가시면 난 너와는 마지막이다. 어머님의 관이 게이츠헤드 교회의 납골당(納骨堂)으로 운구되는 그날부터 너와 나는 서로 모르는 사람처럼 헤어지는 거야. 우리가 우연히 같은 부모한테서 태어났다고 해서 그 대수롭지 않은 인연을 내세우면 널 붙잡아 주리라고는 생각도 하지 않는 편이 좋아. 이것만은 딱 잘라 말한다. 가령 우리들 이외의 온 인류가 이 세상에서 싹 없어져 이 세상에 우리 두 사람만이 남았다 해도 나는 너를 낡은 세계에 남겨 두고 나 자신은 새 세계로 가겠다.」

일라이자는 입을 다물었다.

「그런 장광설을 늘어놓는 수고는 아껴도 좋았을 걸 그랬지.」하고 조지아나가 대꾸했다. 「언니가 이 세상에선 아주 이기심이 강한 차가운 사람이라는 건 누구나 다 알고 있는 거야. 내게 대한 언니의 심술궂은 증오는 내가 잘 알고 있어요.

언니가 에드윈 뷔이어 경의 일로 내게 하신 그 앙큼한 속임수가 그 실례이겠지. 내가 언니보다도 신분이 높아지거나 작위(爵位)를 갖거나 언니가 감히 얼굴을 내놓을 용기가 나지 않을 사교계의 사람이 되는 건 언니에겐 참을 수 없는 일이에요. 그래서 간첩이나 밀고자처럼 행동을 해서 내 장래를 영원히 망쳐 버린 거야.」 조지아나는 손수건을 꺼내 한 시간 동안 울며 코를 풀고 했다. 일라이자는 쌀쌀하고 무감각하게 부지런히 일을 하고 있었다.

진실하고 너그러운 감정을 존중하지 않는 사람들이 있다. 여기 있는 두 사람의 성질은 그것이 결핍되어 있기 때문에 한 사람은 참을 수 없으리 만큼 혹독해지고 또 한 사람은 멸시하고 싶을 만큼 멋없게 되어 버렸다. 판단력이 없는 감정이란 물탄 약과 같은 것이다. 그러나 감정이 따르지 않는 판단력은 인간이 삼키기에는 너무나 쓰고 거칠다.

비바람치는 오후였다. 조지아나는 소설을 탐독하다가 그만 소파 위에서 잠들어 버렸다. 일라이자는 신축한 교회에서 거행되는 성도 기념제(聖徒紀念祭)에 참례하러 나갔다. 종교 문제에 관한 한 그네는 완고한 형식주의자여서 어떤 날씨라도 그네가 의무라고 생각한 신앙심을 꼬박꼬박 지켜 나가는 걸 방해하진 못했다. 날씨가 좋건 궂건 일요일마다 세 번씩 교회로 가고 보름날에도 기도회가 있을 땐 그때마다 자주 가곤 했다.

나는 이층으로 가서 거의 아무도 거들떠보지 않는 속에 누워 있는 죽어 가는 부인을 보리라 마음먹었다. 하인들까지도 이따금 생각이 나면 들여다볼 뿐이고 고용된 간호부는 거의 감시가 없으므로 틈만 있으면 병실을 빠져나가곤 했다. 베시는 충실했지만 그네에겐 치다꺼리를 해야 할 어린애들이 있어 어쩌다 홀에 올 뿐이었다. 병실은 예상대로 돌보는 사람이 없었다. 간호원도 없었다. 환자는 꼼짝도 않고 누워 있었다. 혼수 상태 같았고 잿빛 얼굴은 베개에 파묻혀 있었다. 난롯불은 안에서 꺼져 가고 있었다. 나는 땔감을 갈아 넣고 그네의 이불을 가지런히 손질을 해주었다. 이미 나를 바라볼 수 없게 된 그네를 잠시 지켜보다가 나는 창 쪽으로 걸어갔다.

비는 세차게 유리창을 때리고 바람은 사납게 휘몰아쳤다. (저기 사람이 누워 있다.)고 나는 생각했다. (머지않아 저 사람은 땅 위의 싸움이 들리지 않는 고장으로 가버리겠지. 그 영혼은 —— 지금 육체를 떠나려고 몸부림치고 있는—— 영혼이 떠난다면 어디로 갈까?)

이런 커다란 신비에 대해서 생각에 잠겨 있으면서 문득 나는 헬린 번즈의 일을 생각하고 그네가 임종 때 하던 말—— 그네의 신앙 —— 즉 육체를 떠난 영혼은 평등하다고 하던 그네의 말을 회상했다. 나는 잘 기억하고 있는 그네의 목소리를 아직도 마음속에서 듣고 있었다——평온한 죽음의 자리에서 그네의, 하늘의 아버지 품안으로 돌아가고 싶다고 속삭였을 때의 그 맑고 창백한 영적인 모습, 여윈 얼굴, 고상한 눈길을 마음에 되새기고 있는데——뒤의 침대에서 가냘픈 목소리가 속삭였다.

「누구냐?」

나는 리드 부인이 며칠 동안이나 입을 떼지 않은 걸 알고 있었다. 좀 나아진 걸까? 나는 곁으로 다가갔다.

「저예요, 리드 아주머님.」

「저라니? 누구냐 말이야?」하고 그네는 말했다. 「넌 누구냐?」놀람과 일종의 경악의 눈초리로, 그러나 거칠지 않게 나를 바라보면서 말했다.

「도무지 알 수 없는 사람이야——베시는 어디 있어?」

「문지기 집에 있어요, 아주머님.」

「아주머님.」그네는 되풀이했다 「누가 날 아주머니라고 불러 넌 깁슨 가문의 사람은 아니지. 그렇지만 난 너를 알고 있다. 그 얼굴과 눈, 그리고 그 이마는 낯이 익어, 너는 꼭——그렇지, 넌 제인 에어를 꼭 닮았구나!」

나는 아무 말도 안했다. 나 자신을 밝힘으로써 그네에게 어떤 충격을 주지나 않을까 걱정이 되었으므로.

「그러나,」하고 그네는 말했다. 「내 착각이겠지. 잘못 생각한 거야. 난 제인 에어를 만나고 싶었어. 그래 닮지도 않은 사람을 닮은 것처럼 난 생각한 거야. 더구나 팔 년 동안에 모습이 굉장히 변했을 거야.」이때 나는 그네에게, 그네가 나더러 닮았다고 생각하는, 그리고 만나고 싶어하는 장본인이라는 걸 다정히 알려 주었다. 나를 알아보고 그네의 의식이 완전히 회복된 걸 확인하고 나서 베시가 나를 쏜필드에서 불러오려고 그네의 남편을 보냈던 일을 설명했다.

「내 건강이 아주 나빠.」얼마 안 있다가 그네는 말했다. 「조금만 돌아누우려고 해도 다리 하나 움직일 수 없다. 죽기 전에 내 마음만이라도 편하게 하고 싶다. 건강할 땐 조금도 생각지 않았던 일이 지금과 같은 이런 때엔 날 괴롭히는구나. 간호원은 여기 없냐? 너 말곤 아무도 없는 거냐?」

나는 우리들뿐이라고 했다.

「그래, 나는 이제 와서 후회하지만 네게 나쁜 일을 두 가지 했단다. 하나는 너를 내 아이들과 같이 키우겠다고 남편에게 한 약속을 안 지킨 것이고 또 하나는——」그네는 말을 끊었다. 「아뭏든 대단한 건 아니니까.」그네는 혼자 중얼거렸다. 「그때쯤이면 내가 나아질 테고 그때 가서 저애한테 머리를 숙인다는 건 고통이야.」

그네는 돌아누우려고 애를 써봤으나 되지 않았다. 낯빛이 변했다. 그네는 속으로 무엇을 느낀 성싶었다──아마 마지막 고통의 전조였으리라.

「그렇지, 나는 그런 걸 이겨내야 한다. 저 세상이 나를 기다리고 있다. 제인에게 알려 줘야 하겠다──내 화장대에 가서 그걸 열고 안에 들어 있는 편지를 꺼내오너라.」

나는 그 지시에 따랐다. 「그 편지를 읽어 봐라.」하고 그네는 말했다.

편지는 짧은 글월이었으며 다음과 같이 적혀 있었다.

부인

죄송하기 짝이 없읍니다만 저의 질녀인 제인 에어의 거처와 근황을 알려 주시면 대단히 감사하겠읍니다. 곧 나는 마데이라에 있는 저한테로 오도록 그애에게 편지를 내려고 합니다. 저는 천운으로 상당한 재산을 마련했읍니다만 아직 독신으로 어린애가 없기 때문에 제가 살아 있는 동안은 제인을 양녀로 삼고 죽은 다음에 물려줄 수 있는 것은 일체 그애에게 양도하고자 합니다.

마데이라에서, 존 에어

이 편지에는 삼 년 전의 날짜가 찍혀 있었다.

「왜 제가 이 소식을 못 들었을까요 ?」하고 나는 물었다.

「왜냐고, 네게 훌륭한 신분이 되게 해주는 것이 참을 수 없었던 거야. 너를 철저하게 미워했으니까 그렇지. 나는 네가 내게 한 일을 잊어버릴 수가 없었어, 제인──언젠가 네가 내게 달려들어 행패를 부리던 일, 나를 이 세상에서 제일 나쁜 사람으로서 미워한다고 털어놓던 그 말투, 나를 생각만 해도 소름이 끼친다느니, 내가 너를 혹독하게 다룬다고 하던 저 어린애답지 않은 얼굴이나 목소리를 잊어버릴 수가 없었어. 나는 네가 그처럼 내게 덤벼들어 표독한 마음을 토하던 때의 내 심정을 잊어버릴 수가 없었어. 마치 내가 차고 밀치고 한 짐승이 사람의 눈을 하고 노려보고 사람의 목소리로 저주하고 있는 것처럼 무서웠다──물을 줘 ! 아아 ! 빨리 !」

「아주머님.」나는 그네가 달라는 물을 한 모금 주면서 말했다. 「이젠 그런 것은 일절 생각지 마시고 깨끗이 마음속에서 쫓아내 버리세요. 제 성미 급한 말은 용서해 주세요. 그때 전 어린애였으니까요. 그날부터 벌써 팔구 년이나 지나잖았어요.」

　그네는 내가 하는 얘기엔 귀도 기울이지 않았다. 물을 마시고 한숨을 쉬고 나서 이렇게 말을 이었다.

　「하여튼 난 그걸 잊어버릴 수가 없었어, 그래 앙갚음을 한거야. 네가 그 아저씨에게 양육되어 편안하고 훌륭한 신분이 되는 것이 내겐 견딜 수 없는 노릇이었으니까. 나는 네 아저씨에게 편지를 냈다. 낙담시켜 드려서 안 됐지만 제인 에어는 죽었읍니다, 로드에서 티푸스로 죽었읍니다 하고. 그러니까 너 하고 싶은 대로 해봐라. 편지를 내서 내 말이 거짓말이었다고 반박하려무나——지금 당장에라도 내 거짓말을 폭로해라. 아무래도 난 너를 괴롭히기 위해서 태어난 것 같애. 내 임종은, 너만 없었더라면 내가 꿈에도 범하지 않았을 행동을 한 회상 때문에 최후의 순간에도 괴롬을 당하고 있는 거다.」

　「이젠 그런 것은 생각하지 않겠다는 생각이 드신다면 아주머님, 그리고 친절하게 용서한다는 마음으로 저를 생각해 주신다면——」

　「넌 참으로 못된 생각을 가지고 있었구나.」하고 그네는 말했다.「이 끼끼지도 난 이해를 할 수가 없어. 구 년 동안 무슨 일이 있어도 꾹 참고 아무 말도 없던 네가 왜 십 년만에 모든 울분을 폭발시켰는지 난 도무지 모르겠다.」

　「제 성질은 아주머님께서 생각하시는 것처럼 그렇게 나쁘진 않아요. 저는 급하긴 해도 앙심을 품는 성미는 아니예요. 아주 어렸을 때, 저는 아주머님만 그렇게 해주셨더라면 기꺼이 아주머님을 사랑하고 싶다고 생각했을지 몰라요. 그래서 지금은 화해를 하려고 충심으로 원하고 있어요. 아주머님, 키스를.」

　나는 볼을 그네의 입술로 갖다댔다. 그네는 입을 맞추려고도 하지 않았다. 내가 침대 위에 기대서 눌린다고 그네는 말했다. 그리고 또 물을 마시고 싶다고 했다. 나는 그네를 눕히고——물을 마시는 동안 그네를 일으켜 팔로 받들고 있었기 때문에——그네의 얼음장같이 차고 축축한 손을 감쌌다. 힘없는 손가락이 내 손에서 빠져나갔다——그 멍청한 눈은 내 시선을 피했다.

　「그럼 저를 미워하든 사랑하든 맘대로 하세요.」마침내 나는 말했다.「저는 아주머님을 전부 용서하고 있어요. 이제는 하느님께 용서를 구하고 마음 편해지셔요.」

　고통받는 가엾은 여자! 이제 고질이 된 마음씨를 고치려고 애써도 때는 이미 늦다. 살아 있는 동안 나를 미워해 왔고 죽어 가면서도 나를 미워해야만 한다.

　이때 간호원이 들어오고 베시가 뒤따라 들어왔다. 그래도 나는 무슨 다정한 표시라도 볼까 해서 삼십 분 동안이나 머뭇거리고 있었다. 그러나 그네는 아무것도 나타내지 않았다. 그네는 시시 각각으로 혼수 상태로 떨어지고 다시는 의식을 회복하지 못한 채 그날 밤 열 두 시에 숨을 거뒀다. 나는 그네가 눈을 감을 때 없었고 딸들도 거기 없었다. 다음날 아침, 딸들이 와서 만사는 끝났다고 알렸다. 그때엔 벌써 입관돼 있었다. 일라이자와 나는 그네를 보러 갔다. 커다란 목소리로 울고 있던 조지아나는 보러 갈 용기가 안 난다고 했다. 한때는 건강하고 활동적이던 새라 리드의 유해는 빳빳하게 뻗어 있었다. 부싯돌과 같은 눈은 싸늘한 눈까풀로 덮여 있었고 이마와 뚜렷한 특징이 있는 얼굴의 붙임새는 여전히 그 냉혹한 영혼의 모습을 지니고 있었다. 그 시체가 내겐 이상하고도 엄숙한 존재였다. 나는 어둡고 괴로운 마음으로 그걸 바라보았다. 부드러움도 다정함도 가엾음도 또 희망도 마음을 가라앉히는 것도 느끼게 하지 않는 주검이었다. 그네의 괴로움에 대해서——나의 손실이 아니라——불쾌감을 주는 고통과 이런 상태로 죽는 것을 두려워해 느끼는 암담하고 눈물도 안 나오는 낙담뿐이었다.

일라이자는 태연하게 어머니를 바라보고 있었다. 잠시 침묵을 지키다가 말했다.

「어머니의 체질이면 꽤 오래 사실 수 있었을 건데. 어머니의 수명은 걱정 때문에 단축된 거야.」이렇게 말하고, 잠시 그네의 입술은 경련을 일으켰다. 그것이 사라지자 그네는 돌아서서 방을 나가 버렸다. 나도 방을 나왔다. 우리들 중에 아무도 눈물 하나 흘리지 않았다.

22

로체스타 씨는 불과 한 주일의 휴가를 주셨는데 벌써 게이츠헤드에서 한 달이 지나 버렸다. 장례식을 치르는 대로 곧 떠나려 했으나 조지아나가 런던으로 출발할 때까지는 제발 머물러 있어 달라고 간청했다. 누이동생의 매장과 가사 정리차 런던에서 내려왔던 외삼촌인 깁슨 씨의 초대를 받아 그네는 마침내 런던으로 가게 된 것이다. 조지아나는 일라이자와 단 둘이만 있는 것은 무섭다고 했다. 그네가 절망에 빠져 있어도 동정은 하지 않고 무서움 속에서도 아무 힘이 되어 주지 않고 또 여행 준비하는 데도 손 하나 거들어 주지 않았다고 했다. 그래 나는 그네의 풀이 죽은 기분이나, 이기적인 비탄을 될 수 있는 대로 잘 받아 주고, 그네를 위하여 바느질을 하기도 하고 옷가지를 꾸려 주기도 하며 힘껏 일을 도와 주었다. 내가 일하고 있는 동안 그네는 아무것도 않고 빈들빈들 놀기만 하는 것은 사실이었다. 나는 가만히 생각했다. (만일 너와 내가 늘 함께 지낼 운명에 놓인다면 사촌이여, 나는 이런 꼴을 그냥 참고 견디지 않았을 것이다. 나는 얌전하게 참는 축에는 들지 않았을 거다. 네게는 네 몫의 일을 떠맡기고 그것을 완수하도록 하든가, 그렇지 않으면 그냥 내버려두게 할 것이다. 또 너의 그 느릿느릿하고, 성실치 못한 불평일랑 네 가슴속에만 파묻어 두게 할 거야. 내가 이처럼 참을성 있게 불평을 참고 네 말을 고분고분 들어 주는 것은 우연히 우리들의 관계가 아주 짧은 동안이라는 것과 특별히 슬픈 때니까 그런 거야.)

간신히 조지아나를 떠나보내고 나니 이번에는 일라이자가 한 주일만 더 있어 달라는 청이다. 그네의 계획들이 그네의 시간과 주의를 전부 요구한다고 했다. 그네는 어떤 미지의 나라를 향해 떠나려 하고 있었다. 그네는 하루 종일 자기 방에 틀어박혀 문을 안으로 잠그고 트렁크를 채우고 서랍 속을 비우고 서류를 불사르고 하면서 누구하고도 일절 접촉을 안했다. 일라이자는 나더러 집안일을 돌보고 방문객을 맞고 편지에 답장을 내달라고 했다.

어느 날 아침, 그네는 내게 자유로이 행동해도 좋다고 했다. 「그리고,」 하고 덧붙였다. 「너의 가치 있는 봉사와 빈틈없는 처사에 감사를 한다! 너와 같은 사람과 사는 것과 조지아나와 같이 사는 것하고는 퍽 차이가 있을 거야. 너는 맡은 일을 잘 처리하고 남에게 폐를 끼치지 않으니까. 내일은,」 하고 그네는 말을 이었다. 「난 유럽 대륙으로 출발해요. 리일 근처에 있는 수도원으로——사람들은 수녀원이라고 부르겠지만——들어가서 살 테야. 거기라면 조용히, 누구에게도 간섭받지 않고 살 수 있겠지. 당분간, 카톨릭의 교리를 검토하고 그 교리의 조직이 어떻게 운영되고 있는지 그 연구에만 전념할 작정이야. 내가 어렴풋이 생각하고 있는 것처럼 만사를 아주 질서 정연하게 처리해 나가는 데 가장 적합한 것 같다는 것을 알게 되면, 나는 로마 카톨릭의 교리를 믿고, 수녀가 될 테야.」

나는 이 결심을 듣고도 별로 놀라움을 나타내지도 않았고 그네를 말리어 보려고도 하지 않았다. (그 천직이야말로 네겐 안성 마춤일 거야.) 하고 나는 혼자 생각했다. (그걸로 네가 행복해지기를!)

우리가 헤어질 때 그네는 말했다.

「안녕, 제인 에어, 너는 지각이 있는 사람이야!」

나는 그때 대꾸했다. 「일라이자 언니도 지각이 없진 않아요. 하지만 언니가 갖고 있는 것은 앞으로 일 년만 지나면 프랑스 수녀원의 담 속에 산 채로 갇혀 버리겠지요. 아뭏든 내가 이러쿵저러쿵 할 문제가 아니고, 언니에게 알맞은 일이라면——내가 상관할 거 없어요.」

「네 말이 옳다.」하고 그네는 말했다. 이런 말을 하고 우리는 제각기 다른 길을 향했다. 나는 일라이자의 일에 대해서나 조지아나의 일에 관해서 앞으로 이야기할 기회가 없을 것 같으므로 여기서, 조지아나는 부유하고 도락에도 지쳐 버린 상류 사회의 사람과 결혼했다는 것, 일라이자는 실제로 수녀가 되어서 지금은 견습 기간을 거쳐 수도원의 윗자리를 차지하고 그곳에 그네의 재산을 기부한 것 등을 말해 두는 편이 좋으리라고 생각한다.

길든 짧든간에 떠나 있던 집에 다시 돌아갈 때, 모두들 어떤 마음이 드는지 나는 몰랐다. 나는 그런 기분을 경험해 본 적이 없었다. 어렸을 때, 오랜 산책 끝에 게이츠헤드 집에——추워 보인다든가, 침울한 표정을 짓고 있다든가 해서 야단을 맞으러 돌아올 때의 기분을 잘 알고 있다. 그 다음에는 교회에서 로드로 돌아올 때——많은 음식과 따뜻한 불기를 갈망했는데, 이 두 가지가 다 허사가 되어 버렸을 때의 마음을 잘 알고 있다. 이런 귀가(歸家)들이란 조금도 즐겁지 않고 달갑지도 않은 것이었다. 가야 할 곳에 가까이 감에 따라 인력(引力)이 증가되어 내집이라고 하는 일정한 장소로 나를 끌어당기는 자석(磁石)이 내겐 없었다. 쏜필드로 돌아가는 것이 어떤 것인지 이제부터 겪게 된다.

여행은 지루했다——몹시도 지루하게 느껴졌다. 하루에 오십 마일, 여관에서 하룻밤을 묵고 다음날 또 오십 마일, 첫날 열 두 시간 동안 나는 임종시 리드 부인의 일을 생각했다. 추해지고 얼굴빛이 변한 그네를 보고 이상하게 변한 그네의 목소리를 들었다. 장례식날 관, 영구차, 소작인, 하인들의 검은 행렬——친척되는 사람이란 별로 없었다——입을 벌리고 있는 지하 납골당(地下納骨堂), 조용한 교회, 엄숙한 예배 등을 생각했다. 그리고 다음에는 일라이자와 조지아나의 일을 생각했다. 무도회에서 주목의 초점이었던 사람과 수도원의 수녀가 된 사람을 그려 보았다. 그리고 이 두 사람의 인간성과 성격의 특징을 생각하고 그것을 분석해 보았다. 이런 생각은 저녁 때××주의 큰 도시에 도착하자 사라져 버리고 밤은 내 생각을 아주 딴판으로 바꾸어 버렸다. 여관방 침상에 눕자, 나는 앞날을 생각하려고 추억을 버렸다.

나는 쏜필드로 돌아가는 길이었다. 그런데 언제까지나 거기 있게 될까? 오래 있진 못할 거야. 그건 확실해. 페어팩스 부인으로부터의 편지에는 내가 없는 동안 쏜필드 저택의 손님들은 다 떠나 버렸다는 것과 로체스타 씨가 세 주일 전에 런던에 가셨는데 두 주일 있으면 돌아오실 예정이라고 했다.

페어팩스 부인은 로체스타 씨가 새 마차를 사들이겠다는 말씀으로 미루어 결혼식 준비 때문에 가신 것 같다고 했다. 주인님이 잉그램 양과 결혼하시리라는 생각이 자기에겐 아직 이상하게 여겨지지만 사람들의 소문을 들어 보고 또 자기 자신이 목격한 걸로 미루어보면 식이 머지않아 거행되리라는 건 더 의심할 여지가 없다고 했다. (가령, 그걸 당신이 의심한다면 당신은 이상하게도 의심이 많은 사람이군.) 하고 나는 속으로 풀이했다. (난 의심하지 않아요.)

의문이 잇달았다. (나는 어디로 가야 한단 말인가?) 나는 밤새도록 잉그램 양의 꿈을 꾸었다. 새벽녘의 한 꿈 속에서 그네는 나를 향해 쏜필드 저택의 대문을 잠그며, 내게 딴 길을 가르쳐 주고 있었다. 그리고 로체스타 씨가 팔장을 끼고——비웃는 웃음을 띠며 그네와 나를 바라보고 있었다.

나는 페어팩스 부인에게 내가 돌아갈 확실한 날짜는 알리지 않았었다. 나를 맞으러 밀코트까지 마차를 보내오는 걸 바라지 않았으니까. 나는 여관의 마부에게 짐을 맡기고는 혼자서 조용히, 정말 조용히 쏜필드까지 걸어갈 작정으로 유월의 어느 날 저녁 여섯 시쯤 실그미니 그지 여관을 빠져나와 쏜필드를 향해 전에 왔던 길을 걸었다. 이 길은 주로 밭 한가운데 나 있었고 이제는 거의 다니는 사람이 없었다.

맑고 온화한 저녁이었으나 찬란하거나 화창한 여름 저녁은 아니었다. 길가에는 건초를 만드는 사람들이 일하고 있었다. 하늘엔 구름이 없지 않으나 내일의 좋은 날씨를 약속하는 듯 했다. 하늘의 푸른빛은——적어도 푸르게 보이는 곳은——부드럽고 차분한 빛깔이고 운층(雲層)은 높고 연했다. 서쪽 하늘도 따스해 보였다. 물처럼 엷은 빛은 하늘을 싸늘하게 보이게 하는 것이 아니라 마치 대리석과 같은 수증기의 장막 뒤에 성단의 불이 타오르는 듯이 빛나고 구름의 틈바구니에서는 금빛 띤 붉은 빛이 비쳐나오고 있었다.

갈 길이 점점 줄어드는 것이 나는 기뻤다——이 기쁨이란 어떤 것일까고 걸음을 멈추고는 스스로 물어 보기도 하고 지금 돌아가고 있는 곳은 내집도 아니고 영원한 휴식처도 아니고 또 반겨 줄 벗들이 밖을 내다보며 나의 도착을 고대하는 곳도 아니라고 이성을 깨우쳐 보기도 했다. (틀림없이 페어팩스 부인은 미소를 띠며 침착하게 너를 반겨 줄 거야.) 하고 나는 속으로 말했다. (아델은 널 보고 손뼉을 치며 좋아서 깡충 뛸 거야. 그렇지만 너는 그들보다도 다른 사람을 생각하고 있는데 그는 너를 생각하고 있지 않다는 것도 잘 알고 있을 거야.)

그러나 젊음처럼 외고집스런 것이 또 어디 있을까? 무경험만큼 앞이 보이지 않는 것이 또 어디 있을까? 이 두 가지 사실은 로체스타 씨가 나를 보아 주건 안 보아 주건 나는 그 분을 다시 볼 특권을 갖는다는 것만으로 충분히 기쁘리라는 걸 확신시켰다. (그럼, 빨리 가야지, 빨리! 있을 수 있는 한, 그 분과 함께 있는 게 좋아. 며칠 동안, 아니면 잘해서 두세 주일 동안이라도. 그것이 지나면 영원히 그 분과는 이별이야!) 그리고 나는 새로 생겨난 고민——내것으로서 키우고 싶지도 믿고 싶지도 않은 흉측한 운명을 묵살해 버리고는——달음박질쳤다.

쏜필드의 풀밭에서도 건초 작업을 하고 있었다. 아니 내가 가까이 다가갔을 때는 농부들은 일을 끝내고 각자의 어깨에 갈퀴를 둘러메고 집으로 돌아가는 참이었다. 한두 개의 벌판을 지나면 저 길 건너편 관문에 이르게 된다. 울타리엔 어쩌면 저렇게 많은 장미꽃이 피어 있을까? 그러나 한 송이도 꺾을 겨를은 없었다——집에 빨리 들어가고 싶은 생각뿐이었다. 잎이 무성하고 꽃이 만발한 가지를 길가로 뻗치고 있는 키 큰 들장미 옆을 지나갔다. 돌로 된 좁은 울타리 층층대가 보였다. 나는 로체스타 씨가 수첩과 연필을 들고 거기 앉아 있는 것을 보았다. 그는 무엇인가를 쓰고 있었다.

그렇지, 그는 유령은 아니다. 그런데 나의 긴장했던 온 신경은 확 풀리고 말았다. 그를 본 순간, 자제력이 사라져 버렸다. 왜 이럴까? 그를 만나면 이다지도 떨리고——그의 앞에서는 목소리가 안 나오고 움직일 힘도 없어지리라고는 생각도 않았던 일이었다. 되도록 빨리 집으로 돌아가야지. 바보 같은 짓을 할 필요는 없다. 집으로 가는 딴 길을 알고 있다. 내가 스무 개의 딴 길을 안다 해도 아무 의미가 없다. 그는 이미 나를 보았으니까.

「이거 참!」하고 그는 소리치며 수첩과 연필을 거두었다. 「돌아왔군! 어서 이리 와요.」

나는 곁으로 갈 참이었다. 어떻게 갈는지는 나 자신도 모를 일이지만. 나는 내가 어떤 동작을 하고 있었는지 거의 몰랐다. 다만 태연하게 보이려고 했을 뿐이었다. 그리고 무엇보다도 얼굴의 근육이 움직이는 걸 억누르려고 했지만 그것은 무례하게도 내 의사를 거역하고 감추려는 감정을 나타내려 야단이었다. 그러나 내 모자에는 베일이 있었다——다행히도 베일을 드리우고 있었다. 침착한 태도를 취할 수 있도록 변통을 해봐야겠다.

「그래, 제인 에어이지? 밀코트에서 오는 길이오? 그리고 걸어서? 그렇지——당신에게 어울리는 장난이야. 마차를 보내라고 하지 않고, 흔히들 하듯이 시가지와 시골길을 마차로 털럭털럭 와서는 마치 꿈이나 그림자처럼 황혼을 타서 집근처에 살짝 숨어드는 거로군. 도대체 당신은 이 한 달 동안 뭘 했소?」

「아주머님 댁에 있었어요, 그 분은 돌아가셨어요.」

「정말 제인다운 대답이야 ! 선한 천사들이시여, 나를 지켜 주소서 ! 이 사람은 저승에서 왔답니다——죽은 사람들이 사는 나라에서 왔답니다. 이 황혼에 홀로 있는 나를 만나 그렇게 말한답니다. 당신이 정말 인간인지 유령인지, 내게 용기가 있으면 만져 보겠지만, 이 요정 아가씨 !——그렇지만 그보다는 늪의 파란 도깨비불을 붙드는 게 낫겠군. 게으름뱅이 ! 게으름뱅이 !」잠깐 말을 끊었다가 그는 다시 이었다.「꼭 한 달 동안 나한테서 떨어져 있었으니까, 까마득히 나를 잊어버리고 있었군 그래 !」

다시 그를 만나면 반가우리라는 걸 나는 잘 알고 있었다. 비록 그가 머지않아 곧 내 주인이 아닌 남이 된다는 불안과 그이에겐 내가 아무것도 아니라는 의식으로 해서 마음은 갈갈이 찢어지듯 아팠지만. 그러나 나와 같은 길을 잃고 헤매는 나그네 새에게, 그가 뿌려 주는 빵부스러기를 맛보는 것마저 멋진 잔치로 여길 만한(적어도 내겐 그렇게 느껴졌다) 행복을 줄 수 있는 풍부한 힘을 그는 갖고 있었다. 그의 나중 말은 내 마음에 위인이 되었다. 이제 그 말은 내가 그를 잊고 안 잊고가 그에겐 중요한 관계가 있다는 걸 암시하고 있었다. 더구나 쏜필드 저택이 마치 내 집인 듯한 그의 말투였다——아아, 정말 내집이었으면 !

그는 돌층층대에서 일어나지 않았다. 옆을 지나가도 좋으냐고 묻기가 어쩐지 싫었다. 곧 나는 런던을 다녀오시지 않았느냐고 물었다.

「그렇소. 당신은 아마 천리안으로 본 게로군.」

「페어팩스 부인이 편지로 알려 주셨어요.」

「내가 무슨 일로 갔다는 것도 알려 줍디까 ?」

「네, 알려 주었어요 ! 누구나 다 알고 있는 걸요.」

「당신이 저 마차를 감정해 줘야겠소, 제인. 그리고 로체스타 부인한테 어울리는지 말해 봐요. 저 자주빛 쿠션에 기대 앉으면 내 아내가 보디시아 여왕처럼 보이겠는지 안 보이겠는지. 제인, 내가 그 여자와 어울리는 배필이 되려면 세 곱은 더 풍채가 좋아야겠소. 그럼, 말해 봐, 당신은 요정이니까——나를 호남으로 만들기 위해 마력이나 선약(仙藥), 또 그런 종류의 것을 내게 줄 수 없소 ?」

(마술의 힘으로도 어쩔 수 없는 거예요.) 하고 나는 속으로 이렇게 덧붙였다. (사랑하는 눈만 있으면 그걸로 마력은 충분하답니다. 그런 눈으로 보면 당신은 호남이에요. 아니, 오히려 당신의 그 무뚝뚝한 점이 미 이상의 매력을 지니고 있어요.)

로체스타 씨는 내가 입 밖에 내지 않은 생각을 나로선 이해가 가지 않는 날카로운 눈으로 알아차리곤 했다. 바로 이때 나의 아무렇게나 꾸며 댄 대답엔 아무 대꾸도 않고 그의 독특한 미소를 지으며 내 얼굴을 바라보고 있었다. 이것은 퍽 드물게만 짓는 미소였다. 대수롭지 않은 경우엔 그런 미소가 너무 과분한 일인 성싶었다. 그 웃는 얼굴은 정말 감정이 담긴 햇살과도 같았다——그는 지금 그 빛을 내게 던져 준 것이다.

「제인, 지나가요.」울타리 층계를 지나갈 자리를 내게 비켜 주며 그는 말했다.

「집에 올라가서 걷기에 지친 조그만 다리를 친구의 집에서 쉬도록 해요.」

이때 내가 할 수 있는 일이란 말없이 그의 말에 순종하는 것뿐이었다. 그 이상 입 밖에 내서 말할 필요는 없었다. 나는 아무 말도 않고 울타리 층계를 올라가 태연하게 그의 옆을 떠날 작정이었다. 어떤 충동이 나를 사로잡았다——어떤 힘이 나를 돌아서게 했다. 나는 말했다——아니, 내 속에 있는 그 무엇이 나를 대신해서 저도 모르게 나왔다.

「고마와요. 로체스타님, 이처럼 친절하게 대해 주셔서. 다시 선생님께 돌아오게 돼서 전 말할 수 없이 기쁩니다. 선생님이 계신 곳은 어디나 제 집이에요——저의 유일한 집이에요.」

설사 그가 나를 뒤쫓아오려 했던들 도저히 따라오지 못할 만큼 나는 빠르게 걸었다. 아델은 나를 보자 반쯤 미치다시피 기뻐했다. 페어팩스 부인은 언제나처럼 그 솔직한 부드러움으로 맞아 주었다. 리아는 방긋 웃었고 쏘피까지도 기뻐서 봉수아(bon soir) 하고 인사를 건네왔다. 이것은 퍽 기쁜 일이었다. 자기가 주위의 사람들한테서 사랑을 받고 자기가 있음으로 해서 그들을 더욱 즐겁게 해 준다고 느끼는 것처럼 행복한 일은 없다.

그날 밤, 나는 장래의 일은 생각하지 않으려고 눈을 지레 감아 버렸다. 머지 않아 다가올 이별과 슬픔을 경고하는 마음의 소리에 귀를 막았다. 차를 마신 다음, 페어팩스 부인은 뜨개질을 시작하고 나는 그 옆의 나지막한 의자에 자리를 잡았다. 아델은 융단 위에 무릎을 꿇고 앉아 내게 바싹 달라붙어 쉬고 있었다. 서로의 애정이 황금빛 평화의 고리처럼 우리들을 둘러싸는 듯한 마음이 들었다. 이제 나는 우리들이 멀리 그리고 곧 헤어지지 않도록 소리 없는 기도를 올리고 있었다. 그러나 우리가 이렇게 앉아 있는 바로 이때 로체스타 씨가 소리 없이 들어왔다. 그는 우리를 바라보며 화기 넘치는 이 광경을 기뻐하는 듯했다. 그는 이제 양딸이 돌아와서 페어팩스 부인은 안심될 거라고 했다. 그리고 아델이 자기의 사랑하는 영국 엄마를 삼켜 버릴 듯이 보인다고 덧붙였다. 이때 나는 그가 결혼한 후에도 어디든 우리를 그의 보호 밑에 두어 태양 같은 그에게서 멀리는 내쫓기지 않았으면 하는 희망을 반은 품게 되었다.

내가 쏜필드 저택으로 돌아온 후로 이상스럽게도 고요한 두 주일이 계속되었다. 주인의 결혼에 관해선 아무 말도 안 나왔다. 그런 행사에 따르는 준비도 눈에 띄지 않았다. 나는 거의 매일처럼 페어팩스 부인에게 무슨 확정적인 애기를 듣지 못했느냐고 물어 보았다. 그네의 대답은 언제나 부정적이었다. 언젠가 페어팩스 부인은 주인에게 언제 신부를 맞아오느냐고 물었더니 주인은 다만 농담을 하고 괴상한 표정만 지어보이니 그를 어떻게 생각해야 좋을지 모르겠다고 했다.

특히 나를 놀라게 한 일이 한 가지 있었다. 그것은 잉그램 양한테 갔다 오거나 한 번도 잉그램 장원(莊園)을 방문하지 않았다는 것이다. 물론 그것은 이십 마일이나 떨어진 다른 주(州)의 경계선에 있었다. 그러나 열렬한 연인에게는 이십 마일이 무슨 상관이 있겠는가? 로체스타 씨와 같은 피로를 모르는 숙련된 기수에게는 그 정도의 거리는 오전중의 승마에 지나지 않으리라. 나는 파혼이 되어 결혼에 대한 소문은 헛소문이고 어느 한쪽이, 아니면 양쪽에서 모두 마음이 변한 모양이라는 둥, 지닐 권리도 없는 엉뚱한 희망을 품기 시작했다. 나는 주인이 슬프거나 화난 게 아닌가고 살피곤 했지만 요새처럼 날마다 한결같이 찌푸린 얼굴을 하지 않고 좋지 않은 감정을 나타내지 않는 것은 내 기억으론 처음 있는 일이었다. 나와 아델이 그의 곁에 있을 때, 내가 기운을 잃고 어쩔 수 없는 실의에 잠겨 있으면 오히려 그가 명랑하게 굴었다. 요사이처럼 자주 나를 부른 일은 없었다. 그리고 요즈음처럼 내게 친절해 본 적도 여태 없었다——그리고 아아, 나 역시 이처럼 충실히 그를 사랑한 적도 없었다.

23

눈부신 한여름이 온통 영국을 비췄다. 맑게 개인 하늘과 이글이글 타는 듯한 태양——사면이 바다로 둘러싸인 우리 영국은 좀처럼 혜택을 받을 수 없지만 이때는 매일처럼 그런 날씨가 계속되었다. 마치 그것은 이탈리아의 날들이 한 떼의 찬란한 철새처럼 남쪽에서 날아와 영국의 절벽에 쉬려고 머무른 것같이 맑았다. 건초는 모두 거둬지고 쏜필드 일대의 들판은 녹색으로 빛났다. 한길은 하얗고 찌는 듯했다. 나무는 짙푸른 빛으로 한창이고 잎이 무성한 짙은 빛깔의 울타리와 숲은 그 사이에 놓여 있는 말쑥하게 풀을 벤 초원의 빛깔과 좋은 대조를 이루고 있었다.

성 요한젯날 저녁, 반나절을 헤이 오솔길에서 산딸기를 따느라고 지쳐 버린 아델은 해가 지자 곧 잠자리에 들었다. 나는 그애가 잠드는 걸 지켜보고 있었다. 그리고는 그애의 곁을 떠나 정원으로 나갔다.

스물 네 시간 중에서 제일 기분이 좋은 건 바로 이 시각이었다——〈한낮은 맹렬한 불을 소모해 버렸다.〉 그리고 이슬은 목이 타 허덕이는 들판과 그을은 산마루에 서늘하게 내렸다. 벌써 태양이 수수한 모습으로——화려한 구름의 장식도 없이——사라진 곳에는 붉은 보석의 광채와 타오르는 용광로의 불길처럼 빛나는 어떤 한 점인 봉우리에 숭엄한 자줏빛이 퍼지고 높고 넓고 연하게, 점점 더 연하게 하늘의 절반을 뒤덮을 때까지 퍼져 갔다. 동녘은 그 자신의 맑고 짙은 푸름의 매력을 지니고 그 품위 있는 보석, 즉 바야흐로 떠오르고 있는 외로운 별 하나가 나타났다. 동녘은 이윽고 달을 자랑하게 되겠지만 아직은 지평선 아래에 머물고 있었다.

한참 동안 나는 포도 위를 걷고 있었다. 그러자 그 미묘하고 익숙한 냄새——담배 냄새——가 어떤 창문에서 풍겨 나왔다. 보니 서재의 창문이 손바닥 넓이만큼 열려 있었다. 여기면 내가 내다보일지도 모른다는 생각이 든 나는 그곳을 떠나 과수원으로 들어갔다. 이 정원 안은 이처럼 아늑하고 에덴 동산과 같은 피난처였다. 나무가 빽빽하고 꽃이 만발해 있었다. 한쪽엔 무척 높다란 담이 안마당을 가로막았고 한쪽은 너도밤나무의 가로수가 잔디밭을 가리고 있었다. 아래쪽엔 낮은 울타리가 있어 쓸쓸한 들판과 유일한 경계를 이루고 있었다. 월계수가 늘어선 한 가닥의 오솔길이 그 울타리로 통해 있었다. 길의 막다른 끝에는 거대한 한 그루의 칠엽수(七葉樹)가 있었고 그 나무 밑엔 앉을 자리가 마련되어 있었다. 여기라면 아무도 모르게 산책할 수 있다. 이처럼 이슬이 내리고 이처럼 고요가 지배하고 이처럼 황혼이 짙어 오는 속에 나는 영원히 잠겨 있을 것만 같았으나 지금 솟아오르고 있는 달빛이 널따란 이곳을 비치는데 마음이 끌려 울안 위쪽에 있는 화단과 과수원 사이를 거닐다가 걸음을 멈췄다. 무슨 소리 때문도 아니고, 무엇을 봤기 때문도 아니며, 무엇인가를 느끼게 하는 그윽한 향기 때문이었다.

찔레, 쑥, 자스민, 패랭이꽃, 장미꽃은 벌써 오래 전부터 그들의 향기를 저녁의 제물로 바치고 있었다. 그러나 그 새로운 향기는 관목의 향기도 꽃향기도 아니고——내가 잘 알고 있는——로체스타 씨의 엽궐련의 향기였다. 나는 주위를 살펴보고 귀를 기울였다. 나무에는 가지가 휘어지게 익어 가는 열매가 열려 있었다. 반 마일쯤 떨어진 숲 속에서 나이팅게일이 지저귀고 있다. 움직이는 모습은 보이지 않고 다가오는 걸음 소리도 들리지 않는다. 그러나 그 향기는 점점 더 짙어졌다. 나는 달아나야겠다. 나는 관목 숲으로 통하는 쪽문을 향해 걸어가다가 로체스타 씨가 마주 들어오는 걸 보았다. 나는 담쟁이덩굴이 무성한 구석진 곳으로 몸을 피했다. 그이는 아마 오래 있진 않을 거야. 아까 왔던 길로 돌아가겠지. 이쪽에서 가만히 있으면 나를 보지 못할 거야.

그러나 천만의 말씀——저녁이 되면 내가 기분이 좋아지는 것처럼 그 분도 기분이 좋았다. 그리고 이 고색이 창연한 정원은 역시 그에게도 매력이 있었다. 그는 구즈베리 나뭇가지를 들고 가지에 열려 있는 오얏만큼이나 큰 열매를 바라보기도 하고 담에서 익은 버찌를 따기도 하다가 향기를 들이마시는지, 혹은 꽃잎에 맺힌 이슬에 감탄하는지 꽃송이 위에 몸을 굽히곤 하며 느릿느릿 걸어온다. 이때 커다란 한 마리의 나방이 붕붕 소리를 내며 내 곁을 날아 로체스타 씨의 발목에 있는 풀에 멎는다. 그는 그것을 본다. 그리고 좀더 자세히 보려고 허리를 굽힌다.

(저편으로 돌아서셨어.) 하고 나는 생각했다. (더구나 나방에게 정신이 쏠렸으니 슬쩍 지나쳐 버리면 들키지 않고 빠져나갈 수 있겠지.)

조약돌투성이의 길을 소리가 날까 나는 잔디밭 언저리로 건너갔다. 그는 내가 지나가야 할 곳에서 한두 야드 떨어진 화단 가운데 서 있었다. 나방은 분명히 그의 정신을 사로잡고 있는 듯하다. (무사히 지나갈 수 있겠지.) 하고 나는 생각했다. 아직 달은 높이 솟진 않았으나 달 때문에 정원에 길게 비친 그의 그림자를 내가 건너려는데 그는 내 쪽을 돌아보지도 않고 조용히 말했다.

「제인, 이리 와. 이놈을 좀 보란 말이야.」

나는 조금도 소리를 내지 않았다. 그의 등뒤에 눈이 있을리도 없고——그림자에 감각이 있을까? 나는 처음엔 깜짝 놀랐다. 그리곤 그에게로 다가갔다.

「이놈의 날개를 좀 봐요.」하고 그는 말했다.「이놈은 서인도의 나방을 연상케 한단 말이오. 영국에서는 이처럼 크고 화려한 밤의 배회자는 아주 드물거든. 저런! 날아가 버리네.」

나방은 날아가 버렸다. 어물어물 나도 도망치려 했다. 그러나 로체스타 씨는 내 뒤를 따라왔다. 우리가 쪽문까지 왔을 때 그는 말했다.

「돌아갑시다. 원, 이렇게 좋은 밤에 집에 박혀 있다는 건 창피한 일이야. 일몰이 월출과 이렇게 서로 겹치고 있는 판이라 잠자리에 들 사람은 없을 거요.」

내 입은 때로는 재빠르게 대답을 하지만 무슨 변명을 찾아내려고 애를 써도 좀처럼 뜻대로 되지 않는 수가 많다. 이것은 내 결점 중의 하나이다. 그런데 이 결점은 언제나 내 입장이 무척 난처해져 어느 때보다도 민첩한 말과 그럴 듯한 핑계가 필요하게 되는 경우에 일어나는 거다. 나는 이런 시각에 로체스타 씨와 단 둘이서 어두운 과수원을 산책하고 싶진 않았다. 그러나 그의 곁을 떠나겠다고 내세울 만한 이유를 찾아낼 수 없었다. 내키지 않는 걸음으로 그의 뒤를 따라가면서도 빠져나갈 방법이 없을까 하고 마음은 그 생각으로 분주했다. 그러나 그 분은 꽤 침착하고 또 정중해 보였으므로 내가 조금이나마 당황한 것이 부끄러워졌다. 재난은——현재나 장래에 일어날——나에게만 있을 수 있는 것 같았다. 그는 무관심했고 조용했다.

「제인,」우리들이 월계수의 길로 들어가 낮은 울타리와 침엽수가 있는 쪽으로 천천히 걷기 시작했을 때 그는 다시 말을 꺼냈다. 「쏜필드는 여름철엔 좋은 고장이지요?」

「네, 그래요.」

「당신은 어느 정도 이 집에 정이 들었을 거요. 자연의 아름다움을 보는 눈도 있고, 또 골상학적으로 볼 때 천성적으로 애착심도 풍부한 것 같으니까.」

「전 정말 정이 들었어요.」

「그리고 통 이해할 수 없는 일이지만, 당신은 저 미련한 아델에게 꽤 애정을 품고 있는 듯해. 그리고 저 단순한 페어팩스 할멈한테까지도?」

「네, 각각 좀 다른 의미에서지만 모두 사랑하고 있어요.」

「그들과 헤어지면 섭섭하겠지?」

「네.」

「안 됐군!」하고 한숨을 쉬곤 말을 끊었다. 「이런 일은 인생에 있을 수 있는 일이지.」곧 말을 이었다. 「알맞은 안식처에 자리를 잡기가 무섭게, 쉬는 시간이 끝났으니 어서 가라는 명령이 내린단 말이오.」

「그럼, 전 꼭 가야만 할까요?」하고 나는 물었다. 쏜필드를 기어이 떠나야만 하나요?」

「그래야만 할 것 같소, 제인. 안 됐지만 제인, 정말 떠나야만 될 것 같소.」

이것은 하나의 충격이었다. 그러나 이 충격에 져서는 안 된다.

「좋아요. 떠나라는 분부가 내리면 언제든 떠나겠어요.」

「그 명령은 이제 내릴 거요——나는 오늘 밤에 그 명령을 내려야만 하겠소.」

「그럼, 결혼을 하시려는군요?」

「바로 들어맞았소. 당신의 그 예민한 머리로 정곡을 찔렀군.」

「곧 하시게 되는가요?」

「곧 하게 될 거요, 내——아니, 에어 양, 처음으로 나의 소문이, 이 노총각의 목에 신성한 올가미를 씌울 성스러운 결혼 상태로 들어갈 작정이라는 걸 알려 주던 일을 기억하겠지요. 간단히 말하면 나는 잉그램 양과 결혼한다는 말이오. 〈가슴에 품기엔 너무 크지만 그런 건 문제가 아니야——아름다운 브랑쉬와 같은 천하 절색의 미인은 아무리 함께 있어도 싫증이 안 나니까〉. 그래, 아까도 말했지만——제인, 내 말을 좀 들어 봐야요! 또 나방을 찾느라고 고개를 돌리는 건 아니겠지? 그건 〈집으로 날아 들어가는〉 날벌레였어. 내가 존경하는 당신의 판단력을 가지고——책임 있는 종속적인 위치에 적합한 선견지명과 지혜와 겸손을 가지고 내가 잉그램 양과 결혼하면 당신이나 아델은 이 집에서 나가 버리는 게 좋을 거라고 처음으로 말한 건 당신이라는 걸 기억하시오. 이 제의 속엔 내 애인의 인격을 다소 모욕하는 의미가 들어 있지만 그건 이쪽에서 용서해 주지요. 사실, 당신이 멀리 떠나게 되면 제인, 난 그런 건 잊어버리도록 해보겠소. 다만 그 지혜만은 마음에 새겨 두지요. 나는 그것을 내 행동의 법칙으로 삼았으니까. 아델은 학교에 가야 하고 당신은, 에어 양, 새로운 일자리를 구해야 하겠단 말이오.」

「네, 곧 광고를 내보겠어요. 그동안 저는 아마도——」 나는 이렇게 말하려고 했다——〈제 몸을 의탁할 다른 집을 구할 때까지는 여기 있게 해주세요〉 라고. 그러나 장황한 말을 늘어놓을 수가 없을 것 같아 말을 끊었다. 목소리가 마음대로 나오지 않았기 때문이다.

「나는 한 달 후에는 신랑이 되고 싶으니까요.」 하고 로체스타 씨는 말을 이었다. 「그 동안 나는 나대로 당신의 일자리와 거처할 곳을 찾아 보도록 해보겠소.」

「고맙습니다. 죄송합니다. 선생님께——」

「아니, 그렇게 미안해 할 건 없소! 남에게 고용된 사람이 당신처럼 의무를 충실하게 이행했을 경우엔 고용주가 제공해 줄 수 있는 것은 아무리 사소한 도움이라도 피고용인은 당연히 주인에게 요구해도 좋다고 나는 생각하오. 사실은 벌써 나는 미래의 장모를 통해서 적당하다고 생각되는 일자리를 알아 봐 놓았소. 아일랜드의 코노트 주 비터너트 롯쥐 저택의 다이오나이서스 오갈 부인의 다섯 따님들의 교육을 맡는 거요. 당신은 아일랜드를 좋아하게 될 거요. 모두 맘씨 좋은 사람들이라고 합니다.」

「퍽 먼 곳이로군요.」

「그까짓 것——당신처럼 분별이 있는 처녀는 항해나 거리를 가지고 이러쿵저러쿵하지는 않을 테니까.」

「항해는 아무렇지도 않아요. 하지만 거리가 문제죠. 그런데다가 바다가 가로 놓였으니——」

「어디에 말이오, 제인?」

「영국과 쏜필드와 그리고——」

「또 뭐요?」

「선생님과의 사이에.」

거의 무의식중에 이렇게 말해 버리자, 나도 모르게 눈물이 솟구쳤다. 그러나 나는 소리를 내서 울지는 않았다. 나는 흐느낌을 참았다. 오갈 부인과 비터너트 롯쥐 저택에 대한 생각은 내 가슴을 선뜩하게 했다. 그리고 지금 나란히 걷고 있는 로체스타 씨와 나 사이에 흐르게 숙명지어진 그 벅찬 바닷물과 물거품을 생각하니 더욱 소름이 끼쳤다. 그리고 내가 어쩔 수 없이 사랑하지 않고는 못 배기는 사람과 나 사이를 갈라 놓은 재산, 계급, 인습 등의 더 넓은 바다는 내 마음을 얼게 했다.

「정말로 먼 곳이로군요.」 다시 나는 말했다.

「그렇소, 확실히 멀어. 당신이 아일랜드의 코노트주 비터너트 저택에 가면 나는 당신을 못 만나게 될 거요, 제인. 그건 분명하오. 난 절대로 아일랜드엔 건너가지 않아. 나 자신은 그 나라를 별로 좋아하지 않으니까. 우린 서로가 좋은 친구였지, 제인. 그렇잖았어?」

「네, 그랬어요.」

「그래, 친구들이란 이별의 전날 밤에는 그들에게 얼마 남지 않은 시간을 서로 가까이서 보내고 싶어하는 법이오. 이리 와요! 별들이 저쪽 하늘 높이 반짝반짝 빛나기 시작하는 동안 삼십 분쯤 항해와 조용한 이별에 대해서 얘기나 합시다. 여기 밤나무가 있고 이 늙은 뿌리께엔 벤치가 있소. 그럼 오늘 밤은 저기서 조용히 지냅시다. 두 번 다신 여기서 두 사람이 함께 앉을 기회가 없을 테니.」 그는 나를 앉히고 자기도 앉았다.

「아일랜드까지는 멀고말고, 제인. 내 귀여운 친구를 그런 지루한 여행길에 떠나보내다니 섭섭하기 짝이 없소. 그렇지만 나로선 그것보다는 더 좋은 일을 할 수 없을 땐 어쩌면 좋단 말이오? 당신은 나와 친척이라도 된단 말이오? 응, 제인?」

이때 나는 대답 같은 것을 할 수가 없었다. 내 가슴은 벅차올랐다.

「왜냐하면,」하고 그는 말했다.「때때로 나는 당신에게 이상한 생각이 들어요——특히 지금처럼 내 곁에 있을 땐 더욱 더 그렇소. 마치 내 왼쪽 갈비뼈 밑에 끈이 하나 달려 있어서, 당신의 조그만 몸의 거기와 맞먹는 부분에 달린 똑같은 끈과 풀리지 않게 꽉 얽혀 있는 듯한 생각이 든단 말이오. 그러니 만일에 저 파도가 거센 아일랜드 해협과 백 마일이나 되는 육지가 우리들 사이에 가로놓이게 되면 우리를 연결하는 끈이 자꾸 끊어질 것만 같아요. 그렇게 되면 내 가슴 속엔 피가 흐르지 않을까 하는 예감이 든단 말이야. 당신이야 나를 잊어버리겠지만.」

「그럴 리는 절대로 없어요. 잘 아시면서.」그 다음을 더 계속해 말할 수는 없었다.

「제인, 숲 속에서 나이팅게일이 우는 소리가 들려요? 들어봐요.」

귀를 기울이면서 나는 몸부림을 치며 흐느꼈다. 꾹 참고 견디어 오기는 했지만 그 이상 더 억누를 수가 없었던 것이다. 어쩔 수 없이 감정에 패배당한 나는 심한 괴로움으로 헤서 머리 끝에서 발 끝까지 바르르 떨고 있었다. 마음이 가라앉아 말을 할 수 있게 되고 나서도, 차라리 이 세상에 태어나지 않았으면 좋았을걸, 쏜필드에 오지 말았으면 좋았을 걸 하고 미친 듯이 지껄였다.

「여길 떠나기가 섭섭해서?」

내 속에서 슬픔과 사랑으로 뒤범벅이 된 격렬한 감정은 나를 완전히 사로잡으려고 했고 지배권을 주장하려고 기를 쓰고 있었다. 말하자면 나를 지배하고, 정복하고, 살아나고, 일어서서, 그리고 최후로 고삐를 잡으려고 몸부림을 치고 있었다. 그렇다——그리고 발언권을.

「전 쏜필드를 떠나는 게 슬퍼요. 전 쏜필드를 사랑해요——일시적이었지만, 적어도 저는 여기서 만족스럽고 즐거운 생활을 해왔기 때문이에요. 전 멸시를 당하지 않았어요. 냉대를 받아 오지도 않았지요. 저보다 열등한 사람들 사이에 파묻혀 살지도 않았어요. 밝고 힘차고 고상한 것을 다같이 볼 수 있는 데서 저를 빼돌리지 않았어요. 제가 존경하고 무척 좋아하는——독창적이고 원기 왕성한 너그러운 분과 마주 앉아 얘기도 하고요. 저는 선생님이라는 분을 충분히 이해하고 있었어요. 로체스타님, 제가 선생님한테서 어쩔 수 없이 영원히 떨어져나가야만 한다고 생각하니 두려움과 비애를 느껴요. 떠나야 할 필연성은 잘 알고 있어요. 그것은 어쩔 수 없는 죽음의 필연성을 지켜보는 것 같아요.」

「어디 그럴 필요가 있소?」불쑥 그는 말했다.

「어디 있냐고요? 선생님께서 바로 제 앞에 내놓으시고도.」

「어떤 형태로?」

「잉그램 양이라는 형태로. 고상하고 아름다운 여자――선생님의 신부.」

「내 신부라고! 무슨 신부? 내겐 신부가 없소!」

「앞으로 데려오실 거예요.」

「그래, 그렇고말고! 그럴 작정이야!」그는 이를 악물었던 것이었다.

「그러니까 전 가야 해요. 선생님 자신이 그렇게 말씀하셨으니까요.」

「아니, 당신은 여기 있어야 해. 내가 그걸 맹세하지. 내 맹세는 꼭 지킬 테요.」

「꼭 가야 한대도요!」울화가 치밀어올라 나는 대꾸했다.「선생님에게 아무것도 아닌 사람이 되기 위해서 여기에 제가 그냥 남아 있을 수 있다고 생각하세요? 절 자동 인형이나 아무 감정이 없는 기계라고 생각하세요? 자기 입 속에 넣었던 빵조각을 빼앗기고 마시던 음료수를 빼앗기는 것을 보고도 그대로 참고 있을 것 같으세요? 제가 가난하고 미천하고 얼굴이 못 생긴, 보잘것없는 여자라고 해서 얼도 감정도 없다고 생각하세요? 잘못 생각하셨어요――저도 선생님과 같은 얼은 갖고 있어요. 똑같은 감정을 갖고 있어요! 만일 하느님께서 제게 아름다움과 풍부한 재산을 베풀어 주셨다면 제가 지금 선생님과 작별하는 마음과 똑같이 선생님께서도 저와 헤어지는 것을 괴로와하시도록 해드렸을 거예요. 저는 지금, 선생님께 관습이나 인습이나 육신을 매개로 말씀드리는 것은 아니에요. 선생님의 영혼에 말을 건네고 있는 것은 제 영혼이에요. 마치 우리 두 사람이 무덤 속을 지나서 하느님의 발 밑에 섰을 때처럼 동등해요――하긴 지금도 동등하지만요!」

「지금도 동등하다!」하고 로체스타 씨는 되풀이했다.「그렇지,」하고 말을 이으며 두 팔로 나를 감싸안고 팔에 힘을 주며 내 입술에 그의 입술을 가져왔다.「바로 그래, 제인!」

「네, 그래요.」나는 대답했다.「하지만 그렇지도 않아요. 선생님은 결혼하실 분이고――아니 결혼하신 거나 다름없는 분이니까요. 그리고 선생님보다도 열등한 분과――마음이 맞지 않는 분과―― 선생님께서 진정으로 사랑한다고는 제가 도저히 믿을 수 없는 분과 결혼하시는 거죠. 저는 선생님께서 잉그램 양을 멸시하고 계시는 걸 보기도 하고 듣기도 했기 때문에 말씀드리는 거예요. 저는 그런 결혼을 경멸해요. 그러니까 저는 선생님보다 나은 사람이에요. 저를 놓아 주세요!」

「어디로, 제인? 아일랜드로?」

「네, 아일랜드로요. 이제 전 제 마음 속을 다 털어놨으니까 어디든지 갈 수 있어요.」

「제인, 진정해요. 너무 흥분하지 말고. 마치 절망에 빠져 자기 털을 잡아뜯는 사납고 미친 새 같군.」

「전 새가 아니에요. 어떤 그물에도 안 걸려들어요. 저는 자주적인 의지를 가진 자유로운 인간이에요. 제 의지가 선생님과 작별하려는 거예요.」

두 번째 몸부림으로 나는 그에게서 빠져나왔다. 나는 그의 앞에 똑바로 섰다.

「그런 당신의 의지가 당신의 운명을 결정지을 거요.」하고 그는 말했다. 「나는 당신에게 내 손과 마음과 전 재산의 일부를 드리오.」

「광대놀이를 하시네요. 당신을 그저 비웃어 넘길 뿐이에요.」

「나는 당신에게 일생 동안 내 곁에 있어 주기를 바라는 거요. 내 분신이 되어, 이 지상에서 가장 좋은 친구가 되어 주길 바래요.」

「그 운명이라면 이미 정해 놓으시고두. 그대로 지켜 나가셔야 해요.」

「제인, 잠긴 진정해요. 너무 흥분한 것 같소. 나도 진정할테니.」

바람이 한바탕 월계수의 길을 휘몰아치고 밤나무 가지 사이로 스쳐나갔다. 바람은 멀리 불어가고 끝없이 멀리 사라지더니 아주 잠자 버렸다. 그때 들리는 소리라곤 나이팅게일의 노래뿐이었다. 그 노래에 귀를 기울이며 나는 다시 울었다. 로체스타 씨는 부드럽고 정중한 표정으로 나를 바라보며 조용히 앉아 있었다. 한참 있다가 그는 입을 열었다.

「제인, 내 곁으로 와요. 서로 흉금을 터놓고 이해해 봅시다.」

「전 절대로 다시는 선생님 곁으로 안 가겠어요. 이제 전 갈기갈기 찢어졌어요. 그러니 되돌아갈 순 없어요.」

「그렇지만 제인, 난 당신을 내 아내로서 부르는 거요. 내가 결혼하길 원하는 건 당신뿐이오.」

나는 말없이 있었다. 그가 나를 놀리는 줄로만 알았다.

「자아, 이리 와요, 제인. 이리 오라니까.」

「선생님의 신부가 우리 사이를 가로막고 서 있는 걸요.」

그는 일어나 큰 걸음으로 내 곁으로 왔다.

「내 신부는 여기 있소.」그는 다시 나를 끌어당기며 말했다. 「나와 동등한, 나와 똑같은 것이 여기 있으니까. 제인, 나와 결혼해 주지요?」

나는 그래도 대답하지 않았다. 그리고 여전히 그의 포옹에서 빠져나오려고 몸을 비틀었다. 내게는 도무지 믿어지지가 않았기 때문이다.

「날 의심해요, 제인?」

「네, 그래요.」

「내 말을 믿지 못하겠소?」

「조금도 못 믿겠어요.」

「당신 눈에 내가 거짓말장이로 보이오?」그는 격한 어조로 물었다.「의심 많은 아가씨군. 내 말을 믿게 해주지. 내가 잉그램 양에게 무슨 애정을 갖고 있단 말이오? 전혀 없소. 이건 또 당신도 잘 알고 있으면서. 그 여자는 또 내게 어떤 애정을 갖고 있단 말이오? 전혀 없소. 난 그걸 증명하느라고 애를 많이 썼소. 내 재산은 세상 사람들이 생각하고 있는 삼분의 일도 못된다는 걸, 그 여자의 귀에 들어가도록 소문을 퍼뜨렸소. 그리고는 그 결과를 내가 직접 보러 나섰소. 그랬더니 그 여자와 그네의 모친은 나를 냉대했소. 나는 잉그램 양과 결혼을 하지도 않을 거고 또 할 수도 없는 거요. 당신을——이상스러운 당신을, 거의 이 세상 사람이 아닌 것 같은 당신을!——나는 내 몸과 같이 사랑해요. 당신에게——가난하고, 이름도 없고, 조그만 몸집에다가 예쁘지도 않은 당신에게——나를 남편으로 맞아 줄 걸 간청하는 거요.」

「뭐라고요, 저를요!」나는 갑자기 소리쳤다. 그의 진지함, 그리고 특히 그 예의를 차리지 않는 태도로 하여 그를 믿기 시작하면서.「이 세상에서 선생님 외엔 한 사람의 친구도 없는——만일 선생님이 친구라면 말이에요——저를 말예요? 선생님께서 제게 주신 돈 이외엔 한 푼도 갖고 있지 않는 제게요?」

「당신을 제인, 당신을 내것으로——완전히 내것으로 만들어야 하겠소. 그래 주겠소? 네, 하고 말해요, 빨리.」

「로체스타님, 얼굴을 좀 보여 줘요. 달빛을 향해 얼굴을 돌리세요.」

「왜?」

「얼굴 표정을 좀 살피려고요. 돌려 주세요!」

「그러지, 구겨지고 되는 대로 갈겨 쓴 종이쪽만큼이나 읽기가 어려울 거요. 자, 빨리 읽으시오, 난 괴로와.」

그의 얼굴은 몹시 흥분되어 불그스레했다. 얼굴의 근육은 심하게 움직이고 눈엔 광채가 떠돌았다.

「아, 제인, 당신은 나를 괴롭히는구료!」하고 그는 소리쳤다.「그 꿰뚫는 듯하면서도 진실하고 부드러운 눈으로 나를 괴롭히는군!」

「제가 어떻게 그럴 수 있어요? 진심으로 하시는 말씀이라면 선생님에 대한 저의 감정은 다만 감사와 헌신이 있을 뿐이에요. 그것이 당신을 괴롭힐 리는 없어요.」

「감사라고!」하고 그는 큰소리를 질렀다. 그리고는 거친 말투로 덧붙여 말했다——「제인, 어서 내 청을 받아 줘요. 에드워드라고 불러. 내 이름을 불러 줘. 에드워드, 저는 당신과 결혼하겠어요라고 말해 달라니까.」

「진정이세요? 정말 저를 사랑하세요? 참으로 제가 선생님의 아내가 되기를 원하세요?」

「충심으로. 만일 맹세가 필요하다면 내가 맹세를 하지.」

「그럼, 전 선생님과 결혼하겠어요.」

「에드워드라고 불러요. 내 귀여운 아내!」

「사랑하는 에드워드!」

「내 곁으로 와요. 이젠 아주 내 곁으로 와요.」

그는 이렇게 말하고 뺨을 내 뺨에 갖다대고는 아주 묵직한 음성으로 내 귀에다 말했다.「나를 행복하게 해줘요. 나는 당신을 행복하게 해주겠소.」

「하느님, 용서하소서!」얼마 뒤에 그는 말을 이었다.「아무도 제 일을 방해하지 않도록 해주옵소서. 저는 이 여자를 제것으로 영원히 지켜 나가겠읍니다.」

「간섭할 사람은 아무도 없어요. 제겐 간섭할 친척이란 아무도 없으니까요.」

「그래——참 잘됐군.」하고 그는 말했다. 혹시나 내가 그를 덜 사랑했더라면 기뻐서 날뛰는 그의 말투나 얼굴의 표정을 야비하다고 생각했을지 모르지만 나는 그의 곁에 앉아서, 이별의 악몽에서 깨어나 결혼이라는 낙원으로 불리워 가 넘쳐흐를 정도로 내게 주어진 축복만을 생각하고 있었다. 그는 몇 번이나,「제인, 행복해?」하고 되풀이했다. 나는「네.」하고 몇 번이고 대답했다. 그러면 그는 중얼거렸다.「곧 보상이 될 거야. 보상이 될 거야. 이 사람은 친구도 없고 차디찬 마음을 안고 아무 위안도 없다는 걸 나는 알지 않았던가? 내 어찌 이 여자를 보호하고 애무하고 위안하지 않을 수 있을까! 내 마음에 사랑이 없고 내 결심에 성실성이 없단 말인가? 내 죄는 하느님의 법정에서 속죄될 거요. 창조주께서 내가 하는 일을 허용해 주실 걸 나는 알고 있소. 세상에서 뭐라고 판단을 내리든간에——난 세상과 깨끗이 손을 끊겠소. 사람들이 뭐라고 비평을 하든——나는 태연하겠소.」

그런데 그날 밤엔 어떤 일이 있었던가? 달은 아직 지지 않았다. 우리는 줄곧 어둠 속에 있었다. 나는 바로 주인 곁에 있었으나 그의 얼굴은 거의 보이지 않았다. 무엇이 밤나무를 괴롭혔을까? 밤나무는 몸부림치고 신음하고 있었다.

그때 바람이 월계수길을 휩쓸더니 우리 머리 위를 휘몰아쳐 갔다.

「집 안에 들어가야겠군.」하고 로체스타 씨가 말했다.「날씨가 변하는군. 아침까지 당신과 함께 앉아 있을 수도 있겠지만, 제인.」

(저도요.) 하고 나는 혼자 속으로 생각했다. 아마 말로 그렇게 표현할 작정이었으나 때마침 내가 바라보고 있던 구름 사이에서 검푸르고 눈부신 섬광이 번쩍이고, 덩달아 우르르 쾅쾅 하는 소리가, 다음엔 가까이서 울리는 천둥 소리가 났다. 나는 눈이 부셔서 로체스타 씨의 어깨를 방패로 해서 눈을 가리려고만 했다.

비가 마구 퍼붓기 시작했다. 그는 나를 산책길로 재빨리 끌어올려서 정원을 지나 집 안에 들어갔으나 문지방을 넘기 전에 아주 함빡 젖어 있었다. 그가 홀에서 나의 숄을 벗겨 주기도 하고 나의 늘어진 머리카락에서 물방울을 털어 주기도 하는데, 페어팩스 부인이 그네 방에서 나타났다. 처음엔 나는 그네를 보지 못했다. 로체스타 씨도 보지 못했다. 등불은 빛나고 있었다. 시계는 열 두 시를 치고 있었다.

「젖은 건 빨리 벗어요.」하고 그는 말했다.「가기 전에, 잘 자요, 잘 자요, 내 사랑!」

그는 몇 번이고 키스를 되풀이했다. 그의 포옹에서 풀려나와 얼굴을 쳐들었을 때 거기엔 미망인이 핼쑥하고, 심각하고, 어이가 없다는 듯한 표정을 짓고 서 있었다. 나는 그저 그네에게 미소를 짓고는 이층으로 달려올라갔다. (설명은 나중에 해도 될 거야.) 하고 나는 속으로 생각했다. 그러나 내 방에 들어왔을 때 미망인이 목격한 광경을 일시적이나마 오해하리라고 생각하자 마음이 괴로왔다. 그렇지만 환희는 다른 잡념을 털어 버리고 말았다. 바람이 아무리 요란하게 불어 대고 천둥이 가까이서 무섭게 으르렁대도, 번갯불이 사납게 쉴사이 없이 번쩍이고 비가 두 시간 동안이나 폭풍과 함께 폭포처럼 쏟아져도 나는 조금도 불안이나 두려움을 느끼지 않았다. 로체스타 씨는 폭풍이 계속되는 동안, 내가 무사히 안정되어 있는지 알아 보려고 세 번이나 내 방문 앞에 와서 물었다. 그것이 내겐 위안이 되었고 어떤 일에도 힘이 되었다.

다음 날 아침, 내가 미처 일어나기도 전에 아델이 뛰어들어와 과수원 아래에 있는 밤나무가 지난밤에 벼락을 맞아 나무의 절반이 떨어져나갔다고 알려 주었다.

24

　일어나 옷을 갈아입는 동안 어젯밤 일을 돌이켜 보고 꿈이 아니었는가 하고 생각을 해보았다. 다시 로체스타 씨를 만나 그의 사랑과 맹세를 다짐하기 전에는 사실로 믿을 수 없었다.

　머리를 손질하며 거울 속에 비친 내 얼굴을 보고 이젠 못생겼다고는 생각지 않았다. 표정에는 희망이 있었고 안색엔 생기가 돌았다. 눈은 결실의 샘을 바라보고 있다가, 그 빛나는 물결에서 빛을 그대로 빌려온 듯이 보였다. 이때까지 나는 주인의 얼굴을 쳐다보기를 꺼려하는 일이 가끔 있었다. 그럴 것이, 그가 내 얼굴을 보면 기분이 좋을 리가 만무하리라고 생각하고 있었기 때문이다. 그러나 이번에는 그를 향해 얼굴을 쳐들어도 내 얼굴 표정이 그의 애정을 식힐 리는 조금도 없으리라고 생각했다. 나는 수수하지만 깨끗하고 경쾌한 여름옷을 서랍 속에서 꺼내 입었다. 어떤 옷도 이처럼 내게 꼭 어울리는 일은 없었던 것 같았다. 왜냐하면 내가 이처럼 행복한 기분에 잠겨 옷을 입어 보기는 처음이었으니까.

　홀로 뛰어내려가, 지난밤의 그 폭풍우에 뒤이어 찬란한 유월의 아침이 온 것을 보아도, 열어젖혀진 창문으로 신선하고 향기로운 산들바람이 나를 스쳐가도 나는 조금도 놀라지 않았다. 대자연은 내가 이처럼 행복할 땐 기뻐하고 있음에 틀림없다. 한 거지 여자와 조그만 사내아이가——둘 다 창백한 얼굴에 남루한 옷을 걸치고 있었다——포도를 올라오고 있었다. 나는 달려가서 마침 지갑 속에 있는 삼사 실링의 돈을 모조리 털어주었다. 좋든 싫든간에 그들도 내 기쁨을 나누지 않으면 안 됐다. 땅까마귀가 까욱까욱 울고 참새들이 즐거운 듯이 지저귀었다. 그러나 어느 것도 나의 환희에 찬 심장보다 더 즐겁고 음악적인 것은 없었다.

　페어팩스 부인이 슬픈 얼굴로 창 밖을 내다보아 나를 놀라게 했다. 그네는 엄숙히 말했다. 「에어 양, 아침 식사 하러 오시죠?」 식사를 하는 동안 그네는 아무 말도 않고 쌀쌀했다. 그러나 나는 그때 그네의 오해를 풀어 줄 수는 없었다. 주인이 설명할 때까지 기다려야만 했다. 또한 그네도 마찬가지였다. 나는 식사를 양껏 하고 이층으로 급히 올라갔다. 공부방에서 나오는 아델과 마주쳤다.

　「너 어디 가니? 공부할 시간인데.」

　「로체스타님이 어린이 방으로 가라고 하셨어요.」

　「로체스타님은 어디 계시니?」

「저기요.」하고 그애는 지금 나온 방을 가리켰다. 내가 들어갔을 때 로체스타 씨는 서 있었다.

「이리 와서 아침 인사를 해요.」하고 그는 말했다. 나는 성큼성큼 걸어갔다. 이때 내가 받은 것은 다만 차디찬 말도 아니오, 또 악수도 아니오, 포옹과 키스였다. 이토록 극진한 사랑을 받고 이처럼 애무를 받는 것은 자연스럽고 당연한 것으로 생각되었다.

「제인, 꽃이 활짝 핀 듯한 얼굴이고 방글방글하는 것이 예쁜데.」그는 말했다.

「참으로 오늘 아침엔 예쁜데. 이게 그 창백한 얼굴을 한 내 조그만 요정이오? 이게 내 겨자씨요? 보조개 뺨에 장미빛 입술과 공단처럼 매끈한 담갈색의 머리칼에다 빛나는 담갈색 눈을 가진 명랑한 아가씨요? (독자여, 내 눈은 녹색인데, 이 잘못을 양해해 주기 바란다. 그에게 있어선 그것이 새로 채색된 듯이 보였으리라.)」

「제인 에어예요.」

「머지않아 제인 로체스타가 되겠지.」하고 그는 덧붙였다. 「네 주일 안에, 제인, 그 이상은 하루도 더 늦출 수 없어. 듣고 있는 거요?」

나는 듣고 있었다. 그러나 그것을 완전히 이해하진 못했다. 그 말에 나는 현기증을 느꼈다. 이 말을 듣고 내가 느낀 것은 기쁨과는 일치하지 않는 뭣인가 훨씬 강력한 것이었다──세차게 얻어맞아서 귀청이 멍멍한──나는 거의 공포에 가까운 것이었다고 생각한다.

「얼굴이 빨개지는가 했더니, 금방 창백해지는군. 제인, 웬일이오?」

「새 이름을 주셨으니까요──제인 로체스타라고, 참 이상한 느낌이 들어요.」

「그렇군, 로체스타 부인.」하고 그는 말했다.

「젊은 로체스타 부인. 페어팩스 로체스타의 귀여운 신부.」

「그렇게 될 리가 없을 것 같아요. 어쩐지 그 말이 어울리지 않는 것 같고요. 인간이란 결코 이 세상에선 완전한 행복을 누릴 수는 없어요. 저라고 남달리 각별한 운명을 타고났을 리도 없어요. 그런 행운이 제게 찾아오리라고 상상한다는 건 동화 같은 얘기예요──한낮의 꿈이에요.」

「그 공상을 나는 실현할 수 있고 이제 실현하려는 거요. 오늘부터 시작하겠소. 오늘 아침 난 런던의 은행가에게 그가 보관중인 보석들을 보내 달라고 편지를 냈소──쏜필드에 있는 로체스타 부인들의 상속 재산 말이오. 나는 이삼 일중으로 그 보석들을 당신의 무릎 위에 쏟아놓고 싶소. 가령, 내가 귀족의 딸과 결혼한다면 그네에게 줄 모든 특권과 모든 친절을 당신에게 주고 싶기 때문이오.」

「오오, 제발! 보석 같은 건 조금도 염려 마세요! 보석에 관한 얘기는 듣고 싶지 않아요. 제인 에어에게 보석이란 어색하고 이상하게 들려요. 없는 것이 차라리 낫겠어요.」

「당신의 목에 내가 직접 다이아몬드의 목걸이를 걸어 주겠어. 그 이마엔 보석 장식물을 달아 줄 거요. 그것은 당신에게 잘 어울릴 거요. 적어도 자연이 당신의 이마에 귀족의 표적을 찍어 놓았으니까. 제인, 그리고 그 아름다운 팔목엔 팔찌를 끼워주지. 그 선녀 같은 손가락은 반지로 가득 차게 하고말이지.」

「아뇨, 안 돼요! 다른 일을 생각하시고, 다른 얘기를 말씀해 주세요. 다른 식으로 말이에요. 제가 미인이라도 되는 듯이 제게 그처럼 말씀하시지 마세요. 저는 당신의 평범한, 퀘이커 교도와도 같은 가정 교사예요.」

「당신은 내 눈엔 미인이오, 그것도 내가 진심으로 바라는 꼭 알맞은 미인이란 말이오──섬세하고 고상한.」

「보잘것없고 미천하단 말씀이죠. 당신은 꿈을 꾸고 계시는가봐요──그렇잖음 저를 비웃고 계시는 거고. 제발, 비꼬아 말씀하지 마세요!」

「나는 당신이 미인이라는 걸 온 세상에 알리겠소.」하고 그는 말을 계속했지만 나는 듣고 있는 동안, 그의 말투에서 정말 불안을 느끼기 시작했다. 그는 자기 자신을 기만하고 있거나 그렇지 않으면 나를 속이려고 하는 그 어느 편이라고 생각했기 때문이다. 「나는 내 제인에게 비단과 레이스로 만든 옷을 입히고 머리엔 장미꽃을 달게 하지. 그리고 내가 가장 사랑하는 그 머리 위엔 아주 귀중한 베일을 씌워 주겠소.」

「그때엔 저를 보시더라도 저를 못 알아보실 거예요. 저는 이미 당신이 사랑해 주시는 제인 에어가 아니라 광대옷을 입은 원숭이나 깃털을 빌려 단 어치새와 같을 거예요. 저는, 로체스타님, 제 자신이 궁정 부인의 옷을 입은 것처럼 당신이 무대의상으로 분장한 꼴을 보고 전 충심으로 당신을 사랑하고 있긴 하지만, 당신을 미남이라곤 안 해요. 몹시 사랑하니까 당신에게 아첨하긴 싫어요. 그러니까 제게도 아첨하진 마세요.」

그러나 그는 내 반대엔 조금도 귀를 기울이지 않고 자기 주장을 밀고 나갔다. 「오늘 당장에 당신을 마차에 태워서 밀코트로 데리고 가겠소. 당신은 몇 벌의 드레스를 골라야만 하오. 네 주일 뒤면 결혼한다고 내가 말하지 않았소. 결혼식은 저기 저 언덕 밑의 교회에서 조용히 올리기로 되어 있소. 식이 끝나는 대로 당신을 런던으로 데리고 가서 얼마 동안 머무른 다음, 내 귀중한 사람을 태양에 가까운 나라, 다시 말하면 프랑스의 포도원이나 이탈리아의 평원으로 데려가겠소. 그리고 옛날 얘기나 현대의 기록에 유명한 것은 무엇이나 보여 주겠소. 당신에게 여기저기의 도회지 생활을 맛보이고 다른 사람들과 자기 자신을 견주는 데서 당신 자신을 평가하는 것을 배우도록 해주겠소.」

「제가 여행을 해요? 당신과 함께요?」

「파리, 로마, 나폴리, 플로렌스, 베니스, 바엔나 등지에 머물게 될 거요. 옛날 내가 떠돌아다니던 곳을 당신이 이번에 다시 돌아다니는 거지. 내 발바닥이 디디었던 곳을 여신과 같은 당신의 발이 또 딛는 거요. 지금으로부터 십 년 전, 혐오와 증오와 분노를 벗삼아 반미치광이가 되어 온 유럽을 쏘다녔지만, 이번엔 마음의 상처가 가시고 죄도 정화되어, 위안자인 바로 그 천사와 더불어 다시 방문하게 되는 거야.」

이 말을 듣고 나는 그의 얼굴을 보며 웃어 댔다. 「전 천사가 아녜요.」하고 나는 고집했다. 「저는 죽을 때까지 천사는 되지 않겠어요. 또 저는 저 자신뿐이에요. 로체스타님, 당신은 제게서 천국의 것과 같온 것을 기대하시거나 강요하셔서는 안 돼요. 제게서는 그런 것은 얻을 수 없으니까요. 제가 당신한테서 그것을 얻을 수 없는 것과 마찬가지로요. 저는 그런 것은 전혀 기대하고 있지 않아요.」

「당신은 내게서 뭣을 기대하오?」

「아주 짧은 동안은 지금과 꼭 같은 상태로 계시리라고 생각해요——아주 짧은 동안이긴 하지만요. 그 다음엔 냉정한 사람으로 변하시겠지요. 그리고는 변덕스러운 분이 되고, 엄격한 분이 되시겠죠. 저는 당신의 비위를 맞추기에 갖은 애를 다 쓰게 될 거예요. 하지만 저라는 사람에게 잘 익숙해지시면, 또다시 저를 좋아하시게 되시겠죠——좋아하신다는 것이고 사랑하신다는 말은 아니예요. 전 당신의 사랑이 육 개월, 혹은 그 전에 식어 버리리라고 생각해요——그 기간이 남편의 열렬한 사랑이 계속되는 최대한의 기간이라고 남자들이 쓴 책에서 읽은 걸요. 그러나 결국 저는 저의 가장 사랑하는 주인님에게 친구로서도 반려자로서도 싫어하는 존재가 되고 싶진 않아요.」

「싫어진다! 그리고 또 좋아진다! 몇 번이고 좋아지겠지. 좋아질 뿐만 아니라 사랑한다고 하는 것을——진실과 열정과, 일관성으로 사랑하고 있다는 것을 당신의 입으로 말하게 하고야 말겠소.」

「그러나 당신은 마음이 잘 변하시지 않아요?」

「용모만으로 나를 기쁘게 해주려고 하는 여자들에 대해서는 그들이 영혼도 없고 진심도 없다는 것을 알았을 땐 나는 대악당이 된단 말이야——무미하고 평범하고 아마도 저능하고 천박하고 화를 잘 내는 성격이라는 걸 알게 되면 말이오. 그렇지만 맑은 눈과 능변이나 불 같은 정열로써 만들어진 영혼에 대해서는——휠 망정 부러지지 않는 온순하면서도 견실한, 다루기 쉬우면서도 꿋꿋한 사람에 대해서는——나는 언제나 부드럽고 진실하단 말이오.」

「그런 분과 사귀어 보신 일이 있으세요? 그런 분을 사랑하신 적이 있으세요?」

「지금 사랑하고 있소.」

「아니, 저보다 먼저 말이에요. 정말 저의 어떤 점이 당신의 그 까다로운 표준에 들어맞는다고 생각하세요?」

「당신 같은 사람은 한 번도 만나 본 적이 없소. 제인, 당신은 나를 기쁘게 해주고 있소. 그리고 나를 지배하고——당신은 무엇이나 순순히 내 말을 잘 들어수는 것 같아. 나는 당신이 주는 유연한 맛이 좋단 말이야. 당신의 부드럽고 비단 실타래 같은 손가락을 내 손가락에 감으면, 내 팔에서 가슴으로 통쾌한 전율을 전하지. 나는 당신에게 지배되고 있소——정복을 당했단 말이오. 당신의 그 힘은 나로서는 형언할 수 없으리 만큼 달콤한 것이오. 내가 당한 정복은 내 자신이 얻을 수 있는 그 어떤 승리도 미칠 수 없는 매력을 갖고 있소. 왜 웃소, 제인? 그 말할 수 없는 이상한 얼굴 표정은 무슨 뜻이오?」

「전 생각하고 있었어요. (이런 것을 생각하고 있어서 미안하지만, 문득 마음에 떠올라 왔었어요.) 남자를 녹이는 미녀들과 같이 있는 헤라클레스와 삼손을 생각하고 있었어요——」

「그런 것을 당신이, 조그만 장난꾸러기 아가씨가——」

「그럼, 들어 보세요! 당신은 지금 저 용사들이 그다지 현명하게 굴지 못한 것처럼, 그다지 현명하게 말씀하시지 못했어요. 하지만 그들도 만일 결혼을 했더라면 구혼자였을 시절의 부드러움을 남편으로서의 엄격으로 보상했을 거예요. 당신도 그렇게 되리라고 생각해요. 지금부터 일 년 뒤에 당신에게 불편한 것이라든가 당신의 마음에 들지 않는 것을 제가 청을 드린다면 어떻게 대답을 하실까요.」

「뭣이든 지금 부탁해 봐요, 제인——조그만 일이라도 좋으니 말이오. 난 청을 받았으면 좋겠소.」

「정말 청을 드리겠어요. 제 청은 벌써 다 준비돼 있어요.」

「말해 봐요! 그런데 당신이 그런 얼굴을 하고 나를 쳐다보고 미소를 지으면 어떤 청인지 미처 알기도 전에 나는 들어주겠다고 맹세할 거요. 그렇게 되면 나는 웃음거리가 될 거야.」

「그럴 리는 없어요. 전 이것만을 청하겠어요. 제발 보석을 가지러 사람을 보내지 마실 것과 장미꽃으로 제 머리를 장식하지 마시라는 거예요. 당신의 무늬 없는 손수건에 금 레이스로 둘레를 장식하는 것처럼 우스울 거예요.」

「말하자면 〈순금 위에다 도금(鍍金)을 하는〉 격이군. 그만한 건 나도 알고 있소. 당신의 청을 들어 주지—— 당분간은 은행가에게 낸 청구는 취소하도록 하지요. 그러나 당신은 여태 아무것도 원한 것이 없소. 선물의 거절을 부탁했을 따름이야. 다시 한번 말해 봐요.」

「그럼 제 호기심을 만족시켜 주세요. 이 한 가지 일 때문에 기분은 퍽 상하시겠지만.」

그는 침착하지 못한 얼굴을 했다. 「뭐요? 뭣인데?」 성급히 그는 말했다. 「호기심은 위험한 청이야. 내가 당신의 청을 뭣이든 다 들어 준다고 약속하지 않길 잘했어.」

「하지만 이런 것엔 조금도 위험이란 있을 리가 없어요.」

「말해 봐요, 제인. 아마 비밀을 캐묻고 싶겠지만 그보다는 차라리 내 재산의 절반을 달라고 했으면 좋겠소.」

「그럼, 아하수에로 임금님(에스더서에 아하수에로 임금이 왕후 에스더에게 〈그대 무엇을 원하느냐, 그대의 원은 무엇이냐, 나라의 절반이라도 나누어 주리라〉고 했다)! 제가 뭣 때문에 당신의 재산을 절반이나 바라겠어요? 저를, 토지에 투자해서 돈이라도 벌려고 떠돌아다니는 유대인 고리대금업자인 줄 아세요? 그런 것보다는 오히려 당신의 신뢰를 받는 것이 더 좋아요. 당신께서 진정으로 저를 받아들이신다면 저는 당신의 신뢰를 받는 것이 아닙니까?」

「그럴 만한 가치가 있는 것이라면 기꺼이 신뢰한다고 하겠소, 제인. 그러나 제발, 쓸데없는 짐을 지지는 마시오! 독이 되는 것을 갈망하진 말아요—— 내 옆에서 이브와 꼭 같은 여자가 되지는 마오!」

「왜 안 돼요? 당신은 금방 제게 정복되는 것이 좋으시다는 둥, 저한테서 설복되는 것이 얼마나 기쁜지 모르겠다는 둥 말씀하시지 않았어요? 이 말씀을 이용해서 제 힘을 좀 시험해 보려고 달래기도 하고, 애원도 하고, 필요에 따라선 울기도 하고, 뾰로통하기까지 해도 괜찮다고 생각하지 않으세요?」

「그런 시험을 해보라고 그냥 내버려둘 줄 알아? 내 권리를 침해하거나 분에 넘게 굴어 봐요, 만사는 끝장이 날 거요.」

「그러세요? 당신은 곧 항복하시는군요. 아니 어쩌면 그런 딱딱한 얼굴을! 당신의 눈썹은 제 손가락만큼이나 굵어지고, 이마는 언젠가 어떤 이상 야릇한 싯귀에서 〈푸른 구름으로 첩첩이 쌓인 천둥 누각〉이라고 표현한 것을 읽어 본 적이 있지만 바로 그 모습이에요. 그것이 당신의 결혼 후의 얼굴 표정이겠지요?」

「그런 얼굴이 결혼 후의 나의 얼굴이라면 난 기독교인으로서 물의 정(精)이나 불의 정과 부부가 될 생각을 곧 버려야지. 그런데 도대체 물어 보겠다는 것이 뭐지, 응? 자, 말해 봐!」

「그것 보세요, 벌써 예절을 잊으셨군요. 무례한 것이 전 아첨하는 것보다는 훨씬 더 좋아요. 천사라고 불리우는 것보다는 허물 없이 불리우는 것이 더 좋아요. 제가 기어이 묻고 싶었던 것은 바로 이것이에요——왜 당신은 잉그램 양과 결혼하려는 것처럼 제게 믿게 하려고 애를 쓰셨던가요?」

「그것뿐이오? 참, 다행이군, 그런 걸 가지고!」이렇게 말하고, 그는 검은 눈썹을 펴고 미소하며 나를 내려다보고는 마치 위기를 모면해서 천만다행이라는 듯이 내 머리를 두드렸다. 「고백해도 괜찮겠지.」그는 말을 이었다. 「당신을 좀 화나게 할지 모르지만 제인——당신이 화를 내면 화정처럼 된다는 걸 난 봤으니까. 어젯밤 그 서늘한 달밤에 당신이 운명에 반항해서 나와 평등한 지위를 주장했을 때 불같이 상기되었었지. 그건 그렇고, 제인, 내게 결혼의 신청을 하게 한 장본인은 당신이었지.」

「물론 저였어요. 그러나 요점을 말씀해 주세요. 제발——잉그램 양은?」

「그거, 내가 잉그램 양에게 구혼을 하는 체한 거지. 그건 내가 당신을 미칠 만큼 사랑하고 있는 것처럼 당신도 그렇게 되게 하고 싶었으니까. 난 이 목적을 발전시키는 데는 질투심이란 것이 내가 구할 수 있는 최선의 동맹자라는 걸 잘 알고 있었으니까.」

「아주 멋진데요. 그러고 보면 당신이란 분은 제 새끼손가락 끝보다 한 치도 더 크진 못하시군요. 그런 방법은 큰 수치예요. 말할 수 없는 불명예예요. 잉그램 양의 마음을 당신은 조금도 생각지 않으셨나요?」

「잉그램 양의 마음은 한 가지 점——거만이라고 하는 한 가지 점에 집중되어 있었소. 그 거만을 꺾을 필요가 있었소. 당신은 샘을 내고 있었지, 제인?」

「염려 마셔요, 로체스타님. 그런 것을 아신댔자 조금도 흥미가 없으실 거예요. 한 번만 더 진정으로 대답해 주세요. 당신은 잉그램 양이 당신의 불미스런 희롱으로 괴로와하리라곤 생각지 않으세요? 그 분은 자신이 버림을 받고 배반을 당했다고 느끼진 않을까요?」

「그럴 리가 있나! 반대로 그네가 나를 버렸다고 하지 않았소. 내가 파산해 버렸다는 생각이 그네의 정열을 순식간에 식혀 버리고 아주 꺼지게 한 거지.」

「당신은 참 이상하고 모략에 능통한 분이시군요, 로체스타 씨. 당신의 도의 관념은 어느 점에 있어선 괴상한 데가 있어요.」

「내 도의 관념이란 조금도 훈련되어 있지 않았어, 제인. 잘 간수하질 못해서 좀 비뚤어져 자랐을는지도 모르지.」

「다시 한 번만 신중하세요. 제가 겪은 그 괴로움을 누가 겪고 있다는 것을 염려하지 않고 저와 같은 사람에게 주신 크나큰 행복을 제가 누려도 괜찮을까요?」

「좋고말고, 내 선량한 아가씨. 이 세상에서 당신의 사랑과 같은 깨끗한 사랑으로 나를 사랑해 주는 사람은 당신 이외엔 아무도 없소——난 이런 기쁨으로 내 영혼에 기름을 부었으니까, 제인, 당신의 애정에 확신을 가지고.」

나는 내 어깨에 놓여진 그의 손에 입술을 댔다. 나는 진정으로 그를 사랑했다——뭐라고 말해야 좋을지 자신도 모를 만큼——말로는 표현할 힘이 없을 만큼 사랑했다.

「좀더 뭣이든 물어 봐요.」이내 그는 말했다. 「당신에게 부탁을 받고, 그걸 들어 주는 것이 난 기쁘오.」

나는 다시 요구할 준비를 갖추고 있었다. 「당신의 의향을 페어팩스 부인에게 알려 주세요. 어젯밤 홀에서 제가 당신과 함께 있었던 걸 보고 깜짝 놀라셨어요. 제가 그 분과 다시 만나기 전에 설명을 해주세요. 그처럼 선량한 분에게 이상하게 오해받는 건 괴로와요.」

「당신의 방에 가서 모자를 써요.」그는 대답했다. 「오늘 아침 당신을 밀코트로 데리고 갈 작정이오. 당신이 떠날 채비를 차리는 동안, 난 저 할멈을 잘 납득시키지. 제인, 그 할멈은 당신이 사랑을 위해선 이 세상을 버려도 조금도 후회하지 않는다고 생각했을까?」

「틀림없이 그 분은, 제가 제 신분도 잊고 당신의 신분도 잊어버리고 말았다고 생각했을 거예요.」

「신분! 신분이라고! 당신의 신분은 내 심장 속에 있소. 난 당신에게 무례한 짓을 하는 놈은 지금이나 또 앞으로도 그냥 안 놔둘 테야. 그럼 갑시다.」

　나는 곧 옷을 갈아입고 로체스타 씨가 페어팩스 부인의 방을 나오는 소리를 듣고는 급히 아래층으로 내려갔다. 노부인은 그날 아침 읽을 분량(그날의 일과)을 읽고 있었다. 성경책은 그네의 앞에 펴놓은 채 안경이 그 위에 놓여 있었다. 로체스타 씨의 선언으로 중단된 그네의 일과는 이제는 잊혀져 버린 것 같았다. 앞의 아무것도 없는 벽을 지켜보고 있던 그네의 눈은 예사롭지 않은 소식을 듣자, 평화스러운 마음이 뒤흔들린 놀람을 나타내고 있었다. 나를 보았을 때 그네는 의자에서 일어나 억지로 미소를 지으며 축하의 말을 하려고 했으나, 미소는 사라지고 말은 도중에서 끊어져 버리고 말았다. 노부인은 안경을 치우고 성경책을 덮고 테이블에서 의자를 뒤로 밀었다.

　「너무 놀라와서,」하고 부인은 말을 시작했다. 「뭐라고 말씀드려야 좋을지 모르겠구료, 에어 양. 내가 꿈을 꾼 건 아니겠지? 때때로 혼자 앉아 있노라면 깜빡 잠이 들어선 전혀 일어나지도 않는 일을 꿈꾸곤 한다오. 꾸벅꾸벅 졸고 있노라면 십 오 년 전에 돌아가신 영감님이 글쎄 방안으로 들어와선 내 옆에 앉아서 생시처럼 애리스, 하고 나를 부르는 소리를 들은 일이 하두 번이 아니었다우. 그래, 로체스타 님이 선생께 청혼하신 것이 사실인지 말해 주실 순 없수? 웃진 마세요. 하여튼 그 분이 오 분 전에 여기 들어오셔서 선생이 한 달 이내에 그 분의 아내가 되실 거라고 말씀하신 건 사실이라고 생각하는데.」

　「제게도 같은 말씀을 하셨어요.」하고 나는 대답했다.

　「그 분이 말씀하셨다! 그 말을 믿어요? 승낙했어요?」

　「네.」하자 부인은 당황한 표정으로 나를 바라보았다.

　「전혀 생각도 못했던 일이었지요. 그 분은 자존심이 강한 양반이고——로체스타 집안 사람들은 모두 자존심이 강한 양반들이라오. 그리고 적어도 그 분 선친께선 돈을 무척 좋아했어요. 하긴 주인 양반께서도 돈 문제에 대해선 퍽 까다롭다는 말이 있긴 하지만서도. 그 분이 당신과 결혼하겠다고 하신단 말씀이죠?」

　「그 분이 제게 그렇게 말씀하셨답니다.」

　그네는 나를 머리끝에서 발끝까지 유심히 훑어보았다. 그네의 눈이 이 수수께끼를 풀기에 충분한 마력을 나의 어디서도 찾아내지 못했음을 나는 알아차렸다.

　「도무지 알 수 없군!」그네는 말을 이었다. 「하지만 선생이 그렇게 말씀하는 걸 보니 틀림없겠구료. 어떤 결과가 되는지 난 말할 수 없소. 정말 난 모르겠소. 이런 경우엔, 신분이나 재산의 균형이 필요할 거예요. 그리고 선생의 나이는 이십 년이나 틀리는 걸요. 그 분은 선생의 거의 아버지뻘 나이가 되니까요.」

「아니, 그런 걸, 페어팩스 부인!」나는 약이 올라 소리쳤다.「그 분은 절대로 아버지 같진 않아요! 우리 두 사람이 함께 있는 걸 보았다고 해서 그렇게 말할 사람은 아무도 없어요. 로체스타님은 젊게 보이고 스물 다섯 살 난 사람들처럼 젊어요.」

「그 양반이 선생과 결혼하시려는 건 참으로 그 분이 선생을 사랑하고 계시기 때문일까요?」하고 부인은 물었다.

나는 그네의 냉담과 회의에 몹시 기분이 상해서 눈물이 솟구쳤다.

「선생을 슬프게 해드려 미안하지만,」하고 그 미망인은 말을 계속했다.「선생은 아직 젊으셔서 남자들이란 통 모르시니까 조심하시라고 일러 드리고 싶어요. 속담에 〈번쩍이는 것 모두가 황금이 아니니라〉하는 말도 있지 않아요? 난 이번 경우 선생이나 내가 기대하고 있는 것과 혹시 다른 일이 되지나 않을까 하고 걱정하고 있는 거라오.」

「왜요? 제가 무슨 괴물인가요?」하고 나는 말했다.「로체스타님이 제게 진정한 애정을 갖는다는 건 불가능한 일일까요?」

「아니오, 선생님은 참 예뻐요. 그리고 요사이 훨씬 더 예뻐졌어요. 과연 로체스타님은 선생을 좋아하겠죠. 그렇지 않아도 난 벌써부터 선생이 로체스타님의 사랑을 받고 있다는 건 눈치를 채고 있었어요. 어떤 땐 그분이 선생에 대해 지나친 호의를 갖고 계신 걸 보고 난 선생을 위해서 좀 불안해지기도 했어요. 그래 선생더러 조심해 달라고 말할까 하는 생각도 가졌었지만, 혹시 잘못이 생길는지도 모른다는 것을 넌즈시 말해 주기가 싫었어요. 이런 생각은 선생을 놀라게 하고 아마 기분을 상하게 할 거라는 것을 잘 알고 있었으니까. 그리고 선생은, 퍽이나 사리를 분별할 줄 아는 분이고, 참으로 신중하고 지각이 있는 분이니까 어련히 자기 자신을 잘 처신할까 하고 생각했었어요. 어젯밤, 집 안을 온통 찾아보았지만 선생은 어디서도 볼 수 없고 주인님도 안 보이시고, 그러다가 열두 시가 되니까 선생이 주인양반과 함께 들어오는 것을 보고는 얼마나 내가 걱정했는지 모른다오.」

「그랬어요. 이젠 그런 건 염려 마세요.」나는 더 이상 참을 수가 없어서 말을 가로챘다.「아무 일도 없었다는 것으로 충분해요.」

「끝까지 제발 아무 일도 없었으면.」하고 그네는 말했다.「하지만 내 말을 믿어 주세요. 세상엔 지나치게 조심해서 나쁠 건 없어요. 제발 로체스타 씨를 멀리하세요. 그리고 그 분과 마찬가지로 자기 자신도 믿어선 안된다오. 그런 신분에 있는 양반들이 자기 집의 가정 교사와 결혼한다는 건 퍽 드문 일이니까요.」

나는 정말 울화통이 터지기 시작했다. 천만 다행으로 아델이 뛰어들어왔다.

「나도 데리고 가——나도 밀코트에 데리고 가요!」그애는 소리쳤다.「로체스타 아저씬 날 안 데려가요. 새로 사온 마차엔 자리가 넉넉한데두. 날 데려가 달라고 부탁해줘요. 선생님.」

「그래, 부탁해 볼께, 아델.」이렇게 말하고, 나는 침울한 훈계자의 곁을 떠나는 것을 기뻐하며 아델과 함께 방을 나왔다. 마차는 준비되어 있었다. 마부들은 마차를 현관으로 돌리고 있는 참이었다. 로체스타 씨는 포도 위를 거닐고 있었다. 파일럿은 주인의 앞뒤로 따라다니고 있었다.

「아델도 함께 가도 괜찮겠죠, 안 되나요?」

「안 된다고 했는데, 거추장스러우니까! 당신만 데리고 가겠소.」

「제발 데리고 가주세요, 로체스타님. 그게 더 좋겠어요.」

「그것만은 안 돼요. 그애가 있으면 제약을 받을 테니까.」

그의 표정과 목소리엔 무척 단호한 것이 있었다. 페어팩스 부인의 경고에서 오는 싸늘함과 그네의 의심에서 오는 습기가 나를 붙아케 했고 일종의 반신 반의가 내 희망을 흐리게 했다. 나는 그를 지배한다는 의식을 반쯤 잃어버리고 있었다. 이 이상 반항하지 않고 기계적으로 그의 말대로 좇으려고 했다. 그러나 그는 나를 마차 안으로 올려 주고는 내 얼굴을 들여다보았다.

「웬일이오?」하고 그는 물었다.「모든 햇빛이 사라졌군. 당신은 정말 저애를 데리고 가고 싶소? 저애를 두고 가면 걱정이 되오?」

「정말 데리고 갈 수 있었으면 좋겠어요.」

「그럼, 모자를 쓰고 오너라. 번개같이 갔다와야 한다!」그는 아델을 향해 소리쳤다.

아델은 힘이 자라는 껏 빨리 그의 명령에 복종했다.

「뭐 단 하루 아침의 방해쯤은 대단한 건 아니니까.」하고 그는 말했다.「머지 않아 당신의 생각, 당신의 이야기, 당신과 같이 행동하는 것을 두고두고 요구할 작정이니까.」

아델은 마차 안으로 들어오자, 내가 자기를 마차에 태우도록 말해 준 데 대해 고마움을 나타내느라 내게 키스를 하기 시작했다. 그러나 곧장 로체스타 씨의 구석진 옆자리로 밀려가고 말았다. 그러나 그네는 내가 앉아 있는 주위로 몸을 돌려 엿보는 것이었다. 이런 무뚝뚝한 이웃 사람은 너무나도 거북한 것이었다——지금처럼 험악한 기분에 잠겨 있는 그에 대해서 아델은 아무 소견도 속삭일 용기나, 아무것도 물어 볼 용기가 없었다.「아델을 저한테로 보내 주세요.」하고 나는 부탁했다.「귀찮게 굴지도 모르니까. 이쪽엔 앉을 자리가 넉넉해요.」

그는 아델을 발바리 강아지라도 다루듯이 나 있는 쪽으로 넘겨 주었다.「이젠 아델을 학교에 보내야겠군 그래.」그는 이렇게 말했지만 이번엔 싱글싱글 웃고 있었다.

아델은 그 말을 듣고 선생님이 없이 학교에 가게 되느냐고 물었다.

「그렇다.」하고 그는 대답했다.「절대로 선생님 없이. 그건 말이다, 내가 에어 선생을 달나라로 모시고 가니까 그런 거다. 거기 가 닿으면 화산 꼭대기의 하얀 골짜기에서 동굴을 찾아 선생님과 내가 거기서 함께 산단다. 나하고만 말이다.」

「선생님은 먹을 것이 없을 텐데요. 아저씬 선생님을 굶겨 죽일라고.」아델이 말했다.

「나는 말이지 선생을 위해 아침 저녁으로 만나를 주워오지. 달나라는 들판도 산도 만나로 하얗게 덮여 있다, 아델.」

「불을 쬐고 싶어질 거예요. 불이 필요할 땐 어떻게 하죠?」

「불은 달나라의 산 속에서 솟아오르지. 에어 선생이 추워지면 내가 선생을 산 꼭대기로 데리고 가서, 분화구 옆에 눕혀 드리지.」

「어머나, 얼마나 나쁠까——얼마나 불편하고! 그리고 옷은 닳아질 테고. 선생님은 새 옷을 어떻게 장만하세요?」

로체스타 씨는 얼떨떨한 표정을 지었다.「어험!」하고 그는 말을 이었다. 「너 같으면 어떻게 하겠니, 아델? 머리를 짜서 생각해 보렴. 흰빛이나 분홍빛 구름으로 옷을 만들면 어떨까? 그리고 무지개에선 아주 아름다운 스카프를 끊어내고 말이야.」

「선생님은 지금 그대로 계신 편이 좋아요.」하고 아델은 한참 생각하다가 말을 맺었다.「그리고 달나라에서 아저씨와 단둘이서만 살게 되면 싫증이 나시게 될 거예요. 제가 선생님이라면 아저씨와 함께 가는 건 절대로 생각하지 않을 거예요.」

「선생님은, 승낙하셨어. 단단히 약속을 해버린 걸.」

「하지만 아저씬 거기에 선생님을 데려갈 순 없어요. 달나라로 가는 길이 없는 걸요. 모두가 공기뿐이고 아저씨나 선생님은 날지도 못하면서.」

「아델, 저 들판을 봐요.」이때 우리들은 쏜필드의 문을 벗어나와 밀코트를 향하는 탄탄한 길을 경쾌하게 달리고 있었다. 간밤의 폭풍우로 먼지는 깨끗이 가라앉고 길 양쪽의 낮은 나무 울타리와 높이 솟은 관목들은 푸르름으로 빛나 비에 씻겨 되살아난 듯이 싱싱했다.

「저 들판에서 내가 두 주일 전 저녁때, 좀 늦게 산책하고 있었지 —— 아델, 네가 과수원의 풀밭에서, 풀을 베는 나를 도와주던 바로 그날 저녁 말이야. 난 벤 풀단을 주워모으기에 지쳐 버려서 그만 좀 쉬려고 층층다리 위에 앉아 버렸겠다. 그리고는 수첩과 연필을 꺼내서 옛날 내게 일어났던 불행한 추억과, 앞으로의 생활은 제발 행복하게 되었으면 하는 소원 등을 쓰기 시작했었지. 종이 위의 햇빛은 점점 희미해져 가고 있었지만 나는 꽤 빨리 쓰고 있었어. 바로 그때, 뭣인가가 길을 걸어오더니, 내게서 이 야드쯤 떨어진 곳에 멎었지. 그래 바라보았을 때 머리에 엷은 거미집 같은 베일을 쓴 조그만 것이 있었어. 내 곁으로 오라고 손짓을 하자 곧 내 무릎 앞에 와 서는 거야. 나는 그것에게 한마디도 말을 건네지 않았고, 그것도 내게 한마디도 말은 건네지 않았지. 하지만 나는 그것의 눈에서 뭣인가를 읽었고 그것도 내 눈에서 뭣인가를 읽었어. 그리고 우리의 무언의 회화는 이런 의미였겠지.

그것은 선녀였어. 요정의 나라에서 왔다면서 그 사명은 나를 행복하게 해주는 것이었다고. 나는 그 선녀와 함께 이 속세에서 빠져나가 외딴 나라 —— 이를테면 달나라와 같은 곳에 가지 않으면 안 된다는 거야 —— 그리고 그 선녀는 〈헤이〉 언덕으로 솟아오르고 있는 초승달을 향해 그네의 머리를 끄덕이더니 우리들이 살게 될지도 모르는 설화 석고(雪花石膏)의 동굴과 은빛 계곡 등을 말했지. 나는 가보고 싶다고 했지만 네가 아까 말한 대로 날개가 없으니 날아갈 수가 없다고 선녀에게 말했어.

『아아, 그런 건 아무것도 아니예요.』하고 선녀가 대꾸했어.『어떤 곤란한 일이라도 막아낼 부적이 여기 있어요.』하고 그 선녀는 예쁜 금반지를 내게 내밀더니,『내 왼쪽 무명지에 이걸 끼워 주세요. 그러면 나는 당신의 것이 되고요, 당신은 제것이 된답니다. 우리들은 이 세상을 떠나서, 저기서 두 사람의 천국을 만듭시다.』하고. 선녀는 다시 달을 향해 끄덕였단다. 아델, 그 반지는 말이지, 지금 내 바지의 호주머니 속에 일 파운드짜리 금화로 변해 있는 거다. 그렇지만 나는 다시 반지로 바꿀 작정이야.」

「그렇지만 우리 선생님이 그것과 무슨 관계가 있어요? 전 선녀 같은 건 아무래도 좋아요. 아저씨가 달나라로 데려가시려는 것은 우리 선생님이라고 하셨지요?」

「선생님이 선녀란 말이야.」그는 신비스럽게 속삭였다. 그래서 나는 아델에게, 로체스타 씨의 농담에 개의치 말라고 타일렀다. 아델은 아델대로 프랑스 사람 특유의 회의심을 발휘하여, 로체스타 씨를 〈진짜 거짓말장이〉라고 부르고 그가 말한 〈선녀의 얘기〉는 도무지 믿지 않았다. 그리고 〈선녀란 것은 실제로 존재하지 않고〉 선녀가 그의 앞에 나타나지도 않을 뿐더러 반지를 주거나 하지도 않고 달나라에서 함께 살자는 얘기는 도무지 있었을 리가 없다고 고집했다.

밀코트에서 보낸 시간은 어지간히 나를 괴롭혔다. 로체스타 씨는 억지로 나를 어느 비단 옷감 상점으로 데리고 가 거기서 여섯 벌의 옷을 고르라고 명령했다. 나는 그런 일은 하기가 싫어서 진절머리가 났다. 좀 연기해 줍시사 하고 졸라 봤지만 소용이 없었다. 이제 당장에 해치워야만 했다. 끈기 있는 속삭임으로 애원해서 여섯 벌을 겨우 두 벌로 줄이기로 허락받았다. 그러나 그 두 벌을 그가 기어이 손수 고르겠다고 떼를 썼다. 화려한 상점 안의 천을 두리번거리는 그의 눈을 나는 조마조마한 마음으로 지켜보고 있었다. 그의 시선은 가장 화려한 자주빛, 가장 멋진 분홍빛 공단에 머물렀다. 나는 또 속삭이는 소리로 자꾸 되뇌이며 내게는 그런 것은, 황금의 옷과 은으로 만든 모자를 사주시는 것과 마찬가지라는 것과 그가 골라 주는 것은 도저히 입을 생각이 안 난다고 했다. 그러나 그는 돌처럼 완고해서 굉장히 애를 태운 나머지, 간신히 수수한 검정 공단과 진주빛 비단으로 바꾸도록 설복시켰다. 「이번만은 그대로 두지만,」 하고 그는 말했다. 「이제 꽃밭처럼 화려하게 만들어 놓을 걸.」

그를 비단 상점에서, 다음은 보석 상점에서 데리고 나오게 되어 나는 마음이 놓였다. 그가 나를 위해서 물건을 사주면 사줄수록 내 뺨은 괴로움과 굴욕감으로 달아올랐다. 마차로 되돌아와 열에 뜨고 피곤한 몸을 기대이자, 나는 착잡한 갖가지 사건으로 말미암아 깡그리 잊고 있던 일이 떠올랐다——나의 삼촌인 존 에어로부터 리드 부인 앞으로 보낸 편지의 건, 즉 나를 양녀로 삼아 유산 상속인으로 하겠다는 삼촌의 의향을 생각해낸 것이다. (참 구원이 될 거야.) 나는 생각했다. (비록 얼마 되진 않지만 내게도 자립할 수 있는 수입이 있다면야. 그 분의 인형처럼 옷을 얻어입거나 다나에(희랍 신화에 나오는 절세의 미인. 그네가 감금되었을 때 주피터가 황금의 비로 변해 그네의 곁에 갔다고 함)처럼 황금의 비를 매일 맞아가며 앉아 있을 순 도저히 없어. 집에 돌아가면 곧 마데이라로 편지를 써서 존 아저씨에게 내가 결혼하려고 한다는 것과 상대자에 대해서도 알려 드려야지. 만일 내가 장차 로체스타 씨의 재산을 늘려 줄 가망이라도 지닐 수 있다면 지금 그에게 신세지고 있는 것쯤 이겨내도 괜찮겠지.) 이런 생각으로 마음이 좀 개운해지자(나는 그날 편지를 써서 보내는 것을 잊지 않았다) 내 주인인 동시에 애인인 그의 눈과 다시 부딪칠 용기가 났다. 그 눈은 내가 얼굴과 시선을 피하고 있었는데도 악착같이 내 눈을 찾고 있었다. 그는 웃었다. 그 미소는 회교도의 군주가 그의 황금과 보석으로 차려 입힌 노예에게 기쁨과 사랑 속에서 보낼 때의 그것으로 생각되었다. 나는 끊임없이 내 손을 더듬고 있던 그의 손을 힘껏 쥐었다가 홧김에 꽉 눌러서 빨갛게 된 손을 밀어젖혔다.

「그런 식으로 보실 필요는 없어요.」하고 나는 말했다. 「그런 얼굴을 하시면 전 언제까지나 낡은 로드의 제복 외엔 아무것도 안 입겠어요. 이 보랏빛 줄무늬의 무명옷을 입고서 결혼하겠어요. 당신은 그 진주빛 나는 비단옷으로 잠옷을 만드시고 검정 공단으로 조끼를 몇 개라도 만드시지요.」

그는 껄껄 웃어젖히더니 두 손을 비볐다. 「아, 이렇게 당신을 보며 그런 이야기를 듣는 건 참 근사한 걸!」하고 그는 말했다. 「당신은 괴짤가? 빈정대는 건가? 난 이 영국의 처녀를 〈가젤〉 영양의 눈을 한 극락의 여인 같은 터키 대왕의 후궁(後宮) 미인들 전부와도 바꾸지 않겠어!」

동양적 비유가 내 비위를 건드렸다. 「저는 당신의 후궁 미인 대신 **노릇은** 절대로 안할 테니까요.」하고 나는 말했다. 「그러니 그런 사람들과 저를 동등하겐 생각지 마세요. 그런 종류의 여자에게 마음이 계시거든 지체 마시고 이스탄불의 노예 시장으로 가보시지요. 여기서 어떻게 소비했으면 좋을지 처치 곤란한 여분의 돈을 노예의 대량 구매에 써버리면 좋겠군요.」

「그러면 제인, 내가 여러 톤의 육체와 검은 눈들을 구색을 맞추어 사들이는 동안 당신은 뭘 하지?」

「당신의 노예가 돼 버린 사람들에게——첩들도 다 쳐서 말이에요——인간의 자유를 설교하는 전도사가 되어 나갈 준비를 하죠. 저는 후궁에 출입하는 허가를 맡아 가지고 그네들에겐 주인한테 반항하도록 선동하겠어요. 당신은 높으신 양반이긴 하지만 순식간에 우리 동료들한테 속박되어 있다는 걸 아시게 될 거예요. 저는 어떤 폭군도 일찌기 인정한 전례가 없을 만큼 너그러운 계약서에 서명하시기까지는, 당신의 수갑을 풀어 버리는 건 찬성하지 않을 테야요.」

「당신의 자비심에 맡긴다고 내가 서명하지, 제인.」

「전 자비심이란 건 없어요, 로체스타님, 그렇게 한 눈을 뜨시고 부탁하신다면 말예요. 당신이 그런 얼굴을 하시고 있는 동안은 강요를 받고 계약서에 서명하셨다 하더라도 그 차꼬만 풀리면, 당신은 그 계약서의 조건을 파기하실 것이 분명해요.」

「아니, 제인, 당신은 도대체 어떻게 하려는 거요? 교회의 제단 앞에서가 아니고 비밀 결혼식을 해달라는 건 아니겠지. 당신은 이상한 조건을 내세우는 군——그게 뭐요?」

「저는 그저 편안한 마음만을 갖고 싶어요 감당치도 못할 은혜는 입고 싶지 않아요. 당신은 셀린느 바렌에 대해서 하신 말씀을 기억하고 계세요? 당신이 그 분에게 준 다이아몬드니, 캐시미어에 관해서 하신 말씀을——저는 당신의 영국인 셀린느 바렌은 되고 싶지 않아요. 저는 아델의 가정 교사 일을 앞으로도 계속할 작정이에요. 저는 그걸로 제 식사와 거처를 마련하고 그 밖에도 매년 삼 십 파운드의 수입이 있어요. 전 그 돈으로 옷도 사입겠어요. 그리고 당신은 다 만 제게——」

「그래 다만 뭣을?」

「다만 당신의 호의를——그 대신으로 제 호의를 드리면 대차 관계가 없어질 거예요.」

「그렇지, 그 타고난 냉정한 거만과 타고난 순수한 자존심을 따를 사람은 없을 거요.」하고 그는 말했다. 이때 우리들은 쏜필드에 가까이 와 있었다.「오늘 나 와 함께 식사를 하지 않겠소?」대문 안을 들어설 때 다시 그는 물었다.

「아아니, 괜찮아요.」

「왜 아니, 괜찮아요냐고 혹시 누가 묻는다면?」

「여태껏 식사를 함께 해본 적이 없는 걸요. 오늘따라 같이 식사를 해야만 할 이유를 모르겠어요. 그때까지——」

「그때까지? 당신은 중도에 말을 끊는 걸 좋아하는 모양이야.」

「어쩔 수 없이 꼭 함께 하지 않으면 안 될 때까지.」

「나와 함께 식사하는 걸 싫어하다니, 그건 나를 마치 사람을 잡아먹는 귀신이 나 시체를 파먹는 악귀처럼 생각하는 것같군.」

「그런 건 생각해 본 적이 없어요. 하지만 아직 한 달 동안만은 여느 때처럼 하 고 싶어요.」

「가정 교사라는 노예 직무는 당장 그만두겠소?」

「별말씀을! 죄송하지만, 그것만은 그만두지 않겠어요. 여느 때처럼 그대로 계속하겠어요. 여지껏 해오던 습관대로 온종일 방해는 끼치지 않겠어요. 저를 만나고 싶으시면 저녁 때에 부르러 보내세요. 그럼, 제가 가지요. 하지만 다른 땐 안 돼요.」

「한 대 피우고 싶군, 제인. 코담배라도 한 대 있으면 좋겠는데. 아델이 늘 말 하는 대로 〈체면을 지키기 위해서(pour me donner une contenance)〉라는 처지에 놓여 있지 않은 나 자신을 달래기 위해서. 그런데 불행히도 담뱃갑도 코담뱃갑도 갖고 있지 않단 말이야. 그렇지만 자아, 들어 봐요——귓속말이야——당신 맘대로 할 수 있는 시기야 지금은. 하지만 곧 내게도 때가 온단 말이야. 요 귀여운 폭군아. 그리고 당신을 내 소유로 만들기 위해 완전히 내가 붙잡은 이상 마치——비유해 말한다면——당신을 이 시계처럼(그는 회중 시계줄을 만지작거리면서) 쇠줄에다 매두겠소. 요 사랑스러운 조그만 것아, 내 보석을 잃어버리지 않도록 당신을 가슴에 지니고 다녀야지.」

그는 마차에서 내리는 나를 거들어 주며 이렇게 말했다. 그 다음에, 그가 아델을 내려 주고 있는 동안 나는 집안으로 들어가 재빨리 이층으로 사라져 버렸다.

그날 저녁, 그는 지체없이 나를 자기 앞에 불러냈다. 나는 전에 그와 할 일을 미리 준비해 놓고 있었다. 시종 잡담으로 지내 버리면 안 되겠다고 단단히 결심하고 있었다. 나는 그의 아름다운 목소리를 잊지 않고 있었다. 노래부르기를 좋아한다는 것도——훌륭한 가수들은 대개 그렇다는 걸 나는 알고 있었다. 나 자신은 성악가는 아니었다. 또한 그의 까다로운 판단으론 나는 음악가도 아니었다. 그러나 멋진 연주나 노래를 듣는 건 좋아했다. 황혼이, 사랑의 시각이 창살 너머로 별을 뿌린 푸른 깃발을 점점 가까이 내리기 시작하자, 나는 자리에서 일어나 피아노 뚜껑을 열고 부디 노래를 한 곡 불러줍시사 하고 간청했다. 그는 나를 변덕스러운 마녀라면서 다른 기회에 부르겠다고 했으나, 오늘 저녁 같은 기회는 다시 없으리라고 나는 떼를 썼다.

「내 목소리가 좋아?」하고 그는 물었다.

「참 좋아요.」나는 그의 민감한 허영심을 북돋아 주기는 싫었으나, 이번만은 임기 응변책으로 그의 허영심을 채워 주고 자극시켜 주려고까지 했다.

「그럼, 제인, 당신은 반주를 해줘야 하지.」

「좋아요, 쳐 보겠어요.」

나는 쳤다. 그러나 곧 의자에서 쫓겨나고 〈엉터리 아가씨〉라고 핀잔을 맞았다. 난폭하게 한쪽으로 밀려나고——그것은 내가 바로 원했던 것이다——그가 내 자리를 차지하고 반주를 시작했다. 그는 노래에 못지않게 피아노도 쳤다. 나는 얼른 창가의 한쪽 구석으로 갔다. 거기 앉아서 조용한 나무들과 어두컴컴한 잔디밭을 내다보고 있는 동안 다음과 같은 노래가 아름다운 곡조로 상쾌한 밤공기에 흐르기 시작했다.

불타는 가슴 한복판에
자리잡은 이 참사랑은
밀물처럼 재빨리
혈관마다로 번져간다.

날마다 그네가 오는 것 내 소원
그네가 떠나면 나는 괴로와
그네가 오는 발걸음 더디면
모든 혈관은 얼어붙는다.

내 사랑하듯 사랑받으면
헤아릴 수 없는 행복이라 꿈꾸며,
이 목적을 향해 나는 달렸다
소경처럼 열심히.

그러나 우리 생명이 누워 있는
공간은 길이 없고 끝없이 넓어
푸른 대양 거센 파도
사나운 거품처럼 위험하여라.

황야와 숲을 지나려면,
강도가 들끓는 길처럼 위험하여라
권세와 도의, 비애와 분노
우리들의 영혼을 가로막는다.

위험을 겁내지 않고 장애도 비웃어
흉조도 무시했네.
위협도 괴로움도 경고하는 것도
나는 돌아보지 않았네.

나의 무지개는 빛처럼 빨리 달리고
나는 꿈 속에서 마냥 날았으니,

눈부시게 내 앞에 일어서라
저 소나기와 빛의 아기야.

괴로움의 어둔 구름 위에 빛나는
저 부드럽고 엄숙한 기쁨.
이젠 두렵잖아
어떠한 재앙이 닥쳐와도.

난 두렵지 않아, 이 즐거운 순간
내 일찌기 모두 극복한 것
세차고 빠른 날개를 타고
복수를 외치며 달려올지라도.

거만한 증오는 나를 넘어뜨리고
권력과 장애가 내게 닥칠지라도,
이를 가는 권세 분노에 찬 얼굴로
영원한 원수가 될지라도.

나의 사랑은 그 조그만 손을 내 손에 얹고
고결하게도 나를 믿어,
성스러운 혼인의 묶음으로
우리 마음 함께 묶임을 맹세하나니.

나의 사랑은 키스로 맹세했노라
나와 함께 살고——함께 죽자고,
나는 마침내 말할 수 없는 행복을 지녔어라
나 사랑하듯이 사랑받으리.

그는 일어나서 내게로 왔다. 얼굴은 온통 타는 듯이 빛나고 있었고, 커다란
매 같은 눈은 번쩍이고, 사랑과 정열은 온 얼굴에 가득 차 있었다.
나는 순간적으로 움찔했다——그러나 곧 기운을 냈다. 사랑의 달콤한 장면
이나 대담한 사랑의 표현을 나는 원치 않았다. 그런데 나는 이 두 가지 위험에

빠져 있었다. 방어의 무기를 준비해야지 —— 나는 혀를 가다듬었다. 그가 내 곁에 왔을 때, 나는 일부러 무뚝뚝하게 물었다. 「당신은 누구와 결혼을 하시겠어요?」

「가장 사랑하는 제인으로부터 그런 질문을 받다니, 이상한 질문이군.」

「아뇨! 아주 당연하고 필요한 질문이라고 생각해요. 당신의 미래의 아내는 당신과 함께 죽는다는 얘기를 하셨지요. 그런 이교적인 사상을 갖고 어쩔 셈인가요? —— 저 같으면 그 분과 죽을 생각은 없었을 거예요! —— 그것만은 확실해요.」

「아, 내가 오직 바라는 것은, 기원하는 것은 제인이 나와 함께 살아 줬으면 하는 것이었지! 당신과 같은 사람에게 죽음이란 당치도 않아.」

「그렇고말고요. 저도 죽을 때가 오면 당신과 마찬가지로 죽을 권리가 있읍니다만, 그때가 올 때까지는 꾹 참고 있지 않으면 안 돼요. 또 순사(殉死)(옛날 인도에서 죽은 남편과 함께 아내를 산 채로 태웠음)를 해서 죽음을 서두를 것도 없어요.」

「그런 이기주의적인 생각에서 노래부른 데 대해서 용서해 주겠소? 용서해 준다는 증거로 화해의 키스를 해주겠소?」

「아뇨, 그만두는 게 좋겠어요.」

여기서 나는 나를 〈고집통이〉라고 하는 소리를 문득 들었다. 다시 덧붙여 말하는 소리가 들렸다. 「다른 여자라면 저렇게 자기를 찬양해주는 은근한 노래를 들으면 기뻐서 뼛속까지 녹아 버렸을 거야.」

나는 그에게 나는 나면서부터 완고하기 때문에 —— 마치 부싯돌 같아서 —— 가끔 그런 나를 발견할 것이라고 말했다. 그뿐 아니라 앞으로 네 주일이 지나기 전에 모진 내 성격의 여러 면을 보여 드릴 작정이니 그가 어떤 약속을 했는지 아직 취소할 여유가 있는 동안에 충분히 생각해 보아야 하지 않겠느냐고 말했다.

「좀 침착하게 이치에 닿는 말을 할 수 없소?」

「원하신다면 그렇게 하죠. 이치에 닿는 말을 하라고 하시지만, 지금 그렇게 말씀드리고 있다고 생각하는데요.」

그는 화가 났다. 홍! 하고 코웃음을 치는가 하면 쯧쯧 하고 혀를 차기도 했다. (잘됐군.) 하고 나는 생각했다. (화를 내고 애를 태워 보시지. 하지만 이 것이 당신과 함께 행복을 구하려고 하는 데는 최선의 방법이라고 나는 확신하고 있어. 나는 말로는 표현할 수 없으리 만큼 당신을 좋아해. 하지만 나는 감정의 밑바닥에 빠지는 것은 싫어. 그래서 나는 재치있는 응답이라는 바늘을 갖고 당신을 심연의 언저리에서 떨어지지 않도록 지키고 있는 거야. 더우기 그 날카로운 바늘의 도움으로 우리들의 참된 행복에 가장 도움이 되는 당신과 나와의 간격을 지켜 나갈 작정이야.)

나는 점점 그의 마음을 자극해서, 꽤 화나게 만들었다. 그리고는 그가 성이 나서 방의 맨 끝으로 가 버리자, 나는 일어나 여느 때나 다름없이 자연스런 태도로「로체스타 씨, 안녕히 주무세요.」하고 경의를 표하고는 옆문으로 살짝 빠져나갔다.

이런 식으로 시작한 내 방법은 약혼 기간 동안 계속되어 대단한 성공을 거두었다. 분명히 그는 기분이 나쁘고 무뚝뚝해졌다. 그러나 나는 대체로 그가 몹시 만족하고 있었다는 것과, 양처럼 유순하다든가 산비둘기처럼 다감하다는 것은 그의 횡포를 더욱 길러 주는 한편, 그의 판단력을 즐겁게 해주거나 그의 상식을 만족시켜 주지 못하고 그의 취미에도 맞지 않는다는 걸 알았다.

나는 다른 사람들이 있는 곳에서는, 전과 다름없이 겸손하고 얌전하게 굴었다. 그 이외의 태도는 조금도 필요가 없었다. 이제 말한 것처럼 내가 그의 계획을 낭패케 하거나 괴롭힌 것은 저녁 때 만날 때에만 국한된 것이었다. 괘종 시계가 일곱 시를 치면 그는 때를 놓치지 않고 매일 밤 나를 부르러 사람을 보내오는 것을 계속했다. 이젠 내가 그의 앞에 가도 그의 입술에선 〈사랑하는 사람〉이니 〈귀여운 사람〉이니 하는 꿀처럼 달콤한 말은 나오지 않았다. 내게 주어지는 최상의 호칭이란 〈극성스러운 꼭둑각시〉니, 〈짓궂은 꼬마 요정〉이니, 〈유령〉이니, 혹은 〈못난이〉 등과 같은 말이었다. 그리고 애무 대신에 찌푸린 얼굴을 보게 되고, 굳은 악수 대신에 팔을 끌어잡고, 뺨에 키스하는 대신에 귀를 와락 당기곤 했다. 이것으로 충분했다. 현재로서는 이 거칠은 애무가 좀더 부드러운 것보다도 차라리 마음에 들었다. 나는 페어팩스 부인이 나를 인정해 준 걸 알았다. 나 때문에 그네가 품고 있던 불안은 가시어졌다. 그러니까 내가 확실히 옳았다. 그러는 동안에 로체스타 씨는 나 때문에 뼈와 가죽만 남게 되었다면서 앞으로 때가 오면 지금의 내 처사에 대해서 무서운 보복을 하겠다고 위협했다. 나는 이 위협의 말을 듣고 속으로 웃었다. (이제 나는 당신에게 사려 깊은 억제를 유지하게 할 수가 있다)고 나는 생각했다. (앞으로도 꼭 할 수 있다고 생각해. 만일 하나의 방법이 효과가 없어지면 반드시 다른 방법이 있다.)

뭐니뭐니해도 내 일은 그리 쉬운 일이 아니었다. 나는 몇 번이나 그를 곯려 주는 대신에 즐겁게 해주고 싶었다. 내 미래의 남편은 내 온 세계, 아니——그 이상의 것으로 거의 하늘 나라의 희망이 되어 가고 있었다. 그는 마치 일식이 인간과 커다란 태양 사이를 가로막듯 나와 모든 신앙의 관념 사이를 가로막고 있었다. 요사이 나는 하느님이 창조하신 인간을 우상화하고 있었기 때문에 하느님의 모습이 보이지 않았다.

25

약혼의 달이 지나갔다. 그 마지막 몇 시간을 헤아리게쯤 되었다. 다가오는 그날, 결혼 날짜를 연기시킬 수는 없었다. 그리고 그날을 위한 준비는 다 갖추어져 있었다. 적어도 나는 이제 아무것도 할 일이 없었다. 나의 몇 개의 트렁크는 물건을 다 챙겨서 자물쇠를 잠근 다음, 밧줄로 묶어 가지고 좁은 내 방의 벽에 한 줄로 가지런히 놓아 두었다. 내일 이맘때쯤이면 이 짐들은 멀리 런던으로 가고 있을 거다. 나도 역시 (하느님의 뜻대로 된다면)——아니 오히려 이렇게 말하는 내가 아니라, 〈제인 로체스타〉라고 하는 내가 아직 알지 못하는 한 사람이. 꼬리표만이 아직 달지 않은 채 있었다. 조그맣고 네모난 꼬리표 넉 장이 내 서랍 속에 들어 있었다. 로체스타 씨가 손수 거기다가 〈런던, ××호텔, 로체스타 부인〉이라고 써주었다. 나는 내가 직접 이 꼬리표를 붙인다든가 또 달아 달라고 부탁할 마음은 나지 않았다. 로체스타 부인! 아직 그런 사람은 존재하지 않는다. 내일 아침 여덟 시까지는 탄생하지 않을 터이니까. 나는 그네에게 로체스타 부인이라고 하는 모든 자격을 부여하기 전에, 그네가 살아서 이 세상에 태어나는 것을 확인받으려고 기다리고 싶다. 내 경대 저편에 있는 옷장 속에 로체스타 부인이 입기로 되어 있는 옷이, 로드에서 입고 있던 내 검정 모직 양복과 밀짚 모자 대신에 차지하고 있는 것만으로도 충분하다. 주인을 바꾼 양복걸이에 걸려 있는 한 벌의 결혼 의상——진주빛의 겉옷과 안개 같은 베일은 내 소유물이 아니니까. 나는 기괴하고, 망령과도 같은 웨딩 드레스를 보이지 않게 하려고 그 옷장 문을 닫아 버렸다. 그 옷은 오늘 밤 이 시각에——아홉 시였다——내 방의 어두움에 확실히 유령과 같은 어슴푸레한 빛을 던지고 있었다. (하얀 꿈이여, 너를 혼자 두고 가련다.)고 나는 말했다. (몸이 불덩어리야. 바람 소리가 들려. 밖에 나가서 바람을 쐬어야겠어.)

나를 열에 들뜨게 한 것은 준비 때문에 분주했던 탓만은 아니었다. 커다란 변화——내일부터 시작하려는 새로운 생활의 예상 때문만도 아니었다. 물론 이 두 가지 사정은 불안을 가져오고 흥분시키고, 이처럼 밤늦게 캄캄한 정원 속으로 나를 뛰쳐나오게 했지만, 제삼의 원인은 이런 것 이상으로 내 마음을 지배하고 있었다.

나는 이상하고 불안한 생각을 품고 있었다. 내가 이해할 수 없는 사건이 일어났던 것이다. 나 이외엔 알고 있는 사람도 없고 본 사람도 없다. 바로 어젯밤에 일어난 일이었다. 어젯밤 로체스타 씨는 부재중이었다. 지금도 아직 돌아오지 않았다. 삼십 마일 떨어진 곳에 그가 소유하고 있는 두서너 개의 농장이 있는 영지에 볼일이 있어서 갔던 것이다. 예정돼 있는 영국 출발에 앞서서, 그가 손수 가서 해결을 지어야만 할 용건이었다. 나는 그가 돌아오기를 고대하고 있었다. 내 마음을 안정시키고 나를 당황케 하는 수수께끼의 해답을 그에게서 들으려고 고대하면서. 독자여, 그분이 돌아올 때까지 기다려 주세요. 내 비밀을 그에게 털어놓을 때, 여러분도 이 비밀을 나누게 될 테니까요.

나는 과수원 쪽으로 갔다. 바람에 불려 그 피난처까지 갔다. 바람은 온종일 남쪽에서 세차게 불어왔으나 비는 한방울도 내리지 않았다. 밤이 되자 바람은 자기는커녕, 더 거센 기세로 휘몰아쳤다. 바람이 한쪽으로만 계속해 불어 대서 나무들은 꼼짝 못하고 나뭇가지들은 한 시간 동안 내내 거의 한번도 고개도 들지 못했다. 그래서 나뭇가지 끝을 노상 북쪽으로만 꾸부리게 했다——구름은 극에서 극으로 한 덩어리 또 한 덩어리 연달아 흘러가고 있었다. 칠월의 푸른 하늘이라곤 조금도 볼 수가 없었다.

내 괴로움을, 공중에서 천둥을 울리는 헤아릴 수 없는 대기의 흐름 속에 넘겨주며 바람 앞을 달리노라면 어떤 야성적인 통쾌감이 따르지 않는 것도 아니었다. 월계수의 산책길을 걸어내려가다가 나는 무참한 꼴이 된 밤나무와 마주쳤다. 그것은 시꺼멓게 갈라진 채 우뚝 서 있었다. 가운데서 갈라진 줄기는 끔찍하게 허덕이고 있었다. 갈라진 반쪽은 서로 떨어져 있진 않았다. 탄탄한 줄기와 강인한 나무 뿌리는 밑둥을 들어낸 채 전처럼 부축하고 있었기 때문이었다. 그러나 전체로의 생명력은 파괴되어 있어——이미 수액(樹液)은 흐르지 않았으며 양쪽에 있는 커다란 나뭇가지들은 죽어서 이번 겨울의 폭풍이 한쪽 아니면 양쪽을 모두 쓰러뜨리겠지만 그래도 그들은 아직 한 그루의 나무를 이루고 있다고 할 수 있으리라——하나의 폐허, 그러나 완전한 하나의 폐허인 것이다.

(너희들은 서로 꼭 붙들고 있기를 잘했어.) 하고 나는 말했다. 마치 이 괴물과 같은 갈라진 나무가 살아 있는 생물로서 내가 하는 말을 알아듣기나 하는 듯이. (너희들은 그처럼 부러지고 시꺼멓게 그을린 꼴을 하고 있긴 하지만 아직 충실

한 뿌리에 착 달라붙어서 솟아나는 약간의 생명의 의식이 있음에 틀림없다. 너희들은 이젠 다시는 푸른 잎이 돋아나지도 않을 것이고 너희들 가지에 새들이 둥지를 짓고, 전원의 노래를 부르는 일도 없을 거다. 기쁨과 사랑의 시대는 이미 너희들의 연륜과 더불어 지나가 버렸다. 하지만, 너희들은 외롭지 않으리라. 썩어 가면서도 서로 위로해 줄 친구가 있으니까.) 그 나무를 쳐다보자 갈라진 틈으로 보이는 하늘에 달이 잠깐 동안 나타났다. 달의 표면은 피처럼 붉고 반쯤 구름에 가려 있었다. 달은 나를 향해 당황하고 쓸쓸한 시선을 던졌다고 생각하자 곧 짙은 구름 속으로 숨어 버리고 말았다. 바람은 쏜필드 근처에서 잠시 머물다가 저 멀리 숲과 냇물을 건너, 거칠고 구슬픈 비명을 울리고 있었다. 그것을 듣고 있는 나는 슬퍼졌다. 나는 또 뛰기 시작했다.

과수원 속을 여기저기 돌아다니며 사과알이 나무 밑둥 주위의 풀밭 위에 잔뜩 떨어져 있는 것을 주워모아서는, 익은 것과 안 익은 것을 가려서 집에 가져다가 광 속에 넣어 두었다. 그리고는 난롯불이 피어 있나 알아보려고 서재로 갔다. 여름철에도 이처럼 음침한 밤이면 로체스타 씨는 방안에 들어와 활활 타는 난로를 좋아한다는 걸 나는 알고 있었다. 과연 불은 얼마 전부터 활활 타고 있었다. 나는 그의 안락 의자를 난롯가에 갖다놓고, 그 옆에 테이블을 갖다놓고, 커튼을 내리고, 불을 켤 준비를 갖춘 초를 여러 자루 방안으로 가지고 왔다. 이런 준비를 다 마치고 나자 전보다 더 불안해져서 가만히 앉아 있거나 집안에 남아 있을 수가 없었다. 방안에 있는 조그만 탁상 시계와 홀의 괘종 시계가 똑같이 열 시를 쳤다.

(밤이 꽤 깊었구나.) 하고 나는 말했다. (대문까지 달려가야지. 가끔 달빛이 비치면 멀리까지 길이 보이겠지. 지금쯤 이쪽으로 돌아오고 계실지 몰라. 마중 나가면 이 초조한 시간이 좀 사그라지겠지.)

바람은 대문을 가리고 있는 큰 나무들 위를 마구 휘몰아치고 있었다. 그러나 오른쪽이나 왼쪽은 내 눈이 가 닿는 한, 고요하고 쓸쓸하고 다만 달이 내다보면 구름의 그림자가 때때로 가로질러 갈 뿐, 움직이는 것이라곤 아무것도 없는 창백하고 기다란 한 줄기 길이 있을 뿐이었다.

그것을 바라보고 있는 동안 나는 어린애같이 눈물이 앞을 가렸다——실망과 초조의 눈물이었다. 부끄러운 생각이 들어 얼른 닦아 버렸다. 나는 망설였다. 달은 완전히 자기의 밀실에 몸을 감춰 버리고 두꺼운 구름의 장막을 쳐버렸다. 밤은 점점 깊어 가고 폭풍에 뒤이어 비가 쏟아졌다. (돌아오셨으면 ! 어서 돌아오셨으면 !) 하고 우울증 환자 같은 예감에 사로잡혀 나는 부르짖었다. 차 마시는 시간 전까지는 돌아오리라고 생각했었다. 벌써 캄캄해졌다. 무엇이 그를 붙들어 두었을까? 무슨 사고라도 일어났을까?

지난밤의 사건이 또다시 머리에 떠올랐다. 나는 그 사건을 재앙의 징조라고 해석했다. 내 희망이 실현되기에는 너무나 찬란하여 불안을 느끼고 있었다. 그리고 나는 최근 너무나 축복을 받아왔으므로 이미 내 행운은 절정을 지나 이제는 기울어지고 있음에 틀림없다고 생각했다.

(그렇지, 집엔 돌아갈 수가 없어.) 하고 생각했다. (주인님께서 이렇게 험악한 날씨에 출타하고 계신데, 내가 난롯가에 앉아 있을 순 없어. 마음을 죄며 걱정하고 있느니보다는 다리를 고달프게 하는 편이 낫지. 더 걸어가서 그이를 마중해야지.)

나는 걷기 시작했다. 빨리 걸었다. 그러나 멀리까진 가지 않았다. 사분의 일 마일쯤 왔을까 하는데 말발굽 소리가 들려왔다. 말을 탄 사람이 전속력으로 질주해 오고 있었다. 개 한 마리가 그 곁을 달려왔다. 불길한 생각은 꺼져 버려라! 그 분이다. 〈메수루어〉를 타고 〈파일럿〉을 거느리고 그 분이 왔다. 그는 나를 보았다. 달은 공중에서 푸른 들판을 내려다보며 희미하게 빛나고 있었기 때문이다. 그는 모자를 벗어 그것을 높이 휘둘렀다. 나는 그를 맞으러 달려갔다.

「자아!」하고 한 팔을 내밀고, 그는 안장에서 몸을 굽히며 소리쳤다. 「당신은 이젠 나 없인 못 견디는군. 그게 확실하군. 내 구두 앞등을 디디고 손은 이리 내고, 올라타요!」

나는 그가 하라는 대로 따랐다. 기쁨이 나를 민첩하게 했다. 그의 앞에 날쌔게 올라탔다. 나는 환영으로 열렬한 키스를 받고, 그리고 자랑스러운 승리감에 도취된 듯한 기분을 느꼈으나, 그것을 될 수 있는 한 참았다.

그는 기쁨을 누르면서 물었다. 「그런데 이런 시각에 나를 마중나오다니, 무슨 일이라도 있었소? 무슨 좋지 않은 일이라도 생겼소?」

「아녜요, 그저 자꾸 당신이 안 오실 것만 같았어요. 집안에서 기다릴 수가 없었어요. 더구나 이런 비바람 속에서.」

「그렇군, 비바람이! 그래 당신은 인어처럼 흠뻑 젖었군. 내 외투를 끌어당겨 덮어요. 그런데 열이 있는 것 같은데. 제인, 뺨도 손도 타는 듯이 뜨겁군. 다시 묻지만 무슨 일이 있었소?」

「이젠 아무렇지도 않아요, 전 무섭지도 불행하지도 않아요.」

「그럼 아까는 무섭고, 불행했소?」

「약간. 하지만 차차 거기 대해선 모두 말씀드리죠. 틀림없이 당신은 제가 말씀드리는 동안, 제 고통에 대해서 웃어 버리시겠지만.」

「내일이 지나면 마음껏 웃어 주지. 그때까진 웃을 수가 있나. 전리품은 확실치 않으니까. 이것이 지난 한 달 동안에, 미꾸라지처럼 미끄럽기만 하고 들장미처럼 가시돋혔던 당신이오? 가시에 찔리지 않고는 손가락 하나 대보지도 못했는데, 오늘 밤엔 마치 길 잃은 어린 양을 안은 듯한 생각이 들어. 당신은 목자를 찾아 울 밖으로 헤매나온 거지, 제인?」

「전 당신을 보고 싶었어요. 그렇다고 뻐기지는 마세요. 벌써 쏜필드에 다 왔네요. 이젠 내려 주세요.」

그는 나를 포도 위에 내려 주었다. 존이 말을 끌고 가버리고, 내 뒤를 따라 홀로 들어온 그는 빨리 마른 옷을 갈아입고 서재로 오라고 했다. 급히 내가 층층대를 올라가려고 하자 나를 붙들고 지체하지 말고 곧 오도록 약속을 시켰다. 나는 오래 걸리지 않았다. 한 오 분 뒤에는 다시 그와 만났다. 그는 저녁 식사중이었다.

「앉아서 동무해 주오, 제인. 당분간은 이것이 쏜필드 저택에서는 마지막에서 두 번째의 식사가 될지도 모르오.」

나는 그의 옆에 앉았으나, 먹을 수는 없노라고 했다.

「그건 이제부터 떠나게 될 여행 때문에 가슴이 벅차서 그런가 제인? 당신의 식욕을 앗아간 것은 런던으로 가는 여행이오?」

「오늘 밤엔 저는 제 앞날의 일에 대해서 확실히 알 수가 없어요. 머릿속에선 뭣을 생각하고 있는지, 통 저 자신도 모르겠어요. 모든 것이 현실이 아닌 것 같아요.」

「나는 제외하고지. 나는 현실이야——만져 봐.」

「당신이야말로 모든 것 중에서 가장 환상적이에요. 당신은 단순한 꿈에 지나지 않아요.」

그는 웃으면서 손을 내밀었다. 「이게 꿈이오.」하고 내 눈에 바짝 손을 대고 말했다. 그는 길고 억센 팔에다가 살이 찌고 근육이 발달한 힘찬 손을 갖고 있었다.

「그래요. 제가 이렇게 만져 보지만 이것은 꿈이에요.」나는 그의 손을 내 얼굴에서 내리며 말했다. 「저녁 식사는 다 하셨나요?」

「그렇소, 제인.」

나는 벨을 눌러 상을 물리라고 일렀다. 다시 우리 두 사람만이 있게 되자 나는 난롯불을 돋우어 놓고는 주인의 무릎께에 있는 낮은 의자에 가서 앉았다.

「벌써 자정이 가까왔어요.」하고 나는 말했다.

「그렇군. 하지만 제인, 결혼 전날 밤엔 나와 함께 뜬눈으로 밤을 새우겠다고 한 약속을 잊지 말아요.」

「기억하고 있어요. 그러니까 약속은 지키겠어요. 적어도 한 시간이나 두 시간 동안은 자러 갈 생각은 않겠어요.」

「준비는 다 됐소?」

「네, 됐어요.」

「나도 마찬가지요.」하고 그는 다시 말했다.「모두 정리해 놨소. 내일 교회에서 돌아와서 삼십 분 이내에 우리는 쏜필드를 떠나는 거요.」

「좋아요.」

「얼마나 야릇한 미소를 띠고 이제 그 말——〈좋아요〉 하는거요. 제인! 두 볼에 빛나는 그 밝은 빛! 그리고 그 눈이 참 이상하게 빛나는구료! 당신 괜찮소?」

「아무렇지 않다고 믿어요.」

「믿다니! 웬일이오! 어떤 느낌인지 말 좀 해봐요.」

「말할 순 없어요. 어떤 느낌인지 말로는 당신에게 설명해 드릴 수 없어요. 전 지금 이렇게 있는 시간이 영원히 계속돼 주었으면 해요. 어떤 운명을 몰고 다음 시간이 닥쳐올지 누가 알겠어요?」

「그건 우울증이지, 제인. 너무 흥분했거나 과로한 탓이야.」

「당신은 평안하고 행복한 느낌이에요?」

「평안하냐고? ——아냐. 다만 행복해——속속들이.」

나는 그의 얼굴에서 그 행복의 표적을 읽으려고 그를 쳐다보았다. 그의 얼굴은 타는 듯이 상기되어 있었다.

「당신의 비밀을 털어놓으시오, 제인.」하고 그는 말했다.

「당신의 마음의 짐을 내게도 나누게 해서 마음을 편안하게 하란 말이오. 무얼 걱정하고 있소? ——내가 선량한 남편이 못될까봐?」

「그런 건 생각해 보지도 않았어요.」

「이제부터 들어가려는 새로운 세계를 걱정하고 있소? ——당신이 들어가려는 새로운 생활을 걱정하고 있소?」

「아니에요.」

「당신은 나를 당황케 하는구료, 제인. 당신의 그 슬픔에 잠긴 대담성은 나를 어리둥절하게 만들고 나를 괴롭힌단 말이오. 설명을 좀 해줬으면 좋겠소.」

「그럼 들어 보세요. 어젯밤엔 집에 안 계셨죠?」

「집에 없었지──그랬지. 아까 당신은 내가 집에 없는 동안 무슨 일이 일어난 것처럼 암시했어──아마 대수롭지 않은 사소한 일이겠지. 그러나 그것이 당신의 마음을 괴롭힌 거야. 어디 들어 봅시다. 페어팩스 부인이 뭐라고 합디까? 혹은 하인들이 하는 얘기를 당신이 엿들었소?── 당신의 과민한 자존심이 상했단 말이오?」

「아니예요.」열 두 시를 쳤다──나는 작은 시계가 은방울 같은 멜로디로, 홀의 커다란 시계가 소란스럽고 진동하는 소리로 열 둘을 치기를 기다리고 있었다. 그리고는 말을 계속했다.

「어제는 종일토록 몹시 바빴어요. 그리고 조금도 쉴새없이 분주한 속에서도 전 참으로 행복했어요. 당신이 생각하고 계시는 것과 같은 새로운 신분이나 지위 등에 대해선 저로선 조금도 걱정하지 않았어요. 당신과 함께 살 희망을 갖는다는 건 더 없는 기쁨이라고 생각하고 있어요. 당신을 사랑하고 있으니까요. 안 돼요, 지금은 절 애무하심 안 돼요──조용히 얘기나 하게 해주세요. 어제만 하더라도 전 모든 것을 하느님의 섭리에 맡기고, 만사가 당신을 위해서도, 저를 위해서도 순조롭게 진행되고 있다고 믿고 있었어요. 어제는 기억하시겠지만, 화창한 날씨여서──대기(大氣)와 하늘이 고요하여 당신의 즐거운 여행에 대한 안부 같은 것이 염려되진 않았어요. 차를 마신 다음 저는 잠시 포장한 길을 산책했어요. 저는 속으로 당신을 생각하고 있었기 때문에 제 곁에 안 계시지만 조금도 쓸쓸하지 않았어요. 저는 제 앞에 가로놓인 생활을──당신의 생활이에요──나 자신의 그것보다 훨씬 더 넓고, 파란이 많은 생활을 생각했어요. 좁고 옅은 강바닥보다 냇물이 흘러들어가는 바다의 깊이가 훨씬 더 그러한 것처럼. 전 도학자들이 왜 이 세상을 쓸쓸한 황무지라고 불렀는지 이상하게 여겼어요. 이 세상은 제겐 장미꽃처럼 피어 있었어요. 해가 지고 공기가 차지고 하늘이 흐려졌을 때 저는 집안으로 들어왔어요. 때마침 쏘피가 방금 도착된 웨딩 드레스를 구경하라고 이층으로 저를 불렀어요. 옷 밑에 당신의 선물이 있었어요──당신이 굉장한 사치를 부려 런던에서 주문해 온 베일 말이에요. 제가 보석을 받으려들지 않으니까 저를 속여서라도 뭣이든 값진 것을 받아들이게 하려고 아마 작정을 하신 거지요. 베일을 펴보았을 때 전 웃었어요. 그리고 당신의 귀족적인 취미와 귀부인이 아니면 몸에 걸치지 않는 것을 평민의 신부에게 입히시려는 당신의 노고를 어떻게 곯려드릴까 하고 궁리했답니다. 제 미천한 머리에 쓰려고 마련한 수놓지 않은 네모진 비단 레이스를 쓰는 것을 어떻게 당신에게 납득시킬까, 그리고 이것은 저처럼 남편이 될 분에게 재산도 아름다움도 훌륭한 친척도 갖고 갈 수 없는 여자에겐 과분하지 않느냐고 여쭤 보고 싶었어요. 전 당신이 어떤 얼굴을 하실지 환히 알고 있었어요. 당신의 성급하고 평민적인 대답과 당신 편에서는 재산가나 귀족과 결혼해서 재산을 늘이고 신분을 높일 필요는 조금도 없다고 거만스럽게 말씀하시는 것을 듣는 것 같았어요.」

「참 잘도 내 마음을 알아맞혔소. 이 마녀 아가씨!」로체스타 씨는 말을 가로막았다. 「그런데 베일에 수놓은 것 말고 무엇을 봤소? 그렇게 슬픈 얼굴을 하고 있으니 독약이나 단도라도 들었더란 말이오?」

「아녜요, 아녜요. 베일의 짜임새의 정교함과 아름다움 외에도 페어팩스 로체스타님의 자부심이었어요. 그런 것이 저를 놀라게 하진 않았어요. 그런 괴물을 보는 덴 익숙해 있으니까요. 그런데 날이 저물자 바람이 일기 시작했어요. 지금 불고 있는 것과는 달리──사납고 세찬 게 아니라──훨씬 더 〈음산하고도 슬픈 비명〉을 올리고 있었어요. 전 당신이 집에 계셨더라면 좋았을 걸 하고 생각해 봤어요. 이 방에 들어와서 텅 빈 의자와 불기 없는 난로의 광경이 저를 오싹하게 했어요. 한참 있다가 자리에 누웠지만 잠을 이룰 수가 없었어요──불안과 흥분이 저를 괴롭혔어요. 더욱더 세차게 부는 바람은 무언가 구슬픈 낮은 음을 그 속에 간직하고 있는 것같이 내 귀엔 들렸어요. 처음엔 그것이 집안에서인지 혹은 밖에서인지 분간할 수가 없었어요. 바람이 잠시 멎을 때마다 그 소리는 괴상하고 구슬프게 들려 왔어요. 저는 마침내 그것을 멀리서 짖어 대는 개 짖는 소리라고 판단했어요. 그 소리가 멎자 저는 마음이 놓였어요. 잠이 든 다음에도 바람이 휘몰아치는 캄캄한 밤을 줄곧 꿈에 보았어요. 당신과 함께 있기를 원했고 우리들 사이를 갈라 놓는 어떤 장벽을 유감스럽게 여기는 이상한 의식을 경험했어요. 처음 잠이 들었을 때는 알지도 못하는 꼬불꼬불한 길을 걷고 있다가 캄캄한 어둠이 저를 에워싸고는 비가 마구 퍼부었어요. 그리고 저는 한 어린애, 아주 작고 너무 어리고 약해서 걷지도 못하는 어린애를 맡아 보고 있었어요. 제 차가운 팔에 안겨 떨면서 애처롭게 우는 것이 제 귀에 들려왔어요. 당신이 제 앞에서 멀리 떠나 있다고 생각했어요. 그래 저는 있는 힘을 다해서 당신을 따라가서, 좀 기다려 줍시사 하고 갖은 애를 써서 당신의 이름을 부르려 했어요──그러나 몸은 꼼짝도 할 수가 없었고, 혓바닥도 움직이지 않아 제 목소리는 말로 되어 나오지 않은 채 사라져 버리고 말았어요. 그러는 동안, 당신은 시시각각으로 자꾸만 멀리 가버리시는 것같이 느꼈어요.」

「그래, 그런 꿈이 아직도 당신의 마음을 무겁게 하고 있소, 제인? 내가 이처럼 당신 곁에 있는데도? 당신은 신경 과민이군! 꿈 속의 슬픔 같은 건 잊어버리고 현실의 행복만을 생각하시오! 당신은 날 사랑한다면서, 제인, 나는 이 말을 잊지 않을 거요. 당신도 그건 부인 못할 거요. 이 말들은 당신의 입술 위에서 억울하게 죽어 버리진 않았으니까. 똑똑하게, 그러면서도 부드럽게 들렸어요. 좀 지나치게 엄숙한 듯하긴 했지만 음악처럼 아름다왔지——『당신과 함께 살아 나갈 희망을 갖는다는 것을 영광스럽게 생각하고 있어요. 에드워드, 당신을 사랑하고 있으니까요.』하고 말했지. 당신은 날 사랑하오, 제인?——다시 한번 말해 봐요.」

「사랑해요——진심으로 사랑하고 있어요.」

「그런데,」잠시 침묵을 지키던 그는 말을 이었다. 「이상한데. 그 말이 내 가슴을 아프게 찌르니, 왜 그럴까? 아마 당신이 그토록 열렬하고 종교적인 열의를 가지고 말해서 그렇겠지. 지금 나를 쳐다보는 당신의 시선은 신뢰와 진심과 헌신에 넘친 숭고성으로 가득 차 있어서 그럴 거야. 그것은 마치 영혼이 곁에 있는 것 같아. 심술궂은 표정을 해봐요, 제인. 그런 표정을 짓는 것은 당신이 선수니까. 그 야성적이고 수줍은 듯한 얄미운 미소를 한번 지어 보구료. 날 미워한다고 말해 봐요——나를 놀려 대고 화나게 해봐요. 날 슬프게 하지 않는다면 무슨 짓이라도 해봐요. 슬픔보다는 화를 내게 되는 것이 차라리 낫겠소.」

「이야기가 끝나면 소원대로 곯려 드리기도 하고, 화도 나게 해드리겠어요. 하여간 제 말씀을 끝까지 들어 주세요.」

「그걸로 다 끝난 줄 알았지, 제인. 난 당신이 우울한 원인은 꿈 탓인 줄 알았소!」

나는 머리를 흔들었다. 「뭣이 또 있소? 그러나 난 그게 그다지 중대한 것이라곤 믿지 않으니까, 미리 말해 두는 게요, 말해 봐요.」

그 침착성을 잃은 태도나, 어딘지 불안하고 초조해 하는 말투는 나를 놀라게 했으나 나는 말을 계속했다.

「또 다른 꿈을 꿨어요. 쏜필드 저택이 쓸쓸한 폐허가 되어 박쥐와 올빼미의 소굴이 된 꿈이었어요. 으리으리한 저택의 전면은 모두가 다 뼈대만 남은 벽이고, 아주 높고 자칫하면 무너지기 쉬운 모습으로 남아 있었을 뿐이에요. 달 밝은 밤 저는 풀이 무성한 울안을 거닐었지요. 이쪽에선 대리석 벽난로에 걸려서 넘어지고 저쪽에 가선 떨어진 처마끝 파편에 걸려 비틀거리기도 하면서요. 숄로 몸을 감싼 채, 여전히 그 미지의 어린애를 껴안고 말이에요. 제아무리 팔이 아파도 그애를 내려 놓아선 안 된다는 거예요——그래서 무게로 해서 제 발걸음이 방해를 받아도 그것을 안고 있어야만 했어요. 저는 저 멀리 길 위를 말이 달려가는 소리를 들었어요. 틀림없이 당신이었어요. 당신이 머나먼 나라로 여러 해 동안 여행을 떠나시는 참이었어요. 집 꼭대기에서 단 한번이라도 당신을 뵙고 싶은 간절함에서 미친 듯이 위험을 무릅쓰고 다급하게 그 얄팍한 벽으로 기어올라갔어요. 발 밑에선 돌멩이가 구르고 꼭 붙잡고 있던 담쟁이덩굴은 끊어져 버렸어요. 어린애는 무서워서 제 목에 매달려서 거의 제 목을 졸라매는 것이었어요. 거우 그 꼭대기에 기어올라갔어요. 당신의 모습이 하얀 길 위에 점점 작아져 가는 조그만 점처럼 보였어요. 질풍이 세차게 불어와서 저는 서 있을 수가 없었어요. 좁은 벽의 가장자리에 앉아서 겁에 질린 애를 무릎 위에서 달랬어요. 당신은 길모퉁이를 돌아갔어요. 마지막 한번이라도 뵈오려고 몸을 굽혔더니 벽이 무너지고 제 몸이 흔들리어 어린애는 무릎에서 굴러떨어졌어요. 마침내 균형을 잃은 저는 떨어지며 잠이 깼어요.」

「그래, 그걸로 다 끝났군, 제인.」

「서론은 끝났어요, 본론은 지금부터 시작이에요. 잠을 깨니 환한 빛이 제 눈을 부시게 했어요. 아아, 대낮이군! 하고 생각했어요. 하지만 그게 아니고 단지 촛불에 불과했어요. 쏘피가 들어온 거라고 생각했어요. 경대 위에 촛불이 켜 있었어요. 벽장문은 제가 잠들기 전에 거기에 웨딩 드레스와 베일을 걸어 두었는데 활짝 열려 있었어요. 옷이 스치는 소리가 나기에 『쏘피, 뭘 하고 있어?』하고 물어 보았지요. 아무 대꾸도 없었어요. 그러자 벽장에서 한 모습이 나타났어요. 그것은 경대에서 촛불을 집어들더니 더 높이 쳐들고는 옷걸이에 걸려 있는 옷을 샅샅이 훑어보고 있었어요. 『쏘피! 쏘피!』하고 다시 불렀지요. 여전히 아무 대꾸도 없었어요. 침대 위에 일어나 앉아서, 저는 몸을 앞으로 굽혔어요. 처음엔 놀라움이, 다음엔 당황이 나를 덮치고 그리고는 제 전신의 혈관은 얼어붙고 말았어요. 로체스타 씨, 그것은 쏘피가 아니었어요. 리어도 아니고 페어팩스 부인도 아니었어요. 그리고——그래요, 전 믿어요——그리고 지금도 믿고 있읍니다만——그 이상한 여자 그레이스 풀도 아니었어요.」

「그 중의 한 사람일 테지.」하고 주인은 말을 가로챘다.

「아녜요, 그렇지 않다는 걸 단언합니다. 제 앞에 섰던 그 모습은 여태까지 이 쏜필드 저택 안에선 한번도 본 적이 없었어요. 그런 키에 그런 모습은 제겐 처음이었어요.」

「설명해 봐요, 제인.」

「여자 같았어요. 키가 크고 몸집이 큰 숱이 많은 검은 머리를 어깨 너머로 길게 늘어뜨리고 있었어요. 무슨 옷을 입고 있었는지는 모르겠어요. 하얀 무늬 없는 천이었는데 잠옷인지, 이불잇인지, 수의였는지 통 모르겠어요.」

「얼굴은 보았소?」

「처음엔 못 봤지요. 그런데, 곧 그 여자는 베일을 거기서 집어서 높이 쳐들더니 한참 동안 보다가 그것을 자기 머리 위에 걸치고 거울 쪽으로 돌아섰어요. 그 순간 어둠침침한 타원형 거울 속에서 얼굴과 몸매가 비친 것을 저는 똑똑히 보았답니다.」

「그래, 어떻게 생겼읍디까?」

「무시무시하고, 소름이 끼치는——아아, 전 그런 얼굴을 본 적이 없어요! 보통과는 다른 얼굴 빛깔——그것은 야만인의 얼굴이었어요. 아, 그 빨간 눈이 돌아가고 그 꺼멓게 부풀어오른 얼굴을 잊어버렸으면 좋겠어요!」

「유령은 보통 창백하지, 제인.」

「그건 자주빛이었어요. 입술은 부풀어서 검어졌고 이마엔 주름이 잡혀 있었고, 검은 눈썹은 충혈된 눈 위에 넓게 뻐쳐 있었지요. 그것이 무엇을 제게 연상시켜 주었는지 말씀드릴까요?」

「말해 봐요.」

「저 추잡한 독일의 도깨비——흡혈귀예요.」

「뭐라고! 그게 어떻게 했다는 거요?」

「그 무시무시한 머리에서 제 베일을 벗어 버리더니, 두 갈래로 갈기갈기 찢어서 두 쪽 다 마룻바닥에 내동댕이치고는 발로 마구 짓밟아 버렸어요.」

「그 다음엔?」

「커튼을 걷고 밖을 내다보더군요. 아마 먼동이 트는 걸 보았겠죠. 촛불을 들고 문 있는 쪽으로 물러갔어요. 바로 제 침대 곁에서 발을 멈추었어요. 표독스런 눈으로 저를 노려보더니——촛불을 제 얼굴 가까이 갖다대고는, 제 눈앞에서 꺼버렸어요. 그 무서운 얼굴이 제 얼굴에 번쩍 빛났다고 깨닫고는 의식을 잃고 말았어요——세상에 태어난 후 두 번째예요——꼭 두 번째——공포로 기절한 거죠.」

「의식을 회복했을 때, 누가 옆에 있었소?」

「아무도 없었어요. 밝은 낮이 있을 뿐이었어요. 저는 자리에서 일어나 물로 머리와 얼굴을 씻고, 물을 마구 들이켰어요. 좀 쇠약해지긴 했지만 병난 것 같진 않았어요. 그리고 당신 외에는 아무에게도 이 환상 같은 얘기는 하지 않으리라고 결심했어요. 그럼, 그 여자가 누구이고 무엇인가를 말씀해 주세요.」

「지나치게 흥분한 머리가 만들어낸 것이겠지. 그게 틀림없을 거요. 난 당신을——내 귀중한 보배를 잘 보살펴 줘야겠군. 본시 당신과 같은 신경은 아무렇게나 다루게 돼 있진 않으니까.」

「제 신경이 이상이 없다는 건 확실해요. 이 이야기는 현실의 얘기이고, 이 사건은 실제로 있었던 일이에요.」

「그렇지만 그 전에 꾸었다는 꿈, 그것도 현실의 일이란 말이오? 쏜필드 저택이 폐허란 말이오? 내가 극복할 수 없는 장애물 때문에 당신한테서 떨어져 있단 말이오? 눈물 한방울 없이——키스도 없이 말 한마디도 없이 당신을 두고 떠나려고 한단 말이오?」

「아뇨, 아직은.」

「그럼 내가 그렇게 하려고 한단 말이오? 그게 무슨 소리요, 우리들을 굳게 결합시킬 날이 벌써 시작되고 있는데. 그리고 우리가 일단 결합하는 날엔 그런 정신적인 공포 따윈 다시 일어나지 않을 거요. 내가 보증하지.」

「정신적인 공포라니요! 제 자신도 그런 것에 불과하다고 믿을 수만 있다면 얼마나 좋을까 하고 생각해요. 당신마저 그 무서운 방문객의 비밀을 제게 설명하실 수 없으니까 더욱더 그랬으면 해요.」

「나도 설명할 수 없는 일이니까 제인, 그건 사실이 아닌 것이 틀림없소.」

「하지만, 주인님, 저도 오늘 아침 일어났을 때 그렇게 스스로 다짐하고 낯익은 방안의 여러 가지 물건들이 햇빛을 받아 찬란한 광경을 보고는 용기와 위안을 얻으려고 사방을 돌아보았을 때 거기에——융단 위에——제 생각이 거짓임을 확실히 해주는 것을 보았어요——베일이 위에서 아래까지 두 갈래로 찢겨져서!」

나는 로체스타 씨가 깜짝 놀라서 몸서리치는 것을 보았다. 그는 별안간 나를 껴안았다.「주여, 감사합니다!」하고 그는 소리쳤다.「무엇인가 악의에 차 있는 것이 지난밤에 당신의 방에 들어갔지만 피해를 입은 것은 베일뿐이구료. 아아, 무슨 큰 변이 일어날 뻔했다는 것을 생각하기만 해도!」

그는 가쁜 숨을 몰아쉬며 나를 꽉 껴안았으므로 나는 숨을 쉴 수가 없었다. 몇 분 동안 잠자코 있다가 그는 쾌활한 어조로 말을 이었다.

「이봐, 제인, 속시원하게 모두 설명해 주지. 그건, 절반은 꿈, 절반은 현실이야. 여자가 당신의 방에 들어간 것은 의심할 여지가 없소. 그 여자는 틀림없이 그레이스 풀이야. 언젠가 당신은 그 여자를 수상한 사람이라고 했지만, 당신이 알고 있는 것으로 미루어 그 여자를 그렇게 부를 만도 하지——그 여자는 내게 대해서 무엇을 했던가? 메이슨에겐? 당신이 자는지 깨어 있는지 분간할 수 없는 몽롱한 상태에 있을 때 그레이스가 들어온 거야. 그네의 동작을 바라보면서 당신은 열이 있어 거의 정신 착란을 일으키고 있었으므로, 그레이스 풀을 그네와는 딴판인 요귀가 나타난 것이라고 여긴 것이오. 기다랗고 헝클어진 머리칼과 부풀어오른 검은 얼굴과 엄청난 몸집은 모두 상상이 빚어낸 거였고 악몽의 결과였소. 앙심을 먹고 베일을 찢어발긴 것은 현실이고 또 그건 그 여자가 할 법한 짓이지. 어쩌면 그런 여자를 집에 두어 두느냐고 당신이 묻고 싶어하는 것은 잘 알고 있소. 우리들이 결혼해서 만 일년이 되면 설명하게 될 거요. 하지만 지금은 안 돼요. 제인, 이걸로 만족해요? 이 수수께끼 같은 일에 대한 내 해석을 믿어 주겠소?」

나는 곰곰이 생각해 보았다. 실상 그의 설명은 하나의 있을 수 있는 일에 불과했다. 나는 만족하진 않았다. 그러나 그를 기쁘게 하기 위해서, 마음이 놓인 듯이(확실히 마음이 놓이긴 했지만) 보이려고 애썼다. 나는 만족스러운 미소를 띠고 그에게 이렇게 대답했다. 그리고 벌써 한 시가 지난 지도 오래여서 나는 그의 곁을 떠나려 했다.

「쏘피는 어린이 방에서 아델과 함께 자오?」내가 내 초에 불을 켜자, 그는 물었다.

「네, 그래요.」

「아델의 조그만 침대엔 당신이 잘 만한 자리가 있을 거요. 오늘 밤은 제인, 그 애와 같이 자야만 하오. 당신이 겪은 사건이 당신을 신경 과민으로 만드는 것은 당연하지. 당신 혼자선 자지 않는 편이 좋을 것 같소. 어린이 방으로 가겠다고 약속해 줘요.」

「기꺼이 그렇게 하겠어요.」

「방안에서 문을 꼭 잠그도록 해요. 이층에 올라가거든 내일은 꼭 알맞은 시간에 깨워 달라고 부탁하는 체하고 쏘피를 깨워요. 당신은 여덟 시 전에 옷을 입고 조반을 끝내야 해요. 이젠 우울한 생각은 아예 하지 말아요, 쓸데없는 걱정도 말고. 제인, 바람이 무척 부드러운 속삭임으로 변한 것이 들리오. 유리창을 때리던 비도 그치고. 여길 좀 봐요(그는 커튼을 걷어올렸다)──「아름다운 밤이군!」

아름다왔다. 하늘의 반쯤은 맑고 구름 한 점 없었다. 구름은 이때 서풍으로 변한 바람에 밀리어 떼를 지어 기다란 은색 종대(縱隊)로 동쪽을 향해 분열 행진을 계속하고 있었다. 달은 평화롭게 빛나고 있었다.

「그런데,」하고 로체스타 씨는 캐묻는 듯이 내 눈을 바라보며 말했다.「내 제인은 지금 어떤 기분이지?」

「고요한 밤이군요. 저도 그래요.」

「그리고 당신은 오늘 밤 이별하는 꿈이나 슬픈 꿈은 꾸지 않고 행복한 사랑과 축복받은 결혼의 꿈을 꿀 거요.」

이 예언은 절반밖에 맞지 않았다. 나는 슬픈 꿈은 꾸지 않았지만 기쁜 꿈도 별로 꾸지 않았다. 거의 잠을 이룰 수가 없었으니까. 나는 어린 아델을 팔에 안고 어린이 시절의 단잠을——그렇게도 고요하고 잔잔하고 천진 난만한——지켜보며 앞으로 올 날을 기다리고 있었다. 내 온 생명은 눈을 뜨고 체내에서 활동하고 있었다. 나는 해가 뜨자 곧 일어났다. 아델의 곁을 떠나려고 했을 때 그네가 내게 꼭 달라붙던 일을 기억한다. 내 목에서 그네의 조그만 두 손을 풀고 그네에게 키스하던 일, 이상한 감정에 사로잡혀 그네 앞에서 울음을 터뜨렸지만 내 흐느낌이 그네의 고요한 잠을 깨울세라 그네의 곁을 떠났던 일을 기억한다. 그네는 내 과거의 생활의 상징인 것만 같았다. 그리고 내가 이제부터 차려입고 만나러 가려던 그 분이야말로 두려워하면서도 사모하는 나의 헤아릴 수 없는 앞날의 상징이었다.

26

쏘피는 일곱 시에 내 옷을 입혀 주려고 왔다. 그네는 그 일을 끝마치는 데 무척 시간을 끌었다. 너무 오래 꾸물거려 로체스타 씨는 더 기다릴 수 없었던지 왜 내려오지 않느냐고 물으러 사람을 보냈다. 마침 쏘피는 내 머리에 베일(결국 아무것도 없는 하얀 네모난 레이스의)을 브로치로 꽂고 있는 참이었다. 나는 될 수 있는 대로 빨리 그네의 손에서 빠져나가려고 서둘렀다.

「잠깐만!」쏘피는 프랑스 말로 소리쳤다.「거울에 좀 비쳐 봐요. 들여다보시지도 않고서.」

그래 문간에서 나는 돌아섰다. 긴 옷을 늘어뜨리고 베일을 쓴 모습은 거의 낯선 사람의 모습으로 여느 때의 나 자신과는 달랐다.「제인!」하고 부르는 소리에 나는 급히 내려갔다. 층층다리를 다 내려가자 로체스타 씨가 나를 맞아 주었다.

「느림뱅이!」그는 말했다.「조급해서 내 머리는 불이 날 것 같은데 그렇게 늑장을 부리다니!」

그는 나를 식당으로 데리고 가서 내 머리 끝에서 발 끝까지 샅샅이 살핀 다음, 「백합꽃처럼 아름답군, 내 인생의 자랑일뿐 아니고 내 눈의 소원이야.」하고 말했다. 그리고 그는 내게 아침 식사를 하는데 십 분밖엔 줄 수 없노라고 하고 벨을 울리었다. 최근에 고용된 한 하인이 부름에 따라 들어왔다.

「존은 마차 준비를 하고 있나?」

「네, 주인님.」

「짐은 내려오고?」

「지금 내려놓고 있는 중입니다.」

「자네 교회에 가주게. 우드(목사) 씨와 서기가 와 있는지 보고 돌아와서 알려주게.」

교회는 독자도 아시다시피 대문 저쪽에 있었다. 하인은 곧 돌아왔다.

「우드 씨는 교회 안방에서 흰 예복을 입고 계십니다.」

「그럼 마차는?」

「말에 마구를 달고 있읍니다.」

「교회로 가는 덴 마차가 필요치 않지만 돌아오는 즉시로 다 돼 있어야 해. 상자와 짐짝을 모두 실어서 가죽끈으로 비끄러매고 마부는 제자리에 앉아 있어야 한단 말이야.」

「잘 알았읍니다.」

「제인, 당신은 준비가 다 됐소?」

나는 일어났다. 신랑의 들러리도 신부의 들러리도 우리들을 기다리고 있지 않았고 안내를 해줄 친척 하나도 없었다. 로체스타 씨와 나밖엔 아무도 없었다. 우리들이 홀을 지나갈 때 거기 페어팩스 부인이 서 있었다. 나는 그네에게 말을 건네고 싶었으나 내 손은 무쇠 같은 손에 꽉 붙들려서 거의 따라갈 수 없을 만큼 황새 걸음에 끌려가고 있었다. 그리고 로체스타 씨의 얼굴을 보니 어떠한 일이 있을지라도 단 일초의 지체도 허용할 수 없다는 느낌을 주었다. 다른 신랑도 그이처럼 보일까——이렇게도 하나의 목적에 열중하고 이다지도 엄숙한 결의로 이처럼 단호한 눈썹 아래 이토록 타오르고 빛나는 눈을 하고 있는 사람이 있을까?

그날은 개었던지 흐렸던지 생각나지 않는다. 차도를 내려가면서도 하늘과 땅을 보지 않았다. 마음은 눈과 같이 있었고 그리고 그 둘은 다 로체스타 씨의 체내로 옮겨가 버린 것 같았다. 함께 걸어가면서 그는 무섭고 잔인한 시선을 그 무엇인가에 쏠고 있는 듯했다. 그 눈에 보이지 않는 그 무엇을 나는 보고 싶었다. 그가 부딪치며 항거하는 듯이 보이는 생각을 나는 느껴 보고 싶었다.

교회의 뜰안 쪽문에서 그는 걸음을 멈췄다. 그는 내가 숨이 찬 것을 알아챘다. 「내가 사랑하는 방법은 잔인하지?」하고 그는 말했다. 「잠깐만 쉬어요. 내게 기대지, 제인.」

나는 지금 내 앞에 조용히 솟아 있는 오래된 회색빛 하느님의 전당, 그 뾰족탑 주위를 감돌고 있는 한 마리의 땅까마귀, 멀리 붉은 아침 하늘의 광경을 회상할 수 있다. 또 푸른 무덤 같은 것을 기억하고 있다. 그리고 낯선 사람 둘이 낮은 언덕 사이를 거닐면서 이끼 낀 몇 개의 비석에 아로새겨진 비문을 읽고 있던 것도 잊지 않고 있다. 나는 그들이 누군지 알았다. 그들이 우리를 보고 교회의 뒤쪽으로 돌아갔기 때문이다. 그들은 틀림없이 옆 복도의 문으로 들어와 우리 결혼식의 증인이 되리라는 것을 나는 의심치 않았다. 로체스타 씨는 그들을 보지 못했다. 그는 내 얼굴을 뚫어지게 살피고 있었다. 그때 내 얼굴엔 핏기가 잠시나마 가셔져 있었는가 보다. 이마엔 이슬이 맺히고 뺨과 입술은 싸늘해져 있었으니까. 내가 곧 기분이 회복되었을 때는 그는 나를 데리고 천천히 교회의 현관까지 걸어갔다.

우리들은 조용하고 소박한 예배당 안에 들어섰다. 목사는 하얀 예복을 입고 낮은 강단 앞에서 기다리고 있었다. 서기는 그 옆에 서 있었다. 정적이 그대로였고 먼 구석진 곳에서 두 사람의 그림자가 움직이고 있을 뿐이었다. 내 추측은 들어맞았다. 낯선 그 사람들은 우리들보다 먼저 여기 살짝 들어와 있었던 것이다. 그리고 그들은 지금 우리를 등지고 난간 너머로 오랜 세월의 때가 묻은 대리석의 무덤을 바라보면서 로체스타 가문의 납골당 옆에 서 있었다. 그 비석에 무릎을 꿇은 한 천사가 국내 전쟁(國內戰爭) 당시(영국 국회가 지휘하는 군대와 찰스 1세와의 전쟁. 1742~45) 마스튼 무어 싸움터에서 전사한 데이머 드 로체스타와 그의 처 엘리자베드의 유해를 지키고 있다.

우리들의 자리는 강단 앞 난간이 있는 곳에 정해져 있었다. 나는 등뒤에서 조심스럽게 걸어오는 걸음 소리를 듣고 돌아보았다. 낯선 사람 중의 한 사람이—— 분명히 신사인데—— 강단 앞으로 걸어오고 있었다. 예식이 시작되었다. 결혼의 취지에 관한 설명이 끝나자 목사는 한 걸음 앞으로 나아가 약간 로체스타 씨가 있는 쪽으로 몸을 굽히고는 이렇게 말을 이었다.

「나 그대들 양인에게 요구하고 명하노니, 그대들 만일에 어느 누구이든지 이 결혼이 합법적으로 결합할 수 없는 어떤 장애가 있음을 알진대, 이를 숨기지 말고, 만인의 마음속의 비밀이 탄로되는, 무서운 심판날에 대답하듯이 지금 여기서 고백할지어다. 하느님의 말씀을 거역하고 짝을 맺은 인연은 하느님의 섭리로 결합된 것이 아니라 그 결혼은 불법임을 알지어다.」

목사는 여기서 관례대로 말을 중단했다. 이 선포가 있은 다음의 침묵이 대답에 의해서 깨어진 일이 일찌기 있었던가? 아니 아마도 백 년에 한 번도 없을 것이다. 목사는 기도서에서 눈을 떼지 않고 잠시 숨을 죽였다가 다시 시작했다. 그의 손은 이미 로체스타 씨에게 뻗쳐 있었고 그의 입술이, 「그대는 이 여자를 아내로 삼겠는가?」 하고 막 물으려고 입을 열었을 때——아주 명확하고 가까운 목소리가 말했다.

「이 결혼식은 계속할 수 없읍니다. 저는 장애가 있음을 단언합니다.」

목사는 발언자를 쳐다보고는 말없이 서 있었다. 서기도 마찬가지였다. 로체스타 씨는 발밑이 지진으로 흔들린 것처럼, 약간 몸을 움직였다. 그는 단단히 버티고 서더니 머리와 눈을 돌리지 않고 말했다. 「계속해 주십시오.」

굵직하고 나지막한 목소리로 그가 이렇게 말했을 때, 깊은 침묵이 내리덮였다. 곧 우드 씨가 입을 열었다.

「방금 주장한 것을 조사해서, 진위의 확증을 얻지 않고는 나는 더 이상 진행할 수 없읍니다.」

「이 결혼식은 전혀 무효입니다.」 우리들의 등뒤의 목소리가 덧붙였다. 「본인은 이 진술을 확증해야 할 입장에 있읍니다. 이 결혼에는 막을 수 없는 장애가 있읍니다.」

로체스타 씨는 이 말을 들었으나 조금도 개의치 않았다. 무뚝뚝하게 굳어져서 내 손을 잡은 것 외엔 몸 하나 까딱 않고 서 있었다. 어쩌면 이렇게도 뜨겁고 힘차게 손을 그러잡을까! ——이 순간 창백하고 건장한 넓은 이마는 어쩌면 그렇게도 꺾아 놓은 대리석과도 같을까! 얼마나 조용하고 빈틈 없이 그러면서도 그 속엔 사나운 광채가 빛나고 있었던가!

우드 씨는 당황한 듯했다. 「그 장애의 성질이 어떤 것입니까?」 하고 그는 물었다. 「혹시 제거할 수 없을까요? ——설명하면 해소되는 것이겠지요?」

「그럴 수 없읍니다.」라는 대답이었다. 「저는 막을 수 없는 것이라고 말씀드렸읍니다. 본인은 심사 숙고한 다음에 말씀드리는 것입니다.」

발언자는 앞으로 나오더니 난간에 기대었다. 그는 말을 계속했다. 한마디 한마디 분명히 조용히, 힘차게, 그러나 큰소리는 아니었다.

「그 장애란 이전의 결혼이 아직 존속하고 있다는 단순한 사실에 있읍니다. 로체스타 씨에겐 현재 살아 있는 아내가 있읍니다.」

　결코 천둥 소리에도 떤 일이 없는 내 신경이 나지막하게 말한 이 말에 떨렸다.
서리나 불에도 태연했던 내 피는 이 말이 지니는 미묘한 폭력을 느꼈다. 그러나
마음을 단단히 먹어서 기절할 위험은 없었다. 나는 로체스타 씨의 얼굴을 쳐다
보았다. 나는 그에게 내 얼굴을 보게 했다. 그의 얼굴 전체는 창백한 바윗돌이
었다. 눈은 불꽃이었고 부싯돌이었다. 그는 아무것도 부정하지 않고, 마치 만사
에 도전하는 것'같았다. 말없이, 웃음도 없이 내 인간적 존재도 인정하지 않는
듯 팔을 내 허리에 감고 꽉 끌어당겼다.

　「당신은 누구요?」하고 그는 침입자에게 물었다.

　「나는 브리그스라는 사람이오——런던의 ××가에 사는 변호사요.」

　「있지도 않은 처를 내게 억지로 떠맡길 셈이오?」

　「본인은 당신에게 부인이 계시다는 걸 상기시켜려는 거지요. 당신이 인정하
지 않으려 해도 법률이 그것을 인정하는 거요.」

　「그 여자에 관한 것을 알려 주시오——그 이름과 양친과 거주지를 」

　「그러지요.」브리그스 씨는 침착하게 호주머니에서 한 장의 종이 쪽지를 꺼내
어 일종의 직업적인 콧소리로 읽기 시작했다.

　「잉글란드 ××주 펀딘 장원 및 ××주 쏜필드 저택의 소유자 에드워드 페어
팩스 로체스타는, 소생의 누이동생이며, 상인인 조나스 메이슨과 그의 처 서인
도제도 태생의 안토와네타의 딸인 버사 안토와네타 메이슨과 서기 ××년 10월
20일(십 오 년 전의 날짜) 자마이카, 스페니쉬 타운 ××교회에서 결혼하였음을
확증함. 결혼 기록은 동 교회의 등록부에 기재되어 있음. 그 사본은 현재 소생
이 소유하고 있음. 서명함. 리챠드 메이슨.」

　「그것은——진짜 증명서라면——내가 결혼했다는 것을 증명할진 모르지만
거기 기재된 여자가 내 처로서 아직 살아 있다는 걸 증명하진 않았소.」

　「부인은 삼 개월 전까지 살아 계셨읍니다.」하고 변호사는 대답했다.

　「당신이 어떻게 아오?」

　「여기 관해선 증인이 있읍니다. 그 분의 증언은 당신도 부인을 못할 겁니다.」

　「증인을 내놓으시오——아니면 꺼져 버려!」

　「우선 그 증인을 내지요——바로 이 장소에 있읍니다. 메이슨 씨, 앞으로 나
오시오.」

　메이슨이란 이름을 듣자 로체스타 씨는 이를 악물었다. 그는 일종의 강한 경
련으로 떨고 있었다.

나는 그의 옆에 있었으므로 분노와 절망의 발작적인 경련이 그의 몸 안에 퍼져 감을 알았다. 또 낯선 사나이 하나가 우물쭈물 뒤쪽에서 서성대고 있다가 이때 가까이 다가왔다. 창백한 얼굴이 변호사의 어깨 너머로 이쪽을 넘겨다보았다. ——그렇다, 그것이 메이슨 씨였다. 로체스타 씨는 뒤를 돌아보고 그를 노려보았다. 그의 눈은 내가 전에도 가끔 말했듯이 새까만 눈이었고 그 눈은 지금 우울한 가운데 황갈색의, 아니 핏발선 빛을 띠고, 그의 얼굴은 상기되어——올리브빛 뺨과 창백한 이마는 퍼져오르는 가슴의 불꽃에서 빛을 받은 것처럼 보였다. 그는 몸을 움직이자 억센 팔을 쳐들었다——그는 메이슨을 교회 마룻바닥에 때려눕히고 무자비한 일격으로 그의 숨통울 끊어 버릴 수 있었다——그러나 메이슨은 움츠러들며 가냘픈 목소리로「아이고 하느님！」하고 소리쳤다. 경멸감이 로체스타 씨를 식혀 주고 말았다——분노는 마치 해충이 식물을 시들게 하듯이 사라지고 말았다. 그는 다만,「네가 무슨 할 말이 있느냐？」고 물었을 뿐이었다.

알아들을 수 없는 대답이 메이슨의 핏기 없는 입술에서 새어나왔다.

「똑똑히 대답 못하면 그냥 안 둘 테야. 다시 묻겠지만, 너 같은 사나이가 무슨 말을 하겠다는 거야？」

「여보시오——여보시오.」목사가 가로막았다.「당신들은 신성한 장소에 계시다는 걸 잊지 마시오.」그리곤 메이슨을 향해서 점잖게 물었다.「당신은 이분의 부인이 아직 살아 계신 걸 아십니까？」

「용기를 내시고」하고 변호사는 그를 격려했다.「서슴지 말고 말하세요.」

「부인은 지금 쏜필드 저택에 살고 있읍니다.」메이슨은 아까보다는 분명한 어조로 말했다.「저는 지난 사월 거기서 만났읍니다. 제가 그 여자의 오빠입니다.」

「쏜필드 저택에서！」목사는 소리를 높였다.「그럴 수가, 나는 이 근처에서 오래 전부터 사는 사람이오. 그런데 아직 한 번도 쏜필드 저택의 로체스타 부인에 관한 얘기는 들어보지 못했는데요.」

나는 로체스타 씨의 입술이 험상궂은 미소로 비틀리는 것을 보았다. 그는 중얼댔다.

「아니——결코 들었을 리가 없어！ 아무도 그런 것을——아니 그런 이름을 가진 여자에 관해서 듣지 못하도록 난 조심을 기울였소.」그는 곰곰이 생각했다——십 분 동안이나 그는 자문 자답하고 있었다. 그는 결심했다. 그리고 그는 선언했다.

「그러면 충분해. 총열에서 탄환이 튀어나오듯이 단숨에 모든 것을 털어놓을 테니까. 우드 씨, 기도서를 덮고 예복을 벗으시오. 존 그린 군(하고 서기에게 향해) 자넨 돌아가게. 오늘은 결혼식이 없으니까.」서기는 그 말에 따랐다.

로체스타 씨는 대담하고도 거리낌없이 말을 계속했다.「이중 결혼이란 추악한 말이야!──그러나 나는 이중 결혼자가 되려 했소. 그러나 운명은 내 계획을 망치고 말았소. 혹시 하느님의 섭리가 나를 가로막은 건지──아마 후자이겠지. 나는 이 순간에 악마보다 나은 것이 없소. 여기 계신 목사님이 말씀하시겠지만, 확실히 나에겐 하느님의 가장 엄한 심판──영원한 불길과 죽지 않는 구더기가 들끓는 지옥이 마땅하오. 여러분, 내 계획은 깨어져 버렸소! 이 변호사와 의뢰인이 한 말은 사실입니다. 나는 결혼했소. 그리고 내가 결혼한 여자는 아직도 살아 있읍니다! 당신은 저기 저 집에 로체스타 부인이 있다는 데 관해선 들은 적이 없다고 하시지만 우드 씨, 저 집에 감시와 감금 밑에 놓여 있는 이상한 미치광이가 있다는 소문은 여러 번 들었을 줄 압니다. 어떤 사람은 배가 다른 내 누이동생이라고 귀띔했을 것이고, 또 어떤 사람은 나하테서 버림받은 정부라고도 했을 거요. 이제야 알려 드리겠소. 저 여자는 다름아닌 십 오 년 전에 내가 결혼한 내 아내라는 걸──버사 메이슨이라는 이름이오. 지금 창백한 얼굴로 사지를 부들부들 떨며 대담한 대장부란 어떻게 처신해야 하는가를 여러분에게 과시하고 있는 이 용감한 사나이의 누이올시다. 정신 차려, 딕──나를 두려워할 건 없어!──나는 자네를 때리느니 차라리 부녀자를 때리겠네. 버사 메이슨은 미쳤읍니다. 그 여자는 미치광이의 집안에 태어난 삼대 계속되는 백치와 발광자! 서인도제도 태생인 그의 모친은 미치광이에다가 술고래였소!──그 딸과 결혼한 다음에야 알게 된 것이오. 그때까진 모두들 그 집의 비밀에 관해서 일체 침묵을 지켰기 때문이오. 버사는 효성스럽게도 이 두 가지 점에서 꼭 그의 모친을 닮았었소. 나는 사랑스러운 아내를──순결하고 현명하고 얌전한 아내를 얻은 셈이지요. 여러분은 나를 행복한 사나이라고 상상하시겠지요. 참 기막힌 변을 겪었답니다! 아아! 조금이라도 여러분들이 알아 주신다면 내 경험은 기막힌 것이 됐을 거요. 그러나 나는 이 이상 설명할 의무는 없소. 브리그스 씨, 우드 씨, 메이슨 군──여러분을 모두 내 집으로 초대하니 풀 부인이 돌보는 환자, 즉 내 아내를 만나보기로 합시다. 내가 속아서 어떤 종류의 사람을 아내로 삼았는지 보여 드리고 내가 옛날 약속을 저버리고 무엇인가 적어도 인간다운 것에 동정을 구할 권리가 있는지 없는지를 판가름해 주시기 바라오. 이 처녀는,」하고 그는 나를 보며 말을 이었다.「당신과 마찬가지로, 우드 씨, 진저리나는 비밀은 조금도 모릅니다. 이 처녀는 만사가 공정하고 합법적이라고 생각하고 있었소. 그리고 기만당한 가련한 사나이 —— 저열하고 미친 짐승과 같은 여자와 이미 결혼한 사나이와 허위의 결혼으로 끌려들어갈 뻔했었다는 것은 꿈에도 몰랐소! 그럼 여러분, 따라오시오!」

아직 내 손을 꼭 잡은 채 그는 교회를 나왔다. 세 신사는 그의 뒤를 따랐다. 저택의 현관 앞에서 우리는 마차를 발견했다.

「마차 차고에 도로 넣어 두게, 존.」하고 로체스타 씨는 차갑게 말했다.「오늘은 마차가 필요 없어.」

우리들이 현관을 들어서자 페어팩스 부인과 아델, 쏘피, 리어가 우리를 맞아 축하의 인사를 하러 다가왔다.

「저리들 가요——모두!」주인은 소리를 쳤다.「축하고 뭐고 다 집어치워! 누가 축하를 받아? —— 난 아냐! 십 오 년이나 늦었어!」

그는 줄곧 내 손을 잡고, 신사들에게 따라오라고 손짓을 하면서 줄곧 걸어가다가 층층다리를 올라갔다. 모두 따라갔다. 우리는 첫 층계참에 올라가 복도를 지나 삼층으로 갔다. 낮고 검은 문은 로체스타 씨의 큰 열쇠로 열리고 우리들은 커다란 침대와 그림이 붙은 장롱이 있고, 융단으로 장식된 방으로 들어갔다.

「자네 이 방을 알고 있지, 메이슨.」하고 우리의 안내자는 말했다.「그게 여기서 자네를 물어뜯고 찌르고 하던 곳이야.」

그는 벽에서 휘장을 걷어올렸다. 제이의 문이 나타났다. 그것도 열었다. 창문 하나 없는 방 속엔 높고 튼튼한 난로쇠 우리에 둘러싸여 난롯불이 타고 있었다. 등불이 천장에 쇠사슬로 매달려 있었다. 그레이스 풀은 난롯불에 허리를 굽히고 분명 남비에다가 무슨 요리를 하고 있었다. 방의 저쪽 구석 어두컴컴한 곳에는 한 그림자가 뛰어 왔다갔다하고 있었다. 얼핏 보아서는 그것이 무엇인지, 짐승인지 사람인지 분간할 수가 없었다. 얼른 보기엔 네 발로 기어다니는 듯했고 기괴한 야수처럼 할퀴기도 하고 으르렁대기도 했다. 그러나 그것은 옷을 걸치고 있었고 거무스름하고 잿빛나는, 마치 말총같은 거칠은 머리털이 머리와 얼굴을 가리고 있었다.

「안녕하시오, 풀 부인!」로체스타 씨는 말했다.

「좀 어떠시오? 그리고 당신의 환자는 오늘 좀 어떻소?」

「감사합니다. 그저 그럭저럭 지내죠.」하고 그레이스는 대답하고 끓이고 있던 요리를 조심스럽게 시렁 위에 올려놓으며 대답했다.「좀 물어뜯고 싶겠지만 난폭하게 굴진 않아요.」

맹렬한 부르짖음은 그레이스 풀의 좋은 보고를 거짓말로 만들어 버리는 성싶었다. 옷을 걸친 하이에나(Hyena)는 일어나 뒷발로 섰다.

「앗, 주인님, 주인님을 보고 있어요!」하고 그레이스는 소리쳤다. 「여기 계시지 않는 게 좋겠어요.」

「잠깐만, 그레이스, 잠깐만 있게 해줘요.」

「그럼 조심하세요!——제발 조심하세요!」

광녀는 울부짖었다. 더부룩하게 엉켜 있는 머리칼을 얼굴에서 쓸어올리고, 방문객들을 무섭게 노려보았다. 그 자주빛 얼굴——그 부풀어오른 얼굴을 나는 기억하고 있었다. 풀 부인은 앞으로 걸어나왔다.

「저리 비켜.」하고 로체스타 씨는 그네를 옆으로 밀어젖히고 말했다. 「칼은 지금 안 갖고 있겠지? 난 경계하고 있어.」

「뭘 갖고 있는지 아무도 모르죠. 어찌나 간교한지, 저것의 음흉한 흉계를 인간의 지혜로선 알아낼 수 없답니다.」

「우린 나가는 게 좋겠소.」메이슨이 속삭였다.

「꺼져 버려!」그의 매부의 권고였다.

「조심하세요!」그레이스는 소리쳤다. 세 신사는 동시에 물러갔다. 로체스타 씨는 나를 뒤로 밀어젖혔다. 광녀는 달려들어 로체스타 씨의 목덜미를 움켜잡고 그의 뺨을 물었다. 두 사람의 격투가 벌어졌다. 그네는 몸집이 큰 여자로 키는 거의 그의 남편과 같았고, 게다가 뚱뚱했다. 그 여자는 이 격투에서 성년 남자의 힘을 보여 주었다——그처럼 늠름한 그도 몇 번이나 목이 졸리울 뻔했다. 멋진 일격으로 납작하게 만들어 버릴 수도 있었지만 그는 때리지는 않았다. 다만 씨름만 할 뿐이었다. 간신히 그는 광녀의 두 팔을 붙잡고 그레이스 풀이 끈을 넘겨주자 두 팔을 뒤로 묶고 그리고 손 가까이 있던 밧줄로 의자에 붙들어맸다. 이 일은 아주 처참한 고함 소리와 발악적인 요동 속에서 진행되었다. 그리고 로체스타 씨는 방관자들 쪽을 돌아다보고 신랄하고도 쓸쓸한 미소를 지으며 일동의 얼굴을 보았다.

「저게 바로 내 아내요.」하고 그는 말을 이었다. 「이게 바로 제가 처음으로 알게 된 유일한 부부의 포옹이고 이게 바로 내 여가를 위로해 주는 애정의 표시요! 그리고 여기 있는 처녀야말로 내가 바라는 여자요. (내 어깨에 손을 얹으며) 이 처녀는 지옥의 어귀에서 이처럼 엄숙하게, 그리고 침착하게 악마의 장난을 지켜보고 있소. 나는 그 고약한 스튜 요리를 먹은 다음에 입가심으로 이 처녀를 원했던 것이오. 우드 씨, 브리그스 씨, 이 차이를 보시오. 이 맑은 눈과 저쪽의 붉은 눈을 비교해 보시오——이 얼굴과 저 상판대기를——이 몸매와 저 뚱뚱이를. 그러고 나서 복음을 전도하는 목사님과 법률을 아는 분이여, 나를 심판해 주시오. 그리고 〈너희의 비판하는 그 비판으로 너희가 비판을 받을 것이요〉라는 말을 잊지 마시오. 그럼, 돌아갑시다. 내 보물을 가두어야 하니까.」

우리들은 모두 물러나왔다. 로체스타 씨는 그레이스 풀에게 무슨 지시를 하느라고 우리들 뒤에서 좀 지체했다. 계단을 내려올 때 변호사는 내게 말을 걸어왔다.

「이봐요, 아가씨.」하고 그는 말했다. 「아가씨께선 모든 비난에서 깨끗이 벗어났소. 메이슨 씨가 마데이라로 돌아가서 아가씨의 아저씨에게 이 소식을 전하게 되면 아저씨께서 무척 기뻐하실 겁니다. 아직 살아 계신다면.」

「제 아저씨라니요! 아저씨가 어떻게 됐나요? 제 아저씨를 아세요?」

「메이슨 씨가 알지요. 에어 씨는 펀찰에 있었기 때문에 메이슨 씨가 다년간 경영하고 있는 상점의 거래를 하고 계셨답니다. 아가씨와 로체스타 씨가 결혼할 예정이라고 써보낸 편지를 받았을 때, 마침 메이슨 씨는 자마이카로 돌아가는 길에 휴양차 마데이라에 체류하는 동안 종종 아가씨의 아저씨와 자리를 함께 한 일이 있었답니다. 에어 씨는 그 편지 내용을 말씀하셨답니다. 그럴 것이 여기 계신 의뢰인이 일찍부터 로체스타라는 이름을 가진 분과 친분이 있다는 걸 아저씨께선 알고 계셨으니까. 메이슨 씨는, 아가씨도 짐작하시겠지만 놀라움과 걱정 속에서 사건의 진상을 그 아저씨에게 밝혔지요. 알려드리긴 안 됐지만 아저씨께선 지금 병상에 계시는데, 병의 성질——노쇠와——그 진전되는 단계 등으로 미루어 보아 회복하실 것 같지가 않습니다. 그런 관계로 아저씨는 아가씨가 빠진 함정에서 아가씨를 구해내려고 급히 영국으로 오실 수는 없었지만, 때를 놓치지 않고 허위 결혼을 중지시키는 조처를 취하도록 메이슨 씨에게 간청했읍니다. 그 분은 메이슨 씨를 통해 내게 협조를 의뢰해 왔읍니다. 나는 신속한 조처를 취했지요. 그래 너무 늦지 않은 것을 감사히 여깁니다. 물론 아가씨도 그렇게 생각하고 계시겠지요. 아저씨께서 아가씨가 마데이라에 도착하실 때까지 돌아가시지 않는다는 것이 확실하다면 나는 아가씨를 메이슨 군과 함께 가시라고 권하고 싶지만 그렇지 못하니까. 에어 씨로부터——아니 에어 씨에 관한 소식을 들을 때까지, 영국에 그대로 머물러 계시는 편이 좋을 것 같군요. 우리들이 여기 더 머물러야 할 일이 또 있을까요?」하고 그는 메이슨에게 물었다.

「아니, 아니요——돌아갑시다.」그의 걱정스러운 대답이었다. 그들은 로체스타 씨에게 작별을 하려고 기다리지도 않고 홀의 문으로 나가 버렸다. 목사는 그의 거만한 교구민(敎區民)에게 훈계나 꾸지람을 두서너 마디 하려고 남아 있었다. 이 용건을 마치자 그도 돌아갔다.

나도 내 방으로 돌아와 반쯤 열린 문간에 서서 그가 돌아가는 소리를 들었다. 모두 가버리자 나는 방안에 들어박혀 아무도 못 들어오게 빗장을 질렀다——울기 위해서도 아니고 슬퍼하기 위해서도 아니었다. 나는 그러기엔 너무나 침착했다. 웨딩 드레스를 기계적으로 벗었다. 이것이 마지막이라고 생각하고 어제까지 입고 있던 모직옷으로 갈아입고 나서 의자에 앉았다. 노곤한 피로를 느꼈다. 테이블 위에 두 팔을 짚고 그 위에 머리를 얹었다. 그리고 이번에는 생각했다. 이때까지는 그저 듣고 보고 움직였을 뿐——위아래로 인도되거나 끌려다닌 것뿐이었다. 연달아 일어난 사건과 꼬리를 물고 탄로되는 비밀을 방관하고 있었을 뿐이었다. 그러나 이번엔 생각했다.

이날 아침은 무척 고요했다——광녀가 출연한 짧은 일막을 제외하고는 모두 조용했다. 교회 안에서의 사건도 시끄러운 일은 아니었다. 분노의 폭발도 없었고 큰소리의 말다툼도 논쟁도, 도전도 결투의 신청도, 눈물도 흐느낌도 없었다. 몇 마디 의견이 나왔었다. 결혼에 대한 반대 의사가 조용히 발표되었다. 로체스타 씨로부터 엄격하고 간단한 질문의 몇 마디가 나왔고 답변과 설명이 있었고, 증거가 인용되었다. 진상에 대한 공개적인 시인을 내 주인이 했고 다음엔 산 증거가 공개되었다. 침입자들은 모두 돌아갔다. 그리고 만사는 끝이 났다.

나는 여느 때와 다름없이, 눈에 띄게 달라진 데도 없이, 내 방에 있었다. 타격을 입거나 손해를 입거나 병신이 된 것도 아니다. 그러나 어제의 제인 에어는 어디에 있단 말인가——그네의 삶은 어디 있고?——그네의 앞길은 어디에 있는가?

희망에 불타고 기대에 부풀었던 제인 에어는——거의 신부가 되었던——다시금 쌀쌀하고 외로운 처녀가 되어 버렸다. 그네의 생활은 창백해지고 앞길은 쓸쓸해졌다. 크리스마스의 서리가 한여름에 내린 것이다. 하얀 섣달의 폭풍이 유월에 휘몰아쳤고, 얼음이 익은 사과를 뒤덮고, 눈보라가 피기 시작한 장미를 할퀴었고, 목초 밭과 보리 밭은 얼음으로 뒤덮였다, 꽃이 만발하여 불그스레하던 어젯밤의 오솔길이 오늘은 온통 눈으로 뒤덮여 길조차 없었다. 열 두 시간 전까지 열대 지방의 숲처럼 잎이 너울대며 향기를 풍기던 숲이 지금은 겨울철 노르웨이의 소나무 숲처럼 쓸쓸하고 거칠며 하얗다. 내 희망은 아주 죽어 버렸다——마치 옛날 이집트 땅에서 맏아들들이 모두 하룻밤 사이에 엄습한 기묘한 운명으로 죽음을 당한 것처럼. 나는 어제까지도 그토록 꽃이 피고 찬란하던,

그리고 내가 소중히 여기던 희망을 바라보았다. 그것은 딱딱하고 차디찬 다시 소생할 수 없는 검푸른 시체가 되어 누워 있다. 나는 내 사랑을 바라보았다. 그것은 내 주인의 것이었고 그가 창조해낸 것이었다. 그것은 차가운 요람 속에서 앓고 있는 어린애처럼 내 가슴 속에서 떨고 있었다. 질병과 괴로움이 그것을 사로잡고 있었지만 이미 로체스타 씨의 팔을 찾을 수는 없었다. 그의 품에서 온기를 찾아낼 수는 없었다. 아아, 이젠 다시 그에게로 돌아갈 수 없었다. 믿음이 시들었고——신뢰가 파괴되었으니까! 로체스타 씨는 내겐 이때까지의 로체스타 씨가 아닌 것이다. 왜냐하면 내가 오늘까지 생각하고 있던 그가 아니었으니까. 나는 그가 부도덕하다고 책망하지는 않으련다. 나를 배반했다고 말하고 싶지는 않다. 그러나 티없이 진실한 성품이 내 머리에서 사라져 버렸다. 나는 그의 곁을 떠나가야만 한다. 그것은 나도 잘 알고 있다. 언제——어떻게——어디로——하는 것은 나도 아직은 확실히 모른다. 그러나 그 자신이 나를 빨리 쏜필드에서 떠나게 하려는 것은 확실하다. 진정한 애정을, 그는 내게 품고 있지 않은 것 같았다. 그것은 일시적인 격정이었다. 그것이 좌절된 것이다. 이젠 그는 나를 원하지 않을 거다. 나는 지금 그가 걷는 길을 가로질러가는 것조차 두려워하고 있다. 그는 틀림없이 내 모습을 보기 싫어할 거다. 아아, 어쩌면 내 눈이 그렇게도 멀었던가? 얼마나 내 행위는 약했던 것일까?

　나의 두 눈은 가리워지고 감겨졌다. 뱅뱅 맴도는 어둠이 내 주위를 헤엄치는 듯했다. 회상은 검은 탁류처럼 밀려왔다. 자포 자기해지고 심신이 늘어지고 무기력해진 나는 마치 큰강 바닥에 몸을 던져버린 느낌이었다. 먼 산에서 홍수가 쏟아지는 소리를 들었다. 분류가 밀어닥치는 것을 느꼈다. 나는 일어날 의지도 도망칠 힘도 없었다. 죽음을 갈망하면서 기절한 채 누워 있었다. 단 한 가지 생각이 생명을 지니고 있는 듯이 내 체내에서 고동치고 있었다——하느님에 대한 기억이다. 그것은 무언의 기도를 중얼거리게 했다. 무엇인가 속삭여야만 되겠다는 듯 다음과 같은 말이, 나의 빛 잃은 어두운 마음속에서 위아래로 헤매고 있었지만 말로 표현할 기력조차 없었다.

　〈나를 멀리하지 마옵소서, 근심과 재난이 가깝고 도울 자 없나이다.〉

　분류는 점점 가까와지고 있었다. 그리고 나는 이것을 피하려 하늘을 향해 기도를 올리지 않고 있으므로——손을 모으지 않았고 무릎을 꿇거나 입술을 움직이지 않았다——그것이 오고야 말았다. 격류는 소용돌이치는 노도 속으로 나를 삼켜 버렸다. 쓸쓸한 나의 삶, 잃어버린 내 사랑, 사라진 내 희망, 치명상을 받은 내 믿음 등 모든 의식이 하나의 심술궂은 큰 파도가 되어 배 위로 있는 힘을 다해 세차게 요동하고 있다. 나는 그 무시무시한 시간을 뭐라고 표현할 수가 없다. 참으로 〈물들이 내 영혼까지 흘러들어왔나이다. 내가 설 곳이 없는 깊은 수렁에 빠지며 깊은 물에 들어가니 큰 물이 내게 넘치나이다.〉라는 말 그대로였다.

27

　그날 오후 어느 때쯤엔가 나는 고개를 들었다. 사방을 살펴보고 벽을 황금빛으로 물들이는 석양을 보며, (나는 어떻게 했으면 좋단 말인가?) 하고 속으로 물어 보았다.

　그러나 (곧 쏜필드를 떠나라.)——라는 내 마음의 대답이 너무나도 날쌔고 두려워 나는 귀를 막아 버렸다. 그런 말은 지금은 참아낼려도 참아낼 수 없노라고 나는 말했다. (에드워드 로체스타의 신부가 되지 못한 것은, 내 슬픔 가운데서는 가장 작은 것이다.) 하고 주장했다. (이 세상에서 가장 찬란한 꿈에서 깨어난 나는 모두 공허하다는 것은 알지만 그것은 참을 수 있고 극복할 수 있는 공허였다. 그러나 결연히 지금 당장에 그와 작별한다는 것은 참을 수 없다. 나로선 할 수 없는 노릇이다.)

　그러나 이때 내 마음의 소리는 내가 할 수 있다고 단언했다. 그리고 나는 그것을 참아낼 수 있으리라고 예언했다. 나는 내 결심과 싸웠다. 나는 나를 위하여 펼쳐진 두려운 고뇌의 길을 피하려고 의지가 박약하기를 바랐다. 양심은 폭군으로 변하고 정열의 목줄기를 붙잡고 (너는 진흙 속에 그 예쁜 발을 잠깐 담그었을 뿐이야. 나는 무쇠 같은 이 팔로 너를 한없이 깊은 고뇌의 밑바닥으로 처밀어 넣을 거야.) 하고 비웃었다.

　(그러면 나를 쏜필드에서 떨어져나가게 해주세요!) 나는 외쳤다. (누가 좀 도와주세요.)

　(아니다. 너 자신이 여기를 떠나야 한다. 아무도 도울 사람은 없다. 너 자신이 네 오른쪽 눈을 파내고 오른쪽 팔을 잘라내야 한다. 네 심장을 산 제물로 만들라. 그 산 제물을 꼼짝 못하게 하는 것은 너라는 성직자다.)

　그처럼 무자비한 심판관이 나타나는 고요 속에——그토록 무서운 소리만이 가득 찬 침묵으로 해서 공포에 질린 나머지 나는 갑자기 일어섰다. 똑바로 섰을 때 머리가 빙빙 돌았다. 흥분과 허기 때문에 나는 메스꺼움을 느꼈다. 그날은 아침 식사도 하지 않았을 뿐 아니라 온종일 물 한 모금도 마시지 않았던 것이다. 내가 이처럼 오랫 동안 이 방안에 들어박혀 있는 데도 로체스타 씨는 좀 어떤가 하고 사람을 시켜 물으러 보내는 일도 없고 아래층으로 내려오라는 전갈도 하지 않았다. 심지어 어린 아델까지도 내 방문을 노크하지 않았고 페어팩스 부인마저 나를 찾지 않았다는 데 생각이 미치자 이상한 고통을 느꼈다. (벗들은 행운으로 부터 버림을 받은 자를 잊어버리기가 쉽다.) 하고 중얼대며 문의 빗장을 잡아 열고 밖으로 나갔다. 무슨 장애물에 걸려 나는 비틀댔다. 머리는 어지럽고 눈 앞은 흐릿하고 사지는 힘이 없었다. 나는 이내 기운을 차릴 수가 없었다. 나는 쓰러졌다. 그러나 마룻바닥에 넘어진 것은 아니었다. 뻗친 팔이 나를 붙들어 주었다. 쳐다보니 로체스타 씨가 나를 부축해 주고 있었다. 내 방 어귀 저쪽에서 그는 의자에 걸터앉아 있었던 것이다.

「마침내 나왔구료.」하고 그는 말했다.

「오랫 동안 당신을 기다리며 난 귀를 기울이고 있었소. 그런데 움직이는 기색도 없고 흐느끼는 소리조차 안 들리고 이제 오 분 동안만 더 그 죽음과 같은 적막이 계속되었더라면 난 강도처럼 자물쇠를 비틀었을 거요. 그래 당신은 나를 피할 작정이오? —— 들어앉아서 혼자 슬퍼하다니 ! 나는 말이오, 차라리 당신이 나한테 달려와서 한바탕 화를 내고 나무라 주길 기다렸소. 당신은 열정적인 사람이오. 그래서 무슨 일이 일어나길 바라고 있었소. 나는 뜨거운 눈물의 비를 기대하고 내 가슴에만 뿌려 주었으면 했는데, 이젠 아무 감각도 없는 마룻바닥이나, 아니면 당신의 젖은 손수건이 그 눈물을 모두 받았겠군. 그러나 내가 잘못 알았어. 당신은 조금도 울지 않았지? 창백한 얼굴에다가 광채 없는 눈을 하고 있긴 하지만 눈물을 흘린 흔적은 없는 걸. 그럼 당신의 가슴이 피눈물을 흘리고 있었단 말이오?

이봐, 제인, 한 마디도 나를 꾸짖지 않소? 혹독한 말도, 신랄한 말도 안 하오? 내 감정을 건드리거나 나를 화나게 할 아무 말도 없단 말이오? 내가 앉혀 놓은 그 자리에 꼼짝도 않고 피로에 지친, 활기 없는 눈으로 나를 보고 있소? 제인, 나는 결코 이렇게까지 당신에게 상처를 입힐 생각은 없었소. 가령 자기의 빵을 먹고 자기 컵의 물을 마시고 자기 가슴에 안겨서 잠드는 딸처럼 귀여워하는 새끼 암양을 한 마리 가진 사람이 있다고 합시다. 도살장에서 실수로 그가 그것을 죽였다 해도, 내가 지금 후회하고 있는 것만큼 그 사람은 피비린내 나는 실수를 후회하지는 않을 거요. 나를 용서해 주겠소?」

독자여 ! 나는 그때 그 자리에서 그를 용서했다. 그의 눈에는 그처럼 깊은 뉘우침이 있었고 그 말투에는 진정한 아쉬움이 있었다. 그 태도에는 남자다운 정력이 있었다. 그리고 그의 전체의 모습과 태도에는 변함없는 애정이 깃들어 있었다. ——모든 것을 다 나는 용서해 주었다. 그러나 말로 나타내서 한 것은 아니다. 겉으로 나타내서가 아니라 내 마음 속 깊이에서 용서했던 것이다.

「날 악당이라고 생각하겠지, 제인?」하고 얼마 있다가 그는 생각에 잠기면서 물었다——언제까지나 내가 잠자코 무기력한 데 아마 의아심을 품은 성싶었다. 그러려고 해서가 아니고 몸이 쇠약해서 잠자코 있었던 것이다.

「네, 그래요.」

「그럼, 그렇다고 솔직이 빨리 말해 줘요——가차없이 말이오.」

「전 할 수 없어요. 지쳐서 몸이 불편해요. 물이나 좀 주세요.」그는 떨리는 듯한 한숨을 짓고는 나를 안고 아래층으로 내려갔다. 처음 나는 어느 방으로 데리고 가는지 몰랐다. 흐려진 내 눈엔 모든 것이 몽롱했다. 이윽고 나는 난롯불의 훈훈한 온기에 기운이 되살아 났다. 때는 여름이지만 내 방에서 얼음처럼 꽁꽁 얼어 있었기 때문이었다. 그는 포도주를 내 입에 넣어 주었다. 나는 그것을 마시고 의식을 회복했다. 그 다음엔 그가 권하는 것을 먹고는 곧 정신을 차렸다. 나는 그의 서재에 있었다——그의 의자에 앉아서——그는 바로 내 곁에 있었다. (이처럼 심한 고통도 없이 숨을 거둘 수 있다면 얼마나 편할까.) 하고 나는 생각했다. (그렇다면, 내 마음의 현(絃)을 로체스타 씨의 현에서 떼내는 데 무리한 노력을 하지 않아도 좋다. 나는 이 사람과 헤어져야 한다——그래야 할 것 같다. 난 헤어지고 싶지 않다——아니, 헤어질 수는 없어.)

「제인, 지금은 좀 어떻소?」

「퍽 좋아졌어요. 곧 나을 거예요.」

「포도주를 더 마시구료, 제인.」

나는 그의 말을 따랐다. 그는 컵을 테이블에 놓고 내 앞에 서서 유심히 나를 바라보고 있었다. 갑자기 그는 격한 감정으로 가득 차 억눌린 소리를 외치고 몸을 돌리더니 빠른 걸음으로 방안을 저만큼 걸어갔다가는 되돌아와서, 마치 키스를 하려는 듯이 내게 허리를 굽혔다. 그러나 나는 애무는 이제 금지해야 한다는 생각이 들었다. 나는 얼굴을 돌리고 그를 옆으로 밀어젖혔다.

「아니! 왜 이러는 거지?」하고 그는 다급히 소리쳤다.「아아, 알았소! 당신은 버사 메이슨의 남편에겐 키스하지 않겠다는 거군? 내 팔은 이미 점령당하고 내 포옹은 다른 사람의 것이라고 생각하는 모양이군?」

「하여튼 제겐 들어갈 자리도 권리도 없어요.」

「왜, 제인? 당신이 여러 말을 늘어놓는 수고를 덜어 주지. 당신 대신으로 내가 대답하지——왜냐하면 당신은 이미 아내가 있는 분이니까——하고 대답하겠지——내 추측이 잘 들어 맞았지?」

「네.」

「그렇게 생각한다면, 당신은 나라는 사람에 대해서 이상한 생각을 갖고 있음에 틀림없소. 나를 흉계를 꾸미는 탕아——계획적으로 파놓은 함정으로 당신을 유인해서 당신의 명예를 빼앗고 당신의 자존심을 상하게 하기 위해 깨끗한 애정을 가장해 온 비열하고 천한 방탕아라고 여기고 있는 것이 틀림없소. 여기 대해서 당신은 뭐라고 대답하겠소? 당신이 아무 말도 안 하리라는 걸 나는 알고 있소. 첫째로 당신은 아직 피곤해 있고 호흡을 하기에도 힘들어 하는군. 둘째로, 당신은 나를 비난하고 꾸짖는 데에 익숙하지 못해요. 그리고 당신의 눈물의 수문은 열려 있어서 만일 당신이 말을 많이 하면 와락 한꺼번에 밀려나올 거요. 당신은 내게 충고를 하려고도, 비난을 하려고도, 한바탕 연극을 하려고도 않소. 어떻게 행동을 할까 하고 생각하고 있는 거요——지껄이는 것은 쓸데없다고 당신은 생각하고 있소. 난 알고 있소——경계하고 있소.」

「주인님에게 거역하는 행동을 하려고는 생각하지 않아요.」하고 나는 말했다. 나의 우물쭈물하는 목소리는 짧게 말하라고 주의를 시켰다.

「당신이 말하는 의미가 그렇다는 것이 아니라 내가 말하는 의미로는, 당신은 나를 파멸시키려고 획책하고 있소. 당신의 태도는, 당신은 아내가 있는 분이오 하고 입 밖에 내서 말하고 있는 거나 다름이 없소. 결혼한 사람으로서 당신은 나를 삼가야 하고 내 앞길을 막지 말라고 말하는 거와 같소. 금방 내 키스를 거부했겠다. 나와는 딴 남이 되자는 거겠지. 다만 아델의 가정 교사로서 이 지붕 밑에 살 셈이군. 내가 다정한 말을 건넨다 해도, 또 만일 다정한 마음이 당신을 내게 기울어지게 한다 해도, 당신은 이렇게 말하겠지——『저 사람은 하마터면 나를 정부(情婦)로 만들 뻔했지, 난 저 사람에 대해선 얼음이 되고 바위가 돼야지』하고. 따라서 당신은 얼음처럼, 돌처럼 무신경하게 되겠지.」

나는 이 말에 대꾸하려고 목소리를 가다듬고 힘을 주었다. 「제 주위는 모든 것이 변했어요. 저도 변하지 않으면 안 되겠어요——이것은 의심할 여지가 없읍니다——그리고 감정의 동요와 회상과 명상으로 끊임없는 갈등을 피하기 위해선 단 한 가지 방법이 있어요——아델은 새 가정 교사를 맞아야해요.」

「그래, 아델은 학교에 갑니다——그건 이미 결정돼 있소. 또 쏜필드 저택의 무시무시한 연상이나 추억으로 당신을 괴롭힐 생각도 나는 없소——이 저주받은 고장——이 아칸의 천막——저 활짝 트인 하늘의 빛을 향해 살아 있는 죽음의 두려움을 보여 주는 오만한 동굴——우리가 상상으로 그리는 악마의 대군(大軍)보다도 더 무서운 진짜 악마가 하나 살고 있는 이 좁은 돌로 된 지옥의 연상과 추억으로 당신을 괴롭힐 생각은 추호도 없소. 제인, 나는 당신을 여기 머물러 있게 하진 않겠소. 나도 마찬가지요. 여기에 악마가 출몰하는 걸 알면서도 처음부터 쏜필드로 당신을 데려온 것이 잘못이었소. 나는 당신과 만나기 전에 이 집의 저주받은 일에 대해 알려진 사실을 일체 당신에게 비밀로 하라고 집안 사람에게 모두 당부해 두었던 거요. 아델의 가정 교사가 어떤 사람과 함께 살고 있다는 걸 알게 되면 도저히 아델은 가정 교사를 구경도 못할 걸 두려워한 거요. 그리고 내 계획은 광인을 다른 곳으로 옮기는 걸 허락하지 않았소——나는 펀딘 장원이라는, 이곳보다 한적하고 눈에 띄지 않는 곳에 낡은 집을 갖고 있지만 그 숲 속 한가운데 있는 집의 위치가 불건전한 토지라는 점이 양심에 걸려 그 여자를 옮기지 못했던 거요. 그렇지만 않았던들 나는 충분히 안전하게 그 여자를 거기 가둘 수 있었을 거요. 아마 그 집의 축축한 벽은 곧 나를 그네도 돌봐야 할 책임에서 해방시켜 주었을 거요. 그러나 악당도 사람 나름이듯, 나는 가장 내가 증오하는 것이지만 그 여자를 간접적으로 암살하려는 생각은 가질 수 없었소.

그러나 광녀가 바로 가까이 있다는 것을 당신에게 숨겨 둔다는 것은 어린애를 외투에 싸서 무서운 독을 뿜는 유퍼스 나무 가까이 눕혀 놓는 것 같았소. 그 악마의 주위에는 언제나 독기가 있소. 또 언제나 있었소. 하지만 앞으로 쏜필드 저택은 폐쇄할 작정이오. 현관문을 못질하고 아래층 창문은 판자를 치려 하오. 나는 그레이스 풀에게 당신이 〈내 아내〉라고 부르는 그 무서운 마녀와 함께 살도록 일 년에 이백 파운드씩 주기로 하겠소. 돈만 준다면 그녀는 잘해줄 거요. 그리고 그레이스의 말벗이 되고 또 그 발작이 일어나 〈내 아내〉가 마귀의 사주를 받아 밤중에 침대에 자는 사람을 불태우려 하거나 칼로 찌르거나 뼈에서 살을 물어뜯으려 할 때에는 곧 그네에게 도움을 주게끔 그림스비 수용소의 문지기로 있는 그네의 아들을 부르게 하겠소.」

「주인님은,」하고 그의 말을 가로막았다. 「그 불행한 분에게 너무 가혹하셔요. 증오에 차서——앙심 깊은 증오에 차서 말씀하시네요. 잔인해요——미친다는 건 자기 자신도 어쩔 수 없는 일인데요.」

「제인, 나의 조그만 귀여운 이여, 나는 그렇게 부르려오. 사실 그러니까. 당신은 자신이 무엇을 말하고 있는지 모르고 있소. 나를 또 오해하고 있어요. 내가 그 여자를 미워하는 것은 미쳤기 때문이 아니오. 가령 당신이 미쳤다면 내가 당신을 미워할 것 같소?」
　「그렇고말고요.」
　「그러니까 오해하고 있다는 거지. 당신은 나라는 사람을 조금도 이해하지 못해요. 내가 할 수 있는 사랑의 성질이라는 것을 당신은 조금도 이해하지 못하고 있소. 당신의 육체의 모든 원자는 내게 있어선 내 육체와 마찬가지로 귀중한 것이오. 고통을 당하고 병들어 있으면 더욱더 내겐 소중한 것이지. 당신의 마음은 내 보배요. 가령 그것이 미쳤더라도 여전히 내 보배란 말이오. 당신이 미쳐 날뛰면 내 팔이 당신을 포옹할 거요. 구속복 같은 걸 입힐 리가 있겠소──미쳐 날뛰면서도 당신이 나를 붙잡는 것은, 내게 있어선 매력이 된단 말이오. 그 여자가 오늘 아침에 한 것처럼 당신이 내게 광포하게 덤벼든다 해도 당신을 될 수 있는 대로 말리는 동시에 부드럽게 포옹해 주겠소. 증오를 느끼고 그 여자를 피했을 때와 같이 당신에게서 물러서지는 않겠소. 당신이 진정하고 있을 때는, 나 이외엔 감시인도 간호원도 필요 없소. 설사 당신이 미소로 보답해 주지 않는다 해도 나는 그칠 줄 모르는 부드러움으로 당신 곁을 떠나지 않으려오. 당신의 눈이 나를 알아볼 시력을 잃어버려도 나는 그 눈을 바라보는 데 조금도 지치지는 않을 거요──그런데 왜 나는 이런 생각을 자꾸만 더듬고 있는 것일까? 당신은 쏜필드 저택에서 옮기는 문제를 얘기하고 있었지. 그럼, 알겠소, 지금 당장에라도 출발할 수 있는 만반의 준비가 다 돼 있소. 내일 떠나도록 해요. 꼭 하룻밤만 더 이 지붕 밑에서 참아 달라는 것만 부탁하오, 제인. 그러면 이 불행과 공포와는 영원히 작별이야! 갈 곳은 정해져 있소. 그곳은 지긋지긋한 회상과 반갑잖은 침입으로부터──허위와 중상으로부터도 안전한 피난처가 될 거요.」
　「아델을 데리고 가세요.」나는 그의 말을 가로막았다. 「아델은 주인님의 상대가 될 거예요.」
　「그건 무슨 뜻이오, 제인? 아델은 학교에 보낸다고 말하지 않았소? 내가 뭣 때문에 어린애를 데리고 가야 한단 말이오? 더구나 내 아이도 아닌데──프랑스 댄서의 사생아를? 왜 당신은 아델에 관한 일을 성가시게 부탁하오? 이봐요, 왜 당신은 내 반려자로 아델을 떠맡기는 거요?」
　「은거 생활을 하신다고 말씀하셨지요. 사람을 피해 고독하게 계시면 지루해져요. 주인님에겐 너무나 지루해질 거예요.」
　「고독! 고독이라고!」그는 초조해서 소리쳤다. 「그렇지, 이제야 내가 설명을 해야 할 때가 왔군. 당신이 무슨 스핑크스와 같은 표정을 짓게 될는지 난 모르겠소. 당신이야말로 나와 함께 고독한 생활을 나눠야 되오. 알겠소?」

　　나는 머리를 저었다. 그는 점점 더 흥분해 가고 있었으므로 그저 묵묵히 찬성할 수 없다는 표시를 하는 데도 상당한 용기가 필요했다. 그는 잰 걸음으로 방안을 왔다갔다하면서 별안간 못에 박힌 듯 한 곳에 서버렸다. 그는 오랫동안 뚫어지게 나를 지켜보고 있었다. 나는 그에게서 눈을 돌려 난로 위로 시선을 고정시키고 조용하고 침착한 태도를 취하려고 애썼다.

　　「이봐, 제인의 성격에 변화가 생겼군.」겨우 말을 꺼내기 시작했지만 그 표정에서 예기했던 것보다는 조용한 어조였다. 「비단실의 물레가 지금까지는 술술 잘 돌았지. 그러나 아무래도 매듭이나 엉킴이 생기리라는 건 미리 알고 있었소. 이게 바로 그거요. 그럼, 화를 내게 하고 부아를 돋구고 끊임없이 곤란하게 만들어 봐요! 제발 삼손의 힘을 조금이라도 빌려서 삼단 같은 엉킴을 끊어 버리고 싶소!」

　　그는 또다시 걷기 시작했으나 곧 멎더니 이번엔 바로 내 앞에 섰다.

　　「제인, 말을 듣겠소? (그는 허리를 굽히고 내 귀에다 그의 입술을 가까이 갖다댔다) 왜냐하면, 당신이 싫다고 하면 난 폭력으로라도 해보겠단 말이오.」그의 목소리는 쉬고 그의 얼굴은 마치 참을 수 없는 억제를 끊어 버리고 난폭한 방종으로 무모하게 덤벼들려 하는 사나이의 표정이었다. 다음 순간, 그리고 한층이 광포한 자극이 더해지면 나는 도저히 그에게 저항할 수 없다는 걸 알았다. 지금이 —— 지나가는 일 초의 순간만이 —— 그를 제어하고 그를 억제시킬 수 있는 시간이었다. 싫어하거나 달아난다거나 두려워하는 행동으로 나왔더라면 내 운명은 —— 그의 운명도 —— 결정되었을 것이다. 그러나 나는 두려워하지 않았다. 나는 체내에 숨어 있는 힘을 느꼈다. 이 운명의 갈림길은 위험한 것이었지만 그 매력이 없는 것은 아니었다. 아마도 인디언이 통나무 배를 타고 급류를 빠져나갈 때 느끼는 것과 흡사한 것이었다. 나는 꽉 부르쥐고 있는 그의 주먹을 잡고 크게 꼬부린 손가락을 펴 주면서 달래듯이 그에게 말했다.

　　「앉으세요. 원하시는대로 언제까지나 얘기를 하겠어요. 그리고 이치에 닿든 안 닿든 주인님이 하시는 말씀은 다 듣겠어요.」

　　그는 앉았다. 그러나 그는 곧 얘기할 틈을 얻지는 못했다. 나는 얼마 동안 눈물을 참느라고 애를 쓰고 있었다. 내가 우는 것을 그가 좋아하지 않는다는 것을 알고 있었으므로 나는 열심히 눈물을 참고 있었다. 그러나 지금은 고인 눈물을 실컷 흘리는 편이 좋다고 생각했다. 눈물의 비가 그에게 귀찮게 여겨진다면 오히려 그만큼 더 좋았다. 이런 생각이 들자 마음이 누그러져 나는 마음껏 울었다.

　곧 이어 나는 진정하라고 그가 간곡히 달래는 소리를 들었다. 나는 그가 그렇게 격해 있는 동안은 울음을 그칠 순 없노라고 말했다.
　「그러나 난 화가 난 건 아니야, 제인. 너무나도 당신을 사랑하기 때문이오. 당신은 그 창백한 얼굴을 그처럼 단호하고도 얼음장 같은 표정으로 굳혀 버리고 말았으니 난 견딜 수가 없었소. 그럼, 울음을 그치고 눈물을 닦아요.」
　부드러워진 그의 목소리는 그가 진정된 것을 알려 주는 것이었다. 그래 이번엔 나도 침착해졌다. 이때 그는 머리를 내 어깨 위에 기대려고 했다. 그러나 나는 그걸 허락하지 않았다. 그랬더니 그는 끌어당기려 했다. 안 될 일이다.
　「제인, 제인!」내 신경이 온통 떨릴 만큼 쓰라리고 슬픈 어조로 그는 말했다. 「그럼 나를 사랑하지 않는 거요? 당신이 소중히 여긴 것은 다만 내 지위와 내 아내로서의 신분뿐이었소? 나를 남편으로 삼을 자격이 없다고 생각하는 거지? 나를 마치 두꺼비나 원숭이처럼 보고 내가 만지는 것을 싫어하는군.」
　이 말은 내 가슴을 찔렀다. 그러나 나는 어떻게 행동하고 무엇을 말할 수 있었을까? 나는 무슨 행동이나 무슨 말도 안 해야겠지만 이렇게도 그의 마음을 상하게 한 데 대한 뉘우침으로 해서 괴로와진 나는 내가 입힌 상처에 진통제를 떨어뜨리고 싶은 소원을 억제할 수가 없었다.
　「전 주인님을 진정으로 사랑하고 있어요.」하고 나는 말했다. 「그 어느 때보다도. 하지만 그 감정을 나타내거나 거기 빠져서는 안 돼요. 그리고 이런 말씀을 드리는 것도 이것이 마지막이에요.」
　「마지막이라니, 제인! 뭐라고! 당신이 나와 함께 살면 매일같이 내 얼굴을 볼 수 있지 않소? 그리고 날 사랑한다면 늘 냉담하고 간격을 두고 살 수 있을 것 같소?」
　「아니예요. 물론 할 수 없어요. 그러니까 한 가지 길밖엔 없어요. 그렇지만 그것을 말씀드리면 틀림없이 주인님은 노발대발하실 거예요.」
　「오오, 말해 봐요! 내가 노발대발해도 당신에겐 운다는 기교가 있으니까.」
　「로체스타님, 저는 주인님 곁을 떠나야 하겠어요.」
　「얼마 동안 말이오, 제인? 잠깐 동안 그 머리를——좀 헝클어져 있구료——매만지고 열에 들뜬 얼굴을 씻을 동안?」
　「전 아델과 쏜필드와 작별해야 해요. 주인님과는 한평생 헤어져야 하고요. 전 낯선 사람들이나 낯선 환경에서 새로운 생활을 시작하지 않으면 안 돼요.」
　「물론이지. 그래야 한다고 내가 말했지. 나와 헤어진다는 그런 미친 소리는 흘려 버리겠어. 당신은 내 몸의 한 부분이 되지 않으면 안 된다는 뜻이겠지. 새로운 생활이라고 하지만 당신 말이 맞아요. 당신은 앞으로 내 아내가 될 테니까. 난 아내가 없는 사람이오. 당신은 앞으로 로체스타 부인이 되는 거야────명실 공히 나와 당신이 살아 있는 한, 당신만을 보호하겠소. 당신을 남부 프랑스에 있는 내 땅으로 데려가겠소──── 지중해 연안에 있는 하얗게 칠한 별장이오. 거기면 당신은 행복하고 안전한, 그리고 아주 티없는 생활을 할 수 있을 거요. 내가 당신을 사도(邪道)로 유혹하거나 정부로 만들려고 한다는 두려움은 절대로 갖지 말아 줘요. 왜 머리를 흔드오? 제인, 내 말을 좀 분간해 들어요. 그렇잖으면 정말이지 나는 또 화를 내겠소.」

그의 목소리와 손은 떨고 있었다. 그의 커다란 콧구멍은 더욱 커지고 눈은 이글이글 타고 있었다. 그래도 나는 용기를 내서 말했다.

「주인님의 아내는 살아 계십니다. 그것은 오늘 아침, 주인님 자신이 시인하신 거예요. 소원대로 함께 제가 살게 되면 전 주인님의 첩이 되는 셈이죠. 그렇지 않다고 우겨 대시면 궤변이에요──── 허위예요.」

「제인, 나는 온순한 성격의 남자가 아니오──── 당신은 그걸 잊어버리고 있소. 나는 참을성이 없소. 침착하고 냉정한 사람이 아니오. 나를 불쌍하다고, 또 당신 자신을 불쌍하게 생각하고 내 맥박을 짚어 보시오──── 어떻게 뛰나 느껴 보란 말이오. 조심하시오!」

그는 팔목을 걷어붙이고 내게 내밀었다. 그의 빰과 입술은 핏기가 없어지고 차차 납빛으로 되어 갔다. 나는 진퇴 양난에 빠졌다. 그렇게 그가 펄쩍 뛰는 저항을 하도록 이렇게도 심하게 그를 괴롭힌다는 것은 잔인한 일이었다. 그러나 그의 말대로 순종하는 것은 안 된다. 나는 지상의 인간이 극도의 궁지에 몰렸을 때, 본능적으로 하는 행동을 했다──── 인간보다도 높은 것에 도움을 구했다. 「하느님, 도와주소서!」 하는 말이 나도 모르게 입에서 튀어나왔다.

「난 바보야!」 갑자기 로체스타 씨는 소리쳤다. 「아내가 없다고 노상 말하면서도 그 이유를 제인에게 설명하지 않았으니 말이야. 그 여자의 성격이나 그 여자와의 지옥 같은 결혼에 대한 사정 얘기를 당신이 전혀 모르고 있다는 걸 잊고 있었군. 그렇지, 제인은 내가 알고 있는 것을 전부 알게 되면 내 의견에 동의하게 될 건 틀림없어! 당신의 손을 내 손 위에 얹어 줘요, 제인. 눈으로 보는 것처럼 손으로 만져 보고 당신이 참말로 내 곁에 있다는 증거가 되게. 그러면 간단하게 사정 얘기를 들어 주겠소?」

「네, 하고 싶으시다면 몇 시간이라도.」

「불과 몇 분이면 되오. 제인, 당신은 내가 이 집의 장남이 아니라, 형이 있었다는 말을 들은 적이 있소? 혹은 알고 있었소?」

「언젠가 페어팩스 부인이 그렇게 말한 기억이 나요.」

「그럼, 내 선친은·욕심이 많고 탐욕적인 사람이었다는 말도 들었소?」

「뭐, 그런 정도로 알고 있어요.」

「그래, 제인, 재산을 나누지 않고 그대로 두자는 것이 선친의 생각이었소. 재산을 분배해서 내게 공평하게 몫을 남겨준다는 생각은 참을 수 없는 노릇이었던 거요. 선친은 온 재산을 형인 롤란드에게 넘겨주어야 한다고 결심했소. 그렇지만 그의 아들 중의 하나가 가난뱅이라는 것도 참을 수 없는 노릇이었지. 부자와 결혼을 시켜 이에 대처하려 했던 거요. 선친은 기회를 봐서 내 배우자를 물색한 거요. 서인도의 농장주이자 상인인 메이슨 씨는 선친의 옛 친구였소. 선친은 그 사람의 재산이 확실한 것이고 막대하다는 것을 믿고 조사를 했소. 메이슨 씨에게 아들 하나와 딸 하나가 있다는 것을 알게 된 거요. 그리고 메이슨 씨가 삼만 파운드의 재산을 딸에게 줄 수 있고 주려고 한다는 것도 그때부터 알게 됐지. 그것으로 충분했소. 나는 대학을 졸업하자 이미 선친이 나를 대신해서 구혼해 놓은 신부에게 장가를 들러 자마이카로 가게 되었소. 선친은 신부의 재산에 관해선 아무 말도 없었지만, 메이슨 양은 미모로 스페니쉬타운의 자랑거리라는 걸 알려 주었소. 과연 거짓말이 아니었소. 브랑쉬 잉그램과 같은 타입의 미인으로 키가 큰 거무스름하고 늠름한 여자였소. 그네의 양친은 내가 훌륭한 가문에서 태어나서 나를 놓치지 않으려 했고, 또 그네도 그랬소. 그들은 그네를 화려하게 차려서 여러 곳의 야회에서 그네를 내게 선보였소. 나는 그네와 단 둘이 만난 일은 거의 없고 그네와 사사로운 이야기를 주고받은 일도 별로 없었소. 그네는 내게 아양을 떨고 내 환심을 사려고 온갖 매력과 재능을 아낌없이 발휘했소. 그네를 둘러싼 사나이들은 그네를 찬미하고 나를 부러워하는 듯했소. 나는 현혹되고 자극을 받았소. 내 감각은 흥분했었소. 무지하고 미숙하고 경험이 없는 나는 그네를 사랑한다고 생각했소. 사교계의 천치 같은 경쟁. 청년 시대의 호색, 경솔, 맹목에 사족을 못 쓰는 사나이로 거기에 빠지지 않는 자는 없소. 그네의 친척들은 나를 격려하고 경쟁자들은 나를 자극하고 그네는 나를 유혹했소. 내가 나 자신의 입장도 모르는 무의식 속에서 결혼은 거의 성립되었소. 아, 그 행위를 생각하면 나는 나 자신을 멸시하고 싶소. 내면적인 경멸의 고통이 나를 지배했소. 나는 조금도 그네를 사랑하지 않았고 또 존경하지도 않았소. 그네를 알지 못했던 거요. 나는 그네의 성품에 한 가지 장점이나마 있는지 없는지도 몰랐소. 그 정신과 태도에 겸손이나 자비, 솔직성, 세련미를 발견하지 못했소——그런데 나는 그네와 결혼을 했단 말이오——나는 우둔하고 비굴하고 두더지 눈을 한 명청이였어. 잘못을 덜 저지를 수도 있었을 걸——아니, 누구에게 이야기하고 있는지 잊어서는 안 돼.

나는 신부의 어머니는 한 번도 본 적이 없었소. 죽었다고만 생각하고 있었소. 신혼 여행이 끝나자, 그것은 내 착각이라는 걸 알았소. 모친은 미쳐서 정신 병원에 감금되어 있었지. 남동생도 있었는데 이것도 완전히 벙어리에다가 백치였소. 큰오빠는 당신도 본 일이 있는 남자지만, 아마 장차 똑같은 운명을 걷게 될 거요——나는 그자의 근친 전부를 미워하면서도 큰오빠를 미워할 수가 없단 말이야. 왜냐하면 비참한 누이 동생에게 노상 그자가 베풀어 주는 사랑으로도 알 수 있듯이, 또 옛날에 강아지처럼 붙임성 있게 따르던 것을 보아도 알 수 있듯이, 저 연약한 마음 속엔 약간의 애정은 갖고 있었으니까 말이오. 내 선친과 형 롤란드는 이것을 모두 알고 있었지만 그들은 다만 삼만 파운드만을 생각하고 내 의사를 무시한 채 이 일을 공모했던 거요.

이것은 끔찍한 발견이었소. 그러나 내게 비밀로 숨겨 두었다는 배신 행위를 제외하고는 그것으로 아내에 대한 비난의 재료로 삼진 않았소. 비록 아내의 성질이 나와 전혀 맞지 않았고, 그네의 취미가 내겐 불쾌한 것이었고 그네의 마음씨는 평범하고 비열하고 좁고, 더구나 무엇보다도 좀더 고상한 데에 인도되거나, 보다 넓은 방향으로 뻗어나가는 것이 이상하게도 불가능하다는 것을 알고도——또 내가 단 하룻밤도, 아니 한 시간도 그네와 함께 즐겁게 지낼 수가 없다는 것을 뻔히 알면서도 말이오. 내가 꺼낸 화제는 당장 야비하고도 진부하고 괴팍하고도 우둔한 방향으로 이끌어 나갔기 때문에 도저히 우리들 사이엔 정다운 생활을 주고받을 수 없다는 것을 알면서도 어떤 하인도 그네의 난폭하고 어처구니없는 성격에서 나오는 끊임없는 폭발이나 불합리하고도 모순되고 가혹한 명령의 괴로움을 견디어내질 못했을 만큼 절대로 조용하고 안정된 가정이란 가질 수 없다는 것을 깨달았을 때에도——나는 자신을 억제하고 있었소. 나는 비난을 삼가하고 충고의 말도 짧게 하고 후회와 증오를 남몰래 삼켜 버리려고 애썼소. 심한 염증도 억누르려고 무한히 애썼소.

제인, 난 지긋지긋한 일들을 자세히 늘어놓아 당신을 괴롭히진 않으려오. 몇 마디로 간추려서 내가 꼭 해야 할 것만을 표현해야겠소. 나는 저 위층에 있는 여자와 사 년 동안 함께 살았소. 그 동안 그 여자는 무척 나를 괴롭혔소. 그네의 성격은 놀라운 속도로 성숙하고 발전했소. 그네의 악습은 재빨리 그리고 무럭무럭 자라서 참으로 억센 기세로 발전했기 때문에, 잔악한 행위로 다루지 않으면 막아낼 도리가 없었소. 그러나 나는 잔악한 수법을 쓸 마음은 조금도 없었소. 난장이의 지능에다 얼마나 거인의 버릇을 지니고 있었던가! 이것이 내 몸에 미친 그 화는 얼마나 무서운 것이었던가! 버어사 메이슨――수치스러운 어머니의 친딸은――술고래에다가 음탕한 아내에게 묶이운 사나이라면 반드시 겪어야 할 온갖 지긋지긋하고 창피한 꼴을 당하게 하고 나를 끌고 다니며 괴롭혔소.

그러는 동안에 내 형이 죽고 결혼 사 년만에 아버지는 돌아가셨소. 나는 이제 어엿한 부자가 되었소. 그러나 말할 수 없이 빈곤했소. 생전 처음 보는 어처구니없이 야비하고, 불순하고 타락한 그네라는 사람이 나라는 사람과 결합되어 법률에 의해서도, 사회에 의해서도 내 아내로 불리워졌소. 그리고 어떤 법률적 수속도 이 관계에서 나를 빠져나오게 할 수는 없었던 거요. 왜냐하면 의사들은 이 때 내 아내가 발광했다는 것을 알았기 때문이오――그네의 무절제가 발광의 싹을 일찍부터 가꾸었던 거요. 제인, 당신은 이런 이야긴 싫겠지. 언짢은 표정인데――나머지는 또 후일로 미룰까?」

「아뇨, 지금 전부 말씀하세요. 전 주인님을 동정해요――진정으로 동정해요.」

「제인, 어떤 다른 사람들한테서 받는 동정은 일종의 해로운 무례한 선물이오. 그런 선물은 보내준 사람들에게로 바로 내동댕이쳐도 무방할 거요. 이를테면 냉담한 이기적인 인간에게 있음직한 거요. 남의 슬픔을 듣고 고통을 참고 견디는 사람에게 대해서 무지한 경멸을 섞은 불순한 제멋대로의 걱정이란 뼈아픈 일이오. 그러나, 그런 것이 당신의 동정은 아니오. 제인, 이제 금방 당신의 얼굴에 넘치고 있는 감정은――당신의 눈이 지금 눈물로 가득 찼고――당신의 심장이 부풀고 있고――손이 내 손 안에서 떨고 있는 것은 그런 심정과는 다르오. 내 사랑이여, 당신의 동정은 사랑을 고민하는 어머니요. 당신의 고통은 신성한 사랑을 낳으려는 바로 진통 그것이오. 나는 그것을 받아들이겠소, 제인. 그 딸을 (사랑) 자유롭게 탄생케 하시오――내 팔은 그네를 받아들이려고 기다리고 있는 거요.」

「그럼, 계속하세요. 그 분이 미쳤다는 것을 아셨을 때 어떻게 하셨나요?」

「제인, 나는 절망의 극한까지도 도달했었소. 나와 심연(深淵) 사이에 있었던 것은 자존심 찌꺼기뿐이었소. 세상의 눈으로 볼 때에는 나는 물론 더러운 불명예를 뒤집어쓴 것이었지만 나 자신의 눈으로 볼 때는 깨끗이 되려 결심했소――마지막까지 그네의 죄에 물드는 것을 피하고 그네의 정신적 결함과 엉키지 않으려고 갖은 애를 썼소. 그러나 사회는 내 인격과 이름을 그네와 결부시켰소. 나는 매일같이 그네를 보고 그네가 말하는 것을 듣곤 했소. 그네의 숨이(젠장, 빌어먹을 거!) 내 숨쉰 공기와 뒤섞였소. 그리고 나는 한때 그네의 남편이었다는 것을 기억하고 있소——그 기억은 그때, 그리고 지금도 내겐 말할 수 없이 진절머리나는 일이오. 더구나 그네가 살아 있는 한, 나는 다른 사람의, 그리고 보다 나은 아내의 남편이 될 수 없다는 것을 알았소. 그리고 그네는 나보다도 다섯 살이나 손위였고(그네의 형제나 부친은 그네의 나이조차도 내게 속였소) 정신적으로 불구이긴 하지만, 체질은 건장해서 내가 살아 있는 한 그네도 살아 있을 것 같소. 이렇게 해서 나는 스물 여섯 살 때 이미 절망에 빠진 사람이 되었소.

어느 날 밤, 나는 그 여자의 고함 소리에 잠을 깨었소——(의사가 그네의 발광을 선고한 이래 물론 그 여자는 감금되어 있었소)——그날 밤은 한증처럼 무더운 서인도 특유의 밤이었소. 그 지방에 폭풍이 불어오기 전에 흔히 있는 그런 밤이었소. 침대에서 잠을 이룰 수가 없어서 일어나 창문을 열었소. 공기는 유황의 증기 같았고——기분을 상쾌하게 해줄 만한 것은 아무데도 없었소. 모기가 자꾸만 날아들어와서, 방안을 음산하게 앵앵 소리를 내며 떠돌고 있었소. 방에서 바닷소리가 들려 왔는데 지진처럼 우둔하게 울리고 시커먼 구름이 그 위를 덮고 있었소. 달은 뜨거운 대포의 포탄처럼 크고 붉게 바다 속으로 가라앉는 찰나였소——그것은 폭풍을 받아 떨고 있는 이 세상의 최후의 피 같은 시선을 던졌소. 나는 이 광경과 분위기로 하여 신체적인 영향을 받았소. 귀는 더욱 광녀의 째는 듯한 목소리로 퍼붓는 악담으로 꽉 차 있었소. 그 악담 속에서 때때로 그 여자는 악마 같은 어조의 저주와 내 이름을 섞어 부르며 고함을 쳤소——어떤 직업적인 창부라도 그 여자 이상의 음탕한 소리를 지껄이지는 못했을 거요. 두 개의 방을 격해 있었지만 한 마디 한 마디를 잘 들을 수 있었소——서인도식의 얄팍한 간막이 벽은 그 여자의 이리와도 같은 부르짖음에 별 장애물이 되지 못했던 거요.

『이런 생활은 지옥이다!』 나는 마침내 말했소. 『이것은 지옥의 공기다——저건 지옥의 밑창 없는 구렁에서 오는 소리다! 힘자라는껏 나는 나 자신을 이 지옥에서 건져낼 권리가 있는 거야. 이 치명적인 고통은 지금 내 영혼을 속박하고 있는 무거운 육체와 함께 나를 떠나 버릴 거야. 광신자의 영원히 불타는 지옥 같은 것도 두렵지는 않아. 현재의 이 상태보다도 더 나쁜 미래는 있을 수 없어——나를 해탈시켜서 하느님께로 가게 해주소서!』

나는 이 말을, 무릎을 꿇고 탄환의 장전이 된 한 쌍의 권총이 들어 있는 트렁크의 자물쇠를 열면서 말했소. 나는 자살할 작정이었소. 나는 그 생각을 잠깐 품었을 뿐이었소. 왜냐하면 나는 미치지는 않았으니까 자살하고 싶다는 욕망과 계획을 일으키게 한 극단적 위기와 절대적인 실망은 지나갔기 때문이오.

유럽에서 대양(大洋)을 불어 넘어오는 신선한 바람은 열려 있는 창문으로 몰려들어왔소. 폭풍이 일어났소. 소나기가 쏟아지고 천둥이 치고 번갯불이 번쩍이다가 곧 대기는 맑아졌소. 그러고 나서 난 여러 가지로 궁리한 끝에 결심했소. 젖은 정원의 물방울이 듣는 귤나무 밑이나 비에 흠뻑 젖은 석류나무와 파인애플나무 사이를 거닐고 있는 동안, 열대 지방의 찬란한 아침 놀이 내 주위에 활활 타오르고 빛나는 동안 나는 이렇게 생각했소. 제인, 잘 들어 줘요. 그 시각에 나를 위로해 주고 내가 가야만 할 올바른 길을 제시해 준 것은 참다운 지혜였기 때문이오.

유럽에서 불어오는 상쾌한 바람은 생생해진 잎사귀에서 여전히 속삭이고 있었소. 대서양은 영광스러운 자유 속에 포효하고 있었소. 오랫 동안 애타서 메마른 내 가슴은 파도 소리에 가락을 맞춰 부풀어오르고 약동하는 피가 넘치고——내 생명은 갱생을 갈망했소——내 영혼은 목이 타 깨끗한 물 한 모금을 갈망했소. 희망이 되살아나고——재생이 가능하다는 느낌이 들었소. 나는 정원 안에 한창 꽃이 피어 있는 아치에서 하늘보다도 푸른 바다를 바라다보았소——옛 세계는 저 멀리 사라지고 양양한 앞날이 이렇게 전개되었소.

〈가라.〉 하고 희망이 말했소. 〈그리고 유럽에서 다시 살아라. 거기라면 네가 어떤 불명예를 짊어지고 있는지, 어떤 더러운 짐을 지고 있는지 알려지지 않았다. 너는 저 광녀를 영국에 함께 데려가는 것이 좋다. 쏜필드에다 적당한 시중들 사람과 감시원을 두어 그네를 감금하는 것이 좋아. 그리고 너는 네가 좋아하는 곳을 여행하라. 그리고 네 마음에 드는 새로운 인연을 맺는 게 좋아. 인내심이 강한 너를 그토록 비난하고, 그토록 네 이름을 더럽히고, 네 명예를 손상시키고, 네 청춘을 시들게 한 그 여자는 네 아내가 아니다. 너는 그 여자의 남편이 아니다. 그 여자의 병에 필요한 만큼 시중을 들어 주도록 보살펴 주라. 그러면 너는 하느님과 인간이 네게 요구하는 모든 것을 완수한 셈이 된다. 그네가 누구인지, 또 너와 그네와의 관계를 비밀 속에 묻어 버려라. 누구에게도 그 사실을 알릴 의무는 없다. 그네를 안전하게 편하게 놓아 두라. 그 여자의 수치를 숨겨 주고 너는 그 여자로부터 떠나라.〉

나는 이 암시에 따라 행동했소. 내 아버지와 형은 내 결혼을 친지들에게 알리지 않았소. 그럴 것이, 나는 결혼을 알린 첫 번째 편지에——이미 나는 이 결혼의 결과가 몹시 꺼림칙한 것이라고 알렸으니까. 또한 그네의 가족들의 성격과 체질로 보아 내게 몸서리치는 장래가 입을 벌리고 기다리고 있다는 것을 알아챘으므로——결혼을 비밀로 해달라고 간곡히 부탁도 했고 부친이 나를 위해 선택한 아내의 불명예스러운 행실은 오래지 않아 부친이 그네를 며느리로 삼은 것을 부끄럽게 여기게 한 거요. 결혼을 공표하기를 단념한 것은 말할 것도 없고 부친은 나와 마찬가지로 비밀로 하려고 애를 썼소.

그래 나는 그 여자를 영국으로 데리고 왔소. 그런 괴물과 함께 배에서 무서운 항해를 했소. 겨우 쏜필드로 그 여자를 데리고 와서 저 삼층 방에다 안전하게 가두었을 땐 안도의 한숨이 나왔소. 저 삼층의 맨 앞쪽 비밀 방은 오늘로써 십 년째 여자 야수의 굴——도깨비의 암실로 화했던 셈이오. 그 여자를 위한 시중들 사람을 구하는 데 퍽 애를 먹었소. 충실한 데다가 신뢰할 수 있는 인물을 골라야 했으니까. 왜냐하면 그네의 미쳐 날뛰는 꼴은 내 비밀을 아무래도 폭로하고야 말 테니까. 뿐만 아니라 때때로, 며칠 동안——때로는 몇 주일씩이나 제정신으로 돌아가는 일도 있었고, 그럴 때면 그냥 내게 욕설을 퍼붓곤 했소. 마침내 그레이스 풀을 그림스비 정신 병원에서 고용해 왔소. 그레이스 풀과 외과 의사인 카터——메이슨이 물려 신음하던 날 밤에 그의 상처를 치료해 준 사람이오——만이 내가 신임하는 두 사람이오. 페어팩스 부인도 물론 다소 의문은 품고 있었는지 모르지만 실제의 사정에 관해선 정확한 내막을 알고 있을 리가 없어요. 그레이스는 대체로 충실한 시중꾼이었소. 하긴 그네 자신의 결점도 다소간 원인이 되겠지만——도저히 자기 자신을 고칠 수 없는 면이 있는 것 같소. 그럴 것이 그런 성가신 직업에는 어쩔 수 없이 일어나는 결점이긴 하지만——여러 번 그레이스의 경계가 허수룩한 일이 있었고 낭패를 보기도 한 일이 있었소. 미치광이란 교활하고 마음보가 나쁜 거요. 감시원이 잠시라도 눈을 팔면 영락없이 그 틈을 이용하는 거요. 한 번은 칼을 감추었다가 그걸로 자기 오빠를 찔렀고, 감금실의 열쇠를 찾아 가지고 오밤중에 방에서 나왔소. 맨 처음에는 침대에 누워 있는 나를 태워죽이려고 했었소. 두 번째는 당신의 침실로 그 무시무시한 방문을 했던 거요. 그때 그 여자가 분노를 당신의 결혼 의상에 쏟았을 때 당신을 지켜 주신 하느님께 나는 감사하고 있소. 그 의상이 틀림없이 그네 자신의 신부 시절의 희미한 추억을 회상시켰던가 보오. 그러나 어떤 일이 일어났을지도 모른다는 생각을 하는 것조차도 나는 참을 수 없는 일이오. 오늘 아침 내 목덜미에 달려들던 그네가 내 비둘기 같은 사랑의 보금자리에 그 검붉은 얼굴을 내민 일을 생각하면 내 피는 얼어서——」

「그리고 부인을 이 집에 모셔다가 안정시켜 놓으신 다음 선생님은 어떻게 하셨나요? 어딜 가셨죠?」 나는 그가 잠시 말을 끊었을 때 물었다.

「내가 어떻게 했느냐고?, 제인? 난 도깨비불로 변했지. 어딜 갔느냐고? 삼월의 망령처럼 여기저기 쏘다녔소. 대륙으로 건너가 여러 나라를 돌아다녔소. 나의 한결같은 소원은 내가 사랑할 수 있는 선량하고 총명한 아내를 찾아내는 것이었소. 쏜필드에 두고 온 그 표독스런 여자와는 정반대의 여인을——」

「그렇지만 선생님은 결혼하실 수 없잖아요?」

「나는 굳게 결심하고 있었소. 그리고 결혼할 수 있다, 결혼해야 한다는 확신을 갖고 있었소. 내가 당신을 속인 것처럼 속이는 것이 본의는 아니었소. 곧이곧대로 솔직이 내 사정 얘기를 하고 떳떳하게 구혼할 작정이었소. 내가 사랑하고 사랑을 받을 자유를 갖고 있다고 생각하는 것은 지극히 당연한 것으로 생각되었소. 그래서 나는 내가 그런 저주를 짊어지고 있더라도 내 입장을 이해하려하고, 또한 이해할 수 있고 나를 받아들이는 어떤 여자를 발견할 수 있다는 것은 조금도 의심치 않았소.」

「그래서요?」

「당신은 말이오, 제인, 뭣이든 묻고 싶을 때면 언제나 나를 미소짓게 만드는구료. 모이를 기다리는 새와도 같이 눈을 크게 뜨고 가끔 불안한 몸짓을 하니 말이오. 마치 말로 하는 대답은 너무 느려서 못마땅하다는 듯이 사람의 마음속에 있는 것을 읽어내려고 하듯이 말이오. 그런데 내가 말을 더 계속하기 전에 당신의 〈그래서요?〉란 어떤 의미인지 가르쳐 줘요. 그것은 노상 당신이 쓰는 짧은 술어이고, 그것이 내게 끊임없이 얘기를 지껄이게 한단 말이야. 왜 그런지는 도무지 모르겠소.」

「그 다음엔 어떻게 됐나요 하는 뜻이죠. 그리고 어떻게 하셨어요, 그런 사건의 결과는 어떻게 됐나요 라는 뜻이에요.」

「그렇군. 그래 지금은 무엇을 알고 싶소?」

「누구든 마음에 드는 분이라도 발견했는지 어떤지, 또 어떤 여자에게 구혼을 했는지 아닌지요. 또 그 분은 어떤 대답을 했는지요.」

「나는 내가 그런 사람을 찾아냈는지, 그리고 구혼을 했는지는 말할 수 있지만 그 사람의 대답은 이제부터 운명의 수첩에 기록될 거요. 나는 십 년이란 기나긴 세월을 이 나라의 수도에서 저 나라의 수도로 떠돌아다니며 살았소. 어떤 때는 성 페테르스부르크에서, 그리고 흔히는 파리에서 보냈소. 때로는 로마, 나폴리, 플로렌스에서 풍족한 돈과 명문(名門)이라는 여권(旅券)을 가지고 있었기 때문에 어디든지 마음에 드는 사교계에 출입했고, 어떤 사교계나 나를 거부하진 않았소. 나는 영국의 귀부인들 사이에서, 프랑스의 백작 부인들, 이탈리아의 부인들, 독일의 백작 부인들 사이에서 내 이상의 아내를 찾아 봤소. 그러나 나는 찾아내지 못했소. 이따금 순간적으로 내 꿈의 실현을 알리는 듯한 시선을 보고, 목소리를 듣고, 모습을 보았다고 느꼈지만 곧 꿈에서 깨났소. 당신은 내가 여자의 정신이나 용모가 온전한 걸 바랐다고 생각해선 안 돼요. 나는 다만 자기에게 적합한 사람을 원했던 거요——저 서인도 태생의 여자와는 정반대의——그리고 나는 헛되이 갈망했었소. 설사 내가 속박이 없다 해도 그 부인들 가운데서 내가 구혼할 만한 사람은 하나도 발견하지 못했소——어울리지 않는 결혼의 모험이 무섭고 지긋지긋하다는 걸 알고 있으니까. 실망은 나를 무모하게 만들었소. 나는 도락을 하였소——결코 음탕은 아니었소. 난 음탕한 건 질색이고 지금도 싫어하오. 그것이 내 서인도의 멧사리나(로마 황제의 황후로 음탕한 여자의 별명)의 특성이오. 음탕과 아내를 진정으로 미워하는 심정은 쾌락에 도취돼 있을 때도 나를 몹시 억제시켜 주었소. 어떤 향락도 음탕에 가까운 것은 나를 그 여자에게나 또 그 여자의 악습에 접근시키는 것 같아서 그것을 피해 왔소.

그러나 나는 혼자서는 살 수가 없었소. 그래서 정부를 생활의 반려로 삼아 보았던 거요. 처음에 택한 것이 셀린느 바렌——남자로서 그걸 회상한다는 것은 자기 자신까지 차버리고 싶어지는 짓이었지. 그 여자가 어떤 여자였는지, 그 여자와 나와의 관계가 어떻게 끝장을 보았는지는 당신도 이미 알고 있는 바요. 셀린느의 후계자가 두 사람 있었소. 이탈리아 여자인 쟈친타와 독일 태생의 클라라. 두 사람이 다 보기드문 미인이었지만, 몇 주일 지나는 동안 그 여자들의 아름다움도 내게는 덧없는 것이 되고 말았소. 쟈친타는 파렴치하고 난폭했소. 나는 석 달도 못 가서 그네에게 싫증이 나버렸소. 클라라는 정직하고 얌전했지만 우둔하고 어리석고 무슨 일에도 반응이 없는 여자였소. 내 취미엔 조금도 맞지 않았단 말이오. 나는 그네에게 좋은 직업을 갖도록 충분한 돈을 주고서 한시름 놓았소. 그런 식으로 그 여자와는 적절하게 손을 끊었소. 그러나 제인, 당신의 표정으로 보아 당신은 지금 내게 대해서 별로 좋게 생각하고 있지 않구료. 나를 무정하고 소행이 나쁜 방탕아로 생각하지, 그렇지요?」

「정말이지, 전에 선생님을 좋아하였던 것만큼은 좋아하지 않아요. 한 정부에서 다른 정부로 그런 식으로 생활하면서도 자신은 조금도 나쁘다고 생각하지 않으셨나요? 선생님께선 아무렇지도 않다는 듯이 말씀하시지만.」

「내겐 당연한 일이었소. 나는 그런 생활을 좋아하진 않았소. 비굴한 생존 방법이었소. 다시는 그런 생활로 돌아가고 싶진 않소. 정부를 산다는 것은 노예를 사는 다음가는 악습이오. 이 두 가지는 천성이 열등하고 대개 지위가 낮은 탓이오. 열등한 것과 친근하게 산다는 것은 이쪽이 타락해 간다는 거요. 나는 지금 셀린느, 쟈친타, 클라라 등과 함께 살았던 그때의 회상을 증오하오.」

나는 그의 이와 같은 말이 지니는 진실성을 느꼈다. 그리고 나는 그의 말에서 하나의 결론을 끄집어냈다. 즉 만일 내가 여태껏 받아 온 여러 가지 교훈을 잊어버리고——어떤 구실로 어떤 정당화로 혹은 어떤 유혹으로 그 가엾은 정부들의 후계자가 될 정도로 자기 자신을 까마득하게 잊어버린다면 그가 지금 속으로 그 여자들의 회상으로 더럽혀진 것과 똑같은 감정을 가지고 언젠가는 나를 대하리라고. 그러나 나는 이 신념을 입 밖에 내서 말하지는 않았다. 이렇게 느끼는 것만으로도 충분했다. 이것이 내가 시련을 만났을 때 내게 도움이 되어 줍시사 하고 마음속에 새겨 놓았다.

「근데, 제인. 왜 〈그래서요〉라고 말하지 않소? 얘기는 아직 끝나지 않았는데, 당신은 심각한 표정이군. 아직도 나를 나쁘게 생각하고 있는 모양이야. 하여간 요점을 다 말하게 해줘요. 지난 정월, 나는 모든 정부와 손을 끊고——헛되고 배회하는 외로운 생활의 결과 절망에 좀먹히고 이 세상의 인간, 특히 여자라는 족속에 대해 악의를 품은 채——나는 총명하고 진실하고 사랑스런 여성이란 꿈에 불과하다는 생각을 갖기 시작했으니까——거칠고 쓰라린 마음으로 용무를 보러 영국으로 돌아왔소.

몹시 추운 어느 겨울 날 오후, 쏜필드 저택이 보이는 곳까지 나는 말을 달려왔소. 그 몸서리나는 고장으로! 나는 거기에서 어떤 평화와 즐거움을 기대하지 않았소. 나는 헤이 오솔길의 울타리 층층대에 꼼짝도 않고 혼자 앉아 있는 조그만 모습을 보았소. 그 건너편의 가지를 자른 버드나무 앞을 지날 때와 같이 나는 무심코 그 앞을 지나쳤소. 그것이 장차 내게 있어서 어떤 일이 일어날는지 전혀 예감이 없었소. 내 일생의 심판인이——선인인지 악인인지도 모르지만 내 수호신이 소박한 모습으로 거기서 기다리고 있을 줄은 꿈에도 생각지 못했소. 메수루어의 사고가 났을 때, 그 사람이 걸어와서 정중하게 내게 도움을 주겠다고 말했을 때에도 나는 그런 것은 생각도 못했었소. 어린애 같고 가냘픈 사람이었어! 마치 홍방울새가 내 발 밑에 깡충깡충 날아와서 작은 날개에다가 나를 태워 주겠다고 하는 것과 같았지. 나는 무뚝뚝했지만 그 사람은 가려 하지 않았어. 이상한 인내심을 가지고 내 곁에 서 있었소. 표정과 말투에 일종의 위엄이 있었소. 나는 도움을 받지 않으면 안 되게 되었소. 더구나 그 사람의 손에. 그래서 나는 도움을 받았소.

　한 번 그 가냘픈 어깨를 짚었을 때 뭣인가 새로운——상쾌한 생기와 감각이 내 체내에 스며들어 왔소. 이 꼬마 요정은 내 집으로 돌아가야만 한다는 것을——이 사람은 언덕 밑에 있는 내 집 사람이라는 것을——알게 된 것은 참으로 다행한 일이었소. 그렇지 않다면 그것이 내 발 밑을 살짝 빠져나가 어두컴컴한 울타리 뒤로 사라져 버리는 것을, 나는 이상한 아쉬움 없이는 바라볼 수 없었을 거야. 그날 밤 나는 당신이 돌아오는 소리를 듣고 있었다오. 하지만 당신은, 내가 당신을 생각하고 있었다는 것과 당신을 지켜보고 있었다는 걸 알아채지 못했을 거요. 그 다음날 당신이 이층의 복도에서 아델과 놀고 있는 동안 나는 반 시간이나 당신을 주의 깊게 보고 있었지요——나 자신의 모습은 보이지 않게 하고 말이오. 눈오는 날이었소. 지금 생각이 나지만, 그래 당신은 밖에 나갈 수가 없었지. 나는 내 방안에 있었소. 문이 좀 열려 있었소. 그래서 나는 볼 수도 들을 수도 있었던 거요. 아델이 잠시 당신의 주의를 끈 것같이 보였으나 당신의 마음은 딴 데 있다고 나는 생각했소. 그러나 당신은 그애에게 퍽 참을성이 있었소. 나의 귀여운 제인. 그애에게 얘기를 해주고 오랫 동안 그애를 즐겁게 해주었지. 마침내 아델이 당신 곁을 떠나가 버리자 당신은 뭣인가 깊은 생각에 잠겼소. 당신은 복도를 천천히 걷기 시작했지. 창가를 거닐면서 당신은 때때로 수북히 내려 쌓이는 눈을 바라보고 있었소. 당신은 흐느끼는 바람 소리에 귀를 기울이고 있다가 또 천천히 걸어가면서 몽상에 잠기는 것 같았소. 그때의 당신의 대낮의 환상은 암담한 것은 아니었던 것 같소. 때때로 당신의 눈엔 기뻐하는 광채가 있었소. 얼굴엔 부드러운 홍분의 기색이 엿보이고 그것은 쓰라리고 까다롭고 우울한 상념을 나타내지는 않았소. 오히려 그 표정은 청춘의 혼이 이상의 천국으로 높이높이 날아가는 〈희망〉의 뒤를 기꺼이 훨훨 날개를 펴고 쫓아갈 때의 달콤한 생각을 말해 주는 것이었소. 복도에서 페어팩스 부인이 하인에게 뭐라고 말하고 있는 소리가 당신을 깨어나게 했었지. 그때 얼마나 당신은 미묘하게 혼자 웃음을 띠었던지, 제인! 그 미소는 의미 심장한 것이었지. 그것은 짓궂고 자기 자신의 방심 상태를 경멸하고 있는 것 같았소. 이렇게 말하는 듯했소——〈나의 아름다운 환상은 다 좋지만, 그것은 절대로 비현실적이라는 것을 잊어서는 안 돼. 내 머릿속에는 장미빛 하늘과 꽃이 만발한 푸른 에덴 동산이 있지만, 바깥에는 거쳐야 할 험준한 길이 발 밑에 가로놓여 있고, 내 주위에는 암흑의 폭동이 몰려오고 있다는 걸 나는 잘 알고 있어〉라고. 당신은 아래층으로 내려가 페어팩스 부인에게 무슨 일거리라도 없느냐고 물었소. 일주일 간의 출납부의 계산인가 뭔가 그런 일이 있었던 것 같소. 당신이 안 보이게 되어 나는 안절부절 못했소.

나는 밤이 되기를 초조하게 기다렸소. 밤에는 당신을 부를 수 있으니까. 당신의 성격은 내게 있어선 이상한——전혀 새로운 것으로 생각되었소. 당신의 성격을 더 깊이 파고들어가 좀더 잘 알고 싶다고 생각했소. 당신은 수줍고, 자존심이 강한 얼굴 표정과 태도로 내 방에 들어왔지. 당신은 조촐한 옷을 입고 있었지——지금 입은 것과 같은 걸 말이오. 나는 당신에게 말을 시켜 보고, 당신한테서 여러 가지 상반된 점을 곧 발견했소. 당신의 옷차림이나 태도는 규칙에 얽매여 있었고, 태도는 가끔 수줍고 거의 자연적으로 세련되었으나 전혀 사회에 익숙치 않고, 어떤 잘못이나 실수를 저질러서 불리하게도 남의 눈에 띄지나 않을까 하고 퍽 두려워하고 있었소. 그러나 말을 걸면 상대방에게 날카롭고 대담하고 반짝이는 눈을 쳐들었소. 당신이 던지는 눈초리엔 통찰력과 힘이 있었소. 이것저것 마구 캐묻게 되면 즉석에서 솔직이 대답을 했지. 곧 당신은 내게 익숙해진 듯했소. 험상스럽고 까다로운 당신의 주인과의 사이에 공감하는 것이 있다고 당신은 느꼈을 거요, 제인. 그럴 것이 일종의 즐거운 안심이 얼마나 빨리 당신의 태도를 침착하게 했던가는 보기에도 놀랄 만한 일이었으니까. 내가 호통을 치려 해도, 놀람이나 두려움이나 당황이나 불쾌한 기색은 보이지 않았소. 당신은 물샐 틈 없는 눈으로 나를 지켜보거나 가끔 천진하면서도 말할 수 없이 기민한 애교로 내게 미소를 던졌지. 나는 그것을 보면 금새 만족했고 자극을 받았소. 그 표정이 마음에 들어 좀더 보고 싶었소. 그러면서도 오래도록 나는 당신에게 서먹서먹하게 대하고 별로 만나지도 않았소. 나는 지적(知的) 미식가였소. 신기하고 신랄한 지기(知己)를 만드는 만족감을 오래 끌고 싶었소. 그리고 만일 이 꽃을 제멋대로 다룬다면 활짝 핀 꽃은 시들어 버릴 거고——신선한 맛의 달콤한 매력은 꽃에서 사라져 버릴 거라는 불안에 사로잡혀 한동안 나는 괴로와 했었소. 그때 나는 그것이 덧없는 일시적인 꽃이 아니라, 오히려 불멸의 보석을 새겨 놓은 빛나는 꽃 같은 것이라는 걸 미처 몰랐소. 더구나 내가 당신을 피하면 당신은 나를 찾을는지——당신은 찾지 않았지만——알고 싶었소. 당신은 공부방에 책상과 화가(畫架)와 같이 언제까지나 조용히 있었소. 우연히 내가 당신을 만나면, 당신은 존경을 잃지 않을 정도의 가벼운 인사를 할 뿐, 이내 내 옆을 지나쳐 버렸지. 그때의 당신의 습관적인 표정은 생각에 잠겨 있는 모습이었지, 제인. 앓지는 않았으니까 기운이 없다는 애긴 아니지만, 그러나 쾌활하지는 않았소. 그럴 것이 당신은 거의 희망이라는 걸 갖고 있지 않았고 실제의 즐

거움도 없었으니까. 나는 당신이 나를 어떻게 생각하고 있을까 혹은──나에
대해서 생각해 본 적이 있을까 하고 생각해 보았소. 그것을 알기 위해 나는 당신
을 다시 살펴보게 됐소. 당신이 말을 할 땐 당신의 시선 속엔 어떤 즐거움이 있
었고 태도에는 친절미가 있었소. 당신은 사교적인 마음씨를 지니고 있다는 것을
나는 알았소. 당신을 슬프게 한 것은 저 조용한 공부방이었소──당신의 생활
의 지루함이었소. 나는 당신에게 친절을 베푸는 기쁨을 맛보기로 했었소. 친절
은 곧 감정을 자극시켰소. 당신의 표정은 부드러워지고 어조가 유순해졌소. 나
는 당신의 입술이 고마와하는 행복의 악센트로 내 이름을 발음하는 걸 좋아했
소. 나는 그때 당신과 만나는 기회를 언제나 즐거움으로 여기고 있었소. 제인,
당신의 태도엔 묘한 주저하는 빛이 감돌았소. 당신은 약간의 난처한──의심
을 품은 시선으로 나를 보았소. 내 변덕이 어떻게 나오려는 걸까──주인 냄새
를 피우며 엄하게 나올 것인가, 그렇지 않으면 친구로서 부드럽게 대하려는 걸
까, 당신은 알 수가 없었겠지. 나는 주인인 체 변덕을 부리기에는 너무나 당신
을 좋아하고 있었소. 그래서 내가 진심으로 손을 뻗쳤을 때 당신의 젊고 생각에
잠긴 얼굴엔 빛과 기쁨이 넘쳐흘러 나는 그 당장에서 당신을 껴안고 싶은 충동
을 억제하느라고 무척 애를 먹었소.」

　「제발 그때의 일은 더 말씀하지 마세요.」나는 살짝 눈에서 눈물을 닦으며 말
을 가로막았다. 그가 하는 말이 내겐 고통이었다. 나는 내가 해야 할 일
을──그것도 당장 해야 할 일을 알고 있었기 때문이었다. 지나간 날의 이런 추
억이나 그의 마음의 고백은 내가 해야 할 일을 더욱 어렵게 할 뿐이었다.

　「그렇지, 제인.」하고 그는 대답했다. 「우리들의 현재가 이렇게 확실하고 미
래가 그렇게 빛나는데 언제까지나 과거에 구애될 필요가 어디 있겠소?」

　열중해서 하는 이 말을 듣고 나는 소름이 끼쳤다.

　「어떤 사정이었는지 이제는 알겠소?」하고 그는 말을 계속했다. 「청춘과 성
년기를 반은 말할 수 없는 비참한 속에서, 반은 쓸쓸한 고독 속에서 보낸 뒤에
처음으로 나는 정말 내가 사랑할 수 있는 사람을 발견했소. 당신을 발견했단 말
이오. 당신은 나와 성격이 맞는 사람──내 반신(半身), 내 천사요──나는
굳센 애착으로써 당신에게 묶여 있소. 당신은 선량하고 재능이 있는 사랑스러운
사람이라고 생각하오. 열렬하고 엄한 열정이 내 가슴 속에 깃들어 있어서 당신
에게 기울어지고, 당신을 내 생명의 중심과 원천으로 끌어들여서 내 전신으로
당신을 감싸게 하고 순결 속에서 불타올라 강렬한 불꽃이 되어 당신과 나를 하
나로 녹여 버립니다. 내가 당신과 결혼하려고 결심한 것은 이것을 느끼고 알았

기 때문이오. 내게 이미 아내가 있다고 말하는 것은 무의미한 조롱이오. 지금 당신은 내게는 무시무시한 악마가 있을 뿐이라고 알고 있소. 당신을 속이려던 것은 내 잘못이었소. 하지만 난 당신의 성격 속의 고집을 두려워했던 거요. 편견이 미리 자리잡고 있으면 곤란하다고 생각했소. 비밀을 털어놓는 위험을 무릅쓰기 전에 확실히 당신을 내것으로 만들고 싶었소. 이것은 비겁한 방법이었소. 지금 내가 고백하고 있는 것처럼 처음부터 당신의 고결한, 관대한 마음에 호소했어야 했소——내 번뇌에 찬 생활을 솔직하게 털어놓았어야 했소——내가 보다 고상한, 보다 가치 있는 생활에 굶주리고 목마른 것을 설명했어야 했소——당신을 충실하게 열심히 사랑하려고(그 대신 나도 그만한 사랑을 받고 싶소) 한다는 결심 (이 말은 약하오)이 아니고 나의 어쩔 수 없는 의사를 표시했어야만 했소. 그런 다음에 나의 성실한 맹세를 받아 주겠는가, 또 당신도 내게 맹세하겠는가 하고 물었어야 했소. 제인——지금 그걸 내게 물어 주시오.」

말이 중단되었다.

「왜 잠자코 있소, 제인?」

나는 무서운 시련을 겪고 있었다. 뜨거운 무쇠의 손이 내 손목을 꽉 잡고 있었다. 무서운 순간이다. 고투, 암흑, 연소(燃燒)! 지금 내가 사랑받는 것 이상으로 사랑받기를 원할 사람은 아무도 없을 것이다. 그리고 이처럼 나를 사랑하고 있는 그를 나는 절대적으로 존경했다. 그런데도 나는 사랑과 우상을 버려야 했다. 쓸쓸한 말 한마디 속에 나의 견딜 수 없는 의무가 포함되어 있었다——〈떠나라?〉

「제인, 내가 당신에게 무얼 원하고 있는지 알겠소? 단지——〈로체스타님, 나는 당신의 것이에요〉라는 약속이오.」

「로체스타님, 저는 당신의 것이 아니에요.」

다시 오랫 동안 말이 중단되었다.

「제인!」 부드러운 어조로 다시 그는 말을 이었다. 그것은 나를 슬픔으로 주저앉게 했고 불길한 공포로 나를 돌처럼 차디차게 만들었다——그럴 것이 이 조용한 목소리는 사자가 일어나려는 허덕임이었기 때문이다. ——「제인! 당신은 이 세상에서 한쪽 길을 가면서 나더러 다른 길을 가라는 거요?」

「그래요.」

「제인, (하고 내게로 몸을 굽히고 포옹하면서) 이제 곧 실행할 작정이오?」

「네.」

「지금?」 그는 내 이마와 뺨에 가볍게 키스하면서 물었다.

「네」──날쌔게 완전히 그의 포옹에서 몸을 빼면서 말했다.

「오오, 제인, 그건 너무해! 그건──그건 안 될 말이오. 나를 사랑한다고 해도 나쁜 건 없을 거요.」

「주인님 말씀에 순종하는 것은 나쁜 거예요.」

사나운 표정이 그의 눈썹을 치켜올리고──그의 얼굴을 스쳐갔다. 그는 일어났다. 그러나 아직 참고 있었다. 나는 몸을 가누려고 의자 등에 손을 얹었다. 나는 떨리고 무서웠다. ──그러나 나는 다짐했다.

「잠깐만, 제인. 당신이 가버린 후의 나의 무서운 생활을 한번 생각해 보구료. 내 행복은 당신과 더불어 산산 조각이 날 거요. 그러면 뭣이 남겠소? 아내라곤 삼층에 있는 미치광이뿐이오. 나에 관한 건 저편 묘지에 있는 시체에 물어 보는 것이 좋을 거요. 난 어떻게 하면 좋단 말이오, 제인? 어딜 가면 반려를 구할 수 있단 말이오, 희망이 있단 말이오?」

「제가 하라는 대로만 하세요. 하느님과 당신 자신을 믿으세요. 하늘 나라를 믿으세요. 하늘에서 다시 만나길 희망하세요.」

「그럼 당신은 내 말을 안 들어 주겠다는 거요?」

「네.」

「그럼 당신은 나더러 평생 비참하게 살다가 저주받고 죽으라고 선고하는 거요?」 그의 목소리는 높아졌다.

「저는 선생님께서 죄 없이 사시기를 원해요. 그리고 평온히 숨을 거두시기 바랍니다.」

「그럼 당신은 내게서 사랑과 순결을 빼앗아 가는 거요? 애정 대신에 정욕으로 되돌아가라는 거요? ──일 대신에 타락으로 떠밀어 버리는 거요?」

「로체스타님, 저는 제가 그런 운명을 붙들려고 하지 않는 것과 마찬가지로, 선생님에게도 그런 운명을 떠맡기진 않아요. 선생님이나 저나 괴로와하고 인내하기 위해서 이 세상에 태어났어요──그대로 견디세요. 선생님도 제가 선생님을 잊어버리기 전에 저를 잊어버리시겠지요.」

「그런 말로 당신은 나를 거짓말장이로 만드는구료. 내 명예를 손상시킨단 말이오. 나는 변할 수 없노라고 선언했소. 당신은 내 앞에서 버젓이 내놓고 내 마음이 변할 거라고 말하는 거지. 당신의 판단이 얼마나 비꼬였고 얼마나 괴팍한지는 당신의 행동으로 알 수 있어요! 인간의 법률을 어기느니보다는 같은 인간을 절망으로 몰아넣는 것이 더 좋단 말이오? 법률을 어긴다 해도 아무도 피해를 입을 사람은 없지 않소? 당신이 나와 함께 산다고 해서 노할 걸 두려워할 친척이나 친지도 없지 않소.」

　이것은 사실이었다. 그리고 그가 말하고 있는 동안 내 양심과 이성은 나를 거역하고 내가 그에게 반항하고 있는 것은 범죄라고 비난했다. 양심과 이성은 거의 〈감정〉에 못지않은 큰소리로 말했다. 그리고 미친 듯이 부르짖었다. (이봐, 승낙해라 !) 감정은 말했다. (그의 비참한 모습을 생각해 보라——혼자 남게 되었을 때의 그 분의 위험을 생각하라. 그분의 사나운 성격을 잊어서는 안 돼. 절망에 따르는 무모한 행동을 상상해 보라. ——위로해 줘. 구해 줘. 그를 사랑해라. 그를 사랑하고 그의 것이 되겠다고 해라. 도대체 너를 누가 돌봐 주겠느냐? 그렇잖으면 네가 하는 일로 누가 피해를 입는단 말이냐?)

　그러나 대답은 여전히 굴복하지 않았다——(내가 나 자신을 돌보는 거다. 고독할수록, 벗도 없고 의지할 데가 없을수록 더욱더 자중하리라. 나는 하느님이 주시고 인간이 시인한 법률을 지키리라. 내가 정신이 온전하고 미치지 않았을 때——지금의 나처럼——내가 인정한 원칙대로 살아 나가리라. 법과 도의는 유혹이 없을 땐 필요가 없는 것이다. 지금 같은 때, 육체와 혼이 그 법과 도의의 엄격함에 반역을 일으켰을 경우를 위해서 필요한 거다. 법과 도의는 엄정한 것으로 침범되어서는 안 된다. 만일 나 일개인의 편의상 그것을 위반한다면 그 가치는 어떻게 되나? 법과 도의에는 가치가 있는 것이다——이렇게 나는 늘 믿어 왔어. 그리고 만일 내가 이것을 믿을 수 없다면 그것은 내가 제정신이 아니기 때문이야. ——전혀 제정신이 아니지. 피는 불같이 뜨겁게 흐르고 심장은 고동을 헤아릴 수 없을 만큼 빨리 뛰고 있으니까. 전부터 품고 있던 생각과 결심만이 이 경우에 내가 지켜야 할 것이고 나는 거기에 꽉 발을 붙여야 해.)

　나는 그대로 했다. 로체스타 씨는 내 안색을 살피면서 내가 그렇게 한 것을 알았다. 그의 격분은 절정에 달했다. 뒤엔 어떻게 되든지 이 순간만은 그 격분을 풀지 않고는 못 배겼다. 그는 마룻바닥을 가로질러 걸어와 내 팔을 잡고 내 허리를 끌어안았다. 이글이글 타는 눈빛은 나를 단숨에 삼켜 버릴 것만 같았다. 그 순간 나는 육체적으로 용광로의 열풍과 열화에 노출된 보릿대처럼 축 늘어지는 것 같았다. 정신적으로 아직 넋은 잃지 않아서 나는 이 넋으로 결국은 무사하리라는 자신을 갖고 있었다. 다행히도 영혼은 대변자를 갖고 있었다. ——흔히 의식치 못하지만 눈 속에 진실한 대변자를 갖고 있다. 내 눈은 그의 눈을 쳐다보았다. 그리고 그 무서운 얼굴을 보고 있는 동안에 나도 모르게 한숨이 나왔다. 그에게 붙들려 있는 것은 괴로웠다. 무리하게 써버린 내 힘은 거의 지쳐 버렸다.

「일찌기,」하고 그는 이를 갈며 말했다. 「이처럼 연약한 몸이면서도 이처럼 굳센 사람은 없었지. 내 손아귀 속에선 갈대 정도의 반응밖에 없었어! (그는 힘껏 나를 잡아흔들었다) 이 엄지손가락과 인지만으로도 당신의 몸을 꺾을 수 있겠지만 꺾고 찢어발기고 눌러 부순들 그게 무슨 소용이 있을까? 저 눈을 좀 봐. 눈에서 내뿜고 있는 단호하고 거칠고 자유로운 것을 보라——용기 이상의 것을 갖고 격렬한 승리로 내게 도전하고 있소! 내가 어떻게 한다 해도 그 우리 안에 들어 있는 것은 붙들 수 없어. 잔인하고 아름다운 생물이여! 이 가냘픈 몸을 찢어발겨도 내 폭행은 포로를 놓칠 뿐이야. 난 그 집의 정복자는 될 수 있지만 내가 당신의 진흙의 육체의 승리자라고 주장하기 전에 당신의 영혼은 천국으로 도망쳐 버릴 거요. 내가 바라는 것은 당신이오. 당신의 영혼이오——의지와 정신을 가진, 부덕(婦德)과 순결을 몸에 지닌——덧없는 육체만이 아니고. 당신이 원한다면 자진해서 내 곁으로 조용히 날아와서 내 가슴에 깃들일 수도 있소. 만일 무리하게 붙잡으면 향기처럼 내 손아귀에서 사라져 버릴 거요——내가 당신의 향기로운 냄새를 맡기도 전에 사라져 버릴 거요. 오오! 오시오, 제인. 오시오!」

이렇게 말하면서 움켜쥐고 있던 나를 놓아 주고 다만 나를 보고만 있었다. 그 표정은 난폭한 포옹보다도 훨씬 더 항거하기 힘든 것이었다. 그렇다고 해서 이런 때에 굽히는 것은 백치나 할 짓이다. 나는 그의 격분을 무릅쓰고 그것을 좌절시켰다. 지금 나는 그의 슬픔에서 벗어나야 한다. 나는 문쪽으로 갔다.

「가오, 제인?」

「네, 가요.」

「나를 두고?」

「네.」

「오지 않으려오? 나를 위로하고 구해 주는 사람이 되지 않으려오? 나의 깊은 사랑도 거친 슬픔도 미칠 듯한 탄식도 초조한 기원도 모두 당신에겐 아무것도 아니란 말이오?」

얼마나 말할 수 없는 비애가 그 목소리에 서려 있었던가! 「전 가야겠어요.」하고 잘라서 되풀이하는 그것은 얼마나 어려웠던가.

「제인!」

「로체스타님!」

「그럼 물러가요——가도 좋아. 그러나 기억하시오, 당신은 나를 슬픔 속에 내버려둔 채 떠나간다는 것을. 당신 방으로 가서 내가 한 말을 모두 처음부터 생각해 보아요, 제인. 그리고 내 괴로움을 좀 헤아려 주시오——나를 생각해 주시오.」

그는 돌아섰다. 몸을 던져 소파에 얼굴을 파묻었다. 「오오, 제인! 나의 희망——나의 사랑——나의 생명!」그의 입술에선 고민의 목소리가 새어나왔다. 그리고는 깊고 벅찬 흐느낌이 흘러나왔다.

이미 나는 문턱까지 와 있었다. 그러나 독자여, 나는 되돌아갔다——물러갔을 때와 같이 단호히 되돌아갔다. 나는 그의 곁에 무릎을 꿇고 앉아 쿠션에서 그의 얼굴을 내게로 돌리게 하고, 뺨에 입을 맞추고 그의 머리칼을 쓰다듬었다. 「하느님의 축복을 빕니다, 나의 귀중한 주인님!」하고 나는 말했다. 「하느님께서 주인님을 위험과 죄악에서 보호하시옵기를——주인님을 인도하시고 위로해 주시기를——제게 베푸신 친절에 하느님께서 잘 보답해 주시옵기를!」

「귀여운 제인의 사랑만이 내겐 최선의 보답이 될 거요.」하고 그는 대답했다. 「당신의 사랑 없이는 내 가슴은 터지고 말 거요, 그러나 제인은 당신의 사랑을 주겠지——그렇고말고, 고귀하고 너그럽게.」

그의 얼굴은 핏기가 돌았다. 눈에선 불 같은 빛이 튀어나왔다. 그는 벌떡 일어섰다. 두 팔을 벌렸다. 그러나 나는 그의 포옹을 피하고 곧 방을 나왔다.

「안녕히 계세요!」그와 헤어졌을 때의 내 마음으로부터의 절규였다. 절망이 「안녕히 계세요, 영원히!」하고 덧붙였다.

그날 밤 나는 잠잘 생각은 없었는데도 침대에 눕자마자 곧 잠이 들어 버렸다. 생각은 어린 시절의 장면으로 옮겨져 갔다. 나는 게이츠헤드의 붉은 방에 누워 있는 꿈을 꾸었다. 캄캄한 밤에 내 마음은 이상한 공포에 억눌려 있었다. 옛날 나를 졸도케 한 빛이 꿈 속에 다시 나타나, 벽을 타고 슬슬 기어올라가 희미한 천정의 한가운데서 멎으려고 흔들리고 있는 것 같았다. 나는 머리를 들어 그걸 쳐다보았다. 지붕은 높고 어두운 구름이 되어 있었다. 그 빛은 달이 바야흐로 떠나려는 구름에 던지는 빛이었다.

나는 달이 나타나기를 지켜보고 있었다——달의 표면에 무슨 운명의 표시라도 적혀 있는 듯이 참으로 이상한 기대를 품으면서. 달은 일찌기 볼 수 없었던 모습으로 구름을 뚫고 나왔다. 어떤 손이 검은 구름의 층계를 뚫고 나오더니 구름을 헤쳐 버렸다. 그런데 달이 아니라 하얀 사람의 모습이 영광스러운 이마를 땅 위로 돌리면서 창공에 빛났다. 그것은 내 마음을 향해 말을 걸었다. 한없이 멀리서 들리면서도 아주 가까이 내 마음에 속삭이는 것이었다.

「딸아, 유혹에서 피하라!」

「어머님, 그렇게 하겠어요.」

환상 같은 꿈에서 깨어나서 나는 그렇게 대답했다. 아직 밤이었지만 칠월의 밤은 짧았다. 한밤이 지나자 곧 새벽이 온다. (해치워야 할 일을 시작하는 데 너무 이르다는 법은 없다.)고 생각하고 나는 자리에서 일어났다. 옷은 입은 채였다. 신발 외엔 어젯밤에 아무것도 벗지 않았기 때문이다. 속옷, 로켓, 반지 등이 서랍 어디에 있는지는 알고 있었다. 그런 것들을 챙기다가 며칠 전에 로체스타 씨가 억지로 내게 떠맡겨 준 진주 목걸이에 손이 닿았다. 나는 그것을 그대로 두었다. 내 물건이 아니니까. 그것은 사라져 버린 환상 속의 신부의 것이었다. 다른 것들은 한 꾸러미로 챙기고 이십 실링(내가 가지고 있는 전부)이 들어 있는 지갑을 주머니에 넣었다. 밀짚 모자를 쓰고 숄을 핀으로 꽂고 짐꾸러미와 아직 신어서는 안 될 슬리퍼를 들고 살그머니 내 방을 빠져나왔다.

「안녕, 친절한 페어팩스 부인 !」나는 그네의 방문을 재빨리 지나면서 속삭였다. 「잘 있어, 사랑스런 아델 !」어린이 방 쪽을 힐끗 바라보며 말했다. 그네를 껴안으려고 거기 들어간다는 건 생각할 수도 없는 일이었다. 나는 예민한 귀를 속이지 않으면 안 되었다. 아마 그는 지금 귀를 기울이고 있을지도 모른다.

나는 로체스타 씨의 침실 앞을 걸음을 세우지 않고 지나쳐 버릴 작정이었다. 그러나 내 심장은 그 방 어귀에서 순간적으로 고동을 멈췄기 때문에 다리도 멈추지 않으면 안 되었다. 안에선 잠자는 기색은 없었다. 방 임자는 쉬임 없이 벽에서 벽으로 왔다갔다하고 있었다. 내가 귀를 기울이고 있는 동안 그는 몇 번이나 한숨을 쉬고 있었다. 내가 원하기만 한다면 이 방안에 천국이 ── 일시적이긴 하지만 ── 나를 위해 이룩되게 마련이다. 즉 나는 들어가서 이렇게 말하기만 하면 되는 것이다.

「로체스타님, 나는 당신을 사랑해요. 생명이 다하는 날까지 함께 살겠어요.」하고. 그러면 환희의 샘물이 내 입술에 솟구칠 것이다. 나는 이렇게 생각해 보았다.

잠을 이룰 수 없는 저 친절한 주인은 날이 새기를 안타깝도록 고대하고 있다. 아침이 되면 사람을 보내올 것이다. 나는 가버리고 없을 것이다. 찾아 보겠지만 허탕을 칠 것이다. 자신은 버림받았다고 생각할 것이다. 그의 사랑은 거부당했다고 번민하겠지. 결국 자포 자기를 하게 되겠지. 나는 이렇게도 생각해 보았다. 내 손은 손잡이 쪽으로 움직였다. 그러나 손을 도로 떼고 소리도 없이 걸어갔다.

쓸쓸하게 나는 아래층까지 내려왔다. 내가 해야 할 일을 알고 있었기 때문에 기계적으로 했다. 나는 부엌 옆문의 열쇠를 찾았다. 기름병과 깃털도 찾았다. 열쇠와 자물쇠에 기름칠을 했다. 물을 마시고 빵을 좀 먹었다. 필경 먼 길을 걸어야만 될 것이고 요새 몹시 지친 기력을 더 잃게 해선 안 되기 때문이었다. 나는 이 모든 것을 소리 하나 내지 않고 해치웠다. 문을 열고 밖으로 나가서 가만히 문을 닫았다. 뒤뜰은 동이 터 오느라 어슴푸레했다. 정문은 닫혀 자물쇠가 채워졌지만 쪽문 중의 하나에는 빗장만 끼워 있었다. 그 쪽문으로 밖에 나와서 그것을 닫았다. 나는 쏜필드 밖에 나와 있었다.

들판 저쪽 일 마일쯤 저편에 밀코트와는 반대 방향으로 뻐쳐 있는 길이 있었다. 한 번도 지나가 본 적은 없었지만 가끔 바라보고 어디로 통하는 길일까 하고 생각했던 적은 있었다. 나는 그 길로 발걸음을 옮겼다. 이젠 어떤 회상도 용납되지 않았다. 조금도 뒤돌아봐서는 안 되고 앞을 봐서도 안 된다. 과거나 미래를 조금도 생각지 말아야 된다. 과거는 참으로 천국처럼 즐겁고——말할 수 없이 슬픈 한 페이지——그중에서 한 줄이라도 읽게 되면 내 용기는 흩어지고 힘은 빠져 버릴 것이다. 미래는 두려운 공백이다. 큰 홍수가 휩쓴 뒤의 세계와도 같이.

해가 떠오르고 나서 나는 들판과 생울타리와 오솔길을 따라 걷고 있었다. 아름다운 여름날 아침이었다고 생각한다. 집을 나올 때 신은 신발이 곧 이슬에 젖은 것을 기억한다. 그러나 나는 그때 해가 뜨는 것도 미소를 짓는 하늘도 잠에서 깨어나는 자연에도 아랑곳하지 않았다. 단두대로 가기 위해 아름다운 경치 속을 끌려가는 사람은 길가에서 웃는 꽃 같은 건 안중에도 없고 단두대와 도끼날만을 생각한다. 뼈와 혈관이 떨어져나가는 것과 같은, 드디어는 입을 벌리고 있는 무덤에 관한 것만을 생각한다. 그리고 나는 쓸쓸한 도주와 집 없는 방랑——그리고 아아! 뒤에 남은 사람을 고민 속에서 생각했다. 나는 생각하지 않을 수 없었다. 나는 지금 방에서 해돋이를 지켜볼 그를, 내가 그와 함께 살며 그의 것이 되겠다고 빨리 알리러 오기를 바라고 있을 그를 생각한다. 나는 그의 아내가 되고 싶었다. 돌아가고 싶은 마음이 간절했다. 이제라도 되돌아가면 늦진 않다. 지금이라도 그에게 쓰라린 상실의 고통을 주지 않을 수도 있다. 나의 도피는 틀림없이 아직 발견되지 않았을 것이다. 나는 되돌아가서 그의 위안자가——그의 자랑이, 그의 불행을 구하는 사람이, 아마도 그가 파멸하는 것을 구해내는 사람이 될 수 있다. 아아, 그가 자포 자기(나의 자포 자기보다 훨씬 더 두려운)에 빠지리라는 두려움이 얼마나 내 마음을 찔렀던가! 그것은 가시 돋친 화살촉이었다. 뽑아 버리려고 하면 내 가슴을 찢어 헤쳐 추억이 더욱더 깊이 그 상처

속에 파고들어가 견딜 수 없을 만큼 괴로왔다. 새들은 풀섶과 덤불숲 속에서 노래하기 시작했다. 새들은 각기 그 배우자에게 충실했다. 새들은 사랑의 상징이었다. 나는 무엇인가? 마음의 고통과 도의를 지키려는 미친 듯한 노력 속에서도 나는 자신을 증오했다. 자화 자찬은 위안이 되지 못했다. 자존심조차도 아무 위로가 되지 못했다. 나는 주인을 해치고 상처를 입히고는 버리고 온 것이다. 나 자신의 눈에도 얄밉게 보였다. 그래도 나는 한 걸음도 되돌아설 수는 없었다. 주님께선 틀림없이 앞길을 인도해 주실 것이다. 내 자신의 의지나 양심에 대해 말한다면 격렬한 슬픔때문에 의지는 짓밟혀 버렸고 양심은 숨통이 막혀 있었다. 외로운 길을 걸으며 나는 미친 듯이 울고 있었다. 정신 나간 사람처럼 자꾸만 빨리 걸어갔다. 몸 속에서 일어나기 시작한 쇠약이 사지에 퍼져서 나는 쓰러지고 말았다. 아침 이슬로 젖은 잔디 위에 얼굴을 맞댄 채 나는 잠시 땅 위에 넘어져 있었다. 나는 여기서 죽는다는 공포, 아니 희망을 품었다. 그러나 곧 나는 손과 무릎을 짚고 앞으로 기면서 일어났다. 그리고는 다시 일어섰다——아까 저 길에 가 닿으려고 했을 때처럼 열의와 결심을 가지고.

  그 길에 다다랐을 때 나는 쉬려고 생울타리 밑에 주저앉아야만 했다. 앉아 있는 동안에 나는 수레바퀴 소리를 들었다. 한 대의 마차가 다가오는 것을 보았다. 나는 일어나 손을 들었다. 마차는 멎었다. 어디까지 가느냐고 하자 마부는 먼 고장의 이름을 댔다. 그곳은 틀림없이 로체스타 씨와는 아무 관계도 없는 고장이었다. 거기까지 얼마에 태워다 주겠느냐니까 삼십 실링이라고 했다. 내가 이십 실링밖엔 없다고 하자 마부는 그럼 그러자고 했다. 그리고 마차는 비어 있으니까 안으로(마차 위에도 타는 좌석이 있고 마차 안보다도 임금이 싸다) 들어가도 좋다고 했다.

  내가 들어가자 문이 닫혀지고 마차는 목적지를 향해 줄곧 달렸다.

  친절한 독자여, 내가 그때 느꼈던 감정을 당신들은 제발 느끼는 일이 없으시기를! 당신의 눈은 내 두 눈에서 흘러내린 폭풍과도 같은, 끓어오르는 가슴 속에서 쥐어짜낸 눈물을 결코 흘리지 마시기를! 그때 내 입술에서 나온 그처럼 희망없는, 그처럼 괴로운 기도를 하늘에 호소하는 일이 결코 없으시기를! 그리고 여러분에겐 절대로 나처럼 진심으로 사랑하는 사람에게 재앙의 씨가 되는 것을 두려워하는 그런 일이 없으시기를.

28

이틀이 지났다. 어느 여름날 저녁이다. 마부는 나를 위트크로스라는 곳에서 내려 주었다. 내가 지불한 금액으로는 그는 이 이상은 멀리 실어다 줄 수가 없었던 것이다. 나는 도대체가 그 돈 말고는 일/실링도 가진 게 없었다. 마차는 벌써 일 마일이나 멀리 가버려, 나는 외토리로 남아 있다. 이 순간에야 나는 안전하게 간직하느라고, 마차의 구석진 곳에다 두었던 내 보따리 생각이 났다. 그 보따리는 거기 그대로 남아 있다. 틀림없이 있을 것이다. 마침내 나는 정말 빈털터리 가난뱅이가 되었다.

위트크로스는 소도시도 촌락도 아니었다. 다만 네 개의 길이 마주치는 곳에 돌기둥이 서 있을 뿐이다. 아마 멀리서나 어둠 속에서도 잘 보이라고 하얗게 칠해져 있으리라. 기둥 꼭대기에 네 개의 팔이 뻗쳐 있는데 새겨진 글에 의하면 여기서 제일 가까운 소도시가 십 마일이고, 가장 먼 곳은 이십 마일 이상이나 되었다. 이런 많은 소도시 가운데서도 가장 많이 들어 귀에 익은 소도시의 이름으로 미루어 지금 내가 내린 곳이 무슨 주(州)인가를 알았다. 어두컴컴한 황무지와 산의 기복이 많은 북쪽 내륙 어느 주였다. 나는 산맥을 보았다. 뒤에도 좌우에도 넓은 황야다. 발 밑에 보이는 깊은 골짜기의 저 멀리엔 물결치는 산들이 첩첩이 싸여 있다. 여기는 주민이 얼마 안 될 것이다. 길엔 다다니는 사람 하나 눈에 띄지 않았다. 길은 동서 남북으로 하얗고 넓게 쓸쓸히 뻗쳐 있다. 어느 길이나 황야 속을 지나고 있으며 길의 양쪽 언저리까지 히드는 제멋대로 무성해 있다. 그러나 혹시 나그네가 지나갈지도 모른다. 지금은 아무도 나를 보지 않았으면 한다. 낯선 사람들은 분명히 정처 없이 어쩔 줄 몰라하며 이 도표(道標) 앞에서 길을 잃고 우물쭈물하고 있는 내 거동을 본다면 의심쩍게 생각할 것이다. 나는 질문을 받을지도 모른다. 나는 남이 믿을 수 없는, 의심을 자아낼 만한 대답밖엔 할 수 없을 것이다. 지금 나를 인간 사회에 붙들어매는 줄은 하나도 없다——나를 인간이 사는 곳으로 끌 만한 매력이나 희망은 없다——나를 보고도, 나에게 친절한 마음이나 호의를 가져줄 사람은 아무도 없을 것이다. 내게는 〈자연〉이라는 너르고 광대한 어머니 이외엔 아무 친척도 없다. 나는 그네의 가슴을 찾아서 안식을 구하리라.

나는 히드 속으로 곧장 걸어들어갔다. 갈색 황야의 비탈에 깊이 고랑이 파진 웅덩이를 향해서 걸음을 재촉했다. 무성하게 자란 풀숲을 무릎까지 빠지며 건너갔다. 길모퉁이를 돌아서자 그 구석진 곳에서 이끼가 거무스름해진 화강암의 큰 바위를 찾아 그 밑에 앉았다. 내 주위엔 들판의 높다란 둑이 있었다. 바위는 내 머리를 가려 주고 그 위에 하늘이 있었다.

이런 데서도 마음을 가라앉히기까지에는 시간이 좀 걸렸다. 들소가 근처에 있지나 않을까, 사냥꾼과 밀렵자가 나를 찾아내지나 않을까 하는 막연한 불안을 느꼈다. 황무지를 휩쓰는 돌풍이 불면 황소가 달려들지나 않을까 하고 돌아보았다. 물떼새가 울면 사람인 줄 착각했다. 그러나 이 불안도 기우라는 걸 알고 날이 어두워짐에 따라 사방을 지배하는 깊은 적막에 나는 마음이 놓였다. 나는 이때까지는 생각에 잠기지 않았다. 다만 귀를 기울이고 눈을 크게 뜨고 두려워하고만 있었다. 이제야 나는 이것저것 생각할 기력을 회복했다.

나는 어떻게 해야 하나? 어디로 가야 하나? 아아, 참을 수 없는 질문이 아닌가, 무엇을 할 수도 갈 곳도 없는데! ——인가까지 가려면 이 지쳐 버린 떨리는 다리로 아직도 오래 걸어가야 할 텐데—— 하룻밤의 숙박을 얻는 데도 차디찬 정에 매달려야 하지 않는가—— 내 사정 이야기를 들어 주고 내 소원의 하나라도 성취되려면 마지못해 베푸는 동정을 애걸복걸해야 하고 그것도 대개는 영락없이 거절당하고야 말 것이 뻔하지!

나는 히드를 만져 보았다. 말라 있었고 그리고 여름날의 열로 따스했다. 나는 하늘을 쳐다보았다. 맑았다. 다정한 별이 하나, 마침 단층(斷層)을 이루고 있는 산마루 위에 반짝반짝 빛나고 있었다. 이슬이 내렸지만 알맞게 촉촉하다. 속삭이는 바람은 없었다. 자연은 내게 부드럽고 친절한 듯했다. 나는 의지할 곳 없는 신세이긴 했지만 〈자연〉은 나를 사랑해준다고 생각했다. 인간에게서는 불신과 배척과 모욕만을 기대하게 된 나는 자식으로서의 사랑을 가지고 자연에 매달렸다. 오늘 밤만은 적어도 자연의 손님이 되는 거다——내 어머니는 돈 없이도 무보수로 재워 주겠지. 내게는 아직 빵 한 조각이 남아 있었다. 정오에 마차가 거리를 지났을 때 쓰다 남은 잔돈——내 마지막 돈으로 산 빵의 나머지였다. 나는 무르익은 월귤나무 열매가 빛나는 새까만 구슬처럼 히드 사이에서 여기저기에 반짝이고 있는 것을 보고 한 움큼 모아다 빵과 함께 먹었다. 심한 허기를 채우지는 못했지만 이 은둔자의 음식으로 요기는 되었다. 식사가 끝나자 저녁 기도를 올리고 잠자리를 마련했다.

바위 옆엔 히드가 아주 무성했다. 몸을 눕히니 발은 히드 속에 파묻혔다. 히드는 양쪽에 높이 솟아 있어서 좁은 틈으로 밤공기가 스미었다. 나는 숄을 두 겹으로 접어서 이불 대신으로 몸을 덮었다. 나지막하고 이끼 낀 도드라진 데를 베개로 삼았다. 이렇게 잠자리를 마련했으므로 적어도 날이 어두워지기 시작했을 때는 춥진 않았다.

내 휴식은 가슴의 슬픔만 아니었더라면 더할 나위 없이 편안한 것이었는지 몰랐다. 슬픔은 입을 벌리고 있는 상처를, 그 가슴의 출혈을, 단절된 인연의 줄을 한탄했다. 그것은 로체스타 씨와 그의 운명을 생각하여 떨고 애절한 동정으로 그를 슬퍼했다. 끊임없는 동정으로 그를 요구했고 두 날개가 부러진 새처럼 무력하긴 했지만 그래도 그를 찾으려는 부질없는 노력으로 갈기갈기 찢겨진 날개를 떨었다.

이러한 괴로운 생각에 지쳐서 나는 일어나 앉았다. 밤이 왔고 별이 떴다. 평온하고 고요한 밤——두려움을 벗하기엔 너무나도 청명한 밤이다. 누구나 하느님은 어디든지 계시다는 것을 알고 있지만 하느님의 역사(歷事)가 우리들의 눈앞에서 아주 크나큰 규모로 전개되었을 때 우리들은 그것을 확실히 느끼게 된다. 그리고 우리들이 하느님의 무궁하심, 하느님의 전능하심, 하느님의 무소부재하심을 가장 확실히 아는 것은 하느님께서 창조하신 수많은 세계가 제각기 침묵의 행로를 더듬고 있는 저 맑은 밤하늘에서이다. 나는 로체스타 씨를 위하여 기도를 올리려고 일어나 앉았다. 눈물 어린 눈으로 하늘을 쳐다보니 커다란 은하가 깔려 있다. 은하수가 무엇인가——얼마나 무수한 세계가 은하 속에 있어 빛의 부드러운 흔적처럼 공간을 휩쓸고 있는가를——생각했을 때 나는 하느님의 능력을 깨달았다. 하느님이 손수 창조하신 것은 구원해 주시는 힘이 계시다는 것을 나는 굳게 믿었다. 땅도 멸망하는 일이 없고 그 땅이 소중히 여기는 하나의 인간도 멸망하는 일이 없으리라는 것을 차츰 믿게 되었다. 나는 감사의 기도를 올리게 되었다. 생명의 창조주는 또한 영혼의 구세주이기도 하다. 로체스타 씨는 안전했다. 그는 하느님의 아들이다. 그러니까 하느님으로부터 보호를 받을 것이다. 나는 다시 언덕의 품안에 드러누웠다. 이윽고 잠이 들어 슬픔을 잊었다.

그러나 다음 날 창백한 얼굴을 한 헐벗은 궁핍은 찾아왔다. 새들이 그들의 둥지를 떠나고 꿀벌이 아침 이슬이 마르기 전에 히드의 꿀을 거두려고 상쾌한 아침 녘에 찾아온 지도 한참 지나서——긴 아침 그림자가 짧아지고, 태양이 온 누리에 충만했을 때, 나는 일어나 사방을 둘러보았다.

얼마나 고요하고 무덥고 청명한 날씨인가! 이 넓은 황야의 황금의 사막 도처에 햇볕이 충만하다. 이 햇빛 속에서 햇빛을 받으며 살아 간다면 얼마나 좋을까.

나는 도마뱀이 바위 위를 달리는 것을 보았고, 벌이 월귤나무 사이를 분주하게 날으는 것을 보았다. 나는 그때 적당한 음식물을 얻고 영원의 거처만을 찾기 위해서, 차라리 벌이나 도마뱀이 되었더라면 하고 생각했다. 그러나 나는 인간이었다. 따라서 인간이 갖는 여러 가지 욕망을 갖고 있었다. 음식도 거처도 공급해 주지 않는 곳에 언제까지 머물러 있을 순 없다——나는 일어났다. 뒤에 남겨 놓은 잠자리를 돌아보았다. 미래에 대해서는 아무 희망도 없이 나는 다만 이렇게 원했을 따름이다. 어제 내가 잠들어 있는 사이에 하느님이 혼을 돌려보내라고 내게 명령하실 의향을 가지셨더라면, 그리고 이 지쳐 버린 몸, 앞으로의 운명과의 싸움이 죽음으로 인해 해체되고, 조용히 썩어 평안히 이 고원의 흙으로 되어 버렸으면 하고. 그러나 생명은 아직 내것이었다. 그 욕구나 고통이나 책임과 함께. 나는 이 무거운 짐을 짊어져야만 한다. 욕구는 채워져야만 한다. 고통은 견뎌야 하고 책임은 완수해야 한다. 나는 걷기 시작했다.

다시 위트크로스로 되돌아갔다. 나는 햇빛이 비치는 한길을 걸어갔다. 태양은 지금 뜨겁고 높이 솟아 있었다. 그 밖의 길을 나는 선택하려고 하지 않았다. 나는 오랫 동안 걸었디. 그리하어 힘껏 걸어서, 의식적으로 피로에 지쳐 기진맥진해서——이 무리한 행동을 중지하고 가까이 있는 돌 위에 앉아 마음도 손발도 움직이지 않게 된 무감각에 하는 수 없이 자신을 맡겨 버렸을 때, 나는 종소리를 들었다——교회의 종소리를.

나는 그 소리가 나는 곳으로 향했다. 그러자 거기엔 낭만적인 언덕들 사이에, 한 시간 전에는 그 변화와 광경을 마음에 두지도 않았던 촌락과 뾰족탑이 있는 것을 보았다. 오른쪽에 보이는 계곡에는 목초밭과 보리밭과 숲이 있고 반짝이는 한 줄기의 실개천은 온갖 푸른 그늘을 지나 무르익은 곡식밭, 거무스름한 산림, 맑은 햇빛이 비치는 풀밭 사이를 굽이쳐 흐르고 있었다. 내 앞에 있는 길에서 덜거덕거리는 마차바퀴 소리에 정신이 들자 무거운 듯이 짐을 잔뜩 실은 마차가 언덕 위로 허덕이며 올라가는 것과 그다지 멀지 않은 곳에 두 마리의 암소와 그들을 몰고 가는 사람을 보았다. 인간의 생활과 인간의 노동이 가까이 있었다. 나는 다른 사람들처럼 노력하고 열심히 일하지 않으면 안 된다.

오후 두 시쯤, 나는 마을로 들어섰다. 거리의 아래쪽에 창문 안에 빵과자를 늘어 놓은 조그만 상점이 있었다. 나는 그 빵과자가 탐이 났다. 그걸 먹으면 얼마간 기운을 돌이킬 수 있으리라. 그렇지 않으면 한 발짝도 걸음을 내디딜 수가 없으리라. 같은 인간이 살고 있는 곳에 들어선 나는 곧 힘과 활기를 찾고 싶은 욕망이 되살아났다. 마을의 길바닥에서 굶주림으로 졸도하는 것은 창피하다고 생각했다. 이 빵 하나와 바꿀 수 있는 걸 나는 아무것도 가지고 있지 않단 말인가? 나는 생각해 봤다. 목엔 조그만 비단 손수건을 감고 있었고 장갑도 끼고 있었다. 나는 남자나 여자가 극단적인 곤경에 빠져 있을 땐 어떻게 하는지 알지 못했다. 이런 물건을 받아 줄는지 몰랐다. 어쩌면 받지 않을 거다. 그러나 해봐야겠다.

나는 그 상점으로 들어갔다. 여자가 한 사람 있었다. 단정한 옷차림으로 보아 귀부인으로 여겼는지, 그 여자는 은근한 태도로 다가왔다. 무얼 드릴까요? 나는 부끄러움에 사로잡혔다. 혀는 미리 준비한 요구를 말하려 하지 않았다. 닳아 빠진 장갑이나 구겨진 손수건을 내밀 용기는 없었다. 더구나 그것은 어리석은 일이라고 생각했다. 나는 피곤하니 좀 앉게 해달라고 말했을 뿐이다. 손님이라는 기대에서 실망한 그네는 쌀쌀하게 내 요구를 들어 주었다. 의자 하나를 가리켰다. 나는 털썩 주저앉았다. 나는 실컷 울고 싶었다. 그러나 우는 꼴을 보이는 것이 얼마나 망측한가를 깨닫고 꾹 참았다. 곧 나는 물었다.

「이 마을에 재봉사나 보통 바느질하는 사람이 있읍니까?」

「네, 두세 사람. 일거리에 알맞게끔은 있어요.」

나는 생각했다. 나는 지금 막다른 골목에 다다랐다. 궁핍과 직면하고 있다. 수단도 없고 벗도 없고 돈 한푼 없는 입장에 있다. 뭣이든 나는 해야 한다. 무엇을? 나는 어디서든 일자리를 구해야 한다. 어디서?

「이 근처, 어느 집에서 혹시 식모를 구하고 있는지 아시는지요?」

「아뇨, 모르겠어요.」

「이 마을의 직업은 주로 무엇인가요? 사람들은 대부분 뭣을 하나요?」

「농부도 있지만 대부분은 올리버 씨의 바늘 공장과 주물 공장에서 일해요.」

「올리버 씨는 여자도 채용하나요?」

「아뇨, 남자의 일이니까요.」

「그럼 여자는 무슨 일을 하나요?」

「모르겠어요.」 하는 대답이었다. 「닥치는 대로 이것저것하죠. 가난뱅이들은 닥치는 대로 일해 나가야 하니까요.」

그 여자는 내 질문에 싫증이 난 듯했다. 내가 무슨 권리가 있다고 그네를 귀찮게 할 수 있단 말인가? 이웃 사람이 한둘 들어왔다. 내가 앉은 의자가 필요했다. 나는 그 상점을 나왔다. 나는 거리를 지나 올라갔다. 좌우의 집들을 하나하나 살피면서, 그러나 어느 집에도 들어갈 만한 구실과 동기가 없었다 왔다 갔다하면서 한 시간 이상이나 이 조그만 마을을 돌아다녔다. 몹시 지친 데다 너무 허기가 지고 고통스러워서 나는 골목을 접어들자 생울타리 밑에 주저앉았다.

그러나 몇 분이 채 못되어 다시 걸었다. 또 뭣인가를 찾으면서——무슨 수단이나 적어도 무슨 방도를 알려 줄 사람을 찾으면서. 골목 끝에 정원이 있는 예쁘고 아담한 집 한 채가 있었는데, 꽃이 산뜻하고 눈부시게 피어 있었다. 나는 그 앞에서 섰다. 무슨 용무가 있다고 나는 그 하얀 대문에 가서 번쩍번쩍하는 노커에 손을 댄단 말인가? 이 집에 사는 사람들이 내게 친절을 보인들 무슨 소용이 된단 말인가? 그러나 나는 다가가서 문을 두드렸다. 부드러운 표정에 깔끔한 옷차림의 젊은 부인이 문을 열었다. 나는 희망을 상실한 마음과 피로에 지친 몸에 어울리는 목소리로——몹시 낮고 더듬는 소리로——이 댁에선 식모를 구하지 않느냐고 물었다.

「아뇨, 우리 집엔 식모를 안 둬요.」하고 그 여자는 대답했다.

「그럼, 혹시 일자리라도 얻을 만한 곳을 가르쳐 주시겠어요?」하고 나는 말을 이었다. 「이 마을엔 아는 사람도 없고 처음 온 사람이에요. 무슨 일이라도 하고 싶어요.」

그러나 나를 위해서 생각해 주거나 나를 위해서 일지리를 구해 주는 것은 그네가 관여할 바가 아니었다. 더구나 그네의 눈엔 나의 사람됨이나, 처지나, 말하는 것 등이 얼마나 의심스럽게 보였을 것인가. 여자는 머리를 저었다. 「미안하지만 뭐 가르쳐 드릴 만한 곳이 없군요.」하얀 문은 참으로 조용히 정중하게 닫혀졌다. 그러나 그 문은 나를 내쫓은 것이다. 좀더 오래 그 문을 열어 두었더라면 나는 그 여자에게 틀림없이 빵 한 조각을 구걸했을 것이다. 나는 그땐 이미 체면을 잃었으니까.

인색한 마을로 돌아간다는 것은 견딜 수 없는 일이었다. 도움을 받을 가망은 없었다. 오히려 나는 그다지 멀지 않은 곳에 보이는 숲 속으로 방향을 바꾸고 싶었다. 무성한 숲 그늘이 피난처를 제공해줄 것 같아서였다. 그러나 나는 자연적 욕구로 맥이 없고, 허기지고 괴로왔다. 본능은 내게 먹을 것이 있음직한 인가의 주위를 헤매이게 했다. 굶주림의 독수리가 이처럼 부리와 발톱으로 내 옆구리를 쪼고 있는 동안은 고독도 고독이 아니고, 휴식도 휴식이 되지 못했다.

나는 인가에 가까이 갔다가는 다시 지나쳐 버리고 돌아오곤 했다. 이렇게 자꾸만 배회하고 있었다. 요구할 권리는 고독한 내 처지로는 누구의 관심을 기대할 권리도 없다는 의식에 뒤쫓기고 있었다. 내가 굶주린 길 잃은 개 모양으로 방황하고 있는 동안에 오후는 저녁으로 바뀌었다. 들판을 가로질러 가노라니 눈앞에 교회당의 뾰족탑이 보였다. 나는 그곳을 향해서 걸음을 재촉했다. 이 교회의 구내 근처엔 정원 한가운데 작기는 하지만 훌륭한 집이 서 있었다. 틀림없이 목사관이었다. 아는 사람이 없는 낯선 고장에 와서 일자리를 구하려는 사람은 목사에게 소개나 도움을 부탁하는 일이 흔히 있다는 걸 나는 생각해냈다. 자기 힘으로 살아 나가려는 사람들을 돕는 것은── 적어도 친절한 조건으로── 목사의 직분이었다. 나는 여기서는 의논을 던져 볼 권리 비슷한 것을 가진 것 같은 마음이 들었다. 그래서 나는 용기를 새롭게 하고 남아 있는 마지막 힘을 다해 앞으로 달려갔다. 집에 이르러 부엌문을 두들겼다. 한 노파가 문을 열었다. 여기가 목사관이냐고 나는 물었다.

「그런데요.」

「목사님은 계시나요?」

「안 계십니다.」

「곧 오실까요?」

「아뇨, 볼일 보러 나가셨으니까요.」

「먼 곳으로요!」

「그다지 멀지는 않지만── 한 삼 마일쯤 되는 곳이죠. 목사님의 부친이 갑자기 돌아가셔서 가신 겁니다. 지금 마쉬엔드에 계시고, 아마 이 주일 동안 거기 머무르실 겁니다.」

「댁엔 부인은 아마도 안 계신가요?」

「없어요, 나 혼자니까요. 내가 살림을 맡고 있읍니다.」 독자여, 나는 굶주림으로 쓰러질 지경이었지만 그네에게 간청할 수는 없었다. 또 구걸은 차마 할 수 없었다. 다시 나는 비실비실 걸어나왔다.

또 한 번 나는 손수건을 꺼냈다── 또 다시 그 조그만 상점의 빵과자를 생각했다. 아아, 그 빵껍질이라도 있었으면, 단 한 입이라도 있어 이 배고픈 괴로움을 가라앉힐 수 있다면. 나는 본능적으로 다시 그 마을 쪽을 향했다. 다시 그 상점을 찾아내어 안으로 들어갔다. 아까 그 여자 말고 다른 사람들도 있긴 했지만 나는 용기를 내어 부탁했다.

「이 손수건과 교환해서 빵 한 조각만 주시겠어요?」

그 여자는 분명히 의심쩍다는 듯이 내 얼굴을 쳐다보았다.

「안 돼요, 난 그런 식으로 물건을 팔아 보진 않았으니까요.」

될 대로 되라는 심정으로 나는 빵 반쪽이라도 줄 수 없겠느냐고 했다. 여자는 또 거절했다. 「당신이 어디서 그 손수건을 손에 넣었는지 내가 어떻게 알겠소.」 하고 그네는 말했다.

「장갑은 받아 주시겠어요?」

「안 돼요! 그까짓 걸, 어디다 쓰겠소?」

독자여, 이런 시시한 일까지 곰곰이 생각해내는 것은 유쾌한 일이 아니다. 과거의 쓰라린 경험을 회상하는 것이 즐겁다는 사람도 있긴 하지만 내가 이렇게 쓰고 있는 그 당시의 일을 회상하는 것은 내겐 지금 견딜 수 없는 일이다. 육체상의 고통과 뒤섞인 정신적인 타락을 기꺼이 쓰기엔 너무나 침통한 추억이다. 나를 거절한 사람들을 나는 나무라지 않는다. 그것은 예기했던 일이고 도움을 받을 수 없다는 것을 나도 알고 있었다. 보통 거지도 흔히 의심의 대상이 되지만 잘 입은 거지는 더 말할 것도 없다. 확실히 내가 바랐던 것은 일자리였다. 그러나 내게 일자리를 마련해 주는 것은 누구의 책임인가? 물론 그때 처음으로 만난, 더구나 내게 관해서 전연 모르는 사람들의 책임은 아니다. 그리고 빵을 내 손수건과 교환해 주지 않는 여자만 하더라도 그 요청이 그네에게 수상하게 여겨졌다든가, 이익이 없는 것이라면 그 여자는 정당했다. 그렇지, 요약하기로 하자. 이 이야기엔 나도 싫증이 난다.

해지기 조금 전에 나는 이느 농기 앞을 지니잤다. 그 집에서는 문을 열어 놓은 채 농부가 앉아서 치즈를 바른 빵을 먹고 있었다. 나는 걸음을 멈추고 말했다.

「빵 한 조각만 주실 수 없을까요? 배가 몹시 고파서 그러는데요.」농부는 놀란 눈을 내게 던지고 아무 대꾸도 없이 손에 들고 있던 빵 덩어리에서 한 조각을 두둑히 잘라 내게 건네주었다. 그는 나를 거지라고는 생각지 않고 자기의 검정 빵이 갑자기 먹고 싶어진 괴상한 취미의 부인이라고 생각하는 모양이었다. 그의 집에서 보이지 않는 곳까지 오기가 무섭게 나는 주저앉아 그 빵을 먹었다.

나는 지붕 밑에서 잠잔다는 것은 엄두도 못낼 일이어서 앞서 말한 숲 속에서 잠자리를 찾았다. 그러나 그 밤은 처량했다. 내 안식은 여지없이 깨어졌다. 땅은 질퍽질퍽했고 공기는 싸늘했다. 게다가 침입자가 내 곁을 여러 차례 스쳐 갔다. 나는 여러 번 잠자리를 바꿔야만 했다. 안전이니 평화니 하는 것은 바랄 수도 없었다. 새벽 녘에 비가 왔다. 다음 날은 하루 종일 비가 내렸다. 독자여, 그날의 자세한 이야기를 요구하지 마시라. 나는 전날과 다름없이 일자리를 찾아다녔고 전날과 다름없이 거절당했다. 전날과 다름없이 굶주렸다. 그러나 단 한 번 음식이 내 입술을 지나갔다. 어느 시골집 문 앞에서 한 소녀가 돼지 밥통에 식은 죽 한 그릇을 버리려는 것을 보았다. 「그걸 날 주겠니?」하고 나는 물었다.

그애는 나를 찬찬히 쳐다보았다. 「엄마!」하고 소녀는 소리를 쳤다. 「어떤 여자분이 이 죽을 달라고 하시는데요.」

「그렇게 하렴, 애야.」하고 집 안에서 말하는 소리가 들렸다. 「거지거든 주려무나. 돼진 잘 먹지도 않는데.」소녀가 내 손바닥에 굳어 버린 죽 덩어리를 다 쏟아 주자 나는 게걸스럽게 먹었다.

비내리는 땅거미가 짙어 갈 무렵, 나는 한 시간 남짓 걷고 있던 말만 다닐 수 있는 호젓한 길에서 발을 멈췄다.

(아주 지쳐 버렸다.) 나는 혼잣말로 중얼거렸다. (이 이상 더 걸을 수는 없어. 오늘 밤도 또 찬이슬을 맞으며 자야 한단 말인가? 비가 이렇게 쏟아지는데 이 차디차고 젖은 땅을 베개로 삼아야 한단 말인가! 그러나 별도리가 있을 리 없다. 나를 재워 줄 사람은 없을 테니까. 그러나 이런 굶주림, 피로, 오한, 외로움 속에서——아무 희망도 없이 그것은 얼마나 무서운 일인가? 아침이 되기 전에 나는 숨을 거두고 말 것이다. 그런데, 왜 나는 죽음과 타협하지 못할까? 왜 아무 값없는 이 생명을 이으려고 기를 쓰는 것일까? 그것은 로체스타 씨가 살아 있다는 것을 내가 알고 믿고 있기 때문이다. 그리고 굶주림이나 추위 때문에 죽는 그런 운명에는 인간의 본능이 수동적으로 순종할 수가 없기 때문이다. 아아, 하느님! 조금만 더 저를 살려 주십시오! 도와 주소서! 인도해 주소서!)

나의 흐린 눈은 몽롱하고 안개 낀 경치를 여기저기 살펴보았다. 그 마을에서 꽤 멀리까지 헤매 왔다는 것을 알았다. 마을은 조금도 보이지 않았다. 그 주위의 발조차도 보이지 않았다. 나는 갈림길과 샛길을 지나 다시 한번 황무지의 길 근처까지 왔다. 그리고 이때 나와 어두컴컴한 언덕 사이에, 개간했다는 건 말뿐인, 거의 히드의 들판과 다름없이 황폐한 몇 개의 밭만이 펼쳐 있는 것을 보았다.

(그렇다, 거리에서나 사람의 통행이 잦은 길가에서 죽느니보다는 저기서 죽는 편이 좋겠다.)고 나는 생각했다. (빈민구제원의 관 속에 담겨 빈민 묘지에서 썩느니보다는 까마귀나 갈가마귀——만일 갈가마귀가 이 근처에 있다면——에게 내 뼈에서 살을 뜯어먹게 하는 편이 얼마나 좋을지 모른다.)

그리고 나는 언덕 쪽으로 향했다. 그곳에 이르렀다. 이젠 다만 이몸을 눕히고 안전하진 않아도 적어도 몸을 숨겼다는 느낌을 줄 수 있는 우묵한 곳을 찾기만 하면 된다. 그러나 벌판의 표면은 평탄하게 보였다. 빛깔 외엔 아무 변화도 없고, 골풀과 이끼가 늪을 덮어 무성한 곳은 녹색이고 히드만 자라고 있는 마른 땅은 검었다. 날은 점점 어두워졌지만 아직 그 변화를 구별할 수는 있었다. 그것도 햇빛이 식어짐에 따라 빛깔이 사라져서 단순히 명암의 교차에 불과했다.

여전히 내 눈은 황막한 풍경 속에 사라져 가는 음침한 언덕 위와 황야의 언저리를 두리번거리고 있을 그때 저 멀리 있는 늪과 언덕 사이의 어두컴컴한 지점에 불빛이 하나 반짝거리기 시작했다. 처음 나는 (저건 도깨비 불이다.)고 대뜸 생각했다. 그리고 곧 꺼져 버리리라고 생각했다. 그러나 그것은 멀어지거나 가까와지지도 않고 그대로 꾸준히 타고 있었다. (그럼 금방 타기 시작한 모닥불일까?) 하는 생각도 했다. 나는 그 빛이 퍼지는지 알아 보려고 지켜보았다. 그러나 그렇진 않았다. 불은 작아지지도 커지지도 않았다. 그래 나는 (인가의 촛불이겠지.) 하고 짐작했다. 하지만 그렇다 해도 나는 도저히 거기까지 갈 수 없어. 너무 멀어. 더구나 저 불빛이 불과 일 야드 안에 있다 해도 내게 무슨 도움이 될까? 문을 두드린다 해도 쫓겨나겠지.

나는 선 자리에 주저앉아 땅바닥에 얼굴을 댔다. 한참동안 꼼짝도 않고 넘어진 채로 있었다. 밤바람은 언덕과 나를 스치고 신음하듯 멀리 사라졌다. 내 살갗을 적시며 비는 마구 뿌렸다. 이몸이 얼어서 움직이지 않는 얼음이 되었으면——다정한 죽음의 무감각으로——비에 맞아도 아무렇지도 않겠지, 나는 그것을 느끼지도 못할 테니까. 그러나 아직 살아 있는 내 육체는 그 추위로 몸을 떨었다. 곧 나는 일어났다.

그 불빛은 흐릿하지만 전과 조금도 다름없이 빗발 사이에서 반짝이고 있었다. 나는 다시 걷기 시작하여 지친 다리를 불빛쪽으로 질질 끌며 갔다. 빛은 나로 하여금 넓은 늪지대를 지나 언덕을 비스듬히 넘어가게 했다. 겨울철이라면 그 늪은 걸어 가지도 못했을 것이다. 이 무서운 한여름에도 질퍽질퍽하고 위태로왔다. 여기서 나는 두 번 넘어졌으나 다시 일어나서 기운을 가다듬었다. 이 빛은 나의 가냘픈 희망이었다. 나는 그곳까지 가야 한다.

늪을 건너가자, 황야에 흰 길이 나있는 것이 보였다. 나는 그 길로 다가갔다. 한길이 아니면 오솔길인 듯했다. 그 길은 불빛이 있는 곳까지 곧장 통해 있었다. 그때 그 빛은 나무숲——어둠 속에서도 생김새나 잎사귀의 특징으로 단단한 걸 보면 전나무 같은——사이로 보이는 둥근 언덕과 같은 곳에서 비치고 있었다. 내가 다가가자 내 별은 사라졌다. 나와 불빛사이를 가로막는 장애물이 있었다. 나는 손을 내밀어 더듬어 봤다. 낮은 담이었다——그 위엔 말뚝 같은 것이 있고 안쪽엔 높은 가시투성이의 울타리가 있었다. 나는 더듬더듬하여 걸어 갔다. 또 흰 것이 내 앞에서 빛났다. 대문——쪽문이 있었다. 그것을 밀자 돌쩌귀가 움직였다. 좌우엔 사철나무인지 주목(朱木)인지 검은 숲이 있었다.

대문을 들어서서 관목들을 지나자 내 눈 앞에 한 채의 집이 까맣고 나지막하고 기다란 윤곽을 드러냈다. 그러나 나를 인도한 빛은 아무 데도 없었다. 사방은 어두웠다. 집안 사람들은 잠들어 버렸을까? 틀림없이 그렇게 생각됐다. 문을 찾으면서 집 모퉁이를 돌았다. 그러자 그 다정한 불빛은 지면에서 일 피트도 못되는 아주 작은 창살이 달린 마름모꼴의 창문에서 다시 비치고 있었다. 담쟁이인지 뭔지의 덩굴이 무성해서 그 잎사귀로 그 창이 있는 벽 전체를 뒤덮고 있었으므로 더욱더 작아 보였다. 창이 이렇게 가려지고 좁혀져 있어서 커튼이나 덧문은 아직까지 필요가 없을 것이다. 그리고 나는 몸을 굽히고 창 위로 삐져나온 잎사귀투성이의 나뭇가지를 밀어젖히면서 집안을 전부 살필 수가 있었다. 모래 빛깔의 마루와 깔끔하게 닦아 놓은 방이 똑똑히 보였다. 호도나무로 만든 찬장은 몇 줄로 늘어놓은 백랍(白鑞)의 식기와 함께 타고 있는 토탄(土炭)의 빨간 빛을 반사하고 있었다. 괘종 시계, 흰 전나무로 만든 식탁, 몇 개의 의자가 보였다. 내 등대불이었던 촛불이 식탁 위에서 타고 있었다. 그 옆에는 어쩐지 좀 우악스럽게 생기긴 했지만, 주위의 모든 것처럼 깔끔한 노파가 양말을 뜨고 있었다.

나는 이런 것들을 대충대충 보았을 뿐이었다——거기에는 특별한 것은 없었다. 그보다도 흥미를 끄는 사람들이 장미빛 평화와 따뜻함이 충만한 속에, 난롯가에 조용히 앉아 있었다. 어디로 보나 숙녀인 두 젊고 우아한 여자가 하나는 낮은 흔들의자에, 다른 하나는 좀더 낮은 걸상에 앉아 있었다. 모두 크레이프와 봄버지인 천으로 만든 상복을 입고 있었는데, 그 거무스름한 옷은 아름다운 목덜미와 얼굴을 유난히 돋보이게 했다. 커다란 포인터 종류의 늙은 개 한 마리가 그 커다란 머리를 한 아가씨의 무릎에 기대고 있고 다른 아가씨의 무릎에는 검은 고양이가 깊숙이 파묻혀 있었다.

이 간소한 부엌은 이런 사람들에게는 어울리지 않는 장소였다. 그네들은 어떤 사람들일까? 식탁 옆에 있는 노파의 딸들은 아니리라. 그럴 것이 노파는 시골 뜨기 같았고 그네들은 모두가 우아하고 교양이 높은 여자들로 보였으니까. 나는 그네들과 같은 용모를 어디서도 본 일이 없지만 그들을 지켜보고 있는 동안 그네들의 얼굴 생김새에 친근감이 드는 것 같았다. 나는 그들을 미인이라고는 할 수 없다——그렇게 부르기엔 너무나 창백하고 너무나 엄숙한 얼굴이었다. 그들이 각기 자기 책에 머리를 수그리고 있을 때는 거의 준엄할 정도로 사색에 잠겨 있는 것 같았다. 두 사람 사이에 놓인 탁자 위에는 두 번째 촛불과 두꺼운 책이 두 권 놓여 있었는데, 그네들의 손에 들고 있는 책과 그것을 대조하면서 마치 우리가 번역을 할 때 사전(辭典)을 뒤적이듯 끊임없이 그 두꺼운 책을 참조하고 있었다. 마치 사람들은 모두 그림자 같았고 불이 환한 방은 한 폭의 그림처럼 조용했다. 난로에서 석탄재가 떨어지는 소리, 어두컴컴한 구석에 있는 괘종 시계의 똑딱거림, 그리고 노파가 뜨고 있는 바늘의 짤깍거리는 소리까지도 내 귀로 분간할 수 있을 것만 같았다. 그래서 마침내 목소리 하나가 이 고요를 깨뜨렸을 때, 나는 똑똑히 들을 수 있었다.

「들어 봐요, 다이아나.」하고 책에 열중했던 한 사람이 말했다.「프란쯔와 늙은 다니엘은 밤에 함께 있었어. 그런데 프란쯔가 무서움에 놀라 잠을 깬 꿈 이야기를 하고 있어——들어 봐요!」이렇게 말하고 그네는 낮은 목소리로 무엇인가를 읽었다. 나는 한마디도 그 뜻을 알아듣지 못했다. 내가 알아듣지 못하는 말이니까——프랑스 말도 라틴어도 아니었다. 그리스어인지, 아니면 독일어인지조차도 나는 몰랐다.

「여기가 중요한 대목이야.」하고 다 읽고 나서 그 여자가 말했다.「난 이 귀절이 맘에 들어.」자매가 하는 말을 들으려고 고개를 쳐든 다른 한 여자는 난롯불을 지켜보며 이제 읽은 한 줄을 암송하고 있었다. 후일에 가서야 나는 그네들이 한 말과 책 이름을 알았다. 그러므로 여기에 그 귀절을 인용하겠다. 하긴 처음 들었을 땐 아무 뜻도 없는, 소리 나는 놋쇠라도 두들기는 것으로밖엔 들리지 않았다.

「〈그때, 별이 반짝이는 밤하늘을 보고자 한 사람이 걸어 나오다 (Da trat hervor Einer, anzusehen wie die Sternen Nacht).〉 참 멋져! 참 멋져!」하고 그 여자는 까맣고 깊은 눈을 반짝이며 소리쳤다.「이렇듯 어렴풋이밖에 안 보이지만 위대한 천사장(天使長)의 모습이 훌륭하게 눈 앞에 그려내어져 있어요! 이 귀절은 과장투성이의 백 페이지보다도 가치가 있어요. 〈나는 그 생각을 내 분노의 저울로 재어 보노라(Ich wäge die Gedanken in der Schale meines Zornes und die Werke mit dem Gewichte meines Grimms).〉 난 여기가 참 좋아!」

두 사람은 다시 잠잠해졌다.

「그런 말을 쓰는 고장이 어디 있어요?」노파는 뜨개질감에서 얼굴을 들고 물었다.

「있고말고요, 하나——영국보다도 훨씬 더 큰 나라라오. 거기선 모두 그런 말만 쓴다오.」

「그것 참 모르겠군. 어떻게 그런 걸 서로 이해하는지 모르겠소. 아가씨들 중에 누가 거기 가시게 되면 거기 사람들이 하는 말을 다 알아들으신단 말씀인가요?」

「아마 얼마간은 알아들을 수 있다고 생각해요——전부 다는 알아듣지 못하겠지만. 하나가 생각하는 것만큼 우린 똑똑치 않아요. 독일어로 말을 할 수도 없고, 사전의 도움 없이는 못 읽는 걸 뭐.」

「그럼, 그 독일어란 게 아가씨들에게 무슨 소용이 된단 말이오?」

「우린 언젠가 남을 가르칠 작정이에요——어떻게 해서 초보라도 그렇게 되면 지금보다는 수입이 나아질 테니까.」

「그렇고말고요. 하지만 공부는 이제 그만하세요. 오늘 밤, 공부는 많이 하셨으니.」

「그래, 난 좀 피로해졌어. 메어리, 넌 어때?」

「몹시 피곤해. 결국 선생도 없이, 사전만 가지고 어학과 씨름해 나간다는 건 힘든 일이야.」

「그렇고말고. 더구나 어렵긴 해도 멋진 독일어 같은 언어는 말이야. 세인트 존은 언제나 돌아올까.」

「곧 돌아오겠지, 꼭 열 신데. (허리띠에서 꺼낸 조그만 금시계를 보면서) 비가 막 오네. 하나, 객실의 난롯불을 좀 봐주시겠어요?」

노파는 일어나 문을 열었다. 그곳으로 희미하게 복도가 보였다. 나는 곧 그네가 안채에서 난롯불을 휘젓는 소리를 들었다. 노파는 곧 돌아왔다.

「아아, 아가씨들!」노파는 말했다.「이런 때 안챗방으로 가긴 참 싫어요. 저 의자가 텅 비고 한구석에 치워져 있는 것이 아주 쓸쓸해 보여요.」노파는 앞치마로 눈을 닦았다. 이제껏 엄숙했던 처녀들은 이젠 슬픈 표정이었다.

「하지만 주인님께선 여기보다는 더 좋은 곳에 계시니까.」하나는 말을 이었다.「이 세상으로 다시 모셔오고 싶다는 생각은 아예 해선 안 돼요. 게다가 그처럼 평안하게 임종하신 분은 없을 거예요.」

「아버지께선 우리들 얘기를 한마디도 안 하셨다고요?」하고 한 아가씨가 물었다.

「말씀하실 시간이 없었어요. 아버님께선 갑자기 돌아가셨으니까요. 전날처럼 좀 편찮으시긴 했지만 별로 위독하시진 않았어요. 세인트 존 서방님이 두 분 아가씨 중 한 분을 불러올까요, 하고 여쭈었더니 아버님은 세인트 존 서방님의 얼굴을 쳐다보시며 껄껄 웃으셨어요. 그 다음 날——그러니까 지금부터 이 주일 전이지만——머리가 좀 무겁다고 하시고 잠드셨어요. 그리고는 다시는 깨어나지 못하셨어요. 오라버님께서 방안에 들어가서 뵈었을 때는 거의 몸이 굳어져 있었답니다. 아, 아가씨! 돌아가신 분은 오랜 혈통의 마지막 어른이었지요——아가씨들이나 세인트 존님은 이미 돌아가신 분과는 질이 달라요. 아가씨들은 어머님과 닮은 데가 많아요. 공부를 무척 좋아하시고. 메어리 아가씨는 아주 어머님의 재판이고 다이아나 아가씨는 아버지를 더 많이 닮았어요.」

나는 그들이 꼭 닮았다고 생각했으므로 이 늙은 하녀(나는 이때 노파를 그런 종류의 사람으로 결정하고 있었다)가 어디서 상이점을 찾아냈는지 알 수 없었다. 두 사람은 모두 아름다운 살갗, 날씬한 몸매로 품위와 총명이 넘쳐흐르는 얼굴을 하고 있었다. 한쪽은 확실히 다른 아가씨보다도 머리칼이 좀 검었다. 그리고 머리를 빗은 모양도 달랐다. 메어리의 연갈색의 머리 타래는 갈라서 매끈하게 땋았고 곱슬곱슬하게 지진 다이아나의 검은 머릿단은 목덜미까지 덮여 있었다. 괘종 시계가 열 시를 쳤다.

「밤참 생각이 날 텐데.」하나가 말을 꺼냈다. 「세인트 존 서방님도 돌아오시면 시장하시겠군.」

노파는 식사 준비를 시작했다. 아가씨들은 일어섰다. 그들은 응접실로 가려는 것 같았다. 그네들을 바라보는 동안 그 모습과 회화가 내 마음에 비상한 흥미를 끌어 나 자신의 비참한 신세를 거의 잊고 있었지만, 이제야 그것이 되살아왔다. 전보다도 한층 더 절망감을 느꼈다. 대조적인 현상에서 오는 느낌이리라. 그리고 나 자신의 일에 이 집안 사람들의 마음을 움직여, 나의 절실한 굶주림과 슬픔을 진정으로 믿게 해서 방황하는 나에게 하룻밤의 휴식을 베풀어 주게 한다는 것이 얼마나 불가능하게 생각되었던가! 나는 문을 더듬어 찾아 망설이며 두드렸을 때, 재워 주리라는 생각은 망상에 지나지 않을 것으로 여겨졌다. 하나가 문을 열었다.

「무슨 일로 왔소?」손에 든 촛불로 나를 훑어보면서 노파는 놀란 목소리로 물었다.

「아가씨들께 드릴 말씀이 있읍니다만.」하고 나는 말했다.

「아가씨들께 드릴 말씀이라면 내게 하시구료. 당신은 어디서 왔소?」

「먼 데서 왔는데요.」

「이런 시간에 무슨 볼일이 있길래?」

「딴채나 어디든지 좋으니 하룻밤만 재워 주세요. 그리고 빵을 조금만 주셨으면 해요.」

분명 내가 두려워하고 있던 것, 의심이 하나의 얼굴에 나타났다. 「빵은 주겠지만 부랑인을 집에서 재울 순 없어요. 당치도 않은 말이지.」

「제발 아가씨들에게 직접 말씀드리게 해주세요.」

「아니, 그건 안 돼요. 아가씨들도 당신에겐 아무것도 해드릴 수가 없어요. 이런 시간에 떠돌아다녀선 안 돼요. 수상하게 보일 테니.」

「하지만 당신이 나를 내쫓으면 저는 어디로 가면 좋아요? 정말 어떻게 해요?」

「그야 어디로 가서 뭘 하든 당신이 알아서 할 일이지. 나쁜 짓을 하면 안 된다는 것만 명심해요. 자아, 동전 한 푼을 줄테니 돌아가요——」

「동전 한 푼으로 굶주림을 면할 수는 없어요. 문을 닫지 마시고——아아, 닫지 마세요, 제발!」

「닫아야겠소. 비가 들이쳐서——」

「아가씨들께 말씀해 주세요——아가씨들과 만나게 해주세요——」

「정말 안 되겠소, 당신은 좀 수상한 사람이야. 그렇지 않으면 이렇게 시끄럽게 떠들 리가 없어. 어서 돌아가요.」

「여기서 쫓겨나면 죽을 수밖에 없어요.」

「죽긴 왜 죽어. 이렇게 밤늦게 인가의 주위를 돌아다니면서 어떤 흉계를 꾸미고 있는 거지. 만일 짝패가——강도는 뭐든지 그따위 놈들이 어디 이 근처에 있거든 일러 두어요. 이집엔 여자들만 있는 게 아니라고. 남자도 있고 개도 총도 있다고.」이렇게 말하고 그 충실하지만 완고한 하녀는 문을 탁 닫고 안에서 잠가 버렸다.

일은 극도에 이르렀다. 몸을 에이는 듯한 고통과 절망에서 오는 아픔이 내 가슴을 갈기갈기 찢었다. 이젠 아주 지쳐서 한 걸음도 움직일 수 없었다. 나는 비에 젖은 문 앞 층층대에 주저앉았다. 나는 신음했다——두 손을 비틀었다——말할 수 없는 괴로움으로 나는 울었다. 아아, 이 죽음의 환상! 이처럼 무섭게 달려드는 최후의 순간! 이 고독! 같은 인간으로부터의 이 추방! 희망의 줄이 끊어졌을 뿐 아니라 튼튼한 정신의 발판마저 무너져 버렸다——적어도 이 순간만은. 그러나 나는 곧 용기를 되찾으려고 애를 썼다.

(난 죽을 수밖에 없어.) 나는 말했다. (나는 하느님을 믿어. 조용히 하느님의 뜻을 기다리기로 하자.)

이런 말을 속으로 생각했을 뿐 아니라 소리내어 중얼거렸다. 그리고 갖가지 슬픈 생각을 가슴 속에 되돌려보내어 그 안에 조용히 있게 하려고 애를 썼다.

「누구나 다 죽지 않으면 안 되오.」하는 소리가 바로 옆에서 들려 왔다. 「그러나 가령 당신이 굶주림 때문에 여기서 죽는다고 해서 모든 사람이 당신처럼 우물우물 괴로움을 겪다가 천명(天命)을 다하지 않고 죽으리라고는 말할 수 없소.」

「누구세요? 그렇게 말씀하시는 분이?」무슨 일이 일어나도 구원을 얻을 가망이 이젠 없다고 절망하고 있던 나는 이 뜻밖의 소리에 겁에 질려 물었다. 어떤 모습이 바로 옆에 있었다. 깜깜한 어둠과 나의 쇠약한 시력은 그것이 무엇인지 분간할 수가 없었다. 이 새로 나타난 사람은 요란하게 문을 두드려 대고 있었다.

「세인트 존님이오?」하나가 큰소리로 물었다.

「그래——그렇소. 빨리 문을 열어요.」

「어머나, 비를 저렇게 맞았으니 얼마나 추우시겠수. 참 고약한 밤이군요! 그럼, 어서 들어오세요. 아가씨들께서도 퍽 걱정하고 계신다우. 이 근방엔 못된 사람들이 있나 봐요. 아까는 어떤 거지 여자가 와서——어머나, 아직 있군요! 저기 누워 있네요. 일어나! 저런, 세상에! 썩 가래도!」

「조용히 해, 하나! 내 저 여자와 할 말이 있소. 저 여자를 내쫓아서 하나로서의 임무는 완수했어. 이빈엔 내가 저 사람을 집안에 들여 내 임무를 다하지. 난 아까부터 여기서 하나와 이 사람과의 대화를 다 들었소. 분명히 무슨 사정이 있겠지——한번 알아는 봐야겠소. 아가씨, 일어나서 안으로 들어갑시다.」

간신히 나는 그의 말대로 따랐다. 곧 나는 그 깨끗하고 밝은 부엌에——난로 바로 앞에 떨며 아찔한 정신으로 서 있었다, 말할 수 없이 무시무시하고 초라하고 비바람에 지친 모습을 의식하면서. 두 아가씨와 그들의 오빠인 세인트 존 씨와 노파는 모두 나를 지켜보고 있었다.

「세인트 존, 이 분이 누구야!」한 사람이 이렇게 묻는 걸 나는 들었다.

「모르겠어. 문간에 있는 걸 보았어.」하는 대답이었다.

「창백한 얼굴을 하고 있군요.」하고 하나가 말했다.

「흙이나 송장처럼 창백하네.」하고 대꾸한 사람이 있었다. 「쓰러지겠어요, 좀 앉게 하세요.」

정말 나는 머리가 빙빙 돌아 쓰러졌다. 그러나 의차가 나를 받쳤다. 나는 이 때 말은 할 수 없었으나 아직 의식은 잃지 않았다.

「물을 좀 먹으면 기운을 내겠지. 하나, 물을 좀 가져와요. 몹시 지쳤어. 어쩌면 저렇게 말랐을까. 그리고 핏기도 없고!」

「흡사 유령 같아!」

「아파서 그럴까, 아니면 굶어서 그럴까?」

「굶어서 그런 게지. 하나, 그거 우유지? 이리 줘, 그리고 빵도 좀.」

다이아나는(나는 그네가 내게 허리를 구부렸을 때, 긴 머리털이 나와 난로 사이에 늘어져 있어 다이아나라는 걸 알았다) 빵을 떼어 우유에 담갔다가 내 입에 넣어 주었다. 그네의 얼굴은 내 얼굴 가까이 있었다. 나는 그네의 얼굴에서 연민의 빛을 보았다. 그네의 가쁜 호흡에 동정이 들어 있는 것을 느꼈다. 간단한 말 속에 있는, 흡사 진통제와 같은 부드러움이 말했다. 「좀 잡숴 보세요.」

「그래요——자셔 봐요.」 메어리도 부드럽게 되뇌었다. 메어리의 손이 비에 젖은 내 모자를 벗기고 내 머리를 쳐들었다. 나는 그들이 권하는 걸 먹었다.

처음엔 먹을 힘도 없었지만 곧 게걸스레 먹었다.

「처음엔 너무 많이 줘선 안 돼요——이젠 그만둬요. 그만하면 충분해요.」 이렇게 말하고 세인트 존은 우유 컵과 빵 접시를 치웠다.

「조금만 더, 세인트 존. 이 먹고 싶어하는 눈을 좀 봐요.」

「지금은 안 돼. 이제 말할 수 있나 물어 봐라. 이름을 물어 보라니까.」

나는 말할 수 있을 것 같았다. 그래서 나는 「제 이름은 제인 엘리오트입니다.」 하고 대답했다. 발각될까 봐 늘 걱정이 돼서 진작부터 가명을 쓰기로 마음먹고 있었다.

「그래, 당신은 어디 살고 있소? 당신의 친지들은 어디 있읍니까?」

나는 잠자코 있었다.

「누구든 당신이 아는 분을 부르러 보낼까요?」

나는 머리를 저었다.

「어떤 사정인지 설명을 좀 해주지 않겠소?」

하여튼 나는 일단 이 집 문설주를 넘어서고 이 집 사람들과 대면을 하게 되자, 이미 집 없이 방랑하는 사람이 아니고 이 넓은 세상에서 버림받은 사람도 아니라고 느껴졌다. 나는 단연 이 거지꼴을 그만두고——나의 본래의 태도와 성격으로 돌아가리라 마음먹었다. 다시 나는 나 자신을 깨닫기 시작했다. 세인트 존 씨가 설명을 요구했을 때——그것을 당장 말하기엔 지금 같아선 너무나 지쳐 있었다——나는 잠시 침묵을 지키다가 이렇게 말했다.

「오늘 밤엔 자세한 말씀을 드릴 수가 없어요.」

「그럼, 우리들은 당신에게 무얼 해드리면 좋단 말이오?」 그가 말했다. 「아무것도 없어요.」 하고 나는 대답했다. 내 체력은 짧은 대답밖엔 할 수 없었다. 다이아나가 내 말을 받았다.

「우리들이 당신의 소원대로 도움이 되었단 말씀이에요? 그럼 당신을 이 비오는 밤의 황야로 내쫓아도 좋다는 말씀이세요?」

나는 그네를 보았다. 위엄있고 선량해 보이는 특출한 용모라고 생각했다. 나는 별안간 용기가 났다. 동정 어린 눈길을 미소로 받으며 나는 말했다. 「전 믿겠어요. 가령 제가 주인 없는 길 잃은 개라도 당신은 저를 오늘 밤 이 난롯가에서 쫓아내지는 않으시리라고 생각해요. 정말이지, 전 아무 걱정없어요. 절 어떻게 대해 주시건 좋으실 대로 하세요. 하지만 이 이상 더 얘기를 시키지 말아 주세요——숨이 가빠서요——말을 하면 경련을 일으킬 것만 같아요.」세 사람은 나를 살펴보고 말이 없었다.

「하나.」하고 마침내 세인트 존 씨가 입을 열었다. 「이 분을 지금은 거기 앉아 있게 해요. 아무것도 묻지 말고. 그리고 십 분쯤 있다가, 아까 그 우유와 빵 남은 걸 주시오. 메어리와 다이아나는 객실로 가서 이 문제를 의논하자.」

그들은 물러갔다. 곧 한 아가씨가 돌아왔다. 누구였는지 나는 몰랐다. 따뜻한 난롯가에 있었으므로 어느새 나는 일종의 기분 좋은 혼수 상태에 빠졌다. 그네는 낮은 목소리로 뭣인가 하나에게 지시를 했다. 곧 나는 노파의 부축을 받아 간신히 계단을 올라갔다. 흠뻑 젖은 내 옷은 벗겨지고 따뜻하고 마른 침대가 곧 나를 맞아 주었다. 나는 하느님께 감사하고——말할 수 없이 피로한 가운데에서도 감사에 넘친 기쁨을 누리면서——잠들어 버렸다.

29

그날 밤 이후로 밤낮 사흘 동안에 대한 기억은 극히 어렴풋이 머릿속에 남아 있을 뿐이다. 그 동안에 느낀 기분은 어느 정도 생각해낼 수 있으나 이렇다 할 기억은 거의 나지 않고 또 나 자신이 행한 행동도 전혀 거억에 없다. 조그만 방속의 좁은 침대 위에 누워 있었다는 것은 알고 있다. 그 침대에 뿌리라도 박은 듯이 나는 꼼짝도 않고 돌처럼 누워 있었다. 억지로 나를 거기서 떼어 버렸다면 나는 죽음을 당하는 거나 마찬가지였으리라. 시간의 경과——아침이 한낮이 되고 한낮이 저녁 때가 되는 것도 알지 못했다. 누군가가 방으로 들어왔다 나가는 것은 알고 있었다. 누구인지도 알고 있었다. 내 곁에 말하는 사람이 있으면 무엇을 얘기하고 있는지도 알았으나 대답할 수는 없었다. 입을 열거나 수족을 움직일 수도 없었다. 하녀인 하나가 제일 자주 드나들었다. 그네가 들어오면 내 마음은 편치가 않았다. 그네가 나를 쫓아보내려 한 것과 나와 내 경우를 이해하려 들지 않은 것과 나를 편견을 갖고 대한 것을 나는 알고 있었다. 다이아나와 메어리는 매일 한두 번 내 침실에 나타나곤 했다. 그들은 내 침대 옆에서 이런 말을 속삭이곤 했다——

「이 분을 집에 불러들여서 참 다행이야.」

「그래, 밤새도록 밖에 그냥 놔뒀더라면 아침엔 아마 문간에서 죽어 있었을 거야. 이 분에게 어떤 일이 있었을까?」

「이상한 역경을 겪었겠지—— 가엾게도 야위고 창백한 방랑자야!」

「이 분의 말솜씨로 보면 교육을 못 받은 사람 같진 않아. 발음도 아주 정확하고 벗어 놓은 옷을 보아도 흙투성이에 젖어 있긴 하지만 별로 해진 데가 없고 훌륭한 것이야.」

「특징이 있는 얼굴이야. 파리하고 수척하긴 하지만 오히려 난 그게 좋아. 건강해져서 기운을 좀 차리면 얼굴은 남에게 빠지지 않을 거야.」

두 사람의 대화에서, 내게 베풀어 준 후한 접대를 후회하거나 나를 의심한다거나 미워하는 말은 한마디도 없었다. 나는 흐뭇했다.

세인트 존 씨는 꼭 한 번 찾아왔다. 그는 나를 살펴보고 이 혼수 상태는 오랫동안 과로에서 온 충격의 결과라고 했다. 의사를 불러올 필요는 없다고 그는 분명히 말했다. 자연에 맡겨 두는 것이 제일 좋은 요법이라고 했다. 무슨 일엔가 신경이 지나치게 긴장되었기 때문에 얼마 동안은 온 신경이 푹 쉬도록 잠자게 하지 않으면 안 된다. 병난 것은 아니다, 일단 회복하기 시작하면 곧 건강을 되찾을 것이다. 그는 이런 의견을 침착하고 낮은 목소리로 간단간단히 말했다. 그리고 잠깐 말을 끊었다가 수다스럽지 않은 사람의 말투로 덧붙였다. 「어느 편이냐 하면 보기 드문 관상이야. 확실히 저속이나 타락과는 인연이 없어.」

「그뿐 아니예요.」 하고 다이아나가 대답했다. 「사실이지 세인트 존, 전 저 분을 동정해요. 우리들이 언제까지나 이 분에게 도움이 될 수 있다면 좋겠어요.」

「그건 아마 힘들 걸.」 이라는 대답이었다. 「너희들은 이 여자가 친구들을 오해하고 아마 무작정하고 그들 곁을 뛰쳐나왔다는 걸 알게 될 거다. 이 여자가 고집을 부리지 않는다면 우리는 그들에게 이 사람을 돌려보낼 수는 있겠지. 그러나 이 얼굴에는 순종을 의심케 하는 외고집을 부릴 선(線)이 엿보인다.」 하고 내 얼굴을 보고 한참 생각에 잠겨 서 있더니 곧 그는 덧붙였다. 「지각이 있는 얼굴이긴 하지만 조금도 잘 생긴 얼굴은 아니다.」

「이처럼 병이 심하니까요, 세인트 존.」

「병들어 있건 건강하건, 못 생긴 건 마찬가지야. 이 얼굴에서는 미적 매력이나 조화는 통 찾아볼 수 없단 말이야.」

사흘째 접어든 날 나는 좀 나아졌다. 나흘째가 되자 입을 뗄 수도, 몸을 움직여서 침대에서 일어나 앉기도 하고 돌아누울 수도 있게 되었다. 점심 시간이 되었다고 생각될 즈음 하나가 죽과 버터를 칠하지 않은 토스트를 갖다주었다. 나는 그것을 맛있게 먹었다. 음식 맛이 아주 좋았다——여태까지는 열 때문에 음식맛이 쓰디쓰던 것이 이젠 가시어졌다. 하나가 나가 버리자 나는 한결 든든하고 기운이 났다. 누워 있었으나 곧 싫증이 나고 뭣이든 하고 싶은 생각이 나를 자극했다. 나는 일어나고 싶었다. 그러나 뭣을 입어야 하나? 땅바닥에서 자고 늪 속에서 굴러넘어지던 축축하고 흙투성이의 저 옷뿐이다. 그런 옷차림으로 은인들 앞에 나타나기는 부끄럽다. 그러나 나는 부끄러운 꼴을 당하지 않게 되었다.

침대 곁의 의자 위에는 깨끗이 세탁해서 말린 내 소지품 전부가 놓여 있었다. 나의 검은 비단 웃도리는 벽에 걸려 있었다. 진흙의 자국은 없어졌다. 비에 젖어 주름살이 졌던 것도 깨끗이 펴졌다. 그만하면 훌륭했다. 신발과 양말까지도 깨끗하게 손질해서 누구 앞에도 내놓을 만했다. 방안에는 세면 시설이 되어 있어서 머리를 손질할 빗이나 솔이 있었다. 나는 오 분 만큼씩 몸을 쉬면서 천천히 옷을 갈아입을 수가 있었다. 내 옷은 내 몸에 헐렁헐렁했다. 몸이 몹시 야윈 탓이리라. 그러나 이 결점을 솔로 가리우고 다시 깨끗하고 얌전한 옷차림을 하고——내가 싫어하는, 그리고 나를 저속하게 보이게 할 오물의 흔적도, 칠칠치 못하게 보이게 할 티끌도 전혀 없이——방을 나가 난간에 의지해서 돌층계를 기다시피 내려가 천장이 낮은 좁은 복도를 지나 마침내 부엌에 가 닿았다.

그곳엔 새로 구운 빵냄새와 따뜻한 불길의 훈훈한 공기로 가득 차 있었다. 하나가 빵을 굽고 있었다. 잘 알려져 있는 일이지만 편견이라는 것은, 교육에 의하여 마음의 흙이 일구어져 부드럽게 되고, 비료를 뿌려 주지 않는다면 그것을 뿌리째 뽑아 버린다는 것은 힘든 일이다. 그것은 바위 틈에 자란 잡초처럼 사람의 마음속에 뿌리깊게 자라고 있다. 하나는 처음엔 정말 내게 쌀쌀하고 완고했지만 이제는 좀 마음이 누그러지기 시작해서 지금 내가 단정하고 멋진 몸차림으로 나타나는 것을 보자, 미소까지 지어 보였다.

「어머나, 일어나셨군!」하고 그네는 말했다. 「좀 좋아지셨구려! 괜찮다면 그 난롯가 의자에 앉아요.」

그네는 거기 흔들 의자를 가리켰다. 나는 그 의자에 앉았다. 그네는 이따금씩 곁눈으로 나를 힐끗힐끗 보며 바삐 일하고 있었다. 그네는 오븐에서 몇 개의 빵 덩어리를 꺼내면서 나를 돌아다보고 무뚝뚝하게 말했다. 「여기 오기 전에도 거지 행색을 하고 다닌 일이 있었소?」

순간, 나는 화가 치밀었다. 그러나 화를 내봤자 소용 없는 일이고 또 실상 그네에겐 거지처럼 보였을 거라고 생각하자, 조용하나 또렷또렷한 말씨로「날 거지로 생각한 것은 당신의 착각이에요. 나는 거지가 아니에요. 당신이나 이 댁의 아가씨들이 거지가 아닌 것처럼.」

잠시 잠자코 있다가 그네는 입을 열었다.「알 수 없는 일이군. 아가씬 집도 없는 것 같고, 돈푼도 없는 것 같은데?」

「집이 없다든가 돈이 없다고 당신이 말하는 거지가 되는 건 아니예요.」

「글공부는 했소?」

「그래요, 많이 배웠어요.」

「그렇지만 기술 학교엔 못 가봤겠지?」

「나는 기술 학교에 팔 년 동안이나 있었어요.」

노파는 눈이 휘둥그래졌다.「그러고도 왜 혼자 살아 가지 못하는 거요?」

「혼자 살아 왔어요. 앞으로 또 혼자 살아 갈 수 있어요. 그런데 그 구즈베리는 어떻게 할 거지요?」그네가 그 열매가 든 바구니를 꺼내 놓았을 때 나는 물었다.

「파이를 만들 거라오.」

「이리 주세요. 따 드릴께요.」

「아니예요, 그런 걸 해달라고 할 생각은 않고 있었으니까요.」

「무슨 일이든 해야겠어요. 그거, 이리 줘요.」

그네는 동의하며「옷을 더럽히면 안 될 테니까.」하고 내 옷에다 펴라고 깨끗한 수건까지 갖다주었다.

「부엌일을 잘 안 해 봤군그래. 그 손을 보면 알지.」하고 노파가 말했다.

「혹시나 재봉사는 아니었을까.」

「아뇨, 그렇지 않아요. 그런데 말이에요, 제발 내가 뭣을 했는지 그런 것은 일절 묻지 마세요. 내게 대해선 이 이상 머리를 쓰지 마세요. 그런데 이 집의 이름이나 알려 주세요.」

「마쉬 엔드(늪지의 언저리)라는 사람도 있고, 무어 하우스(황야의 집)라고 부르는 사람도 있지요.」

「그리고 이 댁에 사시는 신사 양반은 세인트 존님이라고 합니까?」

「아뇨, 그 분은 이 집에 늘 계시는 게 아니예요. 잠시 동안 여기 다니러 오셨을 뿐이라오. 보통 계시는 곳은 모튼에 있는 그의 교구(敎區)예요.」

「이삼 마일 떨어져 있는 저 마을이에요?」

「네.」

「그 분은 무얼 하고 계셔요?」

「목사님이지요.」

언젠가 목사관에서 내가 목사님을 만나게 해달라고 했을 때 그 늙은 가정부가 한 말을 나는 기억하고 있었다.「그럼, 이 집은 그 분의 아버님의 집인가요?」

「아아, 그래요. 아버님이신 리버즈님이 이 집에서 사셨지요. 그 전엔 그분의 아버님도 할아버님도 그 전의——증조 할아버님도.」

「그럼, 그 분의 이름은 세인트 존 리버즈님인가요?」

「네, 세인트 존은 세례명과 같은 거예요.」

「그리고 그 분의 누이동생들은 다이아나와 메어리 리버즈 양이고요?」

「그래요.」

「부친께선 돌아가셨나요?」

「삼 주일 전에 뇌일혈로 돌아가셨어요.」

「어머님은 안 계시구요?」

「마님께서는 벌써 오래 전에 돌아가셨지요.」

「할머닌 이 댁에서 오래 같이 살았어요?」

「난 이 집에서 삼십 년이나 살았다오. 저 세 분은 모두 내가 키웠어요.」

「그걸로 할머닌 정직하고 충실한 일꾼이란 걸 알 수 있어요. 그 정도는 칭찬해 드려야지. 나를 거지라고 무례한 말을 하긴 했지만.」

그네는 다시 놀란 눈으로 나를 보았다.「난 정말이지,」하고 그네는 말했다.「아가씨를 오해했었어요. 그러나 이 근처엔 사기꾼이 너무 많아서요. 용서해 주세요.」

「그렇지만,」나는 오히려 엄한 어조로 말을 이었다.「차마 강아지라도 내쫓지 못할 만한 밤에 나를 문 밖으로 내쫓으려고 했었지요.」

「참 그건 너무 심했어요. 하지만 달리 어떤 방법이 있었겠어요? 난 당신보다도 우리 아가씨들만 걱정하고 있었어요. 가엾게도! 아가씨들은 나 이외에 다른 사람이 시중을 들어주는 걸 좋아하지 않아요. 언제나 정신을 바짝 차리고 있어야 해요.」

나는 몇 분 동안 숙연히 침묵을 지키고 있었다.

「나를 너무 심하다고 생각하지 마세요.」하고 또 노파는 말했다.

「그래도 난 그렇게 생각해요.」하고 나는 말했다.「왜 그러냐 하면——할머니가 나를 재워 주지 않았다거나 나를 사기꾼으로 알았다고 해서 내가 그렇게 생각하는 건 아니예요. 할머니가 지금 〈돈푼〉이 없다든가, 집이 없다는 것을 비난의 재료로 삼았기 때문이에요. 옛날부터 훌륭한 사람들 가운데는 나 같은 가난뱅이였던 사람도 있어요. 할머니가 크리스챤이라면, 더구나 가난을 죄악이라고 생각해선 안 돼요.」

「다신 안 그러겠어요.」하고 그네는 말했다.「세인트 존님께서도 그렇게 말씀하셨어요. 내가 잘못했어요——하지만 지금 난 아가씨에 대해 과거와는 아주 딴판으로 생각하고 있어요. 참말로 아가씬 단정한 분이에요.」

「그럼 됐어요——용서해 주겠어요. 자, 악수해요.」

하나는 밀가루투성이의 딱딱한 손을 내게 쥐어 주었다. 또 다른 그리고 충심에서 우러나온 미소가 거칠은 그 얼굴을 빛나게 했다. 이때부터 우리는 친구가 되었다.

하나는 아주 말하기를 좋아했다. 내가 구즈베리의 열매를 따고 그네는 파이의 반죽을 하고 있는 동안, 돌아가신 이 집의 주인 부부의 얘기며, 젊은이들, 그네가 노상 부르는 〈아이들〉에 관한 이야기를 이것저것 자세히 말해 주었다.

그네의 말로는 작고하신 리버즈 씨는 꽤 검소한 사람으로 신사이고 아주 오래된 가문의 출신이었단다. 마쉬 엔드의 집이 생긴 이후로 그것은 리버즈 씨의 소유였다. 하나는 힘주어 말했다.「근 이백 년이나 되는데요——모튼의 골짜기에 있는 올리버 씨의 훌륭한 저택에 비한다면 보잘것없는 초라한 집으로 보이지만서도요. 빌 모튼의 부친이란 분은 떠돌아다니는 바늘 만드는 직공이었다고 난 기억하고 있어요. 리버즈님의 조상은 모튼 교회의 보관실에 있는 등록부를 보면 알게 되지만 헨리 왕 시대의 옛날엔 귀족의 바로 밑의 분이었다오.」하나는 또 말을 이었다.

「돌아가신 주인님께선 세상 사람들과 별로 다른 점이 없는 분으로 사냥을 무척 좋아하셨지요. 밭에 나가 일하는 것이랑 그런 따위 일을 좋아하셨지요.」마나님은 리버즈 씨와는 달랐다. 굉장한 독서가로 공부도 많이 했다. 소위 〈아이들〉은 모두 어머니를 닮았다. 이 근처엔 그들과 같은 아이들은 한 사람도 없었고 일찌기 있지도 않았다. 말을 하기 시작했을 때부터 세 남매가 모두 공부를 좋아했고 무엇을 배우든지 모두 독학으로 성공했다. 세인트 존은 성인이 되자 대학에 들어가 목사가 되기를 지망했고, 딸들은 학교를 졸업하면 곧 가정 교사 자리를 구하려 했다. 그것은, 그들의 부친이 믿고 있던 사람이 파산해서 몇 해 전에 많은 돈을 잃었기 때문에 부친은 그때 그들에게 재산을 물려 줄 만큼 넉넉지

가 못해서 그들 스스로 자활의 길을 마련하지 않으면 안 되었다. 그들은 오랫 동
안 아버지의 집에 머물러 있는 일이 극히 드물었다. 지금 부친의 사망으로 이삼
주일간 체재할 예정으로 방문한데 불과했다. 그러나 그들은 이 마쉬 엔드나, 모
튼이나, 이 근방의 황야와 산을 몹시 좋아했다. 딸들은 런던이나 그 밖의 여러
대도회지에서 살아 보았으나, 고향처럼 좋은 곳은 어디에도 없다고 항상 말하고
있었다. 그들은 사이가 아주 좋았다——싸우거나 말다툼 같은 것은 해본 적이
없었다. 이처럼 사이가 좋은 애들은 처음 본다고 하나는 말했다.

구즈베리를 다 따고 나서 나는, 두 아가씨들과 그 오빠 되는 분은 지금 어디
있느냐고 물었다.

「산보하러 모튼까지 갔지요! 하지만 반 시간만 있으면 차를 마시러 돌아올
거예요.」

그들은 하나가 말한 대로 삼십 분 내로 돌아왔다. 그들은 부엌문으로 해서 들
어왔다. 세인트 존 씨는 나를 보자 잠깐 고개를 숙여 인사만 하고 지나갔으나,
누이동생들은 걸음을 멈췄다. 메어리는 멀써 아래층으로 내려올 수 있을 만큼
나아져서 기쁘다고 친절하고 침착하게 말했다. 다이아나는 내 손을 잡고 나를
향해 머리를 저었다. 「내가 내려와도 괜찮다고 허락할 때까지 기다리실 걸 그랬
어요.」하고 그네는 말했다. 「아직 안색이 몹시 창백해요——그리고 이렇게 수
척하고——가엾게도!」

다이아나의 목소리는 내 귀엔 마치 비둘기의 구구대는 소리같이 들렸다. 그네
의 눈은, 쳐다보면 언제나 내게 기쁨을 주는 눈이었다. 그네의 얼굴 전체엔 매
력이 넘쳐흘렀다. 메어리의 얼굴은 다이아나와 같이 이지적(理智的)이었
고——역시 예쁜 얼굴이었다. 그렇지만 표정은 다이아나보다도 조심성스러
웠다. 그네의 태도는 부드러웠지만 좀 서먹서먹한 데가 있었다. 다이아나는 얼
굴에도 말투에도 일종의 권위가 있었다. 분명 의지력이 있었다. 그네처럼 뒷받
침된 위엄에 복종하는 기쁨을 느끼는 것과, 또한 자기의 양심과 자존심이 허용
하는 한, 적극적인 의지에 머리 숙이는 것은 내 본성이었다.

「이런 곳에서 무슨 볼일이 있으세요?」다이아나는 말을 계속했다. 「댁에서
들어올 곳이 못돼요. 이따금 파격적으로 메어리와 내가 부엌에 들어오는 일은
있어요. 집에서는 자유로이——제멋대로 하고 싶으니까요——댁에선 손님이
에요. 그러니 객실에 계셔야 해요.」

「여기가 참 좋아요.」

「천만에요——하나가 마구 돌아다녀서 당신을 밀가루투성이로 만들어.」

「그리고 불이 너무 뜨거워요.」메어리가 참견을 했다.

「그렇고말고.」하고 그네의 언니는 말을 이었다. 「자아, 이리 오세요, 제 말을 잘 들으세요.」여전히 그네는 내 손을 잡고 나를 일으켜서 안쪽에 있는 방으로 데리고 갔다.

「자아, 거기 앉으세요.」하고 소파에 나를 앉히고 말했다. 「우리들이 모자를 벗고 차 마실 준비를 할 동안만 말이에요. 우리들은 마음이 내킬 때나, 하나가 빵을 굽거나 반죽을 하거나 세탁을 하거나 다림질을 할 때, 우리 손으로 식사 준비를 하는 것은 이 작은 황야의 집에서 우리가 누릴 수 있는 특권의 하나랍니다.」

그네는 나와 세인트 존 씨만을 남겨 놓고 문을 닫고 나가버렸다. 그는 책인지 신문인지를 손에 들고 내 맞은쪽에 앉아 있었다. 나는 처음엔 객실을, 다음엔 객실의 주인을 주의 깊게 살펴보았다.

객실은 작은 편이고 아주 간소하게 꾸며져 있었지만, 깨끗하고 아담해서 기분이 좋았다. 몇 개의 구식 의자가 꽤나 번쩍였고, 호도나무 테이블은 거울처럼 번쩍였다. 몇 장의 옛날 남녀의 기묘한 초상화가 색칠한 벽을 장식하고 있었다. 유리문이 달린 식기장 안엔 몇 권의 책과 한 벌의 고대 도자기가 들어 있었다. 이 방안에는 불필요한 장식물은 하나도 없었다. 작은 탁자 위에 놓여 있는 한 쌍의 바느질 그릇과 자단(紫檀)으로 만든 부인용 책상을 제외하고는 현대식 가구란 하나도 없었고, 무엇이든지 —— 융단이나 커튼까지도 —— 꽤 오래 되었고 잘 보관돼 온 것을 대번에 알 수 있었다.

세인트 존 씨는 —— 벽에 걸려 있는 거무스름한 초상화 중의 한 그림처럼 조용히 읽고 있는 페이지에 눈을 주고 입술을 꾹 다물고 있어서 —— 아주 쉽게 관찰할 수 있었다. 그가 인간이 아니고 조상(彫像)이었을지라도 이렇게 쉽게 관찰할 수는 없었으리라. 그는 젊었다 —— 아마 이십 팔 세에서 삼십 세 사이이리라 —— 키가 크고 날씬했다. 그의 용모는 눈을 끌었다. 그리스 사람의 얼굴처럼 윤곽이 뚜렷하고, 똑바른 고전적인 코에 아테네 사람 그대로의 입과 턱이었다. 영국 사람의 얼굴이 그처럼 고대인의 전형에 가까운 것은 참으로 드문 일이었다. 그 자신이 이처럼 조화된 얼굴이므로 내 얼굴의 부조화를 보고 놀란 것이었으리라. 눈은 크고 푸르고 갈색 눈썹이었다. 상아처럼 흰 이마에는 아름다운 고수머리가 아무렇게나 몇 줄로 흩어져 있었다.

독자여, 이것은 점잖은 인물 묘사가 아닐까요? 그런데 묘사된 그 사람은 부드럽고, 온순하고, 감수성이 있는 사람이라는 인상을 거의 주지 않았다. 침착한 성격의 사람이라는 인상조차도. 그는 이때 묵묵히 앉아 있지만 그의 콧구멍, 입, 눈, 눈썹 언저리에는 내가 보기엔 무엇인가 내부에 잠재하는 초조한 마음이 아니면 엄격한 마음이나 과격한 요소들을 나타내는 것이 있었다. 그는 누이동생들이 돌아올 때까지 내게 말 한마디도 없었고 곁눈질 한 번 하지 않았다. 다이아나는 차 준비를 하는 동안 들락날락하고 있었는데, 이때 오븐 위에서 구운 조그만 과자 한 개를 내게 갖다주었다.

「어서 들어 보세요.」하고 그네는 말했다. 「얼마나 시장하시겠어요. 죽을 좀 드셨을 뿐 아침부터 아무것도 안 드셨다고 하나가 말하던데요.」

나는 그것을 사양하지 않았다. 내 식욕은 다시 살아나서 예민해졌으니까. 이때 리버즈 씨는 책을 덮고 테이블에 다가와서 자리에 앉더니 그림 같은 푸른 눈으로 나를 응시했다. 그 응시에는 툭 털어놓은 솔직성과 무엇을 찾아내려는 확고한 고집이 있었다. 그것은 여태껏 그가 미지의 사람에게 눈 하나 거들떠보지 않은 것은 수줍어서가 아니라 고의로 그랬다는 것을 말해 주었다.

「몹시 시장하신가 보군요.」하고 그는 말했다.

「네, 그래요.」간단히 걸어오는 말에는 노골적으로 대답하는 것이 내 버릇이다——본능적인 내 습관이다.

「요 사흘 동안 미열로 단식하신 것이 당신에겐 오히려 좋았소. 처음부터 식욕이 나는 대로 먹게 내버려두었더라면 위험했을 겁니다. 이젠 좀 먹어도 좋겠지요. 그렇지만 너무 무리하게 과식해선 안 됩니다.」

「이렇게 신세를 지는 것이 그리 오래 걸리지는 않으리라고 생각합니다.」하고 나는 서투르고 세련되지 못한 대답을 해버리고 말았다.

「그러실 겁니다.」하고 그는 쌀쌀하게 말했다. 「댁의 친구 되시는 분의 주소를 알려 주시면 저희들이 편지를 내지요. 그럼 댁에선 집에 돌아가시게 되겠지요.」

「그 문제는 솔직이 말씀드려야 하겠지만 도저히 제게는 할 수 없는 일입니다. 저는 가정도 친구도 없으니까요.」

세 사람은 나를 보았다. 그러나 의심스러워하는 것은 아니었다. 그들의 시선에는 의혹의 기색은 없고 오히려 호기심이 서린 것을 나는 느꼈다. 아가씨들이 더욱 그랬다. 세인트 존 씨의 눈은 문자 그대로의 의미로는 아주 맑은 눈이었지만 비유적인 의미로는 헤아리기 어려웠다. 그는 눈을, 자신을 나타내는 대변자로서가 아니라, 오히려 다른 사람의 마음을 탐지하는 도구로 삼고 있는 것 같았다. 그 날카로움과 양보의 결합은 사람을 격려하기보다는 오히려 당황케 하는

데 적합했다. 「그럼 당신은」 하고 그는 물었다. 「일체의 관계에서 완전히 고립되어 있다는 말씀입니까?」

「그렇습니다. 살아 있는 어떤 사람과도 저를 맺어 주는 줄은 없읍니다. 영국에 있는 어느 지붕 밑에도 저는 들어갈 권리가 없답니다.」

「당신 나이론 참 기구한 신세군요!」

여기서 그의 시선이 내 앞의 테이블 위에 포개져 있는 내 손으로 향한 것을 보았다. 무엇을 찾았을까 하고 생각했지만 그의 말은 곧 이 의문을 설명했다.

「당신은 결혼한 적이 없으시군요? 미혼이시죠?」

다이아나는 웃었다. 「어머나, 세인트 존, 이 분은 기껏해야 열 일곱 아니면 열 여덟밖에 안 될 텐데요.」 하고 말했다.

「곧 열 아홉이 됩니다. 하지만 결혼은 안 했어요, 안 했읍니다.」

나는 얼굴이 뜨거워지는 것을 느꼈다. 쓰라리고 설레이는 추억들이, 결혼이라는 말 때문에 일깨워진 것이다. 그들은 나의 당황과 흥분을 알아챘다. 다이아나와 메어리는 내 빨개진 얼굴에서 눈을 딴 데로 돌려서 나를 안심시켜 주었다. 그러나 보다 냉담하고 보다 엄격한 오빠는 그가 자극시킨 슬픔으로 해서 내 얼굴이 홍당무가 되고 눈물을 흘리지 않을 수 없을 때까지 계속 지켜보았다.

「최근까지 어디서 살았읍니까?」 이번엔 이렇게 물었다.

「세인트 존, 어쩌면 그렇게도 캐물어요.」 메어리가 낮은 목소리로 중얼댔다. 그러나 그는 테이블에 몸을 기대고 아직도 단호하고 꿰뚫는 듯한 눈으로 대답을 독촉했다.

「제가 살고 있던 고장의 이름이나, 함께 살고 있던 사람의 이름은 제 비밀입니다.」 하고 나는 간단하게 대답했다.

「그거야 당신이 말하고 싶지 않으시다면야 세인트 존이건 다른 어떤 사람이건 묻는 사람에게 비밀로 해둘 수 있는 권리가 댁에게 있다고 전 생각해요.」 하고 다이아나가 말했다.

「그렇지만 내가 당신에게 관해서, 혹은 당신의 경력을 전혀 모른다면 난 당신을 도울 수 없을 겁니다.」 그는 말했다. 「당신은 도움이 필요하지 않습니까?」

「필요합니다. 그것을 구하고 있읍니다. 어떤 진실한 자선 사업가가 제가 할 수 있는 일을 구해 주시길 바라고 있어요. 일의 보수는 겨우 살아 갈 수 있을 만한 정도면 됩니다.」

「제가 진정한 자선 사업가인지는 모르겠지만 그처럼 정직한 의향이라면, 제 힘껏 최선을 다해서 돕고 싶습니다. 그러니 무엇보다도 먼저 당신은 지금까지 어떤 일에 경험이 있는지, 그리고 무엇을 할 수 있는지 알려 주시오.」

나는 이미 차를 다 마셔 버렸었다. 그 차 덕택으로 나는 술 마신 거인만큼 기운이 많이 회복되었다. 그것은 나의 약해진 신경에 새로운 힘을 불러일으켜서 속을 꿰뚫으려는 이 젊은 재판관에게 침착하게 말하게 했다.

「리버즈님.」하고 나는 그를 향해 그가 나를 보고 있는 것처럼 나도 그를 바라보며 털어놓고 숨김 없이 말했다.「목사님과 누이동생들께서는 제게 무척 친절을 베풀어 주셨읍니다——가장 위대한 인간만이 그 동료 인간에게 베풀 수 있는 일입니다. 당신은 고귀한 친절로 저를 죽음에서 구해주셨읍니다. 제게 베풀어 주신 이 은혜는 어떻게 감사해야 좋을지 모르겠읍니다. 그러니까 어느 정도 저의 고백을 요구하실 권리가 계실 줄 압니다. 저는 당신이 재워 주신 이 부랑자의 과거를, 제 마음의 평화를 해치지 않는 한계 내에서——도덕적으로나 육체적으로도 저 자신의 안전에 또 다른 사람의 안전에 폐를 끼치지 않을 정도로 말씀드리겠읍니다.

저는 고아로 자란 목사의 딸입니다. 양친은 세가 그 분들을 알아보기 전에 세상을 떠났읍니다. 저는 남의 눈칫밥으로 자라났고 자선 학교에서 교육을 받았읍니다. 그 학교의 이름까지 알려 드리지만 거기서 학생으로서 육 년, 교사로서 이 년 있었읍니다——××주의 로드 고아원입니다. 리버즈님은 혹시 들으신 적이 있나요?——로버트 브로클허스트 목사가 거기 회계 감독이랍니다.」

「브로클허스트 씨에 관해선 들은 적이 있고 그 학교도 가본 적이 있읍니다.」

「저는 가정 교사가 되기 위해서 로드를 일 년쯤 전에 떠났읍니다. 좋은 자리를 구해서 행복했읍니다. 저는 그곳을, 여기 오기 나흘 전에 떠나지 않으면 안 될 사정이 있었읍니다. 떠나게 된 이유는 설명할 수도 없고 또 설명해서는 안 될 겁니다. 그것은 소용이 없을 거고 도리어 위험할 겁니다. 그리고 믿어지지 않을 겁니다. 제겐 죄라곤 조금도 없어요. 여러분 세 분과 마찬가지로 결백합니다. 저는 비참해요. 당분간은 비참하게 지내야 하겠지요. 그럴 것이 제가 천국으로 여겼던 그 집에서 저를 떠나게 한 그 파탄이 기괴한 성질의 것이기 때문이에요. 저는 출발할 계획을 세우는 데 단 두 가지밖엔 염두에 없었읍니다. 서두를 것과 남에게 알리지 않는 것이었어요. 이것을 설명하기 위해서는 조그만 꾸러미 이외엔 저의 소지품 전부를 남겨둔 채 떠나야 했읍니다. 그것도 너무 서두르고 깊은 생각에 잠겼다가 위트크로스까지 타고 온 마차에서 가지고 내리는 걸 잊어버렸답니다. 그래서 저는 아주 무일푼이 되어 이 근처까지 오게 되었지요. 이틀 밤을 노숙하고 이틀 동안 인가의 문턱은 넘어 보지도 못한 채 방황했었지요. 그 동안 단 두 번밖엔 음식을 맛보지 못했읍니다. 리버즈 씨, 당신이 제게 댁의 문간에서 굶어죽어서는 안 된다고 말씀하시고 집안에 데리고 들어오셨을 땐 굶주림과 피로와 절망으로 저는 마지막 숨을 헐떡일 때였읍니다. 그 뒤 누이동생들이 저를 극진히 대해 준 것을 모두 알고 있읍니다——혼수 상태로 보이던 때에도 내내 의식을 잃고 있진 않았으니까요——그러니까 누이동생들의 충심에서 나온 순수하고 따뜻한 동정과 당신의 복음 전도사다운 자애심에 저는 큰 은혜를 입고 있읍니다.」

「이제 더 이상 이 분에게 말을 시켜선 안 돼요, 세인트 존.」내가 말을 그치자 다이아나가 말했다. 「아직은 정말 흥분해선 안 돼요. 소파에 가서 앉아요, 엘리오트 양.」

가명을 듣고 나도 모르게 찔끔했다. 나는 새 이름을 깜빡 잊고 있었다. 빈틈없는 듯한 리버즈 씨는 곧 내 거동을 눈치챘다.

「당신의 이름은 제인 엘리오트라고 말씀하셨지요?」하고 그는 말했다.

「네, 그랬어요. 지금은 그 이름으로 불러 주시면 편리하리라고 생각합니다. 하지만 그것은 본 이름은 아닙니다. 그래서 그걸 들으니 이상한 마음이 드는군요.」

「본 이름은 알릴 수 없단 말씀이지요?」

「네, 무엇보다도 저는 발각될까봐 걱정입니다. 뭐든 발각될 만한 일은 피하겠어요.」

「정말 옳은 말이에요.」하고 다이아나가 말했다. 「이젠 오빠, 제발 잠시 동안 이 분을 쉬게 해주세요.」

그러나 세인트 존 씨는 잠시 생각에 잠겼다가 여전히 침착하고, 게다가 앞서와 마찬가지로 날카롭게 다시 묻기 시작했다.

「당신은 언제까지나 우리들의 신세를 지기는 원치 않으시겠지요——될 수 있는 대로 빨리 누이동생들의 동정, 무엇보다도 나의 〈자애〉로부터 (이 두 가지를 당신이 구별한 것을 저는 알고 있읍니다. 제가 노한 건 아니오——사실이 그러니까요) 벗어나고 싶으시겠죠. 우리들에게 의지하지 않고 살아나가고 싶단 말씀이죠?」

「그렇습니다. 아까도 그렇게 말씀드렸읍니다. 일하는 방법이나 일자리를 구하는 방법을 가르쳐 주세요. 그것이 제가 알고 싶은 겁니다. 일만 있으면 어떤 비천한 오막살이에라도 보내 주세요. 하지만 그때까지는 제발 여기 있게 해주세요. 저는 집 없는 궁핍의 공포를 두 번 다신 맛보고 싶지 않아요.」

「물론 여기 계시게 하고말고요.」하고 다이아나는 흰 손을 내 머리 위에 얹으며 말했다. 「계시게 하고말고요.」하고 메어리는 그네의 천성인 듯한 신중한 성실성이 어린 어조로 되풀이했다.

「동생들은 보시다시피 당신과 함께 지내는 것을 기뻐하고 있읍니다.」하고 세인트 존 씨가 말했다. 「마치 얼어죽어 가는 새가 추운 바람에 쫓기어 창문으로 날아들어온 것을 돌보아 주고 귀여워하는 것을 기쁨으로 여기는 것과 같습니다. 나 자신으로 말하면 당신에게 자활의 길을 마련해 드려야겠다고 누구보다도 느끼고 있읍니다. 그렇게 노력하지요. 그러나 아시겠어요, 제 원조의 범위는 좁습니다. 저는 빈한한 시골 교구의 목사에 불과합니다. 제 원조는 아주 미력하기 짝이 없을 겁니다. 만일 당신이 〈보잘것 없는 생활〉을 멸시하신다면 제가 제공할 수 있는 것보다도 좀더 효과적인 원조를 구해 보시오.」

「이 분은 뭐든지 자기가 할 수 있는 정직한 일이라면 기꺼이 하겠다고 아까 말씀하셨어요.」하고 다이아나는 나를 대신해서 대답했다. 「그리고 세인트 존, 이 분은 누가 도와주든 기리지 않아요. 오빠처럼 무뚝뚝한 분이라도 억지로 참아 나가야 할 테니까요.」

「저는 양재사라도, 품팔이 일꾼이라도 되겠어요. 식모나 보모라도 되겠어요. 그보다 더 좋은 자리를 얻을 수 없으면요.」나는 대답했다.

「좋습니다.」하고 세인트 존은 냉정하게 말했다.

「당신의 생각이 그렇다면 당신을 돕기로 약속을 하지요. 나 자신의 시간과 방법으로 말입니다.」

그는 이때 차를 마시기 전에 읽고 있던 책을 또 읽기 시작했다. 나는 곧 물러나왔다. 나는 지금의 내 체력이 허용하는 한도 내에서 여러 가지 말도 했고 오랫동안 앉아 있기도 했기 때문이었다.

30

무어 하우스 사람들의 마음씨를 더 알면 알수록 나는 그들을 더욱 좋아하게 되었다. 며칠 동안에 내 건강은 상당히 회복되어 하루 종일 앉아 있을 수 있었고 때로는 밖에 나가 산책을 할 수 있게 되었다. 나는 다이아나와 메어리가 하는 일에는 다 참여할 수 있었다. 나는 그들이 원하는 대로 얼마든지 얘기할 수도 있었고 허락을 해주면 언제 어디서든 그네들을 도울 수 있었다. 내가 난생 처음 맛보는 이 교제에는 소생하는 즐거움이 있었다——취미와 감정과 주의(主義) 등의 완전한 일치에서 생기는 즐거움이었다.

그네들이 즐겨 읽는 것을 나도 즐겨 읽었다. 그들이 즐기는 것을 나도 즐겨 읽었다. 그네들이 즐기는 것을 나도 즐겨 하고, 그네들이 찬성하는 것은 나도 알아 주었다. 그들은 이 한적한 집에 애착을 느끼고 있었다. 나도 그 나지막한 지붕, 격자가 달린 들창, 무너져 가는 벽, 산바람의 압력으로 모두 비스듬히 누운 무성한 늙은 전나무의 길이 있는——아주 거칠은 꽃 종류밖에는 피지 않는 주목이나 서양 감탕나무가 꽉 들어찬 정원이 있는 회색의 조그마한 옛 건물에 꿋꿋하고 영속적인 매력을 느꼈다. 그네들은 집의 뒤와 주위를 둘러싸고 있는 보랏빛 황야와——대문에서 자갈투성이의 마차길이 나 있는, 나무가 없는 골짜기에 애착을 갖고 있었다. 마차길은 우선 고사리가 무성한 둑과 둑 사이를 굽이쳐 지나 그 다음엔 히드의 황야를 경계짓는 아주 황량하기 짝이 없는 조그만 몇 개의 풀밭 사이를 지나고 있다. 이 풀밭은 이끼 같은 얼굴의 새끼 양을 데린, 이 황야의 회색 양떼에게 양식을 제공한다. 그네들은 이런 풍경을 아주 열광적으로 좋아하고 있었던 것이다. 나는 그네들의 기분을 이해할 수 있었고, 그 기분의 강도(强度)와 진실성도 공감할 수 있었다. 나는 이 지방의 매력을 알았다. 나는 그 고독의 신성함을 느꼈다. 내 눈은 산처럼 높아지고 퍼져나간 산의 기복을 보고 황홀했다. 이끼나, 히드의 꽃이나, 뿌려진 듯이 꽃핀 잔디나, 번쩍번쩍 빛나는 고사리나 연한 화강암이 산등성이와 골짜기에 주는 자연 그대로의 색채를 바라보며 황홀했다. 이런 풍물들이 그네들에게 그처럼 맑고 감미로운 기쁨의 원천이었던 것처럼, 내게도 똑같이 그랬다. 이 지방의 강풍이나 미풍, 폭풍이 부는 날이나 평온한 날, 해가 돋고 지는 시각, 달밤이나 구름이 낀 밤 등은 그네들을 홀리게 한 것과 똑같이 나를 매혹시켰다——그네들의 마음을 황홀하게 한 매력으로 내 마음도 사로잡았다.

집안에서 우리는 다같이 뜻이 맞았다. 그들 자매는 모두 나보다 많은 재능을 가지고 있었고 나보다 많은 독서를 했었다. 그러나 나는 그네들이 나보다 앞서 밟아간 지식의 길을 열심히 더듬어 갔다. 나는 그네들이 빌려준 책을 탐독했다. 그래서 낮에 읽은 데 관해서 밤에 그네들과 토론하는 것이 나의 다시 없는 즐거움이었다. 생각과 생각이 일치했다. 의견과 의견이 같았다. 다시 말하면 우리들은 완전히 일치된 것이다.

우리 셋 중에 우수한 사람이라든가 지도자가 있다면 그것은 다이아나였다. 육체적으로 그네는 나를 훨씬 능가했다. 아름답고 원기 왕성했다. 그 발랄한 정신에는 내 이해를 가로막는 한편, 나에게 놀라움을 일으키게 하는 활력이 담뿍 흘러 생활의 윤택이 있다. 초저녁에 얼마 동안 나는 이야기할 수 있었지만 처음의 원기 왕성과 유창함이 스러지면 나는 다이아나의 발 밑에 있는 걸상에 앉지 않을 수 없었다. 그네의 무릎 위에 머리를 기대고 다이아나와 메어리가 주고받는 이야기를 듣곤 했다. 그 동안에 그네들은 내가 건드리기만 한 문제를 철저히 연구했다. 다이아나는 내게 독일어를 가르쳐 주겠노라고 제의했다. 나는 그네에게 배우는 것이 기뻤다. 가정 교사의 역할은 그네를 기쁘게 하고 그네에게 적격이라는 것을 나는 알았다. 동시에 학생의 역할은 나를 기쁘게 해주고 내게 적합했다. 우리들의 성격은 꼭 들어맞았다. 그 결과는 상호간의 애정 —— 가장 강력한 성질의 애정 —— 으로 나타났다. 리버즈 자매는 내가 그림을 그릴 수 있다는 것을 알아냈다. 그네들의 연필과 그림물감통은 당장 내게 쓸모가 있었다. 내가 이 점에서 그네들보다도 우수하다는 것이 그네들을 놀라게 하고 그네들의 마음을 끌었다. 메어리는 언제나 나와 함께 몇 시간이라도 앉아서 내가 그리는 것을 지켜보다가는 자기의 그림 공부를 시작했다. 그네는 유순하고, 영리하고 부지런한 생도가 되었다. 이렇게 시간을 보내며 서로 즐기는 가운데 하루가 한 시간처럼, 한 주일이 하루처럼 흘러가 버렸다.

세인트 존 씨에 관해서 말한다면, 나와 그의 누이동생들 사이에 이처럼 자연히 그리고 빨리 생긴 친밀감이 그에게까지는 미치지 못했다. 여태껏 나와 그와의 사이를 가로막고 있는 이유의 하나는 그가 비교적 집에 있는 일이 드물다는 점이었다. 그의 시간의 대부분은 그의 교구 내의 흩어져 있는 환자나 가난한 사람들을 방문하는 데 쓰여지고 있는 것 같았다.

어떤 날씨도 이러한 목사로서의 심방을 방해하는 일은 없었던 것 같다. 비가 오든 개인 날이든 아침 공부 시간이 지나면 그는 모자를 손에 들고 작고한 부친이 사랑했던 포인타 종류의 늙은 개 칼로를 데리고 사랑이나 의무의 사명을 띠고 —— 그가 어느 편의 의미를 취했는지 나로서는 잘 알 수 없는 일이지만 —— 출발하는 것이었다. 때때로 날씨가 몹시 궂을 땐 그의 누이동생들이 만류하곤 했다. 그럴 때 그는 쾌활하기보다는 엄숙하고 묘한 미소를 띠면서 말했다.

「바람이 불기 시작했느니 빗방울이 떨어지기 시작했느니 해서 이렇게도 쉬운 임무를 주저한다면 이 태만은 내가 계획하고 있는 장래에 무슨 준비가 된단 말이냐?」

이에 대한 다이아나와 메어리의 대답은 한숨과 유난히 슬픈 명상이었다.

　그러나 그의 잦은 외출 외에도 그와의 우정을 방해하는 것이 또 있었다. 그는 내성적이며 멍청한, 게다가 깊이 사색에 잠긴 사람처럼 보였다. 전도 사업에 열심이고 그 일상 생활과 습관에는 비난할 점은 없다고 하지만 모든 성실한 기독교인이나 실천적인 박애주의자에게 돌아오는 보상인 정신적인 평온이나 마음의 만족을 즐기는 것 같지는 않았다. 저녁 때면 흔히 창가에 앉아서 책상과 서류를 앞에 놓고 턱을 고이고 독서와 글쓰기를 멈추고, 내가 알 수 없는 생각에 잠기는 일이 있었다. 그러나 그것은 끊임없이 떴다감았다 하는 침착성이 없는 그의 눈으로 보아 혼란과 흥분에 싸여 있는 것을 알 수 있었다.

　그뿐 아니라 그의 누이동생들에게는 즐거움의 보고(寶庫)인 자연이 그에게 있어선 그렇지가 않은 것같이 생각되었다. 그는 내가 듣고 있을 때 한 번, 단 한 번만, 울툭불툭한 언덕의 매력에 대한 강한 느낌과 그가 내 집이라고 부르고 있는 컴컴한 지붕과 회색 벽에 대한 타고난 애착심을 말했던 것이다. 그러나 이러한 감정을 표현했을 때의 그의 말이나 말투엔 기쁨보다는 우울이 더 많았다. 그리고 그는 마음을 진정시키는 고요함을 찾으려고 황야를 거니는 일은 한번도 없었고 황야가 주는 숱한 평화로운 기쁨을 찾아 머무르려고는 조금도 안 했다.

　이처럼 말없는 사람이어서 내가 그의 마음을 짐작할 기회를 갖는 데는 얼마간의 시일이 흘렀다. 나는 모튼에 있는 그의 교회에서 그가 설교하는 것을 듣고 처음으로 그의 재능을 알았다. 나는 그 설교를 기록할 수 있었으면 하고 생각해 보지만 내 힘이 미치지 못하는 일이다. 그 설교가 내게 준 감명을 충실히 묘사하는 일마저 불가능하다.

　설교는 조용히 시작되었다——사실 그 말씨와 목소리의 억양에 대해서 말한다면 마지막까지 조용했다. 뼈저리게 마음에 느끼면서도 억누르고 있는 열의는 곧 명료한 어조가 되어 힘찬 말로 변했다. 그것은 압축되고 요약되고 통제되어 박력을 더해 갔다. 설교자의 박력으로 청중의 가슴은 떨리고 충격을 받았으나 부드럽게 해주지는 못했다. 시종 기묘한 괴로움이 있었고 사람의 마음을 위안하는 부드러움은 없었다. 칼빈 교리·——하느님의 선택, 숙명, 정죄(定罪)에 대한 신랄한 암시가 언급되었지만 그런 것들을 설파할 때 마치 그 말은 최후의 판결을 내리는 선고처럼 들렸다. 그가 설교를 마쳤을 때, 나는 그의 설교에 의해서 더욱 좋고 보다 더 안정되고 한층 계발된 기분이 되기는커녕 형언할 수 없는 슬픔을 느꼈다. 왜냐하면 내게는——내가 경청한 웅변은, 실망이라는 흐려진 앙금이 가라앉아 있는 곳에서 솟아나오는 것으로 생각되었기 때문이었다——거기에는 그칠 줄 모르는 동경과 불안한 야망의 충동이 파도치고 있었다. 분명히 세인트 존 리버즈 씨는──순수하게 살며 양심적이고 직무에 대해선 열성을 다했지만──모든 지각에 뛰어난 하느님의 평화를 아직 발견하지 못하고 있었다. 깨진 우상과 잃어버린 낙원에 남몰래 안타까운 미련을 품고서 하느님의 평화를 찾지 못하는 나와 마찬가지로 그도 찾지 못하고 있는 것이라고 생각했다──요즈음 나는 생각하는 일을 될 수 있는 대로 피해 왔다는 데 대한 유감, 그러나 그 생각이 아직도 나를 사로잡아 용서 없이 학대하는 것이었다.

이럭저럭하는 동안에 한 달이 지나갔다. 다이아나와 메어리는 곧 〈황야의 집〉을 떠나 영국 남부의 번화한 대도시로 가정 교사로서의 그네들을 기다리고 있는, 지금과는 아주 판이하게 다른 생활과 환경으로 돌아가게 되어 있었다. 그곳에서 자매는 그네들을 천한 고용인으로 여기고 그네들의 천부의 재질을 조금도 알아 주지 못하고 또 알려고 하지도 않고 그네들이 습득한 재능을 요리사의 솜씨나 시녀의 취미쯤으로밖에는 평가하지 않는 거만하고 부유한 가족들 속에서 일자리를 갖게 되는 것이었다. 세인트 존 씨는 나를 위해서 구해보겠다고 약속한 일자리에 관해선 아직 한마디도 없었다. 그러나 내가 무슨 직업이라도 갖지 않으면 안 되는 것은 시급한 일로 되었다. 어느날 아침, 잠시 객실에서 단 둘만이 있게 되자 나는 용기를 내어 창턱 후미진 곳으로──그는 여기를 일종의 서재처럼 테이블, 의자, 책상을 늘어놓고 있다──다가가서 묻고 싶은 말을 어떻게 건네면 좋을지 몰라하면서도──그런 성격을 가진 사람에게 잔뜩 얽혀 있는 이야기의 실마리를 풀어내기란 언제나 쉬운 일이 아니므로──말을 꺼내려고 하자 그가 먼저 실마리를 꺼내서 나의 곤란을 덜어 주었다.

내가 가까이 다가가자 그는 얼굴을 쳐들고「내게 할 말이 있소?」하고 말했다.

「네, 제가 맡아서 할 수 있는 일자리를 혹시 알아 보시지나 않으셨는지 묻고 싶어서요.」

「한 삼 주일 전에 당신이 할 어떤 일을 발견도 했고 계획도 했지만 당신은 이 집에서 도움이 되고 행복해 보이기도 하기에──더구나 동생들은 분명히 당신을 좋아하게 되었고 당신과의 교제는 동생들에게 크나큰 기쁨을 주었소. 동생들의 마쉬 엔드 출발이 박두해 오니 당신도 출발할 필요가 있을 때까지는 여러 사람들의 행복을 깨뜨리지 않는 것이 좋겠다고 생각했던 거요.」

「그런데 그 분들은 이제 사흘만 있으면 떠나실 게 아녜요?」하고 나는 물었다.

「그렇습니다. 그래 그 동생들이 떠나면 나는 모튼의 목사관으로 돌아갑니다.

하나도 나와 함께 가지요. 그리고 이 낡은 집은 폐쇄하고 맙니다.」

　나는 맨 처음 끄집어낸 말을 계속할 줄 알고 한참 동안 기다리고 있었으나 그는 일련의 다른 회상으로 들어간 듯했다. 그의 표정은 나나 내 일거리 같은 것에선 떠나, 딴 일에 마음을 빼앗긴 것을 나타내고 있었다. 하는 수 없이 나는 자신에게 있어선 긴급하고 염려되는 관심사인 절박한 화제를 그에게 상기시키지 않을 수 없었다.

　「생각해 보셨다는 일이란 어떤 것입니까, 리버즈님? 이렇게 날짜를 지연시키는 바람에 일자리를 붙잡는 데 점점 곤란해지지나 않았으면 좋겠는데요.」

　「아아, 아니 그럴 리는 없지요. 일자리를 제공하는 것은 내 마음대로이고, 그걸 받아들이는 것은 당신의 마음 여하에 달렸으니까.」

　그는 다시 입을 다물었다. 말을 계속하기가 싫은 것 같았다. 나는 조바심이 났다. 안절부절 못하는 몸짓이나 그의 얼굴을 물끄러미 바라보고 있는, 간절한 대답을 기다리는 시선은 말한 것만큼 효과적이었고 또 그다지 힘들이지 않고도 내 마음을 그에게 전달했다.

　「서둘러서 들을 필요까지는 없소.」그는 말했다. 「솔직이 말씀드리자면 알려 드릴 만큼 적합하거나 유리한 것은 없읍니다. 설명하기 전에 언젠가 분명히 내가 예고했던 말을 기억하시지요. 내가 도와드린다 해도 그것은 장님이 절름발이를 돕는 정도의 것이라고 했던 말을. 나는 가난합니다. 내가 선친의 부채를 갚았을 때 남은 유산이라고는 이 쓰러져 가는 집과 뒤뜰에 늘어진 벌레먹은 전나무, 그리고 집 앞의 주목(朱木)과 서양 감탕나무의 숲이 있는 황폐한 얼마 안 되는 땅덩어리뿐이라는 걸 알게 되었소. 나는 이름도 알려져 있지 않은 사람이오. 리버즈 집안이란 오랜 가문이오. 그 혈통의 유일한 자손인 세 사람 중에서 두 사람은 전연 알지도 못하는 사람들 속으로 들어가 피고용인으로 생활하고, 세 번째 사람은 자기 자신을 이방인으로 생각하고 있소──살아 있을 때뿐만 아니라 죽어서까지라도 말입니다. 그렇습니다. 그는 그렇게 생각하지 않으면 안 되지요. 세속적 굴레로부터의 결별이라는 십자가가 어깨에 짊어지워진 날, 그 자신 가장 천한 종의 한 사람으로서 봉사하는 지상 교회의 〈머리〉이신 〈그리스도〉가 〈일어나 나를 따르라!〉라는 말씀을 내리실 오직 그날만을 기다리고 있는 거지요.」

　세인트 존 씨는 그가 설교를 할 때처럼 침착하고 굵직한 목소리로 뺨을 붉히지도 않고 빛을 내뿜는 번쩍거리는 눈으로 말했다. 그는 말을 계속했다.

　「나 자신이 가난하고 존재가 없는 자이니 만큼, 당신에게 그런 일자리밖엔 제공할 수 없소. 당신 같으면 그런 일을 성품을 타락시키는 것으로 생각하실지도 모르겠소——왜냐하면 내가 보기엔 당신의 여태까지의 생활은 세상에서 말하는 세련된 것이었고 당신의 취미는 이상으로 기울어졌고 당신의 교제는 적어도 교양이 있는 사람들 사이에서 있었던 거요. 그러나 인류를 향상시킬 수 있는 직분은 어떤 일이라도 사람의 성품을 떨어뜨리는 것은 아니라고 나는 생각하오. 기독교라는 노동자가 하느님으로부터 경작을 명 받은 땅이 불모지(不毛地)이고 개간되어 있지 않으면 않을수록——노동의 대가가 박하면 박할수록 영예는 높아지리라고 믿소. 이런 경우의 그도 운명은 선구자의 운명이오. 복음서의 최초의 개척자는 열두 제자들이었소——그들의 머리는 구세주 예수 그 사람이었던 거요.」

「그래서요?」 그가 다시 말을 끊기에 「계속하세요.」 하고 나는 말했다.

그는 말을 꺼내기 전에 나를 가만히 쳐다보았다. 마치 내 얼굴의 붙임새와 얼굴의 윤곽이 책에 적혀 있는 글자라도 되는 듯이 유유히 내 얼굴을 읽으려는 것 같았다. 그는 이 정밀한 검사에서 끌어낸 결론을 다음과 같은 말로 그 일부분을 피력했다.

「당신은 내가 알선하는 일자리를 받아 주시리라고 믿습니다.」 하고 그는 말을 이었다. 「얼마 동안은 그것을 계속해 주시겠지요. 영원히 그럴 거라는 건 아니지만. 내가 이 좁고, 더구나 마음마저 좁게 만드는——평온한 세상에서 동떨어진 영국의 시골 목사의 직분을 영원히 지속해 나가지 않으려는 것과 같은 거요. 이유는 당신의 천성에는, 종류는 좀 다르긴 하지만, 내 천성에 있는 것과 마찬가지로 평온하게 있을 수 없는 기질이 섞여 있기 때문이란 말이오.」

「설명해 주세요.」 또다시 그가 말을 멈추기에 나는 재촉했다.

「설명하지요. 그리고 내 제안이 얼마나 빈약한 것인가——얼마나 보잘것없는, 얼마나 거추장스러운 것인가 알려 드립니다. 부친께서 이미 돌아가셨고 자유스러운 몸이 된 이상 나는, 모튼에는 오래 머물러 있지 않으려 합니다. 아마 일 년 이내로 모튼을 떠날 거지만, 있는 동안은 전력을 다해서 모튼의 개화에 힘쓸 결심입니다. 이 년 전 내가 모튼에 왔을 때 학교는 없었고 가난한 집의 어린애들은 모든 발전의 희망에서 소외되어 있었읍니다. 나는 사내아이들을 위해서 학교를 세웠읍니다. 그리고 이번엔 여자아이들을 위해서 제2의 학교를 세울 작정입니다. 이 목적을 위해서 건물을 빌려 놓았읍니다. 여선생이 거처할 방으로 그 건물 바로 옆에는 두 개의 방이 있는 조그만 집이 달려 있읍니다. 여선생의 봉급은 일 년에 삼십 파운드. 그 집은 벌써 가구 설비가 되어 있읍니다. 극히 간소한 것이지만 내 교구의 유일한 부호의 외딸인 올리버 양이라는 분의 호의로 빈틈없는 준비가 충분히 되어 있읍니다——올리버 씨라는 분은 저 골짜기에 있는 바늘 제조 공장 겸 주철 공장의 주인입니다. 그 분의 따님이 구제원에서 고아를 하나 데려다가 그애의 교육비와 옷의 비용을 지불해 주는 대신 선생은 바빠서 사택과 교사에 관한 자질구레한 일에 대해서는 직접 할 틈이 없을 테니까, 그 소녀가 선생의 심부름을 해준다고 하는 조건부로 말입니다. 거기 선생이 되어 주시겠소?」

그는 이 말을 약간 성급하게 했다. 이 제안에 내가 화를 내지 않으면 적어도 경멸하는 거절을 반쯤 예기하고 있었던 것 같았다. 다소는 짐작은 했을지 몰라도 내 생각과 마음을 잘 알고 있지 못했으므로 이 제의의 반응이 어떻게 나타날는지 그에겐 통 종잡을 수 없는 일이었다. 실상 이것은 보잘것없는 일이었다——그러나 그 사람의 눈에 띄지 않는 일이다. 나는 안전한 도피처를 바라고 있었다. 이것은 꾸준히 해나가야 하는 고된 일이다——하지만 부자집 가정 교사에 비하면 독립적이다. 한편 낯선 사람들과 함께 살며 봉사한다는 공포가 내 영혼 속에 쇠처럼 무겁게 파고들었다. 이것은 천한 일은 아니다. 가치 없는 일도 아니다——정신적으로 타락하는 일도 아니다. 나는 결심했다.

「리버즈 씨, 그 제안에 감사합니다. 전 충심으로 그 일을 받아들이겠읍니다.」

「그렇지만 내가 말씀드린 의도를 아시겠읍니까?」하고 그는 말했다. 「마을의 국민 학교입니다. 당신의 생도는 가난한 사람들의 딸들뿐——오두막집에서 살고 있는 사람들의 어린애들입니다. 기껏해야 농장을 가진 농부들의 딸들입니다. 뜨개질, 바느질, 읽기, 쓰기, 셈하기를 가르쳐야 합니다. 당신은 여러 가지 습득한 것을 어떻게 하시겠읍니까? 당신의 마음을 가장 크게 차지하고 있는 것을——정서를, 취미를 어떻게 하시겠읍니까?」

「필요할 때까지 간직해 두지요. 보전될 겁니다.」

「그럼 당신이 할 일은 아시지요?」

「알고 있읍니다.」

이때 그는 빙그레 웃었다. 쓰라리거나 슬픈 미소가 아니라, 아주 유쾌한 깊이 만족해 하는 웃음이었다.

「그러면 언제 당신의 직무를 실제로 시작하겠읍니까?」

「내일, 제가 살 집으로 가겠어요. 괜찮으시다면 내주 학교를 시작하지요.」

「좋습니다. 그렇게 해주시오.」

그는 일어나 방안을 걸었다. 조용히 서더니 또 나를 바라보고는 머리를 가로 저었다.

「무엇이 못마땅한가요, 리버즈 씨?」하고 나는 물었다.

「당신은 모튼에 오래는 안 계시겠지요. 아니 안 계시죠?」

「어머나! 그런 말씀을 하시다니 무슨 이유세요?」

「나는 그걸 당신의 눈에서 읽었읍니다. 당신의 눈은 단조롭고 아무 변화도 없는 생활을 계속해 나갈 만한 눈이 아니오.」

「전 야심가는 아니에요.」

야심가라고 하는 말에 그는 깜짝 놀랐다. 그는 되풀이했다. 「아니 왜 야심가라는 말을 생각하게 되었소? 누가 야심을 품고 있다는 거요? 야심가는 나요. 그런데 어떻게 당신이 알아냈단 말이오?」

「전 저 자신의 얘기를 하고 있는 거예요.」

「그렇습니까, 당신이 야심가가 아니라면 당신은——」그는 말을 쉬었다.

「뭐라고요?」

「겨정가(激情家)라고 하려 했소. 틀림없이 이 말을 오해하시고 불쾌하게 여기시겠지요. 내가 말하는 것은 인간적인 애정과 동정이 당신을 가장 강력하게 지배하고 있다는 거요. 당신은 여가를 고독하게 지내거나 전혀 자극이 없는 단조로운 일에 당신의 일하는 시간을 제공하는 것으로는 오랫 동안 만족해 있지 않을 것이 확실합니다. 내가,」하고 그는 강조해서 덧붙였다. 「늪 속에 묻히고 산중에 갇혀 하느님이 주신 천성에 위배되고 하늘로부터 받은 능력을 마비시켜서——무용지물이 되어——여기 사는 것이 만족스럽지 못한 것과 마찬가지로 당신은 지금 얼마나 내가 자기 모순에 빠져 있는지를 아실 거요. 미천한 운명에 만족하라고 설교한 내가, 하느님에게 봉사하는 일이라면 나뭇꾼이나 물푸는 직업까지도 천직이라고 인정하고 있는 내가, 하느님의 선택된 목사인 내가 마음이 가라앉질 않아 미칠 지경이란 말이오. 자아, 그건 그렇고, 성벽(性癖)과 주의(主義)를 어떻게 해서든 일치시키지 않으면 안 된단 말이오.」

그는 방을 나갔다. 이 짧은 시간에 나는 지나간 한 달 동안에 안 것보다도 훨씬 더 많이 그를 알게 되었다. 그래도 그는 여전히 내겐 수수께끼였다.

다이아나와 메어리는 오빠와 고향을 작별할 날짜가 다가옴에 따라 더욱 슬퍼하고 말이 적어졌다. 자매는 일부러 아무렇지도 않은 듯이 보이려고 애썼지만 그네들이 싸워 나가야 할 서러움을 완전히 극복하거나 숨겨 버릴 수는 없었다. 다이아나는 이번의 작별은 일찌기 그네들이 경험한 것과는 다른 작별이 되리라고 했다. 세인트 존과는 아마도 몇 해 동안의 이별이 될 것이다, 일평생의 이별이 될지도 모른다고 했다.

「오빠는 오랫 동안 계획하고 있던 결심을 위해서는 만사를 희생하실 거야.」하고 다이아나가 말했다. 「그것보다도 좀더 강한 육친의 애정이나 감정까지도. 세인트 존은 조용한 것처럼 보이죠, 제인. 하지만, 오빠의 생명 속에는 정열이 숨어 있어요. 부드러운 사람으로 생각하실 거예요. 그렇지만 오빠는 어떤 문제에 있어선 죽음처럼 냉혹해요. 그리고 아주 곤란한 것은, 내 양심이 오빠의 돌처럼 굳은 결심을 단념시키는 것을 허락하지 않는다는 거야. 물론 난 그 일로 해서 오빠를 조금이라도 비난할 수는 없어요. 바르고 고상한 기독교도의 결심이니까. 하지만 내 가슴은 찢어질 것만 같아요.」아름다운 그네의 눈엔 눈물이 솟구쳤다. 메어리는 그네의 일감 위에 머리를 푹 숙이고 있었다.

「우리들에겐 이젠 아버지도 안 계셔요. 얼마 안 가서 집도 오빠도 다 없어지는 거지 뭐.」그네는 중얼거렸다.

그때 계속해서 어떤 조그만 사건이 꼬리를 물고 일어났다. 〈불행은 혼자서 오지 않는다〉라는 속담이 진리라는 것을 증명하고 더우기 무슨 일이든 거의 성사될 때까지는 안심할 수 없다는 듯 그들의 슬픔에 화가 미치는 고통을 더하기 위해서 고의로 운명이 정한 사건처럼 생각되는 것이다. 세인트 존은 한 통의 편지를 읽으며 창 밖을 지나갔다. 그는 방으로 들어왔다.

「존 외삼촌이 돌아가셨다.」그는 말했다. 자매는 모두 놀란 것 같았다. 그러나 충격을 받거나 몹시 놀란 것 같지는 않았다. 이 소식은 슬픈 통지라기보다는 오히려 중요한 일로 생각되었다.

「돌아가셨어요 ?」다이아나가 되물었다.

「그래.」

다이아나는 탐지하려는 눈을 오빠의 얼굴에 못박았다. 「그래 어떻게 됐어요 ?」그네가 낮은 목소리로 물었다.

「그 뒤 어떻게 되었느냐고 ?」그는 대리석처럼 눈썹하나 까딱하지 않고 대답했다. 「어떻게 됐느냐고 ? 뭐 아무것도 아니야. 읽어 보렴.」

그는 편지를 다이아나의 무릎 위에 던져 주었다. 그네는 그것을 훑어보고는 메어리에게 넘겨 주었다. 메어리는 잠자코 읽고서 그것을 오빠에게 돌려주었다. 셋은 서로 얼굴을 쳐다보며 미소했다——쓸쓸하고도 우수에 잠긴 미소였다.

「아멘 ! 우리들은 그래도 살아 갈 수 있어.」다이아나가 마침내 입을 열었다.

「하여튼 지금보다는 우리들의 생활이 더 비참해지지는 않을 테니까.」메어리가 말했다.

「오히려 과거는 이랬으면 좋았을 거라고 공상을 강요할 뿐이지.」하고 리버즈 씨가 말했다.「과거와 현재를 너무 생생하게 대조시키고 있지.」

그는 편지를 접어서 책상 속에 넣고 다시 방을 나갔다.

잠시 아무도 입을 열지 않았다. 그런데 다이아나가 내 쪽을 향했다.

「제인, 당신은 우리와 우리의 비밀을 알면 이상히 여길 거예요.」그네는 말했다.「외삼촌 같은 가까운 육친이 돌아가셨는데도 슬퍼하지 않는 무정한 사람들이라고 생각하겠지요. 하지만 우리들은 한 번도 외삼촌을 보지도 못했고 알지도 못했어요. 그 분은 우리들 어머니의 오빠 되시는 분이었어요. 오래전에 아버지와 외삼촌은 서로 다투셨어. 아버지가 재산을 몽땅 투기 사업에 건 것은——아버지의 파산은 그 분 때문이었지——외삼촌의 권고 때문이었으니까요. 서로 죄를 뒤집어씌우다가 두 분은 노해서 헤어지고는 다시는 화해를 하지 않으셨대요. 외삼촌은 그후, 훨씬 더 수지가 맞는 사업에 종사하셔서 이만 파운드의 재산을 만드셨나 봐요. 삼촌은 결혼을 안 하셨고 우리들과 우리들만큼은 가깝지 않은 친척이 한 사람 있을 뿐이었어요. 아버지께선 삼촌이 우리들에게 재산을 양도해주면 삼촌의 죄는 속죄되리라는 생각을 품고 계셨답니다. 아까의 편지엔 조상(弔喪)의 반지를 세 개 살 비용으로 세인트 존, 다이아나, 메어리가 분배하도록 삼십 기니를 남겨 놓고는 나머지는 전부 다른 친척에게 양도했다는 걸 알려 왔군요. 물론 삼촌은 당신 마음대로 실행하실 권리가 있으시죠. 그런데도 그 소식을 받고 세 사람의 마음은 순간적으로 무너졌어요. 메어리와 나는 각기 일천 파운드씩만 갖게 되면 부자가 되리라고 생각하고 있었고 세인트 존에겐 그만한 금액이면 값어치 있는 돈이 됐을 거예요. 그것으로 좋은 사업을 오빠에게 시킬 수 있었을 거예요.」

설명이 끝나고 이 이야기는 이것으로 끝났다. 세인트 존이나 그의 누이동생들도 그 이상 여기에 대해선 언급하지 않았다. 다음날 나는 모튼을 향해 마쉬 엔드를 출발했다. 그 다음날 다이아나와 메어리는 먼 B 시를 향해서 모튼을 출발했다. 한 주일 안으로 세인트 존 씨와 하나는 목사관으로 돌아갔다. 이리하여 이 오랜 지대는 텅 비게 되었다.

31

　내 집은——마침내 내 집을 발견했을 때——한 채의 오막살이로 흰 칠을 한 벽과 모래로 바닥을 깐 방이었다. 페인트칠을 한 의자가 네 개, 테이블, 괘종 시계, 게다가 두서너 개의 접시와 우묵한 접시, 〈델프트〉산 차그릇 한 벌 등을 넣어둔 찬장이 있었다. 그 위에 이 부엌만한 크기의 침실이 있어서 전나무로 만든 침대와 옷장이 있었다. 조그만 옷장이었으나 나의 몇 가지 안 되는 옷을 챙겨 두기엔 너무 컸다. 그나마도 친절하고 너그러운 내 친구들이 필요하다고 생각되는 물건들을 적당히 갖추어 주어 늘어난 세간이었지만.

　저녁 때였다. 나는 내 시중을 들어 주기로 되어 온 고아 소녀에게 오렌지 한 개를 주어 돌려보냈다. 난롯가에 나는 홀로 앉아 있었다. 오늘 아침에 마을의 학교는 문을 열었다. 이십 명의 학생이 있었다. 그러나 그 중에서 읽을 줄 아는 애는 세 명, 글을 쓰거나 셈을 할 줄 아는 애는 한 사람도 없었다. 여러 명은 뜨개질을 그리고 몇 명은 바느질을 좀 할 수 있었다. 그애들의 말은 이 지방 독특한 사투리였다. 지금 그네들과 나는 서로 알아듣느라고 무척 애를 쓰고 있다. 어떤 애들은 무지스레 무례하고 거칠고 걷잡을 수 없지만, 온순하고 배우려는 의욕이 있어서 나를 기쁘게 해주는 성미를 가진 애들도 있었다. 이러한 헐벗은 꼬마 농부들에게 제일 점잖은 가문의 후예들 못지않은 인간성이 있다는 것을 나는 잊을 수 없다. 또 나면서부터의 우수성, 품위, 총명, 친절한 마음의 싹은 가문이 훌륭한 가정에 태어난 어린이들과 마찬가지로 그들의 마음속에도 생겨난다는 걸 잊을 수 없다. 내 임무는 이러한 싹을 발전시키는 일이다. 틀림없이 나는 이 직분을 완수하는 데 행복을 찾아낼 수 있을 거다. 내 앞에 전개되는 이 생활에 나는 크나큰 기쁨을 기대하고 있진 않지만 그래도 마음을 가다듬고 마땅히 해야 할 내 정력을 기울이기만 하면 틀림없이 그날그날 살아 가는 데 나를 적응시킬 수 있을 거다.

　나는 오늘 아침과 오후에 저쪽에 있는 아무 장식도 없고 보잘것없는 교실에서 지내는 동안 참으로 즐겁고 흐뭇하고 만족을 느꼈던가? 나는 자신을 속이지 않고 대답해야 한다——아니라고. 나는 무척 비참한 생각이 들었다——나는 그렇다, 어리석은 나는——타락한 기분이 들었다. 사회적인 생활의 척도에서 자신을 향상시키기는커녕 한 걸음 내려디딘 것이 아닌가 의심했다. 나는 내 주위에서 보고 들은 모든 무지와 빈곤과 무례함에 맹랑하게도 낙담했다. 그러나 이러한 기분으로 하여 나 자신을 미워하고 경멸하진 말자. 이런 느낌은 좋지 않다는 것을 알고 있다——그것은 커다란 진보다. 나는 그런 느낌을 극복하기를 노력하자. 내일은 부분적이나마 극복할 수 있겠지. 몇 주일 안으로 그런 느낌은 완전히 가셔지겠지. 그리고 몇 달이 지나는 동안에 내 제자들의 발전과 향상되는 변화를 보는 기쁨은 혐오 대신에 만족감을 주겠지.

이젠 하나의 질문을 자신에게 던져보자——어느 편이 더 좋은가? 유혹에 빠져 정열의 포로가 되어 괴로운 노력도 않고——싸움도 않고——비단의 함정에 빠져, 함정을 덮고 있는 꽃 위에서 잠들고, 남쪽 나라의 사치와 향락의 별장에서 잠이 깨어 로체스타 씨의 정부로서 지금 프랑스에서 살며, 내 시간의 반은 그의 사랑으로 정신없이 보내고——그럴 것이 그 분은——아아, 그렇고말고, 당분간은 나를 몹시 사랑해 주셨을 거니까. 그 분은 틀림없이 나를 사랑해 주셨다. 누구도 다시는 그처럼 나를 사랑해 주진 못하리라. 이제 다시는 미와 청춘과 우아함을 예찬하던 달콤한 말을 나는 들어보지 못하리라——그럴 것이 다른 누구의 눈에도 내가 그런 매력을 가진 것으로는 보이지 않을 테니까. 그분은 나를 좋아하고 자랑으로 삼고 있었다——그런 것은 그분 이외엔 아무도 하시지 않을 것이다. 도대체 나는 어디를 헤매고 있는 것일까? 무엇을 말하고 있는가? 아니 그보다도 무엇을 느끼고 있는 것일까? 어느 편이 좋을까? 하고 묻고 있는 것이다. 마르세이유에서 바보의 낙원에 사는 여자 노예가 되어 잠시 동안 허망한 행복감에 취했다가 눈을 뜨면 후회와 치욕의 쓰디쓴 눈물을 흘리며 숨이 막히게 흐느껴 우는 것과, 영국 중부의 건실하고 선선한 산중 한구석에서 아무 구속도 없이 독실한 시골 여교사로 살아 가는 것과.

그렇다, 나는 지금 도의와 법을 굳게 지켜 순간적인 광적 정열의 충동을 경멸하고 그것을 짓밟아 버린 자신을 옳다고 생각했다. 하느님이 올바른 선택으로 나를 인도해 주신 것이다. 나는 하느님의 인도해 주신 섭리에 감사를 드린다.

황혼의 명상이 이런 것에까지 미치게 되자, 나는 의자에서 일어나 문간까지가, 추수기의 낙조를 바라보기도 하고 학교와 마을에서 반 마일이나 떨어져 있는 내 집 앞의 고요한 들판을 바라보기도 했다. 새들은 그들의 하루의 마지막 노래를 지저귀고 있었다.

「대기는 부드럽고 이슬은 향기롭고」(월터 스코트의 음유 시인 장시 〈마지막 노래〉 중에서)

경치를 바라보면서 나는 행복하다고 생각했다. 그리고 얼마 안 가서 울고 있는 자신을 깨닫고 놀랐다——왜 우는가? 주인 곁에 있는 나를 빼앗아간 운명

을 생각하고 운 것이다. 이젠 그 분을 다시는 볼 수 없게 되었고, 그 분의 자포
자기와 극도의 분노――그것은 내가 떠난 결과로――를 생각하고 나는 울
었다. 아마 지금쯤은 그것이 그를 옳은 길에서 끌어내어 다시 돌아갈 희망을 갖
기에는 너무 먼 곳으로 잡아당기고 있는지도 모른다. 이렇게 생각했을 때 나는
저녁놀의 아름다운 하늘과 쓸쓸한 모튼의 계곡에서 얼굴을 돌렸다――쓸쓸
하다고 나는 말한다. 왜냐하면 내가 있는 곳에서 보이는 계곡의 꾸불꾸불한 곳
에는 반쯤 나무 그늘로 가려져 있는 교회와 목사관이 있고, 더욱더 멀리 계곡의
맨 끝에는 〈계곡의 저택〉―― 여기서 부호 올리버 씨와 그의 딸이 살고
있다――의 지붕이 보일 뿐, 다른 것은 하나도 눈에 띄지 않았다. 나는 눈을 가
리고 돌로 된 문 기둥에 머리를 기대었다. 그러나 곧 내 집 마당과 저쪽 풀밭 사
이를 가로질러 있는 쪽문 근처에서 들린 가벼운 소리에 나는 고개를 쳐들었다.
한 마리의 개가――나는 곧 알았다. 리버즈 씨의 포인타인 늙은 개 칼로라는 것
을――코로 쪽문을 밀고 있는 참이었다. 리버즈 씨 자신은 팔짱을 끼고 쪽문에
기대어 있었다. 양미간을 찌푸리고, 눈초리는 거의 불쾌한 듯한 진지성을 갖고
나를 쏘아보고 있었다. 들어오지 않겠느냐고 나는 그에게 말을 걸었다.

「아니오. 오래 지체할 순 없소. 난 단지 동생들이 당신에게 전하라고 놓고 간
조그만 꾸러미를 가져왔을 뿐이오. 속엔 그림 물감, 상자, 연필, 종이 등이 들어
있을 거요.」

나는 그것을 받으러 다가갔다. 고마운 선물이었다. 내가 가까이 다가가자 그
가 엄하게 내 얼굴을 뜯어보고 있다는 생각이 들었다. 내 얼굴의 눈물 자국이 뚜
렷이 보였으리라.

「근무의 첫날은 기대하셨던 것보다 힘들었읍니까?」

「아니예요! 그와 반대로 그럭저럭 학생들과 즐겁게 저녈 수 있게 될 것 같아
요.」

「하지만, 설비가 아마――당신의 집이나 가구가 당신의 기대에 어긋났겠
죠? 사실 모두 빈약하기 짝이 없으니까요. 그러나,」나는 그의 말을 가로챘다.

「제 집은 깨끗하고 비바람을 가려 줍니다. 가구도 충분하고 편리합니다. 눈에
띄는 모든 것은 고마움을 느끼게 하고 실망시키는 것은 없어요. 융단이나 소파
나 은그릇 같은 것이 없다고 해서 섭섭해 할 그런 바보도 아니고 쾌락주의자도
아니예요. 더구나 오 주일 전만 해도 전 아무것도 없었읍니다――집도 없는 거
지에다가 방랑자였어요. 지금은 아는 분도, 집도, 일거리도 있는 걸요. 저는 하
느님의 은혜나, 친구들의 친절, 내 운명의 선심에 어리둥절하고 있어요. 불만은

없어요.」

「그렇지만 외롭고 울적하겠지요? 당신 뒤에 있는 저 작은 집은 컴컴하고 비어 있군요.」

「저는 아직 조용한 기분을 즐길 틈도 없었고. 더구나 외로와서 못 견딜 그런 틈 같은 것은 없었어요.」

「그럼 좋습니다. 말씀하신 대로 만족하시기 바랍니다. 하여튼 당신의 상식은 롯의 아내처럼 우유 부단한 불안에 사로잡히기엔 아직 이르다는 것을 가르쳐 줄 겁니다. 내가 당신을 알기 전에 당신이 어떤 일을 했는지 물론 알 수 없지만, 당신에게 과거를 회상케 하는 모든 유혹을 단호히 뿌리치기를 권합니다. 적어도 앞으로 몇 달 동안은 현재의 생활을 꾸준히 추구해 나가시오.」

「저도 그렇게 하려고 해요.」하고 나는 대꾸했다. 세인트 존 씨는 계속해서

「하고 싶은 활동을 억누르고 천성을 바꾼다는 것은 힘든 일입니다. 그러나 될 수 있읍니다. 나는 체험으로 알고 있읍니다. 하느님은 우리에게 우리 자신의 운명을 개척해 나갈 힘을 어느 정도 주셨읍니다. 그리고 우리의 정력이 원히는 마음의 영양분을 얻을 수 없을 때에도, 또 우리의 의지가 따라 갈 수 없을지도 모르는 길을 열심히 구할 때에도 우리는 영양 부족으로 굶주릴 필요는 없고, 절망 속에 서 있을 필요도 없읍니다. 우리는 다른 마음의 양식을 맛보기를 동경하는 금단의 열매 같은 자극에 찬——아마도 보다 깨끗한——양식을 찾기만 하면 되지요. 우리의 모험적인 발걸음을 운명이 가로막은 것과 같은 곧고 넓은 길을——설사 그 길보다도 더 험준하더라도——개척해 나가면 되는 것이오.

일 년 전 나는 참으로 비참했읍니다. 왜냐하면 나는 목사의 생활에 들어선 것이 잘못이라고 생각했기 때문이지요. 단조로운 직무는 죽고 싶도록 피로하게 했읍니다. 나는 세상에서 좀더 활동적인 생활을 갈망해 왔소——문학적인 좀더 자극적인 일거리나, 예술가, 저술가, 웅변가가 되는 운명이나 그 밖에 목사직을 빼놓고는 무엇이든 열망했지요. 그렇습니다. 정치가, 군인, 영광을 추구하는 사람, 명예를 사랑하는 사람, 권세를 탐내는 사람이 되고 싶은 마음이 부목사의 옷 밑에서 뛰고 있었소. 나는 생각해 보았지요. 내 생활은 참으로 불행하다, 바꾸지 않으면 안 되겠다, 그렇지 않으면 죽어야겠다고. 한동안 암흑과 초조의 시간이 지나고 나서 빛이 비치고 구원이 내렸읍니다. 얽매인 내 생활은 당장에 끝없는 벌판을 향해 뻗치고, 내 힘은 하늘에서 일어나라는 소리를 듣고 힘껏 날개를 펴 시야(視野) 밖으로 날았소. 하느님은 내게 사명을 내려 주신 거요. 이것을 멀리 가지고 가서 잘 전파하려면 군인, 정치가, 웅변가의 최대의 자격인 수완과

힘, 용기와 웅변이 모두 필요했소. 그럴 것이 이 모든 것이 모여서 훌륭한 선교
사가 되니까요.

　나는 선교사가 될 결심을 했소. 그 순간부터 내 마음의 상태는 일변했소. 사
슬이 모든 기관에서 풀려 떨어져나가고 쓰라린 아픔 외에는 구속의 자국을 남기
지 않았읍니다. 그 아픔을 고칠 수 있는 것은 시간뿐이겠지요. 아버지는 물론
이 결심에 반대였지요. 그러나 아버지가 돌아가신 이상 다투어야 할 합법적인
장애물도 없어지고 몇 개의 용건도 처리되고 모튼의 계승자도 결정되었으니, 한
두 가지 엉킨 감정을 끊어버리든가 하면——인간의 약점과의 마지막 충돌입
니다만 이것에 이긴다는 것은 알고 있지요. 왜냐하면 무슨 일이 있어도 기어이
극복하겠다고 나는 맹세했으니까——그리고 나는 동양을 향해 유럽을 떠나겠
소.」

　그는 그의 독특한 가라앉은, 그러나 힘찬 목소리로 말했다. 말을 다 마치자,
그는 나를 보는 게 아니라 지는 해를 바라보고 있었다. 나도 바라보았다. 그와
나는 들판에서 쪽문을 향해 올라 오는 오솔길 쪽을 등지고 서 있었다. 풀이 뒤덮
인 오솔길엔 걸음 소리도 들리지 않았다. 계곡을 흐르는 물소리가 그 시간과 자
리에서 마음을 진정시켜 주는 유일한 소리였다. 그래서 은방울처럼 명랑하고 달
콤한 소리가 이렇게 외쳤을 때 우리들이 깜짝 놀란 것도 무리는 아니었다.

　「안녕하세요, 리버즈 씨. 잘 있었니, 늙은 칼로. 목사님보다도 개가 더 빨리
친구를 알아보네요. 제가 들판의 아래에 들어서자 벌써 귀를 쫑긋 세우고 꼬리
를 흔들던데요. 목사님은 아직도 나를 등지고 계시는군요.」

　이것은 사실이었다. 이 음악과 같은 악센트에 리버즈 씨는 마치 천둥이 머리
위의 구름을 갈라 놓은 듯이 놀랐지만, 그 말이 그쳐도 목소리의 주인공이 그를
깜짝 놀라게 했던 때와 같은 태도로 아직 서 있었다. 그의 팔은 쪽문에 걸쳐 있
고 그의 얼굴은 서쪽을 향하고 있었다. 마침내 그는 천천히 신중성을 갖고 돌아
섰다. 내겐 환상처럼 보이는 모습이 그의 곁에 나타나 있었다. 그로부터 삼 피
트쯤 떨어진 곳에 온통 흰빛으로 단장한 젊고 아름다운 사람 그림자가 있었다.
풍만하고 예쁜 몸매, 칼로를 쓰다듬어 주려고 허리를 구부렸다가 머리를 들고
긴 베일을 뒤로 젖혔을 때, 그의 눈앞엔 완벽한 아름다운 얼굴이 꽃피었다. 완
벽이란 강한 표현이다. 그러나 나는 이 말을 철회하려거나 수정하려고는 않
는다. 알비온의 온화한 기후가 될 수 있는껏 아름답게 빚은 용모, 그 습기찬 바
람과 공허한 하늘이 될 수 있는껏 만들고 걸러낸 장미빛과 백합의 빛깔이 이때
이 표현에 꼭 알맞을 것이다. 매력 하나 빠지는 데가 없고, 결점 하나 눈에 띄지

않는다. 이 처녀는 반듯하고 아름다운 용모를 갖고 있었다. 눈은 사랑스런 그림에서 볼 수 있는 빛깔과 모양으로 크고, 까맣고 둥글었다. 아름다운 그 눈을 둘러싸고 있는 부드러운 매력을 지닌 그늘진 속눈썹, 산뜻하게 그린 눈썹, 색깔과 빛깔의 생생한 아름다움에 안정감을 더해 주는 하얗고 매끄러운 이마, 갸름하고 싱싱하고 매끈한 볼, 입술도 생기 있고 빨개서 건강하고 사랑스러운 모양을 하고 있었다. 티없이 반짝이는 이, 조그맣고 보조개가 있는 턱, 숱이 많고 윤이 나는 머리카락——한마디로 해서 이런 아름다움이 결합되어 이상적인 미인이 되는 것이지만 그런 것이 모두 그네에게 주어져 있었다. 나는 이러한 미인을 바라보며 내 눈을 의심했다. 나는 진심으로 그네를 찬미했다. 〈자연〉은 틀림없이 불공평한 생각에서 그네를 만들었음에 틀림없다. 언제나 인색한 계모 근성으로 주던 것을 잊어버리고 할머니의 자비로움으로 사랑스런 여자에게 이걸 준 거다.

이 지상의 천사를 세인트 존 리버즈 씨는 어떻게 생각했을까? 나는 그가 이 처녀를 향하고 그네를 쳐다보는 것을 보자, 자연히 나는 나 자신에게 이렇게 물었다. 그리고 또 지언히 그의 얼굴에서 의문에 대한 희답을 구해 보았다. 그는 이미 이 미녀에게서 눈을 돌려 쪽문 곁에 자라고 있는 보잘것없는 들국화 덩굴을 바라보고 있었다.

「상쾌한 저녁이지만 혼자서 나오시기엔 너무 늦었읍니다.」하고 꽃잎을 오무린 하얀 꽃송이를 밟으면서 그는 말했다.

「어머나, 전 오늘 오후에 S도시에서 막 돌아왔는 걸요.」그 여자는 이십 마일쯤 떨어져 있는 커다란 거리의 이름을 댔다.「목사님이 학교를 시작하셨다는 것과 새 선생님이 오셨다고 아빠가 말씀하시길래, 차를 마시자마자   곧 모자를 쓰고 선생을 만나뵈러 계곡을 달려온 거예요. 이 분이 선생이세요?」그네가 나를 손가락으로 가리키며 물었다.

「그렇습니다.」하고 세인트 존 씨가 대답했다.

「모튼이 마음에 드실 것 같아요?」하고 그네가 솔직한 상냥스럽고 천진 난만한 말투와 어린애다운 즐거운 태도로 내게 물었다.

「좋아질 것 같아요. 좋아질 만한 요소들이 있으니까요.」

「학생들은 생각하셨던 것만큼 열심인가요?」

「네, 대단히.」

「집은 마음에 드시나요?」

「아주 마음에 들어요.」

「내가 방을 잘 꾸며 놓았는지 모르겠네요.」

「정말 잘 꾸며 놓았읍니다.」

「그리고 애리스 우드는 어쩌세요?」

「정말 좋은 아이예요. 온순해서 다루기가 쉽더군요.」(그럼 이 분이 천부의 미모에다 또 재산까지 타고 난 그 상속자 올리버 양이로구나, 얼마나 운이 좋은 별들이 모여 그네의 탄생을 주관했을까?)

「제가, 가끔 와서 가르치는 걸 도와드리겠어요.」하고 그네는 말했다.「이따금 방문하는 것도 내게는 기분 전환이 될 거예요. 나는 변화 있는 생활을 좋아해요. 리버즈 씨, 전 S 도시에 머물러 있는 동안 무척 재미있었어요. 어젯밤——아니 오늘 아침 두 시까지 춤을 췄어요. 그 소동 이후로 계속해서 제××연대가 거기 주둔해 있는 걸요. 장교들이란 세상에서 가장 유쾌한 사람들이에요. 그 사람들에게 비한다면 거리의 칼 가는 사람이나 가위 장수란 사람 축에도 끼지 못해요.」

그때 세인트 존 씨의 아랫입술이 불쑥 나오고 웃입술이 비죽거리는 것처럼 보였다. 그녀가 웃어 대며 그 말을 하자 그의 입은 굳게 다물어지고 턱언저리가 이상하게 딱딱하고 모가 나 보였다. 그는 들국화에서 시선을 거두고 그네를 향했다. 미소를 짓지 않는, 살피는 듯한, 의미 심장한 응시였다. 그녀는 두 번째로 거기에 웃는 소리로 답했다. 그리고 그 웃는 소리는 그네의 젊음이나 장미빛의 뺨, 보조개, 빛나는 눈과 참으로 잘 어울리는 것이었다.

그가 말없이 뿌루퉁한 얼굴을 하고 서 있자 그녀는 또 칼로를 쓰다듬어 주기 시작했다.「칼로는 나를 좋아하지.」하고 그네는 말했다.「칼로는 동무들에게 엄하게 대하거나 서먹서먹하게 굴지는 않지. 말을 할 수 있다면 잠자코 있진 않겠지.」

그네가 카알로의 젊고 엄숙한 주인 앞에서 자연히 지니게 된 아름다운 자태로 몸을 구부리고 개의 머리를 쓰다듬자 주인의 얼굴은 벌겋게 달아오르기 시작했다. 엄격한 두 눈은 뜻하지 않은 불길에 녹아 저항할 수 없는 격정으로 깜박거리고 있었다. 이처럼 얼굴을 붉히고 눈을 빛내고 있는 그는 그네가 여성으로서 아름다운 그것에 못지않게 남자로서 아름다왔다. 그의 가슴은 한번 부풀어올랐다. 마치 그의 커다란 심장이 전체적인 압박에 권태를 느껴, 그의 의지를 거역해서 크게 팽창하고 자유를 갈망하여 맹렬히 고동치는 듯이. 그러나 그는 곧 두선 준마(駿馬)를 과감한 기수가 억제한 것처럼 그것을 억제한 듯하다. 그녀가 부드럽게 그에게 말을 걸어 보려고 한 데 대해서 그는 말로나 동작으로나 거기에 응하질 않았다.

「아빠 말씀이 요즈음은 통 오시지 않는다고요.」올리버 양은 그를 쳐다보며 말을 계속했다. 「오랫 동안 베일장(莊)엔 안 들르셨지요. 오늘 밤은 아빠 혼자 계셔요. 그리고 몸도 불편하셔요. 저와 함께 아빠를 문안하시지 않으시겠어요?」

「올리버 선생님을 찾아뵙기엔 적당한 시간이 못됩니다.」하고 세인트 존 씨는 대답했다.

「적당한 시간이 아니라고요! 도리어 참 좋은 시간이라고 생각해요. 지금이 제일 아빠가 말동무가 있었으면 하실 때예요. 공장 문이 닫히면 아빠는 아무 볼 일도 없답니다. 그럼 리버즈 님, 같이 가세요. 왜 그렇게 주저하시고 침울해 하셔요?」그의 침묵으로 생긴 틈을 그네는 자신의 대답으로 메웠다.

「잊어먹고 있었어요!」제 자신 어이없다는 듯 그 여자는 아름다운 지진 머리를 흔들면서 소리쳤다. 「나도 참 경솔하고 주책도 없지! 용서하세요. 제 수다 같은 데 상대하시길 싫어하시는 이유를 깜빡 잊어먹고 있었어요. 다이아나 양과 메어리 양은 떠나 버리시고, 무이 히우스는 문을 잠가 버리고, 무척 쓸쓸하시겠어요. 참 안 됐어요. 가셔서 아빠를 만나 주세요.」

「오늘밤은 안 되겠읍니다. 로자몬드 양, 오늘밤은 안 됩니다.」

세인트 존 씨는 마치 자동 인형처럼 말했다. 이처럼 거절하는 것이 얼마나 그에게 힘들었는지는 그만이 알고 있으리라.

「좋아요. 그처럼 고집을 부리신다면 전 돌아가겠어요. 언제까지나 여기 있을 수도 없으니까요. 이슬이 내리기 시작하는군요. 안녕!」

그네는 손을 내밀었다. 그는 잠깐 손을 댔을 뿐이었다. 「안녕히 가시오!」하고 그는 마치 메아리처럼 낮고 공허한 목소리로 되풀이했다. 여자는 돌아섰으나 곧 돌아왔다.

「어디 편찮으신 데 없어요?」하고 그네는 물었다. 이 물음은 지당한 것이었다. 세인트 존 씨의 얼굴은 그네의 옷처럼 창백했다.

「아무 일 없읍니다.」하고 그는 내뱉었다. 그리고는 고개를 숙여 보이고 문을 나섰다. 그네는 한쪽 길을 가고 그는 다른 길로 갔다. 그네는 요정처럼 가벼운 발걸음으로 들판을 지나가다가 두 번이나 뒤돌아서서 물끄러미 그를 보았다. 그는 힘차게 성큼성큼 들판을 가로질러갔으나 한번도 돌아보지는 않았다.

남의 고뇌와 희생의 이 모습은 나 자신의 일에만 전념했던 내 생각을 빼앗아 가고 말았다. 다이아나 리버즈는 오빠 되는 사람을 〈주검처럼 움직일 수 없다〉고 지적한 일이 있었다. 이 말은 과장이 아니었다.

32

나는 힘자라는껏 열심히, 그리고 성실하게 시골 학교의 일을 계속했다. 처음엔 참으로 무척 힘든 일이었다. 내 노력을 다해서 학생들과 그들의 본성을 이해하기까지는 어느 정도의 시일이 걸렸다. 재능과 더불어 전혀 교육을 안 받은 그들은 내겐 희망 없는 바보로 보였다. 그리고 처음엔 한결같이 우둔해 보였으나 곧 내가 잘못 생각했었다는 걸 알게 되었다. 교육을 받는 사람도 각기 다른 점이 있듯이 그애들 사이에도 그랬다. 그리고 내가 그애들을 이해하고 그애들이 나를 이해하게 되자 그 차이는 당장에 눈에 띄게 되었다. 나나, 내 언어나, 내 규칙이나, 방침에 대한 놀라움이 가라앉자, 우둔한 얼굴을 하고 멍청하게 입을 벌리고 있던 시골뜨기 애들 중의 몇 명은 아주 재치 있고 현명한 소녀로 되어 가는 것을 보았다. 대부분의 애들은 온순하고 사랑스럽기도 했다. 나는 그애들 가운데서 탁월한 능력과 동시에 자연스러운 예의와 타고난 자존심을 갖고 있는 실례를 적지않게 발견하고 거기에 호의를 갖게 되어 칭찬을 하게 되었다. 얼마 안 가서 이런 학생들은 자기들의 일을 충실히 잘해내고 몸차림을 단정히 했다. 학과를 제대로 옳게 배우고 침착하고도 질서 있는 동작을 습득하는 데 즐거움을 갖게 되었다. 그애들의 진보의 속도는 몇 개의 실례로서 놀랄 만한 것도 있었다. 나는 이런 데서 진지하고 행복한 자부심을 느꼈다. 뿐만 아니라 나는 개인적으로 우수한 소녀 몇 명을 좋아하게 되었고 그네들도 나를 따르게 되었다. 학생들 가운데는 거의 성숙한 처녀가 된 농부의 딸이 몇 명 있었다. 그네들은 이미 읽고 쓰기와 바느질도 할 줄 알았다. 나는 이 아이들에게 문법, 지리, 역사 등의 초보와 좀더 손이 가는 자수를 가르쳤다. 나는 그네들 중에서 존중할 만한 성격——지식욕과 향학심을 갖고 있는 것을 알았다. 나는 그네들의 집에서 여러 번 즐거운 저녁을 보냈다. 그네들의 부모(농부와 그의 아내)는 그럴 때엔 나를 극진히 대접해 주었다. 그들의 순박한 친절을 받고 거기에 머리를 써서——그들의 기분에 세심한 마음을 써서——보답하는 것은 하나의 즐거움이었다. 아마도 이러한 것을 그들은 조금도 당해 보지 못했는지 몰랐다. 그것이 그들에겐 기쁨이었고 이익이 되었다. 왜냐하면 나의 그런 마음씨는 그들 자신의 눈에는 그들의 품위가 높아진 것으로 보이게 했고, 그들이 받은 대우에 알맞도록 되고자 노력하는 결과를 낳았기 때문이다.

나는 이 이웃의 총아가 된 듯한 느낌이었다. 밖에 나가면 언제나 여기저기에서 정중한 인사를 받았고 친절한 미소로 영접을 받았다. 많은 사람들의 호의 속에서 산다는 것은, 설사 그것이 노동하는 사람들의 호의에 지나지 않는다고 해도 〈조용하고 즐겁게 햇빛 속에 앉아 있는〉 것과도 같았고 평화로운 깨끗한 감정은 빛을 받아 싹이 트고 피어나게 마련이었다. 내 생애의 이 기간은 낙망으로 침울하기보다는 감사함으로 가슴 부푸는 일이 훨씬 더 많았다. 그러나 독자여, 숨김없이 말하면 이 고요하고 이 유익한 생활 속에서도——학생들 틈에 끼어 고귀한 노력의 하루가 지나고 홀로 마음껏 독서와 그림으로 하루 저녁을 보내고 밤중이 되면 이상한 꿈 속에 몰리는 것이 예사였다. 다채롭고 흥분되는 이상과 자극과 폭풍의 꿈——뜻하지 않은 장면들이 나오고, 모험과 위험과 로맨틱한 사건으로 가득 찬 꿈 속에서, 자극적인 위기에 부딪치면 영락없이 나는 로체스타 씨와 몇 번이고 만났다. 그리고 그의 팔에 안겨서 그의 목소리를 듣고 그의 눈과 마주치고 그의 손과 뺨을 어루만지며, 그를 사랑하고 그의 사랑을 받으며——평생토록 그의 곁에서 살고 싶은 희망이 더할 나위 없는 힘과 열을 가지고 새롭게 되살아왔다. 이러한 꿈 속에서 헤매다가 나는 깨어났다. 그리곤 자신이 어떤 곳에 있고 어떤 위치에 있는가를 상기했다. 나는 떨며 몸시 리치면서 키튼이 없는 침대 위에 일어나 앉았다. 그리고 고요하고 캄캄한 밤만이 절망에 허덕이는 나를 보고 격정에 흐느끼는 내 목소리를 들었다. 다음날 아침 아홉 시에 나는 어김없이 수업을 시작했다. 평온한 태도로 침착하게 그날의 착실한 의무를 다할 마음의 준비를 갖추고 시작했다.

로자몬드 올리버 양은 나를 방문하겠다던 말을 지켰다. 그네가 학교를 방문하는 것은 대개 아침 승마 시간중이었다. 정복을 입고 말을 탄 하인을 데리고 망아지를 탄 그네는 교사의 문 앞까지 느린 걸음으로 말을 몰아 오는 것이 보통이었다. 보랏빛 승마복을 입고 뺨을 스쳐 어깨에 넘실거리는 지진 머리에 검은 빌로도의 승마모를 멋들어지게 쓴 그네의 모습보다 더 아름다운 것은 상상하기 어려웠다. 그네는 촌티 나는 건물 안에 들어서자 시골 소녀들이 눈부신 듯이 줄지어서 있는 속을 미끄러지듯 지나갔다. 그네는 언제나 리버즈 씨가 매일 담당하고 있는 교리 문답을 가르치는 시간에 방문했다. 이 방문자의 눈은 젊은 목사의 심장을 예리하게 꿰뚫곤 하는 것 같았다. 그네가 교실 안에 들어온 것을 그가 보지 않았을 때에도 일종의 본능이 그에게 알리는 성싶었다. 그가 문께와는 아주 딴 쪽을 보고 있을 때에도 만일 그네의 모습이 나타나면 그의 얼굴은 살짝 빛나고, 대리석 같은 얼굴은 누그러지지 않으려고 애를 쓰지만 말할 수 없는 변화를 일으켰다. 그리고 근육을 움직이거나 쏘는 듯한 시선을 던지기보다는 오히려 그 무표정한 얼굴에 억누르고 있는 열정을 훨씬 더 강렬하게 나타냈다.

물론 그네는 자기의 매력을 알고 있었다. 사실 목사도 올리버 양이 그에 대해서 힘을 갖고 있음을 시인하고 또 그 사실을 그네에게 감추지도 않았다. 감출 수가 없었기 때문이다. 기독교로서의 금욕주의에도 불구하고 그네가 그의 곁에 와서 말을 걸고 그의 얼굴에 명랑하고 격려하는 귀여운 미소를 던지면 그의 손은 떨리고 눈은 불타올랐다. 입 밖에 내서 말하진 않았지만 그 슬픈 것 같은 그리고 결의가 굳은 눈으로 다음과 같이 말하는 듯했다. 「나는 당신을 사랑하고 있소. 당신이 나를 좋아한다는 것도 알고 있소. 나를 잠자코 있게 하는 것은 사랑의 성립에 절망하고 있기 때문은 아니오. 내 마음을 당신에게 바친다면 당신은 받아주리라고 믿소. 그러나 내 마음은 벌써 신성한 제단에 바친 것이오. 불은 이미 그 주위에 마련되어 있소. 곧 산 제물이 되어 재가 될 거요.」

그러면 그네는 실망한 어린애처럼 입을 뾰족하게 내민다. 기쁨으로 가득 찼던 얼굴은 쓸쓸하게 흐려져 급히 그의 손에서 자기 손을 잡아빼고 그처럼 영웅적이고 순교자 같은 그의 얼굴로부터 발끈해서 외면하곤 했다. 이리하여 그네가 가버리면 틀림없이 세인트 존은 천하를 버리더라도 그네의 뒤를 따르고, 그네를 다시 불러서 그냥 머물러 있게 하고 싶었을 것이다. 그러나 천국으로 가는 기회를 버려도 괜찮다고는 생각지 않았다. 그네의 사랑의 낙원을 위하여 진정하고 영원한 낙원으로 들어가는 일루의 희망마저 버릴 마음은 없었다. 그 밖에도 그에게 본시부터 갖추어져 있는 모든——방랑가의, 야심가의, 시인의, 성직자의 본질을——하나의 이성의 정열 속에 가두어 둘 수는 없었다. 베일장(莊)의 객실이나 평화 때문에 전도를 해야 할 미개의 벌판을 단념할 수는 없었다. 단념할 마음조차 없었다. 그가 속을 터놓진 않았지만 어느날 나는 감히 그의 마음속의 비밀을 침범해 본 일이 있었기 때문에 이만한 사실을 알아차리게 되었다.

올리버 양은 내 오막살이를 자주 찾아와 나를 영예롭게 했다. 나는 그네의 성격을 완전히 알았다. 그것은 신비로운 것도, 가장하고 있는 것도 아니었다. 그네는 아양을 떨긴 했지만 몰인정하진 않았다. 맹랑스레 이기적인 것은 아니었다. 나면서부터 응석을 부리며 자랐지만 걷잡을 수 없게 버릇이 없는 것도 결코 아니었다. 성급하기는 해도 언제나 쾌활했고, 허영심이 강하긴 했지만(거울 속의 자기를 볼 때마다 찬란한 아름다움을 보고는 자랑하지 않을 수 없었으리라) 건방지진 않았다. 관대한 성격에다가 부유함을 내세우는 일은 없었다. 천진난만하고 상당히 영리하고 명랑하고 활발하지만 경솔했다. 한마디로 말하면 그네는 나와 같은 동성의 냉정한 관찰자의 눈에도 실로 매력이 있었다. 그러나 깊은 관심을 갖게 하든가 강한 감명을 주지는 않았다. 그네의 마음은 이를테면 세인트 존의 누이동생들의 마음과는 아주 판이한 성질의 것이었다. 그래도 내가 가르쳤던 아델을 좋아한 것과 마찬가지로 그네가 좋았다. 그러나 똑같이 좋아하는 것이라도 감독하고 가르친 어린애에 대해서는 어른 친구들에게 느끼는 것보다 훨씬 더 친밀한 애정이 생긴다는 점은 다르지만.

그네는 귀여운 변덕을 부리며 나를 좋아하게 되었다. 나를 리버즈 씨와 닮았다고 했다(물론 그네는 「당신도 참으로 깔끔하고 단정한 분이긴 하지만 그 분의 십분의 일도 아름답지 않아요. 하지만 그 분은 천사와도 같아요.」하고 말했다). 그러나 나는 그와 마찬가지로 착하고 현명하고 침착하고 빈틈없다, 시골 학교의 선생으로서는 〈괴짜〉다, 나의 내력을 알게되면 틀림없이 재미있는 소설이 엮어질 거라고도 말했다.

어느날 저녁 그네는 언제나처럼 어린애다운 활기와 경박하기는 하나 악의 없는 호기심에서, 나의 조그만 부엌의 찬장과 테이블의 서랍을 뒤적이다가 우선 프랑스어 책 두 권과 쉴러의 책 한 권과 독일어 문법책 한 권과 사전 등을 찾아냈다. 그 다음엔 내 그림 도구의 그리고 내 학생 중의 하나인 작은 천사처럼 사랑스러운 소녀의 얼굴의 스케치들과 모튼의 계곡과 그 근처의 황야에서 그린 자연의 여러 가지 풍경화들을 찾아냈다. 처음 그네는 깜짝 놀라 꼼짝도 않고 있다가 곧 기뻐서 마치 전류가 통한 사람처럼 되어 버렸다.

「어머나, 당신이 그리셨어요? 당신은 프랑스어와 독일어를 아시나요? 참 근사하군——얼마나 신기한 분이실까! 당신은 S 도시의 제1 학교의 내 선생님보다도 더 훌륭해요. 내 초상을 아버님에게 보이려고 하는데 좀 그려 주겠어요?」

「그려 드리고말고요.」하고 나는 대답했다. 그리고 나는 이처럼 완전하고 찬란한 모델을 그린다는 생각에 화가의 기쁨으로 가슴이 두근거렸다. 그때 그네는 검은 쪽빛 비단옷을 입고 팔에나 목에는 아무 장식이 없었다. 유일한 장식은 그네의 밤빛 머릿단뿐, 자연 그대로의 고수머리가 그네의 어깨 위에 물결치고 있었다. 나는 좋은 두꺼운 마분지를 한 장 집어다가 정성껏 윤곽을 그렸다. 거기에 색칠할 때의 즐거움을 생각하며 날이 저물었으니 훗날 또 와달라고 했다.

그네는 내가 그림을 그릴 수 있다는 것을 아버지에게 알렸기 때문에 다음날 저녁 올리버 씨도 그네와 함께 왔다——키가 크고 육중한 몸집의 중년의 백발 신사였다. 이 사람 곁에서는 그의 아름다운 영양은 마치 회색 탑 옆에 피어난 한 송이 화려한 꽃과도 같았다. 그는 입이 무겁고 어쩌면 거만한 사람 같았으나 내게 대해서는 꽤 친절했다. 로자몬드 양의 초상화의 스케치는 무척 그를 기쁘게 해주었다. 그는 꼭 그것을 완전한 그림으로 그려 달라고 하고는 내일은 베일장에서 하루 저녁 같이 지내게 꼭 방문해 주었으면 좋겠다고 했다.

나는 방문했다. 크고 훌륭한 저택으로 집 주인이 대단한 부자라는 것을 나타내고 있었다. 로자몬드 양은 내가 머물러 있는 동안 처음부터 끝까지 퍽 기뻐하고 만족해했다. 그네의 아버지는 붙임성 있는 사람이었다. 차를 마신 다음, 나와 함께 여러 가지 이야기를 주고받기 시작했을 때, 그는 내가 모튼의 학교에서 애쓰는 데 대해서 극구 찬양하고 또 그가 보고 들은 바로 미루어보면 내가 지금의 위치엔 맞지 않으므로 머지않아 좀더 적당한 곳으로 가려고 이곳을 떠나 버리지나 않을까 걱정된다고 했다.

「정말이에요!」하고 로자몬드 양은 소리쳤다. 「이 분은 능히 상류 계급의 가정 교사가 될 수 있을만큼 훌륭해요, 아빠.」

나는 이 나라의 어떤 고귀한 가정에 있느니보다는 현재 있는 곳이 훨씬 더 좋다고 생각했다.

리버즈 씨에 관한 이야기를——리버즈 씨의 가문에 관해서 굉장히 존경하는 마음으로 말했다. 리버즈 가문은 이 지방에서는 대단히 오래 된 집안으로 조상은 모두 부유했다는 것, 옛날은 모튼 전체가 모두 리버즈 집안의 소유였고 오늘날까지도 리버즈 집안의 상속인은, 뜻만 있으면 가장 훌륭한 가문과 결연할 수 있으나 그렇게도 훌륭하고 재능이 뛰어난 청년이 전도사로서 해외로 나갈 계획을 세우다니 유감 천만이라는 것이다. 귀중한 일생을 마구 내동댕이치는 거나 마찬가지라고 했다. 이 말을 듣고 나는 올리버 씨는 로자몬드 양이 리버즈 씨와 결혼하는 데 대해서 아무 반대가 없는 걸로 여겨졌다. 올리버 씨는 젊은 목사의 좋은 혈통과 문벌, 신성한 직업이 재산이 없는 데 대한 충분한 보상이 된다고 보고 있는 성싶었다.

11월 5일, 일요일이었다. 나의 어린 하녀는 집안 소제를 거들어 주고는 한 페니의 품삯을 받고 몹시 기뻐하며 돌아갔다. 주위는 어디나 티 하나 없이 반들반들했다——싹 쓸어낸 마루, 닦아서 윤이 나는 쇠창살, 잘 훔쳐서 깨끗해진 의자등, 나 자신도 깔끔하게 옷차림을 하고 있었다. 그리고 지금 내 앞에는 이제부터 내 마음대로 지낼 수 있는 오후의 시간이 왔다.

몇 페이지의 독일어 번역에 한 시간이 걸렸다. 그것이 끝나자 나는 팔레트와 연필을 들고 독일어보다 쉬워서 위안이 되는 로자몬드 올리버의 초상을 끝낼 준비를 차렸다. 머리는 이미 되어 있었다. 배경을 칠하고 옷의 채색을 점차로 변화시키고 붉은 색을 한 번만 슬쩍 이 무르익은 입술에 칠하면 된다. 삼단 같은 머리를 굽슬굽슬하게 몇 군데 그리고, 푸른 눈의 눈까풀 밑 속눈썹에 좀더 짙은 빛을 칠하면 되는 것이다. 나는 이 정밀한 부분을 끝맺는 데 정신이 팔려 있었는데, 다급한 노크 소리가 들리며 문이 열리고 세인트 존 리버즈 씨가 들어왔다.

「휴일을 어떻게 지내시나 보러 왔읍니다.」하고 그는 말했다. 「생각에 잠겨 있는 건 아니겠지요. 그렇진 않군. 참 다행입니다. 그림을 그리고 있는 동안은 쓸쓸한 생각은 않겠지요. 그런데 역시 나는 아직 당신을 신용하지 못하겠소. 하기는 여태까지는 놀랍게도 잘 참고 일해 오시긴 했지만. 저녁의 심심풀이로 책을 한 권 가져왔읍니다.」이렇게 말하고 그는 테이블 위에 한 권의 신간——시집을 올려놓았다. 현대 문학의 황금 시대라고 불리워졌던 당시의 행운의 독자에게 자주 제공되던 걸작 중의 하나였다. 아아 ! 슬프게도 우리가 사는 시대의 독자들은 이런 혜택을 못 받고 있다. 그러나 용기를 내자 ! 나는 남을 욕하거나 불평을 늘어놓기 위해서 우물쭈물하고 있을 수는 없으니까. 시(詩)는 죽는 일이 없고 천재는 사라지지 않는다는 것을 나는 알고 있다. 부귀(Mammon)도 이 두 가지를 구속히고 지워 비릴 힘을 깆고 있지 않나. 시와 천재는 언젠가는 다시 그들의 생명을, 그들의 존재를, 그들의 자유와 힘을 주장할 것이다. 힘이 센 천사들이여, 천국에서 편안히 쉬시라 ! 그들은 천한 혼이 승리를 자랑하고 가냘픈 혼이 그들의 멸망을 슬퍼할 때 미소를 짓는다. 시는 멸망했는가 ? 천재는 사라졌는가 ? 아니다 ! 평범한 인간이여, 질투심을 일으켜 그런 생각을 품어서는 안 된다. 아니 시와 천재는 살아 나갈 뿐만 아니라 언젠가는 시대를 지배하고 구제한다. 그리고 도처에 있는 그들의 숭고한 힘 없이는 당신들은 지옥에 있게 될 것이다——당신들이 저속하게 여기는 지옥에.

내가 열심히 〈마미온〉(그것은 〈마미온〉이었으므로)의 멋진 페이지를 뒤적거리고 있는 동안 세인트 존은 내 그림을 보려고 허리를 구부리고 있었다. 그의 키 큰 몸집은 놀라서 다시 똑바로 일어섰다. 아무 말도 없었다. 나는 그를 쳐다보았다. 그는 내 눈을 피했다. 나는 그의 생각을 잘 알고 있다. 그리고 그의 마음을 확실히 읽을 수 있었다. 그 순간 나는 그 분보다도 더 침착하고 냉정한 생각을 지니고 일시적이긴 하지만 그때 그 분보다는 우월한 입장에 서 있었다. 그리고 나는 될 수 있으면 그를 위해서 도움이 되고 싶은 생각이 들었다.

(이 분은 확고한 정신과 극기심(克己心)으로 해서 너무 지나치게 무거운 짐을 지고 있다.) 하고 나는 생각했다. (모든 감정과 고민을 속에 억누르고 괴로와하고 있다——표현하지도 않고 터놓지도 않고 얘기하지도 않고. 이 사랑스러운 로자몬드의 이야기를 조금이라도 꺼내면 틀림없이 이분에게 위안이 될 거다. 그

네와 결혼해서는 안 된다고 이 분은 생각하고 있다. 이 분에게 말을 시켜 보자.)

내가 먼저 말했다. 「앉으세요, 리버즈 씨.」그러나 그는 언제나 입버릇처럼 오래 지체할 수는 없다고 대답했다. 나는 혼자 속으로 대답했다. (좋습니다. 마음껏 서 계셔요. 하지만 지금은 절대로 못 돌려보내겠어요. 고독이 적어도 내게 좋지 않은 것과 마찬가지로 당신에게도 나빠요. 당신의 비밀을 숨겨 둔 곳의 용수철 장치가 달린 자물쇠를 발견할 수 없을는지, 동정의 향유를 한 방울 떨어뜨릴 수 있는 틈바구니를 그 대리석과도 같은 가슴에서 찾아낼 수 없을는지 시도해 봐야겠어요).

「이 그림은 비슷하지요?」나는 단도 직입적으로 물었다.

「비슷하다고! 누구와 비슷하단 말이오? 자세히 보지 않았소.」

「자세히 보셨어요, 리버즈님.」

이 불의의, 그리고 기묘한 당돌함을 보고 그는 깜짝 놀랐다. 그는 놀란 표정으로 내 얼굴을 바라보았다. (어머나, 그건 아무것도 아니예요.) 나는 혼자 속으로 중얼거렸다. (당신이 좀 고집을 부리신다고 해서 전 당황하진 않아요. 좀 더 깊이 파고 들어갈 작정인 걸요.) 나는 말을 계속했다. 「당신은 이 그림을 자세히, 똑똑히 보셨어요. 하지만 한 번만 더 보셔도 괜찮아요.」나는 일어서서 그의 손에 그림을 넘겨주었다.

「참 잘된 그림입니다.」하고 그는 말했다. 「대단히 부드럽고 선명한 빛깔입니다. 무척 세련되고 정확하게 그렸읍니다.」

「네, 그래요. 저도 알고 있어요. 하지만 얼마나 닮았나 말이에요? 누가 이 그림과 닮았다고 생각하세요?」

주저하는 마음을 억제하면서 그는 대답했다.

「올리버 양이라고 생각합니다만.」

「물론이죠. 그런데 말씀이에요. 아주 정곡을 맞히신 상으로 이 그림에 대한 신중하고 충실한 복사를 한 장 그려 드리겠어요. 만일 이 선물을 목사님께서 기꺼이 받아 주신다면 말이에요. 목사님께서 쓸데없다고 생각하실 선물에 제 시간과 수고를 낭비하고 싶진 않으니까요.」

그는 그 그림을 계속해서 응시하고 있었다. 오래 보고 있으면 있을수록 힘차게 그 그림을 움켜쥐고 갖고 싶은 생각이 더해 가는 듯했다. 「닮았군!」그는 중얼댔다. 「이 눈은 참 잘돼 있어, 빛깔, 광선, 표정 등 모두 완전해. 미소를 짓고 있군!」

「그것과 같은 걸 갖게 되시면 위안이 될까요? 그렇잖으면 마음을 상하게 할까요? 말씀해 주세요. 목사님께서 마다가스카르와 희망봉이나 인도에 계실 때 이 기념품을 갖고 계시면 위안이 될까요? 그렇지 않으면 그것을 보시게 되면 기운을 잃게 되고 슬픈 생각을 회상하게 되는 원인이 될까요?」

이때 그는 슬쩍 눈을 쳐들고 우유 부단하고 당황한 시선을 내게 던졌다. 그는 다시 그 그림을 훑어보았다.

「이것을 갖고 싶은 것은 확실합니다. 그것이 정당한 일인지 현명한 일인지 어쩐지는 별문제이지만.」

로자몬드가 진실로 그를 좋아하고 있다는 것, 그네의 부친이 두 사람의 결혼에 반대하지 않는 성싶다는 것을 확인한 뒤로 나는——세인트 존 만큼 숭고한 생각을 갖고 있지 않는 나는——두 사람의 결혼을 밀어 주고 싶은 생각이 강하게 움직이고 있었다. 그가 올리버 씨의 거대한 재산을 소유하게 된다면, 열대의 태양 밑에 그의 천재를 시들게 하고 그의 힘을 낭비하는 것에 못지않게, 그 재산으로 이 세상을 위해 많은 선행을 할 수 있음에 틀림없다고 생각했다. 나는 이 신념을 가지고 그에게 대답했다.

「제가 알기에는 지금 당장 그 그림의 장본인을 목사님의 소유물로 만드시는 것이 훨씬 더 현명하고 분별이 있는 일로 생각돼요.」

이미 이때엔 그는 의자에 앉아 있었다. 그림을 앞의 테이블 위에 올려놓고 두 손으로 이마를 받치고 귀여운·듯이 내려다보고 있었다. 나는 그가 내 대담성에 대해서 이젠 노하지도 않고 놀라지도 않는다는 것을 알았다. 자기 힘으로 감히 근접도 못할 이야기로 간주하고 있던 문제를 이렇게 솔직하게 말을 걸어 오는 것은, 이렇게 경쾌하게 다뤄지는 것을 듣는 것은——그에게 있어선 새로운 기쁨이고 바라지도 못했던 구원이라고 느끼기 시작한 것까지도 나는 알 수 있었다. 점잔만 빼는 사람들은 개방적인 사람들보다는 그들의 마음속에 생각하고 있는 것이나 슬픔에 대해서 노골적으로 토론하는 것이 절실히 필요할 때가 있는 법이다. 보기에 엄격한 금욕주의자도 결국 인간인 것이다. 그러니까 대담과 호의를 가지고 그들의 〈침묵의 바다〉로 뛰어들어가는 것은 그들에게 무엇보다도 제일가는 친절을 베푸는 일이 되리라.

「그 분은 목사님을 사랑하고 계셔요, 분명히.」 나는 그의 의자 뒤에 서서 말했다. 「그리고 그 분의 부친은 목사님을 존경하고 계십니다. 그리고 그 분은 아름다운 처녀이십니다——좀 경솔한 데가 있긴 하지만, 그러나 목사님은 두 사람 몫만큼 사려가 깊으시니까요. 그 분과 꼭 결혼하셔야 해요.」

「그네가 나를 좋아합니까?」 하고 그는 물었다.

「그럼요. 누구보다도 목사님을 좋아해요. 항상 목사님 애기만 하시는 걸요. 그 분이 그처럼 기뻐하고 감동을 자주 받는 화제는 없답니다.」

「이런 말을 듣는 건 퍽 유쾌합니다. 제발 한 십 오 분간만 더 계속해 주시오.」 이렇게 말하고 그는 곧이곧대로 회중 시계를 꺼내 책상 위에 놓고 시간을 보는 것이었다.

「하지만 제가 이야기를 계속한다고 해서 무슨 소용이 있겠어요! 목사님께선 반박하시려고 무자비한 공격을 준비하시거나 마음을 속박할 새로운 고랑을 만들고 계실 거예요.」

「그렇게 가혹한 일은 상상도 마시오. 이처럼 연약하게 굴복해서 녹아 버린 것처럼 되어 있는 내 처지를 생각해 보시오. 내 마음에 인간다운 애정이 새로이 용솟음치는 샘물처럼 솟아나와서 그처럼 내가 주의 깊게 그처럼 정성을 기울여 가꾸어 놓은 밭은 모두 아름다운 홍수로 침수가 되었읍니다. 좋은 목적과 자기 억제의 계획의 씨를 그처럼 열심히 뿌려 놓았지만요. 지금 그것은 감미로운 홍수가 범람해서 싹은 침수되고, 달콤한 독이 그것을 썩이고 있읍니다. 나는 지금 베일장의 객실에서 내 신부 로자몬드의 발밑에 있는 터키식 긴의자에 몸을 눕히고 있는 자신의 모습을 봅니다. 그네는 사랑스럽고 아름다운 목소리로——당신의 멋진 그림 솜씨가 이처럼 꼭 닮게 그려 놓은 이 눈으로 나를 내려다보고, 산호와도 같은 입술로 내게 미소를 지어 가며 이야기하고 있소. 그네는 내 것——나는 그네의 것이오——이 현재의 생활과 순간적인 세계는 내겐 만족하단 말이오. 쉿! 아무 말씀도 마십시오——내 마음은 기쁨에 넘쳐 있소. 내 감각은 황홀경에 빠져 있소——내가 정한 시간을 평화로이 가게 해주시오.」

나는 그의 기분을 맞추어 주었다. 회중 시계는 똑딱거리고 그는 가쁘고 낮게 숨을 쉬었다. 나는 잠자코 서 있었다. 이러한 침묵 속에서 십 오 분이 지났다. 그는 시계를 집어넣고 그림을 내려놓고는 일어나서 난로 앞에 섰다.

「자아,」하고 그는 말했다. 「지금의 이 짧은 시간을 망상과 공상으로 허비했읍니다. 나는 관자놀이를 유혹의 가슴에 올려놓고 나와 내 몸을 꽃다운 멍에 밑에 처박고 그네의 잔을 마셨읍니다. 베개는 불타고 있었소. 화환 속엔 독사가 있었고 술은 쓰디쓴 맛이었소. 그네의 약속은 거짓이고——그네의 제의도 거짓이오. 나는 이 모든 걸 보고 알고 있는 거요.」

나는 의아스럽게 여기며 그의 얼굴을 보았다.

「이상한 일입니다.」그는 말을 계속했다. 「이처럼 열렬히 로자몬드 올리버를 사랑하면서——참으로 첫사랑의 모든 정열을 기울여 사랑하고 있소. 첫사랑의 대상은 세상에서도 비길 데 없이 우아하고 매혹적이오. 그러나 동시에 나는 그 네가 나의 좋은 아내가 될 수 없다는 것과 내게 알맞는 반려자가 아니라는 것, 결혼한 후 일 년이 못 가서 이것을 깨닫고 십 이 개월의 환희 뒤에는 일생 동안 후회가 따르리라는 것을 냉정하고 분명하게 의식한다는 것이 말이오.」

「참 이상하군요!」하고 나는 소리치지 않을 수 없었다.

그는 또 말을 계속했다. 「내 속에 있는 그 무엇이 그 여자의 아름다움에 몹시 매력을 느끼면서도 한편으로는 무엇인가가 그 여자의 결점에 깊은 인상을 받고 있는 것이오. 그 결점이란 것은 내가 열망하고 있는 일에 대해선 조금도 그 여자 는 공명할 수 없다는 것입니다——내가 실행하고자 하는 일엔 협력하지 못한다 는 것입니다. 로자몬드는 고생을 할 수 있는 사람입니까? 하느님의 사도일까 요? 로자몬드는 선교사의 아내가 될 수 있을까요? 가당치 않은 말씀!」

「그러나 목사님께서 선교사가 되실 필요는 없어요. 그 계획은 포기하시는 게 좋겠어요.」

「포기하다니! 뭣을 말이오! 내 천직을? 네 위대한 사업을, 친구의 지댁을 바라고 이 세상에서 닦아 놓은 내 주춧돌을 말이오? 개인의 포부를 인류 개선 이라는 영광스런 포부에 다 녹여 버린 한 무리의 사람들 중의 하나로 끼이고 싶 은 희망 말이오? 무지의 나라에 지식을 보급하고 전쟁 대신에 평화를, 구속 대 신에 자유를, 미신 대신에 종교를, 지옥의 공포 대신에 천국의 희망을 주는 내 희망을 말이오? 나는 이것을 버려야 한단 말이오? 이건 내 혈관의 피보다도 귀중한 거요. 이것은 내 인생의 목표이며 살아 나가는 보람이오.」

한참 동안 사이를 두었다가 나는 말했다. 「그럼 올리버 양은? 그 분의 실망 이나 슬픔이 당신께는 아무것도 아니란 말씀이에요?」

「올리버 양은 구혼자나 아첨하는 사람들로 언제나 둘러싸여 있지요. 한 달도 채 되기도 전에 내 모습 같은 건 그네의 가슴에서 사라져 버릴 거요. 그 여자는 나를 잊어버리고 나보다도 훨씬 행복하게 해주는 남자와 결혼하겠지요.」

「목사님께선 몹시 쌀쌀하게 말씀하시지만 마음의 갈등으로 고민하고 계셔요. 무척 수척하셨어요.」

「아니오, 다소 여위었다고 하더라도 그건 아직 확고하지 못한 내 전도를 걱정 하기 때문이오——내 출발은 자꾸만 지연되고 있소. 내 후임자의 도착을 상당 히 오랫 동안 기다리고 있었지만 앞으로 삼 개월 동안은 나와 교대되지 않는다 고 바로 오늘 아침 통고해 왔소. 아마 석 달이 여섯 달이 될지도 모르겠소.」

「목사님은 올리버 양이 교실에 들어오면 언제나 몸을 떠시고 낯을 붉히시던데요.」

　또다시 놀란 기색이 그의 얼굴을 스쳐갔다. 그는 여자가 남자에게 이처럼 서슴지 않고 물어 보리라고는 상상도 못했던 것이다. 나로선 이런 종류의 대화는 예사로운 일이었다. 나는 남자이건 여자이건 상대편이 건전하고 신중하고 세련된 마음가짐을 가진 사람들과 이야기를 주고받게 되면 세속적인 사양의 외곽(外廓)을 넘어서 비밀의 문턱을 지나 그들의 마음의 화롯가에 자리를 잡을 때까지는 안심이 되지 않았다.

　「당신은 참 이상한 사람이군요.」하고 그는 말했다.「그리고 겁도 없고. 눈엔 사람을 꿰뚫는 그 무엇이 있고 또 정신엔 용감한 데가 있소. 내 감정을 실제보다도 더 심각하게 더 강력한 것으로 알고 있소. 내가 당신에게 정당하게 요구할 수 있는 것보다도 과분하게 동정해 주시는군요. 내가 올리버 양 앞에서 얼굴이 붉어지거나 떨어도 나는 자신을 불쌍히 여기진 않습니다. 나는 자신의 약점을 경멸하오. 그것이 열등하다는 걸 나는 알고 있소. 단순한 육체의 열병에 불과합니다. 절대로 혼의 떨림은 아니오. 혹은 파도치는 바다 속에 깊이 꽉 뿌리를 박고 있는 바위와도 같이 꼼짝도 안합니다. 내가 어떤 인간이라는 것을——냉정하고 엄격한 인간이라는 것을 알아 주시오.」

　나는 믿을 수 없다는 듯이 미소를 지었다.

　「당신은 내 비밀을 캐내어 버렸소. 그리고 그것을 지금 아마 대부분 당신의 손 안에 쥐고 있을 거요. 내가 태어난 그대로의 모습은——결점투성이의 인간성을 덮어 주는 기독교적 신앙이라는 피묻은 옷을 벗어 버리면——쌀쌀하고 가혹하고 야심에 불타는 사나이에 불과합니다. 모든 감정 가운데서도 타고난 순수한 애정만이 내게 영원한 힘을 갖고 있소. 감정이 아니라 이성이 내 안내자요. 내 야심은 한이 없읍니다. 보다 더 높아지고 싶다, 보다 더 많은 일을 하고 싶다는 욕망은 그칠 줄을 모른단 말이오. 나는 인내, 꾸준한 노력, 근면, 재능을 무엇보다도 존중하오. 왜냐하면 우리들이 큰 뜻을 성취하고 높은 지위에 오르려면 이런 것들을 수단으로 삼기 때문이오. 나는 당신의 생활을 깊은 관심을 갖고 주시하고 있읍니다. 그 이유는, 당신은 근면하고 질서 있고 끈기 있는 여자의 전형이라고 생각하기 때문이오. 당신의 과거의 일이나 당신이 지금도 고민하고 있는 문제에 깊은 동정을 보내고 있기 때문은 아니오.」

　「마치 자신은 이교도 철학자에 불과한 것처럼 말씀하시네요.」나는 말했다.

　「아니오, 나와 이교도 철학자 사이에는 이런 차이가 있소. 나는 하느님을 믿고 있소. 또 복음서를 믿습니다. 당신의 형용사는 틀렸소. 나는 이교도 철학자가 아니라 기독교도 철학자로서―― 예수파의 추종자요. 예수의 사도로서 그의 깨끗하고 자비스럽고 인자한 교리를 믿습니다. 나는 이 교리를 옹호하고 이것을 전파하기로 맹세하오. 나는 어렸을 때 종교를 믿게 되어 종교는 나의 본래의 소질을 이처럼 키워 놓았소. 다시 말하면 타고난 순수한 애정이라는 조그만 싹에서 박애라는 울창한 거목으로 성장되었소. 종교는 인간의 정직이라는 야생적 섬유질의 뿌리에서 하느님의 정의라는 올바른 정의감을 키워 주었소. 가련한 자기 권세와 명성을 획득하려는 야망에서 주의 나라를 넓히고 십자가의 깃발을 얻고자 하는 크나큰 소망을 안겨 준 것이오. 종교는 나를 위해서 많은 일을 해주었소. 타고난 소질을 가장 적절히 이용하고 나쁜 점을 깎고 다듬어 주었소. 그러나 종교라 할지라도 천성을 뿌리째 뽑아 버릴 수는 없고 〈이 죽을 것이 죽지 아니함을 입으리로다〉(고린도전서)까지는 근절될 수 없을 거요.」

이렇게 말하고 그는 테이블 위의 팔레트 곁에 있던 모자를 집어들고 한 번 더 초상화를 바라보았다.

「정말 아름답군.」하고 그는 중얼기렸다. 「로자몬드 (세계의 상비)! 참 잘 지은 이름이야!」

「그럼 이것과 꼭 같은 걸 그려 드릴까요!」

「그게 무슨 소용이 있읍니까? 필요 없어요.」

그는 내가 그림을 그릴 때 두꺼운 마분지를 더럽히지 않으려고 언제나 손 밑에 깔던 얇은 종이를 초상화에 덮었다. 이 백지의 표면에서 문득 무엇을 보았는지는 모르겠으나 무엇인가 그의 눈을 끌었다. 끌어당기듯이 집어들고는 종이의 가장자리를 보고 있었다. 그리고는 그는 뭐라고 표현할 수 없는 야릇하고 이해할 수 없는 시선을 내게 던졌다. 그것은 나의 몸매, 얼굴, 옷 등 모든 점을 하나도 남김 없이 새겨 놓으려는 듯했다. 그의 눈이 번개와도 같이 빠르고 예리하게 내 몸 전체를 스쳐갔기 때문이다. 그의 입술은 뭐라고 지껄여 대려는 듯이 벌어졌다. 그러나 무슨 일이었는지는 몰라도 나오려던 말을 억제해 버리고 말았다.

「웬일이세요?」나는 물었다.

「아니, 아무것도 아니오.」하는 그의 대답이었다. 그리고 종이를 아까 있던 대로 놓았을 때 그 한끝을 재빠르게 찢어 내는 것을 나는 보았다. 찢어 내어진 종이 조각은 그의 장갑속으로 사라졌다. 그는 서둘러 고개를 끄덕이며「안녕.」하고 사라져 버렸다.

「아이구머니!」하고 나는 이 지방의 독특한 말투를 흉내내어 소리쳤다. 「하여간 이건 지구 덩어리에다 무슨 뚜껑을 씌우는 격이로군요(무슨 영문인지 통 모르겠다)！」

 그리고 나는 그 종이를 검사해 보았지만 내가 화필로 빛깔을 칠해 보았던 곳에 그림 물감의 얼룩이 거무스레하게 두서너 방울 있을 뿐 그 밖엔 아무것도 없었다. 이 이상한 사건을 일이 분 동안 생각해 보았으나, 알 수가 없어 대단한 일은 아니라고 믿고 더 이상 거기 대해선 생각하지 않고 곧 잊어버리고 말았다.

33

 세인트 존 씨가 가버리자, 눈이 내리기 시작했다. 회오리치는 폭풍이 밤새도록 계속되었다. 다음날은 살을 에이는 바람이 앞을 가릴 수 없는 차가운 눈을 몰아왔다. 저녁때쯤 되자 모튼의 골짜기는 눈이 쌓여 왕래가 거의 끊어졌다. 나는 덧문을 닫고 문 밑으로 스며드는 눈을 막기 위해 한 장의 돗자리를 문에 세우고, 난롯불을 잘 타게 보살피었다. 귀가 멍멍해지는 폭풍의 광란에 귀를 기울이며, 난롯가에 한 시간쯤 앉아 있다가 곧 촛불을 켜고, 〈마미온〉을 꺼내어 읽기 시작했다.

 해는 지네, 노햄성(城) 절벽에
 아름다운 트위드의 넓고 깊은 강 위에
 체비옷의 쓸쓸한 산 너머로.
 층층이 솟은 탑들, 내성(內城)
 그것들을 둘러싸고 지키는 성벽은
 금빛으로 반사하네——

 시의 아름다운 리듬에 곧 나는 폭풍을 잊어버리고 말았다.
 시끄러운 소리가 들려 왔다. 바람이 문짝을 흔드는 거라고 생각했다. 그러나 세인트 존 리버즈였다. 걸쇠를 벗기고 살을 에이는 폭풍과 칠흑같이 컴컴한 속에서 들어와 내 앞에 섰다. 키가 큰 몸을 싸고 있는 외투는 빙하(氷河)처럼 하얗다. 눈으로 꽉 막힌 길 없는 골짜기에서 이 밤에 찾아올 사람이 있으리라곤 도시 생각도 못 한 일이었으므로, 나는 깜짝 놀랐다.
 「무슨 언짢은 소식이라도? 무슨 일이 생겼어요?」 나는 물었다.
 「아니오. 왜 그리 맥없이 놀라시오！」하고 대답하며 외투를 벗어 문에 걸고 그가 들어올 때 어질려 있던 돗자리를 다시 침착하게 문 쪽으로 밀어놓았다. 그는 발을 굴러 장화의 눈을 털었다.

「깨끗한 마루가 더럽혀지는군요.」하고 그는 말했다. 「그러나 한 번만 용서해 주셔야겠소.」그리고 난롯가로 다가갔다. 「여기까지 오느라고 아주 혼이 났소.」그는 불길에다 손을 녹이며 말했다. 「쌓인 눈이 허리까지 묻히던데요. 다행히 눈은 아직은 퍽 부드러워서.」

「그런데 어떻게 오셨어요?」나는 이렇게 묻지 않을 수 없었다.

「손님에겐 좀 무례한 질문이군요. 그렇지만 물으니 대답하지만, 잠깐 얘기할 일이 있어서 왔소. 난 말이 없는 책이나 텅빈 방에 이젠 진절머리가 났소. 게다가 어제 이후로 얘기를 절반밖에 못 듣고, 그 다음이 듣고 싶어 몹시 못 참는 사람의 흥분을 체험했소.」

그는 앉았다. 나는 어제의 그의 수상한 행동을 생각하고 그의 정신이 좀 이상해진 것이나 아닌가 하고 정말 걱정이 되기 시작했다. 그러나 정신이 좀 이상해졌다 해도 그의 정신 이상은 무척 냉정하고 침착한 광증이었다. 눈에 젖은 머리카락을 이마에서 쓸어올리고, 창백한 이마와 파리한 뺨을 난롯불빛에 비치는 대로 내버려두었을 때, 이때만큼 그의 아름다운 용모가 대리석에 아로새긴 것과 꼭같이 보인 적은 일찌기 없었다. 거기에 지금, 확실히 걱정인지 슬픔에 시달린 흔적이 있는 것을 보고 나는 가슴이 아팠다. 적어도 내가 알아들을 수 있는 무엇을 말해 주리라고 생각하면서 나는 기다리고 있었다. 그러나 한 손으로 턱을 괴고 손가락을 입술에 대고 그는 생각에 잠겨 있었다. 그 손은 나에게 얼굴과 마찬가지로 여윈 것처럼 보였다. 아마도 필요치 않은 동정심일는지는 모르지만 내 가슴에 복받쳐 왔다. 나는 저절로 말이 나오고 말았다.

「다이아나와 메어리가 돌아오셔서 함께 사시는 게 좋으실 것 같아요. 그렇게 혼자 계시는 것이 퍽 안 됐어요. 목사님은 자신의 건강에 대해선 너무 무관심하셔요.」

「괜한 말씀.」그는 말했다. 「필요할 땐 자기 몸에 조심하지요. 지금은 아주 건강해요. 당신은 나의 어디가 나빠 보입니까?」

무관심하게 아무 거리낌없이 이렇게 말했다. 적어도 그의 생각으론 내 근심은 전혀 쓸데없는 것임을 나타내는 것이었다. 나는 아무 말 없이 있었다.

아직도 그는, 천천히 손가락을 웃입술에 대고 움직였다. 눈은 여전히 불타오르는 난로 쇠우리 위를 멍청하니 바라보고 있었다. 무엇이든 말을 해야만 할 것 같은 생각이 들어서 나는 곧 그의 뒤에 있는 문틈에서 찬바람이 스며들지나 않느냐고 물었다.

「아니, 아니오.」하고 그는 무뚝뚝하고 약간 성급하게 대답했다.

(그러세요.) 하고 속으로 나는 대꾸했다. (입을 떼시기가 싫으시면 잠자코 계셔요. 목사님께 상관할 것 없이 내버려두고 저는 다시 책을 읽을 테니까요.)

그리고 나는 촛불의 심지를 자르고 〈마미온〉을 읽기 시작했다. 얼마 안 가서 곧 그는 몸을 움직였다. 대뜸 내 눈은 그의 동작에 끌렸다. 그는 모로코 가죽으로 된 수첩을 꺼냈을 뿐이고 그 속에서 한 통의 편지를 꺼내어 묵묵히 읽은 다음 접어서 지갑 속에 넣고는 한참 동안 생각에 잠겼다. 눈앞에 이런 꼼짝도 않는 수수께끼 같은 사람과 함께 있어 가지곤 책을 읽으려 해도 읽을 수가 없었다. 초조해서 잠자코 있을 수가 없었다. 상대해 주고 싶지 않으면 안 해도 좋다. 나는 지껄이고 싶다.

「최근 다이아나와 메어리한테서 소식이라도 있었어요?」

「일주일 전에 보여 드린 편지뿐이오.」

「목사님이 준비하시는 일에 무슨 변화라도 생긴 것은 아니예요? 예정보다 빨리 영국을 떠나시도록 소환을 받으신 것은 아니시겠지요?」

「그럴 리는 없지요, 물론. 내가 그런 기회의 혜택을 받기엔 너무 과분한 걸요.」이처럼 낭패를 당한 나는 화제를 바꾸었다——학교와 학생들의 얘기를 생각해냈다.

「메어리 가레트의 어머니가 쾌차해져서 메어리는 오늘 아침부터 학교에 오게 되었어요. 그리고 내주부터는 파운드리 클로우즈에서 네 명의 신입생이 오게 되어 있어요. 눈만 오지 않았더라면 오늘 왔을 거예요.」

「그렇군요!」

「올리버 씨가 두 사람분 비용은 부담해 주신답니다.」

「그 분이?」

「크리스마스엔 학생 전체에게 한턱 내신대요.」

「나도 알고 있소.」

「목사님의 제안이었나요?」

「아니오.」

「그럼 어떤 분이에요?」

「그 분 따님이겠지요.」

「그 분다와요. 참 친절한 분이세요.」

「그렇습니다.」

다시 침묵이 계속되었다. 괘종 시계가 여덟 시를 쳤다. 그것이 그의 정신을 깨웠다. 그는 꼬고 있던 다리를 펴고 똑바로 앉아서 내가 있는 쪽으로 향했다.

「잠깐만 그 책을 놓고, 좀더 난롯가로 가까이 오시오.」하고 그는 말했다. 아무리 생각해도 까닭을 알 수 없다는 것을 깨닫고 나는 시키는 대로 했다.

「반 시간 전에,」하고 그는 말을 계속했다. 「얘기의 계속을 듣고 싶어서 초조해한다는 말을 했지요. 잘 생각해 보니까, 이건 내가 얘기하는 사람이 되고 당신을 듣는 사람으로 하는 것이 더 편리할 것 같소. 말을 시작하기 전에, 내 이야기는 당신의 귀에 다소 진부하게 들릴 거라는 걸 미리 알리는 편이 좋으리라고 생각해요. 그러나 묵은 이야기도 다른 사람의 입을 통해서 듣게 되면 어느 정도 싱싱한 맛을 얻게 되는 수가 종종 있는 법이오. 다시 말해서 케케묵었든 진기하든 이야기는 간단하오.

이십 년 전 일이지만, 어떤 가난한 목사보가――지금 그 이름은 아무래도 상관 없소――부자집 딸을 사랑하게 되었고 그 처녀도 그를 사랑해서 마침내 그네는 모든 친척 친구들의 충고를 물리치고 그 사람과 결혼했소. 그 결과 결혼식이 끝나자 그네는 모든 사람늘로부터 절교를 당했지요. 철부지의 신혼부부는 결혼 후 이 년도 채 되기 전에 모두 죽어 버렸소. 그래서 두 사람은 가지런한 무덤 속에 조용히 묻혀 버렸답니다. 나는 그들의 무덤을 본 일이 있소. ××주의 지나치게 발전한 어떤 공업 도시에 있는, 그을음으로 까맣게 그을은 음침하고 오랜 대교회당을 둘러싸고 있는 널따란 묘지의 일부분을 이루고 있더군요. 그들은 딸 하나를 남겨 놓고 세상을 떠났소. 그래 그 갓난 아기는 세상에 나오자마자 자선이 베풀어져 그 자선의――오늘 밤 내가 거의 처박힐 뻔했던 눈더미와도 같이――차가운 무릎에 맡겨졌소. 그리고 아무 의탁할 곳이 없는 어린애는 부자집 어머님 쪽 친척 댁으로 가게 되고 외삼촌 댁――이름을 말하지요――인 게 이츠헤드의 리드 부인에게 양육받게 되었던 거요――깜짝 놀라시는군――무슨 소리라도 들었소? 그건 틀림없이 옆의 교실의 서까래를 갉아먹는 쥐새끼일 거요. 거기는, 내가 수리해서 고쳐 짓기 전에는 광이었었소. 광에는 흔히 쥐가 들끓는 법이니까―― 더 계속해 말하지요. 리드 부인은 그 고아를 십 년간 길렀읍니다. 그 십 년 동안이 그 고아로선 행복했는지 어쩐지는 들어 본 일이 없기 때문에 뭐라고 내가 말할 순 없지만, 부인은 십 년 말에 가서 그 고아를 당신도 아시는 고장으로 보냈읍니다――다름아닌 로드 학교, 당신이 오랫 동안 살아 온 곳이었소. 그곳에서 그네의 생애는 영예로왔던 것 같소. 학생에서 선생이 되었던 거요. 당신처럼 말이오――그네의 경력과 당신의 경력이 너무나 비슷한 점이 있는 것 같군요. 그 여자는 가정 교사가 되기 위해 학교를 떠났소. 그렇지, 또 당신의 신세와 비슷한데요. 여자는 로체스타 씨라는 사람의 양녀의 교육을 맡게 되었소.」

「리버즈님!」 나는 말을 가로막았다.

「당신의 감정은 짐작할 수 있소.」 하고 그는 말했다. 「그런데 잠깐 참으시오. 얘기는 거의 끝나 가니까. 끝까지 들어 주시오. 로체스타 씨의 인물에 대해서는 나는 아무것도 모르지만, 그가 이 젊은 처녀에게 정식 결혼을 제의하는 것처럼 가장했다는 것과, 그 여자는 결혼식 당일, 성단 앞에서, 로체스타 씨에겐 정신병자이긴 하지만 현재 살아 있는 부인이 있다는 것을 처음으로 알게 되었소. 그 뒤의 그의 행동과 제안에 대해서는 모두 추측으로밖에 알 수 없는 일이지만 어떤 사건이 생겨서 그 가정 교사가 어떻게 하고 있는지를 꼭 알아야만 했을 때, 그네는 거기 없다는 것을 알게 된 것이오 —— 언제 어디로 어떻게 해서 탈출했는지는 아무도 아는 사람이 없었답니다. 그 여자는 밤중에 쏜필드 저택을 빠져 나간 것이었소. 사방으로 행방을 알아내려는 수사는 허탕으로 끝났지요. 그 지방을 샅샅이 찾아 보았지만 아무런 소식도 파악할 수 없었지요. 그러나 그 여자를 찾아내는 일은 중대한 긴급 사건이 되어 광고가 모든 신문에 실리게 되었지요. 나 자신은 브리그스라는 변호사로부터 지금 내가 말한 사연을 상세하게 적은 편지를 받았소. 참, 이상한 얘기가 아닙니까?」

「잠깐, 이 한마디만 말씀해 주세요.」 하고 나는 말했다. 「그리고 그처럼 자세히 알고 계신다면 틀림없이 말씀해 주실 수 있을 거예요 —— 로체스타님은 어떻게 되셨어요? 어떻게 지내시나요? 어디 계신가요? 지금 무얼 하고 계신가요? 무사하신가요?」

「나는 로체스타 씨에 관한 일은 아무것도 모릅니다. 내가 받은 편지에는 아까 내가 말한 기만적이고 불법적인 그의 계획에 대해서 적혀 있는 것 외에는 아무것도 씌어 있지 않았소. 그보다도 당신은 그 가정 교사의 이름을 물어야 했을 거요. 그네를 찾고 있는 사건의 성질이 무엇인지를 물어 봐야 할 것 같소.」

「그럼 아무도 쏜필드에 간 사람은 없었어요? 로체스타님을 만나 본 사람은 없었나요.」 「없을 겁니다.」 「하지만, 로체스타님에게 편지는 보냈겠지요.」 「물론이오.」 「그래, 그 분은 뭐라고 답장을 보내 왔어요? 어떤 분이 그 편지를 갖고 있지요?」

「브리그스 씨의 말에 의하면, 그의 조회에 대한 대답은 로체스타 씨로부터 온 것이 아니라, 여자의 필적으로 〈앨리스 페어팩스〉라고 서명돼 있었답니다.」

나는 오한을 느끼고 당황했다. 그렇다면 나의 최악의 두려움이 틀림없이 들어맞은 것이리라. 결국 무턱댄 자포 자기에 빠져 영국을 떠나 그전에 자주 다니던 대륙으로 달려갔으리라. 그 격심한 고통을 잊으려고 어떤 마취제를 구했을까? 그의 강한 열정을 위해 어떤 대상을 그는 거기서 찾았을까? 이 물음에 대답할 용기는 내겐 없다. 오오, 나의 가엾은 주인님―― 한때 거의 남편이었던―― 몇 번이고 몇 번이고 「사랑하는 에드워드」라고 불렀던 사람이 아닌가!

「그는 고약한 친군가 봐.」하고 리버즈 씨는 말했다.

「목사님은 그 분을 모르셔요――그 분에 관해선 아무 말씀도 마세요.」나는 흥분해서 말했다.

「그러지요.」하고 그는 조용히 대답했다. 「그런데 사실, 내 머리는 그 사람의 일보다는 다른 일로 가득 차 있소. 내 얘기를 다 해버려야지. 당신이 그 가정 교사의 이름을 묻지 않으시니, 내가 자진해서 말을 해야겠소. 잠깐만 기다리시오――여기 갖고 있소―― 중요한 사항은 기록해 놓은 것을 보는 편이 납득이 잘 가는 법이지요.」

그는 디시 그 수첩을 조심스럽게 끄집어내어 무언가를 찾았다. 수첩의 한 칸에서는 급히 찢어낸 듯한 구겨진 종이쪽지가 나왔다. 나는 그 종이 쪽지의 지질과, 군청색, 진홍색, 주홍의 얼룩을 보고 어제 초상화의 끝장에서 찢은 거라는 걸 알았다. 그는 의자에서 일어나 그것을 내 눈앞에 내밀었다. 인디안 잉크로 내 필적으로 씌어진 〈제인 에어〉라는 글자를 읽었다――물론, 내가 멍청했던 순간에 저지른 일이었다.

「브리그스는, 내게 제인 에어라는 사람에 대해서 편지를 보내왔소.」하고 그는 말했다. 「광고는 제인 에어라고 하는 사람을 찾았소. 나는 제인 엘리오트라는 사람은 알고 있었지만. 사실 말이지, 나는 의아심을 품고 있었던 거요――그러나 그 의심이 풀려 틀림없이 확실하다고 자신을 갖게 된 것은 바로 어제 오후였소. 당신은 그 이름이 당신의 이름이라고 시인하고 그 별명을 부인합니까?」

「네, 그래요. 하지만 브리그스 씨는 어디 계셔요? 아마 그 분이, 목사님보다는 자세히 로체스타님에 대해서 잘 아실텐데요.」

「브리그스는 런던에 있소. 그가 로체스타 씨에 관해서 무엇을 알고 있는지는 의문이오. 그가 관계하고 있는 것은 로체스타 씨가 아니오. 그건 그렇고, 당신은 사소한 일만 캐물으려 하고 요긴한 일은 잊어버리고 있군요. 왜 브리그스 씨가 당신을 찾고 있는지 당신은 묻지 않았소――그가 당신에게 무슨 용무가 있는지를 말이오.」

「그렇군요. 그 분이 무슨 용건이 있을까요?」

「당신의 숙부——마데이라의 에어 씨가 돌아가셨다는 것, 숙부님이 재산 전부를 당신에게 양도했다는 것, 그래 당신은 이번에 부자가 되었다는 것——단지 그것뿐——그 밖엔 아무것도 없읍니다.」

「제가요! 제가 부자라고요!」

「그렇소, 당신이, 부자——완전한 유산 상속인이오.」

침묵이 흘렀다.

「물론 당신은 제인 에어 본인이라는 것을 증명해야만 하오.」하고 세인트 존은 말을 이었다.

「수속은 조금도 어려울 건 없소. 그러니까 당장에 상속할 수 있읍니다. 당신의 재산은 영국 공채(公債)로 되어 있소. 브리그스가 유언서와 필요 서류를 보관중이오.」

다시 새 카드가 들쳐졌다! 독자여, 궁핍에서 순식간에 부자가 된다는 것은 신나는 일이다——참으로 멋진 일이다. 그러나 납득이 안 가는 일이고, 따라서 별안간에 누릴 수 있는 기쁨은 아니다. 그런데 인생에는 이러한 것보다도 좀더 기쁨에 가슴이 울렁거리고 환희에 도취되는 다른 기회도 있다. 이것은 충분한 근거 있는 사실이고, 현실적인 세상의 사건이다. 관념적인 것은 아무것도 없다. 여기에 따르는 모든 생각은 확실하고 진지한 것이어야 하고, 그 표현도 마찬가지다. 기뻐 껑충 뛰어오르거나 뛰어 돌아다니는 것도 아니고 환성을 지르는 것도 아니다. 재산을 얻었다는 말을 듣자 책임감을 느끼기 시작하고 사업을 생각하기 시작한다. 확실한 만족의 근거 위에 무거운 걱정거리가 닥쳐온다. 우리는 우리 기쁨을 억제하고 심각한 태도로 우리의 행복을 염려하게 된다.

그 밖에 유산이나 유물이란 말은 죽음과 장례(葬禮)라는 말을 동반한다. 일찌기 말로만 듣고 있던, 나의 단 하나의 혈연인 내 숙부님이 돌아가셨다. 그의 생존을 안 뒤부터 언젠가는 만날 수 있으리란 희망을 간직하고 있었다. 이젠 헛된 소원이 되어 버렸다. 그리고 그 돈은, 내게만 보내왔다. 나와 더불어 기뻐하는 가족에게 보내온 것이 아니라, 고독한 내게 보내왔다. 말할 것도 없이 그것은 굉장한 은혜다. 그리고 자립할 수 있다는 것은 얼마나 멋진 일일까——그렇다, 나는 그렇게 느꼈다——이런 생각이 내 가슴을 부풀어오르게 했다.

「드디어, 이맛살을 펴게 됐군요.」하고 리버즈 씨는 말했다. 「에듀사(그리스 신화의 예쁜 처녀. 신의 분노를 사서 무서운 모양이 됨. 그네를 본 사람은 돌로 변한다고

함)가 쳐다보는 바람에 당신이 돌로 변히지나 않나 하고 걱정했소——아마 이번엔 얼마나 재산을 소유하게 되나 물어 보시겠지요?」

「얼마쯤 갖게 될까요?」

「아, 몇 푼 안 되지요! 뭐 대수롭진 않지만——이만 파운드라고 하던가——그러니, 그까짓 게 다 뭣입니까?」

「이만 파운드요?」

여기에 새로운 놀라운 사실이 있었다——나는 고작해야 사오천 파운드쯤으로 생각하고 있었다. 이 소식은 실제로 잠시 내 숨을 멈추게 했다. 세인트 존 씨의 웃음 소리를 나는 들어본 적이 없었는데 이때 그는 소리내어 웃었다.

「이봐요.」하고 그는 말했다.「가령, 당신이 살인을 범해서 당신의 범죄가 발각되었다고 알려 주어도 이 이상 깜짝 놀라지는 않았을 거요.」

「굉장한 금액이에요——혹시 무슨 착오라도 있는 것이 아닐까요?」

「천만에요, 없읍니다.」

「어쩌다 숫자를 잘못 읽으셨는지도 몰라요——이천 파운드겠지요!」

「숫자로기 아니라, 글자로 틀림없이 이만 파운드라고 적혀 있었소.」

다시금 나는 보통의 소화력밖엔 갖지 않은 한 사람이 백명분의 음식을 차려 놓은 식탁에 홀로 앉아 있는 기분을 느꼈다. 이때 리버즈 씨는 의자에서 일어나 외투를 입었다.

「이처럼 험악한 밤이 아니라면」하고 그는 말을 이었다.「하나를 동무 삼으라고 보내 드리고 싶지만. 혼자 당신을 남겨두고 가기에는 정말 안 됐군요. 그러나, 그 하나로선 안 될 거라. 나처럼 눈 쌓인 길을 걷지 못할 뿐 아니라 다리가 길지 못하니까. 슬픔에 잠긴 당신을 그대로 두고 가야만 하겠소. 편히 쉬시오.」

그는 걸쇠를 올리고 있었다. 문득 내게 떠오르는 생각이 있었다.

「잠깐만 기다려 주세요!」하고 나는 소리쳤다.

「네?」

「전, 왜 브리그스 씨가 목사님께 편지를 내셨는지, 전혀 납득이 안 갑니다. 또 어떻게 그 분이 목사님을 아시는지, 또 이처럼 동떨어진 시골에 사시는 목사님이 어떻게 저를 찾아내는 데 발을 벗고 나섰는지요.」

「아아! 난 목사요. 목사에겐 가끔 이상한 사건에 협력을 호소해 오는 수가 많지요.」걸쇠가 다시 딸가닥 소리를 냈다.

「안 돼요. 그 대답으론 만족할 수가 없어요!」하고 나는 소리쳤다. 그리고 실제로 지금의 성급하고, 설명이랄 수 없는 대답 속에는 뭣인가 까닭이 있다고 느겼다. 그것은 호기심에 애태우고 있는 내 마음을 가라앉히기는 고사하고 한층 더 자극시켰다.

「참, 이상한 일이에요.」나는 덧붙였다.「좀더 이 문제에 대해서 알아 봐야겠어요.」

「다음 기회에.」

「아니예요, 오늘 밤! ——오늘 밤에요!」이렇게 말하고 그가 문에서 돌아섰을 때 나는 문과 그 사이에 막아섰다. 그는 다소 난처한 얼굴이었다.

「제게 죄다 말씀해 주시기 전에는 절대로 못 가서요!」

「어쩐지 지금은 마음이 안 내킵니다.」「말씀해 주셔야 해요!」

「다이아나나 메어리가 알려 드리는 편이 좋을 것 같은데요.」

물론, 이런 거절은 오히려 내 궁금증을 더욱 더 부채질했다. 이야기를 꼭 들어야 했다. 그것도 당장 그 자리에서. 그래서 나는 이렇게 말했다.

「그런데, 난 설득시키기 어려운 딱딱한 인간이라는 걸 알려 드렸죠.」하고 그는 말했다.

「저도 역시 딱딱해요. 절대 우물쭈물해서 넘길 수 없는 여자예요.」

「그런데,」그는 말을 이었다.「난 냉정한 사람이오——어떤 정열로도 녹일 수 없소.」

「그렇다면 저는 열을 가지고 있어요. 불은 얼음을 녹이니까요. 저 불은 목사님의 외투의 눈을 완전히 녹였어요. 그 증거로는 마루 위에 흘러내려서 마치 짓밟힌 길바닥처럼 되어 버렸어요. 리버즈님, 모래를 간 제 부엌을 더럽힌 큰 죄와 실수를 용서받으시려거든 제가 알고 싶어하는 걸 말씀해 주세요.」

「그렇습니까, 그럼」하고 그는 말을 이었다.「내가 졌소. 당신의 열성에는 지지 않았다 해도 그 끈기에 졌단 말이오——돌멩이도 줄기차게 내리는 빗방울에는 닳아 버리는 것처럼. 게다가, 언젠가는 당신도 알게 될 거요——조만간에요. 당신의 이름은 제인 에어지요?」

「물론이지요, 다 알고 계시면서.」

「아마 내가 당신과 같은 성이라는 걸 당신은 모르고 있지요? 내 이름이 세인트 존 에어 리버즈라는 것을?」

「전혀 몰랐어요! 그리고 보니 때때로 빌려주신 책 속에 씌어진 이름의 첫글자가 〈E〉자였다는 것이 지금 생각나는군요. 하지만 그 〈E〉가 무슨 이름을 나타내는지 여쭤 보질 않았군요. 그러나, 그것이 어떻게 됐다는 거예요? 분명히——」

나는 말을 끊었다. 갑자기 나를 사로잡는 생각을 가슴 속에 간직해 둘 수는 없었다. 더구나 표현할 수는 없었다——곧 생각이 구체화되고 다음엔 강하고 명확성을 띠게 되었다. 사정들은 저절로 결합되고 저절로 부합되고 곧 정돈되었다. 여태까지는 형체를 이루지 못한 여러 개의 고리 뭉치로만 보였던 쇠사슬이 똑바로 펴지고, 하나하나의 고리가 완전해지고 연결이 훌륭하게 이루어졌다. 세인트 존이 다음 말을 꺼내기 전에 나는 본능적으로 모든 사정을 알아챘다. 그러나 독자 여러분이 나와 같은 직관적인 이해를 갖고 있으리라고는 생각되지 않으므로 그의 설명을 반복하지 않을 수 없다.

「내 어머니의 성은 에어라고 했소. 어머니에겐 오빠되시는 분이 두 분 계셨소. 한 분은 목사로 게이츠헤드의 제인 리드 양과 결혼했답니다. 또 한 분은 마데이라의 편찰에 살던 상인인 고(故) 존 에어 씨였지요. 에어 씨의 변호사인 브리그스 씨는 지난 팔월 우리들에게 외삼촌의 죽음을 통지해 왔소. 그런데 외삼촌과 우리 아버지는 평생을 두고 화해가 되지 않았기 때문에 외삼촌은 우리들을 무시하고 자기 형이었던 녹사의 고아인 딸에게 재산을 양도했다는 것을 통지해 온 거요. 이삼 주일 전에 또 브리그스 씨가 편지를 내서 상속인이 행방불명이 되었다는 것을 알리고, 그네에 대해서 혹시 아는 바가 없느냐고 물어 왔소. 우연히 그 종이 조각에 적힌 이름이 내게 그 장본인을 찾아내게 한 것이오. 나머지는 다 알겠지요.」

또다시 그는 가려고 했으나 나는 문을 등지고 막아섰다.

「잠깐만 제게 말을 시켜 주세요.」하고 나는 말했다. 「잠깐만 숨을 돌려서 생각하게 해주세요.」나는 말을 끊었다. 그는 모자를 손에 들고 아주 침착한 얼굴로 내 앞에 서 있었다. 나는 말을 계속했다.

「목사님의 어머님께선 제 아버지의 누님이었지요?」

「그렇소.」

「그럼, 저의 고모이신가요?」

그는 고개를 끄덕였다.

「저의 존 숙부님이 바로 댁의 외삼촌이시지요? 목사님과 다이아나와 메어리는 숙부님의 누님이 낳으셨군요. 저는 숙부님의 형님의 딸이고요.」

「바로 그렇소.」

「그럼, 세 분은 제 고종 사촌이군요. 우리들의 피의 절반은 같은 핏줄에서 나왔군요?」

「우리들은 사촌 형제간이오. 그렇소.」

나는 그를 살펴보았다. 나는 오빠 한 분을 얻은 것 같은 기분이 들었다——자랑할 수 있고, 사랑할 수 있는 오빠와, 그리고 또 두 언니를. 그네들의 특이한 성품은 내가 그저 낯모르는 사람으로서 그네들을 사귀게 되었을 때, 진정한 애정과 찬미로써 나를 격려해 주었다. 축축한 땅바닥에 무릎을 꿇고 무어 하우스의 부엌의 낮은 창살문으로 방안을 들여다보고 호기심과 절망이 교차된 애달픈 심정으로 바라보았던 저 두 젊은 아가씨들은 나와 같은 피를 나눈 친척이었다. 그 집의 문간 앞에서 빈사 상태에 놓여 있었던 나를 발견해 준 젊고 위엄이 있는 신사는 나와 핏줄을 이은 친척이었다. 고독하고 불쌍한 자에게 이 얼마나 훌륭한 발견이겠는가! 이것이야말로 진정한 부귀였다! 순수하고 따뜻한 애정의 광맥(鑛脈)이야말로 찬란하고 생생하고 상쾌한 축복이었다. 묵직한 황금의 선물과는 다르다——황금 그 자체는 참으로 귀중하고 누구나 환영하는 것이지만 거기에 따르는 책임에서 정신을 차려야 한다. 나는 이 갑작스럽게 솟아난 기쁨에 손뼉을 쳤다——내 맥박은 고동을 치고 혈관은 짜릿했다.

「아아, 기뻐요!——정말 기뻐요!」하고 나는 소리쳤다.

세인트 존은 미소를 지었다.「나는 당신이 사소한 것에 마음을 쓰느라고 중요한 일은 잊어버리고 있다고 말하지 않았소?」하고 그는 물었다.「당신이 재산을 차지하게 되었다고 내가 알렸을 때 당신은 심각한 표정을 짓고 있었소. 그런데 지금은 중요하지도 않은 일에 흥분하고 있군요.」

「무슨 말씀을 하시는 거예요? 이것이 목사님껜 대수롭지 않을는지도 몰라요. 목사님껜 누이동생이 두 분이나 계시니까 사촌 동생쯤은 아무래도 괜찮다고 생각하실 거예요. 하지만 제겐 아무도 없었어요. 그것이 지금 세 친척이——아니 둘, 만일 셋 중에 당신이 끼고 싶으시지 않으시다면——제 앞에 어른이 되어 탄생했어요. 다시 말씀드리지만——참 기뻐요!」

나는 잰 걸음으로 방안을 걸어다녔다. 내가 받아들이고 이해하고 진정시킬 수 없을만큼 빨리 마음속에 떠오르는 생각——그럴 수도 있고, 할 수도 있고, 그래야 하고, 더구나 빨리 실행해야만 된다는 생각으로 숨이 막힐 듯하여 우뚝 섰다. 내가 빈 벽을 바라보자, 솟아오르는 별이 가득 차 있는 하늘처럼 보였다——하나하나가 목적이 기쁨으로 향하는 나를 비춰주는 듯했다. 이 시간까지 겉으로만 사랑하고 있던 내 생명의 은인들에게 이번엔 은혜를 갚을 수 있게 되었다. 그들은 멍에를 메고 있다——나는 그 사람들을 자유롭게 해줄 수가 있다. 그들은 흩어져 있다——나는 그들을 다시 모이게 할 수가 있다. 자립과 부유가 내것인 동시에 그들의 것이기도 하다. 우리들은 네 사람이 아닌가? 이만 파운드를 똑같이 나누면 오천 파운드씩 돌아간다——충분하고도 남는다.
정의가 실현되고——모두의 행복이 확보될 것이다. 이젠 재산도 내겐 무거운
짐이 아니다. 이젠 단순한 화폐만의 유산이 아니었다. 그것은 생명과 희망과 환
희의 유산이었다.

　이런 생각이 내 머리를 덮쳐왔을 때, 내가 어떻게 보였는지 나는 알 수 없으나
곧 리버즈 씨가 내 뒤에 의자를 하나 갖다놓고 거기에 나를 앉히려고 부드럽게
권유하고 있는 걸 알았다. 그는 침착하라고 권하고 있다. 나는 힘없이 얼이 빠
져서 그의 권유에는 귀도 기울이지 않고 그의 손을 뿌리치고 다시 방안을 걷기
시작했다.

　「내일, 다이아나와 메어리에게 편지를 쓰세요.」하고 나는 말했다.「곧 집으
로 돌아오라고 말씀하세요. 다이아나는 천 파운드씩만 있으면 부자가 되리라고
했는데, 오천 파운드씩 있으면 충분히 부자가 될 거예요.」

　「당신에게 물을 마시게 하고 싶은데 어디 있읍니까?」하고 세인트 존은 말
했다.「정말 마음을 진정시키도록 해야겠소.」

　「쓸데없는 말씀을 하시네요! 그런데 그 유산은 목사님께 어떤 영향이 미칠까
요? 당신을 영국에 남아 있게 하고, 올리버 양과 결혼시키고 보통 사람처럼 안
정시킬 수 있을까요?」

　「잠꼬대 같은 소리. 당신의 머리는 혼란해진 거요. 내가 너무 갑자기 소식을
전해서 그만 당신을 지나치게 흥분시켰소.」

　「리버즈님! 남의 속 좀 작작 태우세요. 저는 정신이 말짱해요. 목사님이 오
해하고 계셔요. 아니면 오해하고 있는 체하고 계셔요.」

　「당신이 좀더 자세히 자신을 설명해 주면 좀더 내가 이해할 수 있을진 모르겠
소.」

　「설명이라니요! 무슨 설명이 필요해요? 이만 파운드, 문제의 유산을 숙부
의 조카와 세 명의 질녀가 똑같이 나누어 가지면 각자 오천 파운드씩 돌아간다
는 것이 목사님에게 납득이 안 갈 리가 없잖아요? 제가 바라는 것은 동생들에
게 편지를 내서, 재산이 생겼다는 것을 알려 줍시사는 것이에요.」

　「당신에게 생겼다고 말이지요.」

　「이 문제에 대해서는 제 생각은 이미 말씀드렸어요. 그 밖의 것은 생각할 여
지가 없어요. 저는 야수 같은 이기주의자도 아니고, 맹목적으로 옳잖은 일을 하
거나 혹은 악마처럼 배은 망덕하는 사람도 아니예요. 그 밖에도 저는 가정과 가
족과 함께 지내기로 결심했어요. 저는 무어 하우스가 무척 좋으니까 무어 하우

스에서 살 작정이에요. 저는 다이아나와 메어리가 아주 좋아서 한평생 그들의 곁을 떠나지 않을 작정이에요. 오천 파운드를 갖는 것은 제게는 기쁜 일이기도 하고 도움도 되지만, 이만 파운드를 갖게 되면 저에겐 괴롭고 무거운 짐이 돼요. 더구나 그 금액은 법률적으로는 그럴는지 모르지만 도의적으로 말씀드리면 절대로 전부가 제 소유로 될 리는 없어요. 제게 필요 없는 것을 여러분께 드리는 거예요. 이 문제에 대해선 반대니 이론이 없도록 해주세요. 서로 찬성해서, 곧 이 일을 결정합시다.」

「그것은 첫 충동에서 일어나는 행위요. 그러나 당신의 말이 확실하다고 인정 될 때까지는 며칠을 두고 생각해 봐야 하는 거요.」

「아이 참! 제 성의만을 당신이 의심쩍게 여기신다면 저는 안심이에요. 제 결 정의 정당성은 인정하시겠지요?」

「어떤 정당성은 시인하지만, 그런 방법은 모든 관습에 위배되오. 뿐만 아니라 온 재산은 당신의 권리에 속하오. 외삼촌께서는 자신의 노력으로 그것을 획득했 소. 누구에게 양도하건 외삼촌의 자유란 말이오. 그 분은 그 재산을 당신에게 남겨 주었소. 결국 정당성이 당신으로 하여금 온 재산을 차지하게 했소. 당신은 깨끗한 양심을 가지고 어디까지나 당신의 소유라고 생각해도 좋소.」

「제게 있어서 이 일은 양심의 문제이기도 하고 감정의 문제이기도 해요. 저는 자신의 감정대로 하지 않으면 안 돼요. 오늘날까지 저는 그렇게 할 권리가 없었 어요. 당신이 일 년 동안 의논하고 반대하고 나를 괴롭힌다 해도 저는 제게 불현 듯 다가온 귀중한 기쁨——크나큰 은혜를 다소나마 갚아 드리고 한평생 친구들 을 얻는다고 하는 기쁨을 버릴 수는 없어요.」

「지금은 그렇게 생각하겠지요.」하고 세인트 존은 대답했다. 「왜냐하면 당신 은 재산을 소유할 줄도 부귀를 즐길 줄도 모르고 이만 파운드가 당신에게 줄 중 대성에 대해서, 즉 그것이 당신으로 하여금 사회적으로 차지하게 할 위치와 당 신에게 열릴 앞날에 대해서 전혀 생각이 미치지 않기 때문이오. 당신은——」

「목사님은,」하고 나는 그의 말을 가로챘다. 「형제의 사랑이나 자매의 사랑에 굶주리고 있는 저의 간절한 소원을 전혀 상상도 못하셔요. 저는 가정도 없었고 형제나 자매를 가져 본 적도 없어요. 이번엔 제가 그것들을 꼭 가져야 하고 또 가 질 수 있을 거예요. 저를 알아 주고 누이동생으로 받아 주시기가 싫으신가요?」

「제인, 나는 당신의 오빠가 돼주겠소——누이동생들은 당신의 언니가 되 고——당신의 정당한 권리를 희생시키는 것을 조건으로 삼지 않는다면 말이 오.」

「오빠라고요? 그래요, 천리나 떨어져 계시는! 언니들이라고요? 그래요, 낯선 사람들 틈에 끼어서 고생하는! 저는 부자──자기가 번 돈도 아니고, 제가 받을 자격도 없는 돈에 우쭐해져! 여러분들은 가난도 해라! 멋진 평등이니, 형제애니 친밀한 결합! 내밀한 애정!」

「그러나 제인, 혈연과 가정의 행복을 찾는 당신의 갈망은 당신이 생각하는 뜻과는 다른 방법으로도 실현할 수 있소. 결혼하면 된단 말이오.」

「별말씀을! 결혼이라니요! 결혼은 원치 않아요. 절대 결혼 안 해요.」

「그건 지나친 말이오. 그런 위험한 단정은 지나치게 흥분한 증거요. 그 흥분으로 당신은 괴로와하고 있소.」

「지나친 말이 아니예요. 저는 제 마음을 알고 있어요. 결혼은 생각만 해도 얼마나 진저리가 나는지 몰라요. 사랑 때문에 저를 데려갈 사람은 아무도 없어요. 저는 단순한 돈벌이의 도구로 간주되고 싶진 않아요. 더구나 저와 아무런 공감도 느낄 수 없는, 종류가 다른 낯선 사람은 싫어요. 저와 핏줄이 통한 사람이 필요해요. 저와 친구감을 느낄 수 있는 사람을 원해요. 제 오빠가 되어 주시겠다고 다시 말씀하세요. 그 말씀을 하셨을 때 저는 만족했어요. 기뻤어요. 한 번 더 말씀하세요, 진정에서 반복하실 수 있다면.」

「할 수 있다고 생각하오. 나는 누이동생들을 언제나 사랑해 왔다는 것을 알고 있소──누이동생들에 대한 내 애정이 무엇에 근거를 두고 있는지 나는 알고 있소──그네들의 가치에 대한 존경, 그네들의 재능에 대한 찬미에 근거를 두고 있소. 당신도 도의를 아는 이지적인 사람이오. 당신의 취미나 습관은 다이아나와 메어리의 그것을 많이 닮았소. 당신의 존재는 언제나 내겐 유쾌하오. 당신의 이야기 속에서 건전한 위안을 벌써부터 깨닫고 있었소. 나는 당신을 나의 세째, 막내누이로 내 가슴 속에 받아들일 기회를 손쉽고도 자연스럽게 만들 수 있을 것 같소.」

「감사합니다. 오늘 밤은 그 말씀으로 만족해요. 그럼, 이젠 돌아가시는 게 좋겠어요. 더 지체하시게 되면 아마 또 괴벽스러운 사양으로 저를 또 애타게 하실지 모르니까요.」

「그럼 에어 양, 학교는 이렇게 된 이상 폐쇄해야 하지 않겠소?」

「아니예요, 대신 일할 사람이 나타날 때까지는 선생을 계속하겠어요.」

그는 동의를 얻은 것이 다행이라는 듯 미소를 띠었다. 우리들은 악수를 했다. 그리고 그는 떠나갔다.

유산에 관한 문제들을 내가 희망한 대로 낙착시키려고 내가 애쓴 일과 거듭된

언쟁 등을 자세히 말할 필요는 없을 것이다. 내 고심은 결코 쉬운 일이 아니었다. 그러나 내 결심은 단호했고——재산을 정당하게 분배한다는 내 마음이 진실하고 확고 부동하다는 것을 사촌들은 마침내 알아 주어서——그들도 진심에서 내 의도가 공정하다는 것을 알았다. 가령 그들이 내 입장이라면 내가 하려는 처사를 그들도 했으리라고 저절로 깨닫지 않을 수 없게 되어, 겨우 이 문제를 중재 재판에 일임하는 데 동의했다. 선발된 판사는 올리버 씨와 유능한 또 한 사람의 변호사였는데, 두 사람의 의견은 나와 일치되어 마침내 내 의견이 통과되었다. 양도 증서가 작성되고 세인트 존, 다이아나, 메어리 그리고 나는 각기 상당한 재산을 소유하게 되었다.

34

　일이 모두 처리되었을 때는 크리스마스가 가까왔다. 전반적인 축제일의 계절은 박두해 왔다. 작별하는 데 있어서 내편에서 멋적게 헤어져서는 안 된다고 마음을 쓰면서 이때 나는 모든 학교를 닫았다. 행운은 이상하게도 마음과 함께 손도 열어 놓아 준다. 그래서, 잔뜩 자기가 혜택을 받고 그중 얼마를 남에게 준다는 것은 이상하게 끓어오르는 감정의 출구를 마련해 줄 따름이다. 오래 전부터 나는 소박한 학생들의 대부분이 나를 좋아하고 있다는 것을 기뻐하고 있었지만 헤어질 때는 나의 이런 의식은 한층 더 확고해졌다. 학생들은 자기들의 감정을 꾸밈 없이 힘차게 나타냈다. 내가 그들의 순진한 마음의 한구석을 실제로 차지하고 있었다는 것을 알고 나는 깊이 감사했다. 앞으로 일주일에 한 번씩 찾아와 그들의 학교에서 한 시간씩 수업을 하겠노라고 약속했다.

　리버즈 씨가 왔다——때마침 나는 지금도 육십 명을 헤아리는 학급생이 줄지어 내 앞을 지나 나가는 것을 보고 난 후에 문을 잠그고 손에 열쇠를 든 채 내 수제자 여섯 명과 각별한 작별 인사를 나누고 있었다. 그네들은 영국의 농민 계급에서 찾아볼 수 있는 고상하고 훌륭하고 겸손하고, 또 견문이 넓은 소녀들이었다. 이것은 굉장히 칭찬한 말이다. 그럴 것이 영국의 농민들은 유럽의 어느 나라의 농민보다도 교육을 많이 받고 가장 예의가 바르고 가장 자존심이 강하기 때문이다. 그 후 나는 프랑스 농민의 여자들이나 도이치의 농촌 여자들을 보았지만 그들 중에서 가장 우수한 사람도 모튼의 딸에 비하면 내게는 무식하고 야비하고 우둔해 보였다.

「한 학기 동안 수고한 보람이 있다고 생각해요?」학생들이 돌아가 버리자 리버즈 씨가 물었다. 「자기가, 일할 수 있을 때 무엇이든 정말 좋은 일을 했다는 자각을 갖는다는 것은 유쾌하지 않을까요?」

「물론이지요.」

「그런데, 당신은 겨우 서너 달 일했을 뿐입니다! 겨레와 인류를 재생시키는 사업에 일생을 바친다는 것은 보람 있는 일이 아닐까요?」

「그래요.」하고 나는 말했다. 「하지만, 언제까지나 저는 이렇게 나갈 수는 없어요. 남의 재능을 깨우침과 동시에 자신의 재능도 즐겨 보고 싶어요. 이제부터 활용을 해야겠어요. 제 마음이나 몸을 다시는 학교로 불러가시지 마세요. 학교의 일은 완전히 잊어버리고 푹 쉬고 싶어요.」

그는 엄숙한 얼굴을 지었다. 「이제 와서 어떻게 된 거요? 갑작스레 열을 돋구니, 어찌 된 셈이오? 뭘 하려는 거요?」

「활동적이 되려고요. 될 수 있는 대로 활발해지려고요. 그리고 무엇보다 오빠께서 하나에게 자유를 주고 오빠의 시중은 어떤 다른 사람을 구해서 들도록 부탁드려야겠어요.」

「하나가 꼭 필요하단 말이오?」

「네, 하나를 데리고 무어 하우스로 가려고요. 다이아나와 메어리는 일주일 안에 돌아올 거예요. 두 분이 돌아오는 데 대비해서 전 모든 것을 정돈해 놓고 싶어요.」

「알겠소. 난 또 당신이 어디 여행이라도 떠나는 줄 알았소. 그럼 좋소, 하나를 보내지요.」

「그럼, 하나더러 내일까지 떠날 채비를 해두라고 일러 주세요. 이게 교실 열쇠예요. 제 집 열쇠는 내일 아침에 드리겠어요.」

그는 열쇠를 받았다. 「무척 기쁜 듯이 돌려주는구면요.」하고 그는 말했다. 「당신의 명랑해진 기분을 나는 도무지 알 수 없소. 당신이 손을 떼려고 하는 일 대신에 무슨 일을 계획하고 있는지 난 모르겠소. 지금 당신은 도대체 어떤 목표와 어떤 목적과 어떤 야망을 가지고 있소?」

「제 목표는 첫째 무어 하우스의 침실에서 지하실까지 깨끗이(이 표현의 진의를 아실는지) 하는 것이에요. 다음엔 밀랍과 기름과 많은 걸레로 다시 윤이 날 때까지 닦는 거예요. 세째로 의자, 테이블, 침대, 융단 등을 수학적인 정확성으로 정돈해 놓는 것이에요. 그 다음에는 어느 방에도 잔뜩 불을 지피기 위해 오빠가 파산을 할 만큼 석탄과 토탄을 쓰겠어요. 마지막으로 언니들이 도착하기 전

이틀 동안은 저와 하나는 달걀을 풀고 건포도를 추어내고, 양념을 갈고, 크리스 마스 케잌을 반죽하고, 〈민스 파이〉를 만들 재료를 잘게 썬다든가 그 밖에 오빠 처럼 이런 것에는 문외한인 분에게는 말씀드려도 모르실 여러 가지 다른 요리를 만들기 위해서 필요한 준비를 하는 데 보낼 거예요. 결국 저의 목적은 내주 목요 일 이전에, 다이아나와 메어리를 위해 모든 준비를 갖추어 놓는 일이에요. 제 욕심은 두 분이 도착할 때 환영의 이상(理想)의 극치를 보여 드리는 거예요.」

세인트 존은 가볍게 미소했다. 아직도 그는 불만이었다.

「현재로서는 그것도 대단히 좋긴 하지만,」하고 그는 말했다.「그러나 실상 처음의 생생한 흥분이 지나가면 가정적인 사랑의 표시나 가사의 기쁨보다 당신 은 좀더 높은 곳을 쳐다보리라고 나는 믿소.」

「이것이 세상에서 가장 좋은 거예요!」하고 나는 그의 말을 가로막았다.

「아니오, 제인. 그렇지 않아. 이 세상은 결실의 장소가 아니오. 그렇게 정해 버려선 안 되오. 또한 휴식의 장소도 아니오. 게을러선 안 되오.」

「그와는 반대로 부지런해질 작정이에요.」

「제인, 당분간은 용서해 주겠소. 나는 당신이 새로운 위치를 즐기고 늦게 발 견한 혈연의 기쁨을 맛보도록 두 달 동안의 여유를 주겠소. 그러나 그 다음엔 당 신은 무어 하우스와 모튼, 그리고 자매로서의 교제와 교양이 있고 돈을 풍부하 게 갖고 있는 데서 오는 자기 본위의 안일과 감각적인 기쁨을 초월해서, 앞을 내다보게 되기를 바라오. 그때 한 번 더 당신의 정력은 그 힘이 남아서 당신을 괴롭혔으면 좋겠소.」

나는 깜짝 놀라 그를 보았다.「그런 말씀을 하시다니 오빠도 참 심술궂어요. 저는 여왕처럼 만족한 마음에 잠겨 보고 싶어요. 그런데 오빠는 그걸 뒤흔들어 불안하게 만들려는 거예요! 뭣 때문에 그러세요?」

「하느님이 당신에게 의탁하신 재능을, 뒷날 하느님께서 틀림없이 엄하게 청 산(淸算)을 요구하실 그 재능을 유익한 곳으로 전향시키기 위해서지요. 제인, 나는 당신을 가까이서 유심히 관찰하겠소──그것을 미리 말해 두오. 평범한 가정적인 쾌락에 도취되어 있는 당신의 불균형한 열정을 식히도록 노력해 주시 오. 그렇게 끈질기게 친족 유대에만 매달리면 안 되오. 당신의 불굴의 정신과 열의를 당당한 대의(大義)를 위해 저축해 두어요. 케케묵은 일시적인 목적으로 인한 낭비를 삼가해요. 제인, 듣고 있소?」

「네, 마치 그리스어로 말하는 것 같아요. 저는 행복해질 만한 이유를 갖고 있다고 생각해요. 저는 행복해질 거예요. 안녕히 가세요!」

나는 무어 하우스에서 행복했다. 나는 열심히 일했다. 하나도 그랬다. 그네는 내가 뒤죽박죽으로 만든 혼잡 속에서도 털고, 닦고, 훔치고, 요리를 만드는 것을 보고 몹시 기뻐했다. 혼잡에다 또 혼잡을 거듭했던 하루 이틀이 지나고, 우리들 자신이 저질러 놓은 것을 차츰 정돈해 가는 것은 무척 즐거운 일이었다. 나는 벌써 새로운 가구들을 사들이기 위해 S로 여행을 떠났다. 사촌들은 내 마음대로 실내 모양을 바꿀 자유를 주었다. 이 때문에 따로 돈을 준비해 놓았다. 나는 늘 쓰는 안방과 침실은 그전대로 놓아 두었다. 다이아나나 메어리는 산뜻한 새로움보다는 다시 옛 소박한 테이블과 의자와 침대 등을 보는 편이 오히려 더 기쁨을 느낄 수 있으리라고 생각했기 때문이다. 그러나 그네들의 귀가에 내가 원하는 대로의 통쾌함을 주려면 역시 어떤 새로움이 필요했다. 검고 아름다운 새 융단과 커튼, 조심스레 골라낸 도자기와 청동제의 옛 장식품, 새로운 커버, 거울, 화장대에 놓인 화장 상자 등으로 목적을 이룩했다. 이것들은 번쩍이지는 않고 신선한 맛을 주었다. 응접실과 침실은 구식 마호가니와 진홍빛의 장식으로 완전히 새롭게 단장됐다. 복도에는 캔버스를 펴놓고, 층층디리에는 융단을 깔아 놓았다. 모든 실내의 준비가 다 되었을 때, 이 계절엔 무어 하우스는 밖은 황량한 겨울의 쓸쓸한 본보기였지만 방안은 밝고 수수하면서도 아늑한 맛을 풍기는 완전한 본보기라고 나는 생각했다.

마침내 목요일이 되었다. 그네들은 어두워질 무렵에 도착할 예정이었다. 채 어두워지기 전에 난로는 이층이나 아래층 할 것 없이 모두 피워지고 부엌은 완전히 정돈되어 있었다. 하나와 나는 옷을 갈아입고 만반의 준비를 갖추고 있었다.

먼저 세인트 존이 도착했다. 나는 모든 준비가 끝날 때까지는 무어 하우스 가까이 오지 말도록 그에게 부탁했었다. 사실 시시하고 보잘것없는 이 소동은 생각만 해도 정이 떨어져 뒷걸음질치게 하기에 알맞았다. 내가 부엌에서, 차를 마실 때 먹을 과자 만드는 과정을 살피고 나서 구우려고 하는데 그가 들어왔다. 난로로 다가와서, 「결국 식모 일에 만족한 것이 아니오?」하고 물었다. 대답 대신에 내가 애쓴 결과를 같이 둘러봐 주기를 권했다. 달가와하지 않는 그에게 집안을 한바퀴 돌아보게 했다. 그는 내가 문을 열어 주면 잠깐 방안을 들여다볼 뿐이었다. 그리고 이층, 아래층을 다 돌아보고 나서는, 그렇게 짧은 시일 안에 이처럼 상당한 변화를 가져오게 하느라고 무척 피곤하고 수고했을 거라고 했다. 그러나 그의 집이 좋아진 데 대해서 기쁨을 나타내는 말은 한마디도 안 했다.

이 침묵에 나는 시무룩해졌다. 아마 이 변화가, 그가 소중히 여기던 어떤 옛 추억을 그르친 것이 아닌가고 생각했다. 나는 그런 게 아니냐고——물론, 다소 풀이 죽은 어조로 물었다.

「천만에, 오히려 여러 가지 추억거리를 세심하게 존중해 주었소. 이런 데에 당신은 필요 이상으로 머리를 많이 썼군요. 이를테면 이 방의 배치를 생각하는 데에도 얼마나 시간을 소비했소? 그건 그렇고, 그 책은 어디 있소?」

나는 책장의 그 책을 가리켰다. 그는 그 책을 꺼내더니 언제나 가서 앉는 창가의 우묵한 곳으로 가서 읽기 시작했다.

독자여, 나는 이것이 못마땅했다. 세인트 존은 선량한 사람이다. 그러나 그가 언젠가 자기는 완고하고 냉정한 사나이라고 말한 것은 사실을 말한 것이라고 나는 느끼기 시작했다. 인정미와 인생의 즐거움은 그에겐 아무 매력도 없었다. 인생의 평화로운 향락도 아무 매력이 없었다. 문자 그대로 확실히 선하고 위대한 것만을 갈망하기 위해서 살고 있다. 더구나 쉬는 일이 없고 주위의 사람들이 쉬는 것도 달갑게 여기지 않았다. 나는 흰 돌처럼 고요하고 창백한 높은 이마를——독서에만 골몰하고 있는 그의 훌륭한 용모를——바라보면서 나는 돌연 이 사람은 좋은 남편이 되기는 틀렸고, 그의 아내가 된다는 건 괴로운 일이라는 것을 깨닫게 되었다. 나는 올리버 양에 대한 그의 사랑의 성질을 영감이라도 받은 듯이 이해했다. 그가 관능적인 사랑에 불과하다고 말한 데 대해 나도 동의했다. 그 애정이 그에게 준 열광적인 힘 때문에 얼마나 자기 자신을 멸시했는지, 그 애정을 질식시키고 말살하기를 얼마나 그가 바랐는지, 그 사랑이 그가 올리버 양을 영원한 행복으로 이끌 것인가를 얼마나 의심했는지, 이제 내겐 이해가 갔다. 그는 〈자연〉이 그의 영웅들——기독교도이건 이교도이건——입법자(立法者), 정치가, 정복자들을 만들어내는 데 쓰이는 재료로 만들어졌다는 것을 나는 알았다. 상당한 이익을 위해서 의지하기에는 견고한 방파제이지만 가정에서는 음울하고 잘못된 자리에 와 있는, 차갑고 귀찮은 기둥이었다.

(이 객실은 그가 있을 곳이 못돼.) 하고 나는 생각했다. (히말라야 산맥이나 카프르족(族)이 사는 숲 속이나, 흑사병으로 저주를 받은 기니아해안의 습지가 차라리 그에게 알맞아. 평온한 가정 생활을 피하려고 하는 것도 무리는 아니야. 가정 생활이란 그의 활동 영역이 아니야. 거기서는 그의 재능은 정지해 버리지——발전시킬 수도 없고 더 나아질 수도 없어. 지도자로서 그리고 탁월한 자로서 그가 말하고 그가 움직일 장소는 투쟁과 위험의 한가운데 있어——거기서는 용기가 증명되고 정력이 발휘되고 불굴의 정신이 작용되는 거야. 그러나 이 난롯가에서는 명랑한 어린애가 그보다 우월한 거야. 그가 전도사의 길을 택한

것은 옳았어——나는 지금 그것을 알고 있어.」

「오고 있어요! 오고 있어요!」하고 객실 문을 열어젖히며 하나가 외쳤다. 동시에 늙은 카알로가 기쁜 듯이 짖어댔다. 나는 밖으로 뛰어나갔다. 벌써 어두웠지만 마차 바퀴 소리가 들려 왔다. 하나는 곧 초롱불을 켰다. 마차는 쪽문 앞에서 멎고 마부가 마차의 문을 열었다. 눈에 익은 모습이 하나 먼저 마차에서 내리고 다음에 또 한 사람이 내렸다. 당장에 내 얼굴은 그네들의 모자 밑으로 들어가 먼저 메어리의 부드러운 뺨에, 다음에는 다이아나의 늘어뜨린 머리카락에 대고 있었다. 그네들은 웃었다. 내게 그리고 하나에게 키스했다. 기뻐 날뛰는 칼로를 쓰다듬어 주고 집안의 안부를 열심히 묻고는 아무일도 없다는 대답을 듣고 나서야 안심하고 집안으로 부지런히 들어갔다.

그네들은 위트크로스에서부터 오랫 동안 덜거덕대는 마차의 여행으로 몸이 굳어지고 서리가 내리는 밤추위에 얼어 있긴 했지만 그네들의 명랑한 얼굴은 활활 타는 난롯불에 부풀었다. 마부와 하나가 짐을 날라들여오는 동안, 자매는 세인트 존을 찾았다. 이때 그는 객실에서 나왔다. 두 사람은 동시에 그의 목을 필로 그러안았다. 그는 한 사람씩 조용하게 키스를 하고 나서, 낮은 소리로 몇 마디 환영의 말을 하고, 애기를 잠깐 서서 듣고 있다가, 곧 그는 객실에서 다시 만나자고 하고 피난처로 가버렸다. 그네들이 이층으로 올라가는데 나는 촛불을 밝혀 주었다. 다이아나는 먼저 마부에게 친절하게 해주라고 지시를 하고 나서, 두 사람은 내 뒤를 따라 올라왔다. 그네들은 자기들의 방의 새로움과 장식과 새 휘장과 새 주단, 그리고 풍부한 채색을 한 화병을 보고 기뻐했다. 두 사람은 진정으로 고마와했다. 내 준비가 그네들의 마음에 꼭 들었다는 것과, 내가 한 일이 그네들의 귀가에 생생한 즐거움을 더해 준 것을 나는 기쁘게 생각했다.

그날 밤은 즐거웠다. 기쁨에 부푼 사촌 언니들은 애기와 논평이 하도 웅변적이어서 그네들의 유치함이 세인트 존의 침묵을 드러나지 않게 해주었다. 그는 누이동생들과의 재회를 진심으로 기뻐했지만, 그네들의 타오르는 열정과 기쁨의 분류에 공감할 수 없었다. 그날의 사건은——말하자면 다이아나와 메어리의 귀가——그를 기쁘게 해주었지만, 거기에 뒤따른 기쁨의 소동, 환영의 수다스런 기쁨은 그를 귀찮게 했다. 그가 고요한 아침이 오기를 바라고 있음을 나는 알았다. 차를 마신 지 한 시간쯤 되어 밤의 즐거움이 한창일 때 문을 두드리는 소리가 들렸다. 하나가 나갔다가 들어왔다. 「이렇게 밤늦게 자기 어머니를 만나달라고 사내애가 리버즈님을 모시러 왔어요. 어머니는 숨을 거두고 있는 참이래요.」

「어디 살고 있다지, 하나?」

「위트크로스 브로우에서 한참 위예요. 사 마일쯤 떨어진 곳이예요, 도중엔 황무지와 늪 천치예요.」

「가겠다고 그애에게 일러요.」

「목사님, 제발 가시지 않는 편이 좋겠어요. 날이 어두워지면 도저히 걷지 못할 고약한 길이라서요. 늪지엔 오솔길도 없는 걸요. 더구나 이렇게 추운 밤에——전에 없이 살을 에이는 바람이 불고요. 아침에 가신다고 전갈을 보내시는 것이 좋겠어요.」

그러나 그는 이미 복도에서 외투를 입고 있었다. 거부나 불평 한마디 없이 그는 떠나 버렸다. 그때가 아홉 시였다. 자정이 되어서야 돌아왔다. 허기가 지고, 피로에 지쳐 있긴 했지만 떠날 때보다는 기쁜 얼굴을 하고 있었다. 그는 의무를 다하고 노력을 다했다. 그는 자신의 자제력을 실감하고 스스로 만족하고 있다.

다음 주일 동안은 그가 내내 참고 견디며 지낸 것이나 아니었던가 나는 생각한다. 크리스마스 주간이었다. 우리들은 특별히 정해 놓은 일도 없었기 때문에 그저 즐겁게 이것저것 집안 일을 하며 지냈다. 황야의 공기, 자기 집의 번영의 서광이 다이아나와 메어리의 영혼에 마치 활력을 주는 선약처럼 작용했다. 그들은 아침부터 낮까지, 낮부터 밤까지 명랑했다. 그들은 줄달은 화제를 갖고 있었다. 그리고 그네들의 이야기, 재치, 간결한 표현, 독창성은 나로 하여금 다른 어떤 일보다 그걸 듣고 참견하는 데 앞장서게 할 만큼 매력이 있었다. 세인트 존은 우리들의 싱싱한 즐거움을 나무라지는 않았지만, 그 자리를 피했다. 그는 좀처럼 집엔 있지 않았다. 그의 교구는 넓었고 주민들은 흩어져 있었다. 그는 각 교구에 사는 병든 이와 가난한 사람들을 찾아서 매일의 일거리를 발견하곤 했다.

어느날 아침, 아침 식사 때 다이아나가 잠시 침울한 얼굴을 짓더니

「오빠의 계획은 지금도 변함이 없겠지요?」하고 물었다.

「변하지도 않았고 변할 수도 없는 거야.」하는 대답이었다. 그리고는 영국을 출발하는 것은 내년 이른 봄으로 확정되었다는 것을 우리에게 알려 주었다.

「그럼 로자몬드 올리버 양은?」하고 메어리가 말했다. 무의식중에 입에서 튀어나온 듯했다. 말해 버린 순간 그네는 튀어나온 말을 도로 주워 들이려는 듯한 몸짓을 했기 때문이었다. 책을 손에 들고 있던 세인트 존은——식사 때에 책을 읽는 것은 그의 비사교적인 나쁜 버릇이었다——그것을 덮고 얼굴을 쳐들

었다.

「로자몬드 올리버는,」하고 그는 말했다. 「그랜비 씨와 결혼할 예정이야. S 거리에서도 가장 훌륭한 친척을 갖고 가장 존경을 받고 있는 사람이야. 프레드릭 그랜비 경(卿)의 손자이고 그 상속인이야. 어제 올리버 양의 부친에게서 이 말을 들었어.」

누이동생들은 서로 얼굴을 쳐다보고 그리고는 나를 보았다. 우리들 셋은 그의 얼굴을 바라보았다. 그는 유리처럼 침착했다.

「급하게 서두른 혼담일 거예요. 그리 오래 전부터 사귀어 왔을 리가 없으니까요.」하고 다이아나가 말했다.

「두 달은 되었지. 두 사람은 S 시의 주(州) 주최 무도회에서 시월에 만났으니까. 그러나 이번 경우처럼 아무런 장애가 없고 어느 점으로 보든지 바람직한 혼담일 때에는 지체할 필요는 없지. 두 사람은 프레드릭 경(卿)한테서 물려받은 거리의 저택이 그들을 맞아들이는 데 알맞도록 개축되는 대로 결혼할 거야.」

이런 소식을 들은 다음 처음으로, 나는 세인트 존이 혼자 있는 것을 보고 이번 사선이 그를 괴롭히지나 않았나 하고 물어 보고 싶은 유혹을 느꼈다. 그러나 그는 동정이 거의 필요 없을 것 같았다. 그래서 감히 동정의 말을 꺼내기는 고사하고 언젠가 내가 걱정하며 꺼냈던 말을 생각해내는 것조차 부끄러울 정도였다. 뿐만 아니라, 나는 그에게 말을 건네는 것이 서먹서먹했다. 그의 터놓지 않는 마음은 다시금 얼음이 얼었다. 그리고 나의 솔직한 마음도 그 밑에서 얼어 버렸다. 그는 나를 누이동생들과 같이 대하겠다던 약속을 지켜 주지 않았다. 그는 끊임없이 우리들 사이에 보이지 않는 쌀쌀한 거리를 두고 있었다. 이것은 친근감을 발전시키지 못했다. 요컨대 내가 그의 친척으로 인정되어 한지붕 아래서 살면서 내가 단지 시골 학교의 여교사로 알고 있던 때보다 훨씬 더 심한 거리를 느꼈다. 한때 그가 비밀을 털어놓던 일을 생각하면 지금의 그의 차가움을 이해할 수 없었다.

그런 형편이므로 그가 구부리고 앉아 있던 책상에서 갑자기 고개를 쳐들고 말을 했을 때 나는 적지않게 놀랐다.

「그래, 제인, 싸움을 해서 승리를 거두었군요.」

이렇게 말을 거는 바람에 깜짝 놀란 나는 곧 대답을 못했다. 잠깐 주저하다가 나는 대답했다.

「하지만, 오빠가 너무나 비싼 희생을 치르고 승리를 거둔 정복자의 입장에 서 계시는 게 아녜요? 두번 다시 그런 승리를 얻게 되시면 오빠께선 파멸하시지는 않을까요?」

「그렇게 생각하지는 않는데. 설사 그렇더라도 그것은 대단한 게 아니야. 나는 다시는 그런 승리를 얻기 위해 싸우라는 부름을 받지는 않을 거야. 그 싸움의 결과는 결정적이지. 지금은 나의 갈 길엔 아무 방해도 없소. 나는 이것을 하느님께 감사하고 있어.」 이렇게 말하고 그는 다시 책과 침묵으로 돌아갔다.

우리들 서로의 행복이(즉 다이아나와 메어리와 나의) 보다 조용하게 안정되고 우리들이 평상의 습관과 규칙적인 공부를 시작하게 되면서 세인트 존은 집에 있는 일이 더 많아졌다. 그는 우리들과 같은 방에 있었고, 때로는 몇 시간이나 함께 있는 일이 있었다. 메어리가 그림을 그리고 다이아나는 일찍부터 계획했던 백과 사전 독파(이것은 나를 놀라게 하고 당황하게 했다)를 계속했고 내가 독일어를 힘들여 공부하고 있을 때 그는 신비스러운 학문에 몰두하고 있었다. 어떤 동양어인데 이것을 습득하는 것이 필요하다고 그는 생각했다.

이처럼 모두 열중하는 속에서 그는 언제나 구석진 곳에 앉아 침착하게 연구에 전념하고 있는 것 같았다. 그러나 그의 푸른 눈은 이국(異國)의 문법책에서 떠나는 버릇이 있어서 사방을 두리번거리기도 하고 때로는 공부 친구인 우리들을 호기심에 가득 찬 관찰을 하느라 뚫어지게 보곤 했다. 곧 시선을 돌리곤 했으나 때때로 우리들의 테이블로 탐색하는 듯이 되돌아오곤 했다. 무슨 뜻인지 몰랐다. 내게는 대수롭지 않은 일, 이를테면 내가 매주 모튼의 학교에 갈 때면 그가 으례 만족한 듯이 기쁨을 표시하는 것도 내게는 이상한 생각이 들었다. 그리고 더욱 알 수 없는 것은 날씨가 나쁘거나, 눈이 오거나, 비가 내리거나, 바람이 셀 때, 누이동생들이 내가 가는 것을 말리면 반드시 그는 동생들의 걱정을 말리며 눈이 오건 비가 오건 개의치 말고 맡은 바 임무를 완수하라고 격려했다.

「제인은 너희들이 하라는 대로 할 약골이 아니야.」 하고 그는 말하곤 했다. 「이 사람은 우리들 중의 어느 누구 못지않게, 폭풍이 불건 우박이 쏟아지건, 눈보라가 치건 견디어낼 수 있어. 제인의 체격은 건강하고 적응성이 있어—— 오히려 건강한 체구를 가진 사람보다 기후의 변화에 더 잘 적응한단 말이야.」

그리고 나는 때로는 몹시 지치고 적지않게 비바람을 맞고 돌아와도 감히 불평을 하지 못했다. 왜냐하면 불평을 하게 되면 그를 화나게 할 걸 알고 있기 때문이다. 어떠한 경우에도 인내는 그를 기쁘게 했고 그 반대의 것은 못마땅해했다.

그런데 어느날 오후, 나는 정말 감기에 걸려서 집에 머물러 있게 되었다. 그의 누이동생들은 나 대신으로 모튼에 가고 집에 없었다. 나는 쉴러를 읽고 있었고, 그는 어려운 동양의 두루마리 책을 판독하면서 앉아 있었다. 나는 번역을 집어치우고 연습 문제로 옮기려다가 우연히 그가 있는 쪽을 보았는데, 쉴새없이 주시하고 있는 푸른 눈길 아래 있는 자신을 발견하게 되었다. 얼마나 오랫 동안 샅샅이 나를 살피고 있었는지 나는 알 수 없다. 참으로 매섭고 참으로 차디찬 눈이어서 나는 잠시 동안 미신적인 생각에 사로잡혔다——마치 어떤 신비스러운 존재와 더불어 방안에 앉아 있는 것처럼.

「제인, 뭘 하고 있소?」

「도이치어를 공부해요.」

「난, 제인이 독일어를 그만두고, 힌두어 공부를 해주었으면 좋겠는데.」

「진심으로 하시는 말씀은 아니지요?」

「꼭 그렇게 말하지 않을 수 없을 만큼 진정이오. 그 이유를 말하겠소.」

그러고 나서 그는 힌두어는 그가 현재 연구하고 있는 언어이고 배울수록 자꾸만 초보를 잊어버리게 된다, 학생을 갖는다는 것은 크게 도움이 될 것 같다, 학생과 함께 초보를 반복하면 그의 머릿속에 철저하게 암기하게 된다, 나를 학생으로 삼을까, 누이동생들로 할까 하고 얼마 동안 맞설였으나 세 사람 중에서 내가 제일 끈기 있게 오래 견디어낼 수 있을 것으로 보았으므로 나를 학생으로 삼기로 결정했다고 설명했다. 이 청을 들어 줄까? 아마 오랫 동안 희생되지는 않아도 좋으리라. 그의 출발까지는 앞으로 삼 개월이 채 남지 않았으니까.

세인트 존이란 사람은 가볍게 거절당할 위인은 아니었다. 괴롭건 즐겁건 일단 그의 마음속에 새겨진 것은 어떤 일이 있어도 영원히 지워지지 않는다는 것을 느끼게 했다. 나는 승낙했다. 다이아나와 메어리가 도착했을 때, 다이아나는 그네의 학생이 오빠의 학생으로 옮겨져 갔다는 것을 알고 깔깔대며 웃었다. 그리고 그네와 메어리는 그런 일에 대해서라면 자기들 두 사람은 절대로 세인트 존에게 설득당하지 않았을 것이라고 입을 모아 말했다. 그는 태연하게 대답했다.

「나도 안다.」

그는 아주 인내심이 강하고 너그러웠지만 가혹한 선생이기도 했다. 그는 내게 굉장히 많이 암기하기를 기대했고 내가 그의 기대에 보답해 주면, 그다운 표현으로 칭찬을 아끼지 않았다. 차츰 그는 내 정신의 자유를 빼앗아갈 일종의 영향력을 갖게 되었다. 그의 칭찬과 주의의 말은 냉담한 취급을 받는 것보다 더 불편했다. 나는 그가 곁에 있으면 마음대로 말을 하거나 웃을 수도 없게 되었다. 귀찮을 만큼 집요한 내 직감은 쾌활성(적어도 내가)이 그의 마음에 들지 않는다는 걸 깨닫게 해주었기 때문이다. 다만 진지한 마음과 일만이 그를 기쁘게 해준다는 걸 알았다. 그 밖의 일에 관계하고 그 밖의 생각을 가지려는 노력은 그가 있는·곳에서는 모두 허사라는 것도 잘 알게 되었다. 나는 모든 것을 얼어붙게 하는 마력에 걸려 있었다. 그가 〈가라〉 하면 가고, 〈이리 오라〉 하면 왔다. 〈이것을 해라〉 하면 그걸 했다. 그러나 나는 노예와 같은 나날이 싫었다. 이전대로 계속 나를 멀리해 주기를 얼마나 바랐던가!

어느날 밤, 잠잘 시간이 되었을 때, 그의 누이동생들과 나는 밤 인사를 하면서 그의 둘레에 서 있었다. 그의 습관대로 그는 누이동생들에게 각각 키스를 하고, 역시 그의 습관대로 내게 악수를 했다. 때마침 장난을 치고 싶어진 다이아나가 소리쳤다(나와는 달리 그네는 세인트 존의 의사에 매여 있진 않았다. 그네의 의사는 차이는 있었지만 그에 못지않게 강했기 때문이다).

「세인트 존 오빠는 언제나 제인을 세 번째 동생이라고 부르면서도, 누이동생처럼 대하진 않는구면요. 제인에게도 키스를 해줘야 해요.」

그네는 나를 그에게로 떠다밀었다. 나는 참으로 다이아나가 밉살스러웠다. 불쾌하고 당황했다. 내가 생각하고 느끼는 동안 세인트 존은 그의 머리를 숙였다. 그의 그리스인 같은 얼굴은 내 얼굴의 높이와 같이 되었다. 그의 눈은 내 눈을 날카롭게 쏘아보았다——그는 내게 키스했다. 대리석 같은 키스니, 얼음 같은 키스니 하는 그런 것은 없지만 있다면 성직에 있는 내 사촌 오빠의 인사는 이 부류의 하나에 속해야 된다. 그러나 시험적인 키스라면 있을 수도 있다. 그리고 그의 것은 시험적인 키스였다. 키스를 하고 나서 결과를 알려고 그는 나를 보았다. 특히 말할 만한 것은 못되었다. 나는 얼굴을 붉히지는 않았다. 조금은 창백해졌을지도 모른다. 왜냐하면 그의 키스는 마치 나의 족쇄에 봉인을 한 것처럼 느껴졌기 때문이었다. 그 후에도 그는 잠자기 전의 키스를 결코 잊지 않았다. 그리고 그것을 내가 받을 때의 엄숙하고 고요한 나의 태도가 그에게 일종의 즐거움을 주는 성싶었다.

나로서는 매일 그를 좀더 기쁘게 해주고 싶었다. 그러나 그렇게 하려면 내 천성의 절반을 버려야만 한다. 내 재능을 절반 억제해야 한다. 내 취미를 본래의 경향에서 억지로 따돌리고 천성적으로 적합하지 않은 것을 싫어도 하는 수 없이 자기 일로 삼지 않으면 안 된다는 것이 날마다 더욱더 느껴졌다. 그는 내가 도달할 수 없는 높이에까지 나를 올려놓으려고 훈련시킬 참이었다. 그가 올린 수준까지 올라가려고 노력하는 것은 끊임없는 고통이었다. 그것은 마치 나의 못생긴 얼굴 붙임새를 그의 단정한 고전적인 형(型)에 두들겨 맞추려 하고, 내 침착성이 없는 녹색의 눈에 그의 바다와 같은 푸른 빛깔과 엄숙한 빛을 주려는 것처럼 불가능한 일이다.

그러나 현재 나를 묶어 놓고 있는 것은 다만 그의 우월성만은 아니었다. 최근 내가 침울해 보이는 것은 당연했다. 마음을 좀먹는 병——불안이라는 병이 내 가슴 속에 깃들어 있어서 내 행복을 송두리째 시들어 버리게 했다.

아마도 여러분은 내가 이러한 환경과 운명의 변화 속에서 로체스타 씨를 잊어버렸다고 생각할는지도 모른다. 나는 잠시도 잊지 않았다. 그 분에 대한 생각은 지금도 나와 같이 있다. 왜냐하면 그것은 햇빛으로 흩어지는 수증기도 아니고 폭풍에 휩쓸려갈 모래 위에 그린 초상도 아니다. 석판(石板)에 아로새겨진 이름으로, 그것을 새긴 대리석만큼 오래 지속될 운명을 갖고 있다. 그의 안부를 알려는 갈망은 어디를 가나 나를 따라다녔다. 모튼에 있을 때엔 그것을 생각하기 위해서 밤마다 내 시골 집으로 되돌아가곤 했다. 지금 무어 하우스에 있으면서도 매일 밤 침실에 들어가기만 하면 반드시 그것을 생각한다.

유언서의 문제로 내가 브리그스 씨와 필요한 서신 왕래를 하면서 혹시 그 분이 로체스타 씨가 현재 있는 주소와 건강 상태에 대해서 알고 있는지 문의해 본 일이 있었지만, 세인트 존의 추측내로 브리그스 씨는 아무것도 몰랐다. 그래서 나는 페어팩스 부인 앞으로 이것을 알려 달라는 부탁의 편지를 냈다. 나는 이 편지가 틀림없이 내 목적을 이룩해 줄 것으로 알았다. 편지를 내면 곧 회답을 받으리라고 믿고 있었다. 이주일이 지나도 아무 답장이 없어 나는 놀랐다. 두 달이 지나고 우편은 매일같이 오는데도, 내게는 소식이 없어 나는 심한 걱정에 사로잡혔다.

나는 다시 편지를 냈다. 두 번째 편지를 냈다. 첫번째 편지는 도중에서 분실되었을지도 모른다. 두 번째 편지를 내고 새로운 희망을 가졌다. 그 희망은 맨처음과 마찬가지로 몇 주일 동안은 기대로 빛났다. 다음에 전과 마찬가지로 빛은 흐려지고 깜박이게 되었다. 글 한 줄 말 한마디도 내게는 전달되지 않았다. 헛된 기대 속에서 반 년이 지났을 때 내 희망은 완전히 사라져 버리고 내 마음은 참으로 암담해졌다.

화창한 봄은 내 주위에서 빛났다. 나는 그것을 즐길 수가 없었다. 여름이 다가왔다. 다이아나는 내 마음을 즐겁게 하려고 애썼다. 몸이 불편해 보이니 해안으로 함께 데리고 가고 싶다고 했다. 세인트 존은 반대했다. 그는 제인은 유흥 같은 건 좋아하지 않고 일하기를 원하고 있다고 했다. 나의 지금의 생활은 너무나 목적이 없다, 내게는 목적을 갖게 하는 것이 필요하다고 했다. 그리고 그는 내게 일이 부족한 것을 보충하려고 힌두어의 공부를 더욱 계속시키고 이것을 암기하는 일을 더욱 몰아 대게 되었다. 나는 바보처럼 그에게 거역하는 일 같은 건 꿈에도 생각지 않았다——나는 그를 거역할 수 없었다.

어느 날 나는 여느 때보다 더 침울한 마음으로 공부를 시작하게 되었다. 원기가 쇠약해진 것은 가슴 저린 절망을 느꼈기 때문이었다. 그날 아침 하나가 내게 편지가 와 있다고 알려 주었다. 손꼽아 기다리던 소식이 드디어 온 것이라고 거의 확신을 가지고 달려내려가 보니, 그것은 브리그스 씨로부터의 대단치 않은 사무적인 편지였다. 가슴 아프게도 기대가 어그러져 내 눈물을 자아냈다. 그리고 지금 인도인 대서인(代書人)이 쓴 난해한 문자와 꾸며 쓴 비유들을 들여다보며 앉아 있노라면 내 눈엔 다시 눈물이 고인다.

세인트 존은 자기 곁으로 와서 읽으라고 나를 불렀다. 읽으려고 해도 내 목소리는 마음대로 나오지 않았다. 말이 흐느낌 속에 삼켜졌다. 방안에는 그와 나뿐이었다. 다이아나는 객실에서 음악 연습을 하고 있었다. 메어리는 정원을 가꾸고 있었다——활짝 개인 오월의 대낮이었다. 구름 한 점 없고 해가 쩅쩅 내리쬐고 바람이 산들대고 있었다. 내 동반자는 내 슬픔을 보고 놀라지도 않았고 그 원인을 물으려고도 안 했다. 다만 이렇게 말했을 뿐이다.

「좀 기다립시다, 제인. 당신의 마음이 가라앉을 때까지.」 이렇게 말한 그는 내가 급히 터져나오는 울음을 참고 있는 동안 책상에 기대어 마치 환자의 병세를 예기하고 잘 알고 있는 위기를 과학의 눈으로 지켜보는 의사처럼 조용히 참을성 있게 앉아 있었다. 나는 흐느낌을 억제하며, 눈물을 닦았다. 오늘 아침은 과히 마음이 좋지 않았다고 중얼대며 공부를 다시 시작하고 곧 끝내 버렸다. 세인트 존은 내 책과 그의 책을 옆으로 밀어 놓고 책상에 쇠를 채워 버리고 말했다.

「그럼, 제인, 산책이나 하러 갑시다, 나와 함께.」

「다이아나와 메어리도 부르세요.」

「아니, 오늘 아침은 한 사람만 데리고 가고 싶소. 그리고 그건 꼭 당신이어야 하오. 외출 준비를 해요. 부엌 문으로 나가서 마쉬 글렌 꼭대기로 가는 길로 가시오. 나는 곧 따라 갈 테니.」

나는 중용(中庸)이라는 걸 모른다. 자기 성질과 반대인 적극적이고 엄격한 사람들과의 교제에 있어서 절대 복종과 단호한 반항과의 사이의 중용이라는 걸 오늘날까지 경험해 본 적이 없다. 나는 언제나 충실히 복종해 왔다. 때로는 분화산처럼 맹렬히 터질 때도 있지만 그전까지는 충실히 복종해 왔다. 그리고 현재의 사정은 반항을 하도록 되어 있지 않고, 지금의 내 마음 역시 반항으로 기울어지지 않았으므로, 나는 조심스레 그가 시키는 대로 했다. 그래 십 분 후엔 나는 그와 어깨를 나란히 하여 황량한 계곡의 오솔길을 걷고 있었다.

미풍이 서쪽에서 불어왔다. 히드와 골풀의 향기를 몰아 언덕을 넘어 불어 왔다. 하늘은 티 없는 푸른 빛깔이다. 계곡을 흐르는 개울은 지난 봄비로 불어 있었고 황금빛 태양의 번쩍임과 하늘의 청옥빛을 받아 맑게 넘쳐흘러가고 있 었다. 더 앞으로 걸어가 오솔길을 뒤로 하고 우리는 이끼처럼 미끄럽고 에머랄 드 같은 녹색의 부드러운 잔디를 밟았다. 잔디는 어느새 조그만 흰 꽃으로 점점 이 무늬를 놓고, 별처럼 누런 꽃이 번쩍이고 있었다. 그러는 동안 언덕들이 우 리를 완전히 둘러싸 버렸다. 계곡은 위로 올라감에 따라 바로 그 중심으로 접어 들게 되어 있었기 때문이다.

「여기서 쉽시다.」이를테면 일종의 통로를 지키는 수비 대대에서 낙오한 듯한 바위에 이르자 세인트 존이 말했다. 그 저쪽에선 시내가 폭포로 되어 떨어지고 있었다. 좀더 나아가면 산은 잔디나 꽃의 옷을 벗어 버리고 히드만을 옷으로 입 고 장식으로는 바위들뿐이었다. 그것은 황량함을 지나쳐 음산하게 보였고 청신 한 느낌보다는 우울한 느낌을 주었다——그것은 고독의 버림받은 희망, 침묵 을 위한 마지막 피난처를 지켜 주었다.

나는 앉았다. 세인트 존은 내 옆에 서 있었다. 그는 산길을 쳐다보고 골짜기 를 내려다보았다. 그의 시선은 시냇물을 좇고 있었으나 개울을 물들인 맑은 하 늘을 쳐다보려고 다시 돌아왔다. 그는 모자를 벗고, 미풍이 머리카락을 휘날리 며 이마를 스쳐 가게 했다. 그는 이곳에 나타나는 요정과 말을 주고받는 것 같 았다. 그의 눈은 무엇엔가에 작별 인사를 하고 있었다.

「난 다시 만나게 될 거요.」그는 소리 높이 말했다.「갠지스 강변에서 잘 때 꿈속에서. 그래 먼 훗날에 다시 만나지 —— 또 하나의 잠이 나를 덮칠 때——지금보다도 어두운 시냇가에서.」

이상한 애착에 대한 이상한 말! 준엄한 애국자의 조국에 대한 열정! 그는 앉았다. 반 시간 동안이나 우리들은 아무 말도 없었다. 그는 내게, 나는 그에게 말을 건네지 않았다. 침묵을 깨고 그가 말을 하기 시작했다.

「제인, 나는 육 주일 이내에 떠납니다. 6월 20일에 출항하는 동인도 왕래의 큰 상선의 선실을 예약했소.」

「하느님께서 보호해 주실 거예요. 오빠는 하느님의 사업을 맡으셨으니까요.」 하고 나는 대답했다.

「그렇소.」하고 그는 말했다.「거기에 내 영광과 기쁨이 있소. 나는 전능하신 주님의 종이니까. 나는 연약한 인간들이 만들어낸 결함투성이의 법률이나 오류투성이의 지배를 받는 인간의 보호 아래 떠나가는 건 아니니까요. 내 임금, 내 입법자, 내 선장은 전능하신 하느님이오. 내 주위의 사람들이 이 같은 깃발 아래로 달려와 참여하고 —— 같은 일에 가담하려고 —— 열중하지 않는 것이 이상하오.」

「모두들 오빠와 같은 힘을 갖고 있진 않아요. 약한 사람이 강한 사람과 함께 행진하려는 건 어리석은 일이에요.」

「나는 약한 사람을 향해 말하는 건 아니오. 또 약한 사람에 관해선 생각도 하지 않소. 나는 이 일을 할 만한 자격이 있고 그것을 완수할 능력이 있는 사람에게만 말하는 거요.」

「그런 사람은 많은 사람 가운데도 별로 없어요. 찾아내기도 어려워요.」

「옳은 말이오. 하지만, 찾아냈을 때, 그런 사람을 일깨우고 —— 그 일에 힘쓰도록 격려하고 권유하는 것은 —— 그들이 타고난 재능이 무엇이고 그리고 무엇 때문에 그들이 그것을 부여받았는지를 보여 주고 —— 그들의 귀에 하느님의 사명을 전달하고 —— 하느님이 선택해 주신 종의 위치를 하느님으로부터의 직접적인 명령으로 그들에게 전하는 것은 옳은 일이오.」

「하지만 그들이 정말 그 일에 대한 자격이 있다면, 우선 그들의 마음이 그들 자신에게 그것을 알려 주지 않을까요?」

마치 놀라운 마력이 내 주위를 둘러싸고 죄어 오는 것 같았다. 대번에 선언하고 주문(呪文)으로 못박아 버릴 어떤 치명적인 말을 듣게 되지나 않을까 하고 나는 몸서리를 쳤다.

「그럼 당신의 마음은 뭐라고 말하고 있소?」하고 세인트 존은 물었다.

「제 마음은 아무 말도 안 해요 —— 아무 말도 안 해요.」깜짝 놀라 떨며 나는 대답했다.

「그럼 내가 대신해서 말해야겠군.」깊고 무자비한 목소리로 말했다. 「제인, 나와 함께 인도로 갑시다. 나의 조수로서, 내 일의 동료로서 갑시다.」

골짜기도 하늘도 빙빙 돌았다. 산들은 우뚝 솟았다! 나는 마치 하늘의 부름을 들은 것 같았다 —— 성 바울의 꿈에 나타난 한 사람의 마케도니아 사람이 〈와서 우리를 도우라!〉고 바울에게 알린 것처럼. 그러나 나는 사도는 아니었다 —— 나는 사자(使者)를 보지 못했다 —— 나는 그의 초대를 받아들일 수는 없었다.

「오, 세인트 존!」나는 소리쳤다. 「용서해 줘요!」

자기의 의무라고 믿는 것을 수행하는 데는 자비도 용서도 없는 사람을 향해서 나는 애원했다. 그는 말을 계속했다.

「하느님과 자연은 당신을 전도사의 아내로 삼기로 작정했소. 그 분들이 당신에게 내려 준 것은 용모가 아니라 정신적 재능이오. 당신은 일하기 위해서 태어난 거요. 애정을 위해서는 아니오. 당신은 전도사의 아내가 되어야 하오——될 것이오. 당신은 내것이 될 것입니다. 나는 당신을 요구합니다——나 자신의 쾌락을 위해서가 아니라 주님께 봉사하기 위해서요.」

「저는 거기엔 맞지 않아요. 제게는 하늘의 부름이 없어요.」하고 나는 말했다.

그는 우선 이런 반대는 있으리라고 예측하고 있었다. 내 말을 듣고도 화를 내지는 않았다. 그가 뒤의 바위에 등을 기대고 가슴에 팔짱을 끼고 얼굴 표정을 굳히고 있을 때, 그는 시간이 걸리는 끈덕진 반대에 대처하여 이 투쟁이 끝나기까지 지탱할 인내심을 간직하고 있음을——그러나 결국 그에겐 승리가 아니면 안 된다고 결심하고 있음을 나는 알았다.

「겸손은,」하고 그는 말했다.「기독교도의 미덕의 기초요. 당신이 이 일에 맞지 않는다고 말하는 건 옳은 말이오. 그러나 누가 거기에 적합하다는 말이오? 또 일찌기 실제로 부름을 받은 사람이라도 누가 자기 자신을 부름을 받을 가치가 있다고 믿었소! 이를테면 나 같은 건 먼지나 재에 불과하오. 성 바울처럼 나는 자신을 죄수의 괴수라고 인정하고 있소. 그러나 나 일개인이 죄 많다는 의식이 나를 좌절시킨다고는 보지 않소. 나는 주님을 알고 있소. 그는 전능하고 의로우시오. 주님은 대사업을 성취시키기 위해 약한 인간을 고르셨지만 주님은 무진장한 섭리를 가지고 인간의 수단이 부족한 것을 마지막까지 보충해 주시는 거요. 나처럼 생각하시오, 제인——나처럼 주님을 믿으시오. 당신이 의지해야할 것은 〈영원한 반석〉이오. 인간은 약하므로 주님께서 무거운 짐을 짊어져 주신다는 것을 의심해서는 안 되오.」

「저는 전도 생활이 무엇인지 몰라요. 여태껏 조금도 전도사업을 연구해 본 적이 없으니까요.」

「그러면 내가 이처럼 보잘것없지만 당신에게 부족한 것을 도와줄 수는 있소. 나는 당신의 과업을 끊임없이 이룩하게 할 수 있소. 언제나 당신의 곁에 서 있고 늘 도와주겠소. 처음엔 그렇게 해드리겠지만, 곧 당신은——나는 당신의 힘을 알고 있으니까——나처럼 이력이 날 테니까, 내 도움은 소용 없어질 거요.」

「하지만, 저의 힘이라니——그런 일을 위해서——그런 힘이 어디 있어요? 그런 힘이 제게 있으리라곤 생각지 않아요. 오빠께서 말씀하고 계시는 동안 제

속에서 말을 하거나 공감케 하는 것은 아무것도 없어요. 마음속에서 불빛이 있는 것도 활기를 띠는 것도 느낄 수 없어요——권고의 소리도, 격려의 소리도 안 들려요. 오, 제 마음이 지금 얼마나 캄캄한 토굴과도 같은지 오빠께 보여 드리고 싶어요——토굴 속에서 족쇄를 차고 공포에 떨면서——제가 감당할 수 없는 일을 해보라고 설복당하고 있는 이 무서움을!」

「나는 당신을 대신해서 대답할 것이 있소——들어 보아요. 내가 처음 당신을 만난 이후로, 나는 당신을 줄곧 살펴 왔소. 십 개월 동안 당신을 연구하고 있었소. 그 동안 여러 가지 시험으로 당신을 시험했소. 그리고 나는 무엇을 보고 무엇을 발견했던가? 시골 학교에서 당신은 자기의 습관과 성벽에 맞지 않는 일을 규칙적으로 성심껏 훌륭하게 완수한 것을 보았소. 당신의 재능과 수완을 충분히 발휘해서 잘 감당했단 말이오. 자제하면서 이겨낼 수 있었소. 당신이 별안간 부자가 되면서 보인 그 침착한 태도 속에서 나는 당신에게 데마의 죄가 전혀 없는 걸 알았소——탐욕이 당신을 부당하게 지배하지 않았소. 당신의 재산을 사등분해서, 관념적 정의가 명령하는 대로 그중의 사분의 일만을 당신의 소유로 만들고, 나머지 셋을 포기했던 그 단호한 각오에 흥분과 정열 속에서 희생을 감수하는 정신을 인정했소. 나를 위하는 것이 된다는 이유에서, 당신이 흥미를 갖고 있는 자기의 연구를 버리고 다른 연구에 착수해 준 그 순종성, 또 그 이후로 그 연구에 노력한 끈기 있는 근면성, 그 난해한 연구와 씨름에서 지칠 줄 모르는 정력, 확고한 성질 등을 알고 내가 찾아 헤매는 완전한 자격을 구비하고 있음을 인정한 거요. 제인, 당신은 온순하고 부지런하고 탐욕이 없고 충실하고 한결같고, 용기가 있소. 대단히 얌전하고 대단히 담대하오. 자기를 불신하는 일은 그만두시오——나는 전적으로 당신을 믿을 수 있소. 인도의 학교 선생으로서, 인도 부인들의 조력자로서 당신의 원조가 내게 있어선 소중한 것이 될 겁니다.

쇠로 된 수의가 나의 몸을 죄어 왔다. 설복은 천천히, 그러면서도 확고한 걸음으로 다가왔다. 언제나 내가 하듯이 눈을 감아 버리자, 그의 마지막 말은 가로막힌 것 같았던 길을 좀 밝게 해주었다. 그렇게도 막연하고 산만하여 보이던 내 일이 그가 말을 진행함에 따라 저절로 압축되어 형체를 만드는 그의 손에 의하여 하나의 정확한 모양을 이루었다. 그는 대답을 기다리고 있었다. 나는 다시 대답할 때까지 십 오 분 동안 생각할 여유를 달라고 했다.

「그럼 좋아요.」하고 그는 대답했다. 그러고는 일어서서 오솔길을 좀더 위로 걸어가다가 히드가 무성한 언덕진 땅 위에 몸을 던지고 가만히 드러누웠다.

(그가 내게 시키고 싶어하는 것을 나는 하려면 할 수도 있다. 어쩔 수 없이 할

수 있다는 것을 알고 인정하지 않으면 안 된다.) 하고 나는 깊이 생각했다——(말하자면, 생명이 계속된다면 말이지. 하지만 내 생명은 인도의 뜨거운 태양 밑에서는 오래 살 수 없을 것 같은 생각이 들어——그땐 어떻게 될까. 그는 그런 덴 관심이 없겠지. 내게 죽을 때가 닥쳐오면 그는 다만 평온하고 신성한 가운데서 나를 주셨던 하느님께 맡겨 버리시겠지. 그럴 것이라는 것이 내 눈에 아주 선해. 영국을 떠난다는 것은 나의 사랑하는, 그리고 공허한 땅——로체스타님이 계시지 않는——과 헤어지는 것이야. 설사 로체스타님이 계신다 하더라도 그것이 내게 어쨌다는 거야? 내 임무는 지금 그 분이 없이 살아 가는 그것이다. 마치 내가 다시 그와 함께 될지도 모른다는 불가능한 환경의 변화를 기다리면서 하루하루를 살아 가는 것처럼 어리석고 맥빠진 일은 없다. 물론 나는(세인트 존이 한때 말한 것처럼) 잃어버린 흥미 대신에 새로운 것을 인생에서 구하지 않으면 안 된다. 그가 지금 내게 제의하는 일거리는 진실로 영광스러운 사람만이 뽑힐 수 있거나 하느님이 임명하시는 일이 아닐까? 이 일은 고귀한 노고와 숭고한 성과로 하여 애정이 찢기우고 희망이 산산이 부서져서 생긴 텅 빈 마음을 메우는, 가장 적합한 일이 아닐까? 그렇게 하겠어요 하고 나는 말해야 한다——그러나 역시 몸서리가 쳐진다. 아아, 만일 세인트 존과 함께 되면 나는 자기를 반은 버리는 것이 된다. 인도로 가는 것은 내 죽음을 재촉하려고 가는 것이다. 그리고 인도로 가기 위해 영국을 떠나서부터, 무덤으로 가기 위해 인도를 떠날 때까지의 기간을 어떻게 채운단 말인가? 아아, 나는 잘 알고 있어! 이것은 내 눈엔 선해. 세인트 존을 만족시키기 위해 팔다리가 쑤시도록 일하는 거야. 그를 만족은 시킬 수 있겠지——그의 기대의 가장 중심점과 가장 먼 바깥 선 윤곽까지 말이야. 만일 그와 함께 간다면, 그가 억지로 권하는 대로 희생을 한다면 나는 철저하게 희생이 된다. 내 전부를 제단에 바치는 거야——몸도 마음도 통째의 제물을! 그는 결코 나를 사랑하지 않을 거야. 그러나 칭찬은 하겠지. 나는 그가 보지 못한 정력을 보여 주리라. 상상도 못했던 내 솜씨를 보여 주리라. 그렇고말고, 나는 그에게 못지않게 열심히 조금도 몸을 아끼지 않고 일할 수 있다.

그렇다면, 그의 요구에 응하는 건 가능하다. 그러나 한 가지, 두려운 한 가지 일이 있다. 그건 그가 나에게 아내가 돼 달라고 말한 거야. 그리고 바로 그 분은 저쪽 산골짜기를 흘러 떨어지는 시냇물이 거품을 일게 하는 저 울적한 거인 같은 바위와 조금도 다름없이, 내게 대해서 남편다운 애정이란 전혀 갖고 있지 않아. 그는 나를 마치 군인이 좋은 무기를 대하듯 나를 소중히 할 거야. 다만 그뿐이야. 그의 아내가 되지 않는다는 것은 나를 결코 슬프게 하지는 않을 거야. 그러나 내가 그의 계획을 들어 줄 수 있단 말인가? 냉정하게 그의 계획을 실행에 옮겨——결혼식을 올리겠지? 사랑의 여러 가지 형식을(물론 그는 조심스럽게 관습을 지킬 것이지만) 꾹 참고 결혼 반지를 그에게서 받아들고 게다가 그의 영혼은 딴 데 있다는 것을 알면서도 말이냐? 그가 주는 어떤 사랑의 표현도 주의(主義)를 위해서 이루어진 희생이라는 의식을 참아 낼 수 있단 말인가? 안 될 말이다. 그런 순교(殉敎)는 끔찍할 거야. 그런 일은 안 당해야지. 그의 누이동생으로서라면 함께 가도 좋다——그의 아내로서는 아니라고, 그에게 그렇게 말하리라.)

언덕 쪽을 나는 바라보았다. 거기에 그는 넘어진 둥근 기둥처럼 가만히 누워 있었다. 그의 얼굴이 나를 향했다. 그의 눈은 주의깊고 날카롭게 빛났다. 그는 벌떡 일어나서 나 있는 데로 다가왔다.

「자유스러운 몸으로 가도 좋으시다면 전 언제든 인도에 가겠어요.」

「당신의 대답은 설명이 필요하오.」하고 그는 말했다. 「분명치가 않소.」

「당신은 오늘날까지 저의 친척 오빠였어요——저는 당신의 사촌 누이동생이었어요. 우리는 언제까지나 이대로 지내요. 당신과 저는 결혼하지 않는 편이 좋을 거예요.」

그는 머리를 저었다. 「이런 경우, 사촌 형제는 아무 관계가 없소. 당신이 나의 진짜 누이동생이라면 사정은 달라지겠지만. 나는 당신을 데리고 가면 아내를 구하지는 않을 거요. 그러나 사실은 그렇지 않기 때문에 우리들의 결합은 결혼에 의해 신성하게 되고, 그리고 견고해져야 하오. 그렇지 않으면 그건 존재할 수 없소. 어떤 다른 계획도 실제상의 장애물 때문에 아무것도 안 되오. 당신은 그걸 모른단 말이오, 제인? 잠깐 생각해 보시오——당신의 우수한 판단력으로 곧 알게 될 거요.」

나는 생각해 봤다. 그러나 역시 내 나름대로의 판단력은 우리들이 아내로서, 남편으로서 서로 사랑하고 있지 않다는 사실을 보여줄 뿐이었다. 따라서 두 사람은 결혼해선 안 된다는 결론을 내렸다. 나는 그대로 말했다. 「세인트 존, 저는 당신을 오빠로, 당신은 저를 누이동생으로 생각하도록 해요. 우리들은 이대로 지내도록 해요.」하고 나는 대답했다.

「그럴 수는 없소——그럴 순 없소.」짧지만 날카롭게 그는 결의를 말했다. 「안 되오, 당신은 나와 함께 인도에 가겠다고 말했소. 잊어선 안 되오——그렇게 말했으니까.」

「조건부로죠.」

「그래——그 점은 좋아. 당신은 중요한 점에서——나와 함께 영국을 출발하는 것, 내 장래의 일에 협력해 주는 데——반대하지 않고 있소. 이미 당신은 일에 손을 댄 거나 마찬가지란 말이오. 당신은 그 손을 뗄 만큼 그리 마음이 쉽게 변하지는 않겠지요. 당신은 한 가지 목적만 염두에 두면 되오. 당신이 맡은 일에 어떻게 하면 최선을 다할 수 있을까 하는 것이오. 당신의 복잡한 이해 관계, 감정, 사상, 소원, 목표 등을 정리하시오. 모든 생각을 하나의 목적으로 용해시켜 버리는 것이오. 당신의 위대한 주님의 사명을 유효하게 효과적으로 완수하는 목적으로 말이오. 그렇게 하려면 당신은 조력자가 필요하오——오빠로서는 안 되오. 그런 것은 풀리기 쉬운 매듭이오——남편을 가져야만 하오. 나도 누이동생 같은 건 필요 없소. 누이동생이란 언젠가는 내 곁에서 떠나가게 마련이니까. 내게 필요한 것은 아내요. 죽을 때까지 절대적으로 차지할 수 있는 단 한 사람의 조력자가 필요하단 말이오.」

그가 말했을 때 나는 봄이 떨렸고 내 골수에까지 그의 지배력을 느꼈다——내 수족까지도 꼼짝 못하게 하는 것 같았다.

「저를 택하시지 말고 차라리 딴 곳에서 그런 분을 찾아 보세요. 세인트 존, 당신에게 적합한 분을 찾도록 하세요.」

「내 목적에 적합한——내 천직에 적합한 사람이라는 뜻이겠죠. 다시 말하지만, 내가 아내로 삼고 싶은 사람은 보잘 것없는 보통의 일개인——인간의 이기적인 의식을 갖고 있는 단순한 사람은 아니오. 내가 바라는 건 전도사요.」

「그러시다면 그 전도사에게 제 활동력을 드리겠어요——이것이 당신이 바라는 것이니까요——저 자신은 아니예요. 알맹이에 소용도 없는 껍질이나 가죽을 씌워 주시는 데 불과하니까요. 그런 것은 필요가 없으시겠지요. 저는 그것을 간직해 두겠어요.」

「그건 안 돼——그럴 순 없소. 하느님께서 절반의 헌납으로도 만족하시리라고 당신은 생각하오? 팔다리가 잘린 제물을 받아들이실까? 내가 주장하는 것은 하느님의 대의(大義)요. 나는 당신을 하느님의 깃발 밑으로 소집하는 겁니다. 나는 하느님을 대신해서 동강난 충성을 받아들일 순 없소. 완전한 것이라야 하오.」

「오! 제 마음을 하느님께 바치겠어요.」하고 나는 말했다. 「오빠께선, 제 마음 같은 건 필요 없으시니까요.」

독자여, 내가 이 말을 할 때의 말투에 있어서나 감정에 있어서나 다소의 풍자가 없었다고는 단언할 수 없다. 나는 이때까지 내심으로 세인트 존이라는 사람을 두려워하고 있었다. 그를 잘 이해하지 못했기 때문이다. 그는 내게 두려운 생각을 품게 했다. 그는 나로 하여금 의혹을 품게 했기 때문이다. 얼마만큼 성인인지, 어느 정도의 속인인지 오늘날까지 내게는 이해가 가지 않았다. 그러나 이번의 만남에서 뜻밖의 사실이 발견되었다. 그의 성격은 내 눈앞에서 분석되고 있었다. 나는 그의 오류를 보았다. 나는 그것을 이해한다. 나는 지금 히드의 둑 위에 앉아 있는 단정한 모습을 앞에 놓고, 나처럼 잘못을 저지르기 쉬운 한 남자의 발밑에 내가 있는 걸 알았다. 그의 완고와 독단성은 베일이 벗겨졌다. 그에게 이런 성질이 있다는 것을 느끼고 불완전성을 안 나는 용기가 났다. 나는 동등한 인간과 함께 있었다. 나와 논쟁을 벌일 수 있는 사람과 —— 정당한 이유가 있으면 반항할 수 있는 사람과.

내가 아까 마지막 말을 한 후 그는 아무 말도 안 했다. 곧 나는 마음을 단단히 먹고 눈을 치켜올려 그의 얼굴을 보았다. 나를 내려다보고 있는 그 눈은 심한 놀람과 날카로운 의문을 동시에 내포하고 있었다.

(이 여자는 빈정대는 건가. 그리고 나를 빈정대고 있는 것일까!) 하고 말하고 있는 것 같았다. (이것은 무엇을 뜻하는 걸까?)

「우리들은 이것이 엄숙한 문제라는 것을 잊어버려서는 안 돼요.」이윽고 그는 말했다. 「경솔하게 생각하거나 말하는 것은 죄악이오. 제인, 당신이 하느님께 마음을 바치겠다고 한 말은 진지한 마음에서라고 믿고 있소. 이것이야말로 내가 바라고 있는 거요. 일단 당신의 마음을 인간으로부터 떼어내서 하느님께 매어 버린 이상은, 지상에 있어서의 하느님의 왕국을 발전시키는 것은 당신의 크나큰 기쁨이 되고 노력이 될 거요. 어떻든간에 그 목적의 성취를 위해 당신은 당장에 기꺼이 나설 거요. 우리들의 정신적 그리고 육체적인 결합이 나와 당신의 노력에 어떤 자극을 줄 것인지 알게 될 거요. 인간의 운명과 계획에 영구한 합치성을 주는 유일한 결합이란 말이오. 그리고 당신은 하찮은 모든 변덕 —— 감정상의 사소한 곤란이나 번민이나, 혹은 단순한 자기 일개인의 취미의 정도, 종류, 깊이, 섬세함 등에 대한 모든 미련을 버리고 당신은 재빨리 서둘러 이 결합으로 들어올 거요.」

「제가요!」나는 간단히 말했다. 그리고 조화를 이루고 있을 때는 멋이 있지만 너무 엄격한 나머지 이상하게 무섭게 느껴지는 그의 얼굴을 쳐다보았다. 위엄은 있지만 탁 트이지 않은 이마를, 맑고 깊이가 있는, 날카롭긴 하지만 조금도 부드러운 맛이 없는 눈을, 키가 훤칠하고 당당한 그의 모습을 바라보았다.

그리고 나 자신을 그의 아내라고 생각해 보았다. 오오! 어떤 일이 있어도 난 싫어! 부목사로서, 그의 동료로서라면 그래도 불만은 없다. 그런 자격으로라면 그와 함께 바다라도 건너리라. 그런 직책이라면 그와 함께 동방의 뜨거운 태양 아래서도, 아시아의 사막 속에서도 고생을 아끼지 않으리라. 그의 용기와 헌신과 활동력에 감탄하고 평가하고 그의 지배에 얌전히 적응해 가리라. 뿌리 깊은 그의 야심에 미소지으며 그의 안에 있는 기독교도와 범인(凡人)을 분간하고, 기독교도를 마음속으로 존경하고 범인을 관대한 마음으로 용서해 주리라. 이 범위 안에서만 나는 그와 접촉하는 것을 지탱해 나갈 수 있다. 내 몸은 오히려 엄중한 멍에에 매어져도 좋지만 마음과 혼만은 자유로이 있고 싶다. 때에 따라 의지할 수 있는, 아직은 시들지 않은 자아가 있고 또 고독할 때는 태어나면서부터 아무데도 예속되지 않은 내 마음과 대화를 나눌 수도 있으리라. 내 마음속 깊은 곳에는 나만의 피신처를 갖고 거기에는 절대로 그를 들이지 않으리라. 거기선 내 정서는 신선하게, 그리고 안전하게 자라 그의 엄격성도 이것을 시들게 할 수는 없고, 그의 질서 정연한 행군도 이것을 밟아 버릴 수는 없을 것이다. 그러나 그의 아내로서──노상 그의 곁에서 노상 속박되고, 노상 감시받고──나의 타고난 열정은 언제나 가만히 불사르도록 강요당하고, 안에서만 타는 것이 허용되고 억제된 불길이 점차로 생명을 태워 버려도 소리 한번 지르지 못한다는 것은──도저히 견딜 수 없는 일이었다.

「세인트 존!」여기까지 생각했을 때 나는 소리를 질렀다.

「왜요?」그는 쌀쌀하게 대답했다.

「거듭 말씀드리지만, 전 아내로서가 아니고 오빠의 동료 전도사로서 가는 것이라면 기꺼이 가겠어요. 전 오빠와 결혼해서 오빠의 한 부분이 될 순 없어요.」

「당신은 나의 한 부분이 되어야 하오.」그는 끈질기게 말했다.「그렇지 않으면 이 교섭은 전연 무효요. 당신이 나와 결혼하지 않고 어떻게 아직 서른 살도 못된 내가 열 아홉 살난 처녀를 인도까지 데리고 칸단 말이오? 우리가 언제나 함께 있으면서──때로는 인가에서 멀리 떨어져서 때로는 야만족들 사이에서 결혼하지 않고 있을 수 있단 말이오?」

「좋아요.」나는 간단히 말했다.「그렇다면 정말 오빠의 진짜 누이동생이 되든가, 남자가 되어 오빠처럼 목사님이 되든가, 둘 중의 하나예요.」

「당신이 내 누이동생이 아니라는 것은 누구나 다 알고 있소. 나는 당신을 내 누이동생이라곤 소개할 수 없소. 그런 짓을 하면 우리들 두 사람에게 불리한 의심을 사게 될 거요. 그리고 또 한 가지는, 설사 당신이 남자 못지않게 강인한 두

뇌를 갖고 있다 해도 당신은 여성의 심장을 갖고 있소. 그것은 안 된단 말이오.」
「할 수 있어요. 아주 훌륭하게요.」다소간 멸시하는 어조로 잘라 말했다.「저는 여성의 심장은 갖고 있지만 그것은 오빠에 대해선 아니예요. 오빠에 대해선 동료로서의 지조를 갖고 있을 뿐이에요. 전우의 솔직성, 충심, 좋으시다면 형제애도 갖고 있어요. 신참 목사가 자기 선배 목사에 대해 존경과 복종을 갖고 있듯이. 그 이상은 아무것도——걱정하실 건 없어요.」
「그것이 내가 바라는 거요.」그는 혼잣말처럼 말했다.「바로 내가 원하는 거요. 두 사람의 길에는 장애물이 있소. 그걸 잘라 없애야 하오. 제인, 당신은 나와 결혼해서 후회하진 않을 거요. 믿어 주어요. 우리는 무슨 일이 있어도 결혼해야 하오. 나는 그것을 거듭 말하오. 달리 길은 없소. 결혼하면 아무리 당신일지라도 결합을 잘했다고 할 만한 애정은 반드시 생길 거요.」
「전 애정에 대한 오빠의 그런 생각을 경멸해요.」일어나서 바위에 등을 대고 그의 앞에 서면서 나는 이렇게 말하지 않을 수 없었다.「오빠가 주시는 허위의 애정을 경멸해요. 그래요, 세인트 존, 전 그것을 주시는 오빠를 경멸해요.」
그는 꼼짝도 않고 나를 응시했다. 그 동안 그는 잘 생긴 입술을 굳게 다물고 있었다. 화가 났는지 놀랐는지, 혹은 또 어떤 다른 일인지, 그것을 쉽사리 알 수 없었다. 그는 안색을 마음대로 억제할 수 있는 사람이니까.
「나는 당신으로부터 그런 말을 들으리라고는 상상도 못했소.」하고 그는 말했다.「나는 경멸을 받을 만한 행동도 밀도 안 했다고 생각해요.」
나는 온화한 그의 말투에 감동되고 그의 고상하고 침착한 태도에 위압을 느꼈다.
「용서하세요, 세인트 존, 그런 말씀을 드려서. 하지만 제가 얼결에 그렇게 말씀드린 것은 오빠의 책임이에요. 오빠께서는 우리들이 각기 다른 생각을 갖고 있는 화제를 꺼내셨어요——우리들이 결코 의논할 수 없는 화제 말이에요. 우리들 사이에서는 사랑이라는 말 그 자체가 불화의 씨예요——우리들에게 진실성이 요구된다면 어떻게 해야 좋아요? 어떤 마음이 들까요? 사촌 오라버님, 결혼의 계획은 제발 버리세요——잊어 주세요.」
「안 돼.」그는 말했다.「이것은 오랫 동안 마음속에 품고 있던 계획이오. 그리고 내 꿈을 이룰 수 있는 단 하나의 계획이오. 그러나 지금은 이 이상 더 주장하진 않겠소. 난 내일 케임브리지로 떠나요. 거기엔 작별 인사를 하고 싶은 많은 친구들이 있소. 나는 이 수일 동안 집을 비우게 될 거요——그 동안에 당신은 내 제안을 잘 생각해 보도록 해요. 그래도 만일 거절을 하면 그건 나를 거절하는 게 아니라 당신은 하느님을 거절한다는 사실을 잊지 마시오. 하느님은 내가 취하는 수단을 통해서 당신에게 숭고한 생애를 열어 주시는 거요. 내 아내로서만 그 길로 들어갈 수 있소. 내 아내가 되는 걸 거절하는 건 당신은 자기 본위의 안일한, 메마른 암흑 속에 당신을 가둬 버리는 거요. 그런 경우엔 신앙을 거부한 이교도보다도 나쁜 사람들 속에서 전율하지 말도록!」

그는 말을 끝냈다. 내게서 돌아서며 그는 다시

「강을 바라보고, 산을 바라보았네.」

그러나 이번에는 그의 감정은 가슴 속에 완전히 갇혀 있었다. 나는 그것을 들려 달라고 할 자격이 없었다. 그와 나란히 집으로 돌아오는 길을 걸으면서 그의 완강한 침묵 가운데 그가 나를 어떻게 생각하고 있는지 충분히 알았다. 복종을 예기하고 있던 가혹하고 전제적인 성격을 가진 자가 거절을 당했을 때 맛보는 실망, 자기에게 공감할 수 없는 상대방의 감정과 견해를 찾아내어 쌀쌀하고 딱딱한 판단으로 상대방을 비난하는 마음, 요컨대 힌 사람의 남자로서, 어디까지나 내게 복종을 강요하고 싶었다. 그런 그가 내 고집을 이처럼 참을성 있게 받아들여 내게 생각하고 회개할 시일을 허용한 것은 진지한 기독교도로서만이 할 수 있는 일이다.

그날 밤, 그는 누이동생들에게 키스하고 나서, 내게는 악수조차 하지 않아도 마땅하다고 생각한 모양인지, 아무 말도없이 방을 나가 버렸다. 나는──그에게 사랑 같은 건 느끼지 않지만, 다분히 우정을 품고 있는 나는──이런 눈에 띄는 처사에 눈물이 나올 만큼 마음이 아팠다.

「제인, 들판을 산책하다가 오빠하고 말다툼했지?」하고 다이아나가 말했다. 「하여튼 오빠 뒤를 따라가 봐요. 혹시 제인이 올까 하고 복도에서 서성대고 있어요──화해하려는 거지 뭐예요.」

나는 이런 경우, 그다지 자존심을 내세우지 않는다. 내 체면 같은 것보다는 유쾌해지고 싶었다. 나는 그의 뒤를 밟았다. 그는 층층다리 밑에 서 있었다.

「안녕히 주무세요, 세인트 존.」하고 나는 말했다.

「잘 자오, 제인.」하고 그는 침착하게 말했다.

「그럼 악수라도.」하고 나는 덧붙였다.

그는 얼마나 차디차고, 맥없는 감촉을 내 손가락에 느끼게 했던가? 그날 생긴 일로 몹시 속이 상했던 것이다. 진정이 그의 마음을 부드럽게 해줄 수는 없었고 눈물이 그를 움직일 수 없다. 유쾌한 화해 같은 건 생각조차 못한다──쾌활한 미소와 관대한 말도. 그러나 역시 이 기독교인은 참을성 있고 침착했다. 내가 용서해 달라고 했을 때, 자기는 언제까지나 화를 마음속에 품어 두는 버릇은 없다, 용서해 줄 건 아무것도 없고, 마음을 상한 일도 없다고 대답했다.

이렇게 대답하고 그는 가버렸다. 차라리 나를 때려 눕혀라도 줬으면 얼마나 좋을까 하고 나는 생각했다.

35

그 다음날 그는 이미 말한 것처럼 케임브리지를 향해 출발하지 않았다. 그는 일주일 동안 출발을 연기했다. 그리고 그 동안 내내, 선량하긴 하나 엄격하고, 양심적이긴 하지만 화해하기 어려운 사람이 자기를 화내게 한 상대방에 대해서 주는 벌이 얼마나 무서운가를 내게 느끼게 했다. 적의를 노골적으로 나타내지 않고 책하는 말 한마디도 않고 자기의 호의를 저버렸다는 걸 부지런히 어떻게 해서든지 내게 깨닫게 하려고 그는 애썼다.

세인트 존은 비기독교적인 복수심 같은 건 품고 있지 않았다──그는 내 머리칼 한 가닥이라도 해치려고 하지 않았을 것이다. 설사 그런 것을 마음대로 할 수 있었다 치더라도, 성질과 주의(主義)로 보더라도 복수의 비열한 만족감을 초월하고 있었다. 그는, 내가 그와 그의 애정을 경멸한다고 한 말을 용서해 주었지만 그 말을 잊어버리지는 않았다. 그리고 나와 그가 살아 있는 한 절대로 잊어버리지는 않을 거다. 그가 나 있는 쪽으로 향했을 때 두 사람 사이의 공간에 언제나 그 말이 적혀 있는 것을 그의 안색으로 나는 알 수 있었다. 내가 뭐라고 말하는 내 목소리에는 언제나 그 말이 울려 오는 듯이 그의 귀에 들리고, 그 메아리는 그가 대답하는 말 한마디 한마디에 들어 있었다.

그는 나와 얘기하는 걸 피하려 하지는 않았다. 그러기는커녕 매일 아침 전과 다름없이 그의 책상에서 같이 공부하자고 나를 부르기까지 했다. 그의 인간적인 야비한 결점을 가진 일면은 겉으로는 평상시와 다름없이 언행을 하면서 그의 모든 언동에서 지금까지 내게 보인 호의와 긍정적인 말을 교묘하게 뽑아 버릴 수 있다는 것을 상대방에게 알리려는 순수한 기독교인과는 통할 수도 나눌 수도 없는 즐거움을 맛보고 있었는지 몰랐다. 그리고 그 호의와 긍정적인 말은 그의 언행에 일종의 엄숙성과 마력을 주었던 것이다. 이미 그는 실제로 내게는 인간이 아니라 대리석에 지나지 않았다. 그의 눈은 쌀쌀하고 번쩍이는 푸른 보석에 불과했고 혀는 말하는 도구에 지나지 않았다.

　이런 모든 것은 내게는 고통이었다――미묘하고 지루한 고통이었다. 그것은 분노의 불길과 나를 괴롭히고 깡그리 짓밟아 버린 비통한 공포의 몸부림으로 서서히 일어났다. 가령 내가 그의 아내라면 해가 비치지 않는 깊은 수원지처럼 깨끗한 이 선량한 사람은, 내 혈관에서 한 방울의 피도 흘리게 하지 않고 또 수정처럼 맑고 차디찬 그의 양심에 티끌만한 죄악의 오점도 남기지 않고 곧 나를 죽일 수 있으리라고 나는 느꼈다. 그의 비위를 맞추려고 손을 썼을 때 나는 특히 그렇게 느꼈다. 내 슬픔은 조금도 동정을 사지 못했다. 그편에서는 이렇게 거리가 생기는 것을 전혀 괴롭게 느끼지 않았다――화해하려고 하는 갈망이 없었다. 두 사람이 고개를 숙이고 읽고 있던 책의 페이지가 나의 걷잡을 수 없는 눈물로 더럽혀진 일이 한두 번이 아니었지만 그의 마음은 실제로 돌이나 금속인지 아무런 영향도 주지 못했다. 한편 누이동생에 대해서는 그는 어쩐지 여느 때보다도 다정스러웠다. 마치 냉대만으로는 내가 따돌리우고 외돌톨이가 되었다는 걸 충분히 깨닫지 못하리라는 듯이 강한 대조를 덧붙여 놓았다. 이것은 틀림없이 그가 악의에서가 아니라 그의 신념에 의해서 한 일이라고 나는 생각한다.

　그의 출발 전날 밤 해가 질 무렵 우연히 그가 정원을 산책하는 것을 보고 나는 그를 바라보면서 저 사람은 지금은 나를 멀리하고 있긴 하지만 한때 내 생명을 구해 준 사람일 뿐만 아니라 우리들은 가까운 친척 사이라는 것을 생각하고 나는 그의 우정을 되찾으려는 마지막 노력을 해보고 싶은 마음이 들었다. 나는 정원으로 나가 그가 조그만 쪽문에 기대 서 있을 때 그의 곁으로 다가갔다. 나는 곧 용건을 말했다.

　「세인트 존, 오빠께서 아직도 저를 노엽게 여기셔서 전 슬퍼 못 견디겠어요. 서로 친구가 돼요.」

　「우리가 친구이기를 바라오.」라는 쌀쌀한 대답이었다. 그렇게 말하면서 그는 내가 다가갈 때부터 바라보고 있던 떠오르는 달을 그냥 쳐다보고 있었다.

　「아녜요, 세인트 존. 우리들은 전 같은 친구는 아녜요. 잘 아시면서요.」

　「아니라고요? 그건 잘못이오. 당신에게 악의는커녕 당신의 행복을 바라고 있소.」

　「그건 저도 믿어요. 세인트 존, 오빠는 남이 잘못되기를 바랄 수는 없는 분이시라고 믿고 있으니까요. 하지만 저는 오빠의 친척이니 만큼 오빠께서 남에게 베푸시는 박애 같은 것보다 좀더 애정 같은 것을 원해요.」

　「물론이지.」그는 말했다. 「그렇게 당신이 원하는 것도 당연하오. 나는 당신을 절대로 그저 타인이라고는 생각하지 않소.」

쌀쌀하고 조용한 어조의 이 말은 충분히 감정을 상하게 하고 당황케 했다. 만일 내가 자존심과 분노의 유혹에 귀를 기울였다면 곧 그의 곁을 떠나 버렸을 거다. 그러나 내 속에선 그런 감정보다도 훨씬 더 강력한 것이 움직이고 있었다. 나는 이 사촌 오빠의 재능과 신념을 속으로 존경하고 있었다. 그의 우정은 내겐 귀중한 것이었다. 이것을 잃는다는 것은 내겐 심한 고역이었다. 나는 이것을 어떻게 해서든지 다시 찾으려는 시도를 그렇게 빨리 버리고 싶지 않았다.

「이렇게 우리들은 헤어져야만 하나요, 세인트 존? 오빠가 인도에 가실 때까지 친절한 말씀을 건네지도 않고 이렇게 저를 두고 떠나 버리실 작정이세요?」

그때 그는 달에서 그만 눈을 떼고 나와 마주 섰다.

「내가 인도로 갈 때, 제인, 당신을 두고 간다고? 그게 무슨 말이오? 당신은 인도에 안 가오?」

「오빠와 결혼하지 않는 한, 저는 가지 못한다고 말씀하시고선?」

「그럼 나와 결혼을 안 한단 말이오? 그래 당신은 그 결심을 고집하겠다는 거요?」

독자여, 여러분은 이런 냉혹한 사람들은 그들의 차디찬 질문 속에 어떤 공포를 간직하고 있는지 나처럼 알고 계시는지? 그들의 분노 속에 얼마나 큰 눈사태 같은 힘이 있으며 그 불쾌감 속엔 얼어붙은 바다라도 부술만한 큰 힘이 있다는 것을?

「네, 세인트 존, 저는 오빠와 결혼 안 해요. 제 결심은 바꾸지 못해요.」

눈사태는 흔들리더니 조금 앞으로 미끄러졌다. 그러나 무너져 버리지는 않았다.

「다시 묻지만 그 거절의 이유는 뭐요?」 그는 물었다.

「전에는,」 하고 나는 대답했다. 「오빠가 저를 사랑하지 않으셨기 때문이에요. 지금 대답하지만, 오빠는 저를 미워하시니까 그래요. 오빠와 결혼하게 되면 오빠는 저를 죽일 거예요. 지금도 죽이려고 하시는 걸요.」

그의 입술과 뺨은 창백해졌다──아주 창백해졌다.

「내가 당신을 죽인다──내가 당신을 죽이려고 한다? 그런 말은 입에 담지도 못할 말이오. 난폭하고 여자답지 않은 거짓이오. 그것은 불행한 정신 상태를 나타내는 것이오. 엄한 질책을 받아 마땅하오. 자기와 같은 인간을 일흔 일곱 번씩이나 용서하는 것이 인간의 의무라고 하는 것만 없었다면 당신의 이제 그 말은 용서할 수가 없는 것이오.」

　이제 용건은 다 끝났다. 그의 마음에서 전날의 내 허물의 흔적을 지워 버리려고 간곡히 바랐으나 나는 그의 완강한 마음의 표면에 더욱 깊은 낙인만을 찍어 버리고 말았다. 나는 그것을 불로 지져 놓고 말았다.

　「이젠 정말 저를 미워하시겠죠.」나는 말했다. 「제가 오빠와 화해를 하려고 애서 봤댔자 아무 소용이 없어요. 저는 오빠를 평생토록 적으로 만들어 버렸으니까요.」

　이 말은 또 하나의 새로운 과실을 저질렀다. 진실을 찔렀기 때문에 더욱 그랬다. 그의 핏기 없는 입술은 잠시 경련을 일으키듯 떨렸다. 내가 자극한 것으로 인해 강철 같은 분노를 일으켰다는 것을 알았다. 나는 가슴을 쥐어짜는 듯했다.

　「오빠는 제 말씀을 전적으로 오해하고 계셔요.」하고 나는 곧 그의 손을 잡고 말했다. 「저는 오빠를 슬프게 하거나 괴롭혀 드릴 마음은 조금도 없어요──정말 그런 마음은 없어요.」

　그는 가장 쓰디쓴 미소를 지었다──가장 단호하게 그의 손을 내 손에서 빼내 버렸다. 「그럼 약속을 취소하고 인도에는 안 가겠다는 말이오?」하고 그는 한참만에 말했다.

　「아니요, 가겠어요. 오빠의 조수로라면.」하고 나는 대답했다.

　꽤 오랜 침묵이 흘렀다. 그의 내부에서 자연(인간성)과 은혜(하느님의)가 어떻게 싸웠는지 나는 알 수 없다. 다만 그의 눈에 기이한 빛이 번쩍이고 이상한 그림자가 그의 얼굴을 스쳐갔다. 드디어 그는 입을 열었다.

　「나는 전에도 당신 나이 또래의 독신 여자가 나와 같은 독신자와 해외에 동행하는 건 불합리하다고 설명했소. 그런 생각을 두번 다시 말하지 못하게 하려는 뜻에서 설명하오. 그걸 당신은 또 말해 버렸군. 나는 유감스럽게 생각하오──당신을 위해서.」

　나는 그의 말을 가로막았다. 이처럼 이것이 명백한 비난이라면 어떤 말을 들어도 나는 용기를 낼 수 있었다.

　「세인트 존, 양식(良識)을 잃지 마세요. 오빠께선 쓸데없는 말씀을 하시려고 해요. 제가 한 말에 충격을 받은 체하시네요. 사실은 충격을 받지 않으셨어요. 왜냐고요? 오빠의 훌륭한 두뇌로 제 말뜻을 오해하시다니 그렇게 둔하실 리도 없고 생각하실 리도 없으니까요. 한번 더 말씀드리지만 괜찮으시다면 오빠의 조수는 되어도 오빠의 아내는 절대로 안되겠어요.」

또 그의 얼굴은 납덩어리처럼 창백해졌다. 그러나 그는 아까와 마찬가지로 완전히 분노를 억제했다. 그는 뚜렷이, 그러나 조용조용히 대답했다.

「아내도 아닌 여자 목사보는 내게는 어울리지 않소. 그러니 나와 함께 간다는 건 힘들 것 같소. 그러나 간다는 것이 진정에서라면 내가 런던에 머물러 있는 동안, 결혼한 어느 선교사한테 말해 보겠소. 그 분의 부인이 조수를 구하고 있소. 당신의 재산으론 전도 협회의 신세를 지지 않고도 당신은 자립해 나갈 수 있을 거요. 그리고 또 그렇게 하면 당신이 약속을 어기고 참가하기로 한 대열을 저버린 불명예를 면하게 될거요.」

그런데 독자도 알고 계시듯이 나는 아무 정식 약속도 하지 않았고 아무 계약도 맺지 않았다. 그의 말은 이 경우에 너무 딱딱하고 너무나 독재적이었다. 나는 대답했다.

「불명예니, 약속을 어기느니, 배신이니 하는 건 이 문제엔 아무 관계가 없어요. 저는 인도에 가지 않으면 안 되는 의무, 특히 알지도 못하는 분과 가야 할 의무는 없어요. 오빠와 함께라면 위험을 무릅쓰고 가겠어요. 오빠를 존경하고 신뢰하는 저는 누이동생으로서 오빠를 사랑하고 있으니까요. 하지만 언제 누구와 함께 가더라도 그런 기후에서는 오래 살 수 없을 것 같아요.」

「흥! 당신은 자기 자신을 염려하는군요.」그는 입술을 비쭉이며 말했다.

「그래요. 하느님께서 내던져 버리라고 내게 생명을 주신 건 아니예요. 오빠 소원대로 따른다는 건 저는 자살이나 다름없다고 생각해요. 그리고 영국을 떠나기로 결심하기 전에 여기 머물러 있는 편이 떠나는 것보다 훨씬 유익한 것이 될는지 어쩐지 확실히 알고 싶어요.」

「무슨 뜻이오?」

「설명을 하려 해도 소용 없을 거예요. 하지만 오랫 동안 뼈아프게 간직해 온 의문이 하나 있어요. 무슨 방법으로든지 이 의문이 확실히 풀릴 때까지는 저는 아무 데도 갈 수 없어요.」

「당신의 마음이 어디로 향하고 있는지 뭣에 집착돼 있는지 나는 알고 있소. 당신이 품고 있는 관심은 법에 어긋나고 신성하지 못해요. 당신은 그걸 진작부터 버렸어야 했을 거요. 이제 그걸 입에 담으니 마땅히 얼굴을 붉혀야 할 일이오. 당신은 로체스타 씨를 생각하고 있는 거지요?」

옳은 말이다. 나는 고백 대신에 침묵을 지킬 따름이었다.

「로체스타 씨를 찾으려는 거지요?」

「그 분이 어떻게 되셨는지 알아 봐야겠어요.」

「그렇다면 내가 할 일은,」하고 그는 말했다. 「내가 기도를 드릴 때 잊지 않고 당신이 정말 버림을 받지 않도록 당신을 위해 간절히 하느님께 기도드리겠소. 나는 당신이 선택을 받은 사람들 중의 하나라는 걸 당신한테서 알아냈다고 생각하고 있었소. 그러나 하느님께서 보시는 것은 사람이 보는 것과는 다르오. 〈하느님의 뜻〉은 이루어질 거요.」

그는 쪽문을 열고 그곳을 지나 성큼성큼 골짜기 쪽으로 내려갔다. 곧 그의 모습은 사라졌다.

방으로 되돌아가자 다이아나가 생각에 깊이 잠긴 듯한 모습으로 창가에 서 있었다. 그네는 나보다도 훨씬 키가 컸다. 내 어깨에 손을 얹고 몸을 굽히면서 내 얼굴을 살폈다.

「제인,」그네는 말했다. 「요새는 늘 불안해 하더니 이젠 안색이 창백해요. 아무래도 곡절이 있을 거야. 세인트 존과 무슨 일이 생겼는지 내게 얘기 좀 해 봐요. 난 반 시간 동안이나 유리창 밖을 내다보고 있었어. 이런 정탐꾼 같은 짓을 용서해 줘. 하지만 난 오랫동안 알 수 없던 일을 이것저것 상상해 봤어. 세인트 존은 이상한 사람이니까——」

그네는 말을 끊었다——나는 잠자코 있었다. 곧 그네가 말을 이었다.

「오빠는 제인에게 무슨 각별한 생각을 갖고 있어요. 틀림없이 그래. 제인을 유달리 구별해서 다른 누구에게도 영 보인 적이 없는 주의와 관심을 돌리고 있다니까——뭣 때문일까? 난 오빠가 제인을 사랑하고 있기를 바라는데…… 제인, 그렇지?」

나는 그네의 차가운 손을 나의 뜨거운 이마에 얹었다.

「아니, 다이아나, 무슨 그럴 리가.」

「그럼 왜 오빠가 제인에게서 눈을 떼지 않을까——노상 제인하고만 같이 있고 자기 곁에서 떨어지지 않게 할까? 메어리와 나는 오빠가 제인하고 결혼하기를 바라고 있다는 결론을 내렸어.」

「그래요——나더러 아내가 돼 달라고 말씀하시더군요.」

다이아나는 손뼉을 쳤다. 「그거야말로 우리들이 원했고 생각했던 건데——그래 오빠와 결혼해요, 제인? 그렇게 되면 오빠는 영국에 머물러 계시게 될 거야.」

「어림도 없어요, 다이아나. 제게 청혼을 하신 건 다만 인도에서 일하는 데 적당한 일 동무를 얻으려는 생각에서예요.」

「뭐라고! 제인을 인도에 데리고 간다고?」

「그래요!」

「미쳤군!」하고 그네는 소리쳤다.「거기 가면 제인은 석 달도 목숨을 가누지 못할 거야. 가선 안 돼요. 승낙은 안 했겠지, 제인?」

「결혼하는 건 거절했어요.」

「그래서 오빠가 화난 거야?」하고 그네는 넌지시 말했다.

「아주 굉장히. 오빠는 절대로 용서해 주시지 않을 거예요. 하지만 누이동생으로서는 같이 가겠노라고 했어요.」

「그런 건 당치않은——어리석은 짓이지, 제인. 제인이 맡은 일을 생각해 봐요——자꾸만 지쳐 버리게 하는 일이야. 그 피로는 건강한 사람이라도 죽이는데. 제인은 몸이 약하지. 세인트 존은——잘 알다시피——제인에게 불가능한 일을 강요하고 싶어해. 그 분과 함께 있으면 대낮의 뜨거운 시간 중에도 쉬지 못하게 할 거야. 더구나 내가 보기엔 제인은 불행히도 그 분이 강요하는 것이라면 무엇이든 억지로라도 해보려고 해요. 제인이 오빠의 구혼을 거절할 용기가 났다니 참 놀라와. 그럼, 오빠를 사랑하고 있지 않는 거야, 제인?」

「남편으로서는요.」

「하지만 오빠는 호남이야.」

「그렇지만 나는 이렇게 박색인 걸, 다이아나. 아무래도 두 사람은 어울리지 않아요.」

「박색이라니! 제인이? 원 천만에. 제인은 캘커타에서 살다가 타죽기엔 너무나 선량하고 아름다와.」그리고 그네는 내가 그네의 오빠와 함께 갈 생각은 깨끗이 단념해 버리라고 또 간곡히 타일러 주었다.

「아니, 꼭 가야겠어요.」하고 나는 말했다.「글쎄 조금 전에 내가 목사보로서라면 오빠를 모시겠다고 거듭 말씀드렸더니 내가 얌전하지 못하다고 펄쩍 뛰시지 뭐예요. 결혼도 않고 함께 가자는 것이 내가 잘못이라도 범했다고 생각하시는 것 같아요. 마치 처음부터 내가 오빠로 간주하기를 희망하지 않고 내내 결혼 상대자로 자신을 간주하고 있었던 것처럼.」

「오빠가 제인을 사랑하고 있지 않다는 건 어떻게 알지, 제인?」

「그건 그분한테서 들어 보시는 게 좋을 거예요. 그 분이 결혼하려고 하는 건 자기 자신을 위해서가 아니라 자기의 일을 위해서라고 몇 번이나 말씀하신 걸요. 난 일을 위해서 만들어진 것이고——애정을 위해서는 아니라고 말씀하셨어요. 그건 사실이에요, 틀림없이. 그렇지만 내 생각으로는 애정을 위해 만들어진 것이 아니라면 결국 결혼을 위해서 만들어진 것도 아니라고 하는 말이 되지 뭐예요. 쓸모 있는 연장으로 나를 간주하는 사람과 한평생 같이 산다는 건 이상 하잖아요, 다이아나?」

「그건 참을 수 없는 일이야——부자연스럽고——문제 밖이야!」

「그리고,」 나는 계속했다. 「나는 누이동생으로서 애정밖엔 갖고 있지 않지 만, 그래도 어쩔 수 없이 그 분의 아내가 된다면 나는 그분에게 불가피한, 일종 의 이상 야릇한 괴로운 사랑을 품게 되리라는 건 상상할 수 있어요. 왜냐하면 그 분은 그처럼 재능이 있고 그의 용모나 태도나 대화에는 어떤 영웅적인 훌륭함이 있으니까요. 그런 경우, 내 운명은 말할 수 없이 비참해질 것 같아요. 그 분은 내가 그 분을 사랑하기를 원치 않아요. 만일 내가 애정을 표시하면 그런 건 그 분에겐 무용지물이고, 내게는 어울리지도 않는다는 걸 깨닫게 하고야 말거예 요. 그가 그러리라는 걸 나는 다 알고 있어요.」

「하지만 세인트 존은 선량한 사람이야.」 다이아나는 말했다.

「선량하고 위대한 분이에요. 그러나 자신의 큰 목적을 추구하는 나머지 소인 (小人)들의 감정이나 권리 같은 건 사정없이 잊어버리시는 길요. 그러니까 그 분이 걸어나가실 때 짓밟히지 않도록 비켜서는 편이 소인들에겐 상책이에요. 오 셨어요! 난 가보겠어요, 다이아나.」 나는 그가 정원으로 들어서는 걸 보고 이 층으로 얼른 올라갔다.

그러나 나는 저녁 식사 때 아무래도 그와 만나지 않을 수 없었다. 식사중 그는 여느 때와 같이 태연해 보였다. 그는 내게 말을 건네지는 않으리라고 나는 생각 했다. 그리고 나와의 결혼 계획을 추구하는 걸 단념했으리라고 믿었다. 그러나 그 후의 사건은 둘 다 내 착각이라는 걸 보여 주었다.

그는 꼭 보통때의 태도로 그리고 최근에 보여 주었던 태도로 신중하고 정중하 게 내게 말을 건네왔다. 내가 그의 마음을 뒤흔들어 놓은 그 분노를 진정시키기 위해 그는 성령의 도움을 기원했음에 틀림없다. 그리고 나는 그가 다시 나를 용 서한 것이라고 믿고 있었다.

기도 전의 저녁 성경 봉독으로 그는 묵시록 제21장을 택했다. 그의 입에서 흘 러나오는 성경 말씀에 귀를 기울인다는 건 언제나 즐거운 일이었다. 그의 아 름다운 목소리는 하느님의 말씀을 전달할 때가 아니면 그렇게 갑자기 달콤하고 넘쳐흐를 것같이 들리는 일은 없었다——그의 태도가 이때만큼 고상한 소박성 으로 깊은 감명을 준 적은 없었다. 그런데 오늘 밤 온 가족이 모인 한가운데 그 가 자리를 잡고(오월의 달은 커튼이 없는 창문으로 비쳐 들어와 테이블 위의 촛 불을 무색케 할 정도였다) 크고 낡은 성경책에 몸을 기울이고 그 책장에서 새로운 하늘과 땅의 모습을 설명할 때——하느님이 인간과 같이 계시게 되고 사람들의 눈에서 눈물을 씻어 주신다는 것과 과거의 일은 이미 과거로 지나갔으니 이미 죽음도 슬픔도 애통도 없을 것을 약속하셨다고 설명할 때, 그 음성은 더욱 엄숙한 어조를 띠고, 그 태도는 한층 더 감동적이었다.

그 다음의 말들은 그가 말했을 때 이상하게도 나를 떨리게 했다. 그가 그 귀절을 입에 담았을 때, 가느다란, 헤아릴 수 없는 목소리의 변화로 그의 눈이 나를 지켜본다고 느꼈을 때, 특히 그랬다.

「이기는 자는 이것들을 유업으로 얻으리라. 나는 저희 하느님이 되고 그는 내 아들이 되리라. 그러나,」하고 여기서부터 천천히, 유달리 또박또박 봉독되었다. 「두려워하는 자들과 믿지 아니하는 자들과……불과 유황으로 타는 못에 참예하리니 이것이 둘째 사망이라.」

그래서 나는 그 이후 세인트 존이 나를 위해 어떤 운명을 두려워하고 있는가를 알았다.

고요하고 침착한 승리가 그의 열망에 불타는 열심과 섞여서 이 장(章)의 마지막 귀절을 봉독할 때에 특히 인상 깊었다. 이 성경 봉독자는 이미 자기 이름은 어린 양의 생명책(요한 계시록)에 적혀 있다는 걸 믿고 있었다. 그리고 지상(地上)의 왕들이 자기들의 영광과 명예를 가지고 가는 도시로 들어갈 날을 고대하고 있었다. 「그 성은 해나 달의 비침이 쓸데없으니 이는 하느님의 영광이 비치고 어린 양이 그 등불이 되심이라.」

성경 봉독 후의 기도에 그의 온 정력은 쏠리었다——그의 단호한 열성은 모조리 깨어났다. 그는 깊은 열의로 하느님과 씨름하면서 승리를 다짐했다. 그는 약한 사람들을 위해서 힘을 빌었다. 우리를 떠나 헤매는 자에게 인도를 기원했다. 현세와 육(肉)의 유혹에 끌려 좁은 문(마태 복음)으로부터 떨어져 나가는 사람들을 위해 최후의 순간에 가서라도 옳은 길로 돌아오기를 빌었다. 그는 타던 나무를 불에서 건져내는 것과 같은 은혜를 원했고 간청했고 기구했다. 열성은 언제나 몹시 엄숙한 것이다. 처음 그의 기도를 들었을 때 나는 그의 열성을 의심했다. 그리고는 기도가 계속되고 고조되었을 때 나는 그 열렬함에 감동되고 마지막엔 두려움을 느꼈다. 그는 자기 의도의 위대성과 선량함을 성실하게 믿고 있었다. 그걸 탄원하는 그의 기도를 듣는 사람들도 그걸 느끼지 않을 수가 없었다.

기도가 끝나자 우리들은 그에게서 떠났다. 그는 다음날 아침 일찍 출발할 예정이었다. 다이아나와 메어리는 그에게 키스를 하고 방을 나가 버렸다——그가 뭐라고 암시를 했을 때 거기에 따랐다고 나는 생각한다. 나는 악수의 손을 내밀고 즐거운 여행이기를 바란다고 했다.

「고맙소, 제인. 전에도 말했지만 나는 이 주일 이내에 케임브리지에서 돌아오겠소. 그러니까 그때까지 다시 한번 잘 생각해 보는 것이 좋을 거요. 만일 내가 인간적인 자존심을 따른다면 이젠 당신에게 결혼 애기는 아예 하지 않아야겠지. 그러나 나는 의무에 귀를 기울이고 나의 첫목적을 굳게 지키지 않으면 안 되오──무슨 일이든 하느님의 영광을 위해서 하는 것이오. 주님께선 오랫 동안 참고 계십니다. 나도 그랬으면 좋겠소. 나는 당신을 〈분노의 그릇〉(로마서)으로서 영겁의 죽음에 내맡길 수는 없소. 회개하시오──결심하시오. 시간이 있을 때 해가 떠 있는 동안에 일하라는 명령을 받고 있다는 걸 기억하시오──〈밤이 오리니 그때는 아무도 일할 수 없으리라〉는 경고가 있다는 걸. 〈부자〉의 운명을 잊지 마시오. 〈부자〉는 이 세상에서 좋은 일을 많이 했소. 하느님은 당신에게서 앗아가시지 않을, 그보다 더 좋은 부분을 선택할 힘을 당신에게 주시옵기를 !」

이 마시막 밀을 하며 그는 내 머리에 손을 얹었다.

그는 성의껏 부드럽게 말했다. 참으로 그의 눈은, 사랑하는 애인을 보는 눈이 아니라 길을 잃고 헤매는 양을 불러들이려는 목자의 눈이 아니면 좀더 좋게 말해서 그가 책임을 진 인간을 감시하는 수호 천사의 그것이었다. 모든 재능이 있는 사람들은 감정을 가진 자이건 아니건 간에 열광자나, 야심가나 폭군이건 간에 성실한 사람이라면 엄숙한 순간이 있는 법이다. 그럴 때 그들은 남을 복종시키고 다스릴 수 있는 것이다. 나는 세인트 존에게 존경을 느꼈다──그 존경심은 그 자극이 내가 그처럼 오랫 동안 피해 오던 곳으로 대번에 나를 밀어 넣을 만큼 힘찬 것이었다. 나는 그와 싸우는 건 이젠 중지하라는 유혹을 느꼈다──그의 의지의 격류에 밀려가서 그의 생활의 심연에 들어가 거기에 나 자신이 빠져 버리고 싶은 마음이 들었다. 이때 나는 일찌기 이것과 다른 방법으로 다른 사람에 의해 경험한 것과 같이 그에게 꼼짝도 못하게 사로잡혀 있었다. 두 번 다 나는 어리석었다. 그때 굴복했더라면 신념을 못 지킨 과실을 범했을 것이고 이번에 굴복하면 판단을 그르치는 과오를 범했을 거다. 그래서 이 시간에 나는 생각한다. 고요한 시간의 매개물을 통해 그 위기를 회고해 보면 그 당장에는 어리석음을 깨닫지 못했었다는 것을.

나는 성사(聖師)의 손아귀에 꼼짝 못하고 서 있었다. 나는 거절을 잊어버렸다──두려움은 사라지고 싸울 힘은 시들어 버렸다. 〈불가능〉──즉 세인트 존과의 결혼 말이다──이 시시 각각으로 〈가능〉으로 돼가고 있었다. 모두

가 거센 기세로 온통 변화해 가고 있었다. 신앙이 부르고 천사가 손짓하고 하느님이 명령을 내렸다——생명은 두루마리처럼 빙빙 감겼다——죽음의 문이 열리고 영원의 나라가 저 멀리 나타났다. 내세의 안전과 행복을 위해서는 현세의 모든 걸 일순에 희생시켜도 좋을 것처럼 생각되었다. 어두운 방은 환상들로 가득 찼다.

「이젠 결심이 됐소?」전도사는 물었다. 부드러운 어조의 물음이었다. 그는 부드럽게 나를 끌어당겼다. 오오, 그 부드러움! 힘보다도 그 얼마나 강한 것이었을까! 나는 세인트 존의 분노엔 저항할 수 있었지만 그의 친절엔 마치 갈대처럼 유순해지고 말았다. 그러나 이제 내가 지면 나의 지난날의 저항을 언젠가는 후회하게 되리라는 걸 알고 있었다. 그의 성격은 한 시간의 엄숙한 기도로 변하지 않았다. 다만 고상해졌을 따름이다.

「확신할 수만 있다면 결심하겠지만.」하고 나는 대답했다. 「오빠와 결혼하는 것이 하느님의 뜻임을 확신하게 되면 당장에 오빠와 결혼을 맹세할 수 있어요——나중엔 어떻게 되든지!」

「내 기도는 보답되었소!」세인트 존은 소리를 높였다. 그는 손으로 내 머리를 눌렀다. 마치 나를 원하는 듯이 그리고 거의 사랑이라도 하는 듯이 팔로 나를 안았다(나는 거의라고 말한다——나는 그 차이를 알 수 있었다——사랑을 받는 것이 어떻다는 걸 나는 알고 있었기 때문이다. 그러나 이때 나는 그와 마찬가지로 사랑은 문제 밖으로 알았고 의무만을 생각했다).

나는 내부의 컴컴한 환상과 싸우고 있었다. 구름이 그 앞을 소용돌이치고 있었다. 나는 옳은 일을 하리라고 무한한 열의로써 바랐다. 그것뿐이다. 「가르쳐 주세요. 저의 갈 길을 보여 주세요!」하고 하늘에 탄원했다. 나는 전에 없이 흥분했다. 그러므로 그 뒤의 일이 흥분의 결과인지 아닌지는 독자 여러분의 판단에 맡기겠다.

집안은 조용했다. 세인트 존과 나 이외에는 모두 잠들어 버렸기 때문이라고 나는 생각한다. 한 자루의 촛불은 꺼져 가고 있었다. 방안은 달빛으로 가득 찼다. 내 심장은 크게 그리고 자주 뛰었다. 나는 그 고동을 들었다. 문득 고동은 멎었다. 전율은 심장을 뚫고 곧장 머리 끝에서 온몸의 끝까지 퍼져나갔다. 형언할 수 없는 전율이었다. 그것은 전격(電擊)과는 달랐다. 그러나 그것 못지않게 아주 날카롭고 이상하고 깜짝 놀라게 하는 것이었다. 그것은 내 감각에 작용하기 시작했다. 이제까지는 마비 상태에 지나지 않았던 감각이 지금 부름을 받아 잠에서 깨어 나는 듯 무슨 기대 같은 걸 불러일으켰다. 눈과 귀는 무엇을 기다리고 있었다. 근육은 그 동안 뼈 위에서 떨고 있었다.

「무슨 소릴 들었소? 뭘 보고 있소?」세인트 존이 물었다. 아무것도 본 것은 없었다. 다만 어디선가 부르짖는 소리가 들렸다.

「제인! 제인! 제인!」다만 그것뿐이었다.

「오오, 하느님, 그건 뭣입니까?」나는 허덕였다.

나는 「저기는 어딥니까?」하고 물었어야 했을 거다. 그럴 것이 그 목소리는 방안에서도 집안에서도 정원에서도 아닌 것 같았다. 그것은 공중에서도—— 땅속에서도 머리 위에서도 아니었다. 나는 그것을 들었다——어디서 언제부터인지를 알기는 영원히 불가능하다! 그러나 인간의 목소리였다——알고 있는, 사랑하는, 잘 기억할 수 있는 목소리——에드워드 페어팩스 로체스타의 목소리였다. 그것은 괴로움과 슬픔 속에서 거칠게, 무시무시하고 다급하게 말했다.

「가겠어요!」하고 나는 소리쳤다. 「기다려 주세요! 아아, 가겠어요!」나는 문으로 달려가 복도를 들여다보았다. 캄캄했다. 나는 정원으로 뛰어나갔다. 아무것도 없었다.

「어디 계세요?」나는 소리쳤다.

마쉬 글렌의 저쪽 산들은 희미한 메아리를 보내 왔다. 「어디 계세요?」귀를 기울였다. 바람은 전나무 숲에서 낮게 한숨짓고 있었다. 어디나 모두 황야의 적막과 한밤의 고요뿐이었다.

「미신이여, 물러가라!」대문 옆의 검은 주목나무 앞에 미신의 환상이 검실검실하게 나타났을 때 나는 말했다. 「이것은 너의 기만도 요술도 아니다. 그것은 〈자연〉의 작용이다. 〈자연〉이 일어나서 그의 최선을 다한 것이다——기적은 아니다.」

나는, 뒤에서 쫓아와 나를 만류하려는 세인트 존의 손을 뿌리쳤다. 이번엔 〈내〉 힘을 구사할 차례였다. 나는 힘이 생기기 시작했고 또 힘을 얻었다. 나는 그에게 묻거나 말을 하지 말아 달라고 했다. 내게서 떨어져 줘요, 나는 혼자 있어야 하고 또 있고 싶다고 했다. 그는 곧 내 말을 좇았다. 힘차게 명령할 충분한 기력이 있으면 틀림없이 복종시킬 수 있다. 나는 내 침실로 올라가서 문을 잠갔다. 무릎을 꿇고 내 나름의 기도를 올렸다——세인트 존의 기도와는 다른 방법으로였지만 이것은 이것대로 보답되는 거다. 나는 하느님의 바로 곁에까지 달려간 듯했다. 그리고 내 혼은 너무나 감사해서 하느님의 발 밑에 엎드려 버리고 말았다. 나는 감사의 기도를 끝내고 일어나서 결심했다. 이제 두려움도 없이 마음이 가벼워져서 자리에 누웠다——다만 날이 새기를 고대하며.

36

햇빛이 비쳐들었다. 나는 새벽에 일어났다. 잠시 집을 비우는 동안 정돈해 두리라 생각하고 내 침실 서랍 옷장 속의 물건들을 분주히 챙기느라고 한두 시간을 보냈다. 그러는 동안 세인트 존이 방을 나가는 기척이 났다. 그는 내 방문 앞에서 걸음을 세웠다. 나는 그가 노크를 하리라고 생각했다——그러나 아니었다. 다만 한 장의 종이가 문 밑으로 들어왔을 뿐이었다. 나는 그걸 집어들었다. 거기에는 이런 말이 적혀 있었다.

어젯밤 당신은 너무나 갑자기 떠나가 버렸소. 좀더 있었더라면 당신은 그리스도인의 십자가와 천사의 금관에 당신의 손을 얹어 놓았을 것이오. 두 주일 후 돌아오면 나는 당신의 확실한 결심을 들을 수 있으리라고 생각하오. 그 동안 〈시험에 들지 않게 깨어 있어 기도하라. 마음으로는 원하되 육신이 약하도다.〉(마태 복음) 이 말씀을 잊지 말도록 나는 끊임없이 당신을 위해서 기도를 드리겠소.

당신의 세인트 존

나는 속으로 대답했다. 「내 마음이 올바른 것이라면 기꺼이 하겠어요. 내 육체는 하느님의 뜻을 확실히 안 이상 그것을 완수할 수 있도록 충분히 굳세지고 싶어요. 하여튼 의문의 구름에서 빠져나갈 길을 찾고——구하고 손더듬해서 확실한 밝은 날을 찾아내도록 아주 충분히 강해질 거예요.」
6월 1일, 아침은 구름이 끼고 쌀쌀했다. 비는 세차게 창들을 때리고 있었다. 나는 현관의 문이 열리며 세인트 존이 나가는 걸 들었다. 창 밖으로 그가 정원을 가로질러가는 것을 보았다. 안개가 자욱한 황야를 위트크로스의 방향으로 넘어가고 있었다. 그는 거기서 합승 마차를 기다리는 것이었다.
「세인트 존, 나도 이제 몇 시간만 더 있으면 오빠의 뒤를 따라 저 길을 갈 거예요.」 하고 나는 속으로 말했다. 「나도 위트크로스에서 합승 마차를 기다려야 해요. 나도 영원히 영국을 떠나기 전에 만나보고 찾아보고 싶은 사람이 있어요.」
아침 식사 시간까지는 아직 두 시간이 있었다.
그 동안 나는 방안을 조용히 거닐면서 지금 내가 생각에 잠기고 있는 그 계획을 세우게 한 저 부름 소리를 잘 생각해 보았다. 그때 내가 경험한 내적 감동을 회상해 보았다. 말할 수 없는 그 이상 야릇함과 더불어 모든 것을 회상할 수 있었기 때문이다. 나는 내가 들은 그 소리를 생각해 보았다. 어디서 들려온 소리인지 물어 보아도 전과 같이 헛일이었다. 그것은 나의 내부에서 나온 것 같았다——외부로부터는 아니었다. 나는 물어 보았다——그것은 다만 신경이 자아낸 충동——망상이었던가? 나는 그렇게 생각할 수도 믿을 수도 없었다. 오히려 그것은 영감과도 같았다. 그 이상한 충동은 바울과 실라스의 감옥의 토대를 뒤흔드는 지진처럼 왔다. 영혼의 암실 문을 열고 묶어 놓은 끈을 풀었다——그것은 영혼을 잠에서 깨웠다. 그것은 벌벌 떨면서 귀를 기울이고 질겁을 해서 펄쩍 뛰었다. 그리고는 놀란 내 귀에, 떨리는 가슴에, 그리고 내 영혼을 꿰뚫어 세 번 외치는 소리가 진동해 왔다. 영혼은 두려워하지도, 떨지도 않고 마치 거추장스러운 육체에서 독립하여 그것이 만들도록 특전을 가졌던 하나의 노력의 성공을 기뻐하는 듯이 좋아 날뛰었다.

(머지않아,) 하고 나는 명상을 그치고 혼잣말로 중얼댔다. 「어젯밤 나를 부른 듯한 목소리의 주인에 대해서 무슨 소식을 듣게 되겠지. 편지는 전혀 허사였어——직접 가서 알아 보는 편이 더 낫겠지.」

아침 식사 때에 나는 다이아나와 메어리에게 나도 여행을 떠날 작정이라는 것과 그리고 적어도 나흘 동안은 집을 비울 것이라고 알렸다.

「혼자서, 제인 ? 」 그네들은 물었다.

「오랫 동안 마음에 걸리던 친구를 만나서 소식을 듣고 싶어서요.」

그네들은 그네들이 생각했으리라고 내가 의심치 않는 바와 같이, 자기들 이외의 친구들이 있으리라고는 생각지 않았다고 대답할 수 있었으리라. 실제로 나는 가끔 그렇게 말했었으니까. 그러나 타고난 민감성에서 다이아나는 내 몸이 여행에 견디어낼 만큼 기운이 있느냐고 물었을 뿐 아무 말도 안 했다. 그네는 내게 안색이 나쁘다고 말했다. 나는 마음의 근심 이외에는 아픈 데는 없고 그 근심은 곧 가벼워질 것이라고 대답했다.

내 계획에 관해서는 지금은 확실히 말할 수 없노라고 하자 친절하고도 현명하게 그들은 내가 묵묵히 그 계획을 진행시키는 데에 동조해 주었다. 같은 처지라면 나도 그네들에게 그렇게 했을 자유로운 특전을 그네들은 내게 주었다.

나는 오후 세 시에 무어 하우스를 나와 네 시 조금 지나 위트크로스의 이정표 밑에 서성대며 멀리 쏜필드로 나를 실어갈 합승 마차를 기다리고 있었다. 외로운 길과 쓸쓸한 산의 고요 속에 저 멀리서 마차가 다가오는 소리를 들었다. 일년 전 여름날 저녁에 바로 이곳에서 내가 내린 그 마차였다. 얼마나 쓸쓸하고 허전하고 정처없는 여행이었던가 ! 손짓을 하자 마차는 멎었다. 나는 안으로 들어갔다——지금은 찻삯으로 있는 재산을 다 내놓지 않아도 된다. 다시 쏜필드로 향하는 길을 달리면서 나는 마치 집으로 돌아가는 통신용 비둘기와도 같은 느낌이었다.

서른 여섯 시간의 여행이었다. 화요일 저녁에 위트크로스를 출발해서 그 다음날인 목요일 아침 일찌기 마차는 말에게 물을 먹이기 위해 길가의 여관에 멎었다. 녹색 울타리와 널따란 들판과 낮은 목장의 언덕들이(모튼의 거칠은 영국 중북부의 황무지 공원과 비교해 보면 얼마나 온화하고 선명한 녹색인가?) 낯익은 사람의 모습과도 같이 내 눈에 비친 배경의 한가운데 여관은 자리잡고 있었다. 그렇다, 나는 이 근처 경치의 특징을 알고 있다. 목적지에 가까이 온 것이 분명했다.

「여기서 쏜필드까지 얼마나 머나요?」 나는 여관의 마부에게 물었다.

「저 들판을 넘어서 꼭 삼 마일 됩지요.」

(내 여행은 이것으로 끝난다.)고 나는 생각했다. 나는 마차에서 내려 짐을 내가 필요할 때까지 맡아 달라고 여관 마부에게 부탁했다. 마차 삯을 지불한 나는 마부에게 사례를 하고 걷기 시작했다. 찬란한 태양은 여관의 간판을 눈부시게 했다. 도금한 글자로 〈로체스타 아담즈〉라고 씌어 있는 것이 보였다. 내 마음은 뛰었다. 벌써 나는 주인의 영지(領地)를 밟고 있는 것이다. 그러나 마음은 다시 가라앉았다. 이런 생각이 나를 맥빠지게 했다.

(주인님은 혹시 영국 해협을 건너가 계실지도 모른다. 지금 네가 걸음을 재촉하고 있는 쏜필드에 주인님이 있더라도 그의 곁에 누가 있는가? 정신 이상의 부인이 있지 않는가. 너는 주인님과 아무 관계가 없다. 감히 주인님에게 말을 건다든가 찾아가서는 안 된다. 너는 헛된 수고를 하고 있다——이젠 더 앞으로 가지 않는 게 좋을 거다.) 나의 마음속의 훈계자는 자꾸 권하는 것이었다. (여관에 있는 사람들한테 소식을 물어 봐라. 네가 알고 싶은 건 모조리 알려 줄 수 있고, 네 궁금증을 곧 풀어 줄 거다. 저 여관 사람한테 가서 로체스타님이 집에 있는지 물어 봐라.)

이런 암시는 현명했다. 그러나 나는 그대로 할 수는 없었다. 절망으로 나를 짓밟아 버릴지도 모르는 대답을 듣는 것이 두려웠다. 의혹을 연장시키는 건 희망을 연장시키는 것이다. 나는 다시 희망의 별 밑에서 쏜필드를 볼 수도 있었다. 내 앞엔 층층다리가 보였다——쏜필드 저택을 빠져나왔던 그날 아침, 복수심에 불타는 광포가 뒤를 쫓아와 채찍하는 듯 눈엔 아무것도 안 보이고 귀엔 아무 소리도 들리지 않고 미친 듯이 다급히 걸었던 그 풀밭이 보였다. 어느 길을 지나갈까 하고 미처 결정짓기도 전에 벌써 나는 그 풀밭 속에 있었다. 얼마나 빨리 걸었던가! 때로는 얼마나 빨리 뛰었던가! 낯익은 저 숲을 얼마나 빨리 찾아내려고 했던가! 내가 아는 나무 하나하나를, 낯익은 목장과 그 사이에 있는 언덕을 나는 어떤 마음으로 맞았던가!

숲이 겨우 보였다. 땅까마귀가 까맣게 떼지어 있었고 그 소란한 울음 소리가 아침의 고요를 깨뜨렸다. 이상한 기쁨이 나를 들뜨게 했다. 나는 걸음을 재촉했다. 또 다른 들판을 지나고 오솔길을 헤치며 가노라면 뒤뜰의 담이 있고 뒷광이 보였다. 저택 자체는 숲에 가리워 있었다. (우선은 저택의 전면을 바라보는 거야.) 하고 나는 결정했다. (저택의 당당한 흉벽은 멋지게 곧 내 눈을 끌겠지. 그리고 거기서 주인님이 계시는 방의 창문을 분간할 수가 있다. 혹시 창가에 서 계실는지도 몰라——그 분은 일찍 일어나시니까, 지금쯤은 과수원이나 현관 앞길을 산책하고 계실는지도. 볼 수 있다면! —— 한 번만이라도! 그럴 때 그 분 곁으로 달려가는 그런 미친 짓을 하지 않고 견딜까? 모르겠다——모를 일이다. 만일 내가 그렇게 하면 그것이 어쨌다는 거야? 아아! 그럼 어떻게 될까! 그것이 어쨌단 말이냐? 그 분의 눈앞에 나타나서 산 보람을 다시 맛보았다고 해서 누가 해를 입을까——아아, 잠꼬대 같은 소리. 아마 지금쯤은 피레네 산맥 위를 솟아오르는 아침의 태양이나 남국의 조수의 간만이 없는 해상의 아침 해를 바라보고 계실지도 몰라.)

나는 과수원의 낮은 담을 끼고 걸어가다가 그 모퉁이를 돌았다. 바로 거기에 문이 있어서 둥근 돌을 얹은·두 개의 돌기둥 사이에서 초원으로 나가게 돼 있었다. 한쪽 돌기둥에 몸을 숨기고 나는 저택의 정면 전체를 조용히 엿볼 수 있었다. 침실의 덧문이 벌써 걷히지나 않았나 하고 살피면서 머리를 내밀었다. 흉벽, 창, 옆으로 기다란 저택의 정면에서부터 모든 것을 이 숨은 장소에서 바라볼 수 있었다.

내가 이렇게 샅샅이 살피고 있는 동안 머리 위를 날아다니고 있는 까마귀들은 나를 지켜보고 있었으리라. 그들은 나를 어떻게 생각했을까. 틀림없이 그들은 내가 처음엔 몹시 조심스럽고 수줍어하다가 점점 대담해져 앞뒤를 분간치 못하게 되었다고 생각했으리라. 엿보고 다음엔 응시하고 그리고는 숨었던 곳을 떠나 초원 속으로까지 걸어가 별안간 커다란 저택 앞에서 완전히 걸음을 멈추고 언제까지나 대담한 눈으로 그것을 응시하고 있다. 「어찌 된 셈이야. 처음의 그 주저하던 태도는?」 하고 까마귀들은 묻고 있었을는지 모른다. 「지금의 바보 같은 대담성은?」

독자여, 한 가지 예를 들어 이야기하리라.

한 남자가 이끼 낀 둑 위에 사랑하는 여자가 잠들어 있는 걸 발견한다. 그네의 잠을 깨우지 않고 한 번만 살며시 보려고 한다. 그는 소리를 내지 않으려는 조심에서 사뿐 풀밭 위를 밟고 간다. 그는 멎었다——여자가 몸을 꿈틀거렸다고 생각했다. 그는 뒷걸음질을 친다. 무슨 일이 있어도 들키고 싶지 않았다. 사방은 고요했다. 다시 앞으로 나가 그는 그네 위에 몸을 굽힌다. 가벼운 베일이 여자의 얼굴을 가리고 있다. 그는 그걸 걷어올리고 더 몸을 낮게 굽힌다. 지금 그의 눈은 아름다운——쉬고 있는 따뜻하고 꽃처럼 아름다운 얼굴을 보기도 전에 즐거움이 떠돌았다. 그의 첫눈길의 조급함이여! 그 얼마나 뚫어져라 하고 지켜보았을까! 얼마나 놀랐을까! 바로 조금 전까지는 감히 손가락도 만져 보지 못했던 그 몸을 얼마나 불의에 또 열렬하게 꽉 껴안았는가! 얼마나 큰소리로 애인의 이름을 불렀던가! 그네를 손에서 떨어뜨리고 미친 듯이 바라보는 모습이여! 이리하여 그는 그네를 껴안고 그대의 이름을 소리쳐 부르고 그네를 응시한다. 이미 그가 내는 어떤 소리든 그가 하는 어떤 동작이든 그네를 깨울 염려는 없기 때문이다. 그는 애인이 달콤하게 잠들어 있는 줄만 알고 있었으나 그네는 돌처럼 죽어 있었다.

나는 겁먹은 기쁨을 지니고 당당한 저택 쪽문을 바라보았다. 나는 시꺼먼 폐허를 보았다. 사실이지 문기둥 뒤에 몸을 숨길 필요는 없었다——사람이 일어나 있지나 않을까 근심하며 침실의 창살문을 쳐다볼 필요도 없었다! 문이 열리는 소리가 나지나 않을까 하고 귀를 기울일 필요도 없었다——포도와 자갈길에 발소리가 나지 않을까 하고 신경을 쓸 필요도 없었다! 잔디밭과 뜰은 짓밟혀 황폐해 있었다. 정문은 텅 비었다. 저택의 전면은 언젠가 꿈에서와 마찬가지로 조개 껍질이 달라붙은 벽뿐으로 몹시 높고 아주 약하게 보이고 유리 없는 창문들은 구멍이 군데군데 뚫려 있는 듯이 보였다. 지붕도 흙벽도 굴뚝도 없고 모두 부서져 있었다.

그리고 그 근처에는 죽음의 정적이 있었다. 쓸쓸한 광야의 고독이 있었다. 이 집 사람들 앞으로 보내진 편지에 회답이 안 온 건 조금도 이상스런 일은 아니었다. 교회의 옆채에 있는 납골당으로 편지를 부친 것과 마찬가지였다. 많은 돌의 험상스러운 검은 빛깔은 이 저택이 어떤 운명의 길을 걸었는지를 말해 주고 있었다——큰 화재 때문이다. 그러나 어떻게 해서 불이 났을까? 이 재난에는 어떤 애기가 숨어 있을까? 모르타르와 대리석과 목재의 손실 외에 어떤 손실이 또 있었을까? 재산의 손실과 함께 인명의 손실은 없었을까? 그렇다면 누구의 생명이? 끔찍한 물음이다. 여기에 대답할 사람은 이곳엔 없다——무언의 암시조차 무언의 증거조차 없다.

무너진 담벽의 주위와 파괴된 내부에 들어가 거닐면서 이 참사는 최근의 사건이 아니라는 증거를 나는 찾아냈다. 겨울 눈이 텅 빈 출입문으로 날아들어왔고 겨울 비는 저 우묵한 창틀 안에 들이쳤으리라. 그럴 것이 비에 젖은 쓰레기 무더기 속에서 봄은 식물을 자라게 해주었고 여기저기에 석재(石材)와 무너져내린 서까래 사이에 잡초가 자라 있었기 때문이다. 아아, 그리고! 이 폐허의 불행한 주인은 그 동안 어디 있었을까? 어느 땅에? 누구의 보호 밑에? 내 눈은 저절로 쏜필드 저택의 대문 가까이 있는 교회의 탑을 더듬고 있었다. 그리고 물었다. (그 분은 데이머 드 로체스타와 함께 대리석의 좁은 집을 나누어 쓰고 계신가요?)

무슨 대답이든 이 물음에 답해야 한다. 나는 이것을 여관 이외엔 어디서도 구할 수 없었다. 곧 나는 여관으로 돌아갔다. 여관 주인은 나를 위해 직접 아침밥을 방까지 날라왔다. 나는 그에게 좀 물어 볼 말이 있으니 문을 닫고 앉아 달라고 했다. 그러나 주인이 막상 내 청을 들어 주었을 때 무슨 말을 어떻게 물어 봐야 할지 생각이 나지 않았다. 있을 수 있는 대답이 나는 두려워서 견딜 수가 없었다. 그러나 지금 보고 온 저 황폐한 광경은 비참한 이야기를 위해 다소간 내게 마음의 준비를 시켜 주었다. 주인은 풍채가 좋은 중년 남자였다.

「물론 쏜필드의 저택을 아시겠죠?」나는 겨우 이것만을 물었다.

「네, 전 그전에 그곳에서 살았읍니다.」

「그러세요?」내가 없었을 때다. 내가 모르는 얼굴이었다.

「돌아가신 로체스타님의 하인장이었어요.」그는 덧붙였다.

돌아가셨다! 나는 피하려고 애쓴 타격을 힘껏 받은 듯했다.

「돌아가셨다고요!」나는 허덕이었다.「돌아가셨어요?」

「지금의 주인님인 에드워드님의 선친을 말하는 겁니다.」하고 그는 설명했다. 나는 다시 숨을 돌렸다. 내 피는 다시 돌기 시작했다. 지금의 그 말로 에드워드님——나의 로체스타님은 (어디 계시든 하느님이시여, 그 분을 지켜 주옵소서!)——적어도 살아 계시다는 것만은 확인되었다. 결국 〈현재의 주인님〉은 계시다. 기쁜 이 말! 나는 이제부터 여관 주인이 말하는 것을 비교적 침착한 마음으로——무슨 말을 듣든지——들을 수 있을 것 같았다. 그가 무덤 속에 계시지만 않는다면 이 지구의 반대쪽에 계신다고 해도 견디어낼 수 있다고 생각했다.

「로체스타님은 지금 쏜필드 저택에 살고 계신가요?」어떻게 대답하리라는 건 물론 알고 있었지만 그 분이 실제로 계신 곳을 직접 묻는 건 피하고 싶었다.

「원 천만의 말씀을——그럴 리가! 아무도 거긴 없읍니다. 손님께선 이 근처에는 처음인가 봅니다. 그렇지 않으면 작년 가을에 무슨 사건이 있었는지 들으셨을 겁니다——쏜필드는 깨끗이 폐허가 되었어요. 바로 추수기에 타버렸읍죠. 끔찍한 재난이었어요. 그처럼 많은 귀중한 재산이 다 타버리구 거의 가구 하나 건져내지 못했어요. 불이 한밤중에 일어났기 때문에 밀코트에서 소방차가 미처 오기도 전에 저택은 불덩어리가 되고 말았어요. 무서운 광경이었어요, 제가 직접 목격했지만요.」

「한밤중이라고요!」나는 중얼거렸다. 그렇다, 한밤중이면 쏜필드에서는 언제나 숙명의 시각인 것이다.「화재의 원인은 밝혀졌나요?」나는 물었다.

「대개들 짐작은 했읍니다, 부인, 짐작은 했어요.. 나 같으면 틀림없이 그렇다고 하겠어요. 아마 부인께선 모르실 겁니다. 그는 얘기를 계속했다. 테이블 쪽으로 의자를 좀 가까이 끌어가며 목소리를 낮추어「그댁에 부인이——저——정신 이상의 여자가 갇혀 있었다는 건 모르시겠지요.」

「글쎄요, 그 비슷한 얘기는 들었지만.」

「그 미친 여자는 아주 엄중하게 감금돼 있었어요. 사람들은 그런 여자가 있다는 걸 몇 년 동안이나 몰랐읍니다만. 본 사람은 아무도 없으니까요. 그런 사람이 저택 안에 있다는 걸 소문으로만 알고 있었을 뿐이었죠. 그게 누구인지 어떤 분인지 추측하기 어려웠어요. 에드워드님이 외국에서 데려오셨다는 소문이 있는가 하면 어떤 사람은 에드워드님의 정부라는 사람도 있었읍니다. 그런데 일 년 전에 참 이상한 일이 생겼어요——아주 괴상한 일이.」

나는 이때 나 자신의 이야기를 하지나 않나 하고 두려워했다. 나는 그를 이야기의 본줄거리로 끌어들이려고 했다.

「그럼, 그 부인은요?」

「그 부인이 글쎄 로체스타 부인이시라는 게 판명됐읍죠! 그게 또 정말 이상 야릇한 방법으로 알려지게 됐읍니다. 그댁엔 젊은 아가씨가——가정 교사가 있었어요. 로체스타님이 그 아가씨에게 그만 반해서——」

「그런데 불은…… 」나는 말했다.

「이제 말씀드리죠——그 가정 교사에게 에드워드님이 반해 버렸어요. 하인들 말이 도대체 그렇게 주인님처럼 사랑에 빠진 사람은 처음 봤다던가요. 언제나 그 아가씨를 찾으셨다던데요. 하인들은 항상 주인님을 유심히 봐왔어요——하인들이란 부인도 아시겠지만 으레 그런 것이지만——주인님께선 그 아가씨를 아주 소중히 여기셨답니다. 하지만 주인님 이외엔 아무도 그 아가씨를 잘 생겼다고는 생각하지 않았다는가 봐요. 몸집이 자그마하고 마치 어린애처럼 생긴 사람이었다나요. 저는 한번도 본 적이 없읍니다만 거기 하녀인 리아가 하는 얘기를 나는 들었어요. 리아는 그 아가씨를 퍽 좋아했어요. 로체스타님은 그럭저럭 사십 세, 그 아가씨는 이십 세 전으로, 사십 세 사나이가 처녀와 사랑을 하게 되면 남자는 마치 마술에 걸린 것처럼 되니까요. 그런데 로체스타님은 그 처녀와 결혼하실 작정이었다나요.」

「그 이야기는 또 다음 기회에 들려 주세요.」하고 나는 말했다.「하여간 지금은 화재에 관한 걸 듣고 싶은 특별한 이유가 있어요. 그 정신 병자인 로체스타 부인이 화재와 무슨 관계가 있나요?」

「말씀대로죠. 방화한 건 미치광이 외에 어느 누구도 아니라는 건 뻔한 노릇인걸요. 미치광이에게는 〈풀〉이라는 시중을 드는 부인이 있었는데 그런 면에서는 상당히 수완이 좋은 여자였어요. 단 한 가지 결점만 없었더라면 참으로 믿을 수 있는 사람이었읍니다만 —— 보모나 간호원들에게 흔히 있는 결점이지만서두 —— 그 사람은 언제나 진 술병을 몰래 간직해 가지고 수시로 조금씩 마시다가 과음하곤 했어요. 일 년 내내 고된 일을 매일 계속하니까 무리도 아니겠지만 위험하다는 건 물론이지요. 풀이 물 탄 진을 마시고 깊이 잠들어 버리면 마녀처럼 교활한 그 미친 여자는 자기 방에서 빠져나오려고 풀 부인의 호주머니에서 열쇠를 꺼내는 일이 자주 있었어요. 그래서는 집안을 온통 쏘다니며 닥치는 대로 난폭한 못된 짓을 하곤 했답니다. 소문엔 이전에도 한 번 주무시는 주인님을 하마터면 태워 죽일 뻔했다던데 그때 일은 잘 모릅니다. 그런데 그날 밤에는 맨 처음부터 미치광이는 바로 자기 옆방의 커튼에 불을 지르고 다음엔 아래층으로 내려가 그 가정 교사의 침실이었던 방으로 들어가 —— 사정이 어떻게 돌아가고 있는지 그 미치광이도 아마 알고 있었던 게죠. 가정 교사를 미워하고 있었으니까요 —— 침대에 불을 질렀읍죠. 그런데 다행히도 아무도 거기엔 자고 있지 않았어요. 가정 교사는 두 달 전에 도망가고 없었으니까요. 로체스타님은 이 세상에서 무엇보다도 소중한 것이나 되는 듯이 그 처녀를 찾아 보셨지만 그 아가씨에 관해선 아무 소식도 듣지 못하셨어요. 주인님은 성질이 사나와지시고 —— 너무 낙담하신 나머지 정말로 사나와지셨지요. 본시 온순한 분은 아니었지만 그 아가씨를 잃고 나서부터는 위험한 사람이 되셨어요. 더구나 주인님께선 홀로 계시겠다는 거예요. 가정부인 페어팩스 부인을 멀리 있는 자기 친구 집으로 보내 버렸지만 참 잘 처리하셨어요. 한평생 먹고 살 연금을 주시기로 결정하셨으니까요. 하긴 페어팩스 부인은 그걸 받을 만한 자격이야 있었지요——참으로 선량한 분이었으니까요. 그리고 주인님께서 돌봐 주시던 아델 양은 학교로 보내 버리구요. 주인님께선 상류 계급의 양반들과는 아주 교제를 끊어 버리시고 은자(隱者)처럼 저택에 혼자 파묻혀 계셨읍지요.」

「어머나! 로체스타님은 영국을 떠나시지 않으셨나요?」

「영국을 떠나시다니요? 웬걸요, 그럴 리가! 밤중이 아니면 집의 섬돌도 넘어서지 않으셔요. 밤중만 되면 유령처럼 정원과 과수원을 정신 나간 사람처럼 돌아다니고 계십니다——제 생각으론 주인님은 정신이 나간 것 같아요. 이렇게 말씀드리는 건, 어린 가정 교사가 망쳐 버리기 전엔 주인님은 세상에서도 드물게 씩씩하고 대담하고 날카로운 분이었으니까요. 세상 사람들처럼 술이나 노름이나 경마에 빠지는 일이 없으셨고 그다지 미남자도 아니면서도 누구에게나 지지 않는 용기와 의지를 가진 분이었답니다. 저는 그 분을 소년 시절부터 잘 알고 있지만 저로서는 저 에어 양이라는 여자가 쏜필드에 오지 않고 바다 속에 빠져 버렸더라면 좋았을 거라고 가끔 생각해 봤었지요.」

「불이 났을 때 로체스타님은 댁에 계셨나요?」

「네, 계시고말고요. 위층과 아래층이 모두 불바다가 됐을 때 주인님은 다락방으로 올라가 잠자고 있는 하인들을 깨우고 아래층으로 내려가도록 손수 도와주셨어요. 그리고는 울속에 갇힌 미치광이 부인을 구해내시려고 되돌아가셨어요. 그때 모두들 부인이 지붕 위에 있다고 주인님께 소리쳤지요. 그 미치광이 여자는 흉벽 위에 올라가서 두 팔을 내저으며 일 마일 밖에서도 들릴 만큼 커다란 소리로 떠들며 서 있었답니다. 제가 그걸 직접 보고 또 들었으니까요. 몸집이 큰 여자로 머리채가 길고 검어요. 그 여자가 서 있을 때 불길을 등지고 그 머리채가 치렁치렁 물결치는 걸 보았어요. 로체스타님이 지붕 문으로 빠져나가 지붕 위로 올라가신 걸 분명히 보았어요. 모두들 〈버사!〉 하고 주인님이 부르시는 걸 들었읍죠. 그리고 부인 쪽으로 가까이 가시는 걸 보았어요. 그런데 부인은 고함을 지르며 내려뛰었는가 했더니 다음 순간에 포도 위에 뻗어 있었어요.」

「죽었나요?」

「죽었냐고요? 물론이지요. 머릿골과 피가 산산이 흩어져서 뻣뻣이 죽어 있었어요.」

「아아, 무서워!」

「지당하신 말씀이지요. 참 끔찍했어요!」

여관 주인은 몸서리를 쳤다.

「그리고 그 다음에는요?」나는 재촉했다.

「네, 그리고는 집이 타서 무너졌읍니다. 지금은 담벽이 조금 남아 있을 뿐입니다.」

「그 밖에도 죽은 사람은요!」

「없읍니다만 있었던 편이 좋았을지 모르겠읍니다.」

「그건 또 왜요?」

「가엾은 에드워드님!」하고 그는 소리쳤다.

「그렇게 되리라곤 꿈에도 생각한 적이 없었어요! 그건 주인님이 첫번 결혼을 비밀로 하시고, 마나님이 살아 계신 데도 다른 부인을 얻으려고 하신 데 대한 당연한 벌이라고 하는 사람도 있긴 하지만 저는 가엾어서 못 견디겠읍니다.」

「댁에선 그 분이 살아 계시다고 말씀하셨죠?」나는 큰 소리로 말했다.

「네, 네, 살아 계시고말고요. 하지만 그 분은 차라리 돌아가신 편이 나았으리라고 모두들 말하고 있읍죠.」

「왜요? 어째서요?」또 내 몸의 피는 싸늘해지기 시삭했나.

「어디 계셔요?」나는 대답을 재촉했다.「영국에 계셔요?」

「네――네――영국에 계십니다. 아마 영국을 떠나실 수는 없을 겁니다. 에드워드님은 이젠 움직이지 못하는 몸이 되셨으니까요.」

이 얼마나 쓰라린 고통인가! 그리고 이 사나이는 내 괴로움을 더 오래 끌려는 것 같았다.

「그 분은 아주 장님이 되셨읍니다.」하고 겨우 그는 말했다.「그렇습니다――아주 장님이시죠, 에드워드님은.」

나는 그 이상의 불길한 얘기가 나올까 두려워졌다. 그가 발광했을까 두려워졌다. 그의 불행의 원인이 무엇인지 나는 용기를 내어 여관 주인에게 물었다.

「그렇게 되신 것도 모두 그 분의 용기의 덕택이죠. 보기에 따라서는 친절하신 마음의 탓이라고 말하는 사람들도 있을 겁니다. 주인님은, 하인들이 모두 당신보다 먼저 다 나가 버릴 때까지 집에서 나오려 하시지 않았으니까요. 로체스타 부인이 흉벽에서 뛰어내린 뒤, 겨우 큰 층층대를 내려오셨을 때 굉장한 소리가 났읍지요. 모든 것이 무너져 버렸어요. 로체스타님은 그 무너진 밑에서 끌려나왔읍니다. 살아 계시긴 했지만 끔찍한 부상을 입으셨어요. 대들보 하나가 로체스타 님을 얼마간 막아 주는 듯한 꼴로 쓰러졌었어요. 그러나 한쪽 눈은 튀어나오고, 한쪽 팔은 외과 의사인 카터 씨가 즉시 잘라내지 않을 수 없을 만큼 바스러졌읍지요. 또 한쪽 눈은 염증을 일으켜 시력을 잃고 말았읍지요. 로체스타님은 지금 정말로 어쩔 수 없는 신세 —— 장님에다가 불구자십니다.」

「어디 계셔요? 지금 어디 살고 계시나요?」

「펀딘에 계시죠. 삼십 마일쯤 떨어진 그 분의 영지에 있는 저택에요. 아주 쓸
쓸한 고장입니다.」

「누가 함께 계신가요?」

「존 할아범과 그의 마누라지요. 로체스타님은 그들 외의 누구와도 같이 있기
를 싫어하시니까요. 퍽 몸이 쇠약해지셨다고들 하더군요.」

「여기서 타고 갈 것이 있어요?」

「마차가 있읍니다. 아주 훌륭한 마차지요.」

「곧 마차 준비를 시켜 주세요. 그리고 만일 댁의 마부가 오늘 저녁 어둡기 전
에 저를 펀딘까지 태워다 주신다면 댁과 마부에게 여느 때 요금의 두 배를 드리
겠어요.」

<h2 style="text-align:center">37</h2>

　펀딘의 저택은 상당히 오래 됐고 적당한 크기와 건축상 이렇달 만한 점이 없
는 건물로 숲 속 깊숙이 파묻혀 있었다. 나는 이전에 이 저택에 관해서 들은 적
이 있었다. 로체스타 씨가 가끔 그 저택에 대해서 말씀하셨고 때때로 방문한 일
이 있었다. 그의 부친이 사냥을 위한 짐승들의 숨을 장소로서 사들였던 것이다.
로체스타 씨는 이 집을 세놓고 싶었으나 살기가 불편하고 위치가 건강에 좋지
않다는 이유에서 세들 사람을 구할 수가 없었다. 그래서 펀딘은 수렵기에 지주
가 올 때의 편의를 위해 두서너 개의 방이 머무를 수 있도록 돼 있을 뿐, 가구는
없고 사람이 살지 않는 채로 남아 있었다.

　찌푸린 하늘과 찬바람과 줄곧 몸에 스미는 이슬비가 내리는 유난히 사나운 어
느날 저녁 나는 날이 어둡기 바로 전에 이 집에 닿았다. 미리 약속해 놓았던 두
갑절의 보수를 주어 마차와 마부를 돌려보낸 나는 남은 일 마일을 걸었다. 손에
잡힐 정도의 거리까지 다가왔을 때도 그 집은 눈에 띄지 않을 만큼 주위의 울창
한 숲 속에 있었다. 거기에 희끄무레한 마디 많은 나무들과 아랫가지들이 얽힌
반원형으로 된 사이에, 숲 속 길로 내려가는 풀이 무성한 길자국이 하나 있
었다. 나는 곧 그 집에 닿을 것 같아서 그길을 따라갔다. 그러나 길은 가도가도
펼쳐져 있고 꾸불꾸불 끝이 없었다. 인가와 정원 같은 건 그림자도 보이지 않

왔다.

나는 잘못 방향을 잡아 길을 잃은 줄로만 알았다. 숲의 어둠과 아울러 대자연의 검은 장막이 내게 다가왔다. 나는 다른 길을 찾느라고 사방을 돌아보았다. 다른 길은 없었다. 어디나 얽힌 나뭇가지와 원주와도 같은 나무 줄기와 빽빽히 둘러싸인 여름철의 진한 나뭇잎뿐——뚫린 곳이란 아무 데도 없었다.

나는 걸어갔다. 드디어 길은 넓어지고 수목이 드문드문했다. 곧 울타리가 눈에 띄고 다음엔 집이 보였다——이 어두컴컴한 빛 속에서는 거의 수목과 분간할 수 없을만큼 그 집의 썩어 가는 벽은 축축하고 녹색이었다. 빗장으로만 닫혀 있던 문을 들어선 나는 울안의 공지 한가운데 서 있었다. 숲은 여기서부터 반원형을 이루고 있었다. 꽃이나 화단은 없고, 폭이 넓은 자갈길이 풀밭을 둘러싸고 있을 뿐, 이것이 숲의 묵직한 테두리 속에 놓여 있었다. 집은 정면에 두 개의 뾰죽한 박공(博拱)이 붙어 지붕을 나타내고 있었다. 창은 창살이 달려 있었고 좁았다. 현관 어귀는 좁고, 층계 하나로 곧 현관이다. 로체스타 아담즈의 주인이 말한 대로 전체의 느낌은 〈참으로 쓸쓸한 곳〉이었다. 그것은 마치 평일의 교회당처럼 조용했다. 숲의 나뭇잎에 똑똑 떨어지는 빗방울 소리가 이 근처에서 들리는 유일한 소리였다.

「이런 곳에 사람이 살 수 있을까?」 나는 자문했다.

있다, 뭣인가 살아 있는 것이 있었다. 무엇인가 움직이는 소리가 들렸기 때문이었다——좁은 현관문이 열리며 사람의 자취가 집안에서 나타나려고 했다.

문은 천천히 열리었다. 어두컴컴한 가운데 사람 모습이 나타나 층대 위에 섰다. 모자를 안 쓴 남자였다. 마치 그는 비가 오는지 아닌지를 알려는 듯이 한 손을 내밀었다. 어둡긴 하지만 나는 그를 알아보았다. 그것은 다름아닌 내 주인 에드워드 페어팩스 로체스타 바로 그 사람이었다.

나는 걸음을 멈추고 거의 숨도 안 쉬고 그를 지켜보기 위해 서 있었다——나 자신은 내보이지 않고 그를 살피려고. 아아! 그에게는 내가 보이지 않았다. 뜻하지 않은 만남이었다. 그리고 황홀한 기쁨이 괴로움으로 해서 억눌린 만남이었다. 나는 터져나오려는 목소리를 참고 급히 앞으로 나가려는 걸음을 억제하는 데 곤란하지 않았다.

그의 몸은 여전히 튼튼하고 건강했다. 그의 씩씩한 윤곽은 이전과 같고 머리칼도 아직 윤이 나는 검은 빛이었다. 용모도 변하거나 여위지 않았다. 일 년이란 세월은 어떤 슬픔으로 그의 늠름한 체력을 쇠퇴시키거나 왕성한 장년을 좀먹을 수는 없었다.

그러나 나는 그 얼굴에서 하나의 변화를 보았다. 거기에는 자포 자기와 깊은 수심의 그림자가 있었다——그것은 학대를 받고 묶이우고 크나큰 슬픔에 빠져 접근하기가 위험한 맹수와 맹금을 연상시켜 주었다. 노란 줄을 두른 두 눈을 잔인성이 빼앗아간 저 갇힌 독수리는 마치 그 눈먼 삼손의 모습을 닮았는지도 모른다.

그러나 독자여, 장님이 된 이 흉악한 얼굴의 그를 내가 두려워했다고 생각하시는지?——만일 그렇다면 여러분은 나를 이해하지 못하는 것이다. 머지않아 곧 저 바위와 같은 이마에, 또 그 밑에 시무룩하게 굳게 다물고 있는 저 입술에 감히 키스를 하려는 나의 갸륵한 소원이 슬픔과 뒤섞여 있다. 그러나 지금은 안 된다. 나는 아직 그에게 말을 건넬 생각은 없다.

그는 한 층계를 내려섰다. 천천히 손더듬해 가며 풀밭으로 걸어갔다. 그 씩씩하던 왜가리걸음은 지금 어디로 가버렸는가? 그는 걸음을 멈췄다. 마치 어느 쪽으로 돌아서야 할지 모르는 듯, 손을 쳐들고 눈까풀을 쳐들었다. 보이지 않는 눈으로 애써 하늘과 반원형의 숲 속을 바라보고 있었다. 모든 것이 그에게 있어서는 공허한 암흑이라는 걸 누구나 완연히 알 수 있었다. 그는 오른쪽 손을 내밀었다(왼쪽 팔은, 즉 손목이 절단된 팔은 품에 감추어져 있었다). 주위에 무엇이 있는지 만져 보고 싶어하는 듯했다. 그러나 여전히 허공을 휘저었을 뿐이었다. 숲은 그가 서 있는 곳에서 몇 야드 떨어져 있었기 때문이다. 그는 그런 노력을 단념했다. 팔짱을 끼고 비를 맞으며 말없이 서 있었다. 이때 그의 맨머리에는 비가 내리쏟아졌다. 순간 존이 어디선가 나타나 그의 곁으로 다가갔다.

「제 팔을 붙드시지 않겠읍니까, 주인님?」하고 존은 말했다. 「소나기가 많이 올 것 같습니다. 들어가시는 편이 좋지 않을까요.」

「내버려두게.」라는 대답이었다.

존은 나를 보지 못하고 물러가 버렸다. 이제 로체스타 씨는 주위를 걸어 보려고 했다. 헛수고인데도——모든 것이 그러기엔 너무나 불안스러웠다.

그는 집으로 돌아가는 길을 더듬으며 다시 집으로 들어가 문을 닫아 버렸다.

나는 다가가 문을 두드렸다. 존의 아내가 문을 열어 주었다. 「메어리, 안녕하세요?」 나는 말했다.

메어리는 마치 유령을 본 듯이 깜짝 놀랐다. 나는 그네를 가라앉히었다. 「정말 선생님이세요? 이 적적한 곳에 이렇게 늦게 오시다니.」하고 서둘러 대는 그네에게 나는 대답 대신 그네의 손을 잡았다. 이어 그네를 따라 부엌으로 갔을 때 존은 활활 타고 있는 난롯가에 앉아 있었다. 나는 두 사람을 향해 내가 쏟필드를 떠난 후에 생긴 일은 죄다 알고 있고 지금 로체스타 씨를 만나러 왔다는 걸 간단히 알리었다. 존에게 나는 마차를 돌려보낸 통행세 받는 곳에 가서 내가 거기에 맡겨 둔 짐을 갖다달라고 부탁했다. 그리고는 모자와 숄을 벗고 오늘 밤 이 집에서 머무를 수 있느냐고 물었다. 그리고 힘은 들지만 그 정도의 준비라면 안 될 건 없다는 말을 듣고 나는 그네에게 묵게 해달라고 했다. 바로 이 순간에 응접실의 벨이 울렸다.

「들어가거든,」하고 나는 말했다. 「주인님께 뵙고 싶어하는 사람이 있다고 말씀드려요. 내 이름은 대지 말고.」

「만나려고 하시지 않을 거예요.」하고 그네는 대답했다. 「누구든 안 만나시니까요.」

나는 메어리가 돌아오자 그가 뭐라고 하시더냐고 물었다.

「이름과 용건을 말하라고 하셨어요.」그네는 대답했다. 그리고는 컵에 물을 가득 따라 가지고 그걸 촛불과 함께 쟁반에 올려놓았다.

「부르신 건 이것 때문이에요?」

「네, 어두워지면 보시진 못하지만 꼭 촛불을 가져오라십니다.」

「그 쟁반을 내게 줘요. 내가 들고 갈께요.」

나는 쟁반을 그네한테서 받아들었다. 그네는 내게 응접실 문을 가르쳐 주었다. 쟁반을 드니 떨려서 물이 컵에서 쏟아졌다. 심장의 고동이 높고 빠르게 늑골을 쳤다. 메어리는 문을 열어 주고 내가 안으로 들어서자 밖에서 닫았다.

응접실은 음산해 보였다. 잘 돌보지 않은 한줌의 불은 쇠우리 안에서 힘없이 타고 있었다. 그리고 그 불 위에는 구석의 높은 벽난로에 머리를 기댄 이 방의 눈먼 주인이 보였다. 늙은 개 파일럿은 방해가 되지 않도록 한쪽 구석에 누워 있었다. 갑자기 짓밟힐까 두려워하는 듯이 몸을 도사리고 있었다. 내가 들어서는 기척에 파일럿은 귀를 쫑긋했다. 그리고는 끙끙대며 뛰어올라 내게 달려들었다. 하마터면 내 손에서 쟁반을 떨어뜨릴 뻔했다. 나는 쟁반을 테이블에 놓고 개를 달래면서 「누워 있어!」하고 나직한 소리로 말했다. 로체스타 씨는 무슨 일인가 보려고 기계적으로 돌아섰다. 그러나 아무것도 보이지 않았기 때문에 다시 돌아서서 한숨을 지었다.

「물을 줘, 메어리.」

지금 물이 겨우 반밖에 남지 않은 컵을 가지고 나는 그의 곁으로 갔다. 파일럿은 아직 흥분해서 나를 쫓아다녔다.

「웬일이야?」그는 물었다.

「파일럿, 가만 있어!」나는 다시 일렀다. 로체스타 씨는 입술까지 가져갔던 물을 마시려다 말고 귀를 기울이는 것 같았다. 그는 다 마시고 나서 컵을 내려놓았다. 「넌 메어리겠지?」

「메어리는 부엌에 있어요.」나는 대답했다.

날쌔게 그는 손을 내밀었다. 그러나 내가 서 있는 곳이 보이지 않아 나에게 닿을 수는 없었다. 「이거 누구요? 누구요?」그는 물었다. 마치 보이지 않는 눈으로 보려고 하는 듯이——아아, 얼마나 허무하고 가슴 아픈 노력인가!

「대답해요——다시 말해 봐요!」그는 성급히 커다란 소리로 명령했다.

「물을 좀더 드시겠어요? 컵의 물을 절반이나 엎질렀어요.」나는 말했다.

「누구요? 어떤 사람이오? 누가 말하고 있는 거요?」

「파일럿은 저를 알고 있어요. 존과 메어리는 제가 여기 있는 걸 알고 있어요. 바로 오늘 저녁에 도착했어요.」나는 대답했다.

「아니, 이봐!——대체 내가 망상에 사로잡혔을까! 정신이 이상해지는 걸까?」

「망상이 아니예요——정신이 이상해지신 게 아니예요. 주인님의 정신은 망상에 사로잡히기엔 너무나 튼튼해요. 이상해지시기엔 너무나 건강하세요.」

「그렇게 말하는 사람은 어디 있소? 목소리뿐이오? 아아 내게는 보이지 않아. 그렇지만 만져 봐야겠소. 그렇지 않으면 내 심장은 멎고 머리는 터져요. 당신이 누구이든간에, 어떤 사람이든간에 내 감촉에 느끼게 해줘요. 그렇지 않으면 나는 살 수 없소!」

그는 손더듬을 했다. 나는 이리저리 더듬는 그의 손을 잡아 내 두 손아귀에 꽉 붙들었다.

「바로 그 손가락이야!」그는 소리쳤다. 「그 사람의 작고 가느다란 손가락이야! 그렇다면 그 밖에도 그 사람의 것이 있을 법하다!」

억센 손은 그러쥔 내 손을 뿌리치고 내 팔을 잡았다. 내 어깨를——목을——허리를——나는 껴안기고 그에게 포옹되었다.

「제인이지? 이게 누구야? 이건 그 사람의 형태다——그 사람의 몸크기야——」

「이건 그 사람의 목소리예요.」하고 나는 덧붙여 말했다. 「제인이 고스란히 여기 와 있어요. 마음도 함께. 아아 정말 하느님의 은혜예요! 다시 곁에 오게 돼서 기뻐 못 견디겠어요.」

「제인 에어——제인 에어.」그로서는 이 말밖에는 나오지 않았다.

「그리운 주인님.」나는 대답했다.「저는 제인 에어예요. 겨우 주인님을 찾아냈어요――저는 다시 곁으로 돌아왔어요.」

「정말이오? 살아 있소? 살아 있는 제인이오?」

「만져 보고 계시면서도――껴안고 계시면서도. 이렇게 저는 송장처럼 싸늘하지도 않고 공기처럼 공허하지도 않아요. 그렇죠?」

「나의 살아 있는 귀여운 사람? ――틀림없이 이것은 그 사람의 팔다리다――그 사람의 얼굴이야. 그러나 갖은 재앙을 겪은 내게 이런 은혜가 있을 수가 있을까. 이건 한낱 꿈이겠지, 밤중에 내가 꾸곤 하는 그런 꿈이야――지금 껴안고 있는 것처럼 꿈에서 한 번 그 사람을 내 품에 안아 보는 거야. 그리고 키스를 하지, 이렇게――그리고 그 사람이 나를 사랑한다는 걸로 알고 나를 버리고 가는 일은 없으리라고 믿고 말이야.」

「오늘부턴 절대로 떠나지 않겠어요.」

「절대로 떠나지 않겠다고, 내 환상은 말하는 거요? 그럼 깨나면 언제나 그것은 맹랑한 조롱거리에 지나지 않았다는 걸 깨닫게 되고 혼자 쓸쓸히 버림을 받은――내 일생은 암담하고도 외롭고 희망이 없는――내 영혼은 목이 말라도 축일 수 없게 되어 있소――마음은 굶주려도 먹을 수 없소. 내 팔에 안겼다가 날아가 버린 여인들처럼 당신도 도망쳐 버리겠지. 그러나 떠나기 전에 키스를 해줘요――안아 줘요, 제인.」

「그래요, 주인님――그래요!」

전에는 빛을 띠었으나 지금은 그 빛을 잃은 그의 눈에 나는 입술을 눌렀다――이마의 머리칼을 쓸어올리고 거기에도 키스를 했다. 문득 그는 잠에서 깨어난 듯했다. 모든 것이 현실이라는 확신이 그를 사로잡은 듯했다.

「당신이 제인이오? 그럼 내게로 돌아왔단 말이오?」

「네.」

「그렇다면 당신은 어느 개울 밑 웅덩이에서 죽어 버린 것은 아니지? 낯선 사람들 틈에서 슬퍼하던 당신은 아니란 말이오?」

「네, 지금 저는 독립할 수 있는 여자예요.」

「독립할 수 있다! 그건 무슨 말이오, 제인?」

「마데이라의 숙부님이 돌아가셔서 제게 오천 파운드의 유산을 남겨 주셨으니까요.」

「아아, 그건 사실이야――그건 현실이야!」하고 그는 소리쳤다.「그건 꿈에선 있을 수 없는 말이오. 더구나 그 말은 그 사람의 각별히 부드러우면서도 사람에게 기운을 주는 근엄한 음성이야. 나의 시들어 버린 마음을 소생시키고 생명을 불어넣어 주는 거요. 뭐라고 제인? 당신은 독립할 수 있는 여자라고? 부자가 되었다지?」

「정말 부자가 되었어요. 당신이 저와 같이 사시는 걸 싫어하신다면 저는 이 부근에 제 집을 한 채 지을 수 있어요. 그러면 당신이 저녁마다 친구가 필요하실 땐 제 집에 오셔서 놀아도 좋아요.」

「그러나 제인, 당신은 부자니까 물론 지금은 당신을 돌봐줄 친구들이 있을 거고, 나처럼 눈먼 불구자를 위해 한 몸을 희생시키지는 않겠지요?」

「부자일 뿐 아니라 독립할 수 있다고 말씀드리지 않았어요. 저는 자유스러운 몸이에요.」

「그럼 나와 함께 있어 주겠소?」

「네, 틀림없이——당신이 반대하지 않으신다면. 저는 당신의 이웃도 간호원도 가정부도 돼드리겠어요. 당신이 외롭다는 걸 알아요. 제가 동무가 돼드리겠어요——책도 읽어 드리고 같이 산책도 하고 같이 놀기도 하고. 당신 곁에서 시중을 들고 당신의 눈동자가 되고 손이 되겠어요. 살아 있는 한 저는 당신을 외롭게 해드리진 않겠어요.」

그는 대답이 없었다. 침울한——허탈 상태에 빠져 있는 듯했다. 그는 한숨을 지었다. 무엇인가 말을 하려 입을 반쯤 열었다가 다시 다물었다. 나는 약간 당황했다. 아마 나는 너무나 경솔히 관습을 도외시했는지 몰랐다. 그는 세인트 존처럼 나의 경솔한 언동을 못마땅하게 여겼으리라. 사실 그는 나에게 아내가 돼주길 바랄 거라는 생각에서 나는 이런 제의를 했던 것이다. 그는 말하진 않지만 곧 나를 아내로 요구할 것이 뻔하다는 기대가 내 마음을 들뜨게 했었다. 그런데 그의 입에서는 그런 기미조차 나타나지 않고 얼굴은 점점 어두워지기만 했다.

그래서 나는 자신이 깡그리 착각을 하고 괜히 바보짓을 한 것이나 아닌가 하는 생각이 문득 들었다. 나는 슬그머니 그의 팔에서 빠져나오려고 했다. 그러나 그는 한층 힘차게 나를 껴안았다.

「안 돼——안 돼——제인. 가서는 안 돼요. 나는 당신을 만져보고 당신의 목소리를 듣고 당신이 와주어서 기뻤소——당신의 달콤한 위안을, 나는 이 기쁨을 포기할 수 없소. 내게 남은 건 아무것도 없소——나는 당신을 소유해야만 하겠소. 세상은 비웃을 거요——터무니없는 이기적인 놈이라구——그렇지만 그건 대수로운 일이 아니오. 내 영혼이 당신을 요구하는 거지요. 내 영혼은 만족할 거요. 그렇지 않으면 그 몸에 필사적인 복수를 가할 거요.」

「왜 그런 말씀을——전 같이 있겠어요. 아까 말씀드렸잖아요.」

「글쎄——그렇지만 당신은 나와 같이 있는다는 데 대해서 무엇인가 결심하고 있소. 그런데 난 다른 무엇을 결심하고 있지. 아마 당신은 내 손이 되고 의자가 되고——친절하고 젊은 간호원으로 내게 시중을 들 결심을 한 거요. 당신은 인정 있는 마음과 관대한 정신을 가지고 있으니까 당신이 동정하는 사람들에게 기꺼이 자기를 희생하려는 거요. 물론 나로서는 충분히 만족해야 하겠지만 나는 당신에겐 아버지와 같은 마음을 지니면 되겠지. 그렇게 생각해요? 자, 말해 줘요.」

「전 선생님이 좋아하시는 대로 생각하겠어요. 선생님의 간호원이 되는 걸로 만족하겠어요. 그것이 좋으시다면.」

「그러나 당신은 일생 내 간호원으로 있을 순 없지, 제인. 당신은 젊어——장차 결혼해야 하니까.」

「결혼 같은 건 전 생각하고 있지 않아요.」

「결혼해야 하오. 내가 지난날의 나라면 당신의 환심을 사도록 해보겠지만——그러나 눈먼 허수아비야!」

다시 그는 울적해졌다. 반대로 나는 한층 마음이 개운해지고 새로 용기를 얻었다. 아까 그의 말은 어디에 어려운 문제가 있는가를 알려 주었다.

그리고 그 어려운 문제가 내게는 조금도 곤란할 것이 없었다. 나는 아까의 당황한 마음에서 아주 풀려났다. 나는 다시금 밝은 어조로 계속했다.

「누군가가 당신을 본래의 인간다운 분으로 해드릴 거예요.」하고 숱이 많고 기다랗게 제멋대로 자란 그의 머리칼을 갈라주며 말했다. 「마치 당신은 사자나 그런 종류가 돼버렸으니 말이에요. 들판의 느부갓네살(바비론당 다니엘)의 풍모 같아요. 정말 그래요. 당신의 머리털은 마치 독수리의 깃털 같으시고. 손톱이 새의 발톱처럼 자랐는지는 아직 못 봤지만.」

「이쪽 팔에는 손도 손톱도 없소.」하고 말하고 품에서 절단한 나머지 팔을 꺼내 보였다. 「살덩어리에 불과하지——끔찍한 꼴이야! 그렇게 생각하지 않소, 제인?」

「손을 봐도 애처롭고 눈을 봐도——이마에 화상을 입은 자국을 봐도 애처로와요. 그렇지만 그보다도 곤란한 건 그런 부상과는 관계 없이 당신을, 너무 귀찮게 하리만큼 지나치게 사랑하는 사람이 있어 위험하다는 거예요.」

「나는 당신이 내 팔과 흉터투성이의 얼굴을 보면 돌아서리라고 생각했소.」

「그렇게 생각하셨어요? 그런 말씀은 마세요——제가 선생님의 생각을 경멸하는 말씀을 드리게 돼선 안 되니까요. 네, 잠깐만 놓아 주세요. 불을 잘 피게 하고 난로를 깨끗이 할 테니까요. 불이 잘 피고 있는지 아시겠어요?」

「응, 오른쪽 눈에 빨간 불이 보이오——빨간 안개처럼.」

「저 촛불은요?」

「아주 희미하게——두 자루가 모두 빛나고 있는 구름처럼.」

「제가 보이세요?」

「아니, 요정 아가씨. 그러나 당신의 목소리를 듣고 당신을 만져 보는 것만으로도 나는 감사할 뿐이오.」

「저녁 진지는 언제 드세요?」

「저녁은 아주 안 먹기로 했소.」

「하지만 오늘 밤은 좀 드셔야지요. 저는 배가 고픈데요. 주인님도 역시 그럴 거예요. 그저 그것을 잊고 계실 뿐이에요.」

나는 메어리를 부르고 방을 좀더 밝게 하고 깨끗이 치우게 했다. 또 그를 위해 마음에 드는 식사를 준비시켰다. 내 마음은 즐겁고 흥분됐다. 그리고 식사를 하면서 마음 터놓고 이야기를 즐겼다. 식사를 끝낸 다음에도 오래도록 이야기를 나누었다. 그와 같이 있으면 성가신 마음이 가시었다. 기쁨이나 활기를 억제할 필요는 없었다. 나는 그와 함께라면 마음이 맞는다는 걸 알고 있어 아주 편한 마음으로 있을 수 있었으니까. 내가 말하는 것, 내가 하는 일은 무엇이든 그를 위로해 주고 소생시켜 주는 듯싶었다. 이 즐거운 마음의 흐름이여! 그것은 내 자신에 생명과 빛을 주었다. 나는 그의 존재 속에 사는 전부였고 그는 내 존재 속에 사는 전부였다. 미소가 그의 눈먼 얼굴에 감돌았다. 기쁨이 그의 이마에 서리고 그의 용모는 부드러워져 온화한 빛을 띠게 되었다.

저녁 식사가 끝난 후 그는 내가 오늘까지 어디서 무엇을 했고 또 어떻게 그를 찾아내게 됐느냐는 등 여러 가지를 물어왔다. 그러나 나는 극히 일부분만을 대답했다. 자세한 이야기를 꺼내기에는 밤이 깊었다. 뿐만 아니라 그의 마음을 깊이 흔들고 싶지 않았다——그의 가슴 속에 새로운 감정을 샘솟게 하는 일은 피하고 싶었다.

나의 지금의 유일한 목적은 그의 마음을 즐겁게 해주는 일이었다. 아까도 말한 것처럼 그는 유쾌해지긴 했으나 그건 발작적인 것에 불과했다. 어쩌다가 두 사람의 이야기가 잠시라도 그치고 침묵이 흐르게 되면 그는 침착성을 잃고 나를 만져 보며「제인」하고 불렀다.

「도대체 당신은 정말 인간이오, 제인? 그건 틀림없겠지?」

「전 그렇게 생각해요, 로체스타님.」

「그건 그렇고, 어떻게 이 캄캄하고 음산한 저녁에 나 혼자 있는 난롯가에 이처럼 별안간 나타날 수 있었소? 내가 하녀한테서 컵을 받아들이려고 손을 내밀었을 때 당신이 그걸 쥐어 주었소. 존의 아내가 대답하는 줄 알고 물었더니, 내 귀에 당신의 음성이 들려 오지 않겠소.」

「메어리 대신에 제가 대답했어요. 쟁반을 들고.」

「지금 이렇게 당신과 보내는 바로 이 시간 자체도 마법에 걸려 있는 거요. 지나간 몇 달 동안 얼마나 암담하고 쓸쓸하고 희망을 잃은 생활을 내가 해왔는지 누가 알아 주겠소? —— 할 일은 없고 바랄 것도 없고 밤낮을 분간 못하고 불이 꺼지면 추워 오고 끼니 때를 잊으면 시장할 뿐이었지. 그러다간 끝없는 슬픔에 사로잡히기도 하고 때로는 한 번만 제인을 보았으면 하는 망상에 사로잡히곤 했소. 참으로 당신을 다시 찾고 싶은 간절한 마음은 잃어버린 자신의 시력을 회복하려는 소원보다도 훨씬 더했소. 어떻게 제인이 내 곁에 와서 나를 사랑해 주리라고 감히 바랄 수가 있었겠소. 당신은 왔을 때처럼 별안간 떠나가 버리는 건 아닐까? 내일이 오면 나는 그 사람을 못 찾지나 않을까?」

그 자신의 일련의 불안한 상념과는 아무런 관계 없이 흔해 빠진 실제적인 대답만이 이런 정신 상태에 놓인 그를 위해서는 무엇보다도 마음을 누그럽게 해주고 안심시켜 주는 거라고 나는 믿었다. 나는 그의 눈썹을 손가락으로 만져 보고 눈썹이 다 타버렸으니 전처럼 굵직하고 시꺼멓게 자라게 하는 무슨 좋은 방법을 써보겠노라고 했다.

「무슨 좋은 방법을 써보겠다곤 하지만 무슨 소용이 있겠소, 인정 많은 요정 아가씨야. 어떤 중대한 순간엔 또 나를 버리고 말 거요 —— 어디로 어떻게 가는지 나도 모르게 그림자처럼 사라져 버리는 거요. 결국 내가 찾지 못하게 말이오.」

「머리빗을 갖고 계셔요?」

「왜요, 제인?」

「이 텁수룩한 검은 머리칼을 빗겨 드리려고요. 가까이서 자세히 당신을 보니 좀 두려워요. 당신은 저더러 요정이라고 하시지만 당신은 브라우니(스코틀란드의 전설에 있는 다갈색의 괴물로 밤중에 농가를 돌아다닌다고 함)를 많이 닮으셨어요.」

「무섭게 보이오, 제인?」

「무척, 언제나 선생님은 그랬어요.」

「홍! 어디를 가든 당신의 독설은 여전하군.」

「그렇지만, 전 좋은 분들과 함께 있었어요. 주인님보다도 백 배나 훌륭한 분들과 함께. 주인님이 여태까지 품어 보지도 못하셨던 생각이나 의견을 가진 아주 세련된 훌륭한 분들이었어요.」

「도대체 어떤 자와 같이 있었소?」

「그렇게 몸을 꼬시면 머리털이 뽑혀질 거예요. 그러면 아까부터 제 정체를 의심하시던 생각은 그치게 될 거예요.」

「누구와 함께 있었소, 제인?」

「오늘 밤엔 그걸 알려 드리지 않겠어요. 내일까지 기다리셔야 해요. 그 얘기를 절반만 하고 나머지를 남겨 두는 건 나머지를 말해 버리기 위해 내일 아침 식사 때 제가 다시 나타난다는 보증과 같은 거예요. 그땐 물 한 컵만을 가지고 이 난롯가에 나타나지는 않을 거예요. 프라이 햄은 물론이고 적어도 계란 한 개는 갖고 오지요.」

「이 수다스러운 장난꾸러기 —— 요정으로 태어나서 인간으로 자란 걸까! 당신은 마치 내가 지난 열 두 달을 겪지 않은 듯한 감을 나에게 느끼게 하는구료. 사울이 다윗 대신에 당신을 알았더라면 하프의 힘을 빌리지 않고도 사울의 마귀들은 쫓겨났을 거요.」

「이보세요, 이제야 산뜻하고 맵시 있게 됐어요. 이젠 가봐야겠어요. 저는 사흘 동안 여행을 했답니다. 피곤해요. 안녕히 주무세요.」

「한마디만 더 해줘요, 제인. 당신이 있던 집은 여자들뿐이었소?」

나는 웃고 도망쳐나왔다. 충충다리로 달려가면서도 웃음이 그치지 않았다. 「좋은 착상이었어!」하고 나는 기쁘게 생각했다. 「당분간은 저분의 우울을 잊게 하는, 곯려 주는 방법을 알았어.」

다음날 이른 아침 나는 그가 일어나서 이방저방을 돌아다니며 수선대는 소리를 들었다. 메어리가 아래층으로 내려가기가 무섭게 이런 물음을 받는 소리가 들렸다. 「에어 양은 여기 있느냐?」그리고는「어느 방에 에어 양을 모셨지? 습기 없는 방이냐? 그 분은 일어나셨나? 뭐 불편하신 건 없느냐고 물어 봐. 그리고 언제 아래층으로 오시느냐고.」

아침 식사를 차리는 눈치를 알고 나는 곧 아래층으로 내려갔다. 그의 방으로 살며시 들어가 내가 온 걸 알아차리기 전에 나는 그를 쳐다보았다. 그의 활발한 정신이 육체적인 결함에 굴복당하고 있는 것을 보는 건 정말 슬픈 일이었다. 그는 의자에 걸터앉아 있었다 —— 가만히 있었지만 휴식하는 것이 아니라 분명히 무엇인가를 기다리고 있었다. 그의 억센 얼굴엔 지금은 버릇처럼 된 슬픔이 선했다. 얼굴은 다시 불이 켜지기를 기다리는 꺼진 등잔을 연상케 했다——아, 슬퍼라! 빛나는 싱싱한 표정을 짓게 할 수 있는 건 그 자신이 아니었다. 누군가 남에게 의지하지 않으면 안 되는 것이었다! 나는 즐겁고도 무관심한 듯이 보이려 했으나 이 건장한 사나이의 무기력함이 내 가슴을 찢는 듯했다. 그러나 나는 되도록 쾌활하게 말을 건넸다.

「화창한 아침이에요.」하고 나는 말했다.「비가 그치고 나서 포근히 해가 나고 있어요. 어서 산책을 나가세요.」

나는 빛을 불러일으켰다. 그의 얼굴은 밝아졌다.

「아아! 정말 있어 줬군. 내 종달새! 이리 와요. 정말 가버리지 않았군, 안 갔지요? 한 시간 전에 종달새가 숲 속 위 하늘 높이 지저귀는 소리를 들었는데도 아침 해가 아무런 빛을 주지 않는 것처럼 종달새의 노래도 나를 위한 음악은 아니오. 지금의 모든 아름다운 노래는 내가 보기엔 모두 제인의 혀끝에 집중되어 있소(원래 말 잘하는 사람으로 태어난 게 다행이오). 내가 느끼는 햇빛은 제인이 존재하는 곳에 있소.」

나를 의지하는 이 고백을 듣고 내 눈엔 눈물이 고였다. 새의 왕자라고 불리우는 독수리가 횃대에 묶이어서 할수없이 참새더러 모이를 나르는 심부름을 해달라고 애원하는 것과 같았다. 그러나 나는 공연히 눈물만 흘리려 하진 않았다. 찝찔한 눈물을 얼른 닦아 버리고 아침 식사 준비를 서둘렀다.

우리들은 오전의 대부분을 밖에서 보냈다. 나는 비에 젖고 거칠어진 숲에서 그를 밝은 들판으로 인도했다. 들판이 얼마나 푸르름으로 빛나며, 꽃과 생울타리가 얼마나 싱싱하게 보이며 하늘이 얼마나 눈부시게 파란 빛으로 빛나는가를 그에게 설명했다.

나는 눈에 잘 띄지 않는 아늑한 장소에서 그를 위한 휴식처를 찾았다——마른 나무 그루터기다. 그가 거기에 앉아 나를 무릎에 앉히려는 걸 굳이 사양하지 않았다. 그도 나도 떨어져 있느니보다는 함께 있는 편이 행복하다면 왜 내가 거부할 필요가 있겠는가? 파일럿이 우리들 곁에서 딩굴고 있었다. 사방은 고요했다. 그는 나를 껴안으며 갑자기 소리를 질렀다.

「잔인한 사람, 잔인한 도망자! 오오, 제인, 당신이 쏜필드에서 도망쳐나간 뒤 어디를 찾아 봐도 찾지 못했을 때 나는 어떤 마음이었겠소! 더구나 당신의 방을 샅샅이 뒤져 보고 돈이라곤 한푼도 없이 또 돈 대신 쓸 만한 물건도 갖지 않고 떠나 버린 걸 알았을 때 내 마음이 어떠했겠소! 당신에게 선사했던 진주 목걸이는 그냥 작은 상자 속에 넣어 둔 채로 있었고 트렁크는 신혼 여행을 떠날 준비를 갖춘 채 밧줄로 묶이어 자물쇠가 잠겨 있었소. 의지할 곳 없고 무일푼이 된 나의 사랑하는 제인은 도대체 어떻게 될까 하고 나는 걱정이 돼서 못 견딜 지경이었소. 당신은 어떻게 지냈소? 어서 들려 줘요.」

이렇게 독촉을 받은 나는 지난 한 해 동안 치른 경험을 늘어놓기 시작했다. 방황과 굶주림으로 고생한 사흘 동안의 얘기는 적당히 해두었다. 실제로 있었던 그대로를 모두 말해 버린다면 그에게 괜한 고통을 주게 될 것 같아서였다. 내가 한 어떤 얘기는 내가 생각했던 것보다 그의 성실한 마음을 퍽 슬프게 했다.

살아 나갈 방도가 없는 나로서는 그렇게 당신과 헤어질 수는 없었다고 했다. 내가 나 자신의 의견을 그에게 말했어야 좋았을 거라고 했다. 당신을 믿었어야 했을 거고 자기는 정부가 되기를 내게 추호도 강요할 의사는 없었다. 절망한 나머지 자기는 겉으론 광포할 것 같아 보이지만 내 폭군이 되기엔 너무나 친절하고 너무나 부드러운 마음으로 나를 사랑하고 있었다. 내가 이 너른 세상에 홀로 뛰어들어야 했다면 차라리 자기의 재산의 절반을 키스의 대가로가 아니고 그저 내게 주었을 거라고 했다. 내가 그에게 고백한 것보다는 자기가 더 괴로왔던 건 틀림없노라고 했다.

「그럼요, 제가 겪은 고통은 죄다 극히 짧은 동안인 걸요.」 나는 대답했다. 그리고 나는 어떻게 해서 〈무어 하우스〉에 들어가게 되었고 어떻게 해서 학교 선생의 직책을 맡게 되었는가 등을 말하기 시작했다. 상속권에 따른 재산 상속과 친척을 찾게 된 경위를 말했다. 물론 말하는 도중에, 세인트 존 리버즈의 이름이 여러 번 튀어나왔다. 이야기가 끝났을 때 지체없이 그에 대한 말이 나왔다.

「그럼 그 세인트 존이 당신의 사촌이란 말이오?」

「네.」

「당신은 그 남자 얘기를 자주 했는데 그 남자를 좋아했소?」

「정말 좋은 분이었어요. 좋아할 수밖에 없었어요.」

「좋은 사람이라? 상당한 지위를 가진 쉰 살쯤 된 품행이 단정한 사람이란 말이오? 아니면 무슨 뜻이오?」

「세인트 존은 불과 스물 아홉 살이에요.」

「프랑스 사람 말마따나 〈쥔느 앙꼬르〉(아직 젊은 사람)란 놈이군. 키가 작고 성품이 쌀쌀하고 평범한 사람이오? 좋은 사람이라는 건 덕행(德行)이 뛰어났다기보다는 나쁜 짓을 하지 않는다는 정도의 선인(善人)이오?」

「그 분은 피로를 모르는 활동가예요. 위대하고 숭고한 행위야말로 그 분이 완수하고자 하는 이상이에요.」

「그렇지만 머리는? 좀 둔한 편이겠지? 그가 하려는 일은 훌륭하지만 지껄이는 걸 들으면 이쪽이 어깨를 들었다 놓을 그런 사람이겠지?」

「좀처럼 말을 하지 않아요. 하시는 말씀은 요령이 있는 것뿐이에요. 머리는 일류에 속해요. 감명적이라곤 할 수 없지만 원기 발랄한 분이세요.」

「그럼 유능한 사람이군?」

「정말 유능한 분이세요.」

「충분한 교육을 받은 사람이오?」

「세인트 존은 박학한 학자예요.」

「당신의 말을 들어 보면 그 사람의 태도가 당신 취미에 안 맞는 것 같은데 —— 까다롭고 목사 냄새가 풍기지요?」

「그 분의 태도에 대해서 저는 아직 하나도 말씀드리지 않았어요. 하지만 제가 유달리 악취미를 안 가진 이상 맞지 않을리 없어요. 세련된 침착한 신사다운 태도예요.」

「얼굴은   당신이 그 사람의 풍채를 뭐라고 했는지는 잊어버렸지만 —— 희고 큰 넥타이를 목이 쥘 정도로 졸라매고 두꺼운 창을 댄 구두를 신은 건방진 풋나기 목사보겠지?」

「세인트 존은 옷차림이 멋있어요. 잘 생기고요. 푸른 눈에 키가 크고 살갗이 희고 옆모습이 그리스 사람처럼 단정해요.」

(혼잣소리로)「빌어먹을!」——(나를 향해)「당신은 그 사람을 좋아한 거로군, 제인?」

「네, 좋아했어요, 로체스타님. 그런데 그건 아까도 물어 보셨어요.」

물론 나는 이 질문자의 묻는 마음은 알고 있었다. 질투를 하고 있다. 질투심이 그를 찔렀다. 그러나 찌른 것이 그에겐 유익했다. 이것이 우울이라는 독아(毒牙)에서 그를 풀어 놓아 주었다. 그래서 나는 재빨리 그의 질투심을 달래 보려고 하지 않았다.

「이제 당신은 내 무릎에 더 앉아 있고 싶진 않겠지, 에어 양?」다소 엉뚱한 질문이 나왔다.

「왜 그러세요, 로체스타님?」

「바로 당신이 그린 그 인상은 너무나 압도적인 대조를 나타내고 있소. 당신의 말은 우아한 아폴로의 모습을 아주 아름답게 그려 놓았소. 그 사나이는 당신의 상상 속에 존재하는 거요 —— 키가 크고 살갗이 희고 푸른 눈을 가진 그리스형의 얼굴을 한 사람 말이오. 그러나 당신의 눈은 벌칸(그리스 신화에 나오는 대장간의 신으로 못생겼음) 같은 사나이에게 쏠리고 있소──검은 얼굴을 하고 어깨가 벌어진 진짜 대장장이말이오. 게다가 소경에 절름발이고.」

「그런 건 아직 생각해 본 적이 없지만 사실은 좀 대장간의 신 같으시네요.」

「그렇겠지──이젠 가도 좋아. 그러나 가기 전에,」하고 그는 더욱 힘주어 나를 껴안았다. 「한두 가지 내 질문에 대답은 해주겠지.」그는 말을 끊었다.

「무슨 질문이세요, 로체스타님?」

그러자 까다로운 질문이 시작됐다.

「세인트 존은 당신이 자기 사촌 누이라는 걸 알지 못하고 당신을 모튼의 선생을 시켰소?」

「네.」

「자주 그 남자를 만났소? 그 사람은 가끔 학교를 찾아왔소?」

「매일요.」

「그 사람은 당신의 여러 가지 계획을 찬성했겠지, 제인? 당신은 재주가 있으니까 그 계획들은 멋졌을 거야.」

「그 계획에 찬성하셨어요──그랬어요.」

「그는 당신한테서 생각지 못했던 여러 가지 일을 알게 됐겠지? 당신이 터득하고 있는 것 중엔 비범한 것이 있으니까.」

「거기 대한 건 몰라요.」

「당신은 학교 근처에 조그만 집을 갖고 있었다지요. 그 사람은 당신을 만나러 거기 왔던 일이 있소?」

「가끔요.」

「밤에?」

「한두 번요.」

말이 끊어졌다.

「당신은 사촌간이라는 걸 알고 난 다음에도 그 사람이나 누이동생들과 얼마나 오래 같이 살았소?」

「다섯 달 동안요.」

「리버즈는 자기 가족 중에서 대체로 여자들과 같이 살았소?」

「네, 뒤쪽 응접실은 리버즈 씨와 우리들이 같이 쓰는 서재였어요. 그 분은 늘 창문 가까이에 앉고 우리들은 테이블 가까이에 앉곤 했어요.」

「그 사람은 공부를 많이 했소?」

「퍽 많이 했어요.」

「무슨 공부를?」

「인도어를요.」

「그러는 동안에 당신은 뭘 했소?」

「처음엔 독일어를 배웠어요.」

「그가 가르쳐 줬소?」

「그 분은 독일어는 못해요.」

「아무것도 당신에겐 가르치진 않았소?」

「인도어를 조금요.」

「리버즈가 당신에게 인도어를 가르쳤소?」

「네.」

「자기 누이동생들에게도?」

「아녜요.」

「당신에게만?」

「제게만요.」

「가르쳐 달라고 당신이 부탁했소?」

「아닙니다.」

「리버즈가 가르쳐 주겠다고 한 거요?」

「네.」

두 번째로 말이 끊어졌다.

「뭣 때문에 그가 그렇게 하고 싶었을까? 인도어가 당신에게 도대체 무슨 소용이 된단 말이오?」

「그 분은 저를 인도로 함께 데려갈 작정이었어요.」

「아! 이제서야 문제의 핵심을 파악하겠군. 그는 당신과 결혼하려고 했었군?」

「청혼해 왔어요.」

「그건 꾸며낸 말이야——나를 곯리려는 건방진 술책이야.」

「미안하지만 이건 어쩔 수 없는 사실이에요. 여러 번 청혼해 왔어요. 그리고 언젠가 당신이 그러셨듯이 자기의 의사를 끝까지 관철시키려고 했어요.」

「에어 양, 다시 말하지만 나를 두고 가시오. 몇 번이나 같은 말을 해야 알겠소? 왜 내 무릎에 눌러앉아 있는 거요? 내가 가라고 하잖았소?」

「그렇지만 여기가 기분이 좋으니까요.」

「아니오, 제인. 여기가 기분이 좋을 리가 없소. 당신의 마음은 나와 같이 있는 것이 아니니까. 당신의 마음은 그 사촌오빠와 같이 있소——그 세인트 존. 아, 바로 이 순간까지도 나는 당신이 꼭 나의 제인인 줄만 알았소. 나를 버리고 갔을 때도 나를 사랑하고 있는 줄만 믿고 있었소. 그것이 크나큰 괴로움 속에서는 다소나마 위안이었소. 오래 헤어져 있는 동안 뜨거운 눈물을 흘리며 이별을 설워하기도 했지만 내가 당신 일을 슬퍼하고 있을 때 당신이 다른 남자를 사랑하고 있을 줄은 생각도 못했소! 그러나 슬퍼해도 소용 없소. 제인, 나를 두고 가요. 어서 리버즈와 결혼을 해요.」

「그럼 저를 뿌리쳐 주세요——밀어 팽개치세요. 제 발로 당신을 두고 갈 수는 없으니까요.」

「제인, 당신의 그 목소리의 음향이 아직도 나는 좋아. 역시 내 희망을 되살려 주고, 정말 진실하게 들려. 그 목소리를 들으면 바로 일 년 전의 나 자신으로 돌아가는 것 같소. 난 당신이 새로운 인연을 맺었다는 걸 잊어버리고 마오. 그러나 나는 바보는 아니야——어서 가요.」

「어디로 가야 해요?」

「당신 자신의 길로——당신이 택한 남편과 함께.」

「그게 누구란 말이에요?」

「알고 있으면서——세인트 존 리버즈말이오.」

「그 분은 제 남편이 아니예요. 앞으로도 그렇지 않을 거예요. 그 분은 저를 사랑하지 않아요. 저도 그 분을 사랑하지 않아요. 그 분은 로자몬드라는 아름다운 아가씨를 사랑하고 있어요. 그 분은 사랑을 할 수 있어요. 그것은 당신이 사랑하는 것과는 다르지만. 그 분은 저를 단지 전도사에 알맞는 아내가 돼주리라는 생각에서 저와 결혼을 원했던 거예요. 그 일은 로자몬드 양에겐 맞지 않으니까요. 그 분은 선량하고 훌륭하지만 엄격해요. 저에 대해서는 얼음장처럼 차가와요. 당신 같지가 않아요. 전 그 분의 곁이나 가까이나 또 같이 있어도 행복하지 않아요. 제게 대해선 관대하지 않아요——애정도 없어요. 제게선 아무 매력도 느끼지 않아요. 저의 젊음조차도 그래요——다소 쓸모가 있다는 정신적인 점만을 인정해요——그런데도 주인님과 헤어져서 그 분한테로 가야 한단 말씀이에요?」

나는 나도 모르게 몸서리를 쳤다. 눈이 멀긴 했지만 다시없이 사랑하는 내 주인에게 본능적으로 매달렸다. 그는 미소를 지었다.

「이봐 제인! 그게 정말이오. 당신과 리버즈 사이는 그런 관계였단 말이오?」

「정말 그래요. 아이 참, 제발 질투는 하지 마세요! 당신의 우울을 조금이라도 덜어 드리려고 일부러 곯려 준 거예요. 화를 내시는 것이 슬퍼하시는 것보다 낫다고 생각해서요. 이러나저러나 제가 당신을 사랑해 주기를 원하신다면, 그리고 제가 얼마나 당신을 사랑하는가를 아시게 되면 당신은 자랑스럽게 여기시고 만족해 하시리라고 생각해요. 제 마음은 전부 당신의 것이에요. 당신의 소유물이에요. 설사 운명이 제 몸을 영원히 당신한테서 빼앗아간다 해도 마음은 언제든 당신 곁을 떠나지 않겠어요.」

그가 내게 키스했을 때 다시 괴로운 생각이 그의 얼굴을 어둡게 했다.

「이 보이지 않는 눈, 이 불구의 팔 ! 」 그는 애석하다는 듯이 중얼댔다.

나는 그를 위로해 줄 양으로 포옹했다. 그가 무엇을 생각하고 있는지 나는 알았다. 그를 대신해서 그걸 말하고 싶었으나 입 밖에 낼 용기가 없었다. 그가 잠시 얼굴을 돌렸을 때 굳게 감긴 그의 눈까풀 밑에서 눈물이 흘러 사나이다운 그 뺨을 흘러내리는 걸 보았다. 나는 가슴이 뭉클해졌다.

「나는 쏜필드의 과수원에 있는 벼락맞은 밤나무 고목과 마찬가지야.」 얼마 후에 그는 입을 열었다. 「그런 썩은 나무가 어떻게 싹트는 딤쟁이디리 그 썩이 가는 모습을 싱싱하게 싹으로 덮어 버리라고 명령할 권리가 있단 말이오? 」

「주인님은 폐목이 아니예요—— 벼락맞은 나무와는 달라요. 주인님은 젊고 건장하셔요. 돋아나라고 말씀하시건 안 하시건 간에 식물이 주인님의 뿌리 근처에서 돋아날 거예요. 그것은 식물이 주인님의 풍족한 그늘을 좋아하기 때문이에요. 그리고 성장하면 모두 주인님 쪽에 기대고 주인님에게 칭칭 감길 거예요. 주인님의 힘은 그들에게 푹 안심을 주는 의지가 되기 때문이에요.」

다시 그는 미소를 지었다. 나는 그를 위안해 주었다.

「당신은 친구들에 대한 말을 하는 거요 ?」 그는 물었다.

「네, 친구들의 얘기를.」 나는 좀 주저하면서 대답했다. 나는 친구 이상의 것을 뜻한 것이지만 달리는 말할 길이 없었기 때문이다. 그는 나를 거들어 주었다.

「아아 ! 제인. 그런데 난 아내가 필요하오 ! 」

「선생님이요 ? 」

「그렇소. 당신은 이것이 처음 듣는 말이오 ? 」

「물론이에요. 선생님은 그런 말씀은 하신 일이 없어요.」

「반갑지 않은 소식이오 ? 」

「형편에 따라서는요—— 선생님의 선택에 달렸어요.」

「내 대신 골라 줘요, 제인. 당신의 결정을 따를 테요.」

「그럼 골라 보세요——선생님을 제일 사랑하는 여성을.」

「나는 적어도——제일 사랑하는 여자를 택하겠소. 제인, 나와 결혼해 주겠소?」

「네.」

「스무 살이나 나이가 많은, 게다가 당신이 시중을 들어 줘야 할, 불구자와 말이오?」

「네.」

「정말요, 제인?」

「정말이고말고요.」

「오오! 나의 사랑하는 사람이여! 하느님의 축복과 은총이 당신에게 내리기를!」

「로체스타님, 가령 제가 오늘날까지 무슨 좋은 일을 행한 적이 있다면——무슨 좋은 생각을 가져 본 일이 있다면——충심으로 깨끗한 기도를 올린 일이 있다면——올바른 소원을 품고 있었다면, 지금 저는 그 보답을 얻은 거예요. 선생님의 아내가 된다는 건 제겐 이 세상에서 가장 큰 행복이에요.」

「당신은 희생을 기뻐하기 때문이오.」

「희생! 제가 어떻게 희생이 돼요? 굶주림 대신에 식량을 얻고, 기대 대신에 만족을 얻었는데요. 소중히 여기는 분을 그러안을 수 있고, 사랑하는 사람에게 내 입술을 바싹 댈 수 있고, 제가 믿는 사람에게 의지하는 것이 허용된다는 그것이 희생이라고 하겠어요? 만일 그것이 희생이라면 저는 기꺼이 희생이 되겠어요.」

「그런데, 제인. 내 무력을 참고 내 불구를 못 본 체하는 거요?」

「그런 건 제겐 아무것도 아니예요. 아직 선생님이 자랑스럽게 독립해 계시면서 남을 도와주고 보호해 주는 사람을 제외하고는 모든 사람을 멸시하시던 시기에 그 자존심이 강한 자주적인 상태에 있었던 선생님을 사랑하던 것보다도 제가 선생님에게 진정으로 소용이 될 수 있는 지금에 와서 더욱 선생님을 사랑하고 있어요.」

「오늘날까지 나는 남에게 도움을 받는 걸——끌려다니는 걸 싫어했지만 이제부턴 싫어하지 않겠소. 나는 하인의 손에 잡히는 것이 싫었소. 그러나 내 손이 제인의 조그만 손가락에 잡혀질 걸 생각하니 난 기뻐요. 나는 하인들이 내게 줄줄 붙어 다니는 것보다는 숫제 혼자 있는 걸 좋아했소. 그러나 제인의 부드러운 봉사는 나의 영원한 기쁨이 될 거야. 제인은 내게 알맞아. 나는 제인에게 어울릴까?」

「제 천성과는 아주 사소한 점까지 맞아요.」

「그렇다면 아무것도 더 기다릴 건 없소. 우리는 곧 결혼을 해야 하오.」

그는 나를 향해 열심히 말했다. 그의 과거의 조급한 성격이 다시 눈뜨기 시작했다.

「우리들은 지체 말고 한몸이 돼야 해요, 제인. 필요한 건 승인뿐이오. 그 다음엔 결혼하는 거요.」

「로체스타님, 태양이 정오를 훨씬 넘어선 걸 이제야 알았어요. 파일럿은 점심을 먹으러 벌써 돌아가 버렸어요. 시계를 좀 보여 주세요.」

「이건 당신의 허리띠에 차요, 제인. 오늘부턴 당신이 갖고 다녀요. 내겐 소용이 없으니까.」

「오후 네 시가 다 돼 가요. 시장하지 않으세요?」

「오늘부터 사흘 후를 우리 결혼식 날로 해요, 제인. 이젠 옷이나 보석은 걱정 없소. 그런 건 한푼의 값어치도 없소.」

「햇볕이 빗방울을 모두 말려 버렸어요. 바람이 없어 퍽 더워요.」

「제인, 당신의 귀여운 진주 목걸이를 내가 지금 이 목도리 밑의 검붉은 목에 걸고 있는 걸 알고 있소? 나는 자신의 유일한 보물을 잃은 날부터 기념으로 이걸 걸고 있었소.」

「숲을 지나 집으로 돌아가요. 제일 그늘져서 시원한 길일거예요.」

그는 내 말에는 귀를 주려고도 하지 않고 자기 생각만을 하고 있었다.

「제인! 당신은 나를 신앙이 없는 놈이라고 생각할 거요. 그러나 바로 이 순간 내 가슴은 자비하신 땅 위의 하느님께 감사한 마음으로 부풀어 있소. 하느님은 인간이 보듯이는 보시지 않지만 인간보다 훨씬 환히 살피시지. 하느님은 인간처럼 판단하시진 않아. 훨씬 더 현명하게 판단하시지. 나는 잘못을 저질렀소. 신성한 꽃을 해칠 뻔했소——그 순결성에 죄의 입김을 불어넣으려 했소. 전능하신 하느님은 그걸 내게서 빼앗아 버리셨지. 완고한, 반항심에 불타는 나는 하늘의 섭리를 저주하려고 했소. 하느님의 뜻에 복종하지 않고 반항했소. 하느님의 심판은 예정대로 진행됐던 거야. 재앙이 내 몸에 듬뿍 쌓여 나는 죽음의 그림자의 골짜기를 지나가지 않을 수 없었소.

하느님의 징벌은 위대하오. 한 번 얻어맞고 영원히 나는 일어날 수 없게 되었소. 당신도 알고 있듯이 나는 내 힘을 자랑했지만 지금 그것이 어떻단 말이오. 어린이가 연약해서 부축을 받듯이 남의 부축을 받아야 하는 지금엔 말이오. 최근에 제인——극히 최근에——나는 내 운명 속에서 하느님의 손길을 보았고 그것을 인정하게 되었소. 처음으로 후회와 참회를 체험하고 하느님께 화해를 구했소. 나는 가끔 기도를 올렸소. 극히 짧은 기도이긴 했지만 아주 진지한 기도였소.

며칠 전, 아니 헤아릴 수가 있소——나흘 전이었는지, 지난 월요일 밤이었는지 나는 별안간 이상한 마음이 들었소. 미칠 듯한 마음이 우울로 변하고 우울 대신에 슬픔이 왔소. 어디에서도 당신을 찾아낼 길이 없어 당신은 죽은 거라고 오랫 동안 생각해 왔던 거요.

그날 밤 늦게, 열 한 시에서 열 두 시 사이라고 기억하지만——쓸쓸한 잠자리에 들기 전에 만일 하느님의 뜻이면 제발 하루 속히 나를 이 세상에서 부르셔서 다시 제인과 만날 수 있는 희망이 있는 미래의 나라로 보내 줍시사 하고 하느님께 기도를 드렸소.

나는 창문이 열려진 내 방의 창가에 앉아 있었소. 상쾌한 밤공기는 내 마음을 진정시켜 주었소. 내겐 별 하나 보이지 않고 다만 뿌연 안개 같은 빛으로 미루어 달이 떠 있는 걸 알 뿐이었소. 나는 당신이 그리웠소. 제인! 아아, 영혼과 육체를 구비한 당신이 그리웠소.

나는 슬프면서도 공손한 마음으로 지금까지 고립되어 고민하고 괴로와했지만 아직 그것으로는 충분하지 못한지, 머지않아 다시 행복과 평화를 누릴 수 없는지 하느님께 물어 봤소. 내가 겪은 모든 고통과 슬픔은 당연하다는 걸 나는 알았소——이젠 이 이상 더 살아 나가기엔 견딜 것 같지 않다는 걸 호소했소. 그리고 내가 진심으로 원하는 전부가 송두리째 저절로——〈제인! 제인! 제인!〉이라는 말이 되어 입에서 튀어나왔소.」

「그걸 큰소리로 말하셨나요?」

「그랬지, 제인. 누가 내 말을 들었으면 내가 미쳤다고 생각했을 거요. 미친 듯한 힘찬 소리로 말했소.」

「그리고 그건 지난 월요일 밤, 한밤이 거의 가까와서였지요?」

「그렇소, 그렇지만 시간 같은 건 문제가 아니오. 그 다음의 일이 이상하단 말이오. 당신은 나를 미신적이라고 생각하겠지. 몇 가지 미신이 내 핏속에 있고 또 언제나 있었소. 그렇지만 이건 사실이오——지금 내가 말하는 걸 적어도 내가 들은 건 사실이오.

내가 〈제인! 제인! 제인!〉 하고 불렀을 때 어떤 목소리가——어디서 들려 왔는지는 말할 수 없지만 누구의 목소리인지는 알았소——〈곧 가요! 기다려 주세요 ! 〉 하고 대답했소. 그리고 뒤이어——〈어디 계셔요?〉 하는 말이 바람을 타고 속삭여 왔소.

가능하다면 이 말들이 내 마음을 피력한 그림이나 생각이란 걸 알리고 싶지만 마음대로 표현하기가 힘들어요. 펀딘은 보는 바와 같이 깊은 숲 속에 파묻혀 있어서, 음향이 둔해지고 아무 반향 없이 사라져 버리고 마는 거요. 〈어디 계셔요?〉 하는 목소리는 산과 산 사이에서 말하는 것 같았소. 왜냐하면 산이 보내는 메아리를 내가 들었기 때문이오. 그 순간 바람은 한층 차갑고 상쾌하게 내 이마에 와 닿는 것 같았소. 나는 어느 황폐하고 쓸쓸한 장소에서 나와 제인이 만나고 있는 거라고 생각되었소.

내가 믿기엔, 두 사람의 혼과 혼이 만났음에 틀림없었소. 물론 그 시각에는 당신은 아무것도 모르고 자고 있었겠지. 아마 당신의 혼이 내 혼을 위로하려고 육체를 빠져나와 방황했을 거요. 그건 당신이 잘하는 말투였으니까——내가 살아 있는 한 틀림없이——당신의 목소리였으니까 ! 」

독자여, 내가 그 시비스런 부름을 들은 것은 월요일 밤——자정이 가까와서였다. 그가 들었다는 그 목소리는 내가 그것에 대답한 그 목소리였다. 나는 로체스타 씨의 이야기에 귀를 기울이고 있었으나 내 편에서는 아무 말도 안 했다. 이 우연한 일치는 따져 보거나 토론하기엔 너무나 두렵고 설명할 수 없는 것으로 나는 생각되었다. 만일 내가 조금이라도 말을 꺼낸다면 내 이야기는 듣는 사람에게 틀림없이 깊은 인상을 주었을 것이 틀림없었다.

그리고 또 그가 받고 있는 고민으로 해서 자칫하면 우울해지기 쉬운 마음에 이 수수께끼 같은 얘기를 알려 더욱 짙은 그늘을 안겨 줄 필요는 없었다. 그래서 나는 이걸 내 가슴 속에 간직하고 혼자 생각하기로 했다.

「이젠 의심할 수 없겠지요. 」하고 내 주인은 말을 이었다. 「어젯밤 당신이 너무나 뜻밖에 내 앞에 나타났을 때 나는 당신을 단지 목소리와 환상에 불과하다고 믿을 수밖에 없었소. 즉, 그 한밤중의 속삭임과 메아리가 사라져 버렸을 때처럼 침묵과 소멸로 화해 버리는 줄로만 알았던 거요. 지금 나는 하느님께 감사하오 ! 그것이 단순한 환상이 아니었다는 걸 알았소. 그렇지, 하느님께 감사를 드려야지 ! 」

그는 나를 무릎에서 내려놓고 일어섰다. 공손히 모자를 벗고 보이지도 않는 눈을 내려감고 서서 기도를 드렸었다. 그 기도의 마지막 부분이 들려 왔다.

「저의 창조주께서는 심판하시는 가운데서도 자비심을 기억에 두신 것을 감사합니다. 오늘부터는 지금까지 살아 온 것보다 더 깨끗한 생활을 할 수 있도록 힘을 주시옵기를 주님께 간절히 비옵나이다 !」

그리고 그는 인도해 주도록 손을 내밀었다. 나는 사랑하는 그 손을 잡고 잠시 입술을 갖다댔다가 내 어깨로 돌렸다. 나는 그이보다 훨씬 키가 작아서 그의 지팡이의 대신이 되고 인도하는 손도 되었다. 우리들은 숲 속을 지나 집을 향해 걸어갔다.

38

독자여 ! 나는 그와 결혼을 했다. 조용한 결혼식이었다. 그와 나와 목사와 서기만이 참석했다. 우리가 교회에서 돌아왔을 때 나는 우리 집 부엌으로 들어가 거기서 점심 식사 준비를 하고 있는 메어리와 칼을 갈고 있는 존에게 이렇게 말했다.

「메어리, 오늘 아침 나는 로체스타님과 결혼했어요.」

이 가정부와 그네의 남편은 다 예의를 지킬 줄 아는 점잖고 침착한 사람들이었다. 이런 사람들에게는 언제라도 쇳소리를 질러 귀청이 터지거나 폭포처럼 수다스러운 말을 늘어놓아 귀가 멍멍해지게 하는 위험을 치르지 않고도 쉽게 훌륭한 소식을 전할 수 있었다. 메어리는 고개를 들고 나를 물끄러미 보았다.

그네가 불에 굽고 있는 두 마리의 닭에 기름을 붓던 국자는 삼 분 가량이나 허공에 떠 머물러 있었다. 같은 순간을 존도 칼을 갈다 말고 멍하니 서 있었다.

그러나 메어리는 굽던 고기에 허리를 굽히며 이렇게 말할 뿐이었다.

「아가씨가요 ? 정말 놀라운 일이군요 !」

잠시 후에 그네는 말을 이었다. 「주인님과 함께 나가시는 건 보았지만 결혼식을 올리러 교회로 가시는 줄은 몰랐어요.」 하고는 다시 굽던 닭에 기름을 발랐다. 내가 존에게로 고개를 돌렸을 때 그는 귀밑까지 입이 찢어지게 싱글벙글 웃고 있었다.

「저는 메어리에게 이렇게 되리라고 진작 말했읍죠.」 그는 말했다. 「저는 에드워드님을 잘 알고 있어요. (존은 오래된 하인으로 그의 주인이 로체스타 가문의 차남일 때부터 알고 있기 때문에 자주 그의 이름을 불렀다)── 에드워드님이 이렇게 하시리라는 것을 알고 있었읍니다. 오래 기다리시지는 않으리라고 믿고 있었어요. 어쨌든 참 그 분은 잘하셨읍니다. 축하합니다 !」 이렇게 말하고 그는 앞머리에 손을 대고 공손히 경의를 표했다.

「고마워요, 존. 로체스타님이 이걸 당신과 메어리에게 주라고 하셨어요.」나는 그의 손에 오 파운드짜리 지폐를 쥐어 주었다. 나는 그 이상 더 들으려고 하지 않고 부엌을 나와 버렸다. 잠시 후 부엌 앞을 지나는데 이런 말이 들려왔다. 「어떤 귀부인들보다도 주인님의 시중을 잘 들어 드릴 거야.」그리고 다시「이렇다 할 미인은 아니지만 그렇다고 박색인 건 아니고, 마음씨가 좋은 분이야. 주인님에겐 아주 미인으로 보일 거야. 그건 분명해……」

나는 〈무어 하우스〉와 케임브리지에 우리들의 결혼을 곧 편지로 알렸다. 왜 내가 이런 행동을 취했는지 그 이유를 편지에 자세히 썼다.

다이아나와 메어리는 내 처사를 전적으로 찬성해 주었다. 다이아나는 우리들의 신혼 여행이 끝나기를 기다렸다가 만나러 오겠노라고 했다.

「그때까지 기다리지 않는 게 좋을 걸, 제인.」내가 다이아나의 편지를 읽어 주고 있으려니까 로체스타 씨가 말했다. 「기다리다가는 너무 늦어질 거요. 왜냐하면 우리들의 신혼 여행의 빛은 우리를 일생 동안 비춰 주다가 당신과 내가 죽었을 때에야 사라질 테니까.」

세인트 존이 어떻게 이 소식을 늘었는지 나는 모른다. 내가 이 소식을 알린 편지에 대해선 답장을 보내오지 않았다. 그런데 육 개월이 지나서 그는 편지를 보내왔다. 하지만 로체스타 씨의 이름이나 우리들의 결혼에는 한마디도 비치지 않았다. 이번 그의 편지는 잔잔한 내용이고 딱딱하지만 친절미가 깃들어 있었다.

그 후, 자주는 아니지만 규칙적으로 소식을 전해 주었다. 그는 내 행복을 빌며 내가 이 세상에서 하느님의 존재를 모르고 다만 세상 물욕에만 급급한 그런 사람은 아니라는 걸 믿고 있다고 썼다.

독자여, 여러분들은 어린 아델을 아주 잊어버리지는 않았겠지요? 나도 잊고 있진 않았다. 나는 로체스타 씨에게 부탁해서 그가 아델을 맡겨 둔 학교로 그애를 만나러 갈 수 있는 허락을 받았다.

나를 본 그네의 미친 듯한 기쁨은 다시금 나를 세차게 감동시켰다. 그애는 창백하고 여위어 보였다. 그애는 행복하지 않다고 말했다.

나는 그네의 학교 규칙이 너무 엄하고 학과의 진행이 그네의 나이 또래의 어린이에게는 너무 벅차다는 걸 알았다.

나는 그네를 집으로 데리고 돌아왔다. 다시 나는 그네의 가정 교사가 될 생각이었으나 실행할 수 없다는 걸 알았다. 이젠 내 시간과 보살핌은 다른 사람에게 소용되었다——내 남편이 이것을 모두 필요로 했다. 그래서 나는 좀더 규칙이 엄하지 않고 가끔 내가 그네를 찾아갈 수 있고 때로는 집으로 데려오기가 수월한 가까운 학교를 찾아냈다. 나는 그네에게 즐거움을 줄 수 있는 것이라면 무엇 하나 부족하게 해선 안 되리라고 생각하고 갖은 시중을 들어 주었다. 그애는 새로운 학교 생활에 곧 익숙해져 아주 행복해지고 학과에도 큰 진전을 보였다.

성장함에 따라 건전한 영국식 교육은 그애의 프랑스적인 결점을 두드러지게 바로잡아 주었다. 그리고 그애가 학교를 졸업했을 때는 내게는 쾌활하고 친절한 벗——온순하고도 상냥한, 사물의 올바른 판단을 갖춘 벗이 되었다. 일찌기 내가 힘자라는껏 그네에게 베풀어 주었던 사소한 친절에 보답하여 그애는 그후 오랫 동안 나와 내 어린것에게 감사하는 마음의 표시를 아끼지 않았다.

내 이야기는 끝이 가까왔다. 내 결혼 생활에 대해서 한마디하고 이 이야기 가운데서 가장 많이 되풀이된 이름의 소유자들의 운명을 간단히 살펴보기만 하면 그것으로 끝이 나는 것이다.

나는 결혼한 지 십 년이 되었다. 나는 이 세상에서 가장 사랑하는 사람을 위해 살고 또 가장 사랑하는 사람과 함께 산다는 것이 어떤 것인가를 나는 알고 있다. 나는 최고의 축복을 받았다——어떤 말로도 나타낼 수 없는 축복을 받고 있다고 나는 생각한다.

왜냐하면 그가 완전히 내 생명인 동시에 나는 남편의 생명이기 때문이다. 어느 여성도 나보다는 그네의 남편에게 가까이 있진 못했다. 어느 여성도 나보다는 그의 뼈 중의 뼈요, 살 중의 살이 된 사람은 없었다. 나는 에드워드와의 어울림에서 권태를 모른다. 마치 우리들 각자의 가슴 속에 맥박치고 있는 심장의 고동에 우리들이 권태를 모르고 지내는 것과 마찬가지로, 따라서 언제나 우리들은 한몸이 되어 있다. 한몸이 되어 있다는 건 우리들에게 있어선 홀로 있을 때와 마찬가지로 자유스럽고 또한 많은 사람들과 함께 있을 때처럼 즐거웠다.

우리들은 종일토록 이야기를 하고 있다. 우리들이 서로 이야기한다는 건 한층 활기를 띠게 하는 청각적인 사교에 불과했다.

나의 모든 신뢰는 그에게 주어졌다. 그의 모든 신뢰는 내게 바쳐졌다. 우리들은 성격적으로 모두 꼭 들어맞았다——그 결과는 완전한 일치였다.

로체스타 씨는 우리들이 결혼한 지 처음 이 년 동안은 줄곧 눈먼 채로 지냈다. 우리들을 이처럼 접근시킨 것은——이렇게도 꼭 결합시킨 것은——아마 이러한 사정 때문일지도 모른다 ! 왜냐하면 아직도 나는 그의 오른팔인 것처럼 그때 그의 눈이었기 때문이다.

문자 그대로 나는 그의 눈동자였다(흔히 그는 나를 그렇게 불렀다). 그는 나를 통해서 자연을 보고 책을 읽었다. 나는 들과 나무와 마을과 강과 구름과 햇빛——우리들 앞의 경치와 우리들을 둘러싸고 있는 날씨에 대해서——에 대해서 그를 위해 바라보고, 이것을 말로 표현하는 데 조금도 지칠 줄을 몰랐다.

그리고 이미 어떤 빛도 그의 눈에 비쳐 줄 수 없는 것을 말로 그의 귀에 새겨 주었다. 나는 그에게 책을 읽어 주는 일이 조금도 싫지 않았다. 그가 가고 싶다는 곳을 안내하는 데 조금도 싫증이 나지 않았다. 그가 하고 싶어하는 일은 그를 위해 했다. 그리고 내가 하는 이러한 봉사에는 비록 슬프긴 하지만 가장 신나고 가장 굳센 기쁨이 있었다. 그것은 그가 고통스런 수치심이나 굴욕감을 느끼지 않고 나의 봉사를 요구하기 때문이었다.

그는 진정으로 나를 사랑하고 있는 만큼 내 시중을 마다할 필요가 없다는 걸 알고 있었다. 내가 그를 너무 지나치게 사랑하고 있으므로 이런 시중은 나의 가장 아름다운 소원을 채워주는 거라고 그는 여기었다.

그 이 년이 끝나 가는 어느날 아침, 그가 말로 일러 주는 편지를 내가 받아쓰고 있을 때 그가 내 곁으로 와서 허리를 굽히며 이렇게 말했다.

「제인, 당신 목에 번쩍번쩍 빛나는 장식물을 걸고 있소?」

나는 금으로 된 시계줄을 걸고 있었다. 나는「네」하고 대답했다.

「그리고 연한 하늘빛 옷을 입고 있소?」

그의 말대로 나는 그런 옷을 입고 있었다. 그때 그는 한쪽을 덮고 있던 어두움이 한동안 차차 그 농도가 가시는 듯한 생각이 자꾸 들곤 했지만 이젠 그것이 확실해졌노라고 내게 알려 주었다.

그와 나는 런던으로 갔다. 그는 어떤 유명한 안과 의사의 치료를 받고 마침내 한쪽 눈의 시력을 회복했다. 그는 아직 잘 볼 수는 없고 글을 많이 읽거나 쓸 수는 없지만 길잡이가 없이도 길을 찾을 수 있었다.

하늘은 그에게 이미 허공이 아니었다——땅은 이제 공허한 것이 아니었다. 첫아기가 그의 팔에 안겨졌을 때 그는 사내애가 그의 눈을——지난날의 자기 눈처럼 커다랗고 빛나는 검은 눈을 닮았다는 걸 볼 수 있었다. 이때 그는 하느님이 자비로써 심판을 가볍게 해주셨다는 걸 진정으로 깨달았다.

지금 나의 에드워드와 나는 행복하다. 그리고 우리들이 가장 사랑하는 사람들도 또한 행복하므로 우리는 더욱 행복하다. 다이아나와 메어리 리버즈는 둘이 다 결혼했다. 번갈아서 일 년에 한 번씩 그들은 우리를 만나러 오고 우리도 그들을 만나러 간다.

다이아나의 남편은 해군 대령으로 훌륭한 장교이고 선량한 사람이다. 메어리의 남편은 목사로 그네의 오빠와 대학 동창생이다. 그네의 학식과 주의(主義)로 미루어보아 적합한 배필이다. 횟즈 제임스 대령과 워튼 씨는 모두 아내를 사랑하고 또 아내의 사랑을 받았다.

세인트 존 리버즈에 관해서 말한다면 그는 영국을 떠나 인도로 갔다. 그는 자신의 목표로 세웠던 길로 들어갔다. 지금도 그 길을 가고 있다. 갖가지 곤란과 위험 속에서 그 분처럼 단호하고 꿋꿋하게 싸운 개척자도 없으리라. 확고하며 신념이 강하고 헌신적이었다. 정력과 열성과 진실의 사나이인 그는 인류를 위해 일하고 있다. 그는 고난의 길을 개선의 길로 열어 놓고 있다.

이 개선의 길을 가로막는 교리의 편견과 그들의 계급 제도의 편견을 마치 거인처럼 무찔러 버리고 있다. 그는 엄격할는지 모른다. 어쩌면 가혹할지도 모른다. 게다가 야심을 지니고 있을지 모른다. 그러나 그의 엄격성은 악마의 살육에서 순례자를 지키는 용사, 그레이트 하트(번안의 〈천로 역정〉에 나오는 충실한 길잡이)의 그것이다. 그의 가혹성은 〈나를 따라오려거든 자기를 부인하고 자기의 십자가를 지고 나를 좇으라〉고 오직 예수만을 위해 설교하는 사도(使徒)의 그것이다. 그의 야심은 이 세상에서 구원을 받은 사람들 가운데서 제1위를 차지하고 싶은, 즉 하느님의 보좌 앞에 죄 없이 서서 어린 양의 최후의 위대한 승리를 같이 나누고 하느님의 부르심을 받고 선택된 신앙심이 깊은 사람들 중에서 제1위를 차지하려는 고결하고 위대한 정신의 그것이다.

세인트 존은 결혼을 하지 않았다. 이젠 결혼은 하지 않을 거다. 여태까지 홀몸으로 고역을 치러 왔다. 그리고 그 고역은 완성에 가까와 가고 있다. 그의 찬란한 태양은 일몰을 서두르고 있다. 그로부터 받은 최근의 편지는 내 눈에서 인간적인 눈물을 자아냈다. 그러나 내 가슴을 하늘이 주신 거룩한 기쁨으로 채워 주었다. 그는 자기의 확고한 보답인 불멸의 면류관을 기대하고 있었다. 다음 편지에는, 낯설은 사람의 손이, 저 선량하고 충실한 하느님의 종은 마침내 하느님의 부르심을 받아 기쁜 몸이 되었다는 사연을 내게 써 보내주리라고 생각한다.

그런데 그것을 왜 슬퍼하랴? 죽음의 두려움이 세인트 존의 임종을 어둡게 하지는 못할 것이다. 그의 정신은 한점의 흐림도 없을 것이고 마음은 두려움을 모를 것이다. 그의 희망은 변하지 않고 신앙은 굳건해질 것이다. 그 자신의 말은 그걸 이렇게 맹세하고 있다.

「주님이신 그리스도는,」하고 그는 말하고 있다. 「제게 미리 알려 주셨읍니다. 주님은 날마다 더 똑똑히 알려 주십니다——〈분명히 나는 속히 찾아가리라!〉그러면 저는 언제나 더 열심히 대답합니다. 〈아멘, 주 예수여, 부디 임하옵소서!〉」

■ 감상과 해설

1

자매 세 사람이 한 나라의 문학사에 나란히 이름을 남기고 더우기 그 중의 두 사람이 불후의 명작을 남겼다는 것은 영국 문학사 뿐 아니라 아마도 전 세계에 유례가 없을 것이다.

언니 샤일럿 브론테의 《제인 에어》와 바로 밑의 동생 에밀리의 《폭풍의 언덕》은 저마다의 의미에서 영국 문학사에 특이한 위치를 차지하고 있으며 지금도 많은 독자를 가지고 있다.

샤일럿, 에밀리, 앤, 세 자매의 생활은 그녀들의 소설 이상으로 흥미가 있다. 오늘날에도 그녀들의 「사람과 작품」에 대한 연구, 전기류가 뒤를 끊이지 않는 이유일 것이다.

결코 파란에 넘친 생애는 아니었다. 오히려 사건이 없는, 만일 소설 줄거리로 삼는다면 지나치게 단조로울 정도의 인생이었다.

그러나 그녀들이 놓여졌던 환경, 세 사람이 평생 변함없이 지니고 있던 문학에 대한 이상할 정도의 집념, 세 사람이 때로는 떨어져 살고 있으면서 서로 마주 부르는 영혼처럼 어느 새 하나로 뭉쳐지는 고독한 정신, 이것들은 어중간한 심리소설을 읽는 것보다 훨씬 더 우리의 흥미를 자아내는 바가 있다.

어떤 작가의 평전인 경우에도 그 유년기부터 시작하는 것이 보통인데 브론테 자매의 경우에는 그 성장과 환경이 특히 중요한 것처럼 생각된다. 유년기에서 소녀기에 걸친 생활이 그녀들의 후년의 생활과 예술의 형성에 결정적으로 작용하고 있다고 생각되기 때문이다.

브론테 자매의 아버지 패트릭 브론테는 아일랜드의 어느 빈농의 가정에서 10남매의 장남으로 태어나 도제 생활을 하기도 하고 국민학교 교사, 가정교사를 하기도 한 뒤 25살 때 켐브리지 대학에 들어갔다. 그리고 졸업을 하자 곧 영국 교회의 목사로 임명되었다.

비뚤어지고 완고하고 우울하고 과묵하며 겉으로는 조용하지만 내면으로는 폭발적인 격정을 숨긴 극히 비사교적인 괴짜였던 모양인데, 그것도 그가 아일랜드의 농민 출신이며 더우기 어렸을 때부터 항상 역경과 싸우면서 마침내 대학을 나와 성직에 앉은 그 경력을 생각한다면 별로 이상할 것이 없을지도 모른다.

10년쯤 함께 살아온 아내가 먼저 죽은 뒤에는 아내의 언니인 엘리자베드 브런웰이라는 노처녀에게 살림을 맡기고 독신을 지키며 일가 중에서 맨 마지막까지 살아 남았다.

딸들의 결혼까지도 가로막은 이 까다롭고 또 건강상의 일로 여러 가지로 딸들에게 시중을 들게 한 아버지가 빨리 죽었더라면 어쩌면 브론테 자매의 생애도 좀더 다른 코스를 더듬었을지도 모른다.

어머니 말라이어는 펜잔스의 상인의 딸로서 매우 몸집이 작은 수수한 여성이었다. 별로 미인은 아니었던 모양이지만 목사인 브론테의 열렬한 구혼에 응하여 결혼한 것은 28살 때이다.

그녀는 여섯 명의 자녀를 낳았다. 그 가운데 다섯까지가 연년생이다. 즉 큰딸 마리아, 둘째딸 엘리자베드로 이어지고 1년 뒤에 샤일럿이 태어났으며 그 뒤는 해마다 아들 패트릭 브런웰, 딸인 에밀리, 앤으로 이어지고 있다.

이 잇따른 다산과 또 샤일럿이 4살 때 이주한 호와스의, 건강상 좋지 않은 환경이 화근이 되어 어머니 말라이어는 그 다음해인 샤일럿이 5살 때 39살의 나이로 세상을 떠났다. 따라서 샤일럿에게는 어머니에 대한 기억이 거의 없다.

큰딸 마리아는 총명하고 조숙했다. 선천적으로 몸이 약해서 둘째딸 에리자베드와 거의 동시에 어렸을 때에 죽었다.

허약한 체질은 여섯 자녀 모두 공통적이어서 나머지 넷도 죽은 순서로 적어 보면 아들 패트릭이 31살, 에밀리가 30살, 앤이 29살로서 모두 폐병으로 요절했다. 맨 나중까지 남은 샤일럿조차도 39살에 죽었다.

《제인 에어》의 작자인 샤일럿 브론테는 1816년 4월 21일에 태어났다.

세 자매 가운데서 가장 아름다왔던 것은 에밀리이지만 가장 떠벌이였던 것은 샤일럿이었다. 떠벌이라고는 하지만 두 동생과 비교해서의 일이고 일반적으로 말하면 오히려 말이 없는 편에 속했다.

이 가족에게 공통적인 고독한 성격을 그녀 역시 가지고 있었다. 노상 절망에 시달리고 있는 어둡고 비극적인 성격이었다. 그것을 받쳐 주고 있었던 것은 그녀의 불굴의 의지력과 신에 대한 깊은 신앙이었다.

E·F 벤리는 다음과 같이 말하고 있다.

「몸집은 아주 작았다. 무척 수수하고 이상할 만큼 내성적이며 곤혹스러울 만큼 말이 적었다. 온화라든가 유머 같은 것은 조금도 없었고 타인을 판단하는 점에 있어서는 극히 비판적이고 신랄했다. 신에 대해서는 흔들림없는 신앙을 가졌고 불굴의 용기를 지니고 있기도 했다. 동시에 깊은 애착과 애정을 사람들에게 줄 수도, 또 사람들의 마음에 불러일으킬 수도 있었다.」

이것으로도 그녀가 고고하고 또 약간은 독선적인 여자였을 것이라는 것을 상상할 수가 있다.

그녀의 작중 인물이 이상할 만큼 치우쳐 있음과 동시에 소설의 결말에도 예외없이 비극적인 요소, 즉 어두움이 깃들어 있는 특징은 작가 자신의 이러한 성격의 투영이 아닐까 생각되기도 한다. 몸집이 매우 작았다는 데 대해서는 헐리에트 바티노우 여사 등도 「구경거리말고서는 내가 일찌기 본 중에 가상 삭은 여성」이라고 말하고 있고, 또 소설가 사카레이와 알게 되어 거인인 그가 팔을 내주었을 때 마치 거기에 매달린 듯한 모양이었다고 씌어 있는 것으로 보아서도 샤일럿이 얼마나 작은 여자였는가를 알 수가 있다. 그녀는 또 지독한 근시안이기도 했다.

처음에는 가정에서 아버지로부터 교육을 받고 있었으나 마리아, 엘리자베드의 두 언니에 이어 동생 에밀리와 함께 코완 브리지 기숙학교에 넣어졌다. 이 학교가 《제인 에어》에 나오는 로드 학원의 모델이다.

소설에 씌어져 있는 그대로 시설이 나쁘고 극히 비인도적인 학교였다. 샤일럿이 격렬한 비난을 담고 이것을 소설에서 다루었기 때문에 코완 브리지 기숙학교의 내막이 세상에 드러나 물의를 야기, 나중에 사회적인 문제로까지 발전했다.

그러나 그 덕분에 세상의 불량 학교에 대한 관심과 감시가 엄격해져서 그 뒤 각종 학교의 시설이 현저하게 개선되었다고 한다.

《제인 에어》에 나오는 악덕스러운 학교 경영자 브로클허스트, 태연스럽게 학생들에게 체벌을 가하는 여교사 스캐쳐드, 천사와도 같은 미스 템플 등은 모두 코완 브리지 기숙학교의 실재 인물을 그대로 작중에 살린 것이며 또 제인의 친구 헬린 번즈는 언니 마리아의 성격을 묘사한 것이라고 한다.

로드 학원을 덮친 티푸스의 유행도 역시 실제로 있었던 일이며 언니 마리아와 엘리자베드는 코완 브리지 기숙학교의 불결한 환경, 불완전한 설비, 열악한 식사, 차가운 대우 등이 원인이 되어 폐병을 얻어 잇따라 세상을 등진 것이다.

언니들이 죽은 뒤 샤일럿은 동생들과 함께 학교를 그만두고 호와스의 목사관으로 돌아왔다.

그로부터의 7년간은 그녀들에게 있어서는 비교적 행복한 시대였다. 조촐한 가사를 끝내면 그 다음에는 자유로이 좋아하는 문학서를 읽을 수가 있었고 황량한 요크셔의 원야를 헤매고 다닐 수도 있었다.

그녀들이 각기 기막힌 공상의 왕국을 만들어내고 그 속에 저마다의 다채로운 꿈을 엮어 그것을 시나 산문으로 표현하려고 시도한 것도 바로 그 무렵이었다.

샤일럿과 동생 브런웰의 합작 《안글리아 이야기》나 에밀리와 앤의 합작 《곤달 연대기》 등 많은 시와 이야기, 그리고 희곡이 씌어졌다(그것들은 대부분 수고(手稿) 그대로 보존되어 있는데 20년쯤 전부터 하나씩 출간되어 브론테 연구가를 기쁘게 해주고 있다). 그것들은 모두 영웅, 미녀, 호걸, 악한, 그들이 뒤얽혀서 엮어내는 모험과 연애의 로맨스인데, 그녀들이 그러한 공상의 세계에서 위안과 즐거움——또는 현실생활로부터의 도피——또는 현실생활에의 복수——를 찾았다는 것도 그녀들이 친구 하나 없이 완전히 사회에서 격리되어 어머니도 없는 가정에서 아버지다운 애정을 나타내는 일도 없는 비뚤어진 아버지와 함께 히드 벌판 속의 쓸쓸한 목사관에서 조용히 서로를 의지하며 살아야 했던 것을 생각하면 지극히 자연스러운 일이었다고 하지 않을 수 없다.

1831년, 15살 때 샤일럿은 미스 우라라는 노처녀가 경영하는 사설 학교에 들어갔다. 학생이 불과 7명인 작은 사설 학교였으나 샤일럿은 이곳에서 그녀의 평생의 친구가 된 엘렌 낫시, 메리 테일러라는 두 소녀를 알게 되었다. 18개월 동안의 사설 학교 생활을 끝내고 일단 집으로 돌아갔으나 1835년에는 자활의 필요에 쫓겨 이번에는 조교사로서 미스 우라의 사설 학교에 부임했다. 이 조교사 생활은 3년 가량 계속되었다.

그 뒤에는 가정에 머물면서 두 동생과 의논하여 자택인 목사관에서 사설 학교를 경영할 생각을 했다. 그러나 그러기 위해서는 다시 교사로서의 실력을 기르지 않으면 안 되고 특히 프랑스어를 공부하지 않으면 안 된다고 생각해서 벨기에의 브뤼셀로 유학할 것을 계획, 동생 에밀리와 함께 대륙으로 건너갔다. 두 사람은 브뤼셀에서 에제 부부가 경영하는 기숙학교에 들어가 프랑스어와 독어를 열심히 공부했다. 때는 1842년, 샤일럿의 나이 26살이 되던 해였다.

2

이 유학생활은 오래 계속되지는 않았다. 친한 친구와 이모의 잇따른 죽음의 소식에 접하여 두 사람은 급히 고국으로 돌아왔다. 그러나 샤일럿만은 얼마 있다가 다시 브뤼셀로 돌아갔다. 어째서 그녀만이 돌아갔는가.

에밀리는 에제를 좋아하지 않았다. 아니 그보다도 그녀는 에리카가 우거진 황량한 늪지 호와스를 너무나도 사랑하고 있었던 것이다.《폭풍의 언덕》전편에 넘치는 저 처절한 느낌은 그녀가 한없이 사랑한 고향의 자연 바로 그것인 것이다.

샤일럿에 대해서는 에제로부터 영어교사로 맞고 싶다는 취지의 편지가 왔다. 그러나 그녀의 두 번째 브뤼셀 행은 단지 그 이유 때문만은 아니었다. 두 번째의 브뤼셀 생활은 그녀에게 있어서 그야말로 그녀에게 걸맞는 어두운 사랑을 의미하고 있었던 것이다. 에제와 단 둘이서의 개인교수의 한때, 그것은 그녀의 가슴 속에 숨긴 사랑의 대상으로서의 한 남성과 지내는 사랑의 한때이기도 했다. 그녀의 가슴 속에 숨긴 사랑이라고 한 것은 상대인 에제는 그녀의 애절한 마음을 끝내 깨닫지 못한 것 같기 때문이다.

당시 에제는 35살, 샤일럿은 27살이었다. 그러나 이 사랑은 에제 부인이 눈치채게 되었고 부인은 재빨리 두 사람의 이간책을 취했다.

이렇게 해서 샤일럿의 두 번째 브뤼셀 생활은 생생한 상흔을 마음에 남긴 채 귀국함으로써 끝났다. 귀국 후에도 가끔 그녀는 에제에게 편지를 냈으나 모두 부인에 의해 압수되었고 끝내 한 통의 회답도 받지 못했다.

이때의 아픈 경험이 나중에 소설《빌레트》에 재현되었다. 빌레트는 브뤼셀을 말하며 여주인공 루시 스노우는 작자 자신이라고 보아도 무방하다.《교수》라는 소설도 이 시대를 묘사한 것이다.

이 마음의 상처를 잊기 위해 샤일럿은 동생들과 의논하여 진작부터의 현안인 사설 학교를 목사관에 개설하기로 했다. 그러나 그녀들의 의욕에도 불구하

502

고 끝내 한 사람의 입학 희망자도 나타나지 않았다.

이렇게 해서 마지막으로 그녀들이 생각해 낸 것은 문필로 수입을 얻는다는 것이었다. 그래서 우선 각자가 써 모았던 시를 묶어서 한 권의 책으로 만든다는 데에 합의했고 세 사람의 머리글자를 따서 카라(샤일럿), 엘리스(에밀리), 액튼(앤)이라는 가명을 만들고 성을 벨이라고 하여 이 이름으로 자비 출판을 했다.

결과는 겨우 2부가 팔렸을 뿐으로 아무런 반향도 없이 끝났다.

이 시집에 수록된 세 사람의 작품 가운데서는 에밀리의 시가 제일 빛난다. 본래 샤일럿의 본령은 시가 아니라 어디까지나 산문에 있었던 것 같다.

「샤일럿 여사는 13살의 소녀로서 쓴 것 가운데 이미 그 장래를 암시하는 것을 보여주고 있다. 그럼에도 불구하고 여사는 25살이 되어서도 아직 그 자질이 산문에 있다는 걸 자각하지 못하고 시를 쓰기도 했던 것이다.」라고 메이 싱클레어 여사는 쓰고 있다.

그런데 시집이 이렇게 비참하게 실패했음에도 불구하고 그녀들의 문학에 대한 정열은 결코 식지 않았다. 세 사람은 이번에는 각기 소설을 쓰기 시작했다.

낮에는 셋이 모두 가사나 아버지를 시중드느라 책상을 마주할 여유도 없었으나, 밤이 되면 한 방에 모여 각자가 쓰려고 하는 작품의 구상에 대해 서로 비판하기도 하면서 서로 격려하며 꾸준히 창작의 붓을 놀렸다.

이렇게 해서 완성된 것이 샤일럿의 《교수》, 에밀리의 《폭풍의 언덕》, 앤의 《아그네스 그레이》이다.

이 작품들은 탈고 후 약 1년 반 동안 여러 출판사에 보내졌다가는 매정하게 (때로는 정중한 거절의 말과 함께) 되돌려져 오곤 했다.

이런 일이 여러 번 되풀이된 뒤 《폭풍의 언덕》과 《아그네스 그레이》는 다행히도 어느 출판사에 의해 건져졌으나 샤일럿의 《교수》는 끝내 인수자가 없었다(이 작품은 작자가 죽은 뒤에 비로소 세상에 나왔다).

샤일럿은 여기에 꺾이지 않고 즉시 제2작의 집필에 착수, 1847년 10월, 이것을 「카라 벨」이라는 익명으로 발표했다. 이것이 《제인 에어》이며 그때 작자는 31살이었다.

《제인 에어》는 발표와 함께 매우 유명해져서 문학적으로 주목을 끌었을 뿐만 아니라 사회적으로도 또 시끄러운 논란의 대상이 되었다.

이 작품에는 전권을 통해서 샤일럿 브론테 그 자신이 생생하게 살아 있다고 할 수 있다. 처음부터 끝까지 그녀 자신의 생활체험이 경탄할 만한 박력과 선명성을 가지고 재현되어 있다. 로드 학원, 그곳 교사들, 언니 마리아를 모델로 한 헬린 번즈 등에 대해서는 앞에서도 언급했지만 작품의 첫 부분에 제인이 「붉은 방」에 가두어져서 그곳 벽면에서 움직이는 광선을 보고 공포에 질리는 장면이 있다. 이것은 작자가 로우 헤드에서 교사를 하고 있을 때 화장실에서 경험한 공포의 심리를 살린 것이라고 한다.

로체스타가 침대 안에서 불에 타죽을 뻔하는 장면은 작자의 동생으로 방탕 때문에 신세를 망친 패트릭 브런웰의 신상에 실제로 있었던 일이며 이때 최초로 그것을 발견한 것이 샤일럿이었다. 이어서 에밀리, 앤이 달려와서 패트릭을 불 속에서 구출했다. 또한 로체스타의 반실명은 아버지의 안질, 한때는 실명까지 할 뻔한 아버지의 병고에 대한 작자의 관찰과 감정이 소설에 살려진 것이리라.

《제인 에어》를 발표하고 공교롭게도 런던에 나가게 된 그녀는 사카레이와 알게 되어 그로부터 대단한 칭찬과 격려를 받았다. 그녀의 좋은 전기 작자 갸스켈 부인과 알게 된 것도 이 무렵의 일이다.

이 작품의 초판이 나와서 좋은 평을 듣고 있을 무렵에 《폭풍의 언덕》과 《아그네스 그레이》가 출간되었다(출판 계약과는 반대로 순서가 뒤바뀐 셈이다).

《폭풍의 언덕》은 처음에는 거의 주목을 받지 못했다. 학자나 전기 작가들 중의 일부에는 《폭풍의 언덕》의 처음 두 장은 동생 패트릭 브런웰에 의해 씌어진 것이 아닌가 하는 추측도 있지만 이것은 분명하지 않다.

자매 세 사람 중에서 미모와 문학적 재능이 가장 뛰어나다고 생각되는 에밀리는 이 작품 하나만을 남기고 타계했고 이어서 샤일럿이 《셜리》를 집필하고 있는 동안에 앤 또한 에밀리의 뒤를 따랐다.

동생 패트릭도 그보다 조금 전에 이미 죽어서 마침내 그녀는 늙은 아버지와 함께 완전한 고독 속에 남겨진 것이었다.

《셜리》는 동생 에밀리를 그린 작품이다. 작자는 《제인 에어》 이상으로 이 작품에 심혈을 기울인 듯하지만 세 편은 별로 신통하지 않았다.

샤일럿의 작품은(소녀시대의 것은 제외하고) 위에 언급한 4편이 전부이다. 만일 자매들이 목사관에서 개설한 사설학교가 단 한 사람의 지망자도 없는 처참한 실패로 끝나지 않고 반대로 성공을 거두었더라면 어쩌면 《제인 에어》

도 《폭풍의 언덕》도 세상에 태어나지 않았을지도 모른다.

3

《제인 에어》는 당시의 영국에서 여러 가지 의미로 문제가 되었다. 그것은 이 소설이 빅토리아 조 영국의 보수적인 문학적 전통과 사회적 상식에 대해 격렬한 항의와 반역을 내포하고 있었기 때문이다.

이 소설의 여주인공은 스스로 남자에게 사랑을 고백하고 있다. 아무리 좋아하는 남성으로부터 프로포즈를 받더라도 적어도 세 번쯤까지는 결정적인 의사표시를 하지 않고 네 번쯤에 가서야 비로소 조심스럽게 예스라고 응낙하는 것이 숙녀의 교양으로 되어 있던 빅토리아 조의 사회에서 이렇게 여성 쪽에서 자진하여 구애를 한다는 것은 그야말로 「있을 수 없는 파렴치한 행위」였다. 「절대로 양가의 자녀에게 읽혀서는 안 될 소설」이라고 하여 사회적으로 비난을 받은 것도 결코 이유가 없는 일은 아니었다.

또 하나, 이 소설은 여자의 격정을 정면으로 취급하여 힘을 기울여 묘사하고 있는데 이 또한 당시의 문학적 사회적 통념에서 보면 놀라운 일이었다.

여성의 감정——분노와 비탄, 또는 정열을 이처럼 적나라하게 노출시켜 이것과 정면으로 맞붙는다는 것은 당시의 「소설」이라는 상식 속에는 없었던 일인 것이다.

덧붙인다면 이 소설의 두 주인공이 모두 미남 미녀가 아니라는 것도 당시의 소설로서는 파격적인 것이었다. 그때까지 소설의 주인공은 반드시 젊고 아름다운 남녀가 아니면 안 되었던 것이다.

로체스타는 오히려 추남의 부류에 속하는 중년의 신사였고 20살의 제인 에어도 또 지극히 특징적인 모습은 하고 있지만 결코 미인은 아니다. 이 소설이 나타난 이래 영국이나 미국에서는 젊지도 않고 미남형도 아닌 남성을 연인으로 선택하는 일이 유행했다는 얘기까지 전해지고 있다.

샤일럿은 1854년, 38살 때 결혼생활에 들어갔는데 그때까지 몇 번인가 결혼신청을 받은 바가 있다. 그러나 타인을 항상 엄격한 비판의 눈으로 바라보고 있었던 만큼 결혼이라는 껏에 대해서는 극단적으로 겁을 집어먹고 있었던 것 같다.

「노처녀의 오명을 벗기 위해 위장적인 결혼을 한다」는 따위는 물론 그녀에게 전율을 느끼게 할 뿐이었다. 그러나 마지막으로 오랫 동안 그녀를 지켜봐 왔다는 한 살 위인 아더 니콜즈의 구혼을 받아들였다.

그는 호와스의 목사보로 있었다. 그녀는 깊은 사랑에 감동하여 응낙은 했지만 부친의 완고한 반대에 부딪쳐 끝내 니콜즈는 이 결혼을 단념하고 호와스를 떠났다.

그러나 몇 달 뒤에 아버지의 마음은 꺾였다. 두 사람은 6월에 결혼식을 올렸다. 아버지 브론테는 끝내 딸의 결혼식에 모습을 나타내지 않았다.

샤일럿의 결혼 생활은 짧았다. 신혼 1주년도 안 되어서, 정확하게 말하면 불과 9개월 남짓인 만 39살의 생일을 20일 앞둔 1855년 3월 31일, 감기가 원인이 되어 그녀는 마침내 이 세상을 하직하고 만 것이다.

이 결혼생활이 과연 샤일럿에게 있어서 행복했던 것인지 어떤지는 알 수가 없다. 갸스켈 부인은 신혼 당시의 그녀의 편지를 인용하여 만족스럽고 행복한 결혼생활이었다고 말하고 있으나 남편 니콜즈는 그녀의 성격과는 반대로 지극히 실제적인 인물이었다. 문학과는 도통 인연이 먼 성격으로서 신혼여행에서 돌아와 새 가정을 시작할 때 아내에게 집필 금지를 언명했다. 아내 샤일럿은 그것을 지당한 것으로 받아들여 이후 소설은 쓰지 않겠다고 맹세했다. 샤일럿은 당시 이미 문학적으로 명성을 얻고 있어서 소녀시대부터 좋아하던 세계에서 일가를 이루고 있었던 것이다.

문학과 가정은 여성의 경우 좀처럼 양립하기 어렵다. 하물며 19세기 때의 일이다. 가정을 선택함으로써 문학을 버린 그녀가 행복할 수 있었는지 어떤지는 한마디로 말할 수 없는 문제이리라고 생각한다.

그러나 그녀는 행복한 것인지 불행한 것인지, 설사 집필 금지를 당하지 않았더라도 별로 집착할 새도 없었을 만큼 황망히 죽고 만 것이었다.

4

19세기 중반, 빅토리아 조 전기에 있어서의 영국 문학의 특색은 크게 말해서 사실주의의 발흥이라고 할 수 있을 것이다. 스탕달, 발자크 등 프랑스 자연주의 문학의 풍조가 마침내 영국에도 밀려들어와 엄밀한 사실(寫實)을 존중하는 이른바 현대소설에로 발을 내딛기 시작한 것이다.

그렇다고는 하지만 19세기 초두의 낭만주의가 완전히 자취를 감춘 것은 아니어서 디킨즈, 사카레이 등 당시의 영국 문학을 대표하는 작가들에게 있어서도 그 리얼리즘의 요소는 아직도 바닥이 얕았고 여전히 낡은 낭만주의 색채가 씻을 수 없이 그 작품을 물들이고 있었던 것이다.

그런 가운데서 샤일럿 브론테의 작품은 약간 이질적인 것처럼 보이지만, 그러나 리얼리즘과 로맨티시즘의 혼동물이라는 점에서는 결코 당시의 문학풍조와 인연이 없는 것은 아닌 것이다.

주인공 제인이 백모에게 맡겨져서 학대를 받고 이어서 로드 기숙학교에 보내지고 그 뒤 가정교사가 되어 쏜 필드 저택에 살게 되기까지의 전반부는 의심할 여지 없이 리얼리즘의 수법으로 그려져 있다.

그런가 하면 로체스타와의 만남에서부터 신비에 싸인 가정교사의 출현, 발광한 본처의 소사(燒死), 실명한 로체스타와의 재회 등, 후반의 파란만장한 이야기는 이미 완전히 대시대적인 멜러드라마이며 오히려 공상과 전율을 기조로 한 18세기의 공포소설을 연상시키는 점이 있다.

그리고 이것이 이 소설을 전형적인 「소설다운 소설」(픽션)로 만들고 있는 연유이며 또 오늘날까지 많은 독자를 끌어들이고 있는 까닭이기도 한 것이다.

아뭏든 《제인 에어》는 로맨티시즘에서 리얼리즘으로 옮아가고 있던 19세기 중기 영국 문학의 과도기를 장식하는 대작이라고 해도 좋을 것이다.

한국 남북 문학 100선

일신서적출판사

121-855 서울시 마포구 신수동 177-3호
TEL (02)703-3001~5 / FAX (02)703-3009

제인 에어

■ 저 자 / C. 브 론 테
■ 역 자 / 김 수 연
■ 발행자 / 남 용
■ 발행소 / 一信書籍出版社

주소 : 121-110 서울 마포구 신수동 177-3
등록 : 1969. 9. 12. NO. 10-70
전화 : 영업부 703-3001~6
　　　 편집부 703-3007~8
　　　 FAX 703-3009
© ILSIN PUBLISHING Co. 1990.

값 10,000원